Corina Bomann

Sophia's hoop

Berlijn, 1926. Is de wereld klaar voor een jonge vrouw met grote ambities?

BOEKERIJ

ISBN 978-90-225-9317-2
ISBN 978-94-023-1697-1 (e-book)
ISBN 978-90-528-6397-9 (audio)
NUR 302

Oorspronkelijke titel: *Die Farben der Schönheit: Sophias Hoffnung*
Vertaling: Lilian Caris en Iris van der Blom
Omslagontwerp: Bürosüd
Omslagbeeld: © www.buerosued.de
Auteursfoto: © Sabine Fröhlich
Zetwerk: CeevanWee, Amsterdam

1

1926

Het licht van de koplampen van passerende auto's gleed over me heen toen ik het huis verliet. De klamme maartse kilte kroop direct onder mijn kleren. Het grijze wolkendek was de hele dag niet opengebroken en nu begon het ook nog te miezeren.

Het was nog niet eens vijf uur, maar toch sprong de ene na de andere straatlantaarn aan. Zakenlui in wollen jassen drongen zich langs vrouwen in regenpelerines, arbeiders met platte petten op beenden huiswaarts, met de kraag van hun jas opgeslagen. Hier en daar zat een gedaante in een haveloze legerjas gehurkt tegen de muur van een huis te bedelen om geld of werk.

Met mijn zeegroene mantel en bijpassende cloche was ik maar een van de vele gestalten die zich naar metrostation Kaiserplatz haastten.

Rillend stak ik mijn handen in mijn jaszakken. Mijn hart ging tekeer en ondanks de kou plakte mijn hemd aan mijn buik en rug. Het was of ik nog steeds die vreemde handen op mijn lichaam voelde. Niemand wist dat mijn grootste angst zojuist bewaarheid was.

Mijn gedachten gingen naar Georg. Zou hij komen?

Het was riskant om buiten het laboratorium contact met hem te zoeken. Omdat hij mijn docent aan de faculteit scheikunde was, moesten we voorzichtig zijn. Het zou argwaan kunnen wekken als ik te lang en te vaak met hem overlegde. Onze correspondentie beperkte zich tot korte briefjes die werden doorgegeven of verliep via bepaalde boeken waarvan hij zeker wist dat niemand ze zou lenen.

Bijna altijd was hij degene geweest die contact met mij opnam, als we elkaar buiten de reguliere tijden om wilden ontmoeten. Maar die ochtend had ik hem na zijn college een briefje in de hand gedrukt. Hij had me verschrikt aangekeken, maar ik moest hem beslist spreken.

Ik dook het schemerige halfduister van het metrostation in. De traptreden waren glad van het vuil en de nattigheid. De typische geur van olie en cement drong in mijn neus. Ik reisde heel graag met de metro, ik nam hem bijna elke ochtend als ik naar de Friedrich-Wilhelms-Universität ging.

De mensen verdrongen zich op het perron, tussen hen door patrouilleerde een conducteur van de ene naar de andere kant. Luid geratel kondigde de komst van het treinstel aan. Enkele passagiers stapten naar achteren, terwijl anderen onverstoorbaar bleven staan, reikhalzend afwachtten of een sigaret opstaken.

De metrotrein stopte, de wagondeuren gingen open en de uitstappende mensen vermengden zich met degenen die op de trein afkwamen. Ik zocht naar een plekje bij de deur, terwijl anderen zich naar de banken achterin begaven. Toen de trein vertrok probeerde ik de blikken van mijn medepassagiers te mijden en staarde ik in het duister achter de ramen.

Twee stations verder stapte ik weer uit, liep de trap op en volgde het trottoir tot ik uiteindelijk bij Café Helene aankwam. Het café was na de oorlog geopend door de vrouw van een kapitein die niet was teruggekeerd van het front. Ze ontving een mooi bedrag van zijn pensioenfonds en ze leek haar lot niet al te zeer te betreuren. Als ze aanwezig was, begroette ze haar gasten uitgelaten.

Ik werd omvangen door warme lucht met de geur van koffie. Mijn bril besloeg meteen. Ik nam hem af en veegde het dunne laagje vocht van de glazen. Toen ik hem weer opzette, liet ik mijn blik langs de aanwezigen gaan. De meeste tafeltjes waren onbezet. Helemaal achterin zat een ouder stel bij het raam. Een enigszins verward ogende jongeman zocht met nerveuze gebaren iets in zijn jaszak. Opgelucht stelde ik vast dat er geen bekenden zaten.

Georg en ik zouden ongestoord kunnen praten.

Ik koos een hoektafeltje bij de muur. Hier was je alleen zichtbaar voor wie iets verder het café in liep. Ik zette mijn hoedje af, fatsoeneerde nerveus de wrong in mijn nek en trok mijn jas uit. Toen keek ik op mijn polshorloge, een cadeau van mijn vader voor mijn twintigste verjaardag afgelopen augustus. Hij was ongelooflijk trots op me, vooral nu ik zo goed opschoot met mijn studie scheikunde. Zijn droom was dat ik in de nabije toekomst zijn drogisterij zou overnemen. Maar eigenlijk was ik aan mijn studie begonnen met in het achterhoofd ooit zelf cosmetica te gaan vervaardigen.

De wijzers schoven naar vijf uur.

Normaal gesproken was Georg heel punctueel, maar ik wist dat er heel wat redenen voor oponthoud konden zijn: een bericht van zijn vrouw, van wie hij gescheiden leefde sinds ze echtscheiding had aangevraagd, ziekte van zijn zoon, een onverhoopte ontmoeting met collega's of een gesprek met de decaan na werktijd.

'En, wat kan ik voor u doen, juffrouw?' Een vrouwenstem onderbrak mijn gedachten.

Hilde, de zus van de eigenares, werkte vandaag in de bediening. Ze had altijd een notitieblokje en een potlood bij zich, maar ik had haar nog nooit iets zien opschrijven.

'Een kopje koffie graag. Met een glaasje water,' antwoordde ik. Honger had ik niet en eigenlijk was ik zo opgewonden dat ik ook geen behoefte aan koffie had. Maar ik wist dat Hilde het niet prettig vond als je hier zomaar tijd kwam verdoen.

'Geen kruimelgebak?' vroeg ze door, maar alleen al de gedachte aan iets te eten snoerde me de keel dicht.

'Vandaag niet, dank u,' antwoordde ik.

Hilde nam me even op en zei: 'U bent zo mager, dat kunt u zich best veroorloven!'

Met moeite produceerde ik een glimlachje. 'Een andere keer graag.'

Hilde knikte en draaide zich om.

Ik leunde naar achteren en sloot even mijn ogen. Ik herinnerde me weer hoe bang ik was toen ik mijn vader wilde vertellen over mijn voornemen om te gaan studeren. Hij was altijd erg streng en rigide en ik vreesde dat hij ertegen zou zijn. Maar tegen mijn verwachting in was hij blij met mijn keuze. 'Ooit zul je de cheffin van het Krohn Drogisterij-imperium zijn!' riep hij en hij nam me in zijn armen, wat hij maar heel zelden deed.

Misschien maakte ik me ook nu onnodig druk...

De deurbel van het café klingelde. Ik kromp ineen en deed mijn ogen weer open. Mijn hartslag versnelde toen er een man in een bruine tweed mantel binnenkwam. Maar toen hij zijn hoed afzette, zag ik het gezicht van een vreemde. Hij ging aan een tafeltje bij een raam zitten. Ik haalde opgelucht adem. Ons gesprek was niet te vermijden, maar ik was blij dat ik nog een paar momenten respijt had.

Aan het begin van het vorige semester had dr. Georg Wallner zich voor een college voorgesteld als vervanger van een oude hoogleraar die met pensioen was gegaan. Voor een docent was hij nog vrij jong, hoewel hij achttien jaar ouder was dan ik. Hij gaf college en werkte daarnaast aan zijn habilitatie. Daar was ik erg van onder de indruk.

Ik herinnerde me alsof het gisteren was dat zijn blik langs de rijen banken van de collegezaal was gegaan en bij mij net iets langer bleef hangen dan bij de anderen. In mijn jaar hadden zich maar heel weinig meisjes ingeschreven, hoewel het aantal studentes aan de universiteit met het jaar toenam. De reden was dat er nergens anders zo veel vrouwelijke docenten waren als hier.

Mijn verschijning leek Georg Wallner te verrassen. Ik werd rood en sloeg gegeneerd mijn ogen neer. Ik had geen idee waarom mijn hart opeens zo wild tekeerging.

Ik begon snel aantekeningen te maken, maar mijn blik ging telkens weer zijn kant op. Hij was heel anders dan de andere docenten, die over het algemeen oud genoeg waren om mijn grootvader te zijn. Ik werd overmand door gevoelens die ik tot dan toe niet had gekend. Ik was niet zo'n meisje op wie alle jongens afkomen.

Mijn metalen bril leek me onzichtbaar te maken. Volgens mijn vader zag ik er intelligent uit met dat ding, maar wie wil er nu een intelligente vrouw als hij ook een mooie kan krijgen?

In de weken die volgden vonden Georgs en mijn ogen elkaar telkens weer. Ik durfde nauwelijks het woord te vragen, want ik was bang dat alles wat ik zou zeggen in zijn oren dom en simpel zou klinken.

Toen brak de dag aan waarop hij me voor een gesprek uitnodigde. Het was kort voor de semestertentamens en ik was tijdens de werkcolleges een van mijn mannelijke medestudenten voorbijgestreefd door een reeks proeven sneller af te krijgen.

'U hebt veel talent voor scheikunde,' zei hij, terwijl hij nonchalant tegen zijn bureau geleund stond. 'Bent u van plan na uw studie wetenschappelijk werk te gaan doen?'

'Nee,' flapte ik eruit.

Dr. Wallner trok zijn wenkbrauwen op. 'O nee? Dat verbaast me, ik heb namelijk de indruk gekregen dat alle studenten hier graag tot het docentenkorps zouden willen toetreden.'

'Ik... Ik wil...' Mijn stem klonk opeens heel schor, alsof ik keelpijn had. 'Ik zou liever in de productie werken. Drogisterijartikelen.' Het klonk allemaal erg stuntelig, maar hij glimlachte.

'U wilt in de chemische industrie gaan werken? Denkt u echt dat een vrouw als u op haar plek zou zijn bij Hoechst en consorten?'

'In de cosmetica,' corrigeerde ik hem. 'Ik zou graag cosmetica produceren. Mijn vader heeft een drogisterij. Als ik de artikelen die hij verkoopt wil kennen en maken, moet ik toch weten hoe ze tot stand komen?'

Dat had hij blijkbaar niet van me verwacht.

'U denkt dus praktisch. Dat is niet per se verkeerd. Maar u zou een carrière aan de universiteit niet op voorhand moeten uitsluiten.' Hij zweeg even en nam me op een manier op die een prikkeling door mijn hele lichaam stuurde. 'Als u me eens zou gaan assisteren? U weet dat ik momenteel aan mijn habilitatie werk. Daarbij kan ik wel een helder hoofd aan mijn zijde gebruiken. Zou u daar geen zin in hebben?'

Ik aarzelde, hoewel mijn verstand hard 'Jawel!' riep. Maar ik wist ook wat mijn vader ervan zou zeggen. Hij zou me waarschuwen me niet te laten uitbuiten. Heinrich Krohn zag overal in de eerste plaats een bedreiging in.

Maar dr. Wallner wekte gevoelens in me op die ik nog nooit in die mate had gehad. Als ik 's nachts in bed lag, dacht ik aan hem. Soms fantaseerde ik over toevallige ontmoetingen en heimelijke aanrakingen, en zo nu en dan waren het dingen die me het schaamrood op de kaken brachten. Mijn vriendin Henny, die als naaktdanseres bij een revue werkte, zou erom moeten lachen.

Dan hield ik mezelf weer voor dat het verboden was. Het was algemeen bekend dat hij getrouwd was. Zijn belangstelling was vast alleen beroepsmatig. Ik moest mijn gevoelens in toom houden.

'Wat zou ik dan moeten doen?' vroeg ik ten slotte. 'En wanneer?'

'We spreken elkaar eens in de week, laten we zeggen op donderdag, dan heb ik een korte dag op de universiteit. U helpt me bij mijn werk, doet onderzoek en u assisteert me bij mijn serie experimenten. Natuurlijk alleen wanneer dat u niet afhoudt van uw eigen studie.'

Mijn hart fladderde als een vlinder. Wat had ik hem graag gezegd dat hij me van mijn studie mocht afhouden wanneer hij maar wilde. Maar deze woorden bleven onuitgesproken en deden mijn wangen gloeien. 'Dat zal wel lukken,' hoorde ik mezelf zeggen.

Er brak een brede glimlach door op dr. Wallners gezicht. 'Dus u wordt mijn assistente?'

'Ja... Heel graag.' Ik glimlachte terug en sloeg toen verlegen mijn ogen neer.

De eerste keer dat ik zijn laboratorium binnenkwam, was ik gefascineerd door de sobere inrichting en de outillage, die aanzienlijk moderner was dan wat ons op de universiteit ter beschikking stond. Georg deed research op het gebied van de thermochemie en vertelde me over de legendarische scheikundigen Van 't Hoff en Walther Nernst. Bovendien was hij bevriend met Otto Hahn, die als tweede directeur aan het Kaiser-Wilhelm-Institut in Berlijn-Dahlem verbonden was.

Ik had het gevoel pas hier in zijn laboratorium vrijuit te kunnen ademen en hoewel ik later iets heel anders wilde gaan doen, gaf het werken met en voor hem me vleugels.

Op een dag, wanneer precies weet ik niet meer, veranderde de sfeer in het lab. Aanvankelijk waren we heel professioneel met elkaar omgegaan, nu werden onze gesprekken steeds vertrouwelijker.

Zo vertelde hij me over de problemen met zijn vrouw. Ik bloosde bij die ontboezeming, want het zou nooit bij me opgekomen zijn dat hij wel eens ongelukkig kon zijn. Toen hij op een dag vertelde dat zijn vrouw echtscheiding had aangevraagd, huilde ik met hem mee.

Kort daarop begon hij me complimentjes te maken voor mijn haar, dat de tint van karamel had; iets wat me tot dan toe zelf nooit was opgevallen. Hij prees mijn goudbruine ogen, die ik had geërfd van mijn grootmoeder, die ik nooit had gekend. Hij gaf me het gevoel bijzonder te zijn, hoewel ik mezelf zo niet zag.

Ook vond ik het verwarrend dat hem niet was ontgaan dat ik gevoelens voor hem had en dat hij daarop reageerde. Op een avond trok hij me bij het weggaan tegen zich aan en kuste me. Ik wist dat ik verontwaardigd hoorde te zijn, maar ik was het niet. Als vanzelf vlijde mijn lichaam zich tegen hem aan.

Maar we waren niet onverstandig. De liefkozingen over en weer waren onschuldig. Hij vond het fijn dat ik hem troostte als hij weer eens ruzie met zijn vrouw had gehad.

En op een dag, toen hij weer eens verdrietig en gekwetst op het lab was verschenen, vroeg hij: ‘Wat denk je? Zou je je kunnen voorstellen mijn vrouw te worden? Als het allemaal achter de rug is?’

Dat kon ik zeker, want inmiddels stond mijn hart voor hem in vuur en vlam.

Even later lagen we op de sofa waarop hij soms sliep, als hij op het lab overnachtte.

Hij beloofde voorzichtig te zijn en niets te doen wat ik niet wilde. Maar ik wilde hem. Al zou het alleen deze ene keer zijn, tot hij de scheiding achter zich had en hij eindelijk aan mijn zijde kon staan.

Ik genoot van zijn aanrakingen en zijn kussen, van de woorden waarin hij me vertelde van de hartstocht die hij voor me voelde. De bekoring van het verbodene prikkelde me en ik liet dan ook toe dat hij me uitkleedde. Toen hij in me binnendrong voelde ik me ondanks het moment van pijn in de zevende hemel. Hij beminde me zo teder dat ik nauwelijks kon wachten op meer. Toen ik naar huis ging nadat ik angstvallig had gecontroleerd of hij geen sporen had achtergelaten, droomde ik voor het eerst van mijn leven van een bruiloft.

Dat was half december vorig jaar geweest. Sindsdien hadden we niet meer met elkaar geslapen, want er bestonden nog andere manieren om tot bevrediging te komen. Hij had het steeds minder vaak over zijn vrouw, wat ik beschouwde als een goed teken, dat de scheiding binnenkort rond zou zijn. Maar toen werd alles anders.

'Uw koffie!' Hilde zette het kopje met het glas water voor me neer. 'Laat het me maar weten als u toch kruimelgebak wilt. Dat blijft niet eeuwig vers.'

Waarschijnlijk was het ook nu al niet meer vers, want de bakker haalde zijn bakblikken al in alle vroegte uit de oven. Het was inmiddels kwart over vijf, dus het gebak lag er al meer dan een halve dag.

'Dank u,' was mijn enige antwoord en ik zag dat ze zich tot de nieuwe gast wendde, die direct in zijn krant was gedoken.

Opnieuw klingelde de deurbel en op de mat trapte iemand luidruchtig de modder van zijn schoenen. Daarbij snoof hij licht. Toen ik opzijkeek, zag ik dat het Georg was. Hij droeg een beige trenchcoat en ik vroeg me af hoe ik die andere man voor hem had kunnen aanzien. Georg had een zeker aura dat meteen elke ruimte vulde die hij betrad. Als ik een gang op liep kon ik hem al voelen wanneer hij aan het eind om de hoek kwam. Mijn hart bonsde zo luid dat ik nauwelijks iets anders kon horen.

Toen hij het water van zijn paraplu had geschud en hem in de paraplubak had gezet, keek hij zoekend rond. Ik wilde mijn hand al opsteken om zijn aandacht te trekken, maar hij zag me natuurlijk direct en kwam op me af.

'Excuus voor mijn late komst,' zei hij en hij omhelsde me kort. Hoewel niemand ons hier kende, zorgde hij dat het contact tussen ons in het openbaar altijd heel afstandelijk bleef. De passie bewaarde hij voor later.

'Wat is er met je?' vroeg hij, want hij merkte dat ik beefde. 'Je ziet zo bleek, is er iets gebeurd?'

Wat had ik hem nu graag geantwoord dat ik gewoon naar hem verlangde...

'Ga maar even zitten,' zei ik en ik legde mijn handen om mijn kopje.

'Je klinkt zo serieus.' Tussen zijn wenkbrauwen verscheen een zorgelijke rimpel. 'Is je ouders iets overkomen?'

'Nee, het is iets anders...' Ik zweeg even en keek hem aan, alsof ik me elk nog zo vertrouwd detail opnieuw wilde inprenten: zijn donkerblauwe ogen, de altijd wat warrige, volle bruine haardos, zijn licht gebogen neus, zijn zinnelijke mond, met altijd lichte baardgroei eromheen.

'Ik ben bij dokter Sahler geweest.' Ik zag meteen dat die naam hem niets zei. Voordat ik haar naam in het telefoonboek had gevonden, zou het mij net zo zijn vergaan.

'En wie is dat? Een collega?' vroeg hij niet-begrijpend.

Ik schudde mijn hoofd. 'Een gynaecologe.' Hoewel ze me heel voorzichtig had onderzocht, dacht ik met afgrijzen terug aan haar tastende vingers.

Ik probeerde me te vermannen, keek naar de onbekende man, die nog steeds verscholen zat achter zijn krant, en vroeg me af hoe goed zijn gehoor was.

Toen boog ik me voorover en fluisterde: 'Ik ben zwanger.'

Georg staarde me ongelovig aan. 'Dat is onmogelijk. We hebben toch maar één keer...'

'Kennelijk was die ene keer genoeg,' antwoordde ik en ik liet mijn stem weer dalen. 'Ze heeft me grondig onderzocht. En mijn...

periode... Ik ben al twee maanden over tijd...'

Georg wreef met zijn hand over zijn gezicht. 'En waarom ben je niet eerder naar haar toe gegaan?'

Ik keek hem verbouwereerd aan. Wat had dat uitgemaakt? Bovendien betwijfelde ik dat ze eerder al een zwangerschap had kunnen vaststellen.

'Ik dacht... We zijn toch voorzichtig geweest? En het komt bij mij soms... onregelmatig.' Mijn wangen gloeiden. Normaal gesproken praatte ik niet over zulke dingen, zelfs niet met mijn moeder. Maar Georg wist meer over mijn lichaam dan zij. Zij mocht me dan op de wereld hebben gezet, hij had me geleerd wat passie was.

Opnieuw probeerde ik zijn gedachten te lezen. Zijn blik was glazig, in zichzelf gekeerd. Waarschijnlijk was hij druk bezig zijn opties wetenschappelijk af te wegen.

'Ik kan je het adres van een arts geven die zich met dat soort... problemen bezighoudt,' zei hij.

Ik keek hem schuins aan, en toen begon me te dagen waar hij op uit was. 'Je wilt dat ik naar een engeltjesmaker ga?' Verschrikt keek ik opzij. De onbekende had zijn krant laten zakken. Kon hij dan toch horen waar we het over hadden? 'Maar je... Ik bedoel, je ligt immers in scheiding, we zouden toch kunnen...'

Georg snoof. 'Dat is nogal ingewikkeld.'

'Wat zeg je?' Ik wist niet wat ik hoorde.

'Brunhilde heeft de echtscheidingsaanvraag ingetrokken. Ze is bang voor een schandaal...' Hij keek me aan. 'Daarom heb ik daarna niet meer met je...' Hij werd rood. Ik probeerde te begrijpen wat hij me wilde vertellen.

Een tijdlang was ik niet in staat iets uit te brengen. Ik voelde me alsof ik op een koord balanceerde waar ik elk moment vanaf kon vallen. 'Stond je eigenlijk achter haar voornemen om te scheiden?' wist ik uiteindelijk uit te brengen.

'Jawel, ik... Dat wil zeggen... Ik had toch geen andere keus? We zijn uit elkaar gegroeid, maar... ik heb een zoon. Ik moet aan hem denken. En nu het tussen Brunhilde en mij weer beter gaat...'

Opeens kreeg ik het koud. Mijn hart voelde alsof het langzamerhand werd bedekt door een laagje ijs. Nog steeds zocht mijn brein naar een mogelijkheid te begrijpen wat hij had gezegd. Naar een mogelijkheid te begrijpen wat deze situatie voor mij betekende.

Hij moest aan zijn zoon denken. 'En mijn kind dan?' Die gedachte sprak ik hardop uit. 'Wil je daar niet aan denken?'

Geleidelijk drong het tot me door dat dit café wel de allerslechtste plek was om met hem te praten. 'Als je het tegen je vrouw zou zeggen... dan zou ze de scheiding zeker doorzetten.'

'En hoe zou ik dan worden gezien?' antwoordde hij nors. 'Als echtbreker. Mijn carrière zou voorbij zijn. Het zou me ruïneren!'

En ik dan?

Ik keek hem in de ogen en kende hem niet terug. Dit kon onmogelijk de man zijn die een paar maanden geleden nog zijn hart bij me had uitgestort over zijn liefdeloze huwelijk.

Het volgende besef was als een klap in mijn gezicht. Hoe had ik toch zo dom kunnen zijn? Waarom had ik er niet op gestaan mijn maagdelijkheid pas aan hem te verliezen als ik een ring aan mijn vinger had? Nu leek het of ik een huwelijk had opengebroken. Een huwelijk waarvan Georg had beweerd dat het over was, hoewel dat kennelijk niet het geval was. Hij had me gebruikt. Hij had me misbruikt.

Er welde woede in me op, een woede die echter niet krachtig genoeg was om mijn andere gevoelens te overheersen. Angst joeg door mijn lichaam. Wanhoop. Misselijkheid. Wat zouden mijn ouders zeggen?

Ik zou in augustus eenentwintig worden, maar dat duurde nog een half jaar. Een half jaar waarin mijn vader het voor het zeggen had. Heinrich Krohn had veel voor me gedaan, maar er was bijna niets wat ik meer vreesde dan zijn woede en zijn reactie op mijn zwangerschap en het feit dat de vader van mijn kind niet met me zou trouwen.

Georg haalde nerveus zijn hand door zijn haar. 'Het spijt me, maar ik denk dat er onder de omstandigheden maar één oplossing is...'

'Het kind laten verdwijnen?' Ik schudde ongelovig mijn hoofd.

Mijn ogen schoten vol tranen. Ik had geweten dat het moeilijk zou worden, maar het was nog geen seconde in me opgekomen om dit kind te doden.

'Zie jij dan een andere mogelijkheid?'

Ik schudde mijn hoofd. 'Mijn vader zal me het huis uit gooien, als hij het hoort,' zei ik zacht. 'Ik... Ik heb iemand nodig die me steunt tot ik mijn zaken zelf kan regelen. En...' Ik zweeg. Nooit had ik hem ergens om gevraagd. Hij was degene die me beloofd had dat we samen zouden kunnen leven en werken als alles voorbij was. Maar nu ik dit kind bij me droeg, werd alles anders. 'Ik wil kunnen doorstuderen.' Ik wist dat dit aanmatigend klonk.

'Jouw oplossing is dus geld? Als beloning voor het feit dat je me niet in een schandaal stort?'

'Heb ik je soms ergens mee gedreigd?' vroeg ik en ik schudde mijn hoofd. Nee, dit was echt niet meer de man aan wie ik me had gegeven. 'Ik vraag je alleen maar om hulp! Anders kom ik op straat terecht!' Ik had moeite om mijn stem in bedwang te houden. Het liefst had ik tegen hem geschreeuwd. 'In het ergste geval zorgt mijn vader ervoor dat mijn kind me wordt afgenomen!'

'Zo erg zou dat toch niet zijn?' Zijn blik werd kil. Ik keek hem als versteend aan.

Op dat moment verscheen Hilde. 'Wat kan ik voor u doen, meneer?' vroeg ze, met potlood en notitieblokje in de hand.

'Niets, dank u,' zei Georg nors. 'Ik wilde net weggaan.'

Hilde bekeek hem weifelend en ik rekende al bijna op een opmerking, maar toen draaide ze zich snuivend om en vertrok.

Ik liet mijn armen zakken. De angst in mijn maag was veranderd in een dikke klont, die aanvoelde als een steen die me onder water trok. 'Je gaat me dus niet helpen?' vroeg ik wanhopig. 'En dat terwijl je me een paar weken geleden nog hebt gevraagd of ik met je wilde trouwen als de scheiding rond was?'

Natuurlijk kon ik hem dwingen. Ik kon de hele affaire laten uitgroeien tot een schandaal, maar wat zou het resultaat zijn? Ik zou gezichtsverlies lijden en hij zou waarschijnlijk ontkennen de vader te zijn. En mijn ouders zouden ook in diskrediet raken. Het zou mijn vader aan de rand van de afgrond kunnen brengen. Ik wist dat ik de kracht ontbeerde om zo'n strijd aan te gaan.

'Ik zal erover nadenken,' zei Georg kortaf en hij maakte aanstalten om op te staan. 'Vertel niemand iets. En zeg ook niets tegen je ouders over je zwangerschap. Begrepen? Anders kun je het helemaal vergeten. Je hoort van me.' Toen stond hij op en vertrok.

Met lege blik staarde ik hem na. De klont in mijn maag groeide, leek zich vol te zuigen als een spons. Wat had ik gedaan? Ik wenste dat ik de tijd kon terugdraaien en 'nee' kon zeggen op Georgs vraag of ik hem wilde assisteren. Maar die kans had ik verprutst. Ik had alles verspeeld.

Terwijl er tranen van schaamte en spijt opwelden sprong ik op, gooide een paar munten op tafel en vluchtte het café uit. Maar van mezelf kon ik niet weglopen.

2

Het gebouw waarin mijn ouders de eerste etage huurden was helverlicht toen ik het trappenhuis in liep. Ik bleef staan en luisterde of ik voetstappen hoorde. Onze buren waren niet bijzonder nieuwsgierig, maar ze verwachtten dat je een praatje maakte wanneer je ze tegenkwam.

In een 'Goedenavond meneer, hoe gaat het met uw vrouw?' had ik op dat moment geen zin. Ik zou liever mijn toevlucht tot de kelder nemen dan iemand mijn rood behuilde ogen laten zien.

Maar het bleef stil. Degene die voor mij naar boven was gegaan, had blijkbaar vergeten het licht uit te doen. Met een diepe zucht trok ik de deur achter me dicht.

Mijn ouders waren er door mijn studie aan gewend dat ik af en toe pas tegen de avond thuiskwam. Op donderdag, wanneer ik met Georg samenwerkte, verscheen ik nog later.

Alleen de eerste tijd hadden ze argwaan gekoesterd. Eigenlijk was het niet fatsoenlijk dat een jongedame alleen met haar docent was. Ik had er meer assistenten bij verzonnen, een onschuldige entourage met erlenmeyers, reageerbuisjes en bunsenbranders op saaie laboratoriumtafels. Zo was het aanvankelijk ook geweest.

Later, nadat we elkaar op de bank hadden bemind, had ik er zorgvuldig op gelet dat mijn kleding en mijn haar precies zo zaten als toen ik 's ochtends de deur uit ging.

Ik was ervan overtuigd dat mijn ouders niets vermoedden. Maar zou ik na alles wat er vandaag was gebeurd de blikken van mijn moeder nog kunnen trotseren? Haar grijze ogen gaven me vaak het gevoel dat ze diep in mijn ziel konden kijken.

En dan was mijn vader er ook nog. Heinrich Krohn was een Pruis in hart en nieren: plichtsbesef, zeden en gewoonten en fatsoen betekenden alles voor hem. Als kind had ik ervaren dat hij een beminnelijk mens kon zijn – als je deed wat hij wilde. Maar als je dat niet deed, reageerde hij schrikbarend hard.

Tot dusver had het me weinig moeite gekost aan zijn verwachtingen te voldoen. Maar nu? Ik had alles wat hem heilig was geschonden. Ik was onzedig en lichtvaardig geweest. Zijn reactie was voorspelbaar. Het kind van me afpakken behoorde tot de mogelijkheden. Me onterven was ook een optie.

Met het gevoel dat mijn lichaam meer woog dan anders sleepte ik me de trap op. Van de etage boven ons hoorde ik de *Negende* van Beethoven. De bovenbuurman was thuis, en blijkbaar was hij geagiteerd, want hij speelde Beethoven alleen af op zijn grammofoon wanneer iets hem van streek had gemaakt. Had hij in de krant iets schandaligs gelezen? Of ruzie met zijn vrouw gemaakt? Ik had hen nooit tegen elkaar horen schreeuwen, maar Beethoven dreunde vaak door de vloer heen. De dramatische klanken versterkten mijn angst alleen maar.

Ik stak de sleutel in het slot. De geur van gebraden vlees stroomde mijn neus in. Op maandag aten we altijd vleesrestjes van de zondagsmaaltijd op brood, opgewarmd en met mosterd. Mijn vader was er dol op.

Het water liep me in de mond – niet van genot, maar van afkeer. Sinds mijn menstruatie voor het eerst was uitgebleven, veranderde mijn smaakzin voortdurend. Mijn moeders watergruwel smaakte ineens naar chloor, het zondagse braadstuk leek bedorven, van brood waar niets mis mee was werd ik misselijk door een schimmelachtige bijsmaak.

'Ik ben thuis!' riep ik luid en achteloos als altijd. Ik hing mijn jas aan de kapstok en bracht mijn tas naar mijn kamer. Daarbij viel mijn blik op mijn spiegelbeeld.

Onder mijn wijde donkerblauwe blouse met kraagstrik en mijn tweed rok tot op de knie was van mijn toestand nog niets te zien, maar dokter Sahler had gezegd dat daar weldra verandering in zou komen. Ik zag er moe uit, maar dat was na een lange dag op de universiteit niets bijzonders. De kringen onder mijn ogen waren echter bedenkelijk. Ik zette mijn bril af, en terwijl de wereld wazig werd wreef ik met mijn ijskoude handen over mijn gezicht.

Was mijn ontmoeting met Georg maar anders gelopen! Ik kon mijn ouders natuurlijk niet zomaar vertellen wat er aan de hand was. Mijn moeder zou flauwvallen en mijn vader zou in woede uitbarsten.

Maar het zou hebben geholpen als ik had geweten dat Georg me steunde. Ik zette mijn bril weer op, controleerde de wrong in mijn nek en rechtte mijn rug. Het duurde maar een paar uur tot het nacht werd en na het eten kon ik me terugtrekken onder het voorwendsel dat ik moest studeren. Ik zou deze dag overleven en morgen brak er een nieuwe aan. Misschien was Georg dan van gedachten veranderd en zou hij me helpen. Al was het maar door me onderdak en wat geld aan te bieden.

Ik liep mijn kamer uit naar de woonkamer, waar mijn vader voor de radio zat. Die hadden we twee jaar eerder aangeschaft en sindsdien genoot hij 's avonds van de krant en muziek. 'Goedenavond papa,' zei ik en ik gaf hem een kus op zijn wang. Het was verplicht om hem als eerste te begroeten wanneer ik thuiskwam. 'Hoe was uw dag?'

'Uitstekend,' zei hij, terwijl hij me over de rand van zijn bril aankeek. Mijn bijziendheid kwam niet, zoals de mensen dachten, van het met mijn neus in de boeken zitten, maar was een erfenis van vaderskant. 'Hoe gaat het op de universiteit? Het semester is bijna voorbij, moet je nog tentamens doen?'

'Nee, maar ik moet in de vakantie een scriptie schrijven.'

'Dat is voor jou een fluitje van een cent. Per slot van rekening ben je een Krohn.' Hij legde de krant op zijn schoot en tikte op een artikel. 'Hier, neem bijvoorbeeld die Budnikovski met zijn zeephandel in Hamburg! Die heeft al zijn tweede filiaal geopend! Zodra je de universiteit hebt afgemaakt, maken we er werk van!'

'Zeker, papa,' zei ik, terwijl ik een vlaag van misselijkheid probeerde te onderdrukken.

'Ah, daar is mijn kind!' klonk mijn moeders hoge stem toen ze de kamer binnenkwam. 'Ben je te moe om me in de keuken te helpen?'

'Je zou een dienstmeisje moeten nemen, Lisbeth,' bromde mijn vader. 'En een kokkin. Ik begrijp niet waarom je het allemaal nog zelf doet. We kunnen het ons toch permitteren?'

'Omdat ik bang ben dat je het eten dan niet lust,' was mijn moeders antwoord.

'Ik kom u graag helpen,' onderbrak ik de discussie. 'Ik ben nog maar net thuis, papa heeft me over ene Budnikovski verteld.'

'Budni... Wie? Krijgen we weer nieuwe buren?'

'Nee, dat is een zeephandelaar in Hamburg. Wat hij kan, kunnen wij ook. Let maar op, binnen twee jaar openen we een filiaal in Potsdam!' zei mijn vader.

'Zou u dat niet liever in Berlijn doen, in een ander stadsdeel?' vroeg ik. 'Bijvoorbeeld in Friedrichshain?'

'Ach wat, dat stelt toch niets voor? We moeten het in een andere stad doen! De naam Krohn moet op ieders tong liggen! En in Babelsberg lopen zo veel filmdiva's rond, die hebben altijd behoefte aan reukwater en make-up...'

'Daar kunnen we het later wel over hebben,' zei mijn moeder. 'Nu heb ik mijn dochter in de keuken nodig.' Ze trok me mee naar het middelpunt van het huis.

Als kind had ik uren in de keuken gezeten. In de tijd dat mijn vader zijn eerste zaak begon, woonden we nog in een minder riante woning op de derde etage. Vanuit het keukenraam had ik een mooi uitzicht op de gemeenschappelijke binnentuin. Ik zag het wanneer er andere kinderen buiten waren, vooral Henny, die ik al sinds mijn kindertijd kende. In de winter was het bij het fornuis lekker warm. Van de geuren die er hingen kon ik niet genoeg krijgen.

Dat was door mijn zwangerschap drastisch veranderd.

'Hier, snij het vlees even in plakjes,' zei mijn moeder en ze overhandigde me het mes. 'Jij hebt zo'n goed gevoel voor verhoudingen.'

Weer liep mijn mond vol met speeksel. Een jaargenoot op de universiteit, die vegetariër was en daarom meestal door de anderen werd uitgelachen, beweerde dat je eigenlijk lijken zat te eten als je geslachte dieren at. Je zou net zo goed mensen kunnen eten. Bovendien zouden er in slachterijen werknemers zijn die maden uit het vlees peuterden zodat het nog verkocht kon worden.

Waarom moest ik daar juist nu aan denken? Ik werd er niet alleen misselijk, maar ook duizelig van. Hoe ik me er ook tegen verzette, het hielp niets. Mijn moeders woorden vervaagden tot geruis. De wereld begon voor mijn ogen te deinen als een in een storm belande rondvaartboot. Ik probeerde me aan de tafelrand vast te houden, toen werd ik opzijgetrokken en werd het zwart om me heen.

Toen ik mijn ogen opendeed dacht ik dat het ochtend was en nog in bed lag. Ik moest me verslapen hebben, want ik herkende vaag het gezicht van mijn vader boven me. Even later voelde ik iets op mijn wang. Probeerde hij me wakker te schudden? Toen merkte ik dat hij niet aan me schudde, maar me kleine klapjes gaf.

'Lisbeth, ze is weer wakker!' hoorde ik mijn vader zeggen. 'Heb je dokter Meyerhoff te pakken gekregen?'

'Ja, hij kan er elk moment zijn!' riep mijn moeder op de achtergrond.

Dokter Meyerhoff? Wat moest die hier?

Vreemd genoeg was het volgende wat me te binnen schoot de telefoon die we een jaar eerder hadden aangeschaft. Mijn moeder had dokter Meyerhoff blijkbaar gebeld.

Ik reikte opzij, wilde mijn bril pakken, maar die lag niet op zijn plaats.

'Hier,' zei mijn vader zorgzaam en hij haalde de bril uit zijn vestzak en zette me hem weer op. 'Gelukkig is hij niet kapot.'

Mijn wereld werd nu weer helder, en ik merkte dat ik niet in bed lag maar op de vloer. De keukenvloer, zo te zien aan het zeil op de tafel naast me. 'Wat is er gebeurd?' vroeg ik. Mijn tong bewoog zich traag in mijn mond.

‘Wacht, ik breng je naar je kamer,’ zei mijn vader zonder acht te slaan op mijn vraag, en hij tilde me in zijn armen, net als vroeger, toen ik nog klein was. In mijn kamer legde hij me voorzichtig op mijn bed. Zo kende ik hem alleen wanneer ik ziek was.

‘Je werkt te hard,’ zei hij en hij streelde me over mijn haar. ‘Let je er wel op dat je tussendoor pauze neemt?’

‘Ja papa,’ antwoordde ik zwakjes. Mijn maag verkrampte, want ik besefte dat het door mijn toestand kwam, en niet door te hard werken.

‘Ze eet ook veel te weinig,’ klonk de stem van mijn moeder, die achter ons aan was gekomen. ‘Heb je het gehoord, Sophia, je moet meer eten!’

‘Het komt niet door te weinig eten, mama!’ Mijn slapen klopten. Ja, ik had de afgelopen dagen weinig gegeten, wat toe te schrijven was aan mijn uit het lood geslagen smaakzin.

Het liefst had ik tegen mijn ouders gezegd dat ze me gewoon met rust moesten laten, maar dat zou vergeefs zijn geweest. Totdat dokter Meyerhoff kwam bleef of de een of de ander bij me, praatte tegen me aan en streelde mijn haar alsof ik nog een klein meisje was. Mijn moeder haalde een extra deken om ervoor te zorgen dat ik geen kou zou vatten, hoewel het warm was in mijn kamer.

Toen er werd aangebeld liep mijn vader weg om open te doen. Even later kwam hij terug met de dokter.

Dokter Meyerhoff was al jaren onze huisarts. Hij had me al als kind onderzocht als ik weer eens buikpijn of angina had. De man met zijn borstelige zwarte baard boezemde me toen vaak angst in. Inmiddels was hij grijs geworden en kwam hij me voor als een zachtaardige grootvader. ‘Goedenavond, juffrouw Sophia, wat mankeert ons?’

Dat hij ‘ons’ zei, vond ik komisch. Hem mankeerde vast niets, en dat gold ook voor mij.

‘Ze viel ineens om in de keuken,’ verklaarde mijn moeder terwijl mijn vader zich discreet terugtrok, want het was te verwachten dat ik me moest ontbloten. ‘Ze was net terug van de universiteit, nietwaar, Sophia?’

Ik knikte gedwee, hoewel dat niet helemaal klopte.

'Dan zullen we maar eens kijken.'

De dokter maakte zijn tas open en haalde zijn stethoscoop en bloedrukmeter eruit. Hij boog zich over me heen, scheen met een lampje in mijn ogen en voelde mijn pols.

'Wilt u alstublieft de kamer uit gaan, mevrouw Krohn?' zo wendde hij zich tot mijn moeder. 'Uw dochter is geen klein kind meer en zou het gênant kunnen vinden om zich in uw bijzijn te ontbloten.'

Mijn moeder knikte en draaide zich om. Even later was ik alleen met de dokter.

'U begrijpt wel wat ik u nu moet vragen,' zei hij en hij draaide zich weer om naar zijn tas. Uw hemd en onderbroek kunt u aanhouden.'

Ik stond op, deed mijn blouse uit en stapte uit mijn rok. Voorzichtigheidshalve hield ik me vast aan de bedstijl. Mijn knieën voelden nog steeds slap.

Dokter Meyerhoff stak de uiteinden van de stethoscoop in zijn oren en deed de manchet van de bloeddrukmeter om mijn arm. 'Wilt u uw hemd van achteren een beetje omhoog doen?' vroeg hij ten slotte.

Ik boog me voorover en kromp in elkaar toen het koude metaal mijn huid aanraakte.

'Bent u de afgelopen dagen misselijk geweest of hebt u gemerkt dat er iets anders was dan anders?' vroeg hij zachtjes terwijl hij mijn rug beluisterde.

Ik haalde trillend adem. Hij zou zeker ontdekken wat er aan de hand was. Als hij het niet al vermoedde.

'Wilt u op uw rug gaan liggen? Ik zou nu graag uw buik beluisteren.'

Ik deed wat hij vroeg en probeerde de herinnering te verdringen aan hoe Georg zich over me heen had gebogen. 'Mijn menstruatie is uitgebleven,' flapte ik eruit.

Dokter Meyerhoff hield op met het beluisteren. 'U...'

Ik kwam overeind. Inmiddels was ik er zeker van dat het door mijn toestand kwam dat ik flauwgevallen was. Dokter Meyerhoff zou tot dezelfde conclusie komen als hij doorging met zijn onderzoek. 'Ik ben zwanger,' zei ik zachtjes en ik sloeg mijn ogen neer.

'Maar waarom heeft uw moeder niet...' Hij stokte en schudde verbijsterd zijn hoofd.

'Mijn ouders weten nog nergens van. Ik ben vanmiddag bij dokter Sahler geweest en zij zei dat ik misschien al in de tweede of derde maand ben.'

De dokter keek me verrast aan. Ik zag hem denken. 'En de vader?' vroeg hij uiteindelijk. 'Wie is het?'

'Dat hou ik graag voor mezelf,' antwoordde ik. 'Maar hij weet het.'

'Was het dan met wederzijdse instemming?'

Alsof het iets aan mijn toestand zou veranderen als het anders was geweest! 'Jazeker. Het gebeurde niet tegen mijn wil. Het was... een ongelukje.' Was het dat echt? We hadden een heerlijke avond gehad, een avond waarvan ik dacht dat die ons gelukkig zou maken. Maar blijkbaar betaalde je voor alles een prijs.

Dokter Meyerhoff dacht na. 'Als u het wilt, zeg ik het niet tegen uw ouders,' verklaarde hij. 'U bent weliswaar nog niet meerderjarig, maar in dit geval zou ik een uitzondering maken. U kunt uw toestand echter niet eeuwig blijven verbergen.'

Ik werd heen en weer geslingerd. Als hij het voor zich hield, hoelang zou ik dan nog veilig zijn? Nog een maand? Twee? Mijn vaders toorn zou hoe dan ook over me losbarsten. Alleen Georg kon nog verschil maken.

'Ik weet het,' zei ik ten slotte, toen keek ik hem aan. In zijn ogen lag medeleven, alsof hij een ernstige ziekte bij me had geconstateerd. En voor mij voelde het ook zo. Mijn maag stond in brand en mijn hart ging tekeer. Ik werd steeds banger. Zou ik dat nog een maand kunnen uithouden? Kon ik wachten tot Georg toenadering zocht? Zou hij dat wel doen? Ik kon niet bewijzen dat het kind van hem was. Het was gemakkelijk te insinueren dat ik misbruik van de situatie wilde maken...

Ik keek naar mijn handen, die ik zo hard tot vuisten gebald had dat de knokkels wit uitstaken. 'Vertelt u het ze maar.'

'Weet u dat zeker?'

'Het wordt er niet beter op als ik ermee wacht,' antwoordde ik met grimmige vastberadenheid.

De dokter legde vol medeleven zijn hand op mijn arm en knikte. 'U moet goed op uzelf passen en genoeg eten,' zei hij zachtjes. 'Hebt u erg veel last van misselijkheid?'

'Mijn smaakzin is veranderd en mijn neus is veel te gevoelig. Maar de misselijkheid is nog wel te verdragen.'

Daarmee leek dokter Meyerhoff alles te weten wat hij nodig had. Hij stopte de stethoscoop terug in zijn tas. 'Goed. Ik geef u een recept voor het geval dat het erger wordt.'

Ik knikte, pakte mijn rok en trok hem over mijn heupen. Daarna deed ik mijn blouse weer aan.

Dokter Meyerhoff liep de kamer uit.

Ik deed mijn ogen dicht. De tijd leek stil te staan.

Mijn moeders smartelijke gehuil bracht me in de werkelijkheid terug.

Dokter Meyerhoff praatte sussend op haar in. 'Kalmeer alstublieft! Het is niet het einde van de wereld. Eigenlijk is het iets vreugdevols.'

'Vreugdevol?' klonk de snerpende stem van mijn vader.

Het volgende moment viel hij mijn kamer binnen. Dezelfde handen die me de keuken uit hadden gedragen en me voorzichtig op mijn bed hadden gelegd, pakten me nu ruw bij mijn schouders en schudden me door elkaar. 'Wat bezielde je?' schreeuwde hij. 'Wat heeft je bezield? Wie is die vent? Zeg op!'

'Meneer Krohn, alstublieft!' schoot de dokter me te hulp en hij pakte mijn vader bij zijn armen. 'U mag uw dochter niet zo onder handen nemen.'

Mijn vader liet me los en zette een stap naar achteren. Ik week uit naar het raam. De plekken waar hij me had vastgepakt deden pijn.

'Wie heeft je zwanger gemaakt?' viel mijn vader tegen me uit. 'Ik vermoord hem! Was het een jaargenoot? Zeg me de naam van die rokkenjager!'

Mijn vaders ogen waren zwart als kool en leken tegelijkertijd te branden. Op de achtergrond hoorde ik mijn moeder nog steeds huilen. Ik kon geen geluid uitbrengen.

Dokter Meyerhoff nam het woord. 'Meneer Krohn, probeert u de kwestie alstublieft rationeel te bekijken. Het gaat om iets natuurlijks.'

'Iets natuurlijks?' herhaalde mijn vader woedend en hij draaide zich snel om. 'U kunt maar beter gaan! Dit is een zaak tussen mij en mijn dochter!'

Dokter Meyerhoff verkeerde in tweestrijd, maar uiteindelijk knikte hij. 'Zoals we hebben besproken, zal ik u een medicijn tegen de misselijkheid laten brengen,' zei hij tegen mij. Toen liep hij de deur uit.

Mijn vader bleef snuivend van woede voor mijn kamerdeur staan, als een bewaker die me wilde beletten te ontsnappen. We zwegen een hele tijd.

'Wie is die vent?' vroeg hij toen nog een keer dreigend. 'Je zult met hem moeten trouwen, zodat het geen publiek schandaal wordt.'

'Ik... Ik kan...' Mijn stem begaf het.

'Wat kun je?' Mijn vader zette weer een paar stappen in mijn richting. Mijn moeder was intussen opgehouden met huilen. Ik wou dat ze kwam om me te beschermen. Dat ze zou zeggen dat we wel een oplossing zouden vinden. Maar ze bleef uit de buurt van mijn kamer.

'Ik... Ik kan niet met hem trouwen!' zei ik vlug toen mijn vader vlak voor me stond. Ik zou mezelf uit het raam moeten gooien om aan hem te ontkomen. Maar hij raakte me met geen vinger aan.

'Hij... Hij is getrouwd,' stamelde ik en ik verwachtte elk moment een oorvijg als straf. Mijn vader stak wel zijn hand omhoog, maar hij hield zich halverwege in. Ik zag aan zijn ogen dat hij giste wie de schuldige kon zijn.

'Is het soms die docent bij wie je werkt? Heeft die je verleid?'

Ik perste betrapt mijn lippen op elkaar. Ik had me kunnen verdedigen en kunnen zeggen dat hij toen met een scheiding bezig was. Dat ik toekomstverwachtingen met hem had gehad. Maar dat zou juist de ruzie veroorzaken die ik vreesde en waar ik te zwak voor was.

'Ik wist het... Die klootzak!' fluisterde hij en hij keek naar het tapijt. Wat zou er nu gaan gebeuren?

De blik van mijn vader werd hard. 'Je gaat onmiddellijk mijn huis uit!' snerpte mijn vaders stem en hij wees naar de deur. Ik wil niet met een lichtzinnige hoer onder een dak wonen! Zie maar hoe je uit de misère komt! In je eentje!'

Ik voelde dat er binnen in me iets brak, als een ruit met een barst die de druk niet langer aankan.

Mijn vader liep mijn kamer uit, maar zijn woorden galmden nog na. Een lichtzinnige hoer. Ja, dat was ik. Maar ik was ook nog altijd zijn dochter.

Het ergste was echter dat ik juist deze reactie had voorzien.

Ineens had ik het gevoel dat ik in een vrije val raakte. Als een pot met geraniums die van de vensterbank naar beneden viel. Maar ik sloeg niet te pletter. Ik bleef gewoon staan en besefte dat dit mijn laatste ogenblikken in deze kamer zouden zijn.

Vanuit de keuken hoorde ik mijn moeder. 'Heinrich, dat kun je niet doen! Ze is je dochter!'

'En of ik dat kan!' brulde hij. 'Ze heeft een beslissing genomen toen ze met die kerel naar bed ging. Nu moet ze daar ook maar de gevolgen van dragen!'

'Maar waar moet ze dan heen?'

'Dat is haar zorg! Laat ze maar naar die vent gaan! Ik wil haar hier niet meer zien!'

Elk woord was als een dolksteek. Het was een opluchting dat mijn moeder het nog een beetje voor me opnam, maar ik besefte ook dat ze te zwak was om haar wil door te drijven. Ze zou zich moeten schikken. Net als ik.

Ik haalde diep adem. Mijn brein zocht koortsachtig naar een

oplossing. Ik kon naar Georgs lab gaan. Hij was daar niet, maar ik had een sleutel voor het geval dat. Maar iets in me verzette zich daar heftig tegen.

Nee, ik had iets anders nodig. Ik had iemand anders nodig.

Terwijl ik nadacht, foeterde mijn vader door. Zijn woorden jachtten voorbij als wolken tijdens een storm.

'Ze is je dochter!' riep mijn moeder ten slotte weer, en mijn vader antwoordde: 'Ik heb geen dochter meer!'

Er denderden voetstappen door de gang, daarna werd er een deur dichtgeslagen. Ik trilde over mijn hele lichaam. Van angst, van woede en van teleurstelling.

Ik hoorde mijn moeder weer huilen, maar ze verscheen niet in mijn kamer. Mama, dacht ik, mama, waarom kom je niet naar me toe? Waarom kom je niet met me praten? Ik wachtte minutenlang. Tevergeefs. Op een gegeven moment verdween ze in de slaapkamer.

De tranen liepen me over de wangen, maar ik was te geschokt om verdriet te voelen. Ik had naar hen toe moeten gaan, om vergiffenis moeten smeken. Maar ik wist dat dat niets zou opleveren. Daar kende ik mijn vader al te goed voor. Als iemand zijn ergernis wekte, vergaf hij dat de betrokkene niet.

Werktuiglijk draaide ik me om en opende mijn kledingkast. Ik had mijn besluit genomen.

3

Ik legde mijn hoofd tegen de ruit van de metro. Mijn slapen klopten. De gesprekken om me heen vervaagden. Door het schommelen van het treinstel schudde mijn lichaam heen en weer, het voelde slap aan, als een lappenpop. In gedachten was ik ver weg, bij de dag waarop ik Henny had leren kennen.

Het was zomer toen de familie Wegstein verhuisde naar een van de acht appartementen in het huis waar wij ook woonden. De vader was heel stil, de moeder erg levendig. Ze waren net zo'n stel uit een weerhuisje, waarbij de vrouw dan wel het vaakst tevoorschijn kwam. De man vertoonde zich zelden. Er werd gezegd dat hij ziek was, niet lichamelijk maar psychisch.

Henny was een levendig meisje met blonde vlechten, dat zodra ze me zag op me afkwam. 'Mag ik meespelen?' vroeg ze. Zoals zo vaak zat ik stilletjes en alleen op mijn hurken in mijn hoekje van het erf. Ik had geen aansluiting gevonden bij de andere kinderen die hier woonden. Ik moest een te zonderlinge indruk op hen hebben gemaakt met mijn glazen knikkers, waarmee ik urenlang kon spelen zonder er genoeg van te krijgen.

Ik keek haar aan. De zon stond hoog boven haar en deed de losgeraakte plukjes haar op haar hoofd glanzend oplichten. Ze was twee jaar ouder dan ik en als ze glimlachte werd er een spleetje tussen haar tanden zichtbaar. Dat was wat me voor haar innam. Ze was net zomin volmaakt als ik, die vanwege mijn bril altijd brilslang werd genoemd. Ik knikte, ze hurkte naast me neer en liet me haar de waarde van elke knikker uitleggen. Het stoorde haar niet dat ik een bril droeg.

Onze vriendschap bleef door de jaren heen bestaan, en dat terwijl Henny steeds knapper werd en mijn bril al die tijd maar op mijn neus bleef staan.

We waren onafscheidelijk, al zaten we op de lagere school in verschillende klassen. De pauzes brachten Henny en ik altijd samen door. Tot mijn vader zijn winkel opende en er geld binnenkwam. Ik ging naar het meisjeslyceum, Henny volgde het middelbaar onderwijs op onze oude school.

Maar dat maakte ons niet uit. Zelfs de verhuizing van ons gezin naar een ander stadsdeel had geen invloed op onze vriendschap. Ook al woonden we nu vele straten van elkaar verwijderd, we gingen zo vaak we konden bij elkaar langs.

Mijn vader was deze vriendschap een doorn in het oog. Hij had liever gezien dat ik vriendschap had gesloten met de beter gesitueerde meisjes. Maar die meden mij vanwege mijn onzuivere huid en mijn bril. Henny daarentegen mocht me zoals ik was. Ten slotte zwichtte mijn vader en mocht ik haar opzoeken en zij mij.

We zagen elkaar minstens twee keer per week en wisselden al onze verhalen en geheimen uit. Ze troostte me als ik weer eens geplaagd was en ze probeerde samen met mij mijn eerste zelfgemaakte crème uit. Toen ik werd aangenomen aan de universiteit vierden we dat een hele nacht lang. Inmiddels had ze het vak van modiste opgegeven en was ze begonnen met dansen. Dat ze dat naakt deed choqueerde me aanvankelijk, maar ook benijdde ik Henny wel om haar vrije leven. Haar ouders bemoeiden zich sinds haar eenentwintigste niet meer met haar. Haar moeder had het te druk met haar man, wiens geest steeds somberder werd, om zich om haar dochter te bekommeren. Alleen zeurde ze haar af en toe aan het hoofd dat ze zou moeten trouwen. Henny peinsde er niet over. Ze was zo vrij als de wind, ze wilde zich aan geen enkele man binden.

Mijn ouders iets over Henny vertellen was in de loop der tijd steeds lastiger geworden. Mijn vader zou Henny's levenswandel nooit hebben getolereerd, evenmin als mijn vriendschap met haar. Omdat ik was aangewezen op zijn financiële steun en geen ruzie wilde, verzweeg ik wijselijk wat ze deed. Ook al had Henny er geen begrip voor, ik verzocht haar toch om niet al te vrijmoedig te zijn tegen mijn ouders. Niet omdat ik me schaamde, maar omdat ik bang was dat ze dan niet meer welkom zou zijn.

Ik schrok op toen we station Kurfürstenstrasse binnenreden. Snel pakte ik mijn koffer en haastte me naar buiten. Op het perron voelde ik me oneindig verloren. De man die met het bordje HEB HONGER! tegen een paal zat en me met een lichtelijk bezeten blik bekeek, joeg me angst aan, dus liep ik snel de trap op.

Het begon harder te regenen. Doorweekt en klappertandend bereikte ik het huis waar Henny sinds drie jaar woonde. Het was een van de beter onderhouden arbeidershuizen aan de rand van het park Tiergarten, vier verdiepingen hoog en met een kleine binnenplaats, die elk nog zo zachtjes uitgesproken woord versterkte als de luidspreker van een grammofoon. Ik keek omhoog langs de gevel met al zijn richels en hoekjes. Achter een van de ramen helemaal boven woonde mijn vriendin.

Nog steeds voelde ik weerstand om haar om hulp te vragen. Maar als ik niet wilde overnachten onder een brug of in een metrostation, had ik geen andere keuze. Mijn grootouders van moederskant had ik nog gekend, maar ze waren drie jaar geleden gestorven. Mijn vader had zijn beide ouders vroeg verloren en was opgegroeid bij een inmiddels ook overleden tante. Afgezien van mijn ouders had ik geen familie. En afgezien van Henny geen vriendin.

Ik belde aan.

Toen bedacht ik dat Henny misschien nog in het variététheater was. Het vooruitzicht tot het ochtendkrieken in de regen te staan maakte mijn wanhoop nog groter.

Toen ging er boven een raam open en klonk Henny's stem: 'Wie is daar?'

'Ik ben het, Sophia.' Ik wist dat alle buren nu hun oren spitsten. Het was slechts een kwestie van tijd voordat ook andere mensen hun hoofd uit het raam zouden steken.

'Sophietje!' riep ze ongelovig uit. 'Wacht, ik kom naar beneden.'

Even later zag ik door het raam van de overloop het licht aan gaan. Er verscheen een schaduw en kort daarop ging de deur open.

Henny had haar blonde haar met een doekje bijeengebonden en ze droeg een ochtendjas. Op haar gezicht lag een dikke laag vette crème, hoewel ze die absoluut niet nodig had. Haar huid was altijd al zo zacht en rozig als een perzik geweest. 'Goeie genade!' riep ze. 'Wat is er gebeurd?'

Ik wist dat de muren hier oren hadden en daarom antwoordde ik: 'Mag ik een poosje bij je logeren? Alsjeblieft! Ik leg je alles boven wel uit.'

Ze keek me verbaasd aan, pakte me toen bij mijn arm en trok me mee.

Een doordringende geur van sigaren, vochtige muren en kattenpis kwam me tegemoet. Mijn keel werd dichtgesnoerd door misselijkheid. Het behang aan de muren stond stijf van de watervlekken en hier en daar bladderde het af. Het dessin was nauwelijks nog waarneembaar. De afgetrapte lopers werden ontsierd door modderige voetstappen.

Opeens leek mijn lichaam loodzwaar. Ik moest nog zo veel trappen op. Hoe zou ik dat voor elkaar krijgen? Maar toen begonnen mijn benen als vanzelf te bewegen, zo pijnlijk als ze waren. Dof klonken mijn stappen op de vervuilde biezen matten.

Henny's woning lag helemaal boven op de vierde verdieping en was niet veel meer dan een grote kamer met een raam. Ik was nauwelijks over de drempel of ik verloor al mijn kracht en zakte op mijn knieën. De snikken die ik al die tijd had opgekropt braken nu los. Ik kromp ineen en gaf me over aan de pijn die door mijn lichaam raasde.

Boven het donderende geluid van mijn hartslag uit hoorde ik dat Henny de deur achter me sloot. Even later voelde ik haar handen op mijn rug. Zacht streelde ze mijn ruggengraat. 'Wat is er toch gebeurd, lieverd?'

Hortend en stotend kwamen de jammerklachten uit mijn keel. Henny liet haar hand op mijn rug liggen tot ik in staat was me enigszins op te richten. Toen nam ze me in haar armen en wiegde me zachtjes. 'Alles komt goed,' fluisterde ze in mijn haar. 'Hier kan niemand je kwaad doen.'

Ik gaf me nog een poosje aan mijn wanhoop over en kalmeerde toen.

'Denk je dat je overeind kunt komen?' vroeg Henny ten slotte, toen mijn tranen waren opgedroogd.

Ik keek haar met gezwollen ogen aan en knikte. Ze hielp me overeind en leidde me naar het ijzeren bed, dat het grootste deel van de kamer besloeg. De veren piepten zachtjes toen ik me erop liet zakken.

'Zal ik een kopje thee voor je maken?' vroeg ze. 'Ik heb weliswaar alleen kamille, maar mijn moeder zweert erbij, volgens haar is het overal goed voor.'

Ik schudde mijn hoofd. 'Nee, dat is niet nodig,' zei ik. Mijn stem klonk nasaal. 'Ik...'

'Een beetje water misschien? Of iets anders? Ik heb ook surrogaatkoffie.'

'Je moet me helpen,' zei ik en ik liet mijn hoofd zakken. Opeens voelde ik de hele last van mijn daad op mijn schouders. 'Mijn ouders hebben me eruit gegooid.'

'Eruit gegooid?' herhaalde ze verbijsterd. 'Hoezo? Wat heb je uitgespookt?'

Ik tilde mijn hoofd op. Tegen mijn ouders had ik het niet kunnen zeggen, maar tegenover Henny voelde ik geen enkele gêne. 'Ik ben zwanger.'

'Goeie genade!' Henny sloeg haar hand voor haar gezicht. 'Van die docent?'

'Ja.'

Ze schudde haar hoofd vol onbegrip. 'Wat een schoft. Niet dat ik je niet voor hem heb gewaarschuwd, maar...'

Dat had ze inderdaad. Maar in de roes waarin ik verkeerde als ik met hem samen was, had ik er niet aan gedacht wat dat allemaal inhield. Wat de gevolgen konden zijn.

'Het spijt me,' zei Henny en ze ging naast me op het bed zitten. 'Ik wilde niet zo onaardig tegen je zijn.'

‘Je had gelijk!’ zei ik snikkend. ‘Maar... Maar ik... Ik dacht echt dat hij zou gaan scheiden! Maar nu...’

‘En nu doet hij dat niet?’

‘Nee. Zijn vrouw heeft haar scheidingsaanvraag ingetrokken en hij is bang voor een schandaal.’

‘En terecht!’

‘Maar ik ben daar ook bang voor!’ En weer begon ik te snikken.

Henny legde haar hoofd tegen het mijne, terwijl ze haar arm om mijn schouders sloeg. ‘Hou je van hem?’ vroeg ze in mijn haar.

‘Ik weet het niet,’ antwoordde ik. ‘Ik... Ik vond het fijn om begeerd te worden. En ik dacht ook wel een beetje... Zou het niet mooi zijn als je een man had die begrijpt wat je wilt? Je weet dat ik hiervoor nooit iets met mannen heb gehad...’

Henny zuchtte. ‘De duivel grijpt de eerzamen het snelst,’ mompelde ze en ze gaf me een kus op mijn wang. ‘Ik haal even een glaasje water voor je.’

Terwijl ze verdween achter het gordijn dat haar ‘badkamer’ scheidde van de rest van haar kamer bleef ik naar mijn schoenen staren. Ze hadden een plasje op de plankenvloer achtergelaten. De zoom van mijn jas was bezaaid met vuilspatten, want onderweg waren sommige automobilisten genadeloos door elke plas water gereden die hun voor de wielen kwam.

‘Je kunt hier rustig een tijdje blijven,’ zei Henny toen ze me een emaillen beker in de hand drukte.

‘Dank je wel,’ zei ik. ‘Ik beloof je dat ik je weer met rust laat zodra ik een andere oplossing heb gevonden.’

Henny knikte, maar haar blik gaf me te verstaan dat ik niet zo snel een uitweg zou vinden als mijn ouders zich niet zouden bedenken.

4

Hoewel ik me de volgende ochtend geradbraakt voelde, ging ik op weg naar de universiteit. Een paar boeken lagen nog thuis, die zou ik later wel ophalen. Ik wilde in elk geval mijn moeder laten weten waar ik onderdak had gevonden. Maar eerst wilde ik een mogelijkheid vinden om Georg te spreken. Misschien was hij van gedachten veranderd en kon hij me helpen.

Met mijn boeken op de arm koerste ik af op de grote zaal en liep naar de middelste rijen banken. Mijn maag protesteerde. 's Ochtends had ik overgegeven, maar omdat ik sinds de vorige ochtend niets had gegeten, was er alleen gal gekomen.

Het college was saai, ook omdat de docent erg monotoon sprak. Na een poosje vielen mijn ogen dicht. Toen het college uiteindelijk met donderend geroffel op de tafels werd beëindigd, werd ik weer wakker.

Buiten op de gang heerste dicht gedrang. De scherpe geur van eau de cologne vermengd met die van scheerzeep drong mijn neus binnen. Ik werd misselijk en zocht mijn toevlucht bij een raam.

'Pardon,' zei ik tegen twee mij onbekende studenten en ik opende het raam. Even later voelde ik vochtig koude lucht in mijn gezicht stromen. Er liep speeksel in mijn mond en ik bad dat ik niet hoefde over te geven. Om mezelf af te leiden keek ik over het binnenplein. Een paar medestudenten liepen haastig over de bestrating, terwijl andere met elkaar stonden te praten. Hadden ze enig idee hoeveel makkelijker hun leven was, alleen maar omdat ze man waren?

De misselijkheid trok langzaam weg. Het geroezemoes om me heen was intussen wat minder geworden.

Ik had nu naar het college biochemie gemoeten, maar ik zag Georg op de trap. Hij leek een beetje verstrooid, keek op zijn horloge en daarna opzij. Ineens hief hij zijn hoofd en keek me recht aan. We waren overeengekomen dat ik hem niet zou aanspreken. Maar in hoeverre gold dat nu nog?

Toen een paar studenten die blijkbaar haast hadden ons gepasseerd waren, kwam hij naar me toe. 'Juffrouw Krohn, kan ik u even spreken? In mijn kantoor?'

Er vlamde een sprankje hoop in me op. Hij wist een oplossing. Waarom zou hij me anders willen spreken? 'Maar natuurlijk, doctor Wallner,' antwoordde ik en ik liep achter hem aan.

'Hoe gaat het?' vroeg hij met gedempte stem nadat hij de deur had dichtgedaan.

Ik haalde trillend adem. Mijn hart bonsde. Zijn stem klonk anders dan de vorige dag, kalmer en redelijker.

'Ik ben gisteravond flauwgevallen.' Ik was verrast over mijn openheid. 'Onze huisarts... heeft het tegen mijn ouders gezegd.'

Georg nam mijn antwoord met een knikje ter kennis. 'Dan weten ze het dus,' zei hij.

'Ja,' zei ik, want ik merkte dat dat zijn grootste zorg was. 'Mijn vader heeft me eruit gegooid.' Ik haalde diep adem en keek hem recht aan.

'Heb je hem gezegd dat ik...'

'Hij heeft het geraden.'

'O mijn god!' kreunde hij. 'En nu?'

'Hij zei dat ik me maar in mijn eentje moest zien te redden. Ik denk niet dat je iets van hem te vrezen hebt.'

Hij haalde opgelucht adem. 'Heb je onderdak gevonden?' vroeg hij, maar hij klonk niet bezorgd. Hij stelde de vraag heel nuchter.

Ik keek hem verbijsterd aan. Was hij altijd zo geweest? Of had ik hem door een roze bril gezien?

Natuurlijk was dit niet de juiste plaats voor emotionele uitbarstingen. Maar door hem verkeerde ik in grote problemen! En hij vroeg alleen of ik onderdak had gevonden.

'Ik logeer bij een vriendin,' antwoordde ik, terwijl ik mijn best deed mijn stem niet te laten trillen. 'En ik zal het volgende semester wel niet kunnen komen. Mijn vader verklaarde dat hij geen dochter meer heeft. Het is gegaan zoals ik vreesde.' Ik keek hem aan. 'Je moet me helpen, Georg! Op de een of andere manier. Ik weet niet wat ik moet doen. Ik heb hulp nodig.' Ik moest even ophouden, want ik kreeg last van ademnood. 'Als je me voor het werk in het lab zou betalen...'

Georg schudde zijn hoofd. 'Dat is niet mogelijk. Het...' Hij stokte. Wat wilde hij zeggen? Dat het te gevaarlijk was om nog met chemicaliën te werken?

'Wat?' vroeg ik boos.

'Als ze je zien... In jouw toestand...'

'Wat heeft dat met mijn werk te maken?' De vloer onder mijn voeten leek te zweven. 'Je vrouw komt niet in het lab. En de anderen... Die weten niet van wie ik zwanger ben!'

Ik had het gevoel dat ik boven een afgrond hing en dat zijn hand, waarmee hij me vasthield, me langzaam losliet. 'Wat moet ik doen?' vroeg ik beklemd en wanhopig. 'Je kunt me toch niet zomaar aan mijn lot overlaten!'

Georg snoof, toen deed hij een greep in de zak van zijn colbertje. 'Ik... Ik zal je in het laboratorium houden, maar onder één voorwaarde.' Hij overhandigde me een visitekaartje. 'Dat je je door deze dokter laat helpen.'

Ontzet keek ik naar de naam en het adres, ergens in Friedrichshain. Hij zei er niet bij wat ik daar moest, maar dat wist ik zo ook wel.

Niet dat ik het kind had gewild. Ik had er nooit over gedacht moeder te worden. De studie en mijn veronderstelde toekomst als drogist hadden bij mij altijd vooropgestaan.

Maar de gedachte het door een arts te laten weghalen stond me tegen en beangstigde me zelfs. En meer nog beangstigde me de man die me een paar dagen geleden nog teder in zijn armen had gehouden.

'Je stelt dus als voorwaarde voor hulp dat ik naar een engeltjesmaker ga?' viel ik tegen hem uit.

'Niet zo hard, alsjeblieft!' viel hij me in de rede en hij keek naar de deur. Alsof er drommen luistervinken achter stonden.

Het duurde even voordat ik iets over mijn lippen kon krijgen. 'Dan gaat het dus alleen om jou? Dat jij er geen last mee krijgt?'

Hij hief sussend zijn handen, maar keek als een betrapte jongen. 'Nee, het gaat ook om jou! Wat denk je dat je met een kind te wachten staat? Je zult nergens werk kunnen vinden!'

Hij had gelijk. Daarom had ik hem ook om hulp gevraagd.

'Als het kind weg is, neem ik je aan als mijn assistente. Tegen betaling.'

'En zal die betaling voldoende zijn om mijn studie te bekostigen?' Het kaartje in mijn hand voelde aan alsof ik het tussen het vuilnis vandaan had gehaald. Ik had het hem het liefst naar zijn hoofd gegooid.

'Dan zou je een inkomen hebben,' antwoordde hij. 'En iets kunnen doen met wat je hebt geleerd.'

Daarmee was mijn vraag wel beantwoord. De betaling zou niet genoeg zijn om verder te studeren. Ik zou op een kleine etage kunnen wonen, me twee of drie maaltijden per dag kunnen permitteren, en als ik zuinig was ook af en toe een nieuwe jurk. En daarvoor moest ik het kindje opofferen?

Het ergste was dat er voor Georg meteen twee problemen zouden zijn opgelost: het kind was weg en ik werd van hem afhankelijk. Op die manier kon hij zeker weten dat ik mijn mond hield. Hij zou macht over me hebben. Zo kocht hij mijn stilzwijgen, nee: dat dwong hij af. Ik zou aan zijn gunsten zijn overgeleverd.

'Het is het beste, geloof me,' zei hij. Zijn woorden waren als een lucifer die werd afgestreken. 'Voor ons allebei. Als het kind weg is, wordt alles weer normaal.'

'Niet voor mij,' wierp ik tegen.

'Tja, het is jammer dat je ouders het te weten zijn gekomen. Het was makkelijker geweest als je meteen naar die dokter had kunnen gaan.'

'Makkelijker?' vroeg ik verbijsterd. 'Denk je echt dat het dan makkelijker was geweest?'

'Dat begrijp ik niet.'

'Er wordt niets makkelijker!' riep ik uit. 'Hoe het ook zij, ik heb alles verloren! Denk je dan dat mijn ouders het niet hadden gemerkt? Het was makkelijker geweest als je nooit toenadering had gezocht! Als je me niet had verteld dat je een vreselijk huwelijk had en dat je vrouw wilde scheiden!' Mijn stem werd luider. Het kon me niet schelen of iemand het hoorde, het zou toch mijn laatste dag hier zijn. 'Het was makkelijker geweest als ik niet met je naar bed was gegaan, schoft die je bent!'

'Sophia!' Hij keek kwaad. Ik kon niet zeggen of dat was omdat mijn toon hem niet beviel of omdat ik luid sprak terwijl hij zo veel te vrezen had.

'Ik zet mijn gezondheid niet op het spel door naar jouw engeltjesmaker te gaan,' vervolgde ik. Het bloed klopte in mijn oren. Het vuur binnen in me laaide fel op. Alle woede die ik niet tegen mijn vader had kunnen uiten, kwam nu naar buiten. 'Ik laat het kindje niet doodmaken! En je aalmoes neem ik niet aan. Loop naar de pomp, Georg! Loop naar de pomp!' Daarop draaide ik me om.

Meteen pakte hij me vast. Ruw sloten zijn vingers zich om mijn arm. 'Doe niet zo stom,' zei hij kwaad. 'Het is de enige manier! Ik kan niets voor je doen als je niet...'

'Je wilt helemaal niets voor me doen!' onderbrak ik hem. 'Misschien hoop je wel dat ik bij de ingreep sterf.'

'Dat is niet waar!'

Ik trok me los. Het liefst had ik hem in zijn gezicht gekrabd, maar daar was ik niet toe in staat. Mijn laatste krachten had ik nodig om weg te komen. 'Goedendag, doctor Wallner,' zei ik met alle zelfbeheersing die ik nog wist op te brengen. Toen liep ik het kantoor uit.

Op de gang weerstond ik de impuls om het kaartje op de grond te gooien. Terwijl de tranen me in de ogen schoten stopte ik het in de zak van mijn jas.

Hoe had ik me door hem kunnen laten verleiden! Hoe had ik

toch voor een paar momenten van aandacht en begeerte mijn doel uit het oog kunnen verliezen! Voor de droom een echtgenoot te vinden die me begreep, met wie ik samen kon werken.

Ik rende weg, en het kon me niet schelen of iemand het zag. Ik zou het einde van het semester niet meer afwachten. Ik wilde niet het risico lopen Georg steeds tegen te komen.

Henny zat voor haar halfblinde spiegel toen ik een uur later terugkwam. In het felle daglicht waren de gebreken van haar woning duidelijker zichtbaar. De scheur in het plafond was alarmerend, het gele patroontjesbehang oogde vlekkerig. Bij het raamkozijn brokkelde het stucwerk af. De gordijnen daarentegen zagen er netjes uit, maar die hadden hun beste tijd wel gehad. Het meubilair was een allegaartje. In de hoeken stonden kratten en dozen, een kast was er niet. De sprei op het bed was verschoten.

Mijn vriendin kon zich hier in haar eentje wel bedruipen, maar geld voor een betere woning had ze niet. Laat staan voor mij.

Mijn geweten knaagde. Toen dat wat was afgezakt, brak ik mijn hoofd over wat ik kon doen.

Ik zou me kunnen aansluiten bij de vrouwen op de Alexanderplatz die met een bord in hun hand aangaven dat ze werk zochten. Ik kon proberen op een kantoor te solliciteren.

Maar ik wist hoe de zaken ervoor stonden. Je zag niet voor niets steeds dezelfde gezichten onder de werkzoekenden.

En iets beters schoot me niet te binnen.

'En, hoe ging het?' vroeg Henny zonder zich om te draaien, terwijl ze haar wangen met lichtroze poeder bedekte. Mijn neus was nog steeds zo gevoelig dat ik de talkachtige geur meteen waarnam.

'Niet best,' zei ik, terwijl ik mijn tas op de vloer neerzette. Ik was blij dat ik mijn jas uit kon trekken, want die was nog klam van de vorige dag en rook naar natte hond.

'Heb je hem gesproken?'

Voordat ik was weggegaan, had ik haar ingewijd over mijn plan.

'Ja.'

'En? Gaat hij je helpen?'

Ik haalde het kaartje uit mijn zak, dat intussen ook vochtig was geworden, en stak het haar toe. Toen Henny het wilde aanpakken, staakte ze haar beweging abrupt.

'Heeft hij je het adres van een dokter gegeven? Heeft hij geen vertrouwen in je gynaecologe?'

'Het is een engeltjesmaker,' antwoordde ik. 'Hij zei dat hij me als ik het kind liet wegmaken als zijn assistente zou aannemen. Maar dat wil ik niet.'

Henny schudde verbijsterd haar hoofd. 'Je zou hem moeten aangeven!'

'Dat kan niet,' zei ik. 'Hij zou ontkennen dat hij de vader is. Je weet hoe dat gaat.' Ik snoof. 'Bovendien zou ik me geen advocaat kunnen permitteren.'

'En je ouders?'

'Die zouden de advocaat ook niet betalen. Mijn vader heeft duidelijk gezegd hoe hij erover denkt.'

Henny's schouders zakten omlaag. Ze kreeg een droevige blik in haar ogen.

Ik trok een stoel bij en ging zitten. 'O, Henny, hoe heb ik zo stom kunnen zijn!'

Henny schudde haar hoofd. 'Het was geen stommiteit. Wij vrouwen denken dat we de wereld naar onze hand kunnen zetten. Dan komt er zo'n vent, hij brengt ons het hoofd op hol en we worden blind – tot de schellen ons van de ogen vallen en we zijn ware aard ontdekken.'

Daar had ze gelijk in. Ook al trof Georg niet echt schuld. Ik wilde door hem begeerd worden, ik had mooi willen zijn, in elk geval voor hem.

'Ga maar even liggen.' Henny streelde over mijn haar. 'Ik moet zo naar het theater, dan heb je rust.'

Ik wist niet of ik wel behoefte had aan rust nu mijn gedachten als een tol om mijn enorme stommiteit ronddraaiden

'Henny, ik weet niet wat ik moet doen,' zei ik terwijl ik haar handen vastpakte. 'Ik heb mijn hoofd erover gebroken, maar ik kon niets bedenken. Tot dusver leek er een duidelijk perspectief te zijn.

Nu weet ik niet waar ik heen moet, ik weet het gewoon niet!'

Henny gaf me een kus op mijn slaap. 'Er zal zich wel een of andere mogelijkheid aandienen. Maar je moet uitrusten, en hoe somber de gedachten die je overvallen ook zijn, blijf sterk. Mijn oma zei altijd: "Na regen komt zonneschijn." Je staat dan nu misschien in de regen, maar ik weet zeker dat de zon weer voor je gaat schijnen.'

Ik trok haar in mijn armen en we hielden elkaar nog een poosje vast. 'Bedankt dat je er bent,' fluisterde ik in haar haar.

'We krijgen het voor elkaar, heus.' Ze keek me aan. 'Ik zal mijn oor te luisteren leggen. Misschien kan ik iets voor je doen. Tot zolang kun je bij mij blijven.'

5

’s Middags ging ik met een wee gevoel in mijn maag op weg naar de woning van mijn ouders. Gelukkig had ik mijn sleutels meegenomen.

Bij de ingang van het huis aarzelde ik, en ik keek omhoog. Het decoratieve stucwerk onder de vensterbanken was net zo vergeeld als de witte raamkozijnen. Ooit moest het gebouw diepbruin geschilderd zijn geweest, maar die kleur was inmiddels verbleekt tot een vage tint rozenhout. In de ruiten werden de wolken weerspiegeld die voor de zon langs joegen.

Zouden mijn ouders thuis zijn? Mijn vader zeker niet, die zou om deze tijd in de winkel zijn. Maar mijn moeder... Nu ik haar de vorige dag niet eens vaarwel had gezegd, wist ik niet hoe ik me tegenover haar moest opstellen.

Er klonk geblaf. Verschrikt draaide ik me om. Dat gekef kende ik maar al te goed.

‘Dag juffrouw Krohn, al terug van de universiteit?’ vroeg mevrouw Passgang, wier man drie straten verderop een slagerij had, die hem welstand had gebracht. Zijn vrouw liet haar kleine spaniël altijd om deze tijd uit.

‘Ja,’ jokte ik. ‘Het semester loopt op zijn eind en dan komt het voornamelijk neer op studeren.’ Mevrouw Passgang had geen idee hoe het eraan toeging op een universiteit. Maar alleen al het feit dat ik studeerde vond ze opwindend.

‘Dat is toch geweldig! Wat er tegenwoordig niet allemaal mogelijk is voor vrouwen! In mijn tijd was het huwelijk nog het hoogst bereikbare. En nu...' Ze zuchtte diep. Ik vroeg me af of de keuze voor een huwelijk met meneer Passgang negatief zou zijn uitgevallen als ze twintig jaar jonger was geweest.

Ik stak de sleutel in het slot en deed de deur open om mevrouw Passgang binnen te laten. In zekere zin was ik wel blij dat ze was verschenen, want anders had ik daar 's avonds misschien nog staan aarzelen.

'Doe de groeten aan uw moeder!' zei de vrouw van de slager liefjes, waarna ze in haar parterrewoning verdween. Ik bleef nog even als verlamd onder aan de trap staan. Zouden de mensen hier eigenlijk te weten komen wat er speelde in ons gezin? Het zou vroeg of laat opvallen dat ik er niet meer was. Welk verhaal zouden mijn ouders hun dan vertellen? Dat ik een lange reis aan het maken was?

Toen mijn hart enigszins tot bedaren was gekomen, klom ik de trap op. Het was doodstil, zelfs achter onze voordeur. Mijn moeder was altijd bezig, in de keuken of in de woonkamer. En zelfs als ze rustig aan een handwerkje zat, was haar aanwezigheid merkbaar.

Maar nu merkte ik niets. Ze was er niet. Opgelucht, maar ook een beetje teleurgesteld, ging ik naar binnen. De vertrouwde geur van koffie, groene zeep en een zweempje selderij kwam me tegemoet. Ondanks alles wat er was gebeurd kwam er een weldadig gevoel van thuiskomen over me heen, waardoor ik nog sterker besefte wat een grote fout ik had begaan.

Mijn kamer zag eruit alsof er de vorige dag niets was voorgevallen. Zoals altijd had mijn moeder mijn bed opgemaakt en de kastdeuren dichtgedaan. Alles wekte de indruk dat mijn ouders verwachtten dat ik zou terugkomen.

Ik weerstond de aandrang op mijn bed te gaan liggen en uit het raam te staren, het raam waardoor ik zo vaak naar de wolken boven de huizenrij aan de overkant had gekeken. Ik moest me haasten, dus deed ik vlug mijn kast open.

De vorige dag had ik al een paar dingen meegenomen, nu moest de rest volgen. De meeste jurken zouden me, net als mijn rokken, algauw te krap zijn. De iets wijder vallende blouses zou ik nog een tijdje kunnen dragen. Een van mijn rokken had een elastieken band. Als ik hem iets verstelde, kon ik die ook nog aan tot mijn buikomvang het niet langer toeliet.

Vechtend tegen mijn tranen pakte ik de weinige kledingstukken in. Ook de jurk die ik voor mijn achttiende verjaardag had gekregen nam ik mee. Wie weet braken er betere tijden aan en zou ik hem dan kunnen dragen. In geval van nood zou ik hem verpanden.

Jammer genoeg had ik nooit veel om sieraden gegeven. Een gouden kettinkje met een gegraveerd hartje als hanger en bijpassende oorbellen waren alles wat ik bezat en ook dagelijks droeg. Mijn moeder had me het setje ter gelegenheid van mijn vormsel gegeven. Ik zou het nooit wegdoen, ook al leverde goud een betere prijs op dan gedragen jurken.

Ten slotte kwam ik bij het kleine koffertje dat er op het eerste gezicht uitzag als een naaidoos. Er zaten geen naalden in, maar kolven, schaaltjes, pipetten, thermometers en een vijzel met stamper. Het was mijn eerste uitrusting geweest, waarmee ik een crème voor mezelf kon maken. Ik had het jaren geleden van mijn vader gekregen, als kerstcadeau.

Ik maakte het kistje open en liet mijn vingers voorzichtig over het breekbare laboratoriumglaswerk gaan, dat me zo veel meer deed dan sieraden of zijden sjaaltjes.

Daardoor hoorde ik niet dat er achter de voordeur voetstappen naderden. Toen het slot opensprong, kromp ik in elkaar. Ik klapte meteen het deksel dicht en vloog overeind. Met bonzend hart keek ik naar de deur.

De stappen verstomden even in de gang, toen kwamen ze dichterbij. Ik voelde een vluchtreflex, maar waar had ik naartoe gekund? De enige weg naar buiten was door het raam.

Mijn moeder stond verstijfd in de deuropening. 'Sophia.' Ze leek verrast.

'Mama.'

Er volgde een stilte. Een van ons moest iets zeggen, maar we leken allebei een brok in de keel te hebben.

Uiteindelijk was ik degene die begon. 'Ik... Ik kwam alleen wat spullen ophalen.'

Mijn moeder knikte en perste haar lippen op elkaar. Zeg toch iets, smeekte ik inwendig. Schreeuw tegen me, verwijt me van alles, maar zwijg toch niet altijd!

'Heeft dokter Meyerhoff...' Mijn stemgeluid verdween bijna onder het gebons van mijn hart. 'De medicijnen...'

Dat woord leek moeder uit haar gedachten te laten opschrikken. 'Ja... Die zijn gebracht. Ik... Ik heb ze in de ijskast gelegd.'

'Heb je er iets op tegen dat ik ze meeneem?' Ik had het gevoel een vreemde tegenover me te hebben.

Mijn moeder schudde haar hoofd. Ze leek met de situatie verlegen. Er brandden duizend vragen in me over het verloop van de vorige avond. Had mijn vader gezwegen, zoals hij altijd deed als hij erg kwaad was? Had hij zijn woede de vrije loop gelaten? Dat was eigenlijk niets voor hem. Het was voor hem te belangrijk hoe de mensen over ons dachten. Geschreeuw zou er alleen maar op hebben gewezen dat er iets mis was. Al was dat ook het geval, mijn vader zou het schandaal zeker niet in de openbaarheid willen brengen.

'Ik logeer bij Henny Wegstein,' zei ik, al wilde ze dat misschien niet weten. 'Je kent haar toch nog wel?'

Mijn moeder pakte vlug mijn hand en kneep erin. 'Is er echt geen kans dat hij met je trouwt?' vroeg ze. Aan haar blik merkte ik dat ze er met mijn vader over had gesproken. Zou hij me werkelijk vergeven als ik met Georg trouwde?

Ik trok mijn hand terug. 'Ik heb met hem gepraat. Zijn vrouw heeft de scheiding ingetrokken. Hij heeft me op het hart gedrukt het kind te laten weghalen. Door een engeltjesmaker.'

Mijn moeder kreeg een kleur als vuur. Over zulke dingen spraken we eigenlijk nooit. 'Dat zou zondig zijn!' barstte ze uit.

'En als ik het toch deed?' vroeg ik. Mijn besluit stond vast, maar ik wilde haar prikkelen. Een reactie uitlokken. Alles was beter dan dat eeuwige zwijgen van haar. 'Zou alles dan weer bij het oude zijn? Zouden we dan kunnen doen alsof het nooit was gebeurd?'

Lisbeth Krohn hief haar blik naar me op. 'Dat kun je niet doen! Het is je kind. Het is tegen de wet. Het zou moord zijn.'

'Tja, dan blijft er weinig over,' zei ik. 'Met kind willen jullie me niet, en zonder kind...' Ik zuchtte. 'Ik zal dit kind niet overleveren aan een engeltjesmaker. Maar ik kan mijn fout ook niet ongedaan maken, moeder! Ben ik daarom dan jullie dochter niet meer?'

'Je had die fout nooit moeten begaan!' antwoordde ze ontsteld. 'Al dat geld dat we in je opvoeding hebben gestoken...'

'Dat wil dus zeggen dat jullie me uit jullie leven bannen? Zomaar?' Mijn maag kromp samen. Toen ik die ochtend bij Georg vandaan was gegaan, had ik pijn en woede gevoeld. In Henny's afwezigheid had ik mijn kussen nat gehuild, zonder te weten wat me meer verdriet deed: diep teleurgesteld te zijn door de man die ik liefhad of de onzekere toekomst die voor me lag. Maar de teleurstelling over mijn ouders, over hun afwijzing, woog nu nog zwaarder.

Weer keek mijn moeder naar de neuzen van haar schoenen. 'Het is fijn dat Henny je in huis heeft genomen. Ik kan niets doen. Je weet hoe je vader is.'

'Is er dan niets waardoor hij zich met me wil verzoenen?' vroeg ik. 'Niets wat ik kan proberen?' Ik zuchtte diep.

Ze perste haar lippen op elkaar en schudde haar hoofd.

'En u, moeder?' vroeg ik, terwijl de tranen opwelden. 'Dit kind is uw kleinkind! Wilt u het dan niet leren kennen?'

'Dit kind bestaat niet voor me,' antwoordde ze met een vaste stem die niet bij haar leek te passen. Toen stapte ze achteruit. Het leek of mijn vader achter me was opgedoken en haar herinnerde aan haar plichten als zijn echtgenote. 'Neem je spullen en je medicijnen mee. Als je ziek bent, kun je bij me aankloppen, maar anders raad ik je aan uit de buurt van ons huis te blijven. Ik weet niet hoe vader reageert als hij je ziet of hoort dat je hier bent geweest.' Ze draaide zich om en liep naar de keuken.

Ik staarde een moment naar de lege deuropening en begon toen geluidloos te snikken.

Eenmaal bij Henny's huis aangekomen voelde ik me grenzeloos vermoeid. De riem van mijn tas sneed pijnlijk in mijn schouder en ook mijn laboratoriumkoffertje voelde ontzettend zwaar aan. Ik sleepte me de trap op en kwam onderweg de poes tegen die op een van de lagergelegen verdiepingen thuis moest horen. Toen ze me zag, legde ze haar oren in haar nek en blies.

Ik deed de deur van Henny's woning open en ging naar binnen. Toen ik de sleutel aan het daarvoor bestemde rekje hing, schoot me te binnen dat ik de sleutel van mijn ouderlijk huis daar had achtergelaten.

Na ons gesprek had ik eerst moeten huilen, maar uiteindelijk was mijn wanhoop in woede omgeslagen. Ik had vlug mijn spullen gepakt en daarna mijn medicijnen uit de ijskast gehaald. Mijn moeder zat in de woonkamer, ze had de deur op slot gedraaid. Dat had me zo kwaad gemaakt dat ik mijn huissleutel op het kastje naast de voordeur had gegooid. Zonder te groeten had ik de woning verlaten.

Maar op de stoep had ik al spijt. Mijn sleutel was een soort reddingsboei geweest. En die was ik nu voor altijd kwijt. In tranen was ik naar de metro gelopen.

Nu liet ik me op het bed vallen, dat knarsend protesteerde. Soms moest Henny 's middags in het theater repeteren. Ik had de vochtig klamme kamer voor mezelf. Ik moest de boel eigenlijk luchten, maar dan zou de warmte vervliegen en de kachel deed er akelig lang over om de kou te verdrijven. Met de hoge vochtigheid in dit gebouw was het geen wonder dat sommige bewoners zo veel hoestten; je kon dat goed horen omdat het leek of de wanden van papier waren.

Ik sloot mijn ogen en masseerde mijn slapen. Een doffe hoofdpijn trok door mijn schedel. Mijn maag knorde, maar ik wilde niets eten.

Mijn hele leven had ik me nog nooit zo verlaten gevoeld. Ik zou niet eeuwig bij Henny kunnen blijven, ook al beweerde ze het tegendeel. Hoe moest het dan verder? Toen de deur van het slot ging, schrok ik op. Ik moest al piekerend in slaap zijn gevallen, want het was inmiddels pikdonker.

Henny deed het licht aan en slaakte een gilletje van schrik. 'Goeie genade! Waarom lig jij hier zo in het donker?'

Ik krabbelde overeind. Mijn hoofdpijn was afgezwakt tot een licht kloppen bij mijn slapen. 'Ik ben in slaap gevallen.'

'Dat zie ik. Maar je had het licht toch aan kunnen doen? Zo erg is het ook weer niet met me gesteld!' Ze haastte zich naar de tafel en leegde de mand die ze bij zich had. 'Hier, kijk eens, verse melk! Aardappelen en kwark! Daar maken we morgen iets van klaar. Voor vandaag heb ik iets uit de kantine meegebracht.'

Terwijl ze enthousiast over haar boodschappen babbelde, haalde ik mijn hand over mijn gezicht. Mijn slechte geweten stak de kop weer op, maar mijn knorrende maag duwde het terug in zijn donkere spelonk. Het water liep me in de mond bij de geur van salami en brood. Voor het eerst sinds lange tijd had ik echt trek.

'Ik heb meneer Nelson gesproken,' zei Henny opgewonden en met hoge stem, terwijl ze borden uit de kast pakte en op tafel zette. 'Hij mopperde een paar weken geleden al dat onze huidige garderobejuffrouw telkens ziek is. Ik heb jouw naam genoemd en hij zou je morgenochtend graag spreken.'

'Weet hij dat ik zwanger ben?' vroeg ik terneergeslagen, terwijl ik me op de stoel liet zakken. 'Wat heeft hij aan me als ik een kind krijg en dan uitval? Nog afgezien van het schandaal.'

'Dacht je dat er bij ons nog iets als een schandaal wordt beschouwd?' Henny lachte. 'Vrouwen verkleden zich als man, mannen als vrouw. Wij meisjes dansen naakt. En ik ben ervan overtuigd dat sommigen er horizontaal nog wat bij verdienen.'

'Geen van jullie is zwanger,' hield ik vol.

'Dat weet je nooit!' antwoordde Henny. 'Maar zolang je niet naakt wil optreden, zal je buik meneer Nelson niet storen.'

'Weet je dat zeker?'

'Heel zeker. Je neemt de jassen aan, hangt ze weg. Dat is niet moeilijk. En als het zomer wordt, hebben de mensen toch minder aan.'

'En als het kind er eenmaal is?' Er was geen sprake van dat ik Henny dan nog steeds tot last zou zijn.

'Eén ding tegelijk,' antwoordde ze. 'Meneer Nelson is een aardige man. Zolang het kind slaapt, kun je het vast wel in een mandje in de garderobe laten staan. En als ook de laatkomers binnen zijn, kun je de kleine de borst geven.'

De gedachte mijn kind tussen de natte jassen te moeten voeden vervulde me met angst.

'En als hij me niet wil hebben?' vroeg ik.

'Dat wil hij wel,' antwoordde Henny, overtuigd van haar gelijk. 'Of heb je een ander idee waar je zou kunnen werken?'

Ik schudde mijn hoofd en vond mezelf opeens erg ondankbaar. Henny had de theaterdirecteur benaderd zonder dat ik haar erom had gevraagd. De tranen sprongen me in de ogen. 'Dank je wel. Ik zal dit nooit vergeten.' Ik sloeg mijn armen om haar heen.

Henny snoof ongeduldig. 'Is dat normaal, dat je zo jankerig wordt als je een kind krijgt?'

'Geen idee,' antwoordde ik. Ik liet haar los en veegde de tranen van mijn gezicht. 'Maar ik huil niet vanwege mijn kind...'

Henny streelde mijn wangen. 'Maak je niet druk, ik begrijp het wel. Je weet hoe ik kan zijn. Mijn moeder was ook in alle staten toen ze hoorde waarmee ik mijn geld verdien. Mijn vader weet het tot op de dag van vandaag niet. Hij denkt dat ik actrice ben. Gelukkig gaat hij nooit naar het theater. Ik ga eens per maand even bij ze langs, hoor aan dat ik binnenkort echt op zoek naar een man moet, en dat is dat.'

Ik snoot mijn neus en vertelde: 'Ik ben vandaag thuis geweest om mijn spullen te halen. Mijn moeder was thuis.'

'En? Zag ze in dat het verkeerd is om je enige dochter het huis uit te gooien, enkel en alleen omdat ze een misstap heeft begaan?'

Ik schudde mijn hoofd.

Henny zuchtte diep. 'Dan is er voorlopig niks aan te doen. Maar ik weet zeker dat het ze zal berouwen. Heb je haar verteld waar je zit?'

Ik knikte.

‘Als het stof is neergedaald, krijg je vast gauw post van haar. Of je vader komt hier langs om te zeggen dat het hem spijt. Het blijft nooit zo erg als het is.’ Ze legde een snee brood op mijn bord. ‘En nu moet je iets eten, ik wil niet dat de salami nog meer kromtrekt.’

6

Mijn hart klopte me in de keel toen ik uit de bus stapte. Op weg naar het Nelson Theater kwam ik op de Kurfürstendamm langs een paar winkels met prachtige jurken, chique bontjassen en sieraden in de etalage. Ik had nooit veel belangstelling voor mode gehad, maar toen ik mijn spiegelbeeld in de etalageruiten zag, had ik het gevoel dat ik uit een andere tijd stamde. In mijn jas en halflange rok leek ik tegenover de creaties op de etalagepoppen burgerlijk en ouderwets.

Maar een garderobejuffrouw hoefde er niet mooi uit te zien. Bij de weinige theatervoorstellingen waar ik met mijn ouders heen was gegaan, had ik de garderobejuffrouwen altijd ervaren als knorrige, strenge, in het zwart geklede vrouwen die met de jassen van de bezoekers in een donkere ruimte verdwenen. Waarschijnlijk zou ik een uniform krijgen, zwart met een wit kraagje. Hoe ik eruitzag zou niemand interesseren.

Voor het theater bleef ik staan. Twijfel bekroop me. Zou meneer Nelson me willen hebben? Ik had geen idee hoe hij was, ik kende hem alleen uit de verhalen die Henny soms over hem vertelde. Een gezette, meestal vriendelijke man die, als hij geïrriteerd was, zo hard schreeuwde dat de muren ervan trilden. Verder maakte hij goede revues. Alle stukken die in het theater werden opgevoerd kwamen uit zijn pen. Als je Henny mocht geloven vocht het publiek om de toegangskaarten.

Uiteindelijk vermande ik me en ging naar binnen. In de foyer hingen een heleboel affiches, onder andere over een voorstelling als *De reizende harem*. Naar revues en cabaret gingen mijn ouders nooit, ze vonden dat te frivool. Ik leek me in een totaal andere wereld te bevinden.

Bezorgd sloop ik door de gang zonder een levende ziel tegen te komen. De kaartjesloketten waren dicht.

Nadat ik een tijdje hulpeloos naar de kroonluchters had staan kijken, hoorde ik stemmen vanuit een gang. Ten slotte kwam er een man in een schildersoverall met een ladder op zijn schouder naar me toe. 'Pardon,' zei ik tegen hem. 'Ik zou graag meneer Nelson spreken.'

De man keek me eerst aan alsof hij me niet goed had verstaan. 'De gang door, laatste deur links, juffie,' zei hij ten slotte en hij wees met zijn arm.

Ik bedankte hem en liep door.

Het geluid van mijn voeten werd gedempt door rood tapijt. Aangekomen bij de hoge deur met een bordje ernaast dat aangaf dat zich hier het kantoor van de directeur bevond, hield ik halt en haalde diep adem. Mijn hele lichaam trilde toen ik aanklopte.

De stem die antwoordde klonk donker en een beetje nasaal.

Ik ging naar binnen. Het eerste wat me opviel was een vleugel, die het grootste deel van de ruimte in beslag nam. Verderop stond een bureau. Daarachter zat een bijzonder zwaarlijvige man in een overhemd met bretels, zijn jasje hing over de stoelleuning.

Op het bureaublad lagen een paar dichtbeschreven blaadjes verspreid. Zonder op te kijken vroeg hij: 'Wat is er?'

'Ik... Mijn naam is Sophia Krohn, ik... Henny zei dat ik me bij u kon melden.'

'Doe dan je jas eens uit, meisje,' zei hij, nog steeds zonder op te kijken. Wat boeide hem zo aan dat gekrabbel? 'Als je hier wilt komen dansen, moet ik je figuur zien.'

Dansen? Blijkbaar had hij me verkeerd begrepen.

'Ik kom niet hier om te dansen,' antwoordde ik. 'Het gaat om de baan van garderobejuffrouw.'

Nu hief hij zijn hoofd. Hij kneep zijn ogen een beetje samen en hij zag er verhit uit. Het lezen leek inspannend te zijn.

'Garderobejuffrouw,' herhaalde hij en het leek of hij even nodig had om zich de afspraak te herinneren. 'Ach ja!' zei hij en hij stond op. Zijn blik gleed langs mijn lichaam, alsof hij overwoog me toch als danseres aan te stellen. 'Zoiets heeft ze gezegd. Jullie zijn vriendinnen, nietwaar?'

Ik knikte.

'Henny is een aardig meisje. Heel betrouwbaar en heel mooi. De mannen zijn op haar gesteld.'

Dat was voor mij niets nieuws.

'Vertel eens, Sophia Krohn: wie ben je en waarom wil je uitgerekend hier werken?'

Daar had ik niet op gerekend. Ik besefte dat ik uit pure angst en in de veronderstelling dat hij me toch niet zou aannemen helemaal vergeten was om me voor te bereiden.

'Ik... Mijn naam weet u al. Ik ben hier in Berlijn geboren, mijn vader heeft een drogisterij.' Er ging een siddering door me heen toen ik het over hem had. Mijn vader, die had verklaard geen dochter meer te hebben.

'En wat doe je verder nog?' vroeg Nelson.

'Ik studeer scheikunde... Of beter gezegd, dat deed ik, tot dit semester.'

De man trok zijn wenkbrauwen op. 'Scheikunde?' Hij grinnikte. 'Hoe komt een meisje erbij om scheikunde te gaan studeren?'

'Ik was al vroeg in de natuurwetenschappen geïnteresseerd,' antwoordde ik.

'Aha, en waarom ben je ermee opgehouden? Voor een afgestudeerde scheikundige moet er toch iets anders te vinden zijn dan een baan als garderobejuffrouw!'

'Ik ben zwanger,' antwoordde ik; vroeg of laat zou hij het toch merken. 'Ik heb werk nodig, want verder heb ik niemand. Mijn ouders willen me niet meer zien. En ze betalen ook mijn studie niet meer.'

Verrast fronste hij zijn voorhoofd. Ik registreerde verbaasd dat ik in zijn blik meer medeleven trof dan in de ogen van Georg.

'Dat is betreurenswaardig,' zei hij. 'Ik heb geen dochter, maar ik weet hoe het leven soms kan lopen.'

'Dank u.' Ik probeerde mijn opwellende tranen te onderdrukken.

'En de man aan wie je dat te danken hebt?' vroeg hij, wijzend op mijn buik.

'Die is getrouwd,' zei ik enigszins bedrukt, 'en hij wil er niet voor opdraaien.'

'Ah,' zei hij alleen maar en hij graaide de blaadjes op zijn bureau bij elkaar.

Dat was het dan. Hij zou me naar huis sturen.

Hij nam even de tijd om de papieren te sorteren, toen stond hij op.

'Goed dan. Met die eerlijkheid van je zul je het niet ver schoppen, vrees ik, maar ik waardeer het als mensen eerlijk zijn. Eerlijkheid is een voorwaarde als je dagelijks te maken hebt met dure mantels, hoeden en soms ook bontjassen.' Hij zweeg even en vervolgde: 'Hoe schat je je toestand in? Kun je werken? Vooral 's avonds?'

'Ja,' antwoordde ik. Een andere keus had ik immers niet.

'Ben je vaak misselijk?'

'Alleen 's ochtends soms. Mijn gynaecologe zegt dat dat mettertijd overgaat.'

Nelson knikte. 'Goed. Je kunt vanavond beginnen. Ik hou je in eerste instantie in dienst totdat je buik dikker wordt. Je krijgt vijftien mark per week.'

'En daarna?' flapte ik eruit. 'Als mijn buik... dikker is?'

Nelson begon te lachen. 'Je bent me een mooie! Dan kijken we hoe het met je gaat en of je je nog goed kunt bewegen. Als ik tevreden over je ben, praten we verder.'

Met die woorden kwam hij achter zijn bureau vandaan en reikte me de hand. 'Akkoord?'

'Akkoord,' herhaalde ik en even later bevond ik me weer in de gang. Nelson schreed naast me, waardig als een dikke koning in de toneeluitvoering van een sprookje.

'Dat is dus de garderobe,' zei hij, wijzend op de lange houten balie die ik bij binnenkomst al had gezien. 'Je krijgt van iedere gast tien pfennig voor een hoed, twintig voor een mantel en vijftig voor een bontjas. Je geeft ze een bonnetje en brengt de mantel naar achteren.'

'Prima,' zei ik, maar Nelson keek me verwachtingsvol aan. Wat verwachtte hij van me? De aanwijzingen waren toch duidelijk!

'Henny is een groot talent,' zei hij ten slotte. 'Die gaat hier ooit weg, naar een groter theater, zo veel is zeker.' Hij stak zijn handen in zijn zakken. 'Maar zover is het nog niet, hè? Wat jou betreft kan ik geen prognose wagen, maar ik zeg je dat je er het beste van moet zien te maken.'

Ik knikte en vroeg toen: 'Krijg ik een uniform?'

Nelson schoot in de lach. 'Natuurlijk krijg je een uniform, wat denk je dan? Ik laat mijn garderobejuffrouwen toch zeker niet in hun straatkloffie in het theater rondlopen!'

Vergeleken bij de ochtend was het theater 's avonds heel anders. Alles was felverlicht en de lucht zinderde van energie. Voor de ingang stonden mannen in dure mantels en vrouwen met enorme bontstola's om. Af en toe liet het schijnsel van de straatverlichting zich vangen in een juweel, waardoor dat opflakkerde als een vallende ster.

Gefascineerd bleef ik van een afstandje naar de mensen staan staren. Het was een volkomen andere wereld dan die ik tot nog toe had gekend. En ik voelde me ook anders. Het uniform dat meneer Nelson me had gegeven schuurde, maar het gaf me hoop. Ik ging geld verdienen! Het stoorde me dan ook niet dat het inderdaad zwart was met een wit kraagje en me deed denken aan de rouwkleding die een vroegere buurvrouw na de oorlog altijd had gedragen.

Henny trok aan mijn arm. 'Kom nou! Dat zul je nog genoeg te zien krijgen. Zodra de deuren opengaan barst de hel los. Dan krijg je door al het heen en weer rennen geen kans meer om je te verbazen.'

We liepen de achteringang in. Binnen gonsde het van bedrijvigheid. Er liepen een heleboel meisjes rond, en tussen hen door ook vrouwen met kledingzakken. Musici sjouwden koffers met instrumenten door de foyer. Een contrabas, waar de eigenaar bijna achter verdween, versperde ons even de weg.

'Waarom zijn de mensen er eigenlijk al zo vroeg?' informeerde ik verbaasd, terwijl ik mijn jas uitdeed. 'De voorstelling begint toch pas om acht uur?'

'Ze willen de beste plaatsen,' verklaarde Henny. Toen omhelsde ze me en spuugde symbolisch over mijn schouder. 'Toi-toi-toi.' Toen ze mijn verwarring opmerkte, voegde ze eraan toe: 'Dat zeggen ze in het theater. Dat moet je mij ook toewensen.'

Ik had geen idee wat het betekende, maar ik voldeed braaf aan haar verzoek.

'Als het wat rustiger is, kun je door de deur loeren. Misschien zie je dan wat van de revue. Maar laat je niet betrappen.'

Daarop verdween ze naar de andere meisjes en liep met hen ergens het gebouw in. Ik keek naar de donkerbruine balie voor me. Mijn hart bonsde van opwinding. Ik streek mijn haar naar achteren en rechtte mijn rug, maar dat hielp niet tegen de zenuwen. Mijn taak was simpel, en toch was ik bang dat ik het zou verprutsen.

Toen gingen de deuren open en kreeg ik niet meer de kans om bang te zijn. Ik was vol verbazing over de mannen die me hun dure mantels en hoge hoeden in de hand drukten. Ik keek mijn ogen uit bij de aanblik van de vrouwen in hun glitterjurken met pareldiademen op hun hoofd en grote juwelen om hun hals.

Eerst kon ik de geuren van scheerlotion en parfum die me tegemoetkwamen nog onderscheiden, maar uiteindelijk werd alles een onaangename zoetige mengeling waarvan mijn maag zich omdraaide.

'Kijk nou eens, Nelson heeft zich een nieuwe garderobejuffrouw gepermitteerd!' galmde een onbeschaamde jongeman met een gepommadeerde kuif en een iel snorretje. Zijn gezelschap stemde joelend met hem in.

'Ach, schone dame, heb je na de voorstelling tijd voor mij?' vroeg hij, terwijl hij uitdagend over de balie leunde. Ik deinsde achteruit. Zulke uitspraken had ik vooral in het eerste semester vaak gehoord, tot de jongens gewend waren aan het feit dat vrouwen niet naar de universiteit kwamen om een bruidegom te vinden.

'Dat is toch niets voor jou!' riep een van zijn vrienden. 'Veel te bleu! Kijk eens naar die jurk!' De andere twee, die nog niets hadden gezegd, begonnen te lachen.

Ik keek omlaag. Het uniform zat slecht, maar ik was hier geen gast, ik was een employee. 'Het spijt me zeer,' zei ik, zo koeltjes als bij mijn opkomende ergernis mogelijk was. 'Ik ben al vergeven.'

Dat leek de opdringerige kerel niet af te schrikken. 'Ach kom, wat heeft hij wat ik niet heb?'

Dat hij een kind bij me heeft gemaakt, dacht ik, maar ik was zo wijs dat niet uit te spreken.

Een oudere man achter hen kwam gelukkig tussenbeide. 'Heren, wilt u de garderobejuffrouw niet lastigvallen? Wij willen onze jassen ook graag nog voor het begin van de voorstelling afgeven.'

De jongeman draaide zich om en ik verwachtte dat hij de oudere heer een brutale reactie zou geven. Maar dat waagde hij niet. 'Tot later, liefje!' zei hij knipogend tegen me, en toen vertrok het kwartet.

'Pardon,' zei ik tegen de oudere heer, die zichtbaar ontsteld was.

'U zou niet met zulke klieren moeten flirten,' gaf hij me met zijn sjaal, mantel en hoed mee. Alsof ik begonnen was.

Ik slikte een opmerking in, overhandigde hem in ruil voor het muntgeld zijn bonnetje en richtte me tot het paar dat na hem kwam.

Drie kwartier later was er een einde gekomen aan de toestroom. Mijn voeten brandden, mijn rug deed pijn en achter me vormden de kledingstukken een dicht woud.

Ik zakte neer op een krukje. Er liep nog een enkeling door de foyer, maar die verwaardigde me met geen blik, waar ik bijzonder blij om was.

Op een gegeven moment werd de grote zaaldeur gesloten en begon de muziek. Die was niet te vergelijken met wat ik van thuis kende. De *Negende* van Beethoven vanaf de zolderetage boven ons,

Bach en Brahms uit de werkkamer van mijn vader of lichte genres wanneer mijn moeder zeggenschap over de grammofoon had.

De muziek hier was luid en betoverend, ze explodeerde als het ware, om vervolgens door het hele theater te zweven. Eerst dacht ik: wat een kabaal! Maar langzaamaan herkende ik de melodieën en liet ik me erdoor meeslepen.

Het zou niet bij me zijn opgekomen om van mijn plaats te gaan en door de deur van de zaal te gluren, maar ik deed mijn ogen dicht en stelde me voor hoe de mensen in de zaal zaten te kijken naar de danseressen in hun bonte kostuums terwijl ze champagne dronken en van het leven genoten.

Die wereld leek me zo oneindig vreemd. Voor mij had alleen mijn studie bestaan.

Luid gelach haalde me uit mijn fantasieën. De muziek was veranderd, er waren minder instrumenten te horen en een kwelende vrouwenstem klonk op.

Zulke liederen kende ik. Vrouwen zongen ze soms voor het open raam bij de binnenplaats. In ons vorige huis hadden we een buurvrouw gehad die dol op die smartlappen was.

Ik luisterde naar het langgerekte 'Hèèèrmann heeeet hij!' Dat liedje had mijn buurvrouw ook ten gehore gebracht. Toen was ik nog een kind en begreep ik de betekenis van de woorden niet. Nu kende ik de tekst, en wat mij betreft had het lied ook over Georg kunnen gaan.

Na de voorstelling werd het weer druk in de foyer. De mensen, die eerst niet vlug genoeg de zaal in hadden kunnen komen, drongen nu net zo hard weer naar buiten. De menigte stond voor me als een vijandelijk leger. Ik droeg de mantels als dekschild voor me uit en was blij als ze me uit handen werden genomen.

Toen ze allemaal weg waren verscheen Henny. Haar haar was een beetje verfomfaaid, en op haar gezicht zat nog een dikke laag schmink. Ik herkende haar nauwelijks.

Ze kletste monter en druk over al het applaus dat ze had gekregen, maar ik had ter plekke in slaap kunnen vallen.

Op de terugweg vertelde ik Henny over de jonge mannen, die

zich ook bij het ophalen van hun spullen schaamteloos hadden gedragen, en dat terwijl ze toch genoeg bloot hadden gezien.

Mijn vriendin wuifde het weg. 'Maak je niet druk, sommigen zijn nu eenmaal zo. Ze zijn geil omdat ze blote meiden te zien krijgen. Na afloop zijn ze nog erger. De hoeren in de stad zullen blij met ze zijn.'

'Je bedoelt dat ze...' Ik slikte gegeneerd.

'Natuurlijk!' antwoordde Henny. 'Die leven zich vannacht helemaal uit. Maar ze zullen zich wel koest gaan houden als ze je vaker zien.'

Ik knikte en vroeg me af wanneer het zover zou zijn. En wat ik nog kon verwachten.

7

Toen het mei werd in Berlijn pasten de kleren die ik van thuis had meegenomen niet meer. Ik verpandde ze bij de lommerd en hield alleen achter wat ik na de bevalling wilde dragen. De opbrengst was voldoende om op de vlooienmarkt wat tweedehandskleren aan te schaffen die me beter pasten. Erg mooi waren ze niet, maar ze voldeden.

Ik was nu waarschijnlijk in de vierde of vijfde maand en vond het steeds minder prettig om me zonder jas te vertonen, want ik had het gevoel dat iedereen me aanstaarde. Het akeligst vond ik de vrouwelijke gasten in het theater, hun blikken voelden als speldenprikken.

'Maak je niet druk,' zei Henny sussend. 'Jouw buik kan ze niets schelen. Het gaat ze er alleen om hoe ze er zelf uitzien. Waarom zouden ze zich anders als een kerstboom optuigen?'

'Sommigen kijken wel en vragen zich waarschijnlijk af wie de gelukkige vader is,' zei ik, want ik had het gevoel dat iedereen wist wat er was gebeurd.

'Dat je alleen bent staat niet op je voorhoofd geschreven,' antwoordde Henny. 'Er is geen enkele reden om je onzeker te voelen.'

Maar ik was wel degelijk onzeker, vooral met betrekking tot de jongere mannen, die nog steeds opmerkingen maakten.

Het garderobewerk werd vermoeiender omdat ik me steeds meer een olifant voelde, maar ik deed het met plezier. Zolang de revue bezig was, was ik alleen met mijn gedachten en uiteindelijk pakte ik mijn studieboeken erbij.

Hoewel er pas een paar maanden waren verstreken, leek mijn tijd aan de universiteit al heel ver weg. Ik miste de studie en soms kon ik mijn tranen niet inhouden.

Als ik er overdag eens uit moest, maakte ik wandelingen door de stad. Soms ging ik met de metro naar mijn ouderlijk huis en hing ik een beetje rond aan de overkant van de straat. Niemand herkende me in mijn afgedragen kleren. Maar het deed me verdriet en ik vroeg me af hoe het met mijn ouders zou gaan. Ik was zo dicht bij hen, maar toch zo ver van ze verwijderd.

Van tijd tot tijd schreef ik hun een brief waarin ik probeerde mijn situatie uit te leggen, maar tot nog toe was een antwoord uitgebleven. Ik achtte mijn vader ertoe in staat ze ongeopend te verbranden.

Toch was Henny ervan overtuigd dat mijn ouders tot inkeer zouden komen. 'Als je kindje er is, ga je het ze laten zien. Echt, dan smelt je moeder van geluk.'

Ik betwijfelde het, maar meestal knikte ik en zette de gedachte uit mijn hoofd. Dat moest ik wel doen, anders kwam ik mijn bed niet meer uit.

Met het voorjaar kreeg het theater een nieuwe, opwindende impuls. Josephine Baker, de 'zwarte Venus uit Amerika', was in Berlijn aangekomen en verwaardigde zich bij meneer Nelson te komen optreden.

De directeur werd het maar niet moe ons bij elke gelegenheid te vertellen hoe gelukkig we ons allemaal mochten prijzen en hoeveel prestige dit ons theater wel niet bracht.

Ik was inmiddels aan de gedachte gewend geraakt dat hier een aantal meisjes naakt dansten en schrok niet meer als ik ze gekleed in niet meer dan hun parelkettingen op het toilet tegenkwam.

Maar de grote foto van Josephine Baker bracht me het schaamrood op de kaken. Niet omdat ze naakt was en haar prachtige bruine huid haar lichaam zo volmaakt strak omhulde. Het was haar glimlach die me deed blozen. Ze leek zich niets van haar naaktheid aan te trekken, integendeel, ze leek er trots op te zijn. En dat op een manier die als onfatsoenlijk op me over kwam. Tegelijkertijd was ze beeldschoon, net een prinses uit een ver land.

Omdat er ook vandaag aanzienlijk meer bezoekers werden verwacht, hadden we opdracht gekregen om wat eerder op het werk aanwezig te zijn. Marga, die me sinds een paar avonden assisteerde, was een bleek, dun meisje dat eruitzag alsof ze onder meer dan twee zware jassen zou bezwijken. Maar ze was taaier dan verwacht. Ik vreesde met de dag meer dat meneer Nelson me door haar zou vervangen.

Maar daar wilde ik nu niet aan denken. Het optreden van de beroemde miss Baker was voor meneer Nelson aanleiding om voor werktijd het personeel toe te spreken.

'Jullie zullen vandaag deel uitmaken van een stukje geschiedenis!' proclameerde hij plechtig, en zijn stem vulde moeiteloos de foyer, waar we ons verzameld hadden. 'Een vrouw als zij is ongekend. Jullie zullen wel zien! Een zwarte koningin! En dat hier in mijn bescheiden theater. Ik verwacht dat jullie je allemaal van je beste kant laten zien!'

Niemand zou hebben gewaagd hem tegen te spreken. De caissières glimlachten alsof ze zojuist tot hofdame waren benoemd. De ogen van de danseressen lichtten op en zelfs ik, de garderobejuffrouw, voelde me enigszins verheven. En dat terwijl ik ook nu gewoon de jassen zou aanpakken en de 'zwarte koningin' vast niet te zien zou krijgen.

'Zo, mensen,' zei Nelson, en hij besloot zijn toespraak met een klap in zijn handen, 'laat de gasten maar komen!'

Toen hij zich in het achterste deel van het theater had teruggetrokken, wendde ik me tot Henny. 'Heb jij haar al gezien? Miss Baker, bedoel ik.'

Ze schudde haar hoofd. 'Nee, ze wordt beter bewaakt dan de Engelse kroonjuwelen. En als we de verhalen moeten geloven, heeft ze ook net zo veel sieraden bij zich als de Britse koningin. Bovendien heeft ze twee geitjes bij zich in haar hotel.'

'Geitjes?'

'En nog andere dieren. Dat vindt ze leuk.'

'Nou, daar zal de directeur van het hotel blij mee zijn,' zei ik.

'Opschieten, meisjes, aan het werk!' Olga, de dansmeesteres, joeg de danseressen, onder wie ook Henny, terug naar de kleedkamers. Alle meisjes hadden het grootste respect voor deze vrouw, die haar zwarte haar altijd in een knotje in haar nek droeg. Er werd gefluisterd dat ze omwille van de liefde een grote carrière aan het Russische ballet had afgeslagen.

De deuren werden geopend en de gasten dromden naar binnen. Enkelen gingen voor de kassa in de rij staan voor entreekaartjes, de rest kwam als een enorme golf op de garderobe af.

Marga en ik brachten jas na jas naar de garderobehaakjes. Hoewel het lente was, waren de avonden nog altijd fris en voor sommige mensen hoorde een overjas of een cape er nu eenmaal bij.

Na een half uur liet ik me met een zere rug op een stoel zakken. Ik sloot mijn ogen en genoot even van het geroezemoes in de zaal. De grootste drukte hadden we nu wel achter de rug.

Marga stond nog ergens tussen de jassen. Ze had zich aangewend om tijdens het werk alle hoeden recht te leggen en eventueel opgepropte mouwen glad te strijken.

Intussen werd de muziek in de zaal ingezet en ebde het geroezemoes weg. Zwierige melodieën weergalmden door de foyer.

'Zouden we straks misschien even om de hoek kunnen piepen?' vroeg Marga me bij terugkeer met een stralende blik in haar ogen.

'Als ze ons betrappen krijgen we er last mee,' antwoordde ik.

'Je zegt geen nee,' zei Marga grijnzend. 'Dus?'

Ik keek naar de deur en naar de kassa, waar de caissières zaten te dommelen. Er kwamen nog wel eens gasten binnen als de voorstelling was begonnen, maar bij een programma als dat van vandaag zou vast niemand het risico nemen te laat te komen.

'We houden de ingang gewoon in de gaten,' praatte Marga op me in, terwijl ze aan mijn mouw trok. 'Kom mee!'

Samen glipten we naar de zaaldeur en tuurden door de kier.

Ik keek gefascineerd naar de danseressen, die ronddraaiden en buigingen maakten in hun glitterkostuums met veren. Het slagwerk sloeg de maat en de mensen aan de tafeltjes dronken elkaar vrolijk toe. De geur van alcohol hing in de lucht. Iedereen leek zo uitgelaten en zorgeloos als ik mijn leven lang nooit was geweest.

Naast me stond Marga op de maat op en neer te wippen. Af en toe gooide ze haar hoofd in haar nek. Het leek haar niet uit te maken hoe ze op mij overkwam.

Toen het nummer was afgelopen, kwam meneer Nelson het toneel op lopen. Intuïtief schoot ik naar achteren, maar toen besefte ik dat hij ons hier niet kon zien staan.

'Dames en heren, dan zijn we nu toegekomen aan het hoogtepunt van de avond!' Vol verwachting richtten aller ogen zich op hem, ook de gasten aan de achterste tafeltjes keken op. 'Zoals u weet heeft de "zwarte Venus uit Amerika" mijn bescheiden etablissement met een bezoek vereerd. Miss Josephine Baker is de ster van het Parijse nachtleven en we prijzen ons zeer gelukkig dat we haar voor vier optredens bij ons mogen begroeten.'

'Wanneer zou ze zijn aangekomen?' fluisterde Marga naast me, waarmee ze mijn aandacht van Nelsons inleiding afleidde. Haar lichaam gloeide gewoonweg, en dat terwijl ze bij het meebewegen op de muziek nauwelijks van haar plaats was gekomen. 'Eigenlijk hadden ze haar toch een groots onthaal moeten geven.'

'Ze wilden vast niet dat ze werd lastiggevallen.'

'Ik zou haar ontzettend graag eens willen zien!' zei Marga dweperig.

'Je ziet haar toch?'

'Niet tijdens een optreden!' zei ze wat rustiger. 'Je zult zien dat ze dan net zo bloot is als op de foto. Nee, ik zou haar wel eens in haar bontjas willen zien. Ze schijnt wit sabelbont te dragen! Kun je je dat voorstellen?'

Ik schudde mijn hoofd. 'Nee, en ik zou niet weten waar het goed voor is om zo'n sabeldier het vel over de oren te trekken.'

'Ach, wat weet jij nou, je bent ook zo'n provinciaaltje!'

'Ik kom niet uit de provincie!'

'Je gedraagt je anders wel zo!' antwoordde Marga.

Voordat het tussen ons op ruzie kon uitlopen, kwam er met een enthousiast applaus een einde aan Nelsons introductie en vlogen er lichtbundels langs het plafond. Er klonk tromgeroffel. Even later verscheen ze aan het publiek. Gekleed in slechts een rood lendendoekje en met een hoofdtooi van veren begon ze een wilde, heftige dans uit te voeren.

Haar aanblik deed mijn wangen gloeien. Haar borsten sprongen op en neer, maar dat leek haar niet te deren. Met een glimlach die haar stralend witte tanden blootlegde, vloog ze over het toneel.

De mannen keken begerig, de vrouwen gemaakt koel, maar ik voelde wel dat elke vrouw in het publiek zo wilde zijn als Josephine Baker: beeldschoon, slank, lenig en bovenal ongeremd.

Ik keek geboeid naar haar dans, en toen hoorde ik een geluid bij de entree. Marga leek niets te merken.

Ik liep weg van de deur en ontving de laatkomers. De beide mannen zagen er enigszins afgemat uit. 'Die verdomde spoorwegen,' bromden ze, terwijl ze razendsnel hun jas uittrokken. 'Is haar optreden al begonnen?'

'U bedoelt miss Baker?' vroeg ik.

'Ja.'

Ik knikte. 'Ze is nu bezig.'

'Wel verdraaid!' riep een van beiden uit en hij drukte me tegelijk met zijn jas een briefje van tien mark in de hand.

'Maar dat is te veel!' riep ik hem na.

'Fooi!' antwoordde hij en hij verdween de zaal in, met de andere man, die me ook zijn jas had gegeven. Zouden ze Marga hebben gezien?

Na het werk wachtte ik zoals altijd bij de achteruitgang op Henny. Meestal was ik dan de enige, maar nu stonden er talrijke mensen om me heen. Ze rookten, praatten en telkens dwaalde hun blik af naar de deur. Was miss Baker nog binnen? Wilden ze een handtekening van haar? Een glimp van haar juwelen opvangen?

Ook Henny liet op zich wachten. Waren de danseressen soms in gesprek met miss Baker? Ik wist hoezeer Henny haar adoreerde. Waarschijnlijk zou ze zich de hele avond uitputten in superlatieven.

Ik schrok op van een juichkreet. Henny kwam op me af gerend en viel me in de armen. Haar adem rook naar alcohol.

'Je gelooft nooit wat me net is overkomen!' Ze duwde me bijna omver, maar ving me op en hield me bij mijn armen vast. 'Ik ben uitgenodigd! Morgen, voor een soiree bij miss Baker! Er komen nog andere meisjes ook, officieel omdat we de gasten moeten onthalen, maar officieus hoorde ik dat haar managers en beschermheren naar begeleidsters voor haar willen uitkijken.'

'Begeleidsters?'

'Miss Baker gaat over een week weer terug naar Parijs. En omdat ze het met ons zo naar haar zin had, wil ze een aantal van ons meenemen!'

'Dat meen je niet!' Ik wist dat Henny er stiekem van droomde om in Parijs op te treden. Niet alleen hadden danseressen daar de gelegenheid kennis te maken met rijke mannen, ze konden ook de status van ster bereiken, en voor sterren lag zelfs een carrière bij de film binnen bereik.

'Jawel! En blijkbaar heeft zij of in elk geval haar manager het oog op mij laten vallen.' Ze giechelde. 'Op dat feestje zullen we trouwens allemaal naakt zijn!'

Ik trok mijn wenkbrauwen op. 'De mannen ook?'

Henny grijnsde schalks. 'Nee, die niet. Tenminste, nog niet.'

'Ze willen toch zeker niet...'

'Nee, zeg, maak je geen zorgen! Het is toch geen bordeel!' Ze schoot in de lach en streek een lok uit haar gezicht. 'Die kerels zullen zich heus wel gedragen, daar zorgt miss Baker wel voor. Ze houdt er helemaal niet van als er een man ongewenst te dicht in haar buurt komt. Kom, dit moeten gaan vieren!'

Ik had de indruk dat Henny het al ruim voldoende gevierd had, maar ik liet me door haar meetrekken.

8

Henny, die ditmaal samen met Baker zou dansen, was de hele dag in alle staten. Telkens weer ging ze naakt voor de spiegel staan om haar figuur te inspecteren.

'Ik had gisteren beter geen kool kunnen eten,' klaagde ze terwijl ze over haar buik streek. 'Ik zie er opgeblazen uit.'

'Wil je mijn buik eens zien?' vroeg ik en ik maakte een holle rug. Ik had het allang opgegeven mezelf grondig – en zeker naakt – in de spiegel te bekijken, want ik kreeg steeds meer het gevoel dat ik tonnetjerond was.

Toch bleef Henny's blik kritisch. 'En als ze nou niets in me zien?'

'Dan ga je naar huis en doe je weer wat je gewend was,' antwoordde ik. 'Het is maar voor één avond. Wat is daar zo opwindend aan?'

'De kansen, Sophia, de kansen! Als het vanavond allemaal lukt, ga ik naar Parijs. Dan kan ik net zo beroemd worden als Baker! Dan zouden we ons iets beters kunnen permitteren dan dit krot!'

'Wé?' zei ik weifelend. 'Ik denk dat ik niet al te lang meer op jouw zak kan blijven teren.'

'Op mijn zak teren?' Henny draaide zich om. 'Je betaalt me twintig mark per maand. Dat kun je niet "op mijn zak teren" noemen.'

'Maar we kunnen niet voor altijd blijven samenwonen. Als het kind er eenmaal is...'

'Onzin!' flapte ze eruit. 'Denk je dat het leuk is om alleen te wonen? Ik heb graag gezelschap en er zijn slechtere medebewoonsters dan jij.'

'Maar ooit zul je toch een man en kinderen willen.'

Henny begon te lachen. 'Ja, dat zou je kunnen denken. Maar als ik nou eens geen man wil? Als ik er tevreden mee ben om met mijn vriendin samen te wonen?'

'Praat geen onzin! Als dit' – ik wees op mijn buik – 'niet was gebeurd, zou ik hier niet zijn. En dan kon je doen wat je wilde.'

'Dat kan ik zo ook wel. En ik denk dat je me geluk brengt.' Ze draaide zich weer om naar de spiegel. 'En omdat ik wel wat geluk kan gebruiken, mag je zo lang blijven als je wilt.'

In het theater heerste nog steeds opwinding, en voor het pand stonden de toeschouwers te dringen. Reikhalzend keken ze uit naar Bakers auto.

'Lieve help,' fluisterde Henny in mijn oor. 'Het zijn er nog meer dan gisteren. Er zullen er wel een paar buiten moeten blijven.'

'Dat zal opschudding veroorzaken,' zei ik.

'Nou en of! Maar de kassa zal rinkelen. Misschien betaalt Nelson ons een paar mark meer.' Ze giechelde.

'Denk je dat ze in alle openbaarheid komt voorrijden?' vroeg ik, nog altijd gefascineerd door de mensenmassa. 'De mensen scheuren haar vast de kleren van het lijf.'

'Dan hoeft ze minder uit te trekken,' zei Henny, en we verdwenen de achteringang in.

Marga ratelde in de garderobe als een waterval over een film die ze wilde zien. Ik luisterde maar met een half oor, want mijn gedachten waren bij Henny. Ik wilde zo graag dat ze zou worden aangenomen.

De menigte toeschouwers stroomde binnen, en het ging als vanouds. Ik glimlachte, nam mantels in ontvangst en overhandigde bonnetjes. Ik negeerde de spottende opmerkingen van de jongeheren en concentreerde me op het vinden van een haakje voor elke jas.

Het woud aan kledingstukken groeide en ontnam ons het zicht op de wachtenden. Wat zou het fijn zijn als ik hier zo kon blijven staan! Maar aan de stormloop leek geen einde te komen, dus ik dook weer op uit het struikgewas van jasjes en mantels en wendde me tot de volgende gast.

'Goedenavond meneer, alstublieft...' De woorden bleven in mijn keel steken toen ik het gezicht van de man in rokkostuum zag. Met zijn gepommadeerde haar had ik hem haast niet herkend.

Georg. En naast hem een vrouw. Ze zag er zo jong uit dat ze onmogelijk zijn echtgenote kon zijn.

'Sophia,' stamelde Georg. Zijn ogen werden groot van schrik. 'Wat doe jij hier?'

Ik zag de blik die zijn gezellin hem toewierp. En het ontging me ook niet dat ze naar mijn buik keek, die zich duidelijk onder mijn uniform aftekende.

Er ging een steek door me heen. Mijn keel werd dichtgesnoerd. Ik had Georg zo lang niet gezien. Ik had met succes elke gedachte aan hem teruggedrongen. En nu stond hij voor me. Met een ander. Zijn huwelijk, waarmee hij tegenover mij zo had geschermd, leek toch te zijn stukgelopen. Maakte hij zijn nieuwe vlam ook wijs dat Brunhilde wilde scheiden? Zei hij dat soms tegen iedere vrouw op wie hij een oogje had?

'De garderobe kost twintig pfennig voor een mantel. Uw hoed...' Mijn stem brak en ik trilde over mijn hele lichaam. Het duizelde me.

Marga ging naast me staan. Ze leek te zien dat het niet goed met me ging. 'Geeft u mij uw spullen maar,' zei ze terwijl ze me zachtjes opzijduwde. Ik voelde de blik van Georg branden. Mijn maag verkrampte. Met moeite wist ik te voorkomen dat ik in snikken uitbarstte.

Marga nam zijn mantel en die van zijn gezellin in ontvangst. Hij draaide zich om en terwijl ze me nog een blik toewierp, haakte de vrouw haar arm in de zijne. Ze zou hem vast vragen wie ik was.

'Hé, wat is er?' siste Marga tegen me. 'Komt het door je kind?'

'Nee,' antwoordde ik en ik merkte dat het zweet me uitbrak. Het liep langs mijn ruggengraat omlaag. 'Het is hier alleen zo benauwd.'

'Hoe zit het met de jassen?' vroeg een gast.

'Ik kom eraan!' riep Marga terwijl ze zich weer naar mij omdraaide. Ik stond tegen een kapstok geleund en probeerde mezelf te kalmeren. Zo had ik me nog nooit gevoeld. Het was alsof ik door paniek was bevangen. Maar waarom? Georg had een ander liefje gevonden. Misschien was het ook wel zijn vrouw. Wat was daar nou zo erg aan?

Marga legde haar hand op mijn schouder. Ik moest weer aan het werk, anders zou Nelson me nog ontslaan. 'Ik kom zo,' fluisterde ik en ik balde mijn vuisten. Ik moest mezelf weer in de hand zien te krijgen. Waarom kostte dat zo veel moeite?

De gasten stonden nog steeds te morren. Wat mij betrof konden ze naar de pomp lopen, vooral Georg. De woede gaf me kracht. 'Het gaat wel weer,' zei ik en ik draaide me om naar de balie. De maagkramp trok weg, en het trillen ook. Mijn greep werd vaster. Alleen de zweetplekken op mijn uniform herinnerden nog aan de ontmoeting.

'Wat was dat nou?' vroeg Marga toen de mensen in de zaal waren verdwenen. 'Ben je ziek? Er schijnt momenteel iets te heersen...'

'Nee, het was alleen...' Ik stokte. Behalve Henny had ik niemand iets over de voorgeschiedenis van mijn kind verteld. Degenen die al te nieuwsgierig vragen stelden, hield ik af met het verhaal dat mijn verloofde als matroos op zee zat en nog van niets wist. 'Die man... Hij deed me aan iemand anders denken. Iemand met wie ik geen goede ervaringen had. Kun jij hem zijn mantel geven als hij straks weer komt?'

'Natuurlijk,' zei Marga. 'Geen probleem. Ga maar even buiten een rondje lopen. Frisse lucht zal je goeddoen.'

Ik knikte gehoorzaam en stond op. Toen ik langs de kaartjesloketten liep, riep Erna: 'Alles in orde, schat? Maakt de kleine het je lastig?'

Ik schudde mijn hoofd. Zijn vader was opgedoken. Dat was al erg genoeg.

Buiten stonden nog een paar mensen, overwegend mannen, die niet leken te weten of ze weg zouden gaan of blijven. Ik keek naar hun gestalten in het schijnsel van de straatlantarens.

'Zijn er nog kaartjes?' vroeg iemand terwijl hij mijn arm aanraakte.

Ik verstijfde. Misschien was het geen goed idee geweest om naar buiten te gaan. Ik keek gejaagd om me heen. 'Nee!' zei ik scherper dan de bedoeling was. 'Het is uitverkocht.'

De man en zijn vrienden morden, maar ze lieten me met rust. Niet wetend welke kant ik op zou gaan, stak ik mijn handen in de zakken van mijn uniform. Daar zat een briefje in. Ik haalde het eruit en bekeek het. Er stond een formule op. Ik besefte dat mijn uniform lange tijd geen wastobbe had gezien.

Was het drie of vier weken geleden dat ik mijn studieboeken voor het laatst in de garderobe bij me had gehad? Ik had inmiddels geen zin meer om door te gaan met studeren.

En nu had Georg zich vertoond en was ik in paniek geraakt. Wat ik allemaal had willen bereiken leek zo ver weg. De jonge vrouw die alles voor elkaar dacht te kunnen krijgen bestond niet meer.

Ik bleef het briefje nog een poosje tussen mijn vingers omdraaien, toen liet ik het in de goot vallen. Ik draaide me om en klom de trap weer op.

Bij mijn terugkeer was Marga nergens te bekennen. Waarschijnlijk was ze naar achteren geslopen en stond ze weer tussen de zaaldeuren door te gluren. Toen ik voetstappen hoorde, draaide ik me om. Het was niet Marga, maar een man. Ik hapte naar adem toen ik hem herkende.

'Sophia,' zei hij zo zachtjes dat de muziek uit de zaal zijn woorden bijna overstemde. Even nam hij me op, toen kwam hij dichterbij.

Ik schudde mijn hoofd. 'Wij hebben elkaar niets te zeggen.'

Hij trok zijn wenkbrauwen op en leek bijna verrast. 'Ik... Dus je hebt...'

Ik keek op en wenste dat ik wat ik nu voelde daarnet had gevoeld, in plaats van paniek. 'Ik heb besloten niet naar die dokter te gaan. Had je anders verwacht?' Ik keek naar de neuzen van mijn schoenen, want ik kon zijn aanblik nauwelijks verdragen.

Georg keek me een tijdje zwijgend aan. 'Je had het zo veel verder kunnen schoppen,' wist hij toen uit te brengen.

Mijn hoofd schoot omhoog. 'Als ik jou niet was tegengekomen?' kaatste ik terug en ik voelde de haat in mijn borst vreten als een zuur dat in een paar seconden gaten maakte in organisch materiaal. 'Als ik me niet door jou had laten manipuleren? Als ik je niet geloofd had?'

Georg keek gegeneerd naar de loketten. Mij kon het niet schelen of de meisjes ons hoorden. 'Waarom wil je met me praten? Waarom doe je alsof jij niet voor dit alles verantwoordelijk bent?'

'Ik heb je een aanbod gedaan.'

'Een aanbod waardoor ik in de gevangenis zou zijn beland! Of op het kerkhof! Een aanbod dat me van jou afhankelijk had gemaakt. Reuze bedankt, maar dat was niet waar ik behoefte aan had.'

Ik dwong mezelf mijn volume te temperen, hoewel ik het liefst het hele theater bij elkaar had geschreeuwd. 'Als je nog iets wilt zeggen, als je me wilt laten weten dat het je spijt of als je een andere oplossing te binnen schiet, hoor ik het graag. Maar laat me anders met rust en ga terug naar je vrouw, of wie het ook is.'

'Sophia...'

'Nee!' Ik hief mijn hand.

Georg deinsde achteruit. Hij staarde me sprakeloos aan.

Mijn hele lichaam trilde. 'Ga uit mijn ogen!' zei ik ten slotte en ik draaide me om. Misschien stond Marga daar ergens naar ons te kijken.

Ik liep terug naar de garderobe en verdween tussen de jassen, waar Georg me niet kon zien. Daar stortte ik in. Er ontsnapte me een snik, maar ik sloeg mijn hand voor mijn mond. Hij mocht me niet horen huilen.

Ik bleef daar tot ik mezelf weer in de hand had. Een beetje hoopte ik dat Georg er nog zou staan. Dat hij was blijven wachten, dat hij als ik weer verscheen woorden vond om me op te vangen, me te helpen. Maar toen ik weer naar de balie liep, was de plaats waar hij had gestaan leeg.

Ik kreeg geen gelegenheid Henny te spreken voordat ze met de andere meisjes naar de soiree ging. Ze werden in een glanzende witte slee naar het huis van een invloedrijke man gebracht, waar het evenement zou plaatsvinden.

De naam Max Reinhardt zei me helemaal niets, maar Henny's ogen waren bij het horen van zijn naam gaan schitteren, alsof hij een prins was uit een heel mooi ver land. Ik hoopte alleen dat ze er veilig was. Natuurlijk was Henny vaak alleen op stap in de stad, maar ze werd nooit uitgenodigd in huizen van onbekende heren. Wat moest ik doen als haar iets overkwam?

Ik zette die gedachte van me af en haastte me naar huis. Daar liet ik me in mijn uniform op het bed neervallen en viel in een mum van tijd in slaap.

Op een gegeven moment schrok ik wakker, toen de buitendeur openging. De ochtendschemering lag al over de daken van de stad. Als een vurig rood waas gleed het eerste zonlicht over het plafond van de kamer.

Even later verscheen Henny. Ze had rode wangen, alsof ze het hele eind had gerend. Haar energie vulde meteen de ruimte. Ze rook naar sigaren en parfum, en ze had een lichte drankkegel. 'Sorry als ik je wakker heb gemaakt,' zei ze met schelle stem en ze deed haar jas uit.

'Geen punt. Hoe was het?' vroeg ik gapend, terwijl ik overeind kwam en de slaap uit mijn ogen wreef.

'Geweldig!' antwoordde Henny. Ze had een bloemetjesjurk aan die wat al te degelijk leek. Maar voor zover ik het had begrepen, was ze op de soiree in haar 'toneelkostuum' aanwezig geweest.

Soms spreidde ze de parelsnoeren, veren en linten uit op het bed. Ik wist precies waar ze die droeg en durfde de parels niet aan te raken, omdat alleen dat al me onfatsoenlijk leek. Daar moest Henny om lachen. Niet zíj kreeg een kind, maar ik. Het was dus wel duidelijk wie de onfatsoenlijke van ons tweeën was.

'Stel je voor, er waren bij meneer Reinhardt agenten van mevrouw Baker, talentenjagers. Ik maak deel uit van de selectie om mee naar Parijs te gaan. Parijs!' Ze stak triomfantelijk haar armen in de hoogte.

'Dat is geweldig!' antwoordde ik, maar terwijl ik haar omhelsde besefte ik wat dat betekende. Zij zou naar Frankrijk gaan, en ik... zou hier in mijn eentje achterblijven.

Ik had echter niet het recht daar bezwaar tegen te maken. Henny verdiende alle kansen van de wereld en als in Parijs het geluk op haar wachtte, was het mijn plicht als vriendin om haar geluk te wensen en haar zo goed en zo kwaad als het ging te steunen. Toch kon ik niet zo hard juichen als ze verdiende.

'Is alles in orde?' vroeg ze en ze liet me los.

Ik hoefde haar niets voor te spiegelen. En zelfs nu, nadat ik gelukkig droomloos had geslapen, was het eerste waar ik aan dacht de ontmoeting met mijn vroegere geliefde.

'Georg was gisteren in het theater.'

Henny's vrolijke gelach bevroor. Ze stak haar hoofd naar voren en hield het daarbij een beetje scheef, zoals altijd als ze iets ongelofelijks hoorde. 'Als gast?'

'Hij had een vrouw aan zijn arm, goedgehumeurd en nietsvermoedend. Ik was er behoorlijk van ondersteboven.'

Ik beschreef kort mijn reactie en vertelde dat Marga vlug voor me was ingesprongen.

'En dat vertel je me nu pas?' vroeg Henny verontwaardigd. 'Ik had de uitsmijter kunnen roepen. Die zou die klootzak op straat hebben gezet.'

Ik schudde mijn hoofd. 'Hij heeft zich nergens schuldig aan gemaakt. Hij heeft me niet aangerand of zo.'

'Je lijkt anders nog steeds behoorlijk overstuur.' Henny kwam naast me zitten. Ze verwachtte details.

'Hij keek alsof hij zijn laatste oortje had versnoept. En het meisje naast hem...'

'Zijn vrouw?'

Ik haalde mijn schouders op. 'Geen idee. Ik kende haar niet. Maar ze leek me veel te jong om zijn vrouw te kunnen zijn, met wie hij een al wat grotere zoon heeft.'

'En wat zei hij? Hij zei toch wel iets?'

'Eerst niet.'

'Vroeg hij niet eens hoe het met je ging?'

Ik schudde mijn hoofd. 'Later kwam hij naar me toe en wilde met me praten.'

'En?' Henny greep mijn arm vast alsof ze me voor een afgrond moest behoeden.

'Hij constateerde dat ik duidelijk een beslissing had genomen,' antwoordde ik en ik probeerde mijn opkomende gevoelens te verbergen. Dat lukte niet erg, ik werd verteerd door woede.

'Jee, wat een goochemerd! Denkt hij dan dat je met een kussen onder je jurk rondloopt?'

'En toen hield hij me voor wat er van me had kunnen worden.' Ik perste mijn lippen op elkaar.

'Het is niet waar! En hij maakte geen aanstalten om zijn excuses aan te bieden?'

'Wat zou ik daaraan hebben? Mijn leven zou er niet minder door zijn vergald. En het gaat nog eerder vriezen in de hel dan dat hij zijn verantwoordelijkheid neemt.' Mijn woede verdreef het laatste restje vermoeidheid.

'Ach Sophietje,' zei Henny en ze sloeg haar armen weer om me heen. 'Maak je geen zorgen. We zullen jou en de kleine er wel doorheen slepen.'

'Maar als het kind komt kan ik niet werken. En Marga...'

'Wees maar gerust, die zal je baantje niet inpikken. Overdag gaat ze namelijk naar het arbeidsbureau en kijkt of ze kantoorwerk kan krijgen. Dat zou ook iets voor jou zijn, je bent immers niet op je achterhoofd gevallen.'

'Nee, maar ik ken geen steno. En typen kan ik ook niet.'

'Nou, dan heb je nog de tijd om dat te leren, nietwaar?'

Ik wou dat haar optimisme aanstekelijk was.

'Maar we moeten nu eerst maar een poosje gaan rusten,' zei Henny en ze knoopte haar jurk los. 'De dag is nog jong, en ik zie er misschien niet zo uit, maar ik voel me geradbraakt.'

Ze slaakte een zucht. Die klonk echter niet vermoeid, maar alsof ze de hele wereld wilde omarmen. We kropen in bed en terwijl ik me kon voorstellen dat Henny zo'n beetje barstte van geluk, schoten mijn gedachten chaotisch alle kanten op.

'Weet je wat?' vroeg mijn vriendin na een poosje plompverloren.

'Nee,' antwoordde ik en ik probeerde zo slaperig mogelijk te klinken, maar als Henny een idee had hield niets haar tegen.

'Ik neem je mee!'

'Waarheen?'

'Naar Parijs!'

'Wat moet ik daar dan?' vroeg ik.

'Geen idee. Een leuke man vinden? Verder studeren? Wat je maar wilt.'

Ik draaide me om. 'En hoe moet ik dat voor elkaar krijgen?'

'Je kunt daar gaan werken. Misschien hebben ze in de Folies Bergère ook garderobejuffrouwen. Je spreekt toch Frans? Je hebt op het gymnasium toch Frans gehad?'

'Ik spreek Frans, ja,' antwoordde ik en ik moest even denken aan onze lerares met haar strakke knot en haar gitzwarte ogen, die flink met het rietje zwaaide. 'Maar de universiteiten zitten niet op me te wachten. En waarvan zou ik dat moeten betalen?'

Ze draaide zich naar me toe, zodat ik haar adem in mijn gezicht voelde. 'Je bent slim, Sophia, echt slim. Je verdient het niet om hier te verzuren.'

'Er zal niets anders op zitten,' antwoordde ik en ik merkte dat de gedachte haar te verliezen nu al pijn deed.

'Onzin!' foeterde Henny. 'Je kunt altijd meer uit jezelf halen! Bedenk ook eens dat je in Parijs een volkomen nieuwe vrouw bent. Niemand kent je daar! Je hebt een kind, wat maakt het uit? Je kunt zeggen dat je geliefde man is omgekomen. Bij een scheepsramp of zo.'

'Denk je nou echt dat je een nieuw leven op een leugen moet baseren?' Weer werd ik door zelfmedelijden overmand, en daar schaamde ik me voor.

'Je kunt ook gewoon niets zeggen. Geloof me, in Parijs is alles wat hier een probleem is, geen probleem meer!'

Ze had vast geen idee hoe het er in Parijs echt aan toe ging, maar ik moest erkennen dat de gedachte me beviel. Een vreemde stad. Parijs. De beroemde Sorbonne. Een nieuw leven...

'Je weet nog niet of ze je meenemen,' was mijn weerwoord.

'Ik heb zo'n gevoel!' antwoordde ze optimistisch. En alsof het mechaniek van een opwindpop was afgelopen, sliep ze daarna in.

Toen we een paar uur later wakker werden, scheen de zon fel in ons gezicht. Het eerste wat in me opkwam was: Parijs. Mijn verstand achtte het onmogelijk om daarheen te vertrekken, maar mijn hart stond in vuur en vlam voor het idee.

Het enige wat me hier in Berlijn kon houden waren mijn ouders, hoewel ze geen poging hadden gedaan om een gesprek aan te gaan en ook mijn brieven niet hadden beantwoord. De hoop dat ze weer met me zouden willen praten vervloog met de dag.

Toen we even later aan de keukentafel zaten bij een kop met cichorei aangelengde koffie, die in de winkel in de aanbieding was geweest, vroeg ik: 'Hoe moet dat met mijn ouders? En met die van jou?'

Henny, die blijkbaar met haar gedachten al bij haar engagement in Parijs was, keek me niet-begrijpend aan. 'Mijn ouders hebben het allang opgegeven me de les te lezen. En die van jou... Wat is het punt?'

'Als ik naar Parijs ga, kunnen ze me niet bereiken.'

Nu keerde ze uit het rijk van glinsterende kostuums en veren definitief in de werkelijkheid terug. 'Zodra je bent aangekomen, schrijf je ze!'

'Alsof dat zo simpel is...'

Ook al negeerden ze me, ik vond troost bij de gedachte dat ze zich in dezelfde stad bevonden als ik.

'Nou, ze zullen wel niet gaan verhuizen, denk je niet?'

'Ze zouden post kunnen weigeren.'

Henny boog zich over de tafel en pakte mijn hand. 'Wees toch niet zo pessimistisch! Ze houden vast nog steeds van je. Ze hebben de schok alleen nog niet verwerkt.' Ze zweeg even, toen vervolgde ze zachtjes: 'Ik wil je hier niet alleen laten, Sophia. Wanneer het zover is met je kindje zou het toch fijn zijn als ik bij je kon zijn!'

'Ik zal erover nadenken,' zei ik. De gedachte aan de bevalling had ik tot nog toe verdrongen.

'Goed,' zei ze, terwijl ze weer naar achteren leunde. 'Tot ik bericht krijg, heb je de tijd. Maar wacht er niet te lang mee. Zodra de beslissing valt, moeten we binnen een maand vertrekken.'

'Kan dat dan wel zo vlug?' vroeg ik twijfelend. 'Dan moet ik toch papieren hebben!'

'Laat dat maar aan mij over, ik kom er wel achter wat daarvoor nodig is.'

Henny glimlachte opbeurend naar me, toen dwaalde haar blik naar het raam. 'Parijs!' fluisterde ze zwijmelend. 'Zouden we een kamer met uitzicht op de Eiffeltoren krijgen?'

Ik kon geen antwoord geven, want ik wist niet hoe dat in Parijs ging. Maar ik besefte dat woningen met een fraai uitzicht niet bepaald gereserveerd waren voor een naaktdanseres en een zwangere garderobejuffrouw zonder baan.

9

Er gingen twee weken voorbij zonder bericht van Josephine Bakers agenten. Op de aanvankelijk warme lentedagen volgde een zodanige kou dat we de kachel weer moesten aansteken.

Intussen dacht ik er vaak aan hoe het zou zijn om met Henny naar Parijs te gaan. Ik verheugde me er zelfs op! Dat maakte het wachten natuurlijk niet makkelijker. Ik zou niet kunnen zeggen wie van ons beiden het ongeduldigst was.

Om wat afleiding te vinden, haalde ik op een ochtend zelfs mijn boeken en mijn laboratoriumkoffertje weer tevoorschijn. Ik kreeg een warm gevoel toen ik de glazen buisjes en schaaltjes pakte. Ze stonden voor een weliswaar voorbije, maar betere tijd. Ze stonden voor de hoop die ik had gekoesterd. Voor mijn ambitie. Dat ik mijn koffertje had meegenomen werkte als zonneschijn op mijn stemming.

Ik dacht terug aan mijn eerste experimenten, die ik op mijn dertiende had uitgevoerd. Het ging toen voornamelijk om middeltjes waarmee ik mijn huidproblemen kon aanpakken. Mijn perzikhuidje was bijna van het ene op het andere moment veranderd in een kraterlandschap; aanleiding voor vrijwel dagelijkse pesterijen op school.

Er bestonden wel middeltjes tegen, maar die waren allemaal te agressief en verergerden het probleem alleen maar. Ook een consult bij de huisarts had niets opgeleverd. Hij dacht dat ik te sterk gekruide gerechten at en daarom zo'n onzuivere huid had. Ik was ervan overtuigd dat ik het probleem op een andere manier kon aanpakken.

Ik zocht de parken, erven en bermen in de stad af naar kamille. We hadden het bij huishoudkunde gehad over de heilzame werking daarvan bij buikpijn. Ik had er de rest van dat uur over nagedacht of dat kruid ook mijn huid goed zou kunnen doen.

In het begin volgde het ene fiasco op het andere. Ik ruïneerde mijn moeders beste pan en kreeg er flink van langs. Na een tijdje slaagde ik erin een crème te maken die wonder boven wonder leek te werken. Vanaf dat moment wist ik precies wat ik later wilde gaan doen.

Ik bekeek mezelf in de spiegel.

Als ik dat werk weer eens zou oppakken? Als ik crèmes zou gaan mengen en verkopen? Uit Henny's verhalen wist ik dat sommige danseressen zich voortdurend zorgen maakten om hun uiterlijk. Hoewel ze nauwelijks kostuums droegen, moesten ze wel poeder en make-up aanbrengen. Daar kon niet elke huid op den duur tegen.

Deze gedachte bleef de hele dag door mijn hoofd spelen. Ik zocht in mijn studieboeken naar formules die ik zou kunnen toepassen bij het maken van de crèmes.

Onder Henny's verbaasde blikken nam ik een van mijn scheikundeboeken mee naar het theater. 'Wil je je studie weer oppakken?' vroeg ze, terwijl ik het boek in mijn tas stopte. Het was blijkbaar ook haar opgevallen dat ik ze een tijdlang links had laten liggen.

'Een beetje,' antwoordde ik geheimzinnig.

Er verscheen een glimlach op haar gezicht. 'Aan de universiteit?'

'Henny,' zei ik verwijtend. 'Je weet toch wat ik bij meneer Nelson verdien? Dat is niet genoeg voor het collegegeld.'

Ik wilde haar nog niets vertellen van mijn voornemen om crèmes te gaan maken. Ik wist immers zelf niet eens of ik ooit genoeg geld zou hebben om de grondstoffen aan te schaffen.

Nu Josephine Baker haar engagement had afgerond, was het weer wat rustiger bij ons in het theater. De mensen hadden nog steeds behoefte aan amusement, maar ik merkte dat de clientèle veranderde. Degenen die ons programma van voor tot achter kenden, gingen op zoek naar iets nieuws, terwijl er nieuwe gasten kwamen die wellicht genoeg hadden gekregen van de Wintergarten of andere nachtclubs.

Meneer Nelson droomde allang weer van een nieuwe revue. Henny vertelde dat hij soms, als ze net een nieuwe dans instudeerden, hard op zijn piano begon te pingelen, wat de dansmeesteres woest maakte omdat door zijn melodietjes de danseressen uit de maat raakten.

'Wacht maar, uiterlijk deze zomer gaan ze hier iets nieuws spelen,' orakelde mijn vriendin toen we het theater binnenliepen. 'Jammer dat ik er dan niet meer ben.'

'Er zijn nu meer dan twee weken voorbij,' hield ik haar voor. 'Josephine Baker is allang terug in Parijs en eigenlijk hadden jullie toch al iets gehoord moeten hebben.' Ik wilde haar optimisme niet temperen, maar konden we nog wel hoop koesteren?

'Het duurt gewoon even om een nieuwe revue op poten te zetten,' reageerde Henny. Ze gaf me een kus op mijn wang en verdween naar de kleedkamers.

De ene jas na de andere ging die avond door mijn handen; het optreden van een nieuwe zangeres leek het publiek nieuwsgierig te hebben gemaakt.

Ze trad niet op in een weelderig glitterkostuum, maar in mannenkleding. Geheel in stijl had ze haar zwarte, kortgeknipte haar met pommade tegen haar hoofd geplakt. Haar bovenlip werd gesierd door een smal Menjou-snorretje, dat ze in de kleedkamer had aangebracht.

Ze zat in haar zwarte frak met hoge hoed op een barkruk en zong in een stemregister dat moeilijk in te schatten was. Sloot je je ogen, dan hoorde je de vrouw, keek je naar haar in haar kostuum, dan was je ervan overtuigd dat je een man voor je had.

Omdat Marga er vandaag niet was, nam ik, toen iedereen in de zaal zat, plaats op mijn stoel en pakte mijn boek. Ik voelde dat mijn geest tot leven kwam door de kennis die ik in me opnam, en al mijn lichamelijke ongemakken verdwenen naar de achtergrond. Ik vergat zelfs de tijd.

Zo kwam er die avond eerder dan ik had verwacht een einde aan de revue. De zaaldeuren gingen open en binnen enkele ogenblikken werd ik weer door mensen omringd. Ik had even tijd nodig om me op hen in te stellen, want mijn gedachten waren blijven hangen bij de formules en het idee dat ik misschien iets met mijn kennis zou kunnen doen.

Toen mijn dienst voorbij was, liep ik zo ongeveer dartelend het theater uit, met een glimlach op mijn gezicht die zelfs de caissières verbaasde.

'Wat is er aan de hand, meissie, heb je een briefje van honderd gevonden?' vroeg Berta.

Ik schudde mijn hoofd. 'Ik heb gewoon een mooie dagdroom gehad.'

Toen ik buiten kwam, liep Henny me met haastige tred tegemoet. Dat verbaasde me een beetje, want meestal kwam ze pas na mij naar buiten. Had ze het laatste nummer niet meegedanst? Was er iets vervelends gebeurd?

Ze wekte inderdaad een enigszins verwarde indruk.

'Ik kan het haast niet geloven,' zei Henny hoofdschuddend.

'Wat niet?' vroeg ik en ik probeerde de gedachte dat er iets was voorgevallen terug te dringen.

'Er is bericht van Miss Bakers agenten!' Henny keek me vol ongeloof aan. Ook ik besefte niet direct wat er aan de hand was.

'Echt waar?'

Henny knikte. Toen maakte ze opeens een luchtsprongetje en klapte in haar handen. 'Ik zit erbij! Hoor je? Ik zit erbij!'

'Je zit erbij!' Met een juichkreet vielen we elkaar in de armen.

'Ik ben de enige van ons theater, kun je je voorstellen hoe groen de anderen zien van jaloezie?' riep ze. 'Ik zweer het, Lilly stond het schuim op de mond! Ik moet uitkijken dat ze de komende dagen geen knopen in mijn parelkettingen legt.'

'Wat fantastisch, gefeliciteerd!' Ik omhelsde haar nogmaals. Mijn hart ging tekeer en mijn buik fladderde van vreugdevolle opwinding. Parijs! Het zou er echt van komen!

Alsof we te diep in het glaasje hadden gekeken, liepen we gearmd en luid zingend naar de metro, zonder ons te bekommeren om de blikken van de voorbijgangers.

'Het wordt nu ernst,' zei ze zodra we thuis waren. 'Over een maand wonen we in Parijs. Wij allebei! Ik heb de agenten gevraagd me te laten weten welke documenten ik nodig heb. Dan vragen we die meteen ook voor jou aan.'

Ik aarzelde. Ik had me er al enigszins bij neergelegd dat we niet zouden gaan.

'Ik heb iets bedacht,' vertelde ik ten slotte. 'Daarom had ik dat boek ook meegenomen. Als ik nu weer eens crèmes zou gaan maken? Om ze dan te verkopen?'

'Aan wie wil je ze dan verkopen?' Henny's ogen fonkelden nieuwsgierig.

'Aan andere vrouwen. Danseressen. Betty en Christina klagen toch altijd over hun huid, die zo droog wordt van al die schmink?'

'Maar van twee klanten kun je niet leven.' Kennelijk had ze begrepen waar ik naartoe wilde. Ze pakte mijn handen. 'Je laat me toch niet in de steek?'

'Ik...' De woorden bleven in mijn keel steken. Ik had inderdaad even overwogen om hier te blijven. Maar Henny had gelijk: met twee klanten kon ik niet in mijn levensonderhoud voorzien. En van het geld dat ik als garderobejuffrouw verdiende, kon ik me niet eens deze woning veroorloven.

'Sophietje,' zei ze zacht en ze kneep in mijn handen. 'Ik kan je onder geen voorwaarde hier laten, nu je ouders doen alsof je lucht voor ze bent! In Frankrijk kun je een nieuw begin maken. Misschien zelfs met je reageerbuisjes.' Ze spreidde haar armen. 'Wil je dan niet méér dan dit? Ik heb in elk geval schoon genoeg van Berlijn. Elke dag hetzelfde, altijd dezelfde mensen, dezelfde grijze lucht boven de daken. Ik heb het gevoel dat zelfs in de zomer de zon het niet wint van al die fabrieksrook. Alles lijkt gehuld in gele mist. In Parijs zal ik weliswaar nog steeds danseres zijn, maar wie weet wat het lot voor ons in petto heeft. Nou? Wil je dat niet ook? Hoop? Een nieuw leven?'

Dat wilde ik zeker, maar de twijfels die ik vanbinnen voelde waren niet gering. Stel dat we beiden in Frankrijk in de goot belandden? Hier had ik op zijn minst de toezegging van mijn moeder dat ze me zou helpen als ik in nood raakte...

De hele ochtend bleef de vraag knagen wat mijn ouders van mijn vertrek naar Frankrijk zouden zeggen. Ik had hen twee maanden lang niet gesproken. Ik had ook niets van hen gehoord. Er was weinig kans op dat ze me hadden vergeven.

Toch ging ik die middag op weg naar Charlottenburg.

In de kruinen van de bomen voor mijn ouderlijk huis tjilpten de vogels. Ik sloot mijn ogen en bleef even luisteren.

Bij Henny stond ook wel een boom op de binnenplaats, maar die had een nogal ongastvrij uiterlijk door de vele maretakken die zich om zijn takken wonden. Als er eens een vogel per ongeluk in terechtkwam, bleef hij er maar kort zitten.

Na een tijdje deed ik mijn ogen weer open, liep naar de deur en drukte op de bel. Heel even had ik spijt dat ik mijn sleutels niet had gehouden, maar toen hield ik mezelf voor dat ik daarmee mijn ouders had laten zien dat ik het wel alleen zou redden. En ik was ook niet gekomen om ze om hulp te vragen.

Er volgde eerst geen reactie op mijn bellen. Was mijn moeder soms niet thuis?

Ik wilde me al omdraaien toen het slot van de deur opeens opensprong. Ik had eigenlijk verwacht dat eerst de vraag zou komen wie er aan de deur was. Maar misschien verwachtte mama wel post.

Ik liep de trap op. Het viel me inmiddels nog zwaarder dan voorheen, maar ik kon er hier in elk geval zeker van zijn dat de leuning het zou houden. Bij Henny liep ik altijd vlak langs de muur omdat de trapleuning gevaarlijk wiebelde.

Mijn moeder zou zeker bij de voordeur op me wachten en daarom streek ik nog eens met mijn hand over mijn haar en kneep in mijn wangen, zodat ik er niet al te bleek uit zou zien.

Boven aangekomen hield ik mijn pas in toen ik bij de deur broekspijpen in het oog kreeg.

Het liefst had ik ter plekke rechtsomkeert gemaakt, maar daarvoor was het te laat. Moeizaam beklom ik de laatste treden.

Vader verbleekte toen hij me zag.

'Dag,' groette ik verschrikt. 'Vader, ik...'

Mijn stem stokte toen zijn blik naar mijn buik ging. Beschermend trok ik mijn jas dicht, maar er was niet genoeg stof om mijn buik te verbergen.

'Wat bezielt jou om je hier te vertonen?' vroeg mijn vader nors.

'Ik wil u iets meedelen, u en moeder.' Mijn hart bonsde in mijn keel en mijn tong plakte aan mijn verhemelte. Ik hield er rekening mee dat hij me zou wegsturen alsof ik een bedelares was, maar toen klonken er stappen van boven. Blijkbaar was de bovenbuurman van plan aan zijn wandeling te beginnen.

Mijn vader keek even omhoog en deed toen de deur open. Ik besefte dat hij me alleen binnenliet omdat hij niet wilde dat onze buurman me zou zien staan. Geen idee wat hij de mensen in de buurt verteld had en of mijn afwezigheid eigenlijk was opgevallen.

Hij duwde de deur in het slot, maar bleef als een schildwacht in de gang staan, alsof hij wilde verhinderen dat ik een van de kamers binnenging.

Gedurende enige tijd keken we elkaar alleen maar aan. Zijn bleke kleur maakte langzaam plaats voor een dieprode.

'Is mama thuis?' vroeg ik ten slotte, en ik wou dat ik een brief had geschreven en niet in de metro was gestapt. Hoe had ik op het idee kunnen komen?

'Je moeder is boodschappen aan het doen,' antwoordde hij kil.

De vraag waarom hij op dit tijdstip al thuis was bleef in mijn keel steken.

'Zo te zien heb je nog geen oplossing voor je probleem gevonden,' zei hij, terwijl hij zijn armen over elkaar sloeg. 'Of gaat de vent die je dit heeft aangedaan uiteindelijk toch met je trouwen?'

Was voor mijn vader echt het enige wat telde dat ik de schande die ik hun had aangedaan teniet zou doen met een huwelijk?

'Hij gaat niet weg bij zijn gezin,' antwoordde ik. Ik wilde er verder niets over kwijt.

Vader kneep zijn lippen samen en zijn blik schoot vuur. Ik spande al mijn spieren. Moeder was niet thuis, dus zij kon me niet beschermen tegen zijn woede. En ik zou me niet tegen hem kunnen verweren. Nooit eerder was ik bang voor mijn vader geweest, maar op dit moment zag ik in hem een onbekende die me bedreigde.

'Je hebt alles stukgemaakt,' fluisterde hij. 'Alles. Je leven, je toekomst. Je hebt ons gezin verwoest.'

Ik had niets van dat alles gedaan, maar waagde het nu niet om tegen hem in te gaan.

'En wat nu?' vroeg hij. 'Wil je als een hoer in de goot blijven wonen? Als je op zijn minst een andere man had die met je zou trouwen...'

'En waar zou ik die zo snel vandaan moeten halen?' vroeg ik en ik merkte dat mijn aanvankelijke vrees veranderde in koppigheid. 'Bovendien leef ik niet als een hoer in de goot. Ik werk. Ik woon bij Henny. Je kunt je haar vast nog wel herinneren.'

'Dat is net zo'n snolletje!' snauwde vader me toe. 'En jou lijkt het allemaal niet uit te maken. Wat er van moeder en mij moet worden. Van ons bedrijf! Ik had zulke mooie plannen voor je, maar nu is alles van de baan!' Hij zweeg even en voegde er toen nors aan toe: 'Was toch naar die engeltjesmaker gegaan!'

Ik staarde hem geschrokken aan. Moeder had met hem gesproken.

'U had mij dus liever na mijn bezoek aan de engeltjesmaker ten grave gedragen?' vroeg ik ademloos. 'Alleen om de schande in de doofpot te stoppen?'

Mijn vader perste zijn lippen op elkaar. Hij beefde. Maar mijn verbijstering was sterker dan de angst dat hij me een oorvijg zou verkopen.

'Ik wilde mijn kind niet doden, vader,' ging ik verder. 'Het is mijn kind. Uw kleinkind.'

'Een kind dat je maatschappelijke positie heeft geruïneerd!' schreeuwde hij. 'Je had...'

'Vader!' onderbrak ik hem met hetzelfde volume en ik verbaasde me meteen daarna over mijn moed. 'Ik weet dat allemaal al! Ik heb genoeg tijd gehad om erover na te denken. En ik ben niet gekomen om jullie te vragen me weer in huis te nemen. Ik ben hier alleen om jullie te laten weten dat ik een tijdlang niet in Duitsland zal zijn. Ik ga met Henny mee naar Parijs. Ze heeft daar een engagement gekregen. En ik zal proberen daar een leven op te bouwen.' Mijn hart ging als een razende tekeer.

Dit leek mijn vader even van zijn stuk te brengen, maar toen snauwde hij me toe: 'Je gaat dus naar die fransozen? Hoe denk je dat die jullie na de oorlog zullen ontvangen?'

'De oorlog is allang afgelopen!' antwoordde ik. 'Het is een land als elk ander. En misschien maakt het de mensen daar niets uit of ik een kind heb of niet!'

'Uit mijn ogen!' schreeuwde hij. 'Ik wil je niet meer zien! Nooit meer!'

'Dat hoeft u ook niet,' flapte ik eruit. 'Ik red me wel, hoe dan ook!'

Met deze woorden draaide ik me op mijn hakken om en trok de deur open. Op dat moment had ik het niet erg gevonden, integendeel zelfs, om recht in het verbaasde gezicht van onze zo achtenswaardige bovenbuurman te kijken. Maar het trappenhuis lag er verlaten bij en terwijl ik naar beneden rende, hoorde ik boven de voordeur in het slot slaan.

Toen ik buiten kwam, vulden mijn ogen zich met tranen, maar ik veegde ze fier weg. Ik zou niet langer huilen. Ik zou niet langer hopen dat mijn ouders van mening veranderden. Mijn leven lag voortaan alleen in mijn eigen handen. En Parijs zou best eens mijn redding kunnen zijn.

10

Ik stond er elke dag verbaasd over hoe vlug we alle formaliteiten afhandelden. De snelheid leek bijna onwerkelijk. We gingen samen de instanties af om onze papieren voor de reis te regelen. Henny haalde de huisbazin over om haar woning nog een paar weken voor ons vast te houden voor het geval dat ons verblijf in Parijs niet zo uitpakte als we het ons voorstelden. Ik kocht de treinkaartjes en stadsplattegronden. 's Avonds zaten we daar samen overheen gebogen en probeerden ons aan de hand van de straten en huizenblokken een beeld te vormen van de stad.

Mijn nachten werden vermoeiender, want alsof het mijn onrust voelde, bewoog het kindje vaker.

De laatste dagen voor ons vertrek waren we allebei in alle staten.

Het enige waarvoor ik vreesde was de ontslagaankondiging bij meneer Nelson. Hij had me bereidwillig opgenomen en stipt mijn salaris betaald. Ik voelde me ondankbaar.

Henny sprak me moed in. 'Maak je niet ongerust, meneer Nelson heeft daar ervaring mee. Af en toe gaan er ook danseressen weg en komen er andere voor in de plaats. Hij zal niet boos op je zijn.'

Toch ging ik met een onbehaaglijk gevoel naar hem toe.

'Dus je weet zeker dat je met je vriendin mee wil?' vroeg hij nadat hij de sigarenrook uit zijn longen in kleine wolkjes in zijn kantoor de lucht in had geblazen. Daardoor heerste er een blauwachtig licht, en in zijn paarse huisjasje zag hij eruit als een goochelaar die van plan was zichzelf te laten verdwijnen.

'Ja, meneer Nelson.'

Hij knikte en legde zijn sigaar op de rand van zijn asbak. 'Ik weet dat ik tegen je heb gezegd dat je ooit gebruik moest gaan maken van je verstand. Maar vind je het echt verstandig je zo in het ongewisse te begeven?'

Ik verbaasde me erover dat het hem interesseerde wat er van mij terecht zou komen. Bij mijn eigen vader leek daarvan geen sprake te zijn.

'Ik ga proberen een nieuwe start te maken,' antwoordde ik. 'Als het niet lukt, kan ik altijd nog terug, toch?'

Nelson snoof. 'Nou, maak dan je borst maar nat. Vooral nu het niet lang meer zal duren voordat de kleine komt.' Hij bekeek mijn buik met timmermansoog. 'Nog twee maanden misschien?'

'Ik knikte. 'Twee of drie.'

'Ga toch zitten, ik heb liever niet dat die opgeblazen erwt er in mijn kantoor uit komt.'

Hij wees naar een stoel. Ik ging gehoorzaam zitten. 'Ik denk erover iets met mijn scheikundekennis te gaan doen,' verklaarde ik.

'Dus je wilt je studie weer oppakken?'

'Ik denk niet dat ik het collegegeld zal kunnen betalen – maar wie weet, als dat in Frankrijk niet bestaat... Ik wil in elk geval opnieuw beginnen.'

'En wat wil je daar doen? Schoonmaakmiddelen maken? Of wondertincturen gaan verkopen?'

'Waarom niet?' vroeg ik

'Daar heb ik geen verstand van,' antwoordde Nelson. 'Maar ik weet wel dat het leven in Parijs niet makkelijk is! Zeker nu na de oorlog. Over Duitsers zijn de Fransen niet best te spreken. Henny bevindt zich in de beschermde wereld van het theater, maar jij moet je daarbuiten zien te bewijzen.'

'Ik zal mijn uiterste best doen. Het engagement van Henny duurt een jaar. In het slechtste geval kom ik met haar terug.'

'Ik hou van meisjes die zich er niet onder laten krijgen,' zei Nelson. 'Maar schroom niet om hulp te zoeken. En als jullie terug moeten komen, solliciteer hier dan gerust weer. Ik vind wel een plekje voor jullie.'

'Dank u, meneer Nelson.' Ik stond op.

'Tja, dan valt er niet veel meer te zeggen...' De theaterdirecteur haalde een lege envelop uit zijn bureaula en stond ook op. Ik zag dat hij naar een van de affiches op de muur liep en dat tot mijn grote verrassing openklapte. Er kwam een kluisje achter tevoorschijn.

Nelson pakte een paar bankbiljetten uit een cassette en deed de geheime bergplaats weer dicht. 'Hier, dat is de rest van je loon,' zei hij toen hij naar me toe kwam en me de nu dichte envelop voorhield. 'Ik wens je het beste, meisje.'

Ik knikte, pakte de envelop aan en gaf hem een hand.

Een paar dagen later stond ik met bonzend hart op het perron van het Lehrter Bahnhof. Mijn ijskoude handen klemden zich om het handvat van mijn koffer, die alles bevatte wat ik bezat. Mijn experimenteeruitrusting had ik ook bij me. Henny zei dat ik die ook naar Parijs had kunnen laten opsturen, maar dat had me te riskant geleken. We wisten nog niet eens waar we gingen wonen!

Het enige wat we hadden was het adres van de Folies Bergère in Parijs en de naam van iemand tot wie we ons moesten wenden: monsieur Jouelle. Ook al zouden mensen in het algemeen niet weten wat ze met mijn glazen kolven, thermometers, smeltkroezen en bunsenbrandertje moesten beginnen, iemand zou op het idee kunnen komen het koffertje te houden en te verkopen. Dan sleepte ik het liever zelf mee!

Terwijl mijn blik over het spoor dwaalde, dacht ik weer aan het hartelijke afscheid dat Henny's moeder de vorige dag voor ons had georganiseerd. Haar vader had op zijn stoel bij het raam gezeten en leek er niets van mee te krijgen, maar mevrouw Wegstein had ons allebei aan het hart gedrukt en ons het beste gewenst. Dat ik zwanger was leek haar niet te storen; ze negeerde het feit discreet. Daar was ik in eerste instantie blij om geweest, maar de rest van de dag was ik verdrietig, want mijn ouders zouden geen afscheid van me nemen.

'Lieve help, waar blijft de zomer toch?' mopperde Henny naast me, waarmee ze mijn gedachten verdreef. Haar koffer was bijna zo groot als een ladekast. Een paar van haar spullen waren al onderweg naar Parijs, waar ze in een bagagedepot zouden worden opgeslagen. Desondanks was er nog genoeg overgebleven om het gevaarte mee vol te stoppen. 'Het begon zo mooi in mei, en nu...'

'Dat zal de schaapscheerderskou zijn,' zei ik. Onze biologieleraar had dat altijd gezegd wanneer het in de zomer slecht weer was.

'Maar toch niet in juni!'

'Jawel, juist in juni!' weerlegde ik. 'Dan wordt het nog één keer koud voordat het goed warm wordt. En denk maar eens aan Sint-Veith: "Regen met Sint-Veith, dan regent het zes weken in de tijd!"'

'Sint-Veith kan de boom in,' bromde ze en ze wreef kleumend over haar armen. Dat ze het koud had kwam echter niet door de koude morgenlucht, waardoor onze adem op dit vroege uur nog tot wolkjes condenseerde, maar door de opwinding. 's Nachts was ze zo onrustig geweest dat ook ik vrijwel niet had geslapen. Telkens weer was ze uit bed gesprongen om haar bagage te controleren, om daarna bibberend onder de dekens te kruipen en zich te beklagen dat we bijna geen tijd hadden om te slapen. Op een gegeven moment waren mijn ogen dichtgevallen, maar even later werd ik al door het luide gerinkel van de wekker uit mijn slaap gehaald.

Het verbaasde me dat ik me niet voelde zoals je je eigenlijk zou moeten voelen als je naar een ander land ging. Ik had het gevoel dat ik alleen maar van huis was gegaan om over een paar dagen terug te komen. Ik had geen idee hoelang we weg zouden blijven. Zou het echt voor altijd zijn?

Eindelijk klonk de aankondiging dat de trein naar Keulen zou arriveren. Op het laatst kwam er schel gepiep uit de luidsprekers. Even later kwam de zware locomotief over de rails aanrijden. De wereld verdween in witte damp, de andere reizigers kon ik nog slechts als schimmen ontwaren. Ik keek naar Henny, die zo gespannen was alsof ze haar minnaar in de trein verwachtte.

De deuren gingen open en er stapten een paar reizigers uit.

'Ga jij maar vast onze plaatsen bezetten,' zei Henny, waarna ze zich tot een kruier wendde om haar koffer aan hem over te dragen.

Ik klom intussen in de wagon. De coupé rook naar kunstleer, linoleum en verschaalde sigarettenrook. Toen ik mijn koffer in het bagagerek wilde tillen, zei iemand achter me: 'Wacht, mevrouw, ik zal u even helpen.'

Toen ik omkeek, zag ik een jongeman met een blonde haardos. Hij droeg een camel jas, en naast hem stond een jonge vrouw, die net als ik zwanger was. Zij had een lichte bordeauxrode jas aan met daaronder een donkerblauwe bloemetjesjurk. De hoed op haar hoofd was getooid met een glanzend zijden lint.

'In uw toestand moet u niet zo zwaar tillen,' zei de man galant en hij sjorde de koffer in het rek. Hij leek zich dat makkelijker te hebben voorgesteld, want hij kreeg er zichtbaar rode wangen van. Ik onderdrukte een glimlach en bedankte hem.

'Waar is uw echtgenoot?' informeerde hij nadat hij de koffer had opgeborgen.

'Ik ben op reis met een vriendin,' antwoordde ik en ik merkte dat het bloed me naar de wangen steeg. Ineens besefte ik dat dit aardige paar precies was zoals Georg en ik hadden kunnen zijn. Natuurlijk was het leeftijdsverschil niet zo groot als bij ons. En die jongeman was vast ook niet getrouwd geweest toen hij dat mooie meisje ontmoette. Maar in een ander leven, onder andere omstandigheden, zouden we misschien ook net zo op reis zijn gegaan als dit stel.

Ik slikte het brok in mijn keel weg.

'Waar gaat u heen?' Zo wendde ik me tot de vrouw, die tot nog toe niets had gezegd en ter begroeting alleen naar me had geknikt.

'Naar Keulen,' antwoordde ze. 'We gaan op familiebezoek.' Ze gaf haar man een arm, een gebaar dat mij duidelijk moest maken dat hij van haar was en dat ik me geen illusies hoefde te maken. Dat leek hij te begrijpen en hij kuchte verlegen.

'Wij gaan naar Parijs,' zei ik en ik zag de vrouw minachtend kijken. Mijn garderobe was door het voortdurende gebruik versleten, en je kon aan mijn jurk zien dat hij goedkoop was geweest.

'Werkt uw man daar?' vroeg de man. Hij tikte zachtjes op de

hand van zijn vrouw en ging met haar tegenover me zitten.

Ik verkeerde even in tweestrijd, maar besloot dat deze mensen, die me toch niet kenden, ook geen recht hadden op eerlijkheid van mijn kant. De man leek geobsedeerd te zijn door 'mijn man'.

'Ja,' antwoordde ik. 'Bij het theater. Hij wilde dat ik naar hem toe kwam, vandaar dat ik met mijn vriendin op weg ben.'

Op dat moment kwam Henny de hoek om.

'Henny, kijk eens, deze aardige heer was zo vriendelijk me met mijn bagage te helpen,' zei ik voordat ze het echtpaar goed had kunnen zien. 'Ik heb hem en zijn echtgenote verteld dat we Johann in Parijs in het theater gaan opzoeken.'

Ik trok mijn wenkbrauwen op, een teken dat Henny van me kende. Op die manier hadden we als kind elkaar al te kennen gegeven dat de een de ander niet moest verraden.

'Jazeker,' antwoordde ze. 'Aangenaam kennis te maken, ik ben Henny Wegstein.' Henny gaf eerst hem een hand en daarna zijn vrouw. Ik noemde mijn naam niet, maar die leek hen, nu mijn leugen bevestigd was, ook niet te interesseren.

Uiteindelijk kwam de trein in beweging. Ik had graag ongedwongen met Henny gepraat, maar vanwege onze medepassagiers liet ik dat achterwege. Het zag ernaar uit dat wij op onze beurt een intiem gesprek tussen de echtelieden onmogelijk maakten. Ze beperkten zich ertoe verliefde blikken uit te wisselen, en af en toe streelde de man de buik van zijn vrouw. Bij dat gebaar voelde ik een steek van jaloezie, dus keek ik maar uit het raam. We passeerden zowel riante huizen als armzalige arbeidersbarakken.

Toen we door Charlottenburg reden, dwaalden mijn gedachten af naar mijn ouders. Mijn moeder zou nu wel in de keuken zijn om koffie te zetten. Mijn vader was waarschijnlijk al in zijn zaak. Zouden ze aan me denken? Vast niet.

Henny had me aangemoedigd ze te schrijven wanneer we in Parijs waren aangekomen, maar ik wist niet zeker of ik dat wel zou doen. Ik was erop gebrand mijn ouders te straffen. Hoe kon dat beter dan door hen in het ongewisse te laten waar ik verbleef? Maar interesseerde hen dat eigenlijk wel?

Ik deed mijn ogen dicht en probeerde al die negatieve gedachten terug te dringen, zodat ze de voorpret niet bedierven.

Toen ik ze weer opendeed, lag Wannsee al achter ons en reden we door open terrein.

11

Bij aankomst in Parijs was ik zo vermoeid dat ik me even verbeeldde dat we nog niet eens uit Berlijn waren vertrokken. Toen ik overeind kwam viel mijn oog op een Frans reclamebord, dat aan een steunpilaar van het stationsdak was vastgemaakt. Toen werd me duidelijk dat we, na een enigszins hectische overstap in Keulen, ons doel hadden bereikt.

'Schiet op, pak je koffer!' spoorde Henny me aan. Haar wangen waren rood van opwinding. Ik stond op, onvast op mijn benen, want ik was nog bevangen door een urenlange diepe slaap, maar toen ik mijn koffer van het rek trok, voelden mijn knieën alweer iets steviger aan.

Mijn vriendin stond al in het gangpad. Daar verdrongen de passagiers zich, sommige met hinderlijk volumineuze bagage.

Henny liet me voorgaan en kort daarop liepen we naar de uitgang. Om ons heen hoorden we flarden van Franse zinnen, mensen omarmden elkaar op het perron, anderen zochten de ramen van de trein af of begaven zich naar de deuren.

Mijn vriendin vroeg me te blijven wachten onder het bord met GARE DU NORD en verdween om haar koffer te halen. Ik verdreef de tijd door de mensen die uitstapten te bekijken.

Ik zag dat een man werd begroet door een modieus geklede vrouw met een fuchsiarood hoedje, een ander werd door zijn hele familie om de hals gevallen: ouders, vrouw en kinderen.

Mijn blik bleef uiteindelijk hangen bij een dame met een zuigeling op de arm. Ze droeg een zeer elegante blauwe mantel en had alleen maar oog voor het kleintje, dat nauwelijks zichtbaar was in zijn dekentje. Ik had best die vrouw willen zijn, met een goed uitziende man naast zich, die haar steunde en haar en haar kind beschermde.

En opeens voelde ik me onbeschermd, uitgeleverd aan onbekenden die me in het voorbijgaan aanstaarden. Alsof het op mijn voorhoofd geschreven stond dat ik geen man had en mijn kind geen vader die voor hem opkwam.

Mijn sombere gedachten werden verdreven door de terugkomst van Henny. In haar kielzog liep een jongeman in het uniform van de spoorwegen, die haar koffer droeg. Henny kon zich in het Frans voorstellen en *bonjour* zeggen, dat hadden we in Berlijn al geoefend. Ook wist ze inmiddels hoe ze de weg moest vragen. Haar gebarentaal bleek echter te hebben volstaan om de spoorwegbeambte zover te krijgen dat hij haar koffer droeg.

'Mag ik je monsieur Leduc voorstellen?' zei Henny met een brede glimlach en glanzende ogen. 'Hij was zo vriendelijk me aan te bieden te helpen met de bagage.'

De jongeman bloosde, hoewel hij haar niet verstond, en volgde ons trouwhartig tot bij de douane, waar hij de koffer voor de deur neerzette. Met een tikje tegen zijn pet nam hij weer afscheid van ons.

'Is hij niet allerliefst?' vroeg Henny, terwijl ze hem nakeek. 'Als alle mannen hier zo zijn, zal het niet zo moeilijk zijn er een te leren kennen.'

'Niet dat ik daarop uit ben, maar veel succes ermee,' antwoordde ik droogjes.

Henny gaf me een por met haar elleboog. 'Denk maar niet dat je je hele leven alleen zult blijven. Er komt een dag waarop je een nieuwe man ontmoet.'

'Zelfs als ik een kind heb?' vroeg ik vol twijfel. Ik kon me niet voorstellen dat een man er graag aan zou beginnen voor andermans kind te zorgen.

'Als hij van je houdt, maakt hem dat niet uit. Of beter gezegd, als hij van jou houdt, zal hij ook van je kind houden.' Henny glimlachte naar me. 'Misschien is het wel zo'n knappe Fransman als die monsieur Leduc.'

'Het zal moeten wachten tot het kindje er is,' antwoordde ik. 'Als ik eerlijk ben, heb ik op het moment geen zin om te gaan dansen.'

Bij de douane wachtte ons een rij, die overigens niet zo lang was. Een paar reizigers spraken Duits, andere Russisch of talen die ik niet herkende.

Uiteindelijk waren wij aan de beurt.

Zo allerliefst als monsieur Leduc bleek de douanebeambte niet te zijn. Hij nam ons op met doffe, donkere ogen, die eruitzagen alsof ze deze dag al veel te veel mensen hadden gezien. Zijn lippen zaten verborgen achter een grote zwarte snor en het haar rond zijn schedel werd al dunner.

Hij pakte onze paspoorten aan en vroeg bars of we iets hadden aan te geven. Zijn blik viel op mijn kistje met de glazen buisjes.

'Bent u arts?'

Ik schudde mijn hoofd. 'Nee, studente,' antwoordde ik, hoewel dat niet klopte. Maar hoe had ik anders mijn reageerbuisjes moeten verklaren?

'Wat studeert u?' vroeg hij, terwijl hij mijn papieren bekeek.

'Scheikunde.'

'Aan de Sorbonne?'

Zou de man aan me kunnen zien dat ik loog? Hij keek niet eens op.

'Tot nu toe in Berlijn, maar ik hoop me binnenkort hier te kunnen inschrijven.'

Toen keek hij op. Hij keek me aan, zo strak dat het leek of hij me op een leugen wilde betrappen. Maar het was immers de waarheid: stiekem hoopte ik me hier te kunnen inschrijven. Ooit, als ik genoeg geld verdiende om me de studie te kunnen veroorloven.

'En de vader van uw kind?' vroeg hij ten slotte nog. 'Is hij Fransman?'

Ik wist niet goed of het mijn leven makkelijker of moeilijker zou maken als ik ja zou zeggen, dus hield ik het ook nu bij de waarheid. Het misnoegen van de ambtenaar leek nog toe te nemen. Toen stempelde hij eindelijk mijn paspoort af.

'Om langere tijd hier te mogen blijven, hebt u een verblijfsvergunning nodig, mademoiselle. Die krijgt u bij de politie.'

Ik knikte; dat wist ik al van Henny.

De douanebeambte wendde zich nu tot mijn vriendin, die evenmin iets had aan te geven, maar nauwelijks iets verstond, zodat ik moest tolken. Daardoor ontstond er wat oponthoud, maar een uur later en na een kort verblijf op het wisselkantoor konden we het station dan eindelijk verlaten. De zon scheen op het stationsplein en tussen de bloemperkjes vochten een paar duiven om broodkruimels. De mensen liepen haastig langs ons heen, en af en toe rook ik een vleugje damesparfum of het kruidige aroma van aftershave.

Henny legde haar hoofd in haar nek en rekte zich uit. Daarbij haalde ze diep adem. 'Ruik je dat?' vroeg ze. 'Dat is Parijse lucht!'

Ik vond dat het hier, afgezien van de reukwatertjes, niet wezenlijk anders rook dan in Berlijn. Er hing een lichte benzinedamp in de lucht, het rook naar vuil, maar ook naar bloemen. Daar kwam nog een lichte latrinegeur bij.

Maar ik wist wat mijn vriendin ermee wilde zeggen. Nog maar een paar maanden geleden was het niet bij me opgekomen Berlijn te verlaten. En nu stonden we allebei hier, klaar voor een nieuw leven.

'Laten we een taxi nemen,' zei ik ten slotte tegen Henny, die nog steeds vol verbazing om zich heen keek.

We moesten zuinig zijn met ons gewisselde geld, maar omdat we nog een flink stuk voor de boeg hadden en het met onze koffers lastig zou zijn ons reisdoel lopend te bereiken, leek me dit het beste. Ook een busrit kostte geld, en het verschil was dat niemand ons dan met onze koffers zou helpen.

De taxichauffeur bij wie we even later instapten was een knorrige oudere man, die de hele rit bleef mopperen dat hij was opgelicht in een restaurant. Hij zal er wel van zijn uitgegaan dat wij hem verstonden, maar een reactie leek hij niet te verwachten.

De taxi had een open carrosserie en de wind blies ons om de

oren. In het drukke verkeer kwamen we slechts langzaam vooruit, zodat ik gelegenheid had de prachtige gebouwen te bekijken.

In romans ging het vaak over de kleurrijke kunstenaarswijken, waar een enorme chaos heerste. Over waslijnen die over de straten heen gespannen waren. Daar was hier niets van te bespeuren, maar misschien zou ik dat allemaal wel ontdekken als ik de stad goed leerde kennen.

Hier, op deze brede boulevard, zag alles er in elk geval verrassend netjes, schoon en bedrijvig uit. Op de trottoirs dromden de mensen langs elkaar heen, de meeste mannen droegen een kostuum en de vrouwen een witte blouse met een rok en ondanks het mooie weer een elegant hoedje. De mode leek hier toch iets verfijnder en fleuriger, hoewel er nauwelijks onderscheid was met die uit de betere buurten van Berlijn.

Sommige herenhuizen leken rechtstreeks uit een oud sprookjesboek te komen, met hun kleine standbeelden aan de nok, hun torentjes, hoge ramen en rijke rocailleversiering op de muren. Aan de balkons hingen bloembakken die overliepen van kleurenpracht. Enkele gebouwen leken veel meer dan een eeuw oud te zijn; waarschijnlijk hadden de bewoners van achter deze ramen de intocht van Napoleon of de gang van Marie-Antoinette naar het schavot aanschouwd.

Wie hadden hier destijds gewoond? Rijke kooplieden met hun gezin? Regeringsambtenaren? Weduwen van welgestelde mannen? Waren het eigenlijk nog wel woonhuizen of hielden er nu overheidsinstanties kantoor?

Toen we de Arc de Triomphe achter ons hadden gelaten, zagen we in de verte ook de Eiffeltoren, die ik tot dan toe alleen uit krantenartikelen kende. Ik keek ervan op hoe enorm hij eigenlijk was. Hoe zou het zijn om daarboven te staan en over de stad uit te kijken? Al die gebouwen te zien, al die kastelen waar ooit koningen hadden gewoond, de parken waar ze hadden gewandeld. Hoewel ik enigszins onzeker en angstig was over mijn nieuwe leven hier, verheugde ik me erop Parijs te gaan verkennen en zijn wonderen te ontdekken.

Na enige tijd bereikten we een stadsdeel dat er veel minder verzorgd, maar wel veel kleurrijker uitzag. Theatertjes, cafés en bioscopen leken elkaar te verdringen.

Toen we bij de Folies Bergère waren aangekomen betaalde ik de chauffeur, waarna we onze koffers in ontvangst namen. Even later voegde zich de taxi weer in het verkeer.

Ik keek op van de oude, eerbiedwaardige façade, die met haar brede ramen en de Grieks aandoende zuilendecoratie meer aan een operahuis dan aan een variététheater deed denken. Het verraste me dat het eigenlijk tussen de andere gebouwen ingeklemd stond, alsof die het in de loop der tijd boven het hoofd waren gegroeid.

Een groene metaalconstructie die wel iets weg had van de sierrand op werken van de schilder Alfons Mucha, droeg de naam van het theater, die ook nog eens in de nok van het dak was gebeiteld.

De vensters op ooghoogte waren kleiner en deden bijna denken aan middeleeuwse ruiten van loodglas. Daaronder hingen kakelbonte affiches als aankondiging van het actuele programma. Aan de danseressen die in luchtige rood-witte kostuums op een rij stonden en hun rok optilden, kon je op het eerste gezicht niet onderscheiden waar nu eigenlijk de vrouw en waar de stof begon.

'Ik had niet gedacht dat ik deze dag ooit zou beleven,' fluisterde Henny vol ontzag.

Omdat de deur wagenwijd openstond, stapten we resoluut naar binnen. Ook het interieur verschilde behoorlijk van het Nelson Theater. Door de gouden zuilen en de turquoise geschilderde muren deed de ruimte enigszins ouderwets aan, maar ik keek mijn ogen uit bij die kleurenpracht. Ter decoratie hingen tussen de zuilen in steen gebeeldhouwde gouden doeken die met gouden en turquoise bloesems waren getooid. In het midden fungeerden twee reusachtige paarden als kolossale kroonluchter. Ze zagen er kostbaar uit, alsof ze ooit de trap van een kasteel hadden geflankeerd. Om hun lijf droegen ze een soort tuig in de kleuren groen en zilver.

Ik bekeek ze een tijdlang met verwondering, toen gleed mijn

blik naar een affiche naast de ingang. Het was voornamelijk gedrukt in de kleuren violet en roze en liet een vrouw met een naakt bovenlichaam zien van wie de benen overgingen in een soort zeemeerminstaart van veren. Op haar hoofd droeg ze een bijpassende verentooi en in haar handen hield ze een lichtblauwe waaier.

'Het wordt tijd dat we de zaak een beetje moderniseren, *n'est-ce pas*?' vroeg een mannenstem in het Frans.

We draaiden ons vlug om.

De man die achter ons was opgedoken had een verzorgde zwarte volle baard en droeg een donkerblauw krijtstreeppak, dat duidelijk op maat was gemaakt. Hij kwam met soepele bewegingen naar ons toe.

'Wat kan ik voor u doen, *mesdames*? We zijn nog niet open.'

Door onze koffers hield hij ons waarschijnlijk voor toeristen.

Henny keek me vragend aan. Toen legde ik de man in mijn beste schoolfrans uit wat we in de Folies Bergère kwamen doen.

'O, we zijn niet hier vanwege de voorstelling. We komen uit Berlijn en zouden ons bij de directie melden.'

De onbekende man keek me verbaasd aan. Had hij me niet begrepen? Ik sprak met een vreselijk accent, maar dat had noch bij de douanebeambte noch bij de taxichauffeur problemen opgeleverd.

'Jullie zijn dus de danseressen die met mademoiselle Baker gaan optreden?' vroeg hij toen in opmerkelijk goed Duits, en hij gaf ons een hand. Daarbij viel zijn oog op mijn buik en in zijn ogen verscheen een vragende uitdrukking.

'Mijn vriendin is door mademoiselle Baker uitgenodigd,' antwoordde ik en ik schudde zijn hand. 'Ik ben alleen maar meegekomen. Mijn naam is Sophia Krohn en dit is Henny Wegstein.'

Die naam scheen hem bekend voor te komen.

'Ik ben Maurice Jouelle,' zei de man om zich voor te stellen. 'Ik assisteer onze directeur monsieur Derval bij zijn werk. Mijn grootmoeder komt uit de Elzas en sprak Duits. Voor het geval dat u het zich afvraagt.'

'O, maar wij vragen ons niets af!' flapte Henny er giechelend uit.

Monsieur Jouelle keek weer naar mij. 'Danst u ook?' vroeg hij en hij corrigeerde zichzelf met een blik op mijn buik. ‘Dat wil zeggen: hebt u ook gedanst?’

‘Nee,’ antwoordde ik wat onzeker. ‘Ik heb scheikunde gestudeerd.’

De man trok verrast zijn wenkbrauwen op, waardoor er twee diepe rimpels op zijn voorhoofd verschenen. ‘U wilt gaan samenwonen?’ vroeg Jouelle door.

‘Dat willen we inderdaad!’ antwoordde Henny.

‘Tja, het onderkomen dat ik voor u heb geregeld is erg klein. Ik ben bang dat het voor u samen niet toereikend is.’

‘Ik ben van plan zo snel mogelijk werk en een eigen woning te zoeken,’ zei ik vlug, want ik wilde in geen geval de indruk wekken een profiteur te zijn. ‘Ik ben nu eigenlijk alleen meegekomen om zo nodig te tolken. Maar dat blijkt dus niet nodig te zijn.’

De blik van de man maakte me onzeker. Hij leek het niet prettig te vinden dat Henny iemand had meegebracht.

‘Dan hebt u zeker al een werkvergunning?’ vroeg hij spottend.

Ik keek hem onthutst aan. ‘Een werkvergunning?’ Hadden Henny en ik daar echt niet aan gedacht?

‘Natuurlijk! Die moet u hier als buitenlandse hebben. Wist u dat niet?’

Ik keek Henny aan. Ze werd rood.

‘Ik ga zo spoedig mogelijk een vergunning aanvragen,’ zei ik zo vastberaden mogelijk. Het was me een raadsel waarom hij zich zo voor mij interesseerde. Henny was immers degene die hier zou gaan dansen!

‘Nou, *bonne chance*!’ antwoordde Jouelle met een glimlach. ‘Mademoiselle Wegstein, wilt u alstublieft meekomen?’

Hij wees naar de gang en draaide zich om. Henny wierp me nog een korte blik toe en liep achter hem aan.

Ik wist niet wat ik van de man moest denken. Hij was beleefd, maar ook zeer gereserveerd. Een heel ander type dan meneer Nelson. Bovendien leek hij iets op me tegen te hebben. Dat ‘bonne chance’ had spottend geklonken. Dacht hij soms dat ik geen vergunning zou krijgen? Kwam het door mijn zichtbare buik? Doordat ik had gezegd dat ik scheikunde had gestudeerd?

Hoewel mijn voeten pijn deden, begon ik rusteloos door de gang te ijsberen. Ik voelde me helemaal niet op mijn gemak. Ik keek keer op keer op de klok in de hoop dat Henny gauw terug zou komen en we eindelijk samen naar dat volgens Jouelle te kleine woninkje konden gaan. Maar de tijd kroop voorbij. Ergens in het gebouw klonk de schaterlach van een vrouw.

Eindelijk ging de deur open en kwam mijn vriendin tevoorschijn. Ze had een blos op haar wangen. 'Daar ben ik dan,' zei ze en ze rechtte haar schouders alsof ze een zware jas moest afschudden.

'En, wat zei hij?'

'Dat ik morgenmiddag op de repetities word verwacht. Ik ben trouwens de eerste die hier is aangekomen. Een punt in mijn voordeel!'

Toen ze dat zei, leek ze minder zorgeloos dan toen we nog voor het theater stonden. Haar gezicht was betrokken. Het leek of ze onaangenaam nieuws had gekregen.

'Is er iets?' vroeg ik op weg naar buiten. 'Heeft hij iets over mij gezegd? Stond het hem niet aan dat ik ben meegekomen?'

Mijn hart klopte me in de keel. Ik wilde niet dat Henny vanwege mij problemen zou krijgen.

Mijn vriendin lachte geforceerd. 'Nee, nee, er is niks. Ik voel me alleen een beetje overweldigd door alles.'

'Daar heb je anders toch nooit last van?' vroeg ik. 'Als hij het vervelend vindt...'

Henny pakte mijn hand, hield me staande en keek me aan. 'Alles is in orde, Sophietje,' zei ze kalm. 'Wie ik meeneem naar mijn woning is mijn zaak. Trouwens, als het me lukt bij de vaste bezetting te komen, kunnen we ons ook een andere woning veroorloven.'

'Of als ik werk vind,' zei ik timide, waarop Henny zachtjes mijn buik aanraakte.

'Het duurt vast wel even voordat je een werkvergunning krijgt. Concentreer je maar op je kindje. Daarna zien we wel verder, goed?'

De bevalling zou pas over twee maanden zijn. We hadden nog

wel wat geld, maar stel dat ik geen baan vond?

Henny keek me strak aan. 'Ik zal zien wat ik kan doen. Maar eerst moet ik hier voet aan de grond krijgen. Het zal lastiger zijn dan in Berlijn, maar het lukt me wel.'

'Ik kan niet altijd op jou blijven leunen,' antwoordde ik.

'Ja hoor, dat kun je wel. En laten we nu eens gaan kijken in welk krot ze ons hebben gestopt. We wonen in het pension van een zekere madame Roussel in de Rue du Cardinal Lemoine.' Ze haalde een briefje tevoorschijn, dat ze mij overhandigde. 'Wat denk je, hebben we genoeg geld voor nog een taxiritje?'

12

Uiteindelijk besloten we toch te gaan lopen, ook al hadden we een flink eind voor de boeg. Hoewel ik voortdurend de stadsplattegrond bestudeerde, liepen we een paar keer verkeerd en verdwaalden tussen onbekende gebouwen.

Maar het was een geweldige aanblik. De huizen in de stegen waren net zo verschillend als menselijke gezichten. Sommige waren simpelweg wit, andere hadden een tintje. Sommige hadden felgekleurde deuren, bij andere leek de kleur verbleekt. Terwijl sommige ramen stevig dichtzaten met luiken, stonden andere – waaruit behalve etensgeuren ook grammofoonmuziek naar buiten dreef – wagenwijd open. Op een van de balkons ontdekte ik een schildersezel, uit het raam van een ander huis wapperden geel met rood gestreepte gordijnen. Af en toe kon ik een blik op bewoners werpen: een dame die ondanks het gevorderde uur in een lila peignoir op haar balkon stond; een heer in een chic pak die zich voor een spiegel opdofte; kinderen die de hoek om renden, zo in hun draaitol verdiept dat ze ons niet eens zagen. Ik had daar de hele dag kunnen rondlopen, en ook Henny leek gefascineerd.

'Ooit zullen wij ook in zo'n huis wonen,' zei ze terwijl ze me een arm gaf. 'En dan zijn het onze kinderen die rondrennen. Zou dat niet fijn zijn?'

'Ja, geweldig!' antwoordde ik en ik permitteerde me een momentje van optimisme, hoewel ik besefte dat mijn nieuwe leven allesbehalve gemakkelijk zou worden.

Eindelijk kwamen we aan in het Quartier Latin.

Het adres dat we hadden meegekregen, voerde ons naar een onoverzichtelijke achterplaats die door de hoge huizen eromheen bijna helemaal overschaduwd werd. Dat een van de gebouwen een pension moest zijn, was op het eerste gezicht niet te zien. Tevergeefs zocht ik een bordje dat daar blijk van gaf.

Maar onze aanwezigheid bleef niet lang onopgemerkt. Terwijl we ontredderd rondkeken, verscheen er een kleine gezette vrouw met een lange neus, gitzwarte ogen en kroeshaar. Onder haar jasschort droeg ze een zwarte jurk, waaruit ik opmaakte dat ze weduwe was. Ze had net zulke opgezette enkels als ik.

‘Waar komt u voor?’ vroeg ze. Ze sprak in een dialect dat ik in eerste instantie moeilijk kon verstaan.

‘Monsieur Jouelle stuurt ons,’ antwoordde ik, ‘de assistent van monsieur Derval van de Folies Bergère. We zouden graag de hospita spreken.’

‘Dat ben ik. Martine Roussel.’ Ze nam ons op. ‘Dan zijn jullie de Duitse danseressen?’

‘Mijn vriendin wel,’ antwoordde ik.

Henny glimlachte, stelde zich voor en stak de vrouw haar hand toe. Die maakte echter geen aanstalten hem aan te nemen. Na een tijdje trok Henny haar hand terug.

‘En u?’ blafte de vrouw tegen mij.

‘Sophia Krohn.’

‘Danst u ook?’

‘Nee, ik ben een vriendin,’ zei ik. ‘Ik blijf maar tijdelijk en betaal ook mijn eigen aandeel.’ We hadden afgesproken dat we een deel van het geld dat ik opzij had kunnen leggen aan de huur zouden besteden.

‘En willen jullie in één kamer wonen?’ De vrouw vertrok haar gezicht. ‘Hij is erg klein.’

‘Dat maakt ons niet uit,’ antwoordde ik terwijl ik Henny’s vragende blik op me voelde rusten. Naderhand zou ik haar alles tot in detail vertellen.

De vrouw nam me nog een poosje op. Wat zou ze wel niet van me denken?

'Nou goed, dat is jullie zaak,' zei ze toen. 'Zolang er op tijd wordt betaald, vind ik het best. Kom maar mee!' Ze wees op een kleine deur die naar een stal leek te leiden. Daarachter bevond zich een wenteltrap.

Ik vroeg me af of dit vroeger de dienstbode-ingang was geweest. Aan het sierstucwerk rond de ramen was te zien dat het huis betere dagen had gekend.

Na vier etages kwamen we bij de zolderverdieping. Ik liep te hijgen en toen ik een lichte duizeling kreeg, klampte ik me aan de trapleuning vast. Terwijl ik op adem probeerde te komen, haalde madame Roussel haar sleutelbos tevoorschijn en maakte ze de deur open.

'De kamer is voor één persoon bedoeld,' verklaarde ze. 'Er zijn ook tweepersoonskamers, maar die zijn allemaal bezet. De man van het theater heeft niet gezegd dat jullie hier met zijn tweeën zouden gaan wonen.'

Ik reageerde niet en keek om me heen. In de gang waren nog twee deuren, een tegenover die van ons en een rechts ervan. Wij liepen achter de pensionhoudster aan door de linkerdeur.

Het werd me direct duidelijk dat Henny's Berlijnse woning vergeleken met dit kamertje een paleis was geweest.

De vloer was netjes geboend, maar de rest zag er uitgewoond uit. De lichtroze verf op de muren was verbleekt. Voor de twee raampjes, die een onderbreking in de schuine wand vormden, hingen echter kraakheldere gordijntjes.

Er paste niet veel meer in dan een bed en een tafel. Die waren er tenminste, en ook een ladekastje, dat het nog krapper maakte, en een stoel naast het bed. De kachel was klein, maar er viel ook niet veel te verwarmen.

'Hout moeten jullie zelf kopen, dat is niet bij de prijs inbegrepen. Eten kun je in een café, maar ga niet naar Amateur, dat is niets voor fijngevoelige types als jullie.'

Gelukkig waren de temperaturen buiten zodanig dat verwarmen niet meer echt nodig was.

'En hou de ramen 's nachts dicht!' raadde ze ons nog aan. 'De latrinekar komt tegen elf uur de beerputten legen. Dat stinkt verschrikkelijk, maar tegen de ochtend is dat weer weg.'

Een latrinekar en een café dat niets was voor fijngevoelige vrouwen. Wat kwam er nog meer?

'We zullen eraan denken,' zei ik, wat de hospita met een knikje ter kennis nam. Maar ze vertrok geen spier.

'En nu we het er toch over hebben, het closet is aan het eind van de gang. Dat deelt u met de andere huurders op deze etage. Beneden is een gemeenschappelijke wasruimte, waar u indien nodig ook de was kunt doen.'

In Henny's huis was dat net zo geweest.

'Ik verwacht de betaling van de huur stipt op de eerste van de maand. Wanneer jullie die niet kunnen betalen, zeg het me dan. Als jullie je goed gedragen, schrijf ik het eventueel op.'

'Dat zal niet nodig zijn,' antwoordde ik vlug.

De pensionhoudster maakte een sleutel los van haar enorme sleutelbos. 'Hier. Als jullie hem verliezen, moeten jullie hem vervangen.'

'We zullen er goed op passen,' zei ik en ik sloot mijn hand om de sleutel.

'Mooi, installeert u zich dan maar. Herenbezoek is verboden. Als u zich een minnaar wilt veroorloven, gaat u maar naar hem toe.'

Ik staarde haar verschrikt aan. Het was niet alleen dat het haar niets aanging. Was mijn toestand haar dan niet opgevallen? Wat dacht ze wel niet van me? Dat ik er vanwege 'herenbezoek' zo uitzag?

'Als jullie iets nodig hebben, kom dan naar de keuken. Voor een appel en een ei kan ik een avondmaaltijd aanbieden, maar die wordt meestal alleen gebruikt door gasten uit de duurdere appartementen. Verder kunnen jullie hierbeneden altijd koffie of water halen, dat is bij de prijs inbegrepen.'

Ik kon me niet voorstellen dat een vrouw als zij een maaltijd kon aanbieden die duurder was dan eten in een restaurant. Maar het aanbod van koffie klonk goed, vooral omdat er in de kamer geen mogelijkheid was om die te maken.

'*Merci*, madame Roussel,' zei ik, en Henny herhaalde dat, waarop de vrouw verdween en de deur achter zich dichttrok.

'Poeh,' zei Henny en ze plofte neer op het bed, dat krakend protesteerde. 'Die vrouw leek me nogal grimmig. Ik wou dat ik alles wat ze zei had begrepen.'

'Ze heeft alleen gezegd dat we zelf kachelhout moeten kopen, dat we 's nachts de ramen dicht moeten houden vanwege de latrinekar en dat we ons verre van een bepaald café moeten houden omdat dat niets is voor vrouwen als wij.'

'Fijne buurt waar ze ons hebben ondergebracht,' zei Henny terwijl ze haar jas uitdeed.

'Jij zult 's avonds in het theater zijn en 's ochtends lang uitslapen,' zei ik. 'Ik zal mijn zaakjes 's ochtends regelen en 's avonds het fort bewaken. Dan maakt het voor ons niet uit waar we zitten.'

'En het is ook niet voor lang,' merkte ze op. 'Als ik eenmaal in het ensemble ben opgenomen en jij weer naar de universiteit gaat, verhuizen we naar Montparnasse, de kunstenaarswijk. Daar kun je een schilder of een schrijver aan de haak slaan.'

Mijn pessimisme kwam al om de hoek kijken. Maar toen viel mijn oog op een van de raampjes, vanwaar je een heel eind over de daken van Parijs kon kijken en een groot stuk van de hemel zag. Het was een fantastisch uitzicht met al die schoorstenen, die daken en de daarop neerstrijkende duiven.

'We gaan het wel redden,' zei ik, met lichte hoop in mijn hart.

Bij het opbergen van onze spullen en het verdelen van de ruimte besefte ik pas goed hoe krap ons onderkomen was. Het bed was wat breder dan dat in Berlijn, maar ernaast was nauwelijks nog ruimte om iets neer te zetten. Bovendien zouden we moeten oppassen dat de beddensprei niet in brand vloog als de kachel aan was. Maar we hadden onderdak!

Ik liet mijn boeken en ook wat kledingstukken in mijn koffer en schoof hem onder het bed. Blij dat mijn laboratoriumkistje onbeschadigd was gebleven, zette ik het onder het raam.

Bij dat alles was ik bijna vergeten hoe ernstig Henny had gekeken toen ze uit het theater kwam.

Later, toen we aan het kleine tafeltje zaten en in het omfloerste lamplicht de restanten van onze meegebrachte proviand opaten, begon ik erover. 'Monsieur Jouelle leek mijn aanwezigheid niet bepaald te waarderen.'

Weer zag ik de schaduw in haar ogen. 'Hij was alleen verrast, dat is alles,' antwoordde ze en ze nam een slok van de koffie die ik uit de keuken had gehaald. Die was niet erg lekker, maar wel warm. 'Normaal gesproken komen danseressen niet samen met een vriendin.'

'Ik heb voor je getolkt,' zei ik. 'Wat is daar mis mee? Ik kon toch niet weten dat hij Duits spreekt. Of hebben ze er bezwaar tegen dat ik bij je woon?'

Henny schudde haar hoofd.

Ik zuchtte diep. Het was allemaal geen verklaring waarom Jouelle zich zo eigenaardig had gedragen.

'Je moet niet zo piekeren,' zei ze uiteindelijk. 'Het is in orde. We zijn hier.' Met een glimlach verdreef ze haar zwaarmoedigheid. 'De rest komt vanzelf.'

De verdere avond brachten we door met het oefenen van de Franse vocabulaire die ik onderweg voor Henny had opgeschreven, zinnetjes en woorden die ze moest leren.

Toen ik tussendoor naar het toilet aan het eind van de gang moest, schrok ik van de eenvoud ervan. Het was een hurktoilet, zoiets had ik nog nooit gezien. Met een ongemakkelijk gevoel en met behoorlijk wat moeite vanwege mijn buik hurkte ik boven het gat, waarvan de afvoer wel in een van de beerputten zou uitkomen die door de latrinekar werden leeggepompt.

Zouden de toiletten in restaurants er ook zo uitzien? Vast niet, zei ik tegen mezelf en ik besloot mijn behoefte zo veel mogelijk elders te doen.

Toen ik het toilet uit kwam, zag ik een vrouw die naar de deur tegenover de onze liep. Ze droeg een bordeauxrode jurk; een glinsterend kammetje hield haar zwarte krullen in bedwang. Haar paarse kousen zagen er nogal extravagant uit bij haar bruine gespschoenen.

'Bonjour,' zei ik ter begroeting, en op haar vragende blik voegde ik eraan toe: 'Ik... Ik ben hier pas ingetrokken.'

'O, en u hebt u al kennisgemaakt met ons geweldige *toilette à la turque*.' Ze begon te lachen.

'Het wat...?' vroeg ik verward.

'Toilette à la turque... Zo noem je het als een pensionhoudster te gierig is om een fatsoenlijke wc te installeren.'

Ze glimlachte naar me en liet haar blik taxerend over mijn buik gaan. 'In uw toestand zou u echt een andere accommodatie moeten zoeken.'

'Ach, het is mijn eerste dag hier...' Ik stokte even. Wat een vreemde ontmoeting. Misschien had ik beter zonder iets te zeggen achter onze deur kunnen verdwijnen, maar dat zou onbeleefd zijn geweest.

'Sophia Krohn. Mijn excuses als ik u geen hand geef...'

'Geneviève Fouquet,' zei ze terug met een begripvol knikje. Toen vroeg ze: 'U bent niet van hier, nietwaar? U komt niet uit Frankrijk, bedoel ik.'

Ik schudde mijn hoofd. 'Wij komen uit Berlijn.'

'Wij?'

'Mijn vriendin en ik,' zei ik. 'Ze gaat dansen in de Folies Bergère.'

'En u?'

'Ik ben op zoek naar werk. Ik heb ooit scheikunde gestudeerd, maar...' Ik keek naar mijn buik en ze leek het te begrijpen. 'Ze hebben gezegd dat ik daarvoor een werkvergunning moest hebben, dus...'

'En ook een verblijfsvergunning,' antwoordde ze. 'Het zal een tijdje duren om eraan te komen. Maar laat u zich niet door mij ontmoedigen. Er zijn altijd nog manieren om clandestien iets te verdienen.'

'Dank u,' zei ik en ik vroeg me af wat ze daarmee bedoelde.

'Bonne chance,' zei ook zij, maar niet zo spottend als monsieur Jouelle eerder. 'En welkom in de buurt! Een goede buur...'

'... is beter dan een verre vriend,' maakte ik haar zin af.

Ze knikte en verdween achter de deur van haar kamer.

Na mijn terugkeer uit de wasruimte op de benedenetage, die er gelukkig schoon uitzag, vertelde ik Henny over mijn ontmoeting.

'Denk je dat het zo moeilijk zal zijn om een werkvergunning te krijgen?' vroeg ik ten slotte.

Henny haalde haar schouders op. 'Ik weet alleen dat het theater alles voor me regelt. Ze zeiden dat ik de benodigde papieren daar op het kantoor kon ophalen.'

Ik zuchtte. Aan zo'n vergunning had ik niet gedacht. Maar hoe had ik dat ook kunnen weten? Zelfs de douanebeambte had daar niets over gezegd.

'Ze zei dat er mogelijkheden waren om clandestien iets te verdienen,' zei ik. 'Misschien moet ik haar vragen wat ze bedoelt als het echt zo lastig is om een werkvergunning te krijgen...'

'Waar zou ze zelf van leven, als ze in een pension woont?' vroeg Henny. 'Misschien is ze ook danseres.'

Ik schudde mijn hoofd. 'Nee, zo ziet ze er niet uit. Ze is al wat ouder en niet zo slank als jij.'

'Dat zegt niets,' zei Henny. 'Er zijn ook revues waar steviger danseressen optreden. Maar misschien is ze kunstenares. Schilderes of schrijfster. Die hebben vaak ook niet genoeg geld om zich een fatsoenlijk appartement te kunnen permitteren. Misschien moeten we naar haar toe gaan en ons samen officieel voorstellen? Zo'n kennismaking na een bezoek aan het toilet is toch een beetje vreemd, nietwaar?'

'Laten we dat morgen doen,' zei ik. 'Nu moeten we ons nog een beetje met je Frans bezighouden.'

Henny leek teleurgesteld, maar ze knikte. 'Goed. Ook al heb ik helemaal geen zin in die ellendige vocabulaire.'

Ik ging op het bed zitten en pakte het schrift weer op. 'Een uurtje, en dan houden we het voor gezien, oké?'

Wat madame Fouquet tussen haar vier muren zoal deed, werd even later duidelijk. Terwijl ik Henny's Franse idioom overhoorde, klonken er voetstappen op de trap. Dat betekende in eerste instantie niets bijzonders. Toen klonken er geluiden. Niet mis te verstane geluiden die alles tegenspraken wat madame Roussel ons op het hart gedrukt had. Geen herenbezoek? Geneviève Fouquet leek daar niet om te malen.

'Lieve help!' fluisterde Henny toen het luide gekreun door de muren heen drong. 'Zoiets heb ik nog nooit gehoord! Het klinkt alsof hij bezig is haar te vermoorden.'

'Of zij hem,' opperde ik droogjes en ik keek naar mijn buik.

Wanneer Georg en ik elkaar beminden, hadden we altijd heel zachtjes gedaan. We wilden in elk geval geen aandacht trekken. Dat interesseerde madame Fouquet en haar minnaar blijkbaar niet.

Het rendez-vous duurde ongeveer een half uur, waarbij Genevièves stem vaak duidelijk oversloeg. Toen werd het ineens stil, tot er uiteindelijk geluiden te horen waren die klonken alsof iemand iets van de vloer raapte.

Nieuwsgierig geworden sloop ik naar de deur. Door het spionnetje zag ik een man in een bruin pak, die madame Fouquet bij de deur een kus op haar arm gaf. Ze zwaaide hem lachend na en trok zich daarna snel weer terug. Dat korte moment was echter genoeg om te constateren dat ze een verfijnd wit negligé droeg.

'En, wat zie je?' vroeg Henny.

'Er was een man bij haar.'

'Een minnaar, denk je?'

'Dan moet hij wel haast hebben gehad,' zei ik en ik liep weer naar het bed, waarop mijn boeken lagen uitgespreid. 'Eigenlijk had hij best nog een tijdje kunnen blijven.'

'Niet als haar echtgenoot elk moment thuis dreigt te komen.'

Op de een of andere manier zei mijn gevoel me dat de minnaar niet door een echtgenoot was verjaagd. Er moest iets anders achter zitten.

Nog geen half uur later klonken er weer voetstappen. Er werd aangeklopt, en madame Fouquet deed open.

Even later hoorden we haar opnieuw hartstochtelijk kreunen, daarna hielden de geluiden weer op, werd er opgeruimd, werden kledingstukken opgeraapt, ging de deur open en galmden er voetstappen door de gang.

Niet alleen mij werd duidelijk wat de aard was van de door haar genoemde mogelijkheden om wat bij te verdienen.

'Ik zeg je dat het een hoer is,' fluisterde Henny toen we onder de klamme dekens waren verdwenen. 'Geen enkele normale vrouw krijgt zo veel herenbezoek op een avond, en zo vlak achter elkaar.'

'Je moet haar niet zo noemen,' zei ik.

'Goed dan, prostituee,' corrigeerde mijn vriendin zichzelf. 'Maar het komt op hetzelfde neer.' Ze giechelde. 'Het worden interessante nachten, denk ik. Je zult je moeten aanwennen om vlug in te slapen, voordat de volgende klant komt.'

'Zou het elke avond zo gaan?'

'Jazeker! Probeer nu maar te gaan slapen, voordat het weer begint.'

Terwijl Henny even later zachtjes regelmatig ademhaalde, lag ik in het donker te staren en te luisteren in de verwachting dat er elk moment weer voetstappen zouden klinken. Maar ze bleven uit. In plaats daarvan klonk op een gegeven moment het geratel van een paard-en-wagen op straat. De hoeven klepperden luid op de keien. De latrinekar waarvoor madame Roussel ons had gewaarschuwd. Stukje bij beetje werkte hij de straat door.

Toen hij bij ons pand was aangekomen, kon ik de mannen bij het aanzetten van de pomp gedempt horen vloeken. Even later reed de kar weer weg, maar het geluid van de paardenhoeven en de ratelende wielen klonk me nog een hele tijd in de oren.

13

De volgende ochtend kwam madame Fouquet binnen toen ik in de wasruimte stond. Ze wenste me opgewekt goedemorgen, ik daarentegen liep knalrood aan en ontweek haar blik. Gelukkig had ik me al zo goed en zo kwaad als het ging gewassen en had ik mijn hemd weer aan. Hoewel ze een vrouw was, net als ik, geneerde ik me alleen al bij de gedachte naakt voor haar te staan.

'Wat is er, liefje?' zei ze op suikerzoete toon terwijl ze haar ochtendjas uittrok, waaronder ze geheel ongekleed was. 'Heb je nog nooit een naakte vrouw gezien?'

Ik liet van schrik bijna mijn bril vallen. Ik wist niet goed of ik me zo onzeker voelde door haar vrijmoedigheid of door wat we de vorige avond allemaal hadden opgevangen.

'Ik wil maar zeggen, je moet toch wel iets van de wereld weten? Anders had je geen buik als een watermeloen.'

Nu kreeg ik het nog benauwder. Het liefst was ik de wasruimte uit gevlucht, maar mijn benen wilden niet gehoorzamen. Ik keek naar de bril in mijn hand. Misschien was het wel beter dat de wereld er nog even wat wazig uitzag.

'Jullie hebben vast gehoord wat er gisteren bij mij gebeurde,' zei ze, terwijl ze zich van boven tot onder met een waslapje afwreef. 'Het spijt me als het een beetje luidruchtig was, maar de zaken lopen op het moment prima.'

'Heeft...' De vraag dreigde in mijn keel op te drogen. 'Heeft madame Roussel u toestemming gegeven...'

'Voor herenbezoek?' vroeg Geneviève Fouquet en ze schoot in de lach. 'Dat staat ze hier niemand toe.'

'Maar...'

'Dat was geen herenbezoek, dat waren klanten. Ze weet waarmee ik mijn geld verdien. Ik ben hier ook niet altijd. Alleen als de klant het wil. Ik betaal Roussel goed en voor haar is dat het enige wat telt. Waarom denk je anders dat ze na al die ellende die we met jullie hebben gehad twee *boches* als jullie hier onderdak verleent?'

Ik staarde geschrokken naar mijn spiegelbeeld. Dat scheldwoord kende ik. Ik had in de krant gelezen dat de Fransen ons zo noemden, vooral sinds de oorlog. Dat kon ik wel begrijpen, gezien al het leed dat de oorlog met zich mee had gebracht, maar ik kon daar toch niets aan doen!

'Ik heb u niets aangedaan!' snauwde ik haar toe. 'En mijn vriendin evenmin.'

Madame Fouquet onderbrak haar wasbeurt en keek me met grote ogen aan. 'Wind je niet zo op! Dat zeggen we hier nu eenmaal zo. Het zal niet voor het laatst zijn dat je dat woord hoort.'

Ik bleef haar even aankijken, draaide me toen snel om en rende de wasruimte uit.

Boven gooide ik de deur in het slot.

'Wat is er gebeurd?' vroeg Henny, terwijl ik opgewonden door de kamer ijsbeerde.

'Die verdomde...' Ik zweeg.

'Wie, de hospita? Stond ze je in het washok op te wachten?'

'Nee, dat mens van de overkant.' Ik wees naar de deur. 'Ze kwam de wasruimte binnen, kleedde zich uit en begon me te beledigen.'

'Ze heeft je naakt beledigd?' vroeg Henny met gefronst voorhoofd. 'Hoezo?'

'Ze vertelde me dat ze een overeenkomst had met Madame Roussel en ze noemde haar mannen "klanten". En toen zei ze dat de hospita toch alleen maar aan geld dacht en er zelfs niet voor terugschrok boches in huis te nemen.'

'Boches?' vroeg Henny.

'Dat is een scheldwoord voor Duitsers,' antwoordde ik.

Henny dacht even na en schudde toen haar hoofd. 'Als ze dat

woord op die manier heeft gebruikt, was het vast niet bedoeld om jou te beledigen.'

'Hoe anders?' vroeg ik.

'Misschien is het gewoon iets wat ze hier zeggen, zonder erbij na te denken. Wij hebben immers ook bijnamen voor alles en iedereen.' Henny pakte mijn hand. 'Kom, wind je er niet zo over op. Ze is onze buurvrouw maar. Wie weet hoelang we hier zullen zitten. Misschien kunnen we ons algauw een eigen kamertje veroorloven!'

Dat hoopte ik vurig, al wist ik niet hoe we dat voor elkaar moesten krijgen.

Toen Henny naar het theater vertrok, ging ik op weg naar het politiebureau om mijn verblijfsvergunning aan te vragen. Het was mijn eerste stap naar een nieuw leven en daarom stond ik even later vol hoop op de stoep voor ons pension.

Omdat ik geen geld aan een taxi wilde uitgeven, gebruikte ik mijn plattegrond om in de *Cité* te komen. Het leek aanvankelijk een enorme wandeling, maar ik schoot goed op en verdwaalde maar één keer in een wirwar van smalle straatjes.

Op het politiebureau maakte ik mijn verzoek kenbaar en werd naar de afdeling buitenlanders verwezen. In de wachtkamer schrok ik van het aantal wachtenden. Zo veel verschillende mensen had ik tijdens het spitsuur in de Berlijnse metro nog niet eens bij elkaar gezien.

Sommige vrouwen droegen nogal boers uitziende kleding, enkele hadden kinderen bij zich. De wat grotere kinderen zaten in een hoek te spelen en het leek ze niet te storen dat de tijd verstreek zonder dat er iets gebeurde, maar van de gezichten van hun moeders was ergernis af te lezen. Ook de meeste mannen staarden doelloos en boos voor zich uit. Ze wachtten tot ze naar een van de drie loketten werden geroepen, maar vreemd genoeg gebeurde daar niet veel.

Toen er ten slotte toch een reeks namen werd afgeroepen, wist ik eindelijk een vrije zitplaats te bemachtigen. Ik werd wrevelig aangekeken door een paar staande wachtenden, maar vanwege mijn zwangerschap zei niemand iets. En ik had ook geen slecht geweten. Mijn rug en mijn benen deden pijn van de lange wandeling en het was weldadig om even te kunnen uitrusten.

Meer kon ik ook niet doen. Omdat ik had aangenomen dat het vlug zou gaan en ik daarna tijd genoeg zou hebben om de stad nog even te verkennen, had ik niets meegenomen om de tijd te verdrijven.

Maar het ene uur na het andere verstreek. De afhandeling duurde lang, omdat sommige van de opgeroepen mensen geen Frans spraken. Ik had tijd om na te denken. Het kwam me allemaal zo onwerkelijk voor. Nog maar een paar dagen geleden was ik in Berlijn en nu zat ik hier. Het was merkwaardig. Door Française te worden, of op zijn minst een verblijfsvergunning te verkrijgen, zou ik de oude Sophia van me afschudden en een nieuwe worden. Maar welke versie van mezelf zou dat zijn?

Van studente zou ik moeder worden, iets wat nog maar een paar maanden geleden niet bij me was opgekomen.

Ik had geen ouders meer, ik had alles wat me vertrouwd was achter me gelaten. Ik moest gaan ontdekken hoe ik wilde leven. Hoe ik mijn kind wilde grootbrengen.

Ik keek naar de vrouwen met hun jonge kinderen, die ook zaten te wachten. Ze wekten een vermoeide en verbitterde indruk. Zo'n leven wilde ik niet. Maar had ik het wel in eigen hand? Ik hoorde Henny nog zeggen dat we in een van de fleurige huisjes zouden gaan wonen die we onderweg hadden gezien. Dat zou mijn kind vast fijn vinden, en ik ook. Maar dat doel kon ik alleen bereiken als ik werk had. Niet als garderobejuffrouw maar als scheikundige, hoewel ik nog niet voor ogen had hoe ik dat kon doen zonder mijn studie te hebben afgerond.

Toen de volgende namen werden afgeroepen spitste ik mijn oren, maar opnieuw moest ik vaststellen dat de mijne er niet bij zat. Met een diepe zucht zakte ik terug op mijn stoel en jaloers keek ik degenen na die het gebouw verlieten met dat kostbare stempel in hun paspoort. Wat kon ik doen om te zorgen dat het vlugger ging? En hoe zou ik mijn leven in eigen hand kunnen nemen als ik deze horde eenmaal had genomen?

De zon trok over het gebouw heen, de dag verdween in rood zonlicht.

'We gaan sluiten,' klonk ten slotte een stem. 'Komt u morgen terug, alstublieft.'

Terwijl de wachtenden om me heen doodgemoedereerd opstonden, keek ik onthutst om me heen.

'Waarom gaan ze sluiten?' vroeg ik aan de vrouw naast me, die de tijd had verdreven met het breien van een sjaal uit grijze wol.

Ze keek me verbaasd aan en antwoordde toen in het Frans, met een nog zwaarder accent dan het mijne: 'Het is nu eenmaal tijd. Morgen gaan ze verder. We zitten hier te wachten tot onze tijd komt. Het is alsof je in het vagevuur zit.'

'Het vagevuur?' vroeg ik verbaasd.

'Ja,' antwoordde ze. 'We komen of in de hemel of in de hel. Dat kost gewoon tijd.' Toen ging ze staan, rekte zich kreunend uit, pakte haar mand en sjokte ermee naar de uitgang.

Ik kon het nog altijd niet geloven. Dat urenlange wachten was dus voor niets geweest?

Mijn blik ging naar de loketten, maar die waren verlaten en de raampjes waren gesloten. Ik had geen andere keuze; ik moest onverrichter zake vertrekken.

Moe en hongerig strompelde ik door de straten. Ik was bekaf en had daardoor geen oog voor de mensen die gehaast langs me heen liepen. Ik verlangde naar iets eetbaars en naar mijn bed. In een groentewinkel kocht ik een zakje appels en at er meteen twee op. De andere wilde ik meenemen voor Henny, want zij zou ook wel honger hebben na haar repetities.

Aangekomen in de Rue du Cardinal Lemoine zag ik dat de straat bij het vallen van de avond veranderde. Bij onze aankomst en ook vanmorgen had hij er een beetje triest bijgelegen, maar nu liep er allerlei volk rond. Maar het was niet het soort mensen dat je in de Cité tegenkwam. Sommigen deden me denken aan de bedelaars bij de metrostations in Berlijn. Anderen zagen er heel netjes uit, maar als ze langs me heen liepen, rook ik een sterke dranklucht, die niet alleen van hun adem kwam, maar ook van hun kleding. Bij een aantal was de geur zo hevig dat ik me afvroeg of de alcohol bij hen door de aderen stroomde.

Opeens voelde ik me helemaal niet op mijn gemak. Ik ervoer de blikken die op me werden gericht als bedreigend. Toen ook nog iemand mijn arm greep en iets lalde wat ik niet verstond, trok ik me los en rende naar het pension. Daar holde ik over de achterplaats naar de ingang en sloot de deur stevig achter me.

Ik hield me vast aan de trapleuning en haalde een paar maal diep adem.

Misschien kon ik te weinig hebben en wilden die mensen helemaal niets van me. Maar toch had ik het gevoel dat niet alleen Café Amateur geen plek was voor vrouwen als Henny en ik.

Mijn vriendin leek het overigens niets te kunnen schelen. Een half uur later stapte ze opgewekt en met een uitpuilende tas onze kamer binnen. Ik liet de aanblik van de invallende avond, waarmee ik mezelf sinds mijn thuiskomst had proberen te kalmeren, voor wat hij was.

'En, hoe ging het?' vroeg ze vrolijk, terwijl ze haar hoed afzette. 'Heb je je vergunning gekregen?'

Ik schudde mijn hoofd. 'Nee.'

Henny keek verbaasd. 'Nee? Waarom dan niet?'

'Ik kwam niet aan de beurt.'

'Waren er dan zo veel mensen?'

'Ja, en het ziet ernaar uit dat de gang van zaken nogal ingewikkeld is. Er zijn maar weinig mensen aan de beurt gekomen. Velen van hen spraken geen Frans, en daarom duurde en duurde het maar.'

'Mijn papieren waren vandaag al binnen, ook mijn werkvergunning.'

Ze pakte een envelop uit haar tas. Ik was een tikje jaloers omdat het voor haar allemaal zo makkelijk leek te zijn. Maar ze hadden haar hier nodig. Ze was uitgenodigd. Op mij had niemand zitten wachten. Niemand had mij nodig.

‘Misschien was het toch geen goed idee om met je mee te gaan,’ zei ik, terwijl ik mijn pijnlijke voeten masseerde. De gedachte de volgende dag opnieuw tevergeefs uren te moeten staan vervulde me met afgrijzen.

‘Wat zeg je daar?’ vroeg Henny en ze hurkte voor me neer. ‘Je wilt het toch niet na één dag al opgeven?’

‘Nee, maar... Er stonden zo veel mensen tevergeefs te wachten. Wie weet hoe vaak zij het al hebben geprobeerd. Er waren er die huilden toen ze weggingen. Ik vermoed dat ze afgewezen waren. Als ze mij nu ook eens afwijzen?’

‘Dat doen ze heus niet. Je bent een gezonde jonge vrouw. Zo iemand kunnen ze hier goed gebruiken.’

‘Ik ben zwanger en niet vermogend.’

‘Vermogend ben ik ook niet.’

‘Maar Josephine Baker wil dat je bij haar danst. Misschien neemt ze je wel mee naar Amerika!’

De ogen van mijn vriendin lichtten op. Dat leek haar droom te zijn. ‘Dan ga jij met me mee!’ zei ze en ze pakte mijn handen. ‘Stel je voor hoe opwindend dat zou zijn!’

Ik wist heel zeker dat ik daar niet naartoe zou gaan. Met een klein kind en zonder geld, hoe zou ik dat moeten doen?

‘Maar eerst moet je aan je papieren denken,’ ging ze verder. ‘Het lukt je heus wel. Als er zo veel mensen zijn is het toch geen wonder dat het even duurt?’

Ik knikte en schonk haar een dappere glimlach. ‘Je hebt gelijk. Ik ga er morgen weer heen. Zo gauw gooi ik de handdoek niet in de ring.’

De volgende ochtend liet ik me niet zien in de wasruimte. In plaats daarvan haalde ik snel een waskom en een lampetkan van beneden.

Henny, die onze buurvrouw beslist wél eens wilde zien, liep naar beneden, maar kwam teleurgesteld terug. ‘Ze was er niet.’

‘Wees blij,’ zei ik, terwijl ik mijn jurk aantrok.

‘Hoezo? Ik heb al zo veel naakte vrouwen gezien, daar heb ik geen moeite mee. Misschien moet jij eens een avond doorbrengen in de kleedkamer van het theater, dan raak je die gêne wel kwijt.'

'Ik blijf liever verre van dat theater, anders gooit monsieur Jouelle me er nog uit.'

'Ach welnee, dat zou hij nooit doen! Hij was inderdaad in het begin nogal gereserveerd, maar als hij je beter kent gaat dat wel over.'

'Dat zal vermoedelijk nooit gebeuren,' zei ik. Ik wees naar de stapel boeken naast Henny's bed. 'En jij moest maar eens flink aan de slag met je Frans, om de anderen te kunnen verstaan.'

'Ze hebben toch zeker handen en voeten?' antwoordde ze lachend. Ik had in Berlijn al gemerkt dat ze niet veel zin had om de taal te leren, maar als ze hier wilde blijven was dat wel van belang. 'In elk geval kon ik gisteren met de meesten prima overweg.'

Ja, daar was ze goed in. Ook als ze haar niet konden verstaan, slaagde Henny erin de mensen voor zich te winnen.

'En toch moet je oefenen. Misschien kan ik hier niet lang meer blijven.'

Henny schudde haar hoofd. 'Onzin! Je zult het zien, vandaag kom je aan de beurt.'

Ik probeerde te glimlachen, maar ik geloofde niet dat dat zou gebeuren.

'Als ik die vergunning niet krijg, moet ik weg. Zo werkt dat. Dus je moet echt iets doen om de taal onder de knie te krijgen.'

Nu werd ook Henny weer serieuzer. Ze kwam naar me toe en sloeg haar armen om me heen. 'Ze sturen je heus niet weg. Dat mogen ze niet doen. Wat zou ik zonder jou moeten beginnen?'

'Je hebt je ook weten te redden voordat ik bij je op de stoep stond. Als ik je niet zwanger en wel had opgezocht, was je ook naar Parijs gegaan.'

'Jij hebt me geluk gebracht,' sputterde ze tegen, maar ik schudde mijn hoofd.

'Nee, je talent heeft je geluk gebracht,' zei ik. 'En dat zal het blijven doen. Ik ben niets dan een last voor je...'

Henny wilde ontkennen, maar ik schudde mijn hoofd. 'Maak je

geen zorgen, ik zal niet zwelgen in zelfmedelijden. Ik probeer realistisch te zijn.' Ik wees naar mijn koffer onder het raam. 'Maar ik kan mijn tijd wel nuttig besteden.'

14

De rest van de week leek elke dag op de andere. Ik begaf me naar het politiebureau, ging in de rij staan, wachtte, las en maakte aantekeningen tot mijn ogen brandden van het felle licht en de droge lucht. Ik probeerde zo veel mogelijk wetenswaardigheden in mijn hoofd te stampen. Tussendoor stond ik mezelf toe te dromen. Van een laboratorium, van een huis. Van het weer oppakken van mijn studie. Van mijn kindje en van een nieuwe liefde. Misschien. Na alles wat ik met Georg had meegemaakt, wist ik niet meer of ik mijn hart nog kon openstellen. En altijd weer was er dat stemmetje in mijn achterhoofd dat mannen niet bepaald gesteld zouden zijn op een vrouw met een klein kind. Maar ik wilde liefde, ware liefde, een man die me steun bood en me niet liet vallen.

Af en toe betrapte ik mezelf erop dat ik zat te kijken naar de kinderen die er waren, hoe ze met elkaar speelden. Had ik misschien tot na de bevalling moeten wachten? Ik had geen idee. Wat ik wel wist, was dat ik mijn kind een beter leven wilde bieden. De kinderen in het politiebureau zagen er allemaal armoedig uit. De reis naar Frankrijk moest verschrikkelijk zijn geweest. Had ik dat mijn kind willen aandoen? Beslist niet.

Om mezelf wat af te leiden slenterde ik elke dag na het sluiten van de loketten een beetje door de stad, op zoek naar inspiratie, een weg die ik kon inslaan als deze eerste horde genomen was.

Ten slotte bleef ik hangen bij een winkel met kinderkleding. Bij het zien van de jurkjes, broekjes en jasjes in de etalage sprongen de tranen me in de ogen.

Zou mijn kind een meisje of een jongetje zijn? Hoe zou het eruitzien? Dat Georg de vader was, bezorgde me nog altijd een steek, maar ik verheugde me erop het gezichtje van het kleine wezentje te zien en het te leren kennen. En ik zag al voor me hoe dat kleine wonder in een van die kleertjes op mijn arm zat of naast me liep.

Terwijl het beeld van de etalage vervaagde balde ik mijn vuisten en zwoer bij mezelf dat ik het voor elkaar zou krijgen. Het zou me lukken voor mijn kind te zorgen, en al had ik nooit gedacht zo vlug moeder te zullen worden, ik zou die uitdaging aangaan!

Toen ik vrijdagavond uitgeput en nog steeds zonder papieren over de achterplaats van het pension liep, zag ik bijna de gedaante over het hoofd die tegen de muur geleund stond te roken.

'Hé, meissie,' riep ze tegen me.

Ik keek op en herkende Geneviève Fouquet. Ze droeg nu een lindegroene jurk en haar donkere haar lag in golven om haar hoofd. Ze zag eruit als een van die dames naar wie ik vanuit de taxi had gekeken.

Ik had geen zin om met haar te praten.

'*Bonsoir*,' zei ik, omdat de hoffelijkheid dat gebood, maar ik bleef niet staan.

'Wacht,' zei ze. Ze drukte haar sigaret uit met de hak van haar schoen en kwam naar me toe.

'Hoor eens,' zei ze rustig terwijl ze mijn arm aanraakte, waardoor ik bleef staan. 'Ik bedoelde het in de wasruimte niet zo. Zo'n woord ontglipt je soms, hè. De Duitsers hebben ons niet veel goeds gebracht; mijn broertje is in de strijd tegen ze gevallen.'

'Dat spijt me,' zei ik en ik voelde een brok in mijn keel.

'Overigens is "boche" niet altijd negatief bedoeld,' vervolgde ze. 'We noemen jullie nou eenmaal zo. Jullie hebben toch vast ook allerlei namen voor ons?'

Ik bedacht dat mijn vader tijdens de oorlog en ook daarna nog gescholden had op die 'laffe Fransen' en ze 'kikkervreters' had genoemd.

'Ja, maar ik zou hier niemand zo noemen,' wierp ik tegen.

Madame Fouquet keek me onderzoekend aan. 'Je lijkt echt een fatsoenlijk meisje.' Ze pakte mijn hand. Onwillekeurig verstijfde ik, hoewel haar huid warm en droog was en niet onaangenaam aanvoelde. '*Alors*, laten we dan weer vrienden zijn, oké? Het leven maakt een mens soms harder dan hij zelf wil. Jij lijkt ook al het een en ander meegemaakt te hebben en je krijgt nog veel meer te verstouwen. Parijs is niet altijd een vriendelijke stad, al die dichters en schilders spiegelen je maar wat voor. Mocht jij of je vriendinnetje hulp nodig hebben, kom dan gewoon naar mij.'

Ik knikte, maar nam me voor haar niet onnodig te storen. 'Bedankt, madame...'

'Noem me maar Geneviève,' zei ze toen. 'Dat doet iedereen. Je hoeft me niet madame te noemen.'

'Sophia,' zei ik terug.

'Sophie,' zei Geneviève glimlachend, zo zal ik je noemen. Dat past beter bij je, want je bent nog geen oude matrone, toch?'

Ze had gelijk. Ik was geen oude matrone, ook al voelde ik me vanwege mijn lichaamsomvang wel zo.

'Goed.'

Geneviève knikte en stopte haar aansteker in haar tas. 'Dan ga ik maar. Waar danst je vriendinnetje ook alweer?'

'In de Folies Bergère,' antwoordde ik.

'Heus? Daar ben ik lang niet meer geweest. Misschien moet ik er eens heen gaan. Daar zijn zeker heren die interesse hebben nadat ze zich aan naakte meisjes hebben verlustigd.'

Aan meisjes tot wie Henny ook zou behoren, dat werd me nu duidelijk. In Berlijn was het ook zo geweest, maar daar waren geen dames van lichte zeden in de foyer geweest.

'Wat kijk je nu ontzet, is er iets?' vroeg ze.

'Ik... Ik bedoel, is het dan toegestaan dat je...'

Geneviève begon te lachen. 'Het is niet algemeen toegestaan, maar een paar theaters dulden onze aanwezigheid. Ze willen niet dat de mannen hun meisjes lastigvallen. En wat is erop tegen dat wij deze of gene heer bezighouden?'

'Nou... Veel geluk ermee,' antwoordde ik.

'Dank je wel, dat kan ik gebruiken. Ik ben tenslotte niet de jongste meer.'

Ze lachte en liep zwierig de straat op.

Ook de week erop begon met wachten op het politiebureau. Dat mijn naam niet werd omgeroepen dreef me soms tot tranen van wanhoop. Maar ik hield mijn gelofte in gedachten. Hoelang het ook zou duren, ik gaf het niet op! Ik zou ervoor zorgen dat mijn kindje van die mooie kleertjes kreeg, en een goed leven zoals ik het zelf had gehad.

Woensdag, toen ik me tegen de avond niet meer op mijn studieboeken kon concentreren, raakte ik in gesprek met een oudere vrouw die al in het politiebureau had zitten wachten toen ik er voor het eerst kwam. Ze was afkomstig uit Hongarije en sprak Frans met een zwaar accent, maar op de een of andere manier slaagde ik erin haar te verstaan.

'Bij mijn nichtjes is het vlug gegaan, maar die waren dan ook jong. De lokettist zal er wel op hebben gerekend dat ze hem dankbaar zouden zijn. Maar wie zit er nou te wachten op de dankbaarheid van een oude vrouw?' Ze begon te lachen.

Ik hoefde er niet lang over te denken wat voor soort dankbaarheid ze bedoelde. Dat was voor mij niet aan de orde.

Toen schoot het aanbod van Geneviève me te binnen. Zou zij me misschien kunnen adviseren? Ik was eigenlijk niet van plan geweest haar iets te vragen, maar op dat moment was ik gewoon wanhopig. Zij was de enige echte Française met wie ik meer dan een enkel zinnetje had gewisseld.

Toen ik thuiskwam was Henny er nog niet, dus verzamelde ik moed en klopte bij onze buurvrouw aan. Geneviève ontving haar klanten tussen zeven en elf uur 's avonds, dus ik liep geen risico haar bij haar bezigheden te storen.

Omdat er niet meteen een reactie kwam, begon ik te vrezen dat ze niet thuis was. Ik wilde me al omdraaien toen er voetstappen klonken. Even later verscheen Geneviève in de deuropening. Ze had een doek om haar haar gewikkeld, op haar gezicht zat een dikke laag crème en ze was gehuld in een peignoir.

'Ach, wat een verrassing! Wat is er, Sophie?'

Het bloed schoot naar mijn wangen. 'Ik... Ik ben vandaag weer bij de politie geweest, en...'

Geneviève zuchtte en hield haar hoofd scheef. 'Heb je nog steeds geen werkvergunning?'

Ik schudde mijn hoofd. 'De loketten gingen weer dicht voor ik aan de beurt was. Ik weet niet meer wat ik moet doen.' Ik legde mijn hand op mijn buik.

Geneviève knikte. 'En wat nu? Moet ik je helpen?'

'Ik dacht dat je me misschien raad kon geven.'

Ze keek even naar me, toen knikte ze. 'Kom binnen.'

Haar kamer was niet veel groter dan de onze, maar ik was verbaasd wat ze ervan had weten te maken. Voor de ramen hingen donkerrode fluwelen gordijnen met gouden kwasten, die zo uit Versailles leken te komen. Het met krullen versierde messing bed was bedekt met een sprei die qua kleur en stof met de gordijnen harmonieerde.

Het bed waarin ze haar klanten ontving.

'Je hoeft niet zo verbaasd te kijken!' zei ze en ze liep weer naar de kaptafel tegenover het bed. Afgezien daarvan en van een rond leren krukje waren er geen meubels. Een kledingstang, waaraan maar een paar rokken en blouses hingen, was als een schommel aan het plafond bevestigd. De vloer was bedekt met dik rood tapijt.

'In deze kamer ben ik maar de helft van de week, wanneer ik werk. Ik heb ook een onderkomen in Montparnasse.'

'De kunstenaarswijk?'

Ze knikte. 'Ik merk dat je de stad al kent?'

Ik schudde mijn hoofd. 'Een beetje maar. De meeste tijd breng ik door op het politiebureau. De weg daarheen kan ik inmiddels dromen.'

Geneviève knikte weer en begon de crème met een lapje van haar gezicht te vegen.

'Ga zitten, wees niet bang, dat bed bijt niet. Ik onderhoud het zelfs zo goed dat het onder het werken niet te veel geluid maakt.

Dat leidt de mannen maar af, en sommige krijgen dan ineens de drang om het te repareren. Maar eerlijk gezegd wil ik die kerels niet langer dan nodig in mijn buurt hebben.'

Aarzelend ging ik op het bed zitten. Het maakte inderdaad nauwelijks geluid. Ik moest er weer aan denken dat ik met Georg op de bank de liefde had bedreven. Dat leek zo ver weg, alsof het in een ander leven was geweest. Maar mijn buik herinnerde me eraan dat het pas zeven maanden geleden was.

'Nou, vertel eens,' begon Geneviève terwijl ze de doek van haar haar trok. Die had ze omgedaan om haar kapsel niet te bederven. Nu lagen er weer elegante zwarte lokken rond haar hoofd. 'Hoe zit het met de man die je daarmee heeft opgezadeld?'

Ik staarde haar verschrikt aan. 'Hoe bedoel je?'

'Hij is niet bij je, en hij zit ook niet hier op je te wachten, of heb ik dat mis?'

Ik schudde berustend mijn hoofd. 'Nee, je vergist je niet.'

'Dus, hoe zit dat met hem? Waarom laat hij je met een vriendin naar Parijs gaan?'

Toen ik haar in de ogen keek, besefte ik dat ze verhalen als het mijne beslist al talloze malen had gehoord. Ze wist wat er gebeurd was. Ze wilde het alleen uit mijn mond bevestigd hebben.

'Ik had een affaire met mijn docent. Hij vertelde me dat hij zou gaan scheiden, maar toen bedacht zijn vrouw zich en hij wilde me niet ondersteunen. Toen Henny me voorstelde mee te gaan naar Parijs, heb ik daarmee ingestemd.'

'Ach ja.'

Een tijdje bleef dat haar enige reactie.

'Een meisje zoals jij... Vol verwachtingen...' begon ze ten slotte weer. Ze zuchtte diep, toen hief ze haar hand en streelde me over mijn haar. 'Iemand als jij zal het altijd moeilijk hebben in het leven.'

Ik keek haar aan. 'Dat weet ik, maar ik wíl dit nieuwe leven. Ik heb het mijn kindje beloofd. Anders kan ik meteen wel in de goot gaan liggen.'

'En dat moet je in geen geval doen, *chérie*.' Geneviève keek me lang aan, toen zei ze: 'Wat de verblijfsvergunning betreft moet je gewoon een beetje met omkoping werken. Neem een flesje parfum, zeep of crème mee. Goede crème, lekkere zeep, want de mensen achter de loketten krijgen veel van zulke "geschenken". Het best kun je naar een vrouw gaan. Ze zal een lang gezicht zetten, maar ze zal je geschenk aannemen. En het juiste stempel in je pas zetten.'

'Maar kan ik dan zomaar naar haar toe gaan?'

'Waarom niet? Doe alsof je alleen maar informatie wilt. Of doe alsof je het meisje achter het loket kent. Dan geef je haar stiekem het pakje, en klaar is Kees.'

'Stiekem?' vroeg ik enigszins traag van begrip.

'Kijk hoe anderen het doen. Iedereen die vlug aan de beurt is, doet aan omkoping, dat is min of meer regel.'

'Hoe weet je dat?'

'Ik heb kennissen die niet uit Frankrijk komen. Die hebben het zo gedaan, en met succes.'

Ik zuchtte diep. Ik wilde niets onwettigs doen, maar had ik een andere keus?

Niet dus, zoals Geneviève me direct duidelijk maakte.

'Als je wilt wachten tot je wordt opgeroepen, zit je er over een maand nog. In het ergste geval krijg je je kind op het politiebureau.'

De gedachte dat ik tijdens het wachten weeën zou krijgen, misschien zelfs op het moment dat ik werd opgeroepen, leek me erg genoeg om het op zijn minst te proberen.

'Wat werk betreft is het lastiger. Om je aan te kunnen nemen, hebben bedrijven een werkvergunning nodig. Maar zonder het bedrijf krijg je die niet. Iedere ondernemer is verplicht met voorrang Fransen in dienst te nemen, tenzij hij onder landgenoten geen geschikte kandidaat kan vinden. Hij moet dan aantonen dat hij die buitenlander echt nodig heeft. Je kunt je voorstellen dat dat in een land met miljoenen inwoners lastig is. En sinds de oorlog hebben de meeste ondernemers bepaald geen zin om... een Duitse werk te verschaffen. Ook al is je Frans nog zo goed.'

Bij die woorden zonk de moed me in de schoenen. Geen werk vinden betekende dat mijn plan op de lange baan zou worden geschoven. Hoe kon ik voor mijn kind zorgen als ik niet mocht werken?

'Is er dan geen andere mogelijkheid?' vroeg ik vertwijfeld.

Geneviève fronste haar voorhoofd. 'Het spijt me liefje, maar ik ben bang van niet. Je zou natuurlijk mijn beroep kunnen gaan uitoefenen, maar je hebt al een mondje te voeden. De gang naar de engeltjesmaakster zal je een volgende keer niet bespaard kunnen blijven. Andere mogelijkheden om onoplettendheid glad te strijken hebben we helaas niet, en de kerels...' Ze maakte een wegwerpgebaar. Daarbij gleed er een schaduw over haar gezicht. 'Het interesseert ze niet wat er van ons terechtkomt wanneer ze hun broek weer hebben dichtgeknoopt.'

Ze keek me een poosje peinzend aan. Hoeveel mannen had ze hier al ontvangen? Het moesten er tientallen zijn geweest. Voor mij was dat onvoorstelbaar.

'Hoe doe je dat?' vroeg ik. 'Ik bedoel... dat met kinderen.'

'Je bedoelt, dat ik ze niet krijg?' Geneviève glimlachte wrang. 'Ik neem aan dat er bij mij vanbinnen iets kapot is gegaan, dat het niet meer werkt, geen idee. Maar ik raad je af die weg in te slaan. Je kunt beter, als je je figuur terug hebt, bij schilders informeren of ze een model nodig hebben. Je bent mooi, en als je je bril afzet is het mogelijk dat ze je meenemen. Je hebt lang haar, daar houden ze van, en ze hebben er geld voor over. Je zou misschien zelfs een van hen kunnen laten verklaren dat je onmisbaar bent voor zijn werk.'

Dat leek me niet veel beter dan prostitutie. Ik zuchtte diep.

'Misschien ga ik dat proberen als ik niet meer tonnetjerond ben,' zei ik en ik stond op. 'Bedankt voor de raad.'

Toen ik naar de deur liep, bedacht ik nog iets en ik bleef staan. 'Waar kan ik parfum of crème kopen?'

'Maak je een grapje?' Geneviève wierp haar hoofd in haar nek en begon te lachen. 'Dit is Parijs! Maar als je iets goeds wilt hebben, moet je naar de Rue du Faubourg Saint-Honoré gaan. Daar zijn de beste zaken.'

15

De volgende ochtend ging ik niet naar de Cité om op het politiebureau uren op mijn benen te moeten staan. Hoewel ik alles bij me had om de wachttijd zinvol door te brengen, ging ik, zoals Geneviève me had aangeraden, op zoek naar een zeep- of parfumwinkel.

In de Rue du Faubourg Saint-Honoré voelde ik me algauw overweldigd door de prachtige gebouwen en schitterende etalages. Het verkeer was hier zo chaotisch dat alleen al de gedachte de straat te moeten oversteken me angst aanjoeg.

Nu ik zag wat er allemaal in de etalages was uitgestald, besefte ik dat ik me de afgelopen jaren zozeer op mijn studie had geconcentreerd dat ik mijn persoonlijke verzorging – vooral op het gebied van schoonheid – had verwaarloosd. Ik had er ook niet echt gevoel voor ontwikkeld. In mijn jeugd had ik alleen maar een gezonde huid willen hebben. Mijn haar droeg ik nog steeds in een lage wrong. Net als een paar maanden eerder, toen ik over de Kurfürstendamm liep, voelde ik me een vreemde eend in de bijt, alsof ik uit een andere tijd kwam.

De vrouwen die ik tegenkwam waren allemaal elegant en smaakvol gekleed. Velen droegen een jurk in lichte kleuren met een bijpassend hoedje. Soms was hun rok zo kort, dat je hun knieën kon zien. Arm in arm slenterden ze over het trottoir, bekeken en bewonderd door even elegant geklede heren.

Ik daarentegen zag eruit als een haveloze bedelares. En dat was ik in zekere zin ook, en zwanger bovendien. De blikken die ik opving zaten ergens tussen medelijdend en geringschattend in. Waarschijnlijk vroeg men zich af of ik verdwaald was.

Na een tijdje voelde ik me ook zo. Ik was hopeloos de weg kwijt in de wirwar van straten en etalages. Ik ging uiteindelijk in een park op een bankje zitten. Ik wist niet wat ik moest doen. Alles wat je hier kon krijgen leek me waanzinnig prijzig.

Anderzijds wist ik ook wel dat ik bij het loket niet met een stuk huishoudzeep hoefde aan te komen. Ik moest iets goeds hebben, iets wat kwaliteit uitstraalde. Even kwam het bij me op om zelf een crème samen te stellen, maar uit welke grondstoffen dan?

Ik liet mijn blik over de gazons van het park gaan en bedacht dat ik in Berlijn de binnenplaatsen had afgezocht naar kamille. Hier waren vast de juiste kruiden voor een extract te vinden. Natuurlijk had ik ook oliën en vetten nodig als grondstof, en die waren niet goedkoop. Zou mijn spaargeld toereikend zijn om te gaan experimenteren?

Terwijl ik zo zat te piekeren zag ik vanuit mijn ooghoeken twee vrouwen aankomen. 'Madeleine!' hoorde ik een van hen roepen. Haar haar, dat onder de rand van haar roze hoed uit piepte, zag er onnatuurlijk lichtblond uit, bijna alsof het was gebleekt. Maar de tint paste heel goed bij haar roze mantelpakje.

De vrouw die ze had aangesproken, had een donker pagekopje en droeg geen hoed, wel een lichtblauwe jas die haar zeer slanke figuur accentueerde.

'Edith!' riep ze uit en ze viel de blondine om haar hals. Gezien hun innige begroeting moesten ze heel goed bevriend zijn of anders elkaar al erg lang niet hebben gezien.

Een tikje afgunstig keek ik gefascineerd toe hoe ze vrolijk babbelend naar het bankje naast het mijne liepen.

'Je ziet er geweldig uit, lieverd, hoe doe je dat toch?' vroeg de donkerharige. 'Je hebt toch niet weer een nieuwe minnaar?'

'Nee, hoe kom je erbij. Ik ben meer dan gelukkig met Paul. Maar ik heb mezelf een behandeling gegund. Ik kom er net vandaan en het was gewoon heerlijk.'

'En waar ben je geweest? Ik zoek nog steeds een goede salon, nu Irina weer terug is naar Rusland.'

'Bij Helena Rubinstein,' antwoordde de blondine.

'Is die Russisch?'

'Nee, Pools, maar dat is bijna hetzelfde. Het is niet te geloven wat ze daar in het Maison de Beauté allemaal maken! Crèmes, zeepjes en poeders, maar als je wilt kun je er ook een schoonheidsbehandeling krijgen. Je huid wordt er strakker van en ze zorgen dat je sproeten verdwijnen. Je moet er beslist eens naartoe, lieverd, Henri zal verrukt zijn als hij je dan 's avonds ziet.'

'Geef me het adres maar,' zei de donkere.

'Rue du Faubourg Saint-Honoré, nummer honderdzesentwintig,' antwoordde de blondine.

Vroeger zou ik bij zo'n conversatie mijn ogen ten hemel hebben geslagen. Ik had meisjes die alleen met hun schoonheid bezig waren altijd saai gevonden. En een beetje jaloers was ik ook wel, want meestal waren ze zo mooi dat ze helemaal geen behandeling nodig hadden.

Nu vond ik het opeens interessant wat ze zeiden.

Ik dacht even na.

Ik was langs Rue du Faubourg Saint-Honoré 126 gekomen, maar het pand had een volstrekt onooglijke indruk op me gemaakt. Bovendien was me daar geen Maison de Beauté opgevallen. Boven de deur stond alleen de naam Helena Rubinstein. Ik had aangenomen dat daarachter niets bijzonders school, was doorgelopen en had kennelijk het belangrijkste over het hoofd gezien.

In elk geval stak de blondine de loftrompet over de masseuses daar en vervolgens viste ze een rood doosje uit haar handtas.

'Hier, probeer maar eens. Daar krijg je een perzikhuidje van!'

De donkerharige vrouw smeerde de crème op haar hand en rook eraan. 'Nou zeg, die is fantastisch!' riep ze even later uit.

Zelfs waar ik zat kon ik het subtiele parfum ruiken. Zo had mijn crème nooit geroken! Ik had zelfs nog nooit een geur als deze in mijn neus gehad. Mijn moeder en ik hadden altijd naar de zeep geroken die ze tussen de schone was legde. Dit was iets heel anders. Het rook naar Frankrijk. Het rook naar een nieuwe wereld. Het rook naar de toekomst die ik wilde.

Toen de blik van de blondine op mij viel, verstarde ik. Ze hadden me al die tijd niet opgemerkt, maar nu keek die vrouw me aan alsof ik van plan was haar te beroven. Vlug wendde ik mijn hoofd af.

Ik had het beeld van het potje crème nog voor mijn ogen. Dat metalig glanzende rood, die luchtig uitziende crème en dan die geur!

Als die twee vrouwen er zo enthousiast over waren, moest het iets zijn wat ook bij de dames achter het loket in de smaak zou vallen.

Het liefst had ik gevraagd wat dat potje kostte, maar de dames stonden op en liepen weg. Had ik ze verjaagd met mijn uiterlijk?

Maar eindelijk had ik een aanwijzing!

Ik stond op en rechtte mijn rug. Die deed zeer en ook mijn voeten protesteerden na de eerste stappen.

Ik hing mijn tas aan mijn schouder, pakte de stadsplattegrond en ging op weg.

Het gebouw zag er ook bij de tweede aanblik nogal onbeduidend uit. Het bestond weliswaar uit een aantal verdiepingen, maar het was heel smal. Naast de deur zaten een klein en een iets groter raam. Toen ik dichterbij kwam, zag ik dat er inderdaad potjes crème en stukken zeep waren uitgestald. Toch zou je achter deze muur niets verwachten wat het enthousiasme kon oproepen dat ik in het park had gezien.

Dat veranderde zodra ik naar binnen ging.

Ik kwam meteen terecht in een wolk van geuren. Aanvankelijk kon ik ze nauwelijks uit elkaar houden, maar algauw herkende ik vanille en roos, diverse kruiden, peterselie zelfs.

De inrichting van de winkel was heel eenvoudig, maar ook heel chic. De schappen waren van glas en messing, de ruimte werd optisch vergroot door spiegels aan de wanden en de gordijnen voor de ramen hadden net zo goed in een elegante villa kunnen hangen.

Alles bij elkaar was het zo fascinerend dat ik even als aan de grond genageld stond. Er schoot een gedachte door mijn hoofd:

stel dat ik ooit zo'n winkel zou hebben? Dan zou de overheid zo'n werkvergunning toch niets uitmaken? Maar waar zou ik het geld vandaan moeten halen?

De stem van een jonge vrouw bracht me terug naar het heden. 'Bonjour madame, kan ik u helpen?'

Ik keek naar de toonbank. De vrouw droeg een lichte jurk die iets van een doktersjas weghad. Ook verder leek de inrichting verrassend veel op een artsenpraktijk. Alleen die heerlijke geur paste daar niet bij. Dokterspraktijken roken scherp naar carbol en kamfer.

'Ik... Ik wil graag een crème kopen,' zei ik, nog steeds totaal overweldigd door alle indrukken.

De jonge vrouw nam me glimlachend op. 'Voor welk huidtype?'

'Pardon?' Ik schudde mijn hoofd en keek om me heen. Aan de muren hingen prachtige afbeeldingen, in een kast stonden potjes crème en flacons die er op zichzelf al als kunstwerkjes uitzagen.

'Madame?' vroeg de vrouw nogmaals.

Ik keek haar weer aan. De paniek sloeg toe. Ik had niets te zoeken in zo'n chique winkel. De crèmes moesten een vermogen kosten.

Ik moest me omdraaien en verdwijnen.

Maar toen dacht ik weer aan die eindeloze wachtrijen, aan de mogelijkheid dat de weeën zouden beginnen terwijl ik op het politiebureau zat. Ik wilde niet dat mijn kind daar ter wereld kwam.

'Ik weet mijn huidtype niet,' antwoordde ik.

De jonge vrouw leek bijna opgelucht dat ik iets terugzei. Ik besefte dat ze wel zou denken dat ik geestelijk niet in orde was.

Ik vermande me.

'Misschien kunnen we het best eerst een analyse van uw huidtype maken?'

'Nee, ik...' Een analyse van mijn huidtype. Wat hield dat in? Daar had ik nog nooit van gehoord. 'Het is voor een vriendin. Om... cadeau te geven.'

'Weet u dan soms wat voor een huid zij heeft? Vettig of eerder droog?'

Hoe moest ik weten hoe de huid van de vrouwen achter het loket eruitzag? Ik had wel naar hen gekeken, maar zo dichtbij dat ik kon zien of hun huid glom was ik tot nu toe niet gekomen.

Wel had ik gemerkt dat de lucht in de wachtruimte steeds heel droog was geweest. Als ik er lang had gezeten, begonnen mijn ogen te prikken. En dat kwam niet alleen door de studieboeken.

'Droog,' antwoordde ik.

'Juist ja,' zei de jonge vrouw en ze draaide zich om naar het schap. 'Kent ze onze producten al?'

'Nee, ze...' De vrouwen in het park stonden me weer voor ogen. 'Ze zijn me aangeraden. Of liever gezegd, ik heb iemand enthousiast over uw winkel horen praten. Toen dacht ik, laat ik haar ermee verrassen.'

'Mooi, dan zou ik u onze crème Valaze aanraden, een van onze beste producten. Neemt u anders ook een brochure van ons mee, voor het geval dat uw vriendin meer van ons wil weten.'

Ik kreeg het koud en warm tegelijk. Wat de prijs ook was die ze zou vragen, ik moest het wel betalen. Anders kon ik me hier nooit meer vertonen.

'Prima,' zei ik. 'Wat krijgt u van me?'

'Drie franc,' antwoordde ze, nog steeds met een glimlach.

Ik moest me inhouden om niet verschrikt naar lucht te happen. Madame Roussel rekende tien franc per maand voor onze kamer. Wat deze jongedame voor de crème vroeg, kwam me voor als een vermogen.

Desondanks haalde ik het bedrag tevoorschijn en ik hoopte maar dat de investering zou lonen.

Gehuld in de geuren van het Maison de Beauté liep ik weer naar buiten. Het leek of mijn korte verblijf daar lang genoeg was geweest om de aroma's in mijn kleding te laten trekken. Ook de afbeeldingen bleven me bij, evenals de wens zo'n winkel te bestieren. Ik wist dat ik nu de mogelijkheid niet had, maar dat zou wellicht ooit veranderen.

Ik keek heimelijk in het papieren zakje dat de verkoopster me had meegegeven. Het zag er allemaal zo chic, zo kostbaar uit; de vrouw achter het loket moest dit cadeau gewoon wel aannemen!

Omdat ik nog wat geld overhad, ging ik een stuk met de bus. Inmiddels wist ik waar de haltes waren. En ik was ook blij dat ik niet de hele weg te voet hoefde af te leggen.

Terwijl de bus door de stad schommelde en om de haverklap stopte om nieuwe passagiers te laten instappen, bekeek ik de brochure die ook in het zakje had gezeten. Het waren eigenlijk twee velletjes.

Op het ene stond een advertentie voor de crème afgedrukt, op het andere kondigde madame Helena Rubinstein de opening van een nieuw instituut aan, aan de Rue du Faubourg Saint-Honoré 52.

Madame Rubinstein, oprichtster en ziel van het bedrijf, noemt haar nieuwe salon Clinique, om haar unieke positie ten opzichte van vergelijkbare instituten aan te geven. De Clinique de Beauté staat open voor iedere vrouw die deskundig advies wil krijgen, kosteloos en zonder enige verplichting. De behandelingen worden uitgevoerd door de beste specialisten, onder toezicht van een arts, en de gebruikte producten zijn gebaseerd op de nieuwste dermatologische ontdekkingen, die u nauwkeurige resultaten bieden.

Dat klonk bijna wetenschappelijk. Ik liet de woorden even op me inwerken. Helena Rubinstein, wier naam in vette letters onder de tekst prijkte, gaf vrouwen kosteloos advies over hun huid? In een speciaal daartoe ingerichte kliniek? Dat overtrof alles wat ik me tot nu toe bij crèmes had voorgesteld.

Wat zou mijn vader daarvan hebben gezegd?

Ik verdrong de gedachte aan hem. Ik was nog in vervoering na mijn winkelbezoek en dat gevoel wilde ik niet kapotmaken met herinneringen aan mijn vader. Dan droomde ik liever verder over mijn winkel. Hoe zou ik hem inrichten? Ik hield van fris turquoise en groen. De gordijnen zouden er als water kunnen uitzien en in het midden van de ontvangstruimte zag ik wel een fonteintje staan.

Dat beeld nam me zo in beslag dat ik bijna vergat uit te stappen.

Eenmaal thuis rende ik de trap op. Ik moest Henny beslist vertellen wat ik had gezien.

Toen ik de kamer in kwam veegde mijn vriendin juist de make-up van haar gezicht. Ze wilde er ook tijdens de repetities mooi uitzien, want de concurrentie onder de danseressen was groot. Ze had me verteld dat ook de anderen altijd opgemaakt kwamen repeteren, omdat monsieur Jouelle af en toe kwam kijken en de danseressen dan kritisch bekeek.

'Wat heb je daar?' vroeg Henny bij het zien van het zakje in mijn hand. 'En waar ruik je naar?' Ze hief haar hoofd op en snoof.

'Ik ben in de stad geweest. Om een boodschap te doen,' antwoordde ik euforisch. De geur, die nog altijd om me heen hing, maakte mijn gedachten licht.

'Een boodschap? Heb je een geheime geldbron gevonden waar ik niet van weet?'

'Ik heb Geneviève gesproken,' begon ik uit te leggen. 'Gisteren, voordat je terug was.'

'Aha, en dat vertel je me nu pas?' vroeg ze. 'Ze heeft je toch niet om een boodschap gestuurd?'

'In zekere zin wel,' zei ik, terwijl ik het potje crème tevoorschijn haalde.

'Crème Valaze,' las Henny hardop. 'En wat moet je daarmee? Ze heeft je hopelijk wel geld gegeven om het te betalen?'

'Het is om iemand mee om te kopen,' antwoordde ik.

Henny trok haar wenkbrauwen op. 'Wie wil je dan omkopen?'

'De vrouwen op het politiebureau. Geneviève zei dat het een goed idee was om een cadeautje mee te nemen en dan gewoon naar het loket te gaan.'

'Dat klinkt nogal illegaal. De politie omkopen... En als ze je arresteren?'

'Geneviève zegt dat iedereen die niet lang wil wachten het zo doet.'

'Geneviève is een prostituée!' reageerde Henny wrevelig. 'Wat weet zij nou van immigratie!'

'Ze kent mensen wie hetzelfde is overkomen als mij.'

'Haar pooier zal wel vrouwen met valse beloften hiernaartoe hebben gelokt.'

'Zelfs al is dat zo, dan hebben die vrouwen ook een verblijfsvergunning nodig. Als de politie ze betrapt, dan...'

'Maar je wilt je toch zeker niet tot hun niveau verlagen?' Henny snoof.

'Het is het enige wat ik kan doen,' zei ik ter verdediging. 'Je hebt geen idee hoe het daar is! Je zit en zit en de uren gaan voorbij zonder dat je iets kunt doen. Op een gegeven moment sluiten ze de loketten en moet je vertrekken, en de volgende dag gaat het precies zo.' Ik probeerde mijn emoties te onderdrukken. 'Ik wil gewoon niet dat mijn kind op het politiebureau wordt geboren,' voegde ik eraan toe. Er welden tranen op in mijn ogen. Nu ik er beter over nadacht, was het absurd de politie te willen omkopen. Maar was Geneviève echt zo gemeen dat ze me in de val wilde laten lopen? Ze was heel oprecht overgekomen.

Henny kwam naar me toe en sloeg haar arm om me heen. 'Maak je geen zorgen, je krijgt je kind heus niet daar, maar netjes in een ziekenhuis,' zei ze.

'Maar als ik dan nog geen verblijfsvergunning heb?' vroeg ik. 'Als ik nog steeds geen werk heb?'

'Zover komt het niet,' zei Henny, maar in haar stem klonk twijfel door.

'Ik ga die mensen eens observeren,' zei ik, terwijl ik mijn tranen wegveegde. 'Ik ga kijken hoe ze het doen. Als ik merk dat niemand die vrouwen en mannen iets geeft, hou ik de crème zelf. En als ze het wel doen, probeer ik het ook.'

'Sophia...' zei Henny, maar ik schudde mijn hoofd.

'Ik moet het proberen!' hield ik vol. 'Als ik het zelf niet doe, wie dan wel? Het is beter te falen dan het niet eens te proberen.'

Henny zuchtte, en toen liet ze me los.

Minutenlang zwegen we. Ik had maar al te graag geweten wat er door haar hoofd speelde. Ik wist dat ze zich zorgen maakte. Maar ik kon het gevoel geen stap verder te komen niet langer verdragen.

'Morgenavond is de première van de nieuwe revue,' zei ze ten slotte. Ze stond op en liep naar het raam.

'Daar heb je het helemaal niet over gehad,' zei ik, enigszins uit het veld geslagen. Henny had de afgelopen dagen niet veel over het theater gesproken, daarom was ik ervan uitgegaan dat de repetities nog wel even zouden doorgaan.

'Ze hebben dit stuk naar voren gehaald,' antwoordde ze en haar stem klonk bijna terneergeslagen. 'Ze zeggen dat we er klaar voor zijn.'

'Maar dat is geweldig,' antwoordde ik, maar ik slaagde er niet zo goed in enthousiasme op te brengen.

'Je zult jammer genoeg niet bij de première kunnen zijn,' ging ze verder. 'Het is voor genodigden en...'

'O,' zei ik. Ook al had ik in het Nelson Theater maar zelden door de kier van de zaaldeuren gegluurd, ik had wel verwacht dat Henny me zou meenemen als ze hier voor het eerst op de bühne zou staan. 'Ik begrijp het.'

'Ik zal proberen kaartjes voor je te regelen voor een andere voorstelling.'

'Dat zou leuk zijn,' zei ik. 'Ik zou graag eens zien hoe je hier optreedt. Het is tenslotte Parijs.'

'Ja, Parijs,' zei ze, terwijl ze zich naar me omdraaide. Voor het eerst zag ik zoiets als uitputting op haar gezicht.

'Gaat het wel goed met je?' vroeg ik. De afgelopen dagen had ik me alleen maar beziggehouden met mijn verblijfsvergunning. Omdat Henny naar haar repetities moest en 's avonds steeds erg moe was, hadden we elkaar nauwelijks gezien en maar weinig met elkaar gesproken. Het leek of onze levens uiteen begonnen te lopen.

'Jawel. Maar... Ik ben een beetje bang.'

'Bang?' vroeg ik. 'Waarvoor?'

'Bang om te falen,' antwoordde ze. 'De andere danseressen zijn echt geweldig. Ook de Duitse... Maar we hopen allemaal te kunnen blijven. En de Françaises...'

'Die mogen jullie niet?'

Henny slaakte een zucht en liet zich op het bed zakken.

'Ze vragen zich af waarom juist wij zijn uitgekozen, terwijl er zo veel Françaises zijn die als danseres werken.'

'Josephine Baker is geen Française. Ze komt uit Amerika.'

'Ja, en dat irriteert ze ook. Maar over haar wagen ze het niet iets negatiefs te zeggen. Over ons wel.'

'Hoe weet je dat?'

'Michelle, je weet wel, die uit de Wintertuin, spreekt Frans. Ze zegt dat de meisjes over ons kletsen.'

'Misschien zegt ze maar wat.'

Henny schudde haar hoofd. 'Nee, dat doet ze niet. Ik heb het nagekeken in een van jouw boeken.' Ze boog haar hoofd. 'De enige kans die ik heb, is beter te zijn dan de anderen. Ik moet die monsieur Jouelle overtuigen, zodat hij me laat blijven.'

'Die beslissing is toch niet aan hem? Hij werkt immers alleen maar voor monsieur Derval.'

'Dat klopt. Maar hij is degene die de danseressen aanbeveelt of tegen de directeur zegt dat hij ze moet laten gaan.' Haar blik werd afwezig, bijna wanhopig.

'Ik weet zeker dat hij enthousiast over je zal zijn,' zei ik, terwijl ik mijn arm om haar heen sloeg. De afgelopen weken was ik steeds degene geweest die getroost moest worden. Nu kon ik iets terugdoen. 'En luister niet naar al die praatjes. Ze zijn vast alleen maar bang dat ze door jullie hun baan kwijtraken. Als ze merken dat dat niet het geval is, houden ze wel op. Wie weet word je wel vriendinnen met een van hen.'

Henny veegde een traantje uit haar ooghoek en omhelsde me.

16

Die ochtend was het politiebureau aardig leeg, zodat ik een zitplaats kon uitzoeken. Eentje met goed zicht op de loketten leek me geschikt.

Het ochtendlicht viel schuin door de halfdichte jaloezieën en vormde patronen op de vloertegels. Een paar wachtenden die eruitzagen alsof ze de nacht in de openlucht hadden doorgebracht zaten gehurkt in een hoek, andere zaten met hun hoofd in hun handen. Velen van hen kende ik al sinds mijn eerste dag. Niemand zag eruit alsof hij iets bij zich had om iemand mee om te kopen.

Zou Geneviève echt eerlijk tegen me zijn geweest? Henny had me aan het twijfelen gebracht, en toch hield ik vast aan mijn plan. Het getuigde misschien van laag allooi om het zo te proberen, maar veel mogelijkheden had ik niet.

Ik haalde geen boek tevoorschijn, maar observeerde de aanwezigen.

De wachtruimte stroomde langzaamaan vol. Binnen een half uur was de lucht om te snijden. De dames verschenen achter de loketten. Even later werden de eerste namen omgeroepen. De mijne was er niet bij.

Na een tijdje merkte ik dat er twee jonge vrouwen bij een loket gingen staan. Ze deden alsof ze de oproep te laat hadden gehoord, maar ik zag dat een van hen iets uit haar tas haalde en in haar hand liet verdwijnen.

De daaropvolgende minuten had ik het gevoel naar een spannende film te kijken. De rij schoof op en ten slotte waren de vrouwen aan de beurt. Zou de ambtenares achter het loket iets merken? Hen wegsturen?

In elk geval staarde ze de vrouwen verbaasd aan, toen zag ik een van hen haar hand bewegen. Voor wie niet precies keek, leek het of ze haar paspoort in het laatje legde dat de lokettiste had doorgeschoven. Maar toen zag ik dat er een pakje bij zat. De ambtenares trok het laatje weer terug, mompelde iets onverstaanbaars en zette met een klap het stempel in het paspoort.

Opgelucht ademde ik uit. Het leek wel of ik daar stond. Glimlachend verlieten de vrouwen het politiebureau. Niemand viel hen lastig en de lokettiste ging door met haar werk alsof er niets gebeurd was.

Het was al middag toen ik eindelijk de moed vond om het net zo te doen als ik had gezien. Toen er weer een reeks namen werd omgeroepen, stond ik op en deed alsof mijn naam erbij was geweest. Op hete kolen stond ik achter een man met een jasje vol scheuren die naar knoflook en alcohol stonk. Telkens wierp ik verstolen blikken op de andere wachtenden. Zou iemand hebben gemerkt dat ik sjoemelde? Of kon het niemand iets schelen?

De onrust maakte dat mijn maag kriebelde en mijn hart bonsde.

Het wachten in de rij duurde weer erg lang. De man voor me had niets bij zich en sprak bovendien heel slecht Frans. Helaas verstond ik zijn moedertaal niet, anders had ik me als tolk aangeboden. Zijn beurt bij het loket duurde daardoor eindeloos. Ik keek naar de grote klok tussen de loketten. De wijzers rukten onbarmhartig op naar sluitingstijd. Waarom was ik niet al eerder in de rij gaan staan. Nu zou ik de volgende dag terug moeten komen...

Maar toen, tien minuten voor sluitingstijd, vertrok de oude man. Eindelijk!

Toen de hand van de juffrouw omhoogging, vermoedde ik dat ze het loket wilde sluiten. Tien minuten te vroeg, maar mijn naam stond dan ook niet op de lijst.

'Wacht alstublieft!' riep ik, waarop ze me verbaasd aankeek. Na alle vreemde woorden die ze gehoord had, leek ze er geen rekening mee te houden dat iemand Frans kende.

'Naam?' vroeg de lokettiste chagrijnig. Ze had een smal, bleek gezicht. Donkere kringen onder haar ogen getuigden ervan dat ze hele nachten door danste óf heel slecht sliep.

'Sophia Krohn,' antwoordde ik.

Ze keek op haar lijst. 'Die staat hier niet op.'

'O, ik denk van wel,' zei ik. 'Kijkt u maar in mijn paspoort, dan zal het u duidelijk worden.'

De ambtenares keek me minachtend aan. Ik wist niet of ik naar haar moest knipogen om haar te laten merken dat ik iets voor haar had.

Maar het volgende ogenblik was ik blij dat ik dat niet gedaan had, want ze schoof het laatje naar me toe. Ik legde mijn paspoort erin, met het doosje eronder.

De vrouw trok de lade weer naar zich toe, pakte het paspoort eruit, en daarna het cadeautje. Onzichtbaar voor een buitenstaander liet ze het in een doos verdwijnen. Tijdens het korte moment dat ze het deksel optilde zag ik dat er al een paar andere dingen in lagen.

Ze mompelde iets wat ik niet verstond, stempelde mijn paspoort af en schoof het weer naar me toe.

'De kosten moet u aan de kassa voldoen. *Au revoir*!'

Daarop ging het loket dicht. De juffrouw keek op de klok en daarna in haar kastje.

Verbijsterd dat het potje crème zo eenvoudig de deur voor me had geopend bleef ik nog een poosje naar mijn spiegelbeeld staren. Toen draaide ik me om en liep zoals me was gezegd naar de kassa.

Dronken van geluk wankelde ik ten slotte langs de wachtenden in de gang het politiebureau uit.

Vol enthousiasme wilde ik Henny van mijn zege vertellen, maar toen schoot me te binnen dat vandaag de première was. Dat betekende dat ze niet voor middernacht thuis zou komen.

Ik liep een cafeetje in, waar ik twee belegde baguettes kocht, en begon toen aan de terugweg. Ik was nog steeds zo blij dat ik dacht elk moment te kunnen barsten van geluk.

Ik dacht aan Geneviève. Ze had me een gouden tip gegeven! Ik zou haar op zijn minst moeten bedanken.

Thuisgekomen stormde ik de trap op, waarbij ik lawaai hoorde in een van de lagergelegen appartementen. Ik hoopte een beetje dat onze buurvrouw zou verschijnen, maar de gang was leeg.

Even overwoog ik bij haar aan te kloppen, maar zou ze er wel zijn?

Doe het nou maar, zei ik tegen mezelf. Ik bleef staan en klopte op de deur.

Even later werd er opengedaan. Geneviève veegde vlug over haar gezicht. Ze had duidelijk gehuild.

'Bonsoir, ik wilde niet storen, maar...' Ik keek haar aan. 'Is alles in orde? Kan ik misschien helpen?'

Geneviève keek me verrast aan en schudde haar hoofd. 'Nee, hierbij kun je niet helpen.'

Ik vroeg me af wat haar was overkomen. Had een klant zich slecht gedragen? Had iemand van haar diensten gebruikgemaakt zonder te betalen?

'Ik...' De woorden bleven in mijn keel steken. Ik was zo blij geweest, maar nu...

'Nou, voor de draad ermee, wat is er?' vroeg ze onbehouwen.

'Ik wilde je alleen bedanken. Ik heb de verblijfsvergunning gekregen. Dankzij een cadeautje, zoals je me hebt aangeraden.'

Ze veegde weer over haar gezicht, waardoor ze haar mascara nog meer uitsmeerde. 'Fijn voor je, gefeliciteerd.'

'Zonder jou was het niet mogelijk geweest,' zei ik en ik overdacht koortsachtig hoe ik haar kon bedanken. Ik had misschien ook een potje crème voor haar moeten kopen...

'Een hele eer,' zei ze en ze wekte de indruk dat ze van me af wilde.

Misschien moest ik weggaan, maar toen viel mijn blik op de broodzak in mijn hand. 'Wil je misschien iets eten? En praten?' vroeg ik. Ik rekende er niet op dat ze erop in zou gaan, maar op die manier zou ik tenminste iets terug kunnen doen.

Ze keek naar de papieren zak. Haar tranen verdwenen langzaamaan. 'Ah, van Centime,' las ze hardop. 'Jij weet wat lekker is.'

'Ik kwam er op de terugweg langs,' zei ik.

'Ik wil niet jouw broodje opeten, meisjelief.'

'Daar is geen sprake van,' antwoordde ik. 'Ik heb er twee en ik trakteer. Kom mee!'

'Naar jullie kamer?' vroeg Geneviève verrast en ze leek ineens helemaal niet zo onwillig meer. 'Wat zal je vriendin daarvan zeggen? Ze heeft tot nog toe nauwelijks een woord met me gewisseld.'

'Ze is er niet. Vandaag is de première in het theater. Ze blijft nog wel even weg.' Ik trok mijn wenkbrauwen op. 'Ik verzeker je dat ik dit graag met je wil delen. We moeten het stempel in mijn paspoort vieren.'

Geneviève aarzelde nog even, toen knikte ze. 'Ik trek vlug iets aan en dan kom ik.'

Ik verliet de kamer en ging naar de keuken om borden en glazen te halen. Zolang je alles zelf afwaste, had madame Roussel daar niets op tegen.

Toen Geneviève ten slotte in onze kamer verscheen, leek ze veel opgewekter. Ze droeg een crèmekleurige jurk en had de uitgelopen make-up van haar gezicht gehaald. Zonder foundation en rouge leek ze een beetje ouder, je zag duidelijk de fijne lijntjes op haar voorhoofd en rond haar ogen en mond. Nieuwsgierig keek ze om zich heen.

'Jullie kamer lijkt wat kleiner dan de mijne, maar jullie zijn met zijn tweeën,' merkte ze op. 'Maar wat kun je voor die prijs ook verwachten?'

'Zodra het kan, zoeken we iets beters,' zei ik.

Haar blik dwaalde verder rond, tot ze uiteindelijk op mijn laboratoriumkistje bleven rusten.

'Wat is dat?'

'Mijn experimenteeruitrusting,' antwoordde ik. 'Een overblijfsel van mijn vroegere leven als scheikundestudent.'

'Waarom heb je het meegenomen? Hoop je ooit verder te gaan met je studie?'

'Ik weet het niet,' antwoordde ik. 'Maar misschien lukt het me er wat geld mee te verdienen, door crèmes of gezichtslotion te maken.'

Er verscheen een spottende uitdrukking rond haar lippen. 'In Parijs? De stad van geuren en schoonheid?'

'Ik wil het op z'n minst proberen.'

We gingen zitten; zij op de stoel waarop Henny zich opmaakte, ik op het bed. Ik legde de baguettes op de borden en we aten zwijgend. Ik zag dat Geneviève ineens afwezig keek.

'Alles in orde?' vroeg ik.

'Ik dacht dat het deze keer anders was,' zei ze terwijl haar blik bleef rusten op de roze wolk die over de daken aan de overkant wegdreef. 'Ik dacht dat hij het serieus bedoelde. Maar dat was niet zo.'

'Je vriend?' vroeg ik.

'Mijn geliefde,' antwoordde ze. 'Dat maakt verschil.'

Ze zweeg even, toen nam ze nog een hap van haar baguette. Ze kauwde, dacht na, slikte en ging ten slotte verder. 'Hij is schilder. Ik heb een paar keer model gestaan voor hem, en zo leerden we elkaar beter kennen. Ik ben niet een gewoon meisje van plezier, in elk geval niet zo eentje dat op straat werkt. Dat doen alleen de jongere meisjes, en die worden uitgebuit. Ik heb vaste klanten, die komen wanneer ze het kunnen regelen. Op mijn leeftijd hoef je niet meer met Jan en alleman om de hoek te verdwijnen, als je begrijpt wat ik bedoel.'

Ik had geen idee, maar ik knikte. Haar wereld was voor mij lang onzichtbaar geweest. In Berlijn had ik studenten horen praten over bordelen, maar ik had geen moeite gedaan die vrouwen eens nader te bekijken. Ik was beschermd tussen mijn ouderlijk huis en de universiteit heen en weer gegaan. Dat was geen route waarop vrouwen als Geneviève zich vertoonden.

'Ik dacht dat het met Lucien anders zou lopen,' vervolgde ze. 'Hij staat op het punt succesvol te worden. Een galeriehouder heeft hem een opdracht gegeven, hij wil twintig schilderijen van hem exposeren. Het is een goede galerie, met veel invloedrijke klanten, dus het is een kwestie van tijd voor hij doorbreekt.' Ze zuchtte diep. 'Ik dacht dat ik van hem op aan kon. Maar vandaag heb ik hem met die slet betrapt.' Ze produceerde een scheef lachje en keek me aan. 'Wel raar dat juist ik dat zeg, nietwaar?'

Ik schudde mijn hoofd. 'Nee dat is niet raar. Jij pakt vrouwen niet hun man af.'

'Ja, dat is waar.' Ze keek me even aan, toen glimlachte ze. 'Je bent een goed meisje, Sophie. Ik hoop echt dat je gauw het geluk vindt en uit dit hol weg kunt.'

'En ik hoop dat jij gauw een nieuwe liefde vindt,' zei ik. 'Een die je niet teleurstelt.'

Geneviève vertrok haar mond. 'Mannen zijn nu eenmaal zo. Ze stellen op de een of andere manier altijd weer teleur. Maar je hebt gelijk, misschien vind ik zo'n liefde toch nog.'

Die avond ontving Geneviève geen klanten. Ze deed gewoon alsof ze de bel niet hoorde. Op een gegeven moment verdwenen de mannen weer; ik zag ze oversteken en weglopen.

Vlak voor negenen voelde ik me zo moe dat ik naar bed ging. Wanneer Henny terugkwam, zou ze me alles beslist tot in detail willen vertellen.

Toen ik wakker schrok omdat het kindje weer eens schopte, was mijn vriendin er nog steeds niet. De kou van de andere kant van het bed was duidelijk merkbaar, net als de leegte in de kamer, waar alleen het geknars van de bedspiraal en mijn eigen adem tegen de muren weerkaatsten.

Ik draaide me om en reikte naar mijn horloge, dat op de vensterbank lag. Mijn ogen konden moeilijk wennen aan het maanlicht, maar uiteindelijk zag ik dat het kwart voor vier was.

Plotseling opkomende bezorgdheid maakte dat ik in bed overeind schoot. In Berlijn was Henny ook wel eens laat thuisgekomen, maar eigenlijk nooit zó laat. Meestal waren we samen naar huis gegaan. Maar nu... Zou haar iets overkomen zijn? Was ze misschien overvallen?

Ineens leek het of er in mijn brein de deur van een donkere kamer opensprong en allemaal schrikbeelden naar buiten liet komen. Ten slotte hield ik het in bed niet meer uit. Ik sprong op, liep naar het raam en deed het open. Hoewel de latrinekar al uren weg was, stonk het nog altijd, maar dat interesseerde me niet. Ik leunde naar buiten en keek de straat door.

Er was niemand te zien. Zelfs de drinkebroers uit Café Amateur waren al weg.

Ik sloeg Henny's ochtendjas om en begon te ijsberen. Wat moest ik doen als haar iets was overkomen?

Pijn in mijn rug dwong me op het bed te gaan zitten. In mijn maag rommelde het van angst. Telkens weer keek ik op mijn horloge, maar de wijzers gingen slechts langzaam verder. Moest ik naar buiten gaan om haar te zoeken? Dat durfde ik niet. En ze was nog niet lang genoeg weg om de politie in te schakelen.

Bovendien zou ze me uitlachen als ze erachter kwam wat ik had willen doen. Ik kroop terug in bed en viel even later weer in slaap.

Toen het slot van de deur openklikte schrok ik wakker. Ik werd verblind door fel zonlicht. Het was al ochtend.

In de kamer klonk een zucht van uitputting; zo te horen was Henny terug.

'Lieve help, Henny!' riep ik terwijl ik in mijn ogen wreef. 'Waar kom jij nou vandaan?'

Ze schonk me een verzaligde glimlach. 'Het was fantastisch! Je gelooft niet wat er allemaal is gebeurd!'

'Het is ochtend!' zei ik en ik wees naar het raam. Mijn horloge stond op even voor half acht. 'Ik dacht dat je iets was overkomen!'

'Ach wat!' wimpelde ze het af. 'Wat zou me dan moeten overkomen? We hebben alleen de première een beetje gevierd. Zo veel artiesten en rijke mannen heb ik nog nooit bij elkaar gezien. En er was echte champagne!' Ze trok haar sandalettes uit en liet zich toen op het bed neervallen. 'Zo'n roes heb ik nog nooit meegemaakt.'

Ze rook sterk naar alcohol en sigarettenrook.

'Hoe is het gegaan met de revue?' vroeg ik. Maar ik zag dat haar oogleden dichtvielen, dus ging ik naast haar liggen. Slapen kon ik echter niet meer. Terwijl zij zachtjes begon te snurken kwamen er allerlei gedachten bij me op. De meeste gingen erover dat ik ook Henny had kunnen verliezen. Dat ik dan geen enkel houvast meer had gehad.

Dat gevoel van hulpeloosheid joeg me angst aan, maar wekte ook wrevel bij me op. Die was echter niet tegen Henny gericht, maar tegen mezelf. Ik moest mijn droom binnen afzienbare tijd zien te verwezenlijken. Wist ik maar hoe...

Henny werd pas laat in de middag wakker en klaagde toen over hoofdpijn. 'Ik geloof dat champagne en ik elkaar niet liggen,' kreunde ze. Maar ze moest 's avonds toch weer het toneel op.

Ik probeerde haar weer op de been te krijgen door een aantal koppen van de vreselijke pensionkoffie bij haar naar binnen te gieten. Ik wilde ook nog met haar naar een café in een van de zijstraten gaan, maar dat wees ze af.

'Ik vrees dat ik ga overgeven als ik nu iets eet,' verklaarde ze. 'Bovendien moet ik over een uur alweer weg. Help me alsjeblieft om mezelf weer een beetje op te lappen.'

Dat deed ik door haar nek te masseren, een andere jurk voor haar uit te zoeken en voorzichtig haar haar te fatsoeneren, want ze verdroeg vrijwel geen aanraking. Ik had nooit zo veel gedronken dat ik er een kater aan overhield. Om precies te zijn was ik in het beste geval een beetje tipsy geweest, en dat alleen maar omdat ik als kind op oudejaarsavond van de bowl had geproefd die mijn moeder voor onze gasten had gemaakt. Dat daar wijn in zat wist ik toen niet.

'Het heeft gewerkt,' vertelde ik haar terwijl ik met pommade zachtjes modieuze krulletjes in haar haar maakte. 'Ik heb de verblijfsvergunning gekregen!'

'Heus waar?' vroeg ze, nog steeds een beetje versuft. 'Dat is geweldig!'

'Ik ben gewoon in de rij gaan staan en heb de lokettiste het potje crème toegeschoven. Ze zette het stempel, en dat was dat.'

Henny knikte en kneep haar ogen tot spleetjes. 'Dan is het voorlopig allemaal in orde,' zei ze terwijl ze naar haar slapen greep. Alsof haar te binnen schoot dat ze iets was vergeten, voegde ze er uiteindelijk aan toe: 'Gefeliciteerd, ik ben blij voor je.'

Ik knikte en vroeg me af of ze, wanneer haar kater over was, zou beseffen van welke onschatbare waarde Geneviève daarbij was geweest.

17

In de periode die volgde begon Henny te veranderen. 's Ochtends zat ze te tobben en te piekeren, om dan 's avonds goedgemutst en opgewekt naar het theater te vertrekken. Meer dan eens kwam ze pas vroeg in de ochtend thuis. En altijd rook ze naar sigaretten en alcohol. Ik begreep wel dat ze haar werk graag deed, maar waarom vertelde ze me er niets over?

Toen ik haar eens vroeg waar ze was geweest, zei ze bits: 'Ben je mijn moeder of zo?' Even later bood ze haar excuses aan en legde me uit dat de Folies Bergère nu eenmaal wat anders was dan het theater van Nelson in Berlijn.

Maar als ik er later weer eens naar vroeg, gebeurde hetzelfde. Ze gaf niet prijs waar ze tot het ochtendgloren uithing. Anders dan vroeger vertelde ze nooit wat er in het theater was gebeurd. In plaats daarvan reageerde ze korzelig op mijn vragen, om even later haar excuses weer aan te bieden.

Ik wist niet wat dat te betekenen had, maar besloot haar de ruimte te gunnen en zo veel mogelijk bij haar uit haar buurt te blijven.

In de weken erna ging ik vaak de stad in, dan wandelde ik door de straten en bestudeerde de etalages van de drogisterijen en parfumerieën. Ook ging ik nog eens kijken bij het instituut van Helena Rubinstein, maar ik waagde me niet naar binnen uit angst dat de verkoopster me zou herkennen.

Ondertussen vroeg ik me af hoe ik het voor elkaar zou kunnen krijgen zo'n winkel te openen. Ik moest een lening afsluiten. Zouden de banken een alleenstaande vrouw willen aanhoren?

Wanneer ik de parfumerieën achter me had gelaten, sloeg ik meestal de weg naar de nabijgelegen parken in. Daar stond alles vol in bloei en dan wenste ik dat Henny bij me was. Sinds we in Parijs woonden, hadden we bijna niets gezamenlijk ondernomen, wat we destijds in Berlijn juist wel vaak deden. Al kon ik me niets van die mooie spulletjes veroorloven, het zou toch fijn zijn geweest om samen met haar langs de etalages te wandelen.

Daarnaast benutte ik de tijd om een beetje op adem te komen. Mijn kindje was al een paar weken steeds beweeglijker, maar op deze momenten, als ik alleen op een bankje zat, kon ik mijn aandacht erop vestigen. Hoe zou het zijn? Ik bedacht dat ik misschien bij een arts langs moest gaan, maar waar moest ik het geld vandaan halen? Er waren vast artsen voor de armen, maar waren die deskundig als het om vrouwenzaken ging?

Ik voelde me gezond en had nog altijd in mijn achterhoofd wat mijn moeder me had verteld: dat ze geen enkele keer naar de dokter hoefde toen ze zwanger van mij was. Maar zij had dan ook een vroedvrouw bij wie ze onder controle was.

Ik was bang dat het met vroedvrouwen net zo zou zijn als met artsen. Zij zouden ook geld willen hebben. Zou Geneviève me uit de brand kunnen helpen?

Een paar dagen later kwam ik onze buurvrouw op de gang tegen. 'Weet je misschien of er in Parijs vroedvrouwen zijn die geen al te hoog honorarium vragen?' vroeg ik haar.

'Ga maar naar Marie Guérin,' ried ze me aan. 'Zij neemt vrouwen uit de armere buurten aan. Ze heeft ook wel eens collega's van me geholpen.' Ze gaf me een adres en ik ging de volgende dag meteen op pad.

De praktijk van de vroedvrouw zat verscholen achter een onooglijke, versplinterde deur, niet te vergelijken met de praktijk van dokter Sahler in Berlijn. Afgezien van het bordje bij de bel met de naam Guérin erop wees niets op de aanwezigheid van een praktijk. Er kwam alleen een lichte carbolgeur uit een raam dat op een kier stond.

Ik aarzelde even. De buurt zag er allesbehalve verzorgd uit. De huizen waren verwaarloosd, nog erger dan die in de Berlijnse wijk waar Henny had gewoond. Zou deze vrouw meer zijn dan iemand die wel eens had meegekeken bij een paar bevallingen en zo nu en dan een foetus naar de engeltjes stuurde?

Uiteindelijk raapte ik al mijn moed bijeen en drukte op de bel. Even later klonken er voetstappen en werd de deur opengedaan.

'Ja?' vroeg een vrouw met een vermoeid gezicht. Haar bruine haar zat strak in een knotje in haar nek.

'Bent u de vroedvrouw?' vroeg ik. 'Marie Guérin? Ik hoorde van een kennis dat ik me bij u kon laten onderzoeken.'

De vrouw liet haar blik kort langs mijn lichaam gaan, toen knikte ze en deed de deur wat verder open. 'Kom erin.'

Enigszins onzeker ging ik naar binnen. De gang in het huis was zo donker dat je de meubels nauwelijks kon onderscheiden.

'Ik ben...' begon ik, maar de vrouw, van wie ik aannam dat ze de vroedvrouw was, schudde haar hoofd. 'Je hoeft je naam niet te zeggen. Niemand doet dat hier. Ga die kamer maar in en kleed je uit, ik kom zo bij je.'

Ze wees naar een deur die niet helemaal dicht was. Ik liep erheen en deed hem verder open. De spreekkamer zag er netjes uit en op de onderzoekbank lag een schoon wit laken. Ik zag een bureau en boeken; een ervan lag open op een tafeltje. Op een stoel tegen de muur stond een bruine verlostas.

Ik ging op de onderzoekbank zitten, maar kleedde me niet uit, zoals de vroedvrouw me had opgedragen. In plaats daarvan keek ik door het raam naar buiten, naar een binnenplaatsje met in het midden een boompje.

Kort daarop kwam de vroedvrouw binnen. Lichtelijk verbaasd nam ze me op en vroeg toen: 'Wat zijn je klachten?'

'Die heb ik niet,' antwoordde ik. 'Ik wilde alleen dat u even keek hoe het met mijn kindje gaat.'

'En hoe gaat het met jou?'

'Goed,' antwoordde ik.

Marie Guérin kwam voor me staan, legde voorzichtig haar handen tegen mijn wangen en keek me in de ogen. 'Je lijkt me aan de magere kant. Krijg je genoeg te eten?'

'Het gaat,' was mijn antwoord, want genoeg was het eigenlijk nooit. Maar dat was ik inmiddels gewend.

'Mooi, laten we dan maar eens naar je kindje kijken. Ga even liggen.'

Het onderzoek was niet onaangenaam, maar toch reageerde mijn lichaam krampachtig toen madame Guérin met haar stethoscoop de hartslag van mijn kindje zocht en daarna tussen mijn benen voelde. Ik voelde schaamte, en om mijn onrust te verbergen keek ik naar het plafond, zoals ik destijds ook bij dokter Sahler had gedaan.

Toen was het eindelijk voorbij en kwam ik opgelucht overeind.

'Voor zover ik het kan beoordelen is alles in orde met de kleine,' zei de vroedvrouw, terwijl ze haar handen waste. 'Als mijn inschatting klopt, heb je nog vier, vijf weken. De vraag is alleen: hoe wil je het gaan redden?'

'Ik heb al een plan,' zei ik vol vertrouwen. 'Bovendien woon ik bij mijn vriendin. Voorlopig zit ik daar goed.'

'Je vriendin zal sterke zenuwen moeten hebben, als ze met een zuigeling onder één dak moet wonen.' Madame Guérin lachte en droogde haar handen af. Toen kwam ze bij me staan. 'Ik ken nogal wat jonge vrouwen die door hun man in de steek zijn gelaten. Sommige besluiten het kindje te laten adopteren.'

Ik schudde mijn hoofd. 'Nee, dat is voor mij onbespreekbaar!' Mijn kindje was inmiddels de reden dat ik nadacht over een eigen zaak. Ik wist dat het moeilijk zou worden, maar omwille van mijn kind zou ik slagen.

'Goed hoor, wat je wil,' antwoordde de vroedvrouw. 'Als je maar beseft dat het geen schande is. En laat het me weten als je van gedachten verandert. Ik kan wel iets voor je regelen.'

Ik knikte en stond op. Ik voelde me opeens beschaamd terwijl ik mijn onderbroek weer aantrok. Hoe kon ze denken dat ik mijn kind kwijt zou willen? Kwamen de meisjes echt alleen daarvoor bij haar?

Ik bedankte haar en verliet de praktijk. Buiten op straat voelde ik het kindje weer bewegen. Ik streek over mijn buik. Het werd tijd om een naam te bedenken.

'En, hoe was het bij Marie?' vroeg Geneviève toen ik haar een week later weer tegenkwam. Met het bedenken van een naam was ik nog niet opgeschoten. Er waren er een paar bij me opgekomen, maar helemaal tevreden was ik er niet mee.

Genevièves vraag deed me uit mijn gedachten opschrikken.

Ik was net thuis van een wandeling, waarvan ik wat rozenblaadjes had meegebracht. De geur was zo verrukkelijk dat ik er beslist achter wilde komen hoe ik die kon bewaren. Ik wist dat parfumeurs daar bepaalde technieken voor toepasten en ik hoopte daarvoor in mijn boeken aanwijzingen te vinden.

'Goed,' antwoordde ik. 'Ze was heel aardig. Nogmaals hartelijk dank voor de tip.'

'Graag gedaan,' antwoordde Geneviève, maar ik merkte dat ze nog iets anders op haar lever had. 'Zeg, wat is er eigenlijk met je vriendin aan de hand?' ging ze verder, toen ik me wilde omdraaien. 'Ze lijkt de laatste tijd zo afwezig.'

Ik kon niet zeggen dat Geneviève Henny erg vaak had gesproken. Maar dat de verandering ook haar was opgevallen, sprak boekdelen.

'Ik weet het niet,' antwoordde ik uit het veld geslagen.

Geneviève lachte. 'Je bent in Parijs, chérie! Hier blijft een knap jong ding nooit lang zonder man!'

Ik had geen idee of ik ook was veranderd toen ik Georg had leren kennen. De angst voor mijn ouders had me in zijn greep gehad en ik had steeds geprobeerd zo normaal mogelijk over te komen.

Genevièves opmerking verontrustte me, maar zette me ook aan tot handelen.

Als Henny een man vond, zou ik alleen komen te staan en voor mezelf moeten zorgen, en dat al op korte termijn. Maar dat was ook wat ik wilde. Ik wilde mijn leven in eigen hand nemen, zelf bepalen welke richting ik uitging.

Diezelfde nacht nog spitte ik mijn boeken door op extractiemethoden voor geuren, maar ik zag algauw in dat ik andere boeken nodig had. Ik had al ontdekt dat er in Parijs openbare bibliotheken waren, waar je zomaar kon gaan zitten, en ik nam me voor daar in de komende weken eens heen te gaan.

18

Het gebouw van de Bibliothèque Nationale was behoorlijk imposant met zijn lange dubbele rijen vensters en hoge blauwe dak. Op de uitgestrekte geplaveide binnenplaats voelde ik me een beetje verloren, hoewel het om me heen krioelde van de mensen, voornamelijk mannen. De meeste leken studenten of wetenschappers te zijn, tenminste, te oordelen naar hun kleding en de tassen die ze bij zich hadden.

Tegelijkertijd voelde ik hoop door me heen stromen. Het was net als vroeger toen ik voor het eerst voor de Friedrich-Wilhelms-Universität stond. Ik was wat onzeker geweest, maar ook vol dadendrang. Diezelfde dadendrang kreeg me nu weer in zijn greep en zette me ertoe aan de treden van de toegangstrap te beklimmen.

De hal, waar een paar mannen achter een lange houten balie zaten, was in gedempt licht gedompeld. Afgezien van mijn voetstappen, die over de marmeren tegels weergalmden, was het stil. Er was zelfs geen gedempt gefluister te horen.

Ik wist welke indruk ik bij de mannen zou wekken, toch rechtte ik mijn rug en liep naar een van hen toe.

'Bonjour, monsieur, ik zou graag van de bibliotheek gebruikmaken.'

De man nam me verbaasd van top tot teen op. 'Wilt u een urenkaart of een maandkaart?'

Ik trok mijn wenkbrauwen op, maar toen begreep ik het. Het gebruik van de bibliotheek was niet gratis. Gelukkig had ik geld bij me. 'Wat kost het?'

‘Een maandkaart drie franc, één uur twintig centime.’

Ik tastte in mijn jaszak. Drie frank was voor mij erg veel. Maar aan een uur zou ik niet genoeg hebben. Ik besloot mijn eten die dag over te slaan en schoof de beambte het aanzienlijke bedrag toe.

‘Goed, madame,’ zei hij en hij overhandigde me een formulier. ‘Wilt u dat invullen? Daarna hebt u toegang tot de leeszaal. Als u iets bepaalds zoekt, vraag het dan aan het personeel. Niet alle werken zijn direct toegankelijk, sommige moeten uit het archief komen.’

‘Dank u, ik denk dat ik ze wel zal vinden,’ antwoordde ik en ik vulde het formulier in.

Even later liep ik de Salle Ovale in, een enorme ruimte met een hoog koepeldak waarin ronde ramen met bloesemdecoraties waren aangebracht. Aan de leestafels verspreidden lampen met groene kappen licht, wat wel nodig was, want het licht dat door de ramen binnenviel was niet toereikend om bij te kunnen lezen.

In de zaal was het zo stil dat je een speld kon horen vallen. Aan de tafels zaten een paar mannen die helemaal in hun lectuur leken op te gaan. Sommige hadden hele stapels boeken voor zich. Ik besloot eerst maar eens naar boeken te gaan zoeken en dan een plaats te kiezen, zo ver mogelijk van de anderen, zodat ik met mijn dikke buik geen opzien zou baren.

De volgende uren bracht ik door met zoeken naar titels over het vervaardigen van crèmes en parfums. Ik sjouwde de boeken eerst mee, tot een medewerker me erop wees dat ik een karretje kon gebruiken. Ik bedankte hem en ging door met zoeken. Daarbij vergat ik bijna de tijd.

Toen ik in de leeszaal terugkwam, waren enkele mannen die ik had gezien al weer verdwenen. Naar vrouwen zocht ik tevergeefs. Was dat alleen vandaag zo, of waren hier maar weinig studentes?

Ik vond een wat meer afzijdig gelegen plekje en verdiepte me in de boeken tot een stem achter me op fluistertoon zei: ‘U bent heel wat van plan.’

Verward keek ik om en blikte in de ogen van een jongeman in een bruin geruit jasje. Hij was bepaald aantrekkelijk met zijn hoge voorhoofd en zinnelijk gewelfde lippen. Er viel een donkere haarlok over zijn voorhoofd.

'Ja, ik... studeer scheikunde,' antwoordde ik en ik glimlachte naar hem.

Hij begon ook te glimlachen, maar toen viel zijn blik op mijn buik. Onmiddellijk veranderde er iets in zijn gezichtsuitdrukking. Was het teleurstelling? Minachting?

Hij kuchte verlegen. 'Nou, dan kan ik u beter niet langer storen.'

Hij maakte een lichte buiging en draaide zich om. In verwarring keek ik hem na. Wat had dat te betekenen? Had hij van achteren niet gezien dat ik zwanger was? Ik kreeg even een bittere smaak in mijn mond. Ik wist heel goed waarom een man een vrouw aansprak. Blijkbaar had hij kennis met me willen maken. Hoewel ik hem niet kende en geen gevoelens voor hem had, raakte het me toch dat hij bij het zien van mijn buik was afgeschrikt. Zou het altijd zo gaan zolang ik zwanger was? Zouden mannen vanwege mijn kind terugdeinzen? Dachten ze dat ik al vergeven was? Even knaagde teleurstelling aan me, maar toen verdreef ik dat gevoel hoofdschuddend. Die vent was niet de moeite waard. De boeken waren dat wel. Die zouden de grondslag voor mijn leven hier zijn. Voor het leven van mijn kind.

Geconcentreerd vulde ik mijn hoofd met nieuwe kennis en maakte notities. Daarbij werd me steeds duidelijker dat een eigen zaak openen nogal wat problemen met zich mee zou brengen. Behalve een ruimte had ik een interieur nodig, en producten om aan te bieden. Die producten kon ik maken, maar mijn experimenteeruitrusting zou daarvoor onvoldoende zijn.

Stukje bij beetje doemde er een schier onoverkomelijke berg problemen voor me op, en wanhoop maakte zich van me meester. Ik dacht weer aan de mooie winkel van Helena Rubinstein en mijn droom over turquoise gordijnen.

Toen kreeg ik een idee. Stel dat ik het geld voor mijn winkel daar zou kunnen verdienen waar ik het handwerk kon leren? Ik dacht aan de verzorgde jonge vrouw bij de receptie van Helena Rubinstein. Als ik nu voor haar in de plaats kon komen... Als ik het op de een of andere manier voor elkaar kreeg dat madame Rubinstein me in dienst nam?

Mijn gedachten namen me zozeer in beslag dat ik nauwelijks de bel hoorde die de sluiting van de bibliotheek aankondigde. Wiebelig stond ik op. Ik keek naar de stapel boeken. Morgen zouden de medewerkers ze weer hebben teruggezet. Maar nu wist ik waar ik ze kon vinden.

De volgende morgen haalde ik de brochure van madame Rubinstein tevoorschijn. Misschien verbeeldde ik het me, maar ik meende de geur van de winkel nog te ruiken. Zouden de verkoopsters de brochures parfumeren? Ik snoof aan het papier, maar het enige wat ik rook was de gebruikelijke houtachtige geur.

Het idee om in die winkel te gaan werken, voorlopig, tot ik het geld voor een eigen zaak bij elkaar had, liet me niet meer los.

Op een verkoopster zaten ze vast niet te wachten; die functie konden ze probleemloos door een Française laten vervullen. Maar stel dat het me lukte om een crème te maken, een crème die niet onderdeed voor de crème Valaze, maar die hem zelfs qua samenstelling en geur overtrof? Zouden ze me dan als scheikundige in dienst nemen? Ergens moest er toch een fabriek voor die crèmes zijn? Misschien kon ik daar een baan vinden.

Ik wist echter dat een schriftelijke sollicitatie of een simpel sollicitatiegesprek weinig resultaat zou opleveren. Ik moest met iets komen wat de mensen ervan overtuigde dat ze me absoluut in dienst moesten nemen.

Dus begon ik na mijn bezoek aan de bibliotheek in de parken uit te kijken naar kruiden die ik in een crème kon verwerken. Na een poosje vond ik in een zijstraatje een apotheek die me de grondstoffen voor een simpele crème verkocht. Een groot deel van mijn schamele spaargeld verdween in de kassa van de apotheek, maar ik had nu iets waarmee ik kon werken.

Omdat ik niet in onze kamer met een bunsenbrander wilde werken, vroeg ik madame Roussel of ik voorlopig haar keuken mocht gebruiken.

Ze keek me aan alsof ze er iets voor in rekening wilde brengen, maar toen knikte ze. 'Mij best. Maar als u iets van het vaatwerk breekt, moet u het vervangen.'

Ik was helemaal niet van plan haar vaatwerk te gebruiken, maar ze ging er blijkbaar van uit dat ik de keuken wilde gebruiken om maaltijden klaar te maken.

Omdat ik had gemerkt dat ze tussen twee en vier uur buitenshuis was, gebruikte ik die tijd voor mijn experimenten. Daarbij merkte ik hoezeer ik het had gemist om ingrediënten te mengen en te zien hoe daardoor langzamerhand een product ontstond. Wat had ik de geur van kruiden en bijenwas gemist!

Na een week had ik een eerste receptuur, die echter niet in het minst te vergelijken was met de fantastische crème van Helena Rubinstein.

'Lieve help, waar ruikt het hier naar?' vroeg Henny toen ze na een repetitie thuiskwam. Ik had haar tot dusver niet over mijn plannen verteld. Ze wist alleen dat ik elke dag naar de nationale bibliotheek ging om mijn studie af te maken.

'Ik ben begonnen een crème te ontwikkelen,' zei ik, en ik haalde het smeltkroesje tevoorschijn. 'Het is nog niet helemaal wat ik voor ogen heb, maar over een paar dagen zal ik de slag wel te pakken krijgen.'

Henny fronste sceptisch haar voorhoofd. 'En wat wil je ermee doen?'

Ik zette de smeltkroes weg en haalde de prospectussen tevoorschijn. 'Bij dit bedrijf solliciteren.'

Henny las er even in en schudde haar hoofd. 'Dat is toch onzin! Binnenkort heb je een kind, ben je dat soms vergeten?'

'Natuurlijk niet!' antwoordde ik. 'Maar er komt ook een tijd na de bevalling.'

'En hoe wil je werken als je een kindje hebt? Ik ben niet altijd hier om op te passen en madame Roussel zal het niet prettig vinden als je het haar vraagt. Denk je soms dat ze je genoeg zullen betalen om een kindermeisje in dienst te nemen?'

'Misschien doen ze dat wel als ze mijn crème hebben uitgeprobeerd,' antwoordde ik optimistisch. Ik wilde me mijn idee onder geen beding uit het hoofd laten praten. Natuurlijk zou het lastig worden oppas voor mijn kindje te vinden. Maar misschien kon ik het meenemen. Zolang het nog heel klein was, zou het vast niet veel rompslomp geven.

'Ze zullen je heus niet vanwege een crème uit een smeltkroes in dienst nemen,' vervolgde Henny. Was dat dezelfde vriendin die me een paar maanden geleden moed had ingesproken? Sprak ze ineens een andere taal, waardoor ze me niet meer verstond? 'Je moet daar op de normale manier solliciteren. Later, wanneer je een oppas voor het kind hebt.'

'Ze zullen me niet op de gewone manier aanstellen, want ik heb geen werkvergunning. Maar als ik kan aantonen dat het de moeite waard is om me in dienst te nemen... En dat ik niet door een Française kan worden vervangen... Daar moet ik zo vlug mogelijk mee beginnen.'

'Je bent altijd en overal vervangbaar. Je moet je geld niet verspillen aan de ingrediënten voor een crème, dat heb je binnenkort allemaal nodig voor je kindje. Het is een hersenspinsel, Sophia!'

Ik schudde mijn hoofd. 'Als ik niet eindelijk een mogelijkheid vind om te werken, zal ik niet veel geld voor mijn kind hebben. Niemand zit hier op me te wachten.'

'Dat was in Berlijn ook niet het geval.'

'Maar in Berlijn had ik geen werkvergunning nodig. En die krijg ik alleen als ik een Frans arbeidscontract heb. Voor jou is alles al door het theater geregeld, maar ik...'

'Wie zegt dat je echt een werkvergunning moet hebben? Geneviève soms?' viel Henny het volgende moment tegen me uit.

'Geneviève heeft me geholpen om een verblijfsvergunning te krijgen,' diende ik haar van repliek.

'Ze kan het mis hebben. Wat weet iemand als zij nou van de normale arbeidsmarkt? Je moet daar geen waarde aan hechten.'

Henny's aanmatigende toon verontrustte me. Natuurlijk, Genevièves beroep was allesbehalve eerbaar. Maar ze was een goed mens.

Omdat ik merkte dat er ruzie op de loer lag, hield ik liever mijn mond. De afgelopen dagen was Henny steeds sikkeneurig van de repetities thuisgekomen, had ze snibbige antwoorden gegeven en had ik geen goed bij haar kunnen doen. Ik schreef dat toe aan de druk die ze in het theater ervoer, aan het afwijzende gedrag van de andere danseressen. Dat ze niets meer zag in mijn idee, waarover ik het al in Berlijn had gehad, maakte me verdrietig. En misschien had ze wel gelijk, dat ik moest wachten tot mijn kindje er was.

Ik haalde diep adem en stond op. Misschien had ik gewoon frisse lucht nodig om niet zo gevoelig op haar woorden te reageren.

'Wat ga je doen?' vroeg Henny snibbig toen ik naar de deur liep.

'Een eindje wandelen,' antwoordde ik. 'Om een helder hoofd te krijgen.' Daarop liep ik de kamer uit en de trap af. Ik voelde me verward.

Natuurlijk, er was niet veel geld, en ik kon me niet veel permitteren. Maar ik zag het voor me. Het was de enige manier. En ik was ervan overtuigd dat het zou werken. Waarom probeerde Henny, die haar plaats had gevonden, dat te kleineren? En waarom vertrouwde ze het me niet toe op mijn manier voor mijn kind te zorgen als het er eenmaal was?

19

Henny's stemming bleef aan wisselingen onderhevig: soms was ze tobberig, dan weer euforisch of korzelig.

Ze zei het niet hardop, maar ik merkte dat het haar ergerde dat ik nog steeds bezig was met de ontwikkeling van een crème. Ik liet me daar echter niet door tegenhouden.

Ik ging bijna dagelijks naar de bibliotheek, want ik wilde de drie franc voor deze maand zo goed mogelijk benutten. Zo ontkwam ik ook aan Henny's buien, want als ik thuiskwam, was zij meestal al weg en ik wist dat ze niet voor het ochtendgloren thuis zou komen.

De uren die ik in de bibliotheek doorbracht gaven me nieuwe kracht en vormden een voedingsbodem voor mijn ideeën. Ook al wist ik dat het moeilijk zou worden, ik bleef geloven dat ik de belofte die ik aan mezelf had gedaan toen ik voor die kleine etalage stond, zou kunnen nakomen.

Daarom kwam ik aan het eind van die middag weer vol enthousiasme thuis.

Nauwelijks had ik mijn voet op de eerste tree gezet of ik hoorde van boven een langgerekt gekreun. Ik sloeg mijn ogen ten hemel en ik moest even glimlachen. Geneviève leek vandaag wat vroeger aan het werk te zijn gegaan.

Ik sleepte me de trap op, liep naar onze kamer en deed de deur open. Als verstijfd bleef ik staan.

Henny lag in bed, in vervoering, met haar hoofd achterover. Boven op haar, tussen haar dijen, lag een man heftige bewegingen te maken. Even wist ik niet wie hij was, maar toen keek hij opzij. Ik herkende Maurice Jouelle uit het theater! Toen hij me zag, gromde hij geërgerd.

'Ze zou toch weg zijn!' snauwde hij en hij liet zich van Henny af rollen. Haar hoofd was vuurrood, inmiddels meer van schaamte dan van wellust.

Ik wist niet wat ik moest doen. De aanwezigheid van Jouelle, die ook nog eens spiernaakt was, bracht me zo van mijn stuk dat ik aan de grond genageld bleef staan.

Hij uitte nog wat verwensingen en wendde zich toen tot Henny. 'Wanneer zeg je nu eens tegen haar dat ze haar biezen moet pakken?'

Die woorden waren een klap in mijn gezicht. Had hij het er echt met Henny over gehad dat ik weg moest?

Uiteindelijk kon ik me weer bewegen. Ik wankelde achteruit naar de deuropening, draaide me om en liep de trap af.

Op de binnenplaats bleef ik staan en leunde tegen de muur. Ik hoorde de stemmen op straat, maar die vervaagden. Mijn hart bonsde panisch. Wat had zich daarboven eigenlijk afgespeeld? Was Henny iets met Jouelle begonnen? Was dat haar manier om hem zover te krijgen dat ze mocht blijven?

Het duizelde me. Alles wat Geneviève had gezegd klopte. Er zat een man achter haar wisselende stemmingen, achter haar slechte buien en getob. Achter het feit dat ik me steeds meer een last voor haar voelde.

Ze had me er niets over verteld. Er niet eens op gezinspeeld. Of ik had niet geluisterd.

Ik staarde naar de tegels en ondertussen hoorde ik rumoer van boven. Even later kwam Jouelle struikelend naar buiten. Ik deed mijn armen over elkaar en wendde me af. Ik wilde hem niet zien. Toch kwam hij naar me toe.

'Jij moet uit haar leven verdwijnen,' snauwde hij. 'Ze heeft een grote carrière in het verschiet. Parasieten kan ze missen als kiespijn. Pak je spullen en ga terug naar waar je vandaan komt!'

Ik voelde zijn adem in mijn nek. Onwillekeurig boog ik voorover en legde mijn handen om mijn buik.

Even later hoorde ik dat zijn voetstappen zich snel verwijderden van de binnenplaats.

Ik bleef nog even in dezelfde houding staan en rechtte toen mijn rug. Ik zocht steun tegen de muur; de stenen voelden ruw aan. Er welden tranen op in mijn ogen.

Terug naar boven kon ik niet. Ook wilde ik niet dat Henny naar beneden zou komen en me aan zou spreken. Ik kon op dit moment niet eens aan haar denken.

Dat ze iets had met Jouelle was haar zaak, dat nam ik haar niet kwalijk. Dat ze me er niets over had verteld deed me verdriet, maar dat kon nu niet meer ongedaan worden gemaakt. Wat ik het schokkendst vond, was het feit dat ze het met Jouelle over mij moest hebben gehad. Over mijn situatie. Ze moest hem hebben verteld hoe ik bij haar terecht was gekomen. Hij had me een parasiet genoemd. Dacht Henny er ook zo over?

Vlug veegde ik mijn gezicht droog, en toen draaide ik me om. Een paar rondjes door het park zouden genoeg tijd kosten. Henny moest weg voor haar optreden. En dan kon ik erover nadenken wat me te doen stond.

Ik liep doelloos rond. Met elke stap werd het me duidelijker dat ik niet bij Henny kon blijven. Ik wist niet of alleen Jouelle er zo over dacht, maar al zou ze me bezweren dat ik het niet zo moest zien, uit haar gedrag was wel gebleken dat onze tijd van samenzijn voorbij was. Ze had iets tegen mijn poging een eigen zaak te beginnen. Maar als ik niets deed, betekende dat dat ik van haar afhankelijk zou blijven. Ze leek niet te begrijpen dat ik niet langs de gebruikelijke weg aan een baan kon komen. Jouelle begreep dat kennelijk wel; hij zag waarschijnlijk geen andere mogelijkheid voor mij dan op Henny's zak te blijven teren. Wie weet wanneer het hem zou lukken haar aan te praten dat ze niets aan me had.

Mijn gedachten tolden door mijn hoofd zonder tot een oplossing te komen. Toen het begon te schemeren, liep ik terug naar het pension. Henny had het bed opgemaakt en was vertrokken, en niets deed meer denken aan wat ik had gezien. En toch was het alsof ik Jouelle nog steeds boven op haar zag liggen. Ontdaan ijsbeerde ik door onze kamer, en ik speelde zelfs met de gedachte bij Geneviève aan te kloppen, maar zag er toch van af.

In plaats daarvan ging ik op de stoel voor het raam naar buiten zitten kijken. Telkens opnieuw hoorde ik wat Joelle tegen me had gezegd. Ik recapituleerde de afgelopen dagen. Henny's gedragsverandering. Van het meisje dat naar me toe was gekomen om te knikkeren leek niets meer over te zijn. Zelfs de jonge vrouw die me naar haar theater had meegenomen bestond niet meer. Henny had vorderingen gemaakt, terwijl ik het gevoel had juist terrein te verliezen.

Het bed wilde ik niet gebruiken, dus ging ik uiteindelijk opgekruld op de vloer liggen. Het was oncomfortabel, maar het loodzware gevoel in mijn lichaam nam mettertijd de overhand en ik zonk weg in droomloos zwart.

Toen ik weer wakker werd, voelde ik dat Henny er was. De zon was nog niet aan de horizon verschenen, maar het ochtendgloren was al zichtbaar in de ramen. Kreunend kwam ik overeind. Mijn rug en nek deden pijn.

'Wat doe jij daarbeneden?' hoorde ik Henny zeggen. Ik draaide me om. Ook zij was niet in bed gaan liggen. Ze zat op de bedrand uit het venster te staren, zoals ik dat uren eerder had gedaan. Ze sprak zonder me aan te kijken.

Ik probeerde de slaap uit mijn gezicht te wrijven. Eén heerlijk moment was mijn geest nog leeg, maar toen herinnerde ik me alles weer.

'Het voelde niet goed,' zei ik en ik ging staan. Daarbij voelde ik me duizelig worden en ik liet me op de stoel zakken.

Henny knikte.

'Hoelang... is het al aan de gang?' Mijn stem klonk schor.

'Sinds de première,' antwoordde Henny. 'Ik... Ik kon het je niet vertellen.'

'Waarom niet?' vroeg ik. 'Ik heb jou toch ook over Georg verteld?'

'Dit is anders.'

‘O ja?’ Ik zuchtte en legde mijn handen op mijn buik. Als er iets misging zou ze zwanger raken. Als Jouelle niet uitkeek.

‘Het is mijn zaak, snap je? Het is mijn zaak!’ Ze draaide zich om. ‘Hij zal ervoor zorgen dat ik kan blijven.’

‘Je gaat dus met hem naar bed omdat hij je heeft beloofd dat je in het theater kunt blijven?’ Ook dit was een kant van Henny die ik nog niet kende.

‘Hoe zat het dan met jouw docent?’ beet ze me onverwacht toe. ‘Jij had vast ook bepaalde verwachtingen!’

Ik schudde ongelovig mijn hoofd. Dacht ze dat echt? ‘Ik wilde begeerd worden,’ zei ik. ‘Ik wilde me mooi voelen. Ik wilde dat er eindelijk iemand naar me keek. En Georg beweerde dat hij zou gaan scheiden.’ Ik zweeg even en dacht na. ‘Ik dacht dat ik van hem hield. Aan iets anders dacht ik niet. Maar jij... De hele wereld ligt voor je open.’

‘Ja, en daarom is het belangrijk dat er iemand is die me op weg helpt. En trouwens...’ Ze viel stil.

‘Hou je van hem?’ vroeg ik. Zij had mij dezelfde vraag gesteld toen ik haar destijds over Georg vertelde. Ik had ontwijkend geantwoord, omdat ik niet wist of het wel liefde was wat ik toen voelde.

‘Ja,’ antwoordde ze met schorre stem. ‘Het is anders dan bij mijn eerdere verliefdheden. Maar ik geloof wel dat ik van hem hou.’

‘En hij ook van jou?’ vroeg ik en ik oogstte minutenlang alleen zwijgen.

Ik werd door angst overvallen. Het zou met Henny wel eens net zo kunnen aflopen als met mij. Want hoe kon je een zwangerschap voorkomen als de man het niet nodig vond om voorzichtig te zijn? Op zeker moment zou ook Jouelle door hartstocht worden overmand. Dan was de schitterende carrière waarover hij had gesproken voorbij.

Maar ik voelde wel dat Henny dat alles niet wilde horen.

‘Hij heeft iets tegen me gezegd,’ zei ik nadat we een tijdje hadden gezwegen. ‘Ik kon je beter met rust laten, vond hij. Je zou geen behoefte hebben aan parasieten, want je hebt een grote carrière in het verschiet.’

Henny keek me aan. Nu leek ze weer op de Henny van toen ik bij haar was ingetrokken. 'Dat heeft hij niet gezegd!'

'Jawel,' antwoordde ik. 'Waarschijnlijk heeft hij de verhalen die je over me hebt verteld zo opgevat.'

'Ik... Ik heb hem helemaal niets verteld!' protesteerde ze, maar ik zag dat ze loog. Ik liep naar haar toe. Mijn lichaam deed nog steeds pijn en het brandende gevoel in mijn borst werd steeds sterker. Het leek mijn hart te verzengen. Wat zou me nog resten als ik mijn vriendin kwijtraakte?

'Luister eens,' zei ik en ik probeerde haar handen te pakken, maar ze trok ze terug. 'Ik kan hier niet eeuwig blijven. Jij wil je eigen leven leiden, je wil kennelijk deze man hebben. En hij wil niet dat ik in jouw buurt ben. Ik wil jullie niet in de weg staan en daarom ga ik weg zodra ik een ander onderkomen heb gevonden.'

'Maar... ik heb toch niets gezegd!' antwoordde ze korzelig. Toch meende ik in haar ogen een sprankje blijdschap te bespeuren. Opluchting, omdat ze eindelijk van me af zou zijn.

'Nee, dat klopt,' antwoordde ik en ik probeerde door de pijn die door mijn hele buik trok heen te ademen. Het kwam vast alleen maar doordat ik zo opgerold op de harde vloer had gelegen. Al mijn spieren zouden wel stijf zijn. 'Maar ik merkte dat er iets was. Je wil het misschien tegenover mij niet toegeven, maar ik ben je steeds meer tot last. Je bent uithuizig tot de zon opgaat, jij hebt je baan en ik...'

'Gun je het me dan niet?' siste Henny. 'Ik ben degene die ervoor heeft gezorgd dat je niet in de goot bent beland.'

Ik haalde nog eens diep adem. De pijn in mijn buik nam langzaam af, maar het gevoel van verlatenheid nam juist toe. Ik leek in dezelfde situatie te verkeren als destijds, toen ik het betreurde de sleutels van mijn ouderlijk huis op het kastje te hebben achtergelaten. Maar het kon niet anders. Ik moest een ander onderkomen vinden. Hoe dan ook.

'Natuurlijk gun ik het je,' verdedigde ik mezelf zwakjes. 'En ik ben je dankbaar voor alles wat je voor me hebt gedaan. Maar ik denk dat het tijd wordt dat ik hier wegga. Het zal zo niet lang meer goed gaan tussen ons en ik wil niet mijn enige vriendin kwijtraken omdat ze moet kiezen tussen haar minnaar en haar vriendin.'

'Sophia!'

Ik schudde mijn hoofd. Ik zat nu niet te wachten op vriendschapsbetuigingen van haar kant. Ik had gezien hoe ze veranderd was. Al zou ze het niet toegeven, ze dacht misschien toch hetzelfde als Maurice Jouelle. 'Het is beter zo. Ik red me wel.'

Ik keek om me heen. Henny was een veilige haven voor me geweest, maar het werd tijd om verder te gaan. Wie weet was er hier ergens een opvang voor behoeftige vrouwen. Iets waar ik in elk geval terechtkon tot ik de middelen had om mijn plan te verwezenlijken.

20

Even later verliet ik de kamer. Ik had behoefte aan rust, en ik wist dat ik die in de bibliotheek zou vinden. Misschien kon ik daar ook te weten komen waar opvangadressen waren voor gevallen vrouwen zoals ik.

Terwijl de ochtend boven Parijs ontwaakte, kwam ik aan bij de Bibliothèque Nationale. De gang erheen was moeizamer geweest dan anders. Mijn rug deed zeer en ook mijn benen leken zwakker dan normaal. Mijn slapen bonsden dof.

Met elke stap liep ik het gesprek met Henny nog eens na. Maar hoe ik het ook wendde of keerde, ik kon er niets beters van maken. Misschien kon ik nog een week blijven, maar tegen die tijd moest ik iets gevonden hebben.

Het plein voor de bibliotheek was rond die tijd nog leeg, alleen een paar duiven zochten koerend naar voedsel. Ik hoorde vogels op de daken zingen en mussen tsjilpen, en ik benijdde ze om hun vrijheid. Zij konden hun nest overal bouwen...

Omdat er al licht brandde achter de ramen, liep ik naar binnen. Bij de receptie zat op dat moment maar één man. Hij was in gesprek met een vrouw in een groene jurk die net haar hoed afzette. Het zwarte haar dat eronder tevoorschijn kwam, glansde als de veren van een merel. Ze was een van de weinige vrouwen die ik de afgelopen dagen in de bibliotheek had gezien. Haar aanwezigheid deed me plezier, want nu was ik niet de enige vrouw en zou ik niet telkens de aandacht van mannen trekken wanneer ik mijn stapel boeken naar de tafel bracht.

Waarover ze het hadden wist ik niet, en daar hield ik me ook niet mee bezig toen ik koers zette naar de leeszaal. Van de warmte had ik die dag meer last dan anders. Misschien moest ik van dit rustige moment gebruikmaken om nog wat slaap in te halen. Sommige bezoekers vielen boven hun boeken in slaap.

Een plotselinge pijnscheut benam me de adem. Het was alsof iemand een mes in mijn buik stak.

Eerst dacht ik dat het weer over zou gaan, maar toen voelde ik dat er iets vochtigs langs mijn been naar beneden liep. Kreunend zakte ik op mijn knieën.

De vrouw die daarnet nog bij de receptie had gestaan kwam naar me toe. Ze boog zich over me heen. 'Wat is er met u, madame?'

'Ik... Ik weet het niet,' kreunde ik. 'Mijn kindje...'

De vrouw keek langs mijn lichaam naar beneden, toen sloeg ze haar hand voor haar mond.

'*Mon dieu!*' bracht ze uit. 'Water... Uw vliezen zijn gebroken.'

Haar woorden gingen vrijwel verloren door het ruisen in mijn oren.

'Help!' riep de vrouw ineens luid. 'Er moet een dokter komen!'

Een paar binnenkomende mannen gaapten me aan, waarop de vrouw haar roep om een arts herhaalde. Een van de mannen maakte zich uit het groepje los en rende weg.

De vrouw streelde over mijn voorhoofd. 'Het komt allemaal goed. Rustig blijven.'

Maar dat viel me zwaar. Zou ik mijn kind nu ter wereld brengen? Of was er iets mis? Was ik bezig dood te bloeden? Ik durfde niet omlaag te kijken. Van louter schrik begon ik te jammeren.

'Hoe heet u?' vroeg de vrouw om me een beetje af te leiden.

'Sophia,' kon ik nog antwoorden voordat een nieuwe kramp me de adem benam.

'Ik heet Agnes,' zei de vrouw. 'Weet u al hoe u uw kindje gaat noemen?'

Ik schudde mijn hoofd. Af en toe had ik over een naam nagedacht, maar geen enkele had me geschikt geleken. Ik wist immers ook nog niet of het een jongetje of een meisje zou zijn.

'Mijn broer heet Jerôme,' ging ze verder terwijl ze mijn hoofd ondersteunde. 'Als het een jongetje is, noem het dan alstublieft niet zo, want hij is een rokkenjager!' Ze begon te lachen en ik begreep dat ze toch dol was op haar broer.

'Ik... Ik weet echt niet...'

'Als het een meisje wordt, kunt u het misschien naar mij noemen. Of naar een goede vriendin.'

Henny. Henriëtte. Dat was een mooie naam. De gedachte daaraan werd opgeslokt door een pijnscheut. Ik kreunde en probeerde tegen de wee in te ademen, maar ik had het gevoel dat ik geen lucht kreeg.

Na een paar minuten, die eindeloos leken te duren, verschenen er twee mannen. Een van hen droeg een blauw uniform, de ander was de jongeman die was weggerend om hulp te halen.

'Deze vrouw moet dringend naar het ziekenhuis,' verklaarde Agnes. 'Ze moet bevallen.' Toen wendde ze zich tot mij. Ik zat nog steeds in een onnatuurlijke houding op mijn knieën, want ik durfde me niet te bewegen. 'Kunt u opstaan?'

Ik knikte, zonder echt te weten of me dat zou lukken. Ik trilde over mijn hele lichaam. De vrouw en de man die was komen aanrennen hielpen me overeind. Mijn knieën waren vreselijk slap. Maar de pijn was in elk geval over. Gesteund door Agnes en de jongeman liep ik de bibliotheek uit. Buiten op het voorplein stond een taxi te wachten.

Ik had geen idee hoe de jongeman die zo vlug had kunnen laten komen, maar nu had ik goede hoop dat ik mijn kindje niet hier hoefde te krijgen.

Nog steeds liep er warm vocht langs mijn benen. Mijn rok raakte doordrenkt, maar het kon me niet schelen wat de mensen daarvan dachten.

'We laten u naar het Hôpital Lariboisière brengen,' zei Agnes toen we bij de taxi waren aangekomen. 'Dat is dichtbij en ik ben er zelf ook eens geweest, het is een heel goede kliniek.'

Ik knikte. Op dat moment zou ik overal mee hebben ingestemd.

De taxichauffeur werd krijtwit toen hij ons zag. Agnes vertelde hem wat er aan de hand was, daarna haalde ze een briefje uit een kleine portefeuille. 'Als u niet wilt dat ze haar kindje in uw wagen krijgt, moet u hard rijden!' Daarbij drukte ze hem het bankbiljet in de hand.

Ik rekende op protest van zijn kant, maar het bedrag leek afdoende.

'Mijn tas,' zei ik toen ze me op de achterbank van de taxi hielpen. Mijn notities lagen nog in de hal van de bibliotheek.

'Ik zal ervoor zorgen dat hij in het ziekenhuis wordt afgegeven,' zei Agnes terwijl ze me verder de taxi in hielp. Toen gaf ze een kneepje in mijn hand. 'Het beste!' Ze deed het portier dicht en zwaaide terwijl de chauffeur gas gaf.

Inderdaad lag het ziekenhuis niet ver van de bibliotheek. Het smalle straatje liep uit op een hoge, rijkversierde stenen poort waaraan de Franse vlag hing. HÔPITAL LARIBOISIÈRE stond er met grote letters op, met daarboven de leus van de Franse revolutie: *LIBERTÉ, ÉGALITÉ, FRATERNITÉ*.

'We zijn er, madame,' zei de chauffeur toen we bij de poort waren aangekomen.

Ik kon mijn ogen nauwelijks geloven. De weeën, die me met onregelmatige tussenpozen telkens overvielen, verdwenen er zelfs even door naar de achtergrond. Het gebouw leek eerder een kleine versie van Versailles dan een ziekenhuis.

Zes grote gebouwen met hoge ramen waren door rijkversierde galerijen met elkaar verbonden. Ertussen lagen prachtige groenstroken met bloemperken vol schitterende rode bloemen en kleine heesters, die werden omlijst door volmaakt in vorm gesnoeide buxusstruiken.

Weer verkrampte mijn buik. Hoelang zou dat nog duren? Terwijl ik probeerde tegen de pijn in te ademen en het zweet me over de rug liep, meldde de chauffeur zich bij de receptie. Even later verschenen er twee verpleegsters in lange witte jasschorten met witte kappen op, waardoor ze er als nonnen uitzagen. Ik vertelde hun kort wat er aan de hand was, waarop ze me in een rolstoel zetten en me door een lange marmeren gang naar de verloskamer reden. Daar werden mijn kleren voor een nachthemd verruild. Met bonzend hart ging ik op het bed liggen. Ik werd door angst bevangen. Misschien was de schatting van Marie Guérin niet al te precies geweest, maar als die klopte, was ik een maand te vroeg.

'Een moment, dokter Marais komt zo bij u,' zei de verpleegster meelevend en ze glimlachte. 'Is er iemand die bericht moet krijgen?'

In plaats van antwoord te geven begon ik onwillekeurig te jammeren toen ik opnieuw door een wee werd overvallen, en daarna lag ik vreselijk te hijgen. Pas na een hele tijd was ik in staat antwoord te geven.

'Wilt u alstublieft Henny Wegstein op de hoogte stellen, in het pension van madame Roussel, Rue du Cardinal Lemoine.' Ook al waren we pas met ruzie uit elkaar gegaan, ze was de enige die ik had. De tranen sprongen me in de ogen. Mijn hart ging tekeer van angst en even werd ik duizelig.

De verpleegster knikte en legde troostend haar hand op mijn schouder. 'Het komt allemaal goed. Ga maar wat rusten, wij zullen overal voor zorgen.'

Een nieuwe wee verdreef elke gedachte. Ik kneep mijn ogen dicht en badend in het zweet bad ik dat hier een einde aan zou komen.

Toen ik mijn ogen weer opendeed, stond er een man in een witte jas over me heen gebogen. Hij was al wat ouder en zijn schaarse haar was met pommade in model gebracht. Onder zijn jas droeg hij een wit overhemd met een blauwe das. In zijn zak zat een stethoscoop.

'Ik ben dokter Marais,' zo stelde hij zich voor. 'Ik ben de vrouwenarts van het ziekenhuis.'

Ik begon te hijgen. Wanneer zou deze kwelling eindelijk voorbij zijn? 'Kan ik een vroedvrouw krijgen?' vroeg ik benauwd; praten kostte me vreselijk veel moeite.

'Die komt eraan. Ik zorg ervoor dat het goed gaat als er complicaties optreden.'

Ik knikte en zonk weer neer in de kussens. Dat de dokter me onderzocht merkte ik nauwelijks. Ik probeerde me op mijn ademhaling te concentreren, maar dat hielp niet tegen de vreselijke angst die me overviel. Zou ik bij de bevalling sterven? Wat zou er dan met mijn kindje gebeuren?

Ik deed mijn ogen dicht en wilde er niet aan denken dat Georg me geadviseerd had naar die engeltjesmaker te gaan. De dokter die tegen de wet handelde. Deze dokter zou ons proberen te redden, mij en mijn kind.

'Is de vader op de hoogte?' hoorde ik door het ruisen in mijn oren heen. Mijn hele lichaam leek te trillen, en bij die vraag nog eens extra.

Ik schudde mijn hoofd. 'Nee. Hij wil het kind niet. Hij weet niet dat ik hier ben.'

Dokter Marais trok zijn wenkbrauwen op. 'Dus u bent helemaal op uzelf aangewezen?'

'Ja,' antwoordde ik.

'En uw ouders?'

Ik haalde diep adem. 'Met hen heb ik geen contact meer.'

Zijn gezicht kreeg een meelevende uitdrukking. 'U zult het niet makkelijk krijgen. Het is niet eenvoudig om als alleenstaande moeder een kind groot te brengen. Hebt u iemand die kan oppassen?'

Wat kon hem dat schelen? Tot nog toe had niemand me gevraagd hoe ik het zou gaan redden.

'Dat zal wel lukken,' zei ik terwijl ik me een beetje ontspande toen de pijn wat minder werd. 'Ik heb hier een vriendin die me steunt.'

Dat kwam sinds vanmorgen niet meer overeen met de waarheid, maar de dokter leek gerustgesteld. 'Laten we dan maar geen tijd meer verliezen. De vliezen zijn gebroken, dus het zal niet lang meer duren. We bereiden ons alleen nog even voor op mogelijke complicaties.'

'Complicaties?' vroeg ik angstig.

'U bent niet bepaald in een goede fysieke conditie. Het zou u aan kracht kunnen ontbreken om de bevalling vol te houden. In dat geval zou ik een keizersnede verrichten.'

Daar had Marie Guérin niets over gezegd. 'Een keizersnede?' fluisterde ik ontzet. Ik wist dat daarbij je buik moest worden opengesneden. Een buurvrouw uit ons oude huis in Berlijn was bij een bevalling met een keizersnede overleden.

'Maakt u zich niet ongerust, de operatie is inmiddels veel veiliger, en de narcose eveneens,' zei dokter Marais, die mijn gezichtsuitdrukking juist interpreteerde. 'U moet weten dat ik alles zal doen om ervoor te zorgen dat u straks een gezond kindje in uw armen kunt houden.'

'Dank u, dokter,' antwoordde ik.

De arts knikte en verdween.

Ik beefde van angst. Een keizersnede. Zou dat echt nodig zijn? Dokter Marais had me onderzocht. Had hij gezien dat er iets niet in orde was?

Er verscheen een vrouw in verpleegsterskleding, die zich voorstelde als Aline DuBois, de vroedvrouw van het ziekenhuis. Ze had net zo'n tas bij zich als ik bij de armenvroedvrouw had gezien.

'Het zal niet makkelijk zijn, maar u zult het wel redden,' zei ze, terwijl ze me over mijn bezwete voorhoofd streelde. Mijn keel deed inmiddels pijn van het ingespannen ademhalen en mijn ledematen kriebelden alsof er duizenden mieren overheen liepen. 'Weet u al hoe het kindje gaat heten?' vroeg ze.

Ik schudde mijn hoofd. 'Het hangt ervan af wat het is. Een meisje zou misschien Henriëtte kunnen heten, maar een naam voor een jongen is me nog niet te binnen geschoten. In elk geval niet een die ik leuk vind.'

'Het is voldoende als u ons de naam vertelt als het kindje er is,' zei de vroedvrouw glimlachend. 'Veel vrouwen weten het van tevoren niet, ze geven hun kind pas een naam wanneer ze het zien.'

Ik knikte, maar ik wist niet goed hoe ik dat zou moeten beslissen als het zover was. Ik dacht aan de jonge vrouw die samen met haar man in onze coupé had gezeten. De naam van haar kindje stond beslist allang vast.

Maar zij leidde een geregeld leven met een liefhebbende echtgenoot en misschien een mooi huis. Zij hoefde niet bij een vriendin te wonen of achter een verblijfsvergunning aan te gaan om vervolgens te ontdekken dat ze hier niet mocht werken.

Zelfmedelijden overspoelde me en maakte me aan het huilen. De vroedvrouw streelde mijn haar, toen gaf ze me een glas water. 'Drink maar een beetje. Dat hebt u nodig als het zo begint.'

Ik nam een flinke slok en leunde moeizaam ademhalend weer achterover. Toen hoorde ik de stem van de vroedvrouw, die zei dat het nu ging gebeuren.

De volgende ogenblikken vervaagden in pijn en angst. Terwijl ik de aanwijzingen van Aline DuBois en dokter Marais opvolgde, merkte ik dat me de kracht ontbrak om het kind ter wereld te brengen. De afgelopen weken, waarin ik maar weinig gegeten had, werden merkbaar.

Aline DuBois sprak me opbeurend toe. Afwisselend legde ze natte lappen op mijn voorhoofd en ondersteunde ze me wanneer dat nodig was. Ik had het gevoel dat bij het persen mijn hart oversloeg. Tegelijkertijd voelde ik me vreselijk zwak. Met elke minuut die verstreek werd dat erger.

Op een gegeven moment stond de arts op van achter het scherm dat boven mijn buik hing en kwam naar me toe.

'Ik vrees dat we tot een keizersnede moeten overgaan,' hoorde ik hem zeggen. Even later verscheen zijn gezicht boven me. 'Hoort u mij?' vroeg hij.

Ik knikte zwakjes.

'U verliest veel bloed en het kindje ligt niet goed.'

'Wat betekent dat?' Ik werd overvallen door paniek, en terwijl de angst door mijn aderen schoot werd mijn zicht even helder, alsof ik uit een nevelwolk stapte.

'U wordt nu onder narcose gebracht. U gaat slapen, en als u wakker wordt zult u uw kindje in uw armen kunnen houden.'

Hij zei iets tegen de verpleegster en even later werd er een masker op mijn gezicht gedrukt.

Benedikt, schoot door me heen, het kindje moet Benedikt heten als het een jongetje is. Net als mijn grootvader, die ik nooit had leren kennen.

Toen hield de pijn op en verdween mijn angst.

21

Eerst had ik warrige dromen, onzinnige, felgekleurde dromen. Toen gleed ik geleidelijk weg in het niets. Ik hoorde geluiden zonder te kunnen zeggen of het stemmen waren of gezang. Op zeker moment klonk er een kreet, maar ook toen wist ik niet bij wie die hoorde of wat hij te betekenen had.

Toen ik mijn ogen opendeed en het zonlicht waarnam, dacht ik aanvankelijk dat ik weer in mijn eigen bed lag. De beelden van mijn wazige dromen trokken weg. Naarmate de minuten voorbijgingen werd mijn bewustzijn helderder en ik besefte dat ik noch thuis, noch in Henny's woning was.

De kamer was mij onbekend.

Toen schoot me te binnen dat ik naar het ziekenhuis was gebracht. Mijn handen gleden omlaag naar mijn buik. Ik voelde nog steeds een welving, maar die was niet meer zo groot. Was het kindje geboren? Ik zocht ernaar met mijn hand, maar ik voelde niets dan huid onder mijn nachthemd.

Toen de deur openging, maakte ik een schrikbeweging. Ik probeerde overeind te komen, maar voelde een pijnscheut in mijn buik. Pijn was ook wat ik me herinnerde.

Ik was per taxi naar de kliniek gebracht, een onbekende vrouw had de rit betaald. Ze had geopperd dat ik mijn dochtertje naar haar zou kunnen vernoemen. Eigenaardig dat juist dat me nu te binnen schoot.

'Mademoiselle Krohn?' vroeg een stem. Even later stond er een zuster naast me. 'Kunt u me horen?'

'Ja,' antwoordde ik schor.

'Ik haal dokter Marais even. Probeert u wakker te blijven?'

Ik knikte. Hoewel mijn oogleden nog altijd zwaar aanvoelden, was mijn hoofd helder. Mijn lichaam deed pijn, maar het was al lang niet meer zo sterk en uitgerust geweest.

Opnieuw probeerde ik me op te richten. Weer trok die pijn door mijn buik, maar deze keer slaagde ik erin een blik uit het raam te werpen. Het weer was omgeslagen, en grijze regenwolken hadden de zon verjaagd.

Henny! Zouden ze haar bericht hebben gestuurd?

Ik dacht aan mijn kindje. Waarom was het niet hier? Toen bedacht ik dat er in het ziekenhuis wel een aparte zaal zou zijn voor alle zuigelingen die er elke dag ter wereld kwamen. Waarschijnlijk zou de zuster zo terugkomen met de arts en het kindje meebrengen.

Mijn hart was vol van blijde verwachting en dat deed me de pijn even vergeten. Maar ik werd wel ongeduldiger. Waar bleven ze toch?

Ik keek opzij. Het gordijn naast mijn bed was open, de twee bedden naast me waren onbezet en er lag schoon beddengoed op. Hadden daar andere vrouwen gelegen? Zij waren vast alweer thuis, gelukkig en wel met hun kindje op schoot.

Nog steeds wist ik niet waar ik straks naartoe moest, maar de blijdschap weldra mijn kindje in mijn armen te kunnen houden overvleugelde mijn zorgen. Als alles maar goed was met het kindje, dan zou ik heus wel iets vinden. Ik voelde letterlijk de kracht die ik putte uit alleen al het feit dat dit kleintje bestond.

Even later kwam de zuster terug, samen met de arts die de bevalling had gedaan. Het kindje had ze niet bij zich.

'Mademoiselle Krohn, hoe gaat het met u? Zuster Sybille vertelde me dat u wakker was.'

Dokter Marais ging bij me staan en nog voordat ik kon antwoorden dat ik niet zo goed wist hoe het met me ging, begon hij me te onderzoeken. Hij voelde mijn pols, nam mijn bloeddruk op en bekeek vervolgens de wond aan mijn buik. Ik had er moeite mee naar mijn buik te kijken, en toen ik de eerste bloedvlekken op het verband zag, richtte ik mijn blik op het plafond.

'Zuster Sybille zal zo het verband verwisselen,' zei hij, terwijl hij mijn nachthemd weer omlaagschoof. 'Hoe is het met uw borsten? Zijn ze erg gespannen?'

'Nee, eigenlijk niet,' zei ik. Om eerlijk te zijn voelde ik niets behalve de wondpijn. 'Waar is mijn kindje?' vroeg ik, terwijl de arts voorzichtig mijn borsten aftastte. 'Wanneer mag ik het zien?'

Dokter Marais staakte zijn onderzoek even. 'Alles is in orde met u,' zei hij toen, zonder op mijn vragen in te gaan. 'Tenminste, gezien de omstandigheden.'

'Dokter?' vroeg ik, waarop hij een blik met de verpleegster wisselde.

'Luistert u eens,' begon hij, terwijl hij zijn handen vouwde. 'U weet vast nog wel dat ik een keizersnede moest uitvoeren.'

'Mijn wond is daarvan het onomstotelijke bewijs,' antwoordde ik onzeker. Er fladderde iets in mijn maagstreek.

'U bent bevallen van een jongetje,' ging dokter Marais verder, maar het klonk niet als een blijde boodschap. 'Doordat u veel bloed hebt verloren, bent u in een coma geraakt dat een week heeft geduurd. Gedurende die tijd dachten we dat we u zouden verliezen. Gelukkig hebt u bewezen een taaie te zijn.'

Ik zou een week hebben geslapen? Ik wist niet precies wat een coma was, maar op de universiteit had ik er studenten geneeskunde over horen praten.

'Wat is de datum vandaag?' vroeg ik onthutst.

'Het is 9 augustus,' antwoordde de arts.

Dan was mijn verjaardag inmiddels geweest. Ik was op 5 augustus geboren, wat we thuis altijd hadden gevierd. Ditmaal was er geen feestje geweest. Maar wat maakte dat uit, nu ik mijn zoontje had! Ik kon het samen met hem altijd nog vieren.

'En hoe is het met mijn zoontje?' vroeg ik hoopvol. 'Kan ik hem zien?'

Het gezicht van de arts betrok. 'Het spijt me, maar uw zoontje is een dag na zijn geboorte overleden.'

'Wat?' zei ik. Ik had zijn woorden gehoord, maar mijn brein weigerde ze te laten doordringen. Mijn kindje dood? Dat kon toch niet waar zijn! Mijn hart kromp ineen en een ogenblik had ik het gevoel geen lucht meer te krijgen.

'Toen ik hem haalde lag de navelstreng om zijn halsje en aanvankelijk ademde hij niet. Het is ons wel gelukt hem te laten ademen, maar een dag later hield zijn hartje er helaas ineens mee op. De zuster heeft hem gevonden. Waarschijnlijk was hij nog net niet volgroeid, hij leek inderdaad iets te vroeg te zijn geboren.'

De woorden striemden als slagregens op me neer. Te vroeg... Was hij werkelijk te vroeg geboren? Mijn gedachten schoten terug in de tijd, naar de avond waarop het moest zijn gebeurd. Ja, misschien was hij iets te vroeg gekomen. Maar ik had hem toch voelen bewegen? En de vroedvrouw had gezegd dat hij gezond was...

Ik voelde kou, maar die drong niet tot mijn binnenste door. Terwijl mijn hersenen nog koortsachtig naar een verklaring zochten, brandde mijn hart van onbegrip en pijn. Dit kon toch niet waar zijn! Wat hij zei kon gewoon niet waar zijn! Het was vast een nare droom.

'En u kon niets voor hem doen?' vroeg ik als verdoofd. Heel langzaam drong het tot me door dat ik het kind dat ik had gedragen nooit in mijn armen zou houden. De gevoelens die na deze vaststelling bij me loskwamen overweldigden me. Het was alsof er iets uit me was weggerukt. Aanvankelijk had ik nauwelijks iets gevoeld, maar nu trof het me als een mokerslag. En het ergste was nog dat ik hem niet eens een naam had kunnen geven.

'Helaas niet,' antwoordde dokter Marais. 'De zusters controleren de pasgeborenen heel vaak gedurende de nacht, maar soms zijn dood en slaap moeilijk van elkaar te onderscheiden. En als het hartje ermee stopt...' Hij viel stil alsof hij iets op mijn gezicht had gezien wat hem angst inboezemde. Maar wat?

'We hebben in de kapel een mis voor hem laten lezen. Omdat we niet wisten welke naam u voor hem had gekozen, hebben we hem bij de nooddoop Louis genoemd. Dat is bij ons gebruikelijk.'

Ik schudde ongelovig mijn hoofd. Dit kon toch allemaal niet

echt zijn gebeurd: mijn zoontje gedoopt met een vreemde naam, volgens een geloof dat het mijne niet was. Mijn zoontje was dood. Nog steeds kon ik het niet geloven. Maar waarom werd ik niet wakker?

'Mademoiselle?' De stem van dokter Marais haalde me uit mijn verstarring.

'U zei toch dat u alles zou doen om ervoor te zorgen dat ik een gezond kind zou krijgen!' snauwde ik hem toe. Mijn lichaam, dat bijna krachteloos leek, ontplofte bijna. Als vanzelf schoten mijn handen omhoog en klauwden zich vast in zijn doktersjas. 'Dat hebt u beloofd!'

De arts keek me geschrokken aan.

'Mademoiselle Krohn, kalmeert u toch alstublieft!' zei de zuster, die haastig naar ons toe kwam en me zachtjes maar beslist van de jas van de arts losmaakte. 'Ik verzeker u dat we alles hebben gedaan wat in onze macht lag, maar tegen Gods wil staan we machteloos!'

Uitgeput liet ik me terugvallen in de kussens. Ik wilde schreeuwen, huilen, me de haren uit het hoofd trekken, maar daar was ik te zwak voor.

'U moet nu rusten, zodat u weer op krachten komt,' zei dokter Marais terwijl hij zichtbaar ontdaan zijn witte jas rechttrok. Toen nam hij afscheid.

De zuster bleef nog een poosje bij me. Haar gezicht onder de witte sluier zag er nog heel jong uit. 'Ik kan u verzekeren dat uw kindje niet heeft geleden,' zei ze zachtjes, maar dat troostte me niet. Hoewel ik me maar zelden had afgevraagd hoe het zou zijn om moeder te zijn, voelde ik nu het gemis van mijn zoontje.

'Ik had hem zo graag willen zien,' zei ik als verdoofd. 'Al was het maar één keer.'

'Dat begrijp ik,' zei de zuster terwijl ze mijn haar streelde. Snikkend liet ik me in haar armen zakken. De wereld om me heen vervaagde, er was alleen nog pijn en verdriet, en ik wenste dat ik niet meer wakker was geworden.

Terwijl de tijd verstreek zonder dat ik me ervan bewust was, staarde ik naar de muur tegenover mijn bed. Mijn lichaam voelde verwond en geschonden aan. Mijn ogen waren gezwollen, mijn keel was rauw. Ik wist niet hoelang ik had gehuild en hoeveel uren er waren verstreken tot er geen tranen meer kwamen.

Er kwam een andere zuster binnen om een dienblad met iets te eten bij me neer te zetten, maar ik lette niet op haar. De geur van de maaltijd maakte me misselijk. Ik zou het niet kunnen opbrengen iets te eten.

Toen de deur opnieuw openging sloot ik mijn ogen. Ik wilde niemand spreken, ik wilde niet aanhoren dat het belangrijk was dat ik iets at. Liever hield ik me slapend en wachtte ik tot ik weer alleen was. Hoewel ik van hen afhankelijk was, kon ik het niet verdragen de mensen te zien die mijn kindje hadden laten doodgaan.

'Sophia?'

De klank van de stem bracht me ertoe mijn ogen te openen.

In plaats van een zuster stond Henny bij mijn bed. Haar jas zat een beetje scheef; ik kreeg de indruk dat ze overhaast van huis was gegaan of dat ze een paar dagen in een wachtkamer had doorgebracht.

'Henny.'

Ze kwam dichterbij. Er glinsterden tranen in haar ogen toen ze me omhelsde. 'Ik ben zo bang om je geweest. Ze dachten dat jij ook zou overlijden.'

Kennelijk wist ze wat er was gebeurd.

Ze maakte zich weer uit onze omhelzing los en keek me aan. 'Toen ik het bericht kreeg, ben ik onmiddellijk naar het ziekenhuis gegaan,' legde ze uit. 'Maar ik mocht niet meer bij je. Ze wilden eerst niet zeggen wat er aan de hand was, maar toen zei ik dat ik je nicht was.' Er verscheen een scheef lachje op haar gezicht. 'Dat trucje werkt altijd.'

'Fijn dat je er bent,' zei ik. 'Toen ik in de bibliotheek instortte...' Ik keek haar aan. 'Ik heb zo'n spijt van die ruzie.'

'En ik heb er spijt van dat ik Jouelle tussen ons heb laten komen,' antwoordde ze. 'Ik had je over hem moeten vertellen. Hij... Hij is geen slechte man, maar bezitterig is hij wel.'

Ik knikte. 'Ik gun je echt je geluk.'

Henny schudde haar hoofd. 'Ik weet niet of je van geluk mag spreken,' zei ze toen. 'Terwijl ik in de wachtkamer zat en niet wist of je het zou overleven, speelde er van alles door mijn hoofd. Ik heb het allemaal de revue laten passeren. En het zit zo: ik... ik weet niet of ik van hem hou.'

Ik legde mijn hand op haar arm.

'Je hoeft omwille van mij niets in twijfel te trekken.'

'Dat doe ik ook niet,' antwoordde ze. 'Maar het is me duidelijk geworden dat ik was vergeten hoeveel je voor me betekent.'

Ik sloot mijn ogen. Het deed me goed dit te horen, maar toch deed het me ook pijn. Ik wou dat ik niet was weggegaan. Dan zou ik vast mijn zoontje ook niet hebben verloren.

'Het kindje is dood,' zei ik. Dit zinnetje voelde aan alsof iemand mijn hart uit mijn lichaam sneed. Onmiddellijk welden de tranen weer op.

Henny omhelsde me. 'Ik vind het zo erg.'

'Hebben ze hem aan jou laten zien?' vroeg ik. Ondanks al het verdriet dat ik voelde, deed de gedachte dat dat kleine jochie had bestaan heel onwerkelijk aan. Heel abstract. Mijn verdriet wist niet goed waarop het zich moest richten. 'Als ze dachten dat je mijn nicht was...'

Ze schudde haar hoofd. 'Ze zeiden dat het jongetje er niet best aan toe was. En ze wisten ook niet zeker of jij de nacht wel zou halen. Toen ik de volgende dag kwam vragen hoe het ging, zeiden ze dat het kindje was overleden. Maar jij zou het wel redden. Dat was een grote opluchting.'

Had ik het leven van mijn kind op het spel gezet met mijn wandelingen door de stad? De gebroken vliezen, de navelstreng...

'Misschien is het wel beter dat je hem niet hebt gezien,' zei Henny voorzichtig terwijl ze mijn schouder streelde.

Ik staarde haar een ogenblik aan en schudde toen snikkend mijn hoofd. 'Nee. Ik had hem willen zien. Als hij al gedoemd was te sterven, had ik hem in mijn armen moeten houden.'

Ik moest onbedaarlijk huilen, om mijn zoontje, dat ze Louis hadden genoemd en dat niet in leven had mogen blijven. Ik huilde omdat hij nooit had ervaren hoe het was om te leven. En omdat ik, die hem maandenlang bij zich had gedragen, die hem op de wereld had gezet, in zijn laatste ogenblikken niet bij hem had kunnen zijn.

22

Twee dagen later mocht ik voor het eerst mijn bed weer uit. De wond deed nog vreselijk veel pijn, hoewel de verpleegsters hem goed verzorgden, en het was lastig om me te bewegen zonder dat het verband verschoof. Toch wenste ik niets vuriger dan de kamer te ontvluchten.

Het enige bewijs van het bestaan van mijn zoontje was de overlijdensakte die zuster Sybille me had gebracht. Het tijdstip van zijn dood was gesteld op vijftien minuten over twee 's nachts, toen ik nog in coma lag. Het idee dat Louis maar een paar uur had geleefd en niet de kans had gekregen om het leven echt te leren kennen, verscheurde me. Na een eerste blik op de akte legde ik die weg en keek er voorlopig niet meer naar.

De vorige dag waren er nog twee vrouwen binnengebracht, die ook net waren bevallen. De zuster zei dat gezelschap me goed zou doen.

Ik besefte dat ik geen aanspraak kon maken op een kamer voor mij alleen. Maar het gezelschap deed me geen goed.

Mijn kamergenotes kregen meerdere keren per dag hun kindjes bij zich. Die dronken aan hun borst en maakten zachte geluidjes.

Hoewel ik door een gordijn van hen gescheiden was, zag ik voor me hoe de vrouwen glimlachten. Ik hoorde het aan hun woorden, aan de liedjes die ze voor hun kindjes zongen tot de verpleegster ze weer kwam halen. Ik zag de kindjes voor me, klein, roze en gezond.

En dan kon ik aan niets anders meer denken dan dat ik mijn

zoontje nooit zou zien, nooit zou vasthouden. Dat ik hem niet eens een naam kon geven. Louis – het klonk zo vreemd, zo weinig bij mij passend. Alsof de maanden van mijn zwangerschap slechts een illusie waren geweest. Die gedachte beklemde me en benam me de adem.

Daarom wachtte ik alleen nog de doktersvisite af en ging daarna de kamer uit.

De wind die warm en zacht in mijn gezicht waaide, verdreef mijn paniek een beetje. Ik wist niet hoe ik ervoor kon zorgen dat ik aan de zoogtijden kon ontkomen, maar ik voelde dat het het beste was om het geluk van de andere vrouwen uit de weg te gaan.

Ik liep door de galerij, waarvandaan je een mooi uitzicht op de tuin had. De bloemperken waren een en al kleur. De lucht was helder en blauw. Het leek of we niet meer in Parijs waren, maar op een of ander landgoed.

Maar hoewel de rozen dieproze stonden te stralen, leek er een grauwsluier overheen te liggen. Ik keek omhoog naar de wolken en de vogels, maar in plaats van licht voelde ik me triest en zwaarmoedig.

Ik vroeg me af hoe hij eruit had gezien, mijn zoontje. Waarom had ik zo lang geslapen? Waarom was ik niet bij hem geweest? Waarom was hij toch gestorven?

Een verpleegster had me laten weten dat hij op de Cimetière de Montmartre was begraven, bij andere kinderen die de afgelopen weken, maanden en jaren bij de geboorte waren gestorven. Een naamloos massagraf voor engeltjes.

Zou ik de kracht hebben om het graf te bezoeken? Ik had tot dusver niet durven vragen waar ik het precies kon vinden, en ik had ook vaag het gevoel dat dokter Marais me ontweek sinds ik hem verwijten had gemaakt. Nadat hij me had onderzocht, verdween hij telkens haastig de kamer uit. Waarschijnlijk was hij bang dat ik hem weer zou belagen.

Maar de verpleegsters waren heel aardig. Misschien zou ik de moed kunnen opbrengen hun te vragen waar het graf precies lag.

's Middags kwam Henny weer op bezoek. Ik ontving haar in de bezoekersruimte, want de kinderen waren bij hun moeders en mijn borsten deden steeds pijn wanneer ik de zuigelingen hoorde huilen. Aline DuBois zei dat dat normaal was en dat het mettertijd over zou gaan. Mijn lichaam wist niet dat er geen kindje meer was dat ik moest voeden. Maar net als met alles zou ook op dit punt de tijd helend werken.

Ik geloofde dat niet. En ik wilde eigenlijk ook een beetje dat de pijn zou aanhouden. Dat zou mijn straf zijn omdat ik mijn zoontje niet beter had kunnen beschermen. Soms dacht ik, als ik uit het raam keek, dat ik graag mijn leven voor hem had gegeven. Dat was toch al verprutst, maar Louis had het verdiend om te leven.

'Ik zou het fijn vinden als je blijft,' zei Henny toen we bij het raam waren gaan zitten. Ook andere vrouwen hadden bezoek gekregen. Gehuld in elegante ochtendjassen zaten ze met familie en vrienden te kletsen.

De ochtendjas die ik aanhad was eigenlijk van Henny. Ze had hem bij de zusters afgegeven toen duidelijk was dat ik het zou halen. De donkere leemte in mijn leven bracht me nog altijd in verwarring. Een week waarvan ik me niets kon herinneren. Hoe was dat mogelijk?

'En Jouelle dan?'

'Die is sinds die middag niet meer geweest, ik wilde hem niet zien.'

'En wat zegt hij daarvan?' Ik kon het me indenken. Ik, de parasiet, nam Henny in beslag en maakte misbruik van haar. Eigenlijk wilde ik helemaal niet weten hoe hij erover dacht.

'Hij is natuurlijk kwaad, maar dat gaat wel weer over.'

'Ben je niet bang dat hij ervoor zal zorgen dat je ontslagen wordt?' vroeg ik.

Henny schudde haar hoofd. 'Hij waagt het niet om iets tegen Josephine te zeggen. Zij is de ware koningin van het theater.'

'Maar ooit zal ze verder trekken. En dan? Denk je dat ze je meeneemt?'

Henny haalde haar schouders op. 'Wie weet. Maar het is ook

weer niet zo dat we uit elkaar zijn. Hij is alleen enigszins verontwaardigd dat ik mijn tijd met jou doorbreng in plaats van met hem. Dat komt wel weer goed wanneer jij hier eenmaal weg bent.'

Hoe stelde ze zich dat voor? Moest ik dan telkens wanneer Jouelle bij haar kwam een rondje door het Quartier Latin gaan maken?

Ze leek mijn onbehagen op te merken.

'Ik zal niet meer bij ons thuis met hem afspreken,' zei ze. 'Dat was eigenlijk idioot. Als madame Roussel me met hem had betrapt... Van nu af aan ga ik naar hem toe. Daar heb ik het al met hem over gehad en hij is het ermee eens.'

Ik besefte dat ik niets over Jouelle wist, maar Henny had me dan ook nooit iets over hem verteld.

'Waar woont hij eigenlijk?' vroeg ik. 'Is hij wel vrij?'

'Hij is gescheiden. Zijn echtgenote heeft een huis in Bretagne van hem ingepikt, jammer hè? Daar had je met mij kunnen intrekken.'

Ik pakte haar hand. Mijn verdriet mocht dan een grauwsluier over mijn blik hebben gelegd, maar mijn verstand was op dat moment helder. 'Henny, ik heb waardering voor wat je voor me doet. Maar laten we de feiten onder ogen zien. Ik kan niet altijd bij je blijven wonen. En eerlijk gezegd wil ik dat ook niet, want ik kan het niet met mijn geweten verenigen.'

'Maar...'

Ik schudde mijn hoofd. 'Begrijp het dan, Henny. Het gaat niet.' Ik zweeg even, en voegde er daarna aan toe: 'Maar ik ben blij en dankbaar dat je me dit aanbod doet.' Ik probeerde te glimlachen. 'Ik zal het wel redden,' zei ik. 'Hoe dan ook.'

Aan het eind van de week kon ik uit het ziekenhuis worden ontslagen. Dokter Marais stelde vast dat de wond goed heelde. Wat hij niet zag, was de gapende wond in mijn hart, die bloedde als op de eerste dag en waarschijnlijk nooit helemaal zou genezen. Ik zat vol verwijt tegen mezelf, gevangen in een mallemolen waar ik niet uit kon stappen omdat hij nooit stopte.

De vrouw die me in de bibliotheek had geholpen, had woord gehouden en ervoor gezorgd dat mijn aantekeningen, die ik daar had moeten achterlaten, in het ziekenhuis waren afgegeven.

Toen ik mijn spullen uit de verpleegsterskamer haalde, vroeg ik zuster Sybille naar het graf van mijn zoontje.

'Daar kunt u beter niet heen gaan,' zei ze. 'Hij heeft geen eigen grafsteen en het zou pijnlijk voor u kunnen zijn om niet precies te weten waar hij ligt.'

'Maar hoezo, hij...'

'Hij is net als de andere kindjes gecremeerd,' zei ze zacht.

Ik keek haar geschrokken aan. Gecremeerd. Dat woord trof me bijna net zo hard als de mededeling dat hij overleden was.

'Waarom hebben jullie niet gevraagd of ik dat wel wilde?'

'Dat is gebruikelijk,' antwoordde ze. 'Bovendien konden we het u niet vragen. Het spijt me...'

Met die woorden liet ze me staan. Ik staarde haar na. Mijn kindje had geen eigen grafsteen gekregen. Zijn naam was nergens opgetekend. Afgezien van de overlijdensakte was er geen bewijs van zijn bestaan.

Ik zakte in elkaar en barstte in tranen uit.

Henny stond op me te wachten in dezelfde zuilengang waar ik nog geen twee weken eerder in een rolstoel doorheen was gereden. Intussen was ik weer een beetje gekalmeerd, maar de sporen van tranen waren er nog en brandden op mijn wangen.

Desondanks probeerde ik een dapper glimlachje te produceren, maar ik merkte dat dat mislukte.

'Daar ben je dan,' zei mijn vriendin en ze gaf me een arm. 'Hoe voel je je?'

'Goed,' beweerde ik, nog steeds geschokt door wat de zuster had gezegd.

'Je ziet een beetje bleek,' merkte ze op, maar ik schudde mijn hoofd.

'Het gaat wel. Het is vermoeiend om weer naar het echte leven terug te keren.'

Henny knikte en toen nam ze me mijn tas af. 'Geef hier. Jij hoeft daar niet mee te zeulen. Buiten staat trouwens een taxi te wachten. Ik vond dat we ons dat vandaag maar moesten permitteren.'

Ik knikte Henny dankbaar toe. Ik had haar het liefst verteld wat ik zojuist had gehoord, maar ze straalde van vreugde. Ik wilde die niet met mijn somberheid vergallen.

'Ik heb madame Roussel betaald voor een middagmaaltijd, hopelijk laat ze het niet aanbranden,' meldde ze. 'En ik moet je de groeten doen van Geneviève. Ze is blij dat je weer thuiskomt. Stel je voor, ze heeft de laatste tijd minder klanten, maar ze lijkt zorgelozer dan ooit.'

'Geneviève is toch altijd zorgeloos,' zei ik enigszins afwezig.

'Maar nu wel heel erg. Alsof er een last van haar is afgevallen.'

Zou ze een nieuwe liefde hebben gevonden? Dat was mogelijk. En het was ook mogelijk dat die man serieuze bedoelingen had. Ik wenste het met heel mijn hart.

De taxichauffeur die op ons stond te wachten, nam Henny mijn tas uit handen en hield het portier voor me open. 'Dank u,' zei ik een beetje benepen en ik stapte in.

Ik merkte dat de maalstroom van mijn gedachten weer in beweging wilde komen, maar Henny gaf mijn gepieker geen kans. Hoewel ze een paar keer op bezoek was geweest, deed ze alsof ze me jaren niet had gezien.

Ze klaterde als een waterval, vertelde over nieuwe kostuums in het theater en dat ze een nieuw dansnummer ging instuderen, een nummer zonder Josephine Baker. Ze droomde van een solo-optreden, en zo te horen stond haar daarbij niets in de weg. Haar geliefde leek aan de juiste touwtjes te trekken. Ik vroeg me af waarom hij verder zo'n ezel was, terwijl hij met haar toch correct leek om te gaan.

In het pension wachtte me gelukkig rust. Madame Roussel liet zich niet zien, waarvoor ik dankbaar was. Ook achter Genevièves deur was het stil.

'Ze is uitgegaan,' meldde Henny. 'Dat doet ze tegenwoordig steeds. Soms blijft ze ook 's nachts weg.'

Ik vroeg me af wanneer Henny begonnen was zo op Geneviève te letten dat ze dat had gemerkt.

'Ik heb het beddengoed naar de wasserij gebracht,' verklaarde ze ijverig toen we binnenkwamen. 'Madame Roussel heeft me uitgelegd waar die is. Het was lastig te volgen, maar ik moest daardoor wel mijn best doen op het Frans.'

Op het bed lag zelfs een andere sprei. Ik vond mijn reactie van destijds inmiddels maar idioot.

Ik ging bij het raampje staan waarvandaan je een mooi uitzicht over de daken van de wijk had. Ik kon me mijn vroegere ik, die met het kindje in haar buik, nauwelijks meer herinneren. Die leek zo mijlenver weg, en ik had toch maar twee weken in de kliniek gelegen. Twee weken waarin alles was veranderd. Ik was weer vrij, maar wat voor mijn ouders wellicht een reden tot vreugde zou zijn, betekende voor mij wanhoop.

De Sophia die zes maanden geleden nog door Berlijn had gelopen, die genot had ervaren in de armen van haar docent, bestond niet meer. Die was achtergebleven in het coma, bij de bevalling overleden. Ik voelde me een versie van mezelf waarmee ik nog niet wist om te gaan. Zou ik dat ooit kunnen?

In aanwezigheid van Henny was het niet zo moeilijk om de gedachten aan mijn zoontje een beetje van me af te zetten en aan mijn nieuwe ik te wennen. Ik begon zelfs plannen te maken, waarvan ik niet wist of ik ze ooit zou uitvoeren.

Maar als ze 's avonds weg was en ik door stilte werd omgeven, overviel het verdriet me zo ongenadig dat ik urenlang moest huilen en verdoofd in het donker zat te staren. Het waren de ergste uren van mijn leven. Dat ik mijn ouderlijk huis uit was gezet en de ontdekking van Georgs ware aard hadden bij lange na niet zo veel pijn gedaan.

De dagen daarna nam ik de gewoonte aan om 's nachts over de binnenplaats van het pension rond te scharrelen. Dan hoorde ik het gelach en gejoel uit Café Amateur en vroeg ik me af of ik daar niet ook naartoe moest gaan om mijn verdriet te verdrinken.

Vreemd genoeg schoten me dan de scheikundige formules voor de verschillende soorten alcohol te binnen, maar die zette ik van me af. Ik wilde niet meer aan scheikunde denken. De scheikunde had ik met mijn ouders, mijn geliefde en mijn zoontje verloren.

Op een nacht, toen ik weer rusteloos over de binnenplaats liep te dwalen, dook Geneviève op. We hadden elkaar door haar voortdurende afwezigheid nog nauwelijks gesproken. Eerlijk gezegd ging ik haar ook een beetje uit de weg.

'Kun je niet slapen?' vroeg ze terwijl ze een sigaret opstak. Ik hoorde de aansteker klikken en zag het vlammetje even opflitsen.

Ik reageerde in eerste instantie niet, daar was ik niet toe in staat, want ik zat te veel gevangen in de duisternis van mijn ziel. De beelden waarmee ik mezelf kwelde trokken zich maar moeilijk terug. 'Nee,' antwoordde ik ten slotte.

'Fijn dat je er weer bent,' zei ze en ze nam een trekje. 'Je vriendin heeft me verteld wat er is gebeurd. Ik vind het heel erg.'

'Dank je.' Ik wou dat ze weer naar boven ging.

In plaats daarvan kwam ze naar me toe.

'Ik weet hoe je je voelt,' zei ze terwijl ze de rook uitblies.

Ik keek haar sceptisch aan.

'Je kunt het onzin vinden, maar wat jij voelt is een bijzondere vorm van rouw. Rouw die volkomen anders is dan alles wat je ooit hebt gevoeld. Geen afscheid van een geliefde of dood van een ouder doet zo veel pijn als het verlies van een kind. Ik heb hetzelfde meegemaakt.'

Ik keek Geneviève verrast aan. 'Heb jij ook een kind aan de dood verloren?'

Ze schudde haar hoofd. 'Ik heb het ter adoptie afgestaan.'

'Je hebt...' Ik stokte. Het was niet aan mij om te oordelen, maar ik wist dat ik het nooit over mijn hart had kunnen verkrijgen op Marie Guérins voorstel in te gaan.

'Ja,' antwoordde ze, 'ik heb het weggegeven. Zomaar!'

Ze knipte met haar vingers, maar aan haar gezicht kon ik zien dat het niet 'zomaar' was geweest. 'Het was de ergste beslissing van mijn leven.'

De woorden bleven een poosje tussen ons in hangen.

'Waarom heb je het weggegeven?' vroeg ik toen.

'Zoiets kan gebeuren als je je met mannen inlaat,' antwoordde Geneviève ontwijkend. 'Je staat ze alles toe zonder te weten waartoe het kan leiden.'

Dat kon ik me bij haar haast niet voorstellen.

'Ik was destijds zestien en pas in Parijs aangekomen,' begon ze. 'Ik ben weggelopen bij de nonnen, weet je. Mijn moeder stierf toen ik twaalf was en mijn tante had me in het klooster gestopt. Ik had genoeg van al dat bidden en dat vrome gedoe.'

Ze wapperde met haar sigaret, waarvan het puntje rood gloeide in de duisternis. 'Ik kwam een man tegen. Zoals dat gaat, hè? Je kent dat wel, zoals ze met hun gevlei en glimlachjes je hoofd op hol brengen. Op een dag constateerde ik dat ik zwanger was. Hij wilde niet dat ik het kind hield, dus heb ik het weggegeven. Nog geen half jaar later was ik ook hem kwijt. En toen kwam de spijt.' Ze nam een trekje van haar sigaret en blies de rook de lucht in. 'Die overviel me te pas en te onpas. Ik had de fout gemaakt om naar haar te kijken nadat ik was bevallen.'

'Het was een dochtertje?'

Geneviève knikte. 'Vooral de eerste tijd ging er geen dag voorbij dat ik niet tegen mezelf zei dat ik haar niet had moeten weggeven. Maar ik wist tegelijkertijd dat ik het nooit zou hebben gered. Ik zei tegen mezelf dat ze het beter zou krijgen. Maar mijn domme hart trekt zich daar zelfs nu nog niets van aan. Het verlangt nog steeds naar haar.'

'Jouw kindje is tenminste blijven leven,' wierp ik verbitterd tegen.

'Dat klopt. Misschien is het ook een slechte vergelijking.' Ze dacht even na, toen vervolgde ze: 'Neem dan mijn moeder. Behalve mij heeft ze nog drie andere kinderen gekregen, maar die zijn allemaal dood geboren of binnen een paar weken na de geboorte gestorven. Blijkbaar was ik de enige die sterk genoeg was om te blijven leven. Eigenaardig, nietwaar?'

Ik wist niet wat ik moest zeggen. Haar moeder had in elk geval een kind gehad, en ik...

'Mijn rouw over het zelf veroorzaakte verlies van mijn kind is niets vergeleken bij wat je moet doormaken als je kind doodgaat,' ging ze verder nadat ze een tijdje naar de hemel had staan kijken, waar de sterren fonkelden. 'De dood van haar laatste kindje trof mijn moeder nog harder dan die van de vorige twee, want ze dacht door dat kind de vader voorgoed aan zich te binden. Met dat kind, zo dacht ze, zou ze onder de pannen zijn. Met mannen had ze ook geen geluk gehad, maar deze was geen zuiplap en sloeg mij ook niet, zoals anderen hadden gedaan. Maar het kindje stierf bij de geboorte. Toen werd het zwart om haar heen. Kraambeddepressie noemde de dokter het. Dat is een ziekte die een vrouw kan krijgen als ze haar kind verliest, maar ook als ze zich overbelast voelt of niet in staat is om van het kind te houden. Niemand kent de werkelijke oorzaak.' Ze keek me aan. 'Ik hou je al in de gaten sinds je terug bent. Als je vriendin er is probeer je normaal te doen, maar 's nachts sluip je rond op de binnenplaats alsof je naar iets op zoek bent. En je ogen... Die lijken wel dood. Dat was bij mijn moeder net zo.'

Ze nam nog een trekje, gooide de halfopgerookte sigaret op de grond en trapte hem uit met de hak van haar schoen. 'De dokter was nog niet weg of ze verhing zich, nadat ze mij naar de winkel had gestuurd om melk te halen. Toen ik terugkwam was ze dood.'

Ze keek een poosje naar de sterren, en toen legde ze haar hand op mijn arm. 'Laten we naar binnen gaan. Morgenochtend neem ik je mee naar mijn dokter.'

'Maar...'

'Geen tegenspraak. Ze moet naar je kijken. Er moet iemand voor je zorgen, ook al denk je dat je het zelf wel redt.'

Ik staarde haar aan, overweldigd door haar openheid. Er kwam een huilbui op, maar vreemd genoeg kon ik daar niet aan toegeven.

'Waarom doe je dit?' vroeg ik.

'Ik wil niet dat je vriendin op een dag thuiskomt en je aan een balk ziet hangen. Bij alles wat ik heb gedaan en meegemaakt laat dat beeld me niet los. Ik wil dat niet nog eens meemaken, hoor je?'

Ik knikte. En weer veranderde er iets bij me. Toen ze haar hand naar me uitstak en ik hem vastpakte, wist ik dat ik het gevecht moest aangaan.

23

Februari 1927

Met krachtige slagen klopte ik de witte massa op met de garde. Mijn hand en mijn arm deden al zeer, maar ik wilde niet dat de boel ging schiften.

'En, lukt het?' vroeg madame Roussel terwijl ze over mijn schouder meekeek. Ze werd altijd nogal nerveus als ik in haar keuken bezig was. Terwijl ik er toch al eerder crèmes had gemaakt. Waarschijnlijk was het niet zozeer angst dat ik iets kon verknoeien als wel nieuwsgierigheid naar mijn volgende brouwsel. Zij was altijd een van de eersten die ik het resultaat van mijn werk liet uitproberen.

'Het gaat,' zei ik. 'Ik moet alleen niet stoppen.'

Madame Roussel schoot in de lach. 'Dat ken ik. Mijn moeder maakte zelf boter, dat lukte niet altijd.'

Ik betrapte mezelf op een glimlachje. Dat kwam de laatste tijd weer wat vaker voor en daar was behalve Genevièves huisarts ook madame Roussel niet geheel onschuldig aan.

Geneviève had er natuurlijk voor gezorgd dat ze te weten kwam wat er met mij en mijn kindje was gebeurd. Aanvankelijk was ik daar wel boos over geweest, omdat ik ervan overtuigd was dat onze hospita me nu nog schever zou aankijken dan ze al deed.

Op een dag sprak madame Roussel me op de trap aan. 'Wat zou je ervan denken om me een beetje te helpen in de keuken? Je weet er de weg, je hebt daar immers je rommeltjes klaargemaakt.'

Ik keek haar verbaasd aan vanwege haar vertrouwelijke manier van praten en het kwam niet eens in me op te zeggen dat mijn crèmes geen rommeltjes waren. 'Natuurlijk. Graag,' antwoordde ik.

Sinds ik weer terug was, had ik me niet meer in de keuken laten zien. Ik had geen geld voor ingrediënten en ik was mijn enthousiasme voor scheikunde ook kwijt. Ik werd volledig in beslag genomen door het helingsproces van mijn verscheurde ziel en mijn gebroken hart.

'Mooi. Ik kan je niet veel betalen, maar je kunt hier blijven wonen als je vriendin zou verhuizen. En ik geef je een paar franc, die je in een verlopen kroeg kunt uitgeven. Wat vind je ervan?'

Had ze me echt een baan aangeboden?

'Maar... Mijn werkvergunning...' protesteerde ik verbluft.

'Wat?' bromde ze.

'Nou ja, u mag immers eigenlijk geen buitenlandse in dienst nemen.'

'Wie zegt dat ik je in dienst neem?' vroeg ze. 'Je helpt me en krijgt als bedankje een paar bankbiljetten! Denk je soms dat ik me een echte keukenhulp kan veroorloven? De tijden worden almaar slechter en alles wordt duurder!' Ze keek me aan en ik werd verrast door de aanzet tot een glimlachje op haar lippen. Dat zag ik voor het eerst bij haar. En ik besloot deze kans niet voor mezelf stuk te praten. Dus zei ik ja.

Geleidelijk slaagde ik erin de sombere gedachten die sinds de bevalling nooit helemaal waren verdwenen te verdringen of zelfs te vergeten. Alleen 's nachts staken ze de kop weer op, vooral als het me maar niet lukte om in slaap te vallen.

Toen, ergens vlak voor de kerst, viel me op dat de verse sneeuw op de daken aan de overkant spierwit was en ook dat de rouw in mijn hart veranderd was. Hij was er wel, maar de scherpe randjes waren eraf. Al wist ik dat de oude Sophia niet meer bestond, ik was mezelf weer. Ik voelde me weer een vrouw met voldoende kracht om haar leven in eigen hand te nemen.

De feestdagen bracht ik grotendeels met Geneviève door, omdat Henny op kerstavond na bij Jouelle was. We konden ons niet veel veroorloven, maar we werden uitgenodigd door madame Roussel en we aten en dronken tot diep in de nacht met andere gasten uit het pension die net zo alleen waren als wij.

Ik moest eraan denken hoe we kerst zouden hebben gevierd als mijn zoontje nog had geleefd, maar die gedachte verwierp ik snel, want het leek of ik daardoor een donkere kelder binnenging waarin iets noodlottigs op de loer lag.

En toen het nieuwe jaar werd ingeluid en Parijs stralend werd verlicht door vuurwerk, kreeg ik nieuwe hoop. Ik herinnerde me mijn heilige voornemen, en al leefde mijn kind niet meer, ik zou me eraan houden. Ik zou een manier vinden om in mijn eigen onderhoud te voorzien.

'Denk je dat ik de keuken vanaf drie uur weer terug kan hebben?' vroeg madame Roussel met een blik op de potjes en pannetjes die her en der op tafel stonden. 'Mijn goed betalende gasten wachten niet graag op hun avondeten.'

'Een ogenblikje nog,' zei ik en ik klopte nog even door. Toen stopte ik en controleerde de consistentie.

De crème was precies geworden zoals ik had verwacht. Er kwam een lichte muntgeur vanaf en als er in de volgende uren niets misging, zou ik de potjes kunnen afvullen.

De gedachte het te proberen met een eigen crème had me na de kerst nieuw elan gegeven. Ik had de brochure van Helena Rubinstein teruggevonden toen ik mijn koffertje wilde schoonmaken. De herinnering aan het Maison de Beauté had me geprikkeld.

Het was inmiddels februari en ik had al het een en ander uitgeprobeerd. Maar nog niet eerder had ik het gevoel gehad zo dicht bij mijn doel te zijn.

'En, hoe ging het?' vroeg madame Roussel en ze probeerde een glimp op te vangen toen ik de kom op de keukentafel zette. 'Is het gelukt?'

'Ja,' antwoordde ik blij, terwijl ik het mengsel testte met mijn spatel. 'Dit is de beste crème die ik tot nu toe heb gemaakt. Het belangrijkste is dat het vet nu niet gaat bovendrijven.'

'Dat gebeurt vast niet.'

'Tot nu toe was dat steeds wel zo.'

'Tot nu toe waren je crèmes al erg goed. Je bent te kritisch op jezelf, lieve kind. Dankzij jou hebben we allemaal een perzikhuidje.'

Bij onze eerste ontmoeting zou ik niet hebben geloofd dat deze somber ogende vrouw belangstelling voor cosmetica kon krijgen. Ik zag nooit ook maar een vleugje kleur op haar lippen of wangen.

Maar toen ontdekte ik dat ze wel degelijk in crèmes geïnteresseerd was. Ze was gewoon te krenterig om zichzelf iets te gunnen. Daarom had ik haar mijn crème aangeboden als vergoeding voor het gebruik van haar keuken.

Algauw merkte ik dat ze in onze straat heel wat mensen kende. Het nieuws dat iemand hier crèmes maakte, ging als een lopend vuurtje door de buurt en niet lang daarna begonnen de dames me zelfs voor mijn potjes te betalen.

'Dat is niet voldoende,' wierp ik tegen. 'De crème moet zo goed zijn dat ik een schoonheidssalon ertoe kan overhalen mij als scheikundige in dienst te nemen. Ik moet ze duidelijk maken dat er geen betere is.'

Terwijl madame Roussel zich haar keuken weer toe-eigende, testte ik de crème nog eens. Het vet gedroeg zich zoals de bedoeling was. Tevreden met het resultaat vulde ik er de glazen potjes mee die ik enkele dagen eerder op de vlooienmarkt had aangeschaft.

Normaal gesproken hergebruikte ik de potjes die ik eerder aan mijn proefpersonen had uitgedeeld. Maar voor mijn presentatie aan de schoonheidsfirma's had ik nieuwe glazen potjes nodig, die klasse uitstraalden.

Behalve het Maison de Beauté had ik nog een andere salon op het oog. Vlak bij Helena Rubinstein bevonden zich meer parfumerieën en schoonheidssalons, waaronder een huis met een vuurrode deur met daarboven een bordje met de naam Elizabeth Arden. De eigenares scheen Engelse te zijn. In de etalages kwam de rode kleur terug; was het misschien een soort huisstijl? Iemand als zij kon best interesse hebben in mijn crème als ik door Helena Rubinstein werd afgewezen.

Met een voldaan gevoel schroefde ik ten slotte de dekseltjes op de potjes. Nu hoefde ik ze alleen nog van een etiket te voorzien.

Ik ruimde de keuken op en nam het resultaat van mijn werk mee naar boven, benieuwd naar Henny's reactie.

Die avond had ik het geluk dat Henny voor haar optreden langskwam in het pension. Dat gebeurde de laatste tijd steeds minder vaak, wat ik wel jammer vond. Toen ze de kamer binnenkwam bewonderde ik haar nieuwe mantelpakje, waarin ik haar vandaag voor het eerst zag. Het koningsblauw van de stof harmonieerde met haar ogen en haar blonde haar, dat ze nu in losse golven droeg. Ze zag er niet meer uit als een danseres, maar eerder als de vrouw of de minnares van een zakenman. Ik wist niet zeker of ze haar nieuwe kleren van haar salaris kocht of dat Jouelle haar ermee verwende. Ze liet er geen woord over los en ik vroeg er ook niet naar.

'Hé, je hebt weer iets nieuws!' riep ze terwijl ze een van de potjes pakte.

'Niet openmaken alsjeblieft!' zei ik vlug. 'Dat zijn de monsters die ik morgen wil presenteren.'

Henny bekeek het etiket, dat ik op de zijkant had geplakt. De naam Sophia Krohn mocht dan weinig glamoureus zijn, ik was toch in mijn nopjes met mijn eigen label.

'Ik hoef je niet te vertellen dat je je crèmes ook zelf wel kunt verkopen,' merkte ze op. 'Op een markt of in de stad.'

Ik pakte een van de potjes die ik voor mezelf apart had gezet, maakte het open en smeerde wat van de crème op Henny's hand. 'Hier.'

Henny, die mijn crèmes ook al eerder had uitgeprobeerd, wreef de emulsie uit over haar huid.

'O, dat is lekker,' zei ze toen ze eraan had geroken. 'Ik denk echt dat je je crèmes heel goed zelf aan de man zou kunnen brengen.'

'Maar hoe ver zou ik daarmee komen, als je ziet hoeveel salons er hier zijn?' Ik keek haar aan en hoopte op begrip. 'Ik heb steun nodig en die vind ik eerder als ik voor een van de instituten werk.'

'Je weet toch hoe het zit met die werkvergunning?'

'Ja,' antwoordde ik met een zucht. 'Maar als ze me zouden zien als iemand die van waarde voor hun bedrijf zou zijn? Zoals het theater die waarde in jou zag?'

Met die gedachte in het achterhoofd was ik met mijn laboratoriumkistje aan de slag gegaan. Daarom had ik mijn uiterste best gedaan om een product te maken dat me in de ogen van een Helena Rubinstein of een Elizabeth Arden belangrijk genoeg deed voorkomen om me een contract aan te bieden.

Henny knikte en streek met haar vinger over het dekseltje van het crèmepotje. 'Ik weet zeker dat je succes zult hebben,' zei ze. 'Ik wou dat ik al maanden geleden zo'n vertrouwen in je had gehad.'

'Die tijd ligt ver achter ons. Ik wil vooruitkijken.' Ik schudde het opwellende verdriet van me af en pakte haar handen. 'Wens je me geluk voor morgen?'

'Alle geluk van de wereld,' zei Henny terwijl ze me omhelsde.

De volgende ochtend ging ik met mijn crèmes op weg naar de Rue du Faubourg Saint-Honoré. Ik had de potjes opgestapeld in mijn laboratoriumkistje en hoopte ze zo heel door de stad te kunnen vervoeren.

Het was die ochtend druk op straat en de mensen waren slechtgehumeurd vanwege het waterkoude weer. De sneeuw aan de rand van de straten was vuil en heel Parijs snakte naar zon en de eerste voorboden van de lente.

In de bus zocht ik een plekje achterin, want ik wist dat vrouwen met kinderen het liefst voorin gingen zitten.

Hoewel ik dacht mijn verdriet onder controle te hebben, zag ik nog altijd op tegen confrontaties met andere moeders, vooral als ze een kinderwagen bij zich hadden of hun kinderen op de arm droegen. Ze waren alomtegenwoordig in het straatbeeld van Parijs, maar meestal slaagde ik erin te doen alsof ze er niet waren door de andere kant op te kijken of mijn gedachten af te leiden. In het openbaar vervoer, de bus of de metro, lukte me dat niet zonder meer.

Maar ditmaal had ik geluk. In de bus zaten alleen arbeiders en zakenlieden. Af en toe stapten er keurig geklede meisjes in die onderweg leken te zijn naar hun werk op kantoor of in een winkel. Hoewel er een wirwar van zinsflarden door de bus dwarrelde, kon ik mijn gedachten de vrije loop laten. Steeds opnieuw nam ik door hoe ik me het best aan de dames kon voorstellen. Om er niet al te haveloos uit te zien, had ik een blouse en een rok van Henny geleend. Ik had geen geld voor nieuwe kleren en de kleding die ik tijdens mijn zwangerschap had veranderd was niet elegant genoeg. Mijn oude jas paste me wel weer en zag er nog heel acceptabel uit.

Maar belangrijker dan wat ik aanhad was wat ik zou zeggen, en daarover had ik mijn twijfels. Op de universiteit had ik er na een moeizaam begin geen probleem meer mee gehad om mijn woordje te doen. Ik had de grappen van mijn mannelijke medestudenten gewoon genegeerd. Maar nu kwam ik als smekelinge bij een vrouw die onder de dames uit de betere kringen hét onderwerp van gesprek was. Ik had meer dan eens de naam Rubinstein horen vallen. Zou wat ik te zeggen had misschien als heel onnozel bij haar overkomen? Of zou ik niet eens bij haar worden toegelaten?

Van pure opwinding stapte ik een halte te vroeg uit de bus en ik moest de rest van de weg lopend afleggen. De waterige kou kroop onder mijn jas en herinnerde me op een nare manier aan de dag, nu een jaar geleden, waarop ik dokter Sahler had opgezocht.

Maar die gedachte kon ik nu echt niet gebruiken, dus verdrong ik hem snel en concentreerde me op het geluid van mijn laarsjes in de natte sneeuw. Ik had geprobeerd met schoencrème te redden wat er te redden viel, maar het was duidelijk dat ze niet nog een winter zouden overleven. Ik onderdrukte mijn verlangen naar nieuwe kleding en schoenen, maar ooit zou ik er niet omheen kunnen mijn schoeisel te vervangen.

Voor het Maison de Beauté gunde ik mezelf een moment om op adem te komen. Mijn hart bonsde en mijn handen waren ijskoud. Ik wist dat ik maar één kans had om een goede indruk te maken.

Als de winkeljuffrouw die ik een week geleden had aangesproken niet had gejokt, zou Paulina Rubinstein, die het Maison leidde, vandaag aanwezig zijn. Ik had liever een afspraak gemaakt, maar de jonge vrouw had me verteld dat mademoiselle Rubinstein heus de tijd voor me zou nemen als ze mijn aanbod interessant genoeg vond.

Ik rechtte mijn rug, pakte het handvat van mijn kistje steviger vast en ging naar binnen. Toen ik naar de receptie liep, werd ik begeleid door geklingel van klokjes.

Ik stelde me voor. 'Bonjour, mijn naam is Sophia. Ik zou mademoiselle Rubinstein graag willen spreken.'

De jonge vrouw keek me verbaasd aan. Had ze me niet begrepen? Mijn Frans was in de afgelopen maanden flink verbeterd en soms betrapte ik mezelf erop dat ik zelfs in het Frans dacht. Daar kon het niet aan liggen. Was mijn vraag te onbeschaamd geweest?

'Ik... Ik heb de afgelopen week al eens geïnformeerd of ik haar kon spreken en toen werd gezegd dat Paulina Rubinstein vandaag aanwezig zou zijn...'

Meteen daarop werd er een gordijn opzijgeschoven en kwam er een vrouw binnen. Ze had strenge gelaatstrekken en zwart haar, dat in haar nek in een wrong was samengebonden. Ze droeg een nauwsluitend grijs mantelpak met een witte blouse en was op een leeftijd waarop ze eigenlijk niet meer met mademoiselle hoorde te worden aangesproken.

'Manon, wat is er...'

De vrouw zweeg abrupt en keek me verbaasd aan. Kennelijk zag ze hier niet vaak vrouwen met afgedragen kleren en een laboratoriumkistje in de hand verschijnen.

'Mademoiselle Rubinstein, deze jongedame wil u graag spreken,' legde de verkoopster uit terwijl ze enigszins hulpeloos in mijn richting keek.

'Voor een behandeling?' Ze trok haar wenkbrauwen op.

'Ik wil graag mijn crème bij u introduceren.'

Ze produceerde een hikkend lachje en zei met een zwaar accent: 'Zoals u ziet verkopen we hier zelf crèmes. De beste crèmes ter wereld. Waarom zouden we...'

'Ik zou graag voor u willen werken!' viel ik haar in de rede. Dat was misschien niet beleefd, maar ik zou me niet laten vertellen dat ze me niet nodig hadden of me niet wilden spreken. Ik moest en zou dit gesprek voeren!

De vrouw nam me een tijdje op en zei toen: 'Goed. U hebt vijf minuten om me te overtuigen.'

Ze wenkte me mee te komen en ging me voor door de behandelkamer, waar een paar ligbanken stonden die me deden denken aan de onderzoekbank bij de dokter. De vrouwen die erop lagen waren in witte handdoeken gewikkeld; hun gezicht was met crème ingesmeerd, waardoor het leek of ze een masker ophadden. Aan een van de banken zat een jonge vrouw de slapen van haar cliënte te masseren.

Mademoiselle Rubinstein nam me mee een trapje op naar een kantoor, waar de muren vol hingen met schilderijen die niet leken op schilderijen die ik ooit eerder had gezien. Mijn vader zou ze schaamteloos hebben gevonden, ook al was er geen centimeter naakte huid of enige onzedelijke handeling op te zien. Ze waren modern op een gedurfde manier. Zelfs bij meneer Nelson op kantoor hadden niet zulke schilderijen gehangen.

Ik werd zodanig in beslag genomen door een voorstelling van wild dansende mensen dat ik bijna de stem van de vrouw voor me niet hoorde.

'Ga toch zitten.'

Ik bleef even met mijn been achter de stoel haken, maar ik herstelde me en ging op het zachte leren kussen zitten.

'Mijn zuster verzamelt graag kunst,' legde de vrouw uit terwijl ze soeverein op de stoel achter haar bureau plaatsnam. Aan de muur achter haar hing een kolossaal portret van een vrouw die niet erg op haar leek. Toch hadden ze zelfs identieke kapsels. Was dit de zuster die ze net had genoemd? 'Als ze in Parijs is, bezoekt ze altijd de galeries en koopt wat ze mooi vindt. Dan krijgen wij er ook weer iets bij.' Met een theatraal gebaar wees ze naar achteren. 'Maar we zijn hier niet om over kunst te praten, toch?'

'Nee, ik...' Ik was nog steeds een beetje beduusd van wat ze had gezegd. 'Ik zou u graag een crème willen presenteren die ik heb ontwikkeld.' Ik zette het kistje op mijn schoot en maakte het open.

Met trillende vingers haalde ik een van de potjes tevoorschijn en zette het op het bureau.

Mademoiselle Rubinstein pakte het en er gleed een geamuseerde glimlach over haar gezicht. 'Sophia Krohn. Is dat uw naam?'

Nu besefte ik dat ik mijn naam nog niet had genoemd en ik kreeg een kleur. 'Ja, dat is mijn naam. Neemt u me niet kwalijk dat ik me niet heb voorgesteld.'

'Namen zijn niet zo belangrijk,' antwoordde ze. 'Die kun je altijd veranderen.' Ze bekeek het potje nog eens goed en voegde eraan toe: 'Sophia Krohn heeft iets logs. Zou u niet de voorkeur aan Sophie geven?'

Op dat moment zou ik zelfs een totaal andere naam hebben aangenomen, als ik daar maar kon werken.

'Ik hoor u met een accent spreken,' zei Paulina Rubinstein, terwijl ze het potje een paar keer in haar hand omdraaide. 'U komt niet uit Frankrijk, of vergis ik me?'

Ik schudde mijn hoofd en kreeg het warm. Zou de werkvergunning nu aan de orde komen? 'Ik kom uit Duitsland.'

'U spreekt erg goed Frans. Hoelang bent u hier al?'

'Negen maanden.'

Met een hoofdknikje nam Paulina hier kennis van.

Tot mijn grote verbazing volgde hierop niet de vraag naar mijn werkvergunning.

'Welk effect moet deze crème hebben?' Paulina draaide het dekseltje los en snoof de geur op. De geur van munt was aan mijn kant ook nog te ruiken. Was die misschien te sterk uitgevallen? Een dag geleden was hij nog vrij mild geweest.

Het zweet brak me uit. 'Hij werkt tegen onzuiverheden in de huid,' zei ik en ik probeerde niet te laten merken hoe benauwd ik het had. 'Ik gebruik peterselie, kamille en munt, waarbij de geur hoofdzakelijk van de munt komt. De werking komt meer van de oliën van de peterselie en de kamille.'

Mademoiselle Rubinstein keek sceptisch. 'De muntolie is erg krachtig. De hoeveelste versie van deze receptuur is dit?'

'Pardon?'

‘U moet toch hebben geëxperimenteerd. Hoelang werkt u al aan deze crème?’

Er kroop een blos naar mijn wangen. ‘Een paar weken. Daarvoor heb ik nog andere crèmes ontwikkeld. Maar dit is de beste.’

Mademoiselle Rubinstein draaide het deksel weer op het potje. ‘Waarom wilt u eigenlijk crèmes produceren? Wat is uw... motivatie?’

‘Ik...’

‘U moet weten,’ viel ze me in de rede, ‘dat u bepaald niet de enige bent. Veel vrouwen willen een beetje geld verdienen door in de keuken crèmes te mengen waarmee ze proberen met ons te concurreren.’

‘Maar ik... ik wil helemaal niet met u concurreren,’ zei ik. ‘Ik wil voor u komen werken. Ik wil dat u door mijn crème inziet dat ik het kan. Dat u me nodig hebt.’ Ik merkte dat ik onsamenhangend klonk.

Paulina Rubinstein fronste haar voorhoofd. Ik was haar nog steeds een antwoord schuldig.

‘Ik ben begonnen met crèmes maken omdat mijn huid onzuiver en onrustig was. Er was geen arts die er iets aan wilde doen en daarom heb ik het heft in eigen hand genomen.’

‘Hoe oud was u toen?’

‘Een jaar of dertien.’ Vergeleken met mijn mengsel van toen was deze crème een waar meesterwerk.

‘U was dus nog een kind!’

‘De crème verzachtte het probleem,’ zei ik. ‘Maar hij valt in het niet bij deze.’ Ik tikte op het potje crème. ‘Ik ben ervan overtuigd dat uw cliëntes verguld zullen zijn met deze crème.’

Onze blikken kruisten elkaar. Ik voelde dat Paulina Rubinstein eropuit was om me uit mijn evenwicht te brengen. Maar ik dwong mezelf haar te weerstaan.

‘Ik moet uw product laten testen,’ zei ze na een poosje, terwijl ze het potje weer op het bureaublad zette. ‘Ik neem aan dat u nog niet eerder hebt gewerkt met een instituut als het onze?’

‘Nee, nog niet,’ antwoordde ik.

'Hebt u dit product al aan andere firma's gepresenteerd?'

Ook hierop antwoordde ik ontkennend. 'Maar als u me afwijst, zal ik het zeker ergens anders proberen. Bij Elizabeth Arden bijvoorbeeld, of...'

Paulina stak haar hand op. 'Ik denk dat u andere firma's moet vergeten als u werkelijk serieus in een samenwerking met ons geïnteresseerd bent. Ik zal mijn zuster een telegram sturen. Zij heeft het hier voor het zeggen; ik fungeer alleen als tussenpersoon.'

Ik keek naar het portret achter haar. Het gezicht had een harde uitstraling, maar er glom passie in de ogen. Ik vroeg me af welke schilder het portret had gemaakt.

'Zoals ik al zei, wil ik uw crème testen om te zien of de huid er goed op reageert,' ging Paulina Rubinstein verder. 'We kunnen niet iets op de mensheid loslaten wat slecht voor de gezondheid is.'

'Dat begrijp ik volkomen,' antwoordde ik. De geur zou misschien niet iedereen aanspreken, maar schadelijk was de crème beslist niet.

'Een lijst met ingrediënten zou daarvoor wel handig zijn.'

Er begonnen onzichtbare alarmbellen te rinkelen. Wat zou haar ervan weerhouden mijn crème gewoon na te maken? Ik wilde niet mijn product kwijtraken, maar een baan bemachtigen.

'Die geef ik u natuurlijk als u mij in dienst neemt,' antwoordde ik terwijl ik Paulina aandachtig opnam. Haar ogen fonkelden. Op haar gezicht verscheen een bijna geamuseerde glimlach. Het leek of ze wilde zeggen dat ze zo ook wel achter de receptuur zou komen.

'Nou, uw vijf minuten zijn om,' zei ze en ze stond op. 'Laat u uw adres maar bij Manon achter, zodat ik contact met u kan opnemen.'

Ik stond eveneens op, maar wist niet goed wat ik moest denken van dit abrupte einde van ons gesprek. Ik had gehoopt dat ze meer wilde weten. Ze had me niet eens gevraagd of ik scheikunde had gestudeerd. Misschien had ik er zelf aan moeten denken om mezelf uitgebreider voor te stellen.

Maar daarvoor was het nu te laat.

'Tot ziens, mademoiselle Krohn,' zei ze en ze gaf me een hand. Mijn ijskoude vingers raakten haar zijdezachte warme huid. Als dit het effect van Helena Rubinsteins eigen producten was, moesten ze grandioos zijn.

'Ik heb nog één verzoek,' zei ze, toen ik me naar de deur begaf.

'Ja?' vroeg ik hoopvol.

'Wilt u deze crème aan niemand anders laten zien voordat ik contact met u heb opgenomen?'

'Dus u laat het me ook weten als u er niets in ziet?'

'Ja. Dat is toch wel het minste, nietwaar?'

Met die woorden liet ze me vertrekken, zelf bleef ze in het kantoor. Ik moest in mijn eentje de weg naar buiten zien te vinden.

Struikelend en confuus bereikte ik de straat. Ik moest even tot mezelf komen. Nog steeds wist ik niet wat ik van het gesprek moest denken. Ik had het gevoel bedrogen te zijn uitgekomen, terwijl ik toch eigenlijk mijn kans had gehad. Waar was het verkeerd gegaan?

Ik keek naar het kistje in mijn hand. Er stonden nog zeven potjes in. Gekoeld bewaard zouden ze enige tijd houdbaar zijn. Bij de huidige weersomstandigheden was dat geen probleem.

Ik verkeerde in tweestrijd. Moest ik mijn crème toch nog ergens anders presenteren? Mademoiselle Rubinstein had eigenlijk niet het recht exclusiviteit te eisen. Als ik naar het instituut van miss Arden ging, zou ze er waarschijnlijk nooit achter komen. Of wel? Bestond er spionage in de wereld van de gezichtslotions en crèmes?

Nadat ik een stukje had gelopen, gaf mijn hart me in dat het beter zou zijn om te doen wat ze had gevraagd. Ook als ik nog niet wist of ik daar verkeerd aan deed.

24

Er verstreken drie weken. De eerste maartse zonnestralen deden de sneeuw smelten en de langverwachte lente verscheen aan de stadspoorten. Met elke dag zonder bericht van Paulina Rubinstein betreurde ik het meer dat ik mijn crème niet ook bij andere firma's had aangeboden.

Toen ik het binnen niet meer uithield, ging ik naar een café in het Quartier Latin en bestelde een café au lait. Tussen de chic geklede mensen die daar zaten, voelde ik me een beetje uit de toon vallen. Ook speelde mijn geweten me parten. In een andere zaak was de koffie goedkoper geweest.

Maar dit café lag aan een drukke straat die veel afwisseling bood als je mensen wilde kijken. Bovendien kwamen er maar weinig vrouwen met kinderen langs. In plaats daarvan zag je in gedachten verzonken heren met hoornen brillen op, van wie ik niet kon zeggen of het dichters of zakenlieden waren.

Op die dinsdag halverwege maart was ik onrustiger dan ooit en kon ik me niet goed op de mensen concentreren. Zou er nog bericht van madame Rubinstein komen, of zou ik eindelijk een poging in een andere richting wagen? De crèmes waren bij dit koele weer nog steeds houdbaar. Inmiddels had ik mijn notitieboek met meer ideeën gevuld en mijn handen jeukten om aan de slag te gaan. Misschien had ik er meer aan meteen een eigen salon te openen? Ik hoorde weer de woorden van Paulina Rubinstein: *Veel vrouwen willen een beetje geld verdienen door in de keuken crèmes te bereiden waarmee ze met ons proberen te concurreren*. Wat bleef er voor vrouwen als ik anders over? Om als zelfstandige in Parijs te kunnen werken had je geen werkvergunning nodig, alleen geld en een ruimte waarin je je werkzaamheden kon uitoefenen.

Maar ik beschikte over geen van beide en ik wist ook niet waar ik informatie kon krijgen over een krediet. Misschien kon ik mijn crèmes aan warenhuizen aanbieden? Ik had gezien dat Helena Rubinstein en Elizabeth Arden daar vertegenwoordigd waren, maar ook onbekende namen die geen zaak hadden in de Rue du Faubourg Saint-Honoré...

Uiteindelijk rekende ik mijn koffie af, stond op en liep het café uit. Het was geen goede dag om naar mensen te kijken. Het verlangen om weer achter het fornuis te staan werd steeds sterker. Misschien kon ik als volgende product een gezichtstonicum proberen? In de warenhuizen had ik steeds meer van die fraaie glazen flesjes zien verschijnen. Misschien zou ik bij mijn volgende bezoek aan de vlooienmarkt een partij flesjes met kurkstoppen kunnen bemachtigen.

In het pension liep ik Geneviève tegen het lijf. '*Salut*, Sophie!' riep ze vrolijk. Haar nieuwe vriend, die er de reden van was dat ze nauwelijks nog klanten ontving, leek haar echt goed te doen. 'Goed dat je er bent. Een of andere vreemde snuiter heeft daarnet iets voor je afgegeven.'

'Voor mij?' Dat kon alleen een echtgenoot uit de buurt zijn geweest die namens zijn vrouw een potje terugbracht om het opnieuw te laten vullen.

'Ja, ik heb het op je deur geplakt.'

Op de deur?

Ik bedankte Geneviève en stormde met bonzend hart de trap op. Inderdaad zat er een envelop op onze kamerdeur.

Sophia Krohn stond erop in een verfijnd, ietwat hoekig handschrift. Geen afzender.

Met trillende handen maakte ik hem open. De laatste keer dat ik post had gekregen, ging het om de rekening van het ziekenhuis. Het bedrag was een schok voor me geweest, maar Henny had Jouelle om het geld gevraagd. Dat vond ik eerst pijnlijk, maar ik had geen andere keuze dan het te accepteren en haar te verzekeren dat ik het zo vlug mogelijk zou terugbetalen.

In deze envelop zat alleen een kaart. Toen ik het opschrift HELENA RUBINSTEIN las, begon mijn hart nog sneller te kloppen.

Morgen, 13.00 uur in het Maison de Beauté stond er. Daaronder de toevoeging: *Kom niet te laat.*

Ik tuurde verbaasd naar de kaart. Het was een uitnodiging, maar waarvoor? Betekende het dat het maison in mijn product geïnteresseerd was? Om me te zeggen dat ze geen interesse hadden hoefden ze me toch niet te laten komen...

Ik nam de kaart mee de kamer in. Telkens weer liet ik mijn blik over de weinige regels gaan, zonder de verborgen betekenis eraan te kunnen ontlokken. Er zou niets anders opzitten dan tot de volgende dag te wachten.

Net zo nerveus als bij mijn eerste gesprek met Paulina Rubinstein liep ik de volgende dag het Maison de Beauté binnen. Eerst had ik, omdat ik veel te vroeg was, de nodige rondjes om het blok huizen gelopen. Nu deden mijn voeten pijn, maar mijn innerlijke spanning was sterker.

Deze keer leek Manon van de receptie te weten wie ik was. 'Madame verwacht u in het kantoor,' zei ze nadat ik haar had begroet, en ze wees naar de deur waardoor ik een paar weken eerder voor het eerst naar binnen was gegaan.

Ik bedankte haar en liep weer door de behandelruimte, waar ook ditmaal een paar dames mooi werden gemaakt.

Voor het kantoor bleef ik even staan om me te concentreren. Ik keek op mijn horloge. De wijzers sprongen op één uur. Ik klopte aan.

'Binnen!' riep een donkere, enigszins rauw klinkende vrouwenstem. Het was niet Paulina, die zou ik aan haar heldere, zangerige stem hebben herkend.

Toen ik binnenkwam viel mijn blik meteen op een grote bontkraag, met daarboven een hoofd met strak naar achteren gekamd haar.

Het volgende moment zag ik dat het dezelfde vrouw was als die op het portret aan de muur. Haar tere roomblanke huid stond in schril contrast met haar zwarte haar en de grote felgele edelstenen aan haar oren. Ze leek net te zijn aangekomen, of op het punt te staan om weg te gaan, dat was niet precies te zeggen.

Naast haar stond Paulina Rubinstein in een strakke donkergrijze wollen jurk die haar figuur accentueerde.

'Bonjour,' zei ik ter begroeting terwijl ik het gerommel in mijn maag probeerde te negeren. 'Ik ben Sophia Krohn.'

De vrouw achter het bureau maakte geen aanstalten om op te staan. Haar ogen namen me grondig op. 'Ah, de jongedame die me een crème wil verkopen,' zei ze en ze gebaarde me dichterbij te komen. Ze bleef ook zitten toen ze me over het bureau heen haar hand toestak. 'Helena Rubinstein. Gaat u zitten.'

Ik merkte dat ze de middelste lettergreep van haar voornaam op een eigenaardige manier gerekt uitsprak. Ze sprak met hetzelfde zware accent als Paulina.

Nadat ik ook haar zus, die nu vreemd stil leek, een hand had gegeven, nam ik plaats op de stoel voor het bureau.

'U moet me verontschuldigen,' zei Helena Rubinstein, waarbij met elke hoofdbeweging de edelstenen oplichtten. 'Het is in dit gebouw nogal krap. Ik had u in de kliniek moeten ontvangen, daar is het allemaal wat ruimer. Maar mijn agenda is erg vol.'

Ik keek verward van haar naar Paulina en weer terug. Eigenlijk had ik erop gerekend dat ik ondervraagd zou worden.

'Juffrouw Krohn,' ging ze daarna verder in het Duits, wat me nog meer verraste. 'Mijn zuster heeft me verteld dat u uit Duitsland komt. Ik ken daar een paar geweldige, heel pientere vrouwen.'

'Dat... doet me plezier...' stamelde ik en ik probeerde mijn neiging tot handenwringen te onderdrukken.

'Hoe bent u op het idee gekomen een crème te maken?' vroeg Helena Rubinstein toen. Ik was blij dat ze eindelijk op het eigenlijke onderwerp kwam. Maar voordat ik antwoord kon geven vervolgde ze: 'Bij mij kwam het door mijn reis naar Australië. De lucht is daar vreselijk heet en droog. Als mijn moeder me niet twaalf potjes crème had meegegeven, zou ik nu beslist op een rimpelig appeltje lijken.'

Weer trof haar opmerkzame blik me. Ik vroeg me af hoe oud ze eigenlijk was.

Helena Rubinstein ging verder. 'De vrouwen daar hadden allemaal een vreselijke huid en ik was hun redding. Zo is het bij mij begonnen.' Ze boog zich een beetje over het bureau heen. 'En bij u?'

Ik hapte naar adem. 'Ik... Ik had problemen met mijn huid, als jong meisje,' wist ik uit te brengen.

De vorige avond had ik mijn presentatie voor de spiegel geoefend en daarbij had ik heel zelfverzekerd geleken. Nu had ik het gevoel dat ik als een schoolmeisje stond te stamelen, en dat terwijl ik in mijn moedertaal met Helena Rubinstein sprak.

Deze nam mijn gestamel met een knikje voor kennisgeving aan. 'Ik heb uw crème uitgeprobeerd,' zei ze. 'Ik persoonlijk hou niet van de geur, hij is te scherp. Daarmee ruik je naar een pepermuntjesfabriek.'

Mijn wangen begonnen te gloeien. De plotselinge kritiek verraste me. Ik had gedacht dat we het eerst over mijn voorgeschiedenis zouden hebben.

'Uw crème is echter niet het gebruikelijke gepruts van een of ander huisvrouwtje dat mijn aandacht wil trekken,' vervolgde ze. Ze klonk bars, maar haar woorden maakten me opmerkzaam. 'U bent op een wetenschappelijke manier te werk gegaan, dat is te merken. Het product is zeer zuiver en lijkt doordacht. De consistentie is perfect.' Haar ogen boorden zich weer in de mijne. Ze vroeg het niet, maar ik voelde dat ik nu tegen haar kon zeggen wat ik bij Paulina had nagelaten.

'Ik heb gedurende vijf semesters scheikunde gestudeerd aan de Friedrich-Wilhelms-Universität in Berlijn. Ik weet wat ik doe.'

Madame Rubinsteins fraai geëpileerde wenkbrauwen schoten omhoog. Nu leek zij van haar kant verrast. 'En wat heeft u in Parijs doen belanden? Ik neem aan dat u uw studie niet hebt afgemaakt. Bij dat aantal semesters... Maar vast niet om mij een crème te verkopen.'

Op die vraag was ik niet voorbereid.

Wat moest ik antwoorden? Een leugen had ik niet bedacht, en de waarheid...

Maar een blik op Helena Rubinsteins gezicht vertelde me dat het niet verstandig was het antwoord lang schuldig te blijven.

'Mijn ouders hebben me het huis uit gezet,' zei ik dus maar. 'We hadden ruzie vanwege een persoonlijke kwestie...'

'Een man?'

Ik werd rood.

De gezichtsuitdrukking van madame Rubinstein maakte me duidelijk dat ik niet meer hoefde te zeggen. Ze wisselde een blik met haar zuster. Die keek ineens afwijzend.

'Ik weet niet of hier werken wel een goed idee is als u een man hebt die uw aandacht opeist.'

Ik voelde plotseling mijn hart kloppen in mijn keel. Betekende dit dat ze overwoog me in dienst te nemen? 'Pardon, maar... Ik... Ik heb geen man,' stamelde ik. 'We zijn uit elkaar.'

Madame Rubinstein fronste haar voorhoofd. 'Dat spijt me.' Ze zweeg even, toen voegde ze eraan toe: 'Dat betekent dus dat u geen verplichtingen hebt?'

'Ja, inderdaad...' Ik slikte en voelde me een beetje beschaamd dat ik haar niet de hele waarheid kon vertellen. Maar wat zou ze van me denken als ze hoorde dat ik ongehuwd zwanger was geworden?

In elk geval leek dat wat ik gezegd had voor haar voldoende verklaring te zijn.

'Welnu, als dat zo is, moesten wij tweeën maar eens een gelegenheid zoeken waar we iets kunnen eten en met elkaar praten,' zei ze.

Ik probeerde het benauwde gevoel dat me ineens overviel van me af te schudden. 'Betekent dat dat u me in dienst wilt nemen?'

'Het betekent dat ik met u over uw aanstelling wil onderhandelen. Er gaat niets boven goed onderhandelen, vindt u ook niet?'

Ik knikte en voelde me alsof ik elk moment uit elkaar kon vallen en door de wind worden weggeblazen.

'We zien elkaar na afloop,' zei ze tegen Paulina, die in tegenstelling tot mij niet verbaasd leek dat ze niet mee zou gaan.

'Gaat uw zuster dan niet mee?' vroeg ik.

'Nee, ik denk dat het voldoende is als wij met elkaar praten. Dus?'

Ik knikte en stond op. Madame Rubinstein ook. Daarbij merkte ik dat ze een stuk kleiner was dan ik. Toch leek ze sterk en charismatisch toen ze met trots geheven hoofd voor me uit liep. Op weg naar buiten werd ze door haar personeel bijna eerbiedig gegroet.

Café Royal zag er heel luxueus uit. Er hingen zware schilderijen aan de muren en het licht werd gevangen in goudkleurige lijsten en kroonluchters. De Lodewijk-XVI-stoelen waren met lichtroze satijn overtrokken en op de tafels stonden kleine boeketjes witte rozen. De lucht geurde bijna etherisch naar suiker en koffie.

Ik verdrong de gedachte aan Georg en mijn vorige bezoek aan een wat beter café.

De kelner leek madame Rubinstein te kennen, want hij bracht ons zonder omhaal naar een van de beste plaatsen, waarvandaan je een goed zicht had op de straat met zijn prachtige gebouwen.

Hij nam onze jassen aan en het ontging me niet dat hij enigszins ontstemd naar mijn eenvoudige kleding keek. Geen wonder, want onder de mantel van madame Rubinstein kwam nu een chic groen mantelpakje tevoorschijn.

'Mijn echtgenoot heeft op dit moment een ontmoeting met een paar veelbelovende auteurs,' verklaarde ze op conversatietoon. 'Hij ziet zichzelf als beschermheer van de literatuur en heeft ooit een literair tijdschrift uitgegeven. De liefde voor de schone kunsten is wat ons bindt. Hoe denkt u daarover?'

Ik schudde nerveus mijn hoofd. Voor het lezen van romans had ik al heel lang geen tijd meer genomen; mijn wereld bestond meer uit studieboeken.

'U bent waarschijnlijk een pure wetenschapper, nietwaar?' vroeg ze daarna, waarop ik vlug knikte en besloot haar niet te vertellen dat ik als garderobejuffrouw wel met cultuur te maken had gehad. Het beviel me dat ze me als wetenschapper zag, een aspect van mezelf dat ik de afgelopen maanden had verloren.

'Ik ken vrouwen zoals u. In Wenen heb ik met een geweldige vrouwelijke arts samengewerkt. Zij heeft me laten zien hoe je huidproblemen herkent en behandelt. We hebben samen geweldige producten ontwikkeld. Zij gaf ook niet veel om schilderijen of beeldhouwwerken.'

Met een elegant gebaar wenkte ze de kelner. 'Hebt u speciale wensen wat het eten betreft?'

Ik schudde verward mijn hoofd. 'Nee, ik... Ik ben niet kieskeurig.'

'De Fransen hebben de beste keuken van de wereld, weet u.' Daarop wendde ze zich tot de kelner. 'Jacques, we nemen de bouillabaisse en een salade niçoise en als dessert jullie goddelijke mousse au chocolat. De wijn laat ik aan jou over.'

'Zoals u wenst, madame.' De kelner trok zich met een lichte buiging terug.

'Ik ben joods, eigenlijk zou ik koosjer moeten eten, maar mijn rabbi ziet het door de vingers als ik hier ben.' Ze glimlachte in zichzelf, alsof ze een grapje had gemaakt. 'Ik hoop dat het niet te veel voor u zal zijn. Een slank figuur is belangrijk voor een jonge vrouw, maar u ziet eruit alsof u wel een hapje kunt gebruiken.'

'Ja, ik... Ik heb eigenlijk wel een goede eetlust.'

Weer dwaalde haar blik onderzoekend over mijn gezicht. 'Vergeef me alstublieft dat ik zo onomwonden naar de reden voor het afbreken van uw studie heb gevraagd,' zei ze toen. 'Ik weet hoe een relatie en een gezin een vrouw in beslag nemen. Ik heb twee zonen, en toen ik zwanger was van Roy heb ik twee salons geopend, een in Wellington en mijn eerste in Londen. Toen het filiaal in Parijs volgde, was mijn zoon Horace al op de wereld. Het was geen gemakkelijke tijd.'

Ze had dus ook kinderen. Zoals altijd wanneer ik moeders over hun kinderen hoorde praten, voelde ik een steek van jaloezie.

'Maar nu zit u hier, nietwaar. Hebt u misschien trouwplannen?'

'Nee,' antwoordde ik enigszins verward. 'Ik wil zelf in mijn onderhoud voorzien. Bovendien heb ik plezier in crèmes maken. Ik kan me voorstellen dat ik dat mijn hele leven blijf doen.'

'Daarmee komen we op het eigenlijke onderwerp,' zei madame Rubinstein. 'U hebt vast al kennisgemaakt met de Franse bureaucratie. Ze hebben graag dat buitenlanders een zaak openen, maar ze zien er nauwkeurig op toe dat ze geen werkgelegenheid voor Fransen aan de markt onttrekken. Ook als buitenlandse moet je voor die wet buigen.'

Wat betekende dat? Wilde ze me dan toch niet in dienst nemen?

Voordat ik het kon vragen verscheen de kelner, die ons behalve een karaf water ook de wijn kwam brengen. Madame Rubinstein hield op met praten tot de kelner weer weg was, toen vervolgde ze: 'Om die reden ben ik niet in staat u hier in Parijs in dienst te nemen. Goede scheikundigen zijn er hier ook, zelfs vrouwelijke, die ik het liefst heb, want als vrouw kennen ze de wereld van vrouwen beter dan een man.'

'O,' zei ik en ik liet enigszins teleurgesteld mijn hoofd hangen. Tegelijkertijd vroeg ik me af waarover ze dan wilde onderhandelen. Wilde ze de crème van me kopen? Na de kritiek over de geur betwijfelde ik dat.

'Maar Parijs is niet de enige stad ter wereld, nietwaar?' ging ze monter verder. 'Zoals ik al zei, bezit ik filialen in andere landen: in Engeland en Australië, en ook in de Verenigde Staten.'

Ze liet die woorden even op me inwerken. Ik vroeg me af in welke van die landen de wetten niet zo streng waren.

'De reden waarom ik vroeg of u onafhankelijk bent is de volgende: een paar weken geleden ben ik een van mijn beste scheikundigen kwijtgeraakt. Ze is getrouwd en gaat naar het zuiden van Amerika verhuizen. Tot nog toe is het me niet gelukt een goede vervangster voor haar te vinden. Toen mijn zuster me een telegram stuurde dat hier een jonge vrouw een crème had gepresenteerd, kon ik me daar nog weinig bij voorstellen. Maar toen ik uw crème testte...' Ze zweeg even. 'Zoals gezegd vind ik die sterke muntgeur niet prettig. Maar de verzorgende eigenschappen zijn dezelfde als die ik als de standaard voor mijn eigen producten beschouw. Een crème als deze zou zeker weerklank bij de concurrentie vinden.'

Ik moest weer denken aan de lange lijst met schoonheidssalons. De afgelopen weken had ik het min of meer betreurd dat ik mezelf niet ook daar had geïntroduceerd. Nu was ik blij dat ik het niet had gedaan.

'Ik neem aan dat u geen contact met Elizabeth Arden hebt opgenomen?' vroeg madame Rubinstein.

Ik schudde mijn hoofd. 'Uw zuster zei me dat ik dat niet moest doen als ik kans bij u wilde maken.'

Helena glimlachte besmuikt. 'Die beste Paulina. Ik geef het nooit openlijk toe, maar ze is een van mijn liefste zussen. Ik ben de oudste van acht zussen, moet u weten. Dat was niet altijd even gemakkelijk. En eigenlijk hou ik van allemaal, maar sommige zussen lijken wat zakelijk inzicht betreft meer op mij dan andere.'

Ik begon me af te vragen of ze al haar zussen een schoonheidssalon had toevertrouwd.

'In elk geval was het heel verstandig dat u me trouw bent gebleven,' vervolgde madame Rubinstein. 'U hebt indruk op me gemaakt met uw product, en ook al hebt u uw studie niet afgerond, ik heb goede hoop dat uw kennis voldoende is om voor me te werken. Per slot van rekening hoef ik ook geen arts te zijn om huidproblemen te behandelen.' Er gleed een zweem van spijt over haar gezicht, maar dat verdween algauw weer achter een glimlach. 'Ik zal het kort houden. Ik overweeg om u mee te nemen naar New York. Daar zit de hoofdvestiging van mijn bedrijf, en daar zijn ook geen problemen met de werkvergunning. Die kan ik, samen met een verblijfsvergunning, te allen tijde voor u regelen. Natuurlijk zal het enige tijd duren voordat u de Amerikaanse nationaliteit kunt krijgen. Maar als werkende buitenlandse kunt u daar een goed bestaan leiden.'

Ik staarde haar aan. Mijn gezicht gloeide en voelde strak aan, alsof ik te lang in de kou had gestaan. 'New York?' vroeg ik. Ik had er niet aan gedacht in een ander land dan Frankrijk te werken, omdat ik Henny niet alleen wilde laten. Maar nu ze met Jouelle samen was en de mogelijkheid zich voordeed om eindelijk mijn schulden terug te betalen...

'Ja,' antwoordde madame Rubinstein, 'New York. Ik zou u daar in mijn fabriek willen aanstellen, bij de afdeling productontwikkeling. Voor het vervaardigen van de producten heb ik niet heel veel personeel nodig, ik probeer het meeste door machines te laten doen, onder toezicht van een handvol medewerkers. Uiteraard moeten de ingrediënten worden klaargemaakt, dat gaat helaas alleen handmatig, want een machine kan het menselijk oog en zorgvuldigheid niet vervangen. Op dit gebied heb ik de meeste mensen werken. Maar wetenschappelijke inzichten veranderen vlug, en de markt beweegt mee. Je moet, zoals het zo mooi heet, aan de bal blijven als je niet overtroefd wilt worden, als u begrijpt wat ik bedoel.'

Ik had geen benul, maar ik kon me er een beeld van vormen. Ook aan de universiteit was er sprake geweest van een zekere concurrentie onder de professoren.

'Kunt u zich bij dat werk iets voorstellen?'

'Ja, natuurlijk,' antwoordde ik, hoewel mijn brein nog altijd niet goed kon bevatten wat me nu werd aangeboden. 'Ik zou het erg fijn vinden om weer in een laboratorium te werken.'

'Mooi!' zei madame Rubinstein met een brede glimlach. 'Ik mag vrouwen die van wanten weten. Mijn enige voorwaarden zijn dat u Engels leert en dat u de eerste tien jaar niet trouwt.' Ze keek me een poosje aan, toen vroeg ze: 'Hoe oud bent u?'

'Eenentwintig,' antwoordde ik, stomverbaasd over die laatste eis. Ik sprak Engels, want dat had ik op school geleerd; mijn vader vond dat ik de taal van de wetenschap moest beheersen. En dat was in zijn ogen niet het Latijn.

Maar die clausule... Niet dat ik na de mislukking met Georg van plan was de eerste de beste man om de hals te vallen, maar zo'n eis vond ik erg ongewoon.

'Met eenendertig bent u nog steeds jong genoeg om kinderen te krijgen,' verklaarde madame Rubinstein. 'Ik was negenendertig toen mijn eerste zoon werd geboren, en tweeënveertig bij de tweede. Ik zeg u, het is niet noodzakelijk om je jeugd te spenderen aan kinderen krijgen. En het betekent ook niet dat ik u wil verbieden om u te amuseren. Alleen is het huwelijk helaas een instituut dat mannen de baas over hun vrouw laat spelen. Niet iedere vrouw heeft zo'n sterke wil en is zo bevoorrecht als ik.'

Weer nam ze me onderzoekend op. Ik verkeerde in tweestrijd. Als ik nu eens een man leerde kennen die het waard was om hem mijn hart te schenken? Als ik echt verliefd raakte en niet mijn hoofd verloor door vleierijen?

'Geldt die clausule ook voor de mannen die voor u werken?' flapte ik eruit. Daar had ik meteen spijt van, want er werd me eenmalig een geweldige kans geboden.

'Die geldt voor al het hogere personeel dat moeilijk vervangbaar is,' antwoordde ze rustig. 'Die gold ook voor de scheikundige die ik nu kwijt ben, maar zij verliet me om haar geluk na te jagen. Dat stond haar vrij. Maar als u bij mij carrière wilt maken, moet u zich ook volledig op het werk concentreren. Dat zal u geen windeieren leggen, ik betaal loyale werknemers zeer goed.'

Daar twijfelde ik niet aan.

De kelner bracht ons het eten, en ik merkte algauw dat ze het maar in beperkte mate waardeerde als we daarbij praatten. Ik was blij dat ik me op de heerlijke vissoep en de salade kon concentreren, want haar woorden moest ik eerst laten bezinken.

Toen we bij het dessert waren aanbeland, voelde ik een eigenaardige lichtheid over me heen komen. Ik wist niet zeker of het door de suiker in de mousse au chocolat kwam of doordat er voor mij ineens een toekomst oprees zoals ik nooit had kunnen dromen. Vooral de afgelopen maanden niet.

'Ik verwacht niet dat u meteen antwoord geeft,' zei Helena Rubinstein toen we de maaltijd met een kopje mokka besloten. 'Laat u alles wat we hebben besproken even bezinken. Alleen nog dit: ik zal u zo veel betalen dat u als een vrouw van de wereld kunt leven, tenminste, voor zover ik tevreden ben over uw prestaties.'

Ik had het liefst tegen haar gezegd dat er voor mij niet veel te overwegen viel. Een mogelijkheid als deze zou zich geen twee keer voordoen.

'Als u akkoord gaat, kom dan morgen om één uur naar het restaurant van Hôtel Ritz en vraag naar mij. Dan eten we weer samen en bespreken we de rest.'

25

Vol ongeloof en enigszins verdwaasd door het aanbod van Helena Rubinstein ging ik naar huis. Ik voelde tintelingen van de sterke mokka, maar ook van vreugde, en tegelijkertijd bekroop me een gevoel van angst. New York! Ik had nooit durven dromen daar ooit naartoe te zullen reizen. En nu zou ik met madame Rubinstein meegaan om daar te gaan werken!

Wat zou Henny ervan zeggen? Ik kon me voorstellen dat ze even verrast zou zijn als ikzelf.

Ik was zo vrolijk dat ik het liefst iedereen die ik tegenkwam over de vrouw met de diamanten oorbellen had verteld. Maar toen ik het pension binnenkwam, waren madame Roussel en Geneviève er geen van beiden. Henny zou pas morgenochtend terug zijn, als ze al kwam. Wat moest ik nu? Aan wie kon ik mijn ongelooflijke vreugde kwijt? Het was voor het eerst dat ik me echt blij voelde sinds de dood van mijn zoontje.

Ik moest aan mijn moeder denken. Sinds mijn vertrek uit Berlijn had ik haar niet meer geschreven. Het had me tot nu toe ontbroken aan moed om haar te laten weten dat mijn zoontje was gestorven. Maar nu voelde ik de drang haar een kort briefje te schrijven. Dus haalde ik mijn schrijfgerei tevoorschijn.

Lieve mama,

U hebt al lange tijd niets van me gehoord. Ik weet ook niet of u wel van me wilt horen, maar ik ben tot de conclusie gekomen dat

u het recht hebt te weten hoe het me vergaat.
Negen maanden geleden ben ik uit Berlijn vertrokken, samen met Henny. We zijn naar Parijs gegaan om een nieuw leven op te bouwen. Maar dat weet u misschien al van papa, die ik kort voor mijn vertrek heb gesproken.
Helaas kan ik u geen goed nieuws sturen. Mijn zoontje is kort na zijn geboorte in het ziekenhuis gestorven. Ik had u graag bij me gehad, maar omdat u zo lang niets hebt laten horen, wist ik dat u me niet kunt vergeven. Ik hoop dat u toch uw kleinzoontje in uw gebeden wilt opnemen. Hij verdiende het niet om zo vroeg uit het leven te worden weggerukt, en ook niet om door u te worden afgewezen. Het was verkeerd van me dat ik me heb laten verleiden, maar mijn besluit mijn kind geboren te laten worden, was zeker geen verkeerde beslissing. Ook al is dat besluit op een tragedie uitgelopen.
Na de bevalling ben ik een poos ziek geweest, zodat het me niet was vergund mijn zoontje ook maar eenmaal te zien. Er gaat geen dag voorbij dat ik niet aan hem denk, maar het verdriet is inmiddels draaglijker geworden. Misschien was het goed dat ik hem niet heb gezien. Toch had ik het liever anders gehad.
Toen vader me het huis uit stuurde, zei hij dat ik het maar alleen moest zien te redden. Nadat het er een tijdlang naar uitzag dat me dat niet zou lukken, is er nu iets geweldigs gebeurd. Ik stel me voor dat mijn kind me vanuit de hemel deze kans heeft gezonden. Ik ga naar New York om daar mijn geluk te zoeken. En ik zal niet ophouden te hopen dat u en ook vader me ooit zullen kunnen vergeven.

Veel liefs,
Sophia

Toen ik klaar was, wreef ik de tranen uit mijn ogen. Alle zielenpijn die me na de bevalling had overvallen, was weer volop aanwezig. Ook de pijn die ik had gevoeld toen ik uit mijn ouderlijk huis op straat was gezet.

Maar mijn verdriet nam algauw af. De vreugdekriebels in mijn maag namen de overhand en schoven al het andere naar de achtergrond. Ik stond aan het begin van een nieuwe weg en ik had een doel! De voorwaarde niet te trouwen vond ik nog steeds vreemd, maar misschien was het zo wel het beste.

Toen Henny de volgende ochtend in onze kamer verscheen, stond ik net op het punt om weg te gaan. Mijn lunchafspraak met madame Rubinstein was over twee uur en ik stond mezelf al minstens een uur van alle kanten in de spiegel te bekijken, hopend dat mijn kleding er in de toekomst minder afgedragen uit zou zien.

'Wat is er met jou aan de hand?' vroeg Henny terwijl ze haar jas uittrok. Ze zag er moe uit. Het was de vorige avond vast weer laat geworden.

'Ze hebben me aangenomen!' zei ik. De vorige dag had ik Henny voor mijn vertrek naar het Maison de Beauté nog over de uitnodiging kunnen vertellen.

'Dat is fantastisch!' Henny's ogen begonnen te stralen. 'Ik dacht al meteen dat ze je nooit zouden uitnodigen als ze je wilden afwijzen.' Ze viel me om de hals en drukte me tegen zich aan.

'Het is wel zo dat ik niet in Frankrijk kan werken,' ging ik verder.

'Waarom niet?' vroeg Henny. 'Als je onmisbaar voor ze bent...'

'Madame Rubinstein wil me meenemen naar New York.' Ik vertelde haar alles over de ontmoeting met de matriarch van de onderneming en haar aanbod. De huwelijksclausule hield ik voor me. Ik kon me indenken wat Henny daarvan zou vinden.

'Is het niet geweldig?' vroeg ik ten slotte, maar toen zag ik tranen in haar ogen. 'Wat is er?' vroeg ik, waarna ze haastig over haar wangen wreef.

'Niks, hoor. Ik ben gewoon heel blij voor je! Na alles wat je hebt meegemaakt... En nu zit het je eindelijk eens mee!'

'Ach, Henny!' Weer vielen we elkaar in de armen. 'Ik wou dat ik jou deze keer kon meenemen.'

Ze schudde haar hoofd en keek me aan. 'Dat kan niet,' zei ze. 'Mijn engagement is vandaag met een jaar verlengd. Het ziet ernaar uit dat we allebei krijgen wat we willen.'

Nu pas besefte ik dat we elkaar lange tijd niet meer zouden zien als het schip naar New York eenmaal was vertrokken. Madame Rubinstein mocht dan af en toe komen kijken of alles in Parijs naar wens verliep, maar ik zou in New York in het laboratorium werken.

'Je bent toch niet boos op me?' vroeg ik, want ik zag dat Henny nog steeds tegen haar tranen vocht.

'Boos?' vroeg ze. 'Waarom zou ik boos op je zijn? Ik ben ontzettend blij voor je. Wie weet wacht er aan de overkant ook nog een leuke man op je. Een die jou waard is.'

Ik perste mijn lippen op elkaar. Mijn hoop voor de toekomst gold zeker geen man; ik wilde eindelijk aan mezelf en ook aan mijn vader bewijzen dat ik op eigen benen kon staan.

Het was flink druk in het restaurant van Hôtel Ritz, maar ook hier was het duidelijk dat madame Rubinstein een bekende en gewaardeerde persoonlijkheid was. De kelner ging me voor naar haar tafel, die in een van de beste delen van de zaal stond. Ditmaal zat er een man naast haar. Hij droeg een grijs driedelig pak met een hagelwit overhemd. Een gouden horlogeketting fonkelde in het zonlicht.

'Mademoiselle Krohn, dit is mijn echtgenoot, Edward Titus,' stelde ze hem in het Frans aan me voor.

'*Je suis enchanté de faire votre connaissance*,' zei hij met een zwaar accent, terwijl hij opstond en me een handkus gaf. 'Mijn vrouw heeft me al veel over u verteld.'

Ik bloosde. Het was lang geleden dat een man me zo na was gekomen. Edward Titus moest al ver over de vijftig zijn, maar hij had een energieke, aantrekkelijke uitstraling. Met zijn metalen brilletje en zijn zilvergrijze slapen leek hij op een professor in de literatuur.

'U wilt dus met ons meereizen naar New York?' vroeg hij toen ik was gaan zitten, en het ontging me niet dat Helena hem een verstoorde blik toewierp.

'Ja, heel graag,' antwoordde ik. Ik had er eigenlijk op gerekend dat madame Rubinstein met mij over mijn aanstelling zou praten, maar haar man was haar voor met zijn vraag. Dat leek ze hem kwalijk te nemen, want ze merkte enigszins zuur op: 'Ik ben blij dat u tot een besluit bent gekomen.'

'Dat was niet moeilijk,' antwoordde ik en ik richtte me weer volledig op haar. Als ik iets van de afgelopen maanden had opgestoken, dan was het dat je voorzichtig moest zijn met getrouwde mannen. 'Uw aanbod is heel genereus.' Ik zweeg even, in afwachting van een reactie van madame Rubinstein, maar haar gezicht bleef zo hard als marmer.

'Dan gaat u ook akkoord met de clausule?'

'Ja,' antwoordde ik. 'Ik ben vastbesloten een carrière op te bouwen. Het is altijd mijn droom geweest iets met mijn vaardigheden te doen. Mijn vader is eigenaar van een drogisterij, dus ik ben met de materie opgegroeid.'

Nu verzachtten zich haar gelaatstrekken. Waarschijnlijk herinnerde ze zich dat ik door mijn ouders was verstoten.

'En waarom neemt u zijn bedrijf niet over?' vroeg monsieur Titus, terwijl hij achteroverleunde.

Ik zocht met mijn blik steun bij madame Rubinstein. Ik wilde hem niet mijn hele levensgeschiedenis opdissen.

'Het leven heeft zo zijn grillen, *n'est-ce pas, mon cher*?' zei ze vlug, waarop ze een geaffecteerd lachje liet volgen.

'De omstandigheden lieten dat niet toe,' antwoordde ik ontwijkend en ik concentreerde me weer op Helena. Ik voelde wel dat Titus me indringend opnam. Dat vond ik vervelend en ik wou dat hij er niet bij was.

Helena pakte een envelop uit haar tas. 'Hier is uw contract. Ik verwacht dat u het getekend meebrengt naar Calais, als we ons daar inschepen voor Amerika.'

Ik knikte en nam de envelop aan. Het zou onbehoorlijk zijn geweest de inhoud meteen te bekijken, dus stopte ik hem in mijn tas.

'We vertrekken vrijdag over een week,' ging ze verder. 'Ik hoop dat u tijd genoeg hebt om uw koffers te pakken en uw huishoudelijke zaken af te handelen.'

‘Er zijn eigenlijk geen huishoudelijke zaken te regelen,’ antwoordde ik. ‘Ik woon in een pension in het Quartier Latin.’

‘In de auteurswijk,’ mengde Titus zich tot zichtbaar ongenoegen van madame Rubinstein weer in het gesprek. ‘Ik heb daar ettelijke nieuwe talenten ontmoet. Misschien moet ik u een exemplaar van mijn literaire tijdschrift doen toekomen. Helaas wordt het sinds enkele jaren niet meer uitgegeven, maar de essays die erin staan zijn de moeite waard. Ik zeg u, de heren Joyce en Hemingway zullen ooit beroemde schrijvers zijn. En ik heb ze ontdekt!’

‘Mademoiselle Krohn zal eerder in wetenschap dan in literatuur geïnteresseerd zijn,’ wierp Helena Rubinstein tegen. ‘Maar mocht u belangstelling voor literatuur hebben: wij beschikken over een omvangrijke bibliotheek.’

Ik stond versteld van de openlijke strijd tussen beide echtelieden. Zoiets was mij vreemd. Mijn moeder had zich altijd heel stil gehouden als mijn vader aan het woord was; ze was hem nooit in de rede gevallen, nooit had ze het gesprek naar zich toe getrokken. Dat was hier volkomen anders. Ik kon niet precies inschatten wie het in dit huwelijk voor het zeggen had, maar ik vermoedde dat het madame Rubinstein was. Alleen leek haar man dat niet te accepteren.

Na de lunch en wat onschuldig gebabbel over het weer en een schilderijententoonstelling waar madame Rubinstein enkele werken van een schilder genaamd Henri Matisse had aangekocht, maakte ze een eind aan het gesprek. Haar man had het grootste deel van de tijd zijn blik op mij gericht gehad. Ik had geprobeerd zijn blikken te negeren of op zijn minst te doen alsof ik er niets van merkte. Maar ze brandden behoorlijk op mijn wangen, hals en schouders en ik was blij het hotel weer te kunnen verlaten met mijn contract, wat bankbiljetten voor de reiskosten en nauwkeurige aanwijzingen over het tijdstip waarop ik in Calais werd verwacht.

Weer terug in het pension liet ik me op het bed vallen. Het kraakte licht onder mijn gewicht; een geluid dat me inmiddels heel vertrouwd was en een bijna troostrijke invloed op mijn gemoed had.

Is dit allemaal maar een droom, vroeg ik me af. Maar ik was klaarwakker en mijn ogen waren wijd open. Ik zou alles wat er het afgelopen jaar was gebeurd eindelijk achter me kunnen laten. En al zou ik het verlies van mijn zoontje wel nooit kunnen vergeten, ik had nu de kans om opnieuw te beginnen.

26

De ochtend van ons vertrek vanaf Calais was het helder en zonnig. Hoewel ik opgewonden was, werd ik ook door weemoed overvallen. Na een hobbelige start was het kleine kamertje, dat ik inmiddels hoofdzakelijk in mijn eentje bewoonde, een thuis voor me geworden. Hier had ik mijn ergste tijd meegemaakt en mijn grote kans gekregen.

Het deed me pijn dat ik Henny achter moest laten, maar ook Geneviève en madame Roussel zou ik missen. Ik zou de mensen op straat missen, de vrouwen die mijn potjes crème hadden gekocht en me eerlijk hadden gezegd wat ze ervan vonden. Zij hadden me allemaal geholpen de weg te vinden die ik nu ging volgen.

Van Henny had ik de avond tevoren al afscheid genomen. Ze had wel gezegd dat ze mee wilde gaan naar het station, maar om op tijd voor de boot in Calais te zijn moest ik een godsonmogelijk vroege trein nemen. Dan was ze meestal net terug van het theater en had ze haar slaap hard nodig.

'Ik zal je zo vlug mogelijk schrijven,' beloofde ik toen ik haar voor de laatste keer in mijn armen sloot. 'En misschien kun je Jouelle overhalen om samen met jou naar Amerika te komen.' Opgetogen over mijn eigen geluk voegde ik eraan toe: 'Misschien krijg je daar ooit een engagement.'

'Ik ben al blij dat ik voorlopig hier kan blijven,' zei ze terwijl ze me over mijn wang aaide. 'Hou je taai, Sophietje. Je leven gaat nu beginnen!'

Die woorden klonken nog na toen ik voor Genevièves deur stond en aanklopte.

Even later deed ze open, in peignoir en met een doek om haar hoofd. 'Is het zover?'

Ik knikte.

'Fijn dat je afscheid komt nemen,' zei ze en ze omhelsde me.

'Maar dat is toch vanzelfsprekend,' antwoordde ik. 'Je hebt zo veel voor me gedaan.' Mogelijk had ik zonder Geneviève en haar dokter niet meer geleefd.

'Doe dan ook iets voor mij,' zei ze, en ik zag dat de tranen haar in de ogen sprongen.

'Wat dan?' vroeg ik.

'Vergeet me niet. En als je hier terugkomt, zoek me dan eens op. Je weet waar je me kunt vinden.'

'Afgesproken,' zei ik, daarna maakte ik me van haar los.

Madame Roussel was bezig in de keuken toen ik beneden kwam. 'Ah, nu gaat ze weg, ons kleintje,' zei ze en ze draaide zich naar me om. 'Beloof me dat je er iets van maakt, ja?'

'Beloofd.'

'En dat ik je er niet op betrap dat je hier ergens als bedelares rondzwerft, begrepen?'

'Dat zal echt niet gebeuren,' antwoordde ik. 'Het beste, madame Roussel, en bedankt voor alles.'

Dat wuifde ze weg. 'Je hoeft me niet te bedanken! Maar als je Amerikanen tegenkomt die een keer naar Parijs willen, stuur ze dan maar naar mijn pension.'

'Dat zal ik doen.'

Ik omhelsde ook haar en liep toen het pension uit. Voor de poort wierp ik nog een blik op de Rue du Cardinal Lemoine en Café Amateur, waar ik inderdaad nooit was geweest. Toen liep ik naar de dichtstbijzijnde bushalte.

Bij het station moest ik weer denken aan de dag dat ik met Henny aankwam zonder te weten waarheen mijn weg naar Parijs me zou leiden. Het treinkaartje van toen had ik in mijn jaszak gevonden en bewaard.

Ik liep naar het perron en zette mijn bagage neer. Een paar van de dames droegen zijdeachtig glanzende hoeden en lichte zomermantels in een bijpassende tint. Veel van hen hadden hun lippen naar de laatste mode gestift, met een klein hartje tussen boven- en onderlip. De mannen zagen er heel zakelijk uit met hun donkere jassen en aktetassen. Vrijwel niemand verwaardigde me met een blik, en wanneer dat toch het geval was, dan was het wellicht met verbazing over de brede glimlach op mijn gezicht.

Ten slotte kwam mijn trein naar het noorden binnen. Ik begaf me naar mijn plaats, ging echter niet zitten maar bleef nog een poosje bij het raam staan. Toen de trein begon te rijden liet ik de aanblik van de langskomende huizen op me inwerken. Weer een afscheid. Hoe zou het er in Amerika uitzien? Ik had onlangs in een krantenvitrine een foto van een wolkenkrabber gezien en me afgevraagd hoe het mogelijk was om zulke hoge huizen te bouwen. Volgens het krantenbericht schoten dat soort gebouwen als paddenstoelen uit de grond en werden ze steeds hoger. Hoe zou het uitzicht daarboven zijn? Kon je over de hele stad uitkijken, zoals een adelaar vanaf zijn nest? Ik ging op in mijn gedachten over de nieuwe wereld en wou dat ik Henny algauw alles zou kunnen laten zien. En toen we Parijs achter ons hadden gelaten en de trein door de bossen denderde, zei ik zachtjes tegen mijn zoontje, dat ik nooit had gezien: het ga je goed.

In Calais stonden madame Rubinstein en monsieur Titus op me te wachten. Ze waren met de auto gekomen en ik was nog precies op tijd om te kunnen zien wat voor enorme pakketten er uit de vrachtwagen ernaast op het schip werden overgeladen.

Madame Rubinstein zag mijn verbaasde blik. 'Ik heb een paar objecten gekocht,' verklaarde ze. 'Ik wil een nieuwe salon openen en die moet ik inrichten. Zoals u vast nog wel weet, hecht ik er grote waarde aan de salons en klinieken als kunsttempels aan mijn cliënten te presenteren. Het gaat daar niet alleen om het verfraaien van het uiterlijk, maar ook om het balsemen van de ziel.'

Ik merkte dat er een scheef lachje over Titus' gezicht gleed. Blijkbaar had hij niet veel op met de koopwoede van zijn vrouw.

‘Kom, liefje, ga met me mee de boot op!’ zei ze, het laad- en loswerk aan haar man overlatend.

‘Gaat monsieur Titus niet mee?’ vroeg ik verbaasd.

‘Jazeker!’ antwoordde madame Rubinstein. ‘Maar bij het inschepen van ons tweeën heb ik hem niet nodig.’

Even later lieten we onze tickets zien aan een onberispelijk geklede officier. Hij tikte tegen zijn pet en wenste ons een aangename reis.

‘Als we in New York zijn, moet u beslist een nieuwe garderobe hebben,’ merkte Helena op toen we door de gang naar onze hutten liepen. ‘Ik begrijp dat u tot nog toe niet over de middelen beschikte om u elegant te kleden, maar zodra we zijn aangekomen zal ik u een voorschot op uw loon geven.’

‘Dank u wel, dat... is heel genereus van u.’ Ik had alleen mijn mooiste jurken meegenomen. Daarin had ik me altijd bijzonder gevoeld, maar blijkbaar was dat niet voldoende als je voor een ‘kunsttempel’ werkte.

‘Mijn chauffeur zal u naar een van de zaken brengen waar ik me ook regelmatig laat kleden,’ vervolgde Helena Rubinstein. Het ontging me niet dat ze opgewonden was, maar dat was duidelijk niet vanwege de plannen voor mijn uiterlijke verschijning. Het leek er eerder op dat ze houvast nodig had en dat alleen het kopen van wat dan ook haar rust kon schenken.

‘Hier is uw hut,’ zei ze ten slotte toen we voor een deur bleven staan. ‘Ik heb al zo vaak met dit schip gevaren dat ik rondleidingen zou kunnen geven. Ik was zelfs een tijdje officieel recordhouder wat het aantal Atlantische overtochten betreft, kunt u zich dat voorstellen?’

‘U hebt veel te doen,’ antwoordde ik een beetje onbeholpen.

‘Ja, dat is waar. Installeer u een beetje. Over een klein uur vertrekken we. Dan moet u aan dek zijn. Als je voor het eerst een grote reis maakt, mag je niet het moment missen dat het vasteland uit het zicht verdwijnt.’

Met die woorden stapte ze weg over het tapijt, waarschijnlijk naar haar eigen hut.

Zoals madame Rubinstein me had aangeraden, begaf ik me aan dek toen het schip vertrok. Met een van opwinding kriebelende maag zag ik de haven van Calais achter ons steeds kleiner worden.

Veel had ik in mijn hut niet uit te pakken gehad, maar ik was in de ban van nieuwsgierigheid en een mij nog ongewoon voorkomende drang tot avontuur. Voor het eerst van mijn leven was ik echt in mijn eentje op reis. En nog wel naar het andere einde van de wereld!

'Indrukwekkend, nietwaar?' klonk er een stem achter me. Ik draaide me om. Edward Titus stond slechts een paar meter van me af. Hij was bezig een sigaret op te steken. 'Ik kan me de eerste keer dat ik het Europese vasteland verliet nog goed herinneren. Je denkt dat je belangrijk bent tot je de weidsheid van de oceaan ziet. Dan merk je pas hoe klein je echt bent.'

'Ik vind mezelf niet belangrijk,' wierp ik tegen en ik vroeg me af of het niet beter was meteen weg te gaan. Madame Rubinsteins geïrriteerdheid stond nog in mijn herinnering gegrift.

'Misschien bent u dat op zekere dag wel,' zei hij terwijl hij voor me ging staan, alsof hij me de weg wilde versperren. 'Daarvoor beschikt u over de juiste kwaliteiten. U bent jong, mooi en intelligent. U hebt een interessant beroep. Daarmee kun je in Amerika carrière maken, zelfs als vrouw.'

'Uw echtgenote is daarvan het lichtend voorbeeld,' zei ik, waarmee ik bewust madame in het gesprek bracht, want ik merkte iets aan hem wat ik indertijd bij Georg ook had opgemerkt. Zijn belangstelling had iets opdringerigs, wat ik deze keer heel onaangenaam vond.

'Ja, mijn vrouw is dol op werken. Dat is altijd zo geweest.' Hij blies de rook naar opzij uit. Toch kwamen een paar slierten mijn kant op en ik moest een hoestkriebel onderdrukken. 'Onder ons gezegd, ze heeft vroeger toen ze net zo oud was als u, haar cavaliers voor haar karretje gespannen door ze haar crèmepotjes te laten etiketteren en haar zakenbrieven te laten uittypen. U kunt zich voorstellen dat de heren van een tweede rendez-vous afzagen.' Hij lachte.

Ik vond het niet grappig. 'Dat is vast kwaadsprekerij,' zei ik.

'Nee, dat heeft ze me zelf verteld. Die mannen betekenden niets voor haar. Ze ging op hun avances in om niet raar te worden gevonden of voor een blauwkous te worden aangezien. Maar eigenlijk hield ze alleen van haar crèmes en het bedrijf dat ze had opgericht.' Hij keek me onderzoekend aan. 'Hoe zit dat met u? Houdt u zo veel van uw werk dat u daarbij de mannen zou kunnen vergeten?'

Nu wist ik zeker dat zijn vrouw hem niets over mijn voorgeschiedenis had verteld. Of toch wel? Vroeg hij het juist omdat hij dacht dat ik frivool was? 'Tot dusver heb ik nogal... dubieuze ervaringen met mannen gehad,' antwoordde ik. 'Ik heb besloten nu aan mijn carrière te gaan werken. Te doen waarvoor ik gestudeerd heb.'

Titus' blik gleed langs mijn lichaam. 'Een mooi jong ding als u zal in de straten van New York opzien baren. Vooropgesteld dat u dat zou willen.'

'Ik wil vooral werken,' gaf ik te kennen. Was dit soms een soort verhoor? Wilde Helena Rubinstein horen of het me ernst was met mijn toezegging? Dat was mogelijk, ook al had ik tussen hen beiden geen bijzonder grote eensgezindheid opgemerkt. 'Het wordt tijd dat ik op eigen benen kom te staan. Mannen zijn te onbetrouwbaar, daar kun je je niet op verlaten.'

Er verscheen een teleurgestelde uitdrukking op zijn gezicht. Maar ik was trots op mijn antwoord. Dat kwam recht uit mijn hart. Mijn vader had me net zo laten vallen als Georg, dat zou ik nooit vergeten.

'Welnu, dan wens ik u een aangename overtocht,' zei Titus koeltjes. Hadden mijn woorden hem geërgerd? Ik kon me niet voorstellen dat madame Rubinstein daar kwaad om zou zijn, dus probeerde ik mijn onzekerheid te verdringen.

Terwijl Titus zich omdraaide om terug te gaan naar hun hut, richtte ik mijn blik op de zee. Er was niets anders te zien dan diepblauw water onder een lichtblauwe hemel met witte wolken. De wind streek ruw over mijn gezicht en de geuren van het vasteland weken langzaamaan voor de zilte zeelucht. Rook vrijheid zo?

’s Avonds zat ik samen met madame Rubinstein en monsieur Titus aan het diner. Hoewel het schip niet bijzonder luxueus was, droeg Helena Rubinstein adembenemende donkergroene oorbellen waarin elke edelsteen in parels was gevat. Om haar hals hing een bijpassend collier. De stenen moesten, vooropgesteld dat ze echt waren, een vermogen waard zijn.

Haar kleding daarentegen was eerder eenvoudig, een strakke zwarte japon die de sieraden en ook haar gezicht nog beter deed uitkomen. Ze leek net een koningin die hier per ongeluk terecht was gekomen, maar niet incognito wilde blijven.

Toen ze mijn blik opmerkte, vroeg ze: ‘Liefje, u zit zo verbaasd te kijken, wat is er?’

Het bloed steeg me naar de wangen. ‘Ik... Ik vroeg me alleen af...’

‘Wat vroeg u zich af?’ vroeg ze zachtjes, terwijl ze haar hoofd een beetje schuin hield.

‘De sieraden die u draagt... Bent u niet bang dat ze gestolen worden?’

Madame Rubinstein trok verrast haar wenkbrauwen op en keek naar haar man, die met zijn gedachten heel ergens anders leek te zijn. ‘Als u in New York bent zult u vooral één ding leren,’ begon ze toen. ‘Het komt erop aan gezien te worden. Amerika is een land met miljoenen mensen. Het is dus belangrijk, vooral als vrouw, om ervoor te zorgen dat je overal waar je heen gaat gezien wordt. Dat bereik ik dikwijls door me extravagant te kleden of oogverblindende sieraden te dragen. Als je onzichtbaar blijft, bereik je nooit je doel. Je moet gezien worden om gehoord te worden. Onthoud dat goed.’

Wat ze zei verraste me. Maar het was geen antwoord op mijn vraag. ‘Dat zal ik doen,’ antwoordde ik. ‘Maar toch, het risico...’

Helena wuifde met een elegant gebaar mijn bedenkingen weg. ‘Wat maakt het uit als er iets gestolen wordt? Het is vervangbaar. Afgezien daarvan zou de rederij de schade vergoeden. In elk geval voor mij, hun beste klant.’

Ik staarde haar aan en had het gevoel te krimpen. Die vrouw daar, twee koppen kleiner dan ik, leek een ongenaakbare Indiase maharani. Ze moest over veel macht en aanzien beschikken als ze haar bij diefstal zonder meer schadeloosstelden, ook al had de betrokken firma daar geen schuld aan.

Tijdens het diner, dat uit vijf gangen bestond en te vergelijken was met een feestmaaltijd bij ons thuis, merkte ik dat de mensen hun ogen niet van madame Rubinstein konden afhouden. Dat ontging haar niet en ze genoot er zichtbaar van. Dat haar man de hele tijd een afwezige indruk wekte, leek haar niet te storen.

Toen er ten slotte een vrouw in een elegant blauw mantelpakje bij onze tafel verscheen en vroeg of zij madame Rubinstein was, was ik volkomen overweldigd. Ze werd zelfs herkend op een schip met een samenraapsel van passagiers. En er kwam een wens in me op. Ik wilde net zo zijn. Ik wilde dat de mensen me zagen, me hoorden. Alleen, hoe moest ik dat aanpakken?

27

Hoewel het weer allesbehalve mild was, bracht ik zo veel mogelijk tijd door op het zonnedek van het schip, tot groot ongenoegen van madame Rubinstein. 'Zon en wind zijn vijanden van iedere vrouw,' zei ze. Ze stopte me een potje crème toe. 'U wilt er op uw veertigste toch niet uitzien als een ouwe zeebonk?'

Tot nu toe had ik me er niet erg druk om gemaakt hoe mijn huid er over twintig jaar zou uitzien, maar ik bracht de crème aan en bleef toch genieten van het schitterende uitzicht op de zee, die oneindig leek.

Elke poging van jonge mannen om me aan te spreken wimpelde ik zo vlug mogelijk af. Ik voelde wel aan waar ze op uit waren en dat was het laatste waar ik interesse in had. Tenslotte had mijn nieuwe werkgeefster me een huwelijksclausule opgelegd en ik had me vast voorgenomen me daaraan te houden.

Na enige tijd begon madame me nader te informeren over haar bedrijf en haar 'kunst'. We zaten op het zonnedek in de beschutting van grote parasols, die door het personeel waren aangedragen.

'Ik ben in Melbourne begonnen met het opbouwen van mijn imperium,' vertelde ze, 'met niet meer dan wat potten crème van dr. Lykusky, een klein gehuurd kamertje en honderd pond, die ik had geleend van Helen MacDonald. Binnen een paar weken kon ik haar dat krediet terugbetalen!'

Ik was onder de indruk. Als ik eraan dacht hoe het me zou zijn vergaan als ik zo fortuinlijk was geweest... Maar mij had het ontbroken aan zo'n impuls en daar kwam bij dat ik toen zwanger was.

Ik had geen idee hoe madame tijdens haar zwangerschappen had kunnen doorwerken. Ze had gezegd dat het moeilijk was geweest en ik geloofde haar op haar woord.

'Weet u, destijds was het probleem met de meeste crèmes, als je ze al kon krijgen, dat ze bedoeld waren voor alle huidtypes,' legde ze me uit toen we op een middag in de salon bleven omdat het te guur was om aan dek te gaan. 'Toen ik in Melbourne vrouwen adviseerde en daarvoor hun huid bekeek, viel het me op dat er diverse typen huid bestaan.' Ze wierp een blik op mijn handen. 'Pak maar even wat schrijfgerei.'

Ik liep naar mijn hut, haalde mijn aantekenboekje en een potlood uit mijn tas en ging weer terug.

'Ik constateerde dus dat een huid vet, droog, normaal of gecombineerd kan zijn en dat elk huidtype een passende verzorging behoeft. Nadat ik had gesproken met een paar artsen ben ik zelf crèmes gaan mengen in de keuken. Ook heb ik dr. Lykusky naar Melbourne gehaald. Dat kon ik me veroorloven toen er een stuk over me in de krant had gestaan. Voordien bestond er in Australië niet zoiets als een schoonheidssalon.'

Vervolgens hield ze een verhandeling over het herkennen van de afzonderlijke huidtypen en de ingrediënten waarmee je specifieke problemen kon oplossen. Ze hield het oppervlakkig, want ze wilde niet dat de passagiers die naast ons zaten iets zouden opvangen waar ze eventueel hun voordeel mee konden doen. Ik betwijfelde of het schip vol zat met scheikundigen en toekomstige eigenaressen van een schoonheidssalon, maar ik begreep haar wel. Mijn aantekenboekje raakte in elk geval vol met notities, zodat ik een nieuw zou moeten kopen zodra ik in mijn nieuwe vaderland was aangekomen.

Na ongeveer een week op zee zouden we New York bereiken.

Ik was elk gevoel van kalenderdagen inmiddels kwijt, want afgezien van enkele schepen die ons tegemoet waren gekomen, was er nauwelijks iets veranderd aan de zee en aan de horizon. Toen ik hierover een opmerking maakte tegen madame Rubinstein, vond ze dat ik daar blij om moest zijn.

‘Soms is de zee zo woest dat je bijna geen voet buiten je hut kunt zetten,’ legde ze uit. ‘U zult nog wel vaker in uw leven de oversteek maken en dan dankbaar zijn dat deze zo mild is verlopen.’

Op de ochtend van onze laatste dag aan boord werd er op mijn deur geklopt. Ik was me net aan het aankleden en knoopte mijn blouse dicht. ‘Wie is daar?’ vroeg ik.

‘Ik ben het. Stoor ik?’

Het verbaasde me dat monsieur Titus bij me langskwam. Sinds we elkaar bij het vertrek van het schip hadden gesproken, hadden we slechts weinig woorden gewisseld en ik had hem ook maar zelden te zien gekregen. De meeste tijd had ik doorgebracht met madame Rubinstein, die na de lessen over haar bedrijf en de huidtypen overwegend anekdotes over eerdere zeereizen ten beste had gegeven. ‘Stelt u zich eens voor, ik heb eens op een schip gezeten met een circusgezelschap. Zij zaten in de onderste klasse en voerden op het bovendek hun kunststukjes uit om de overtocht te kunnen betalen, en dat bij windkracht vijf, stelt u zich eens voor!’

Titus had zich daarentegen hoffelijk, maar afwezig en kortaf gedragen, ook in het bijzijn van zijn vrouw, die hem telkens weer bij het gesprek probeerde te betrekken. Ik merkte dan heel duidelijk dat ze haar best deed erachter te komen wat hem precies niet zinde.

‘Ik ben me net aan het aankleden,’ zei ik verrast, terwijl ik snel de laatste knoopjes van mijn blouse dichtdeed. Ik kreeg het zo benauwd bij de gedachte dat hij misschien zomaar binnen zou komen dat ik ogenblikkelijk opstond en een afwerende houding aannam.

Maar Titus bleef op de gang staan. ‘U moet beslist komen kijken, Sophia,’ klonk zijn stem van achter de deur. ‘De eerste keer dat je hier aankomt vergeet je nooit.’

‘Ik kom eraan!’ riep ik en ik pakte mijn laarsjes. De knoopjes om ze dicht te maken waren versleten. Eerder die week was er een stukje van een naad opengebarsten en dat stukje werd steeds groter. Ik zou van mijn eerste salaris in New York eerst maar eens nieuwe schoenen moeten kopen.

Toen ik klaar was kwam ik overeind. Ik wierp een korte blik op mijn koffer, die ik al deels had ingepakt, en verliet toen mijn hut.

Monsieur Titus droeg een bruin krijtstreeppak van een stof die behoorlijk prijzig moest zijn geweest. Mijn vader had een pak gehad dat erop leek, maar had het uitsluitend bij heel bijzondere gelegenheden gedragen. Op een reis als deze zou hij het nooit hebben meegenomen.

'Bent u zover?' vroeg hij met een brede glimlach, die ik niet meer van hem kende. De nabijheid van het vasteland, van zijn thuis, leek zijn levensgeesten te wekken.

Bijna uitbundig bood hij me zijn arm aan, die ik echter hoofdschuddend afwees.

'Wat is er?' vroeg hij. 'Bent u soms bang voor me?'

Eerlijk gezegd was ik bang dat madame Rubinstein het verkeerd zou begrijpen. Zelfs als monsieur Titus geen kwalijke bedoelingen had, wilde ik niet gearmd met hem gezien worden. Ook met Georg was ik nooit ergens gearmd naartoe gegaan. Als we samen in het openbaar verschenen, hadden we altijd een zekere afstand tot elkaar in acht genomen. Dat wilde ik ook met Titus zo houden. 'Nee, hoor, maar ik vind dat je alleen gearmd met een man hoort te lopen als je een afspraakje met hem hebt.'

'Jullie Duitsers ook!' riep hij uit terwijl hij lachend zijn hoofd in zijn nek gooide. 'Goed dan, volgt u me maar. Het schip vaart snel en ik heb geen zin om over zo'n futiliteit in discussie te gaan.'

Een futiliteit? Daar dacht ik anders over. Blij dat ik hem niet te na hoefde te komen liep ik vlug achter hem aan.

Op het bovendek had zich al een groot aantal passagiers verzameld. Ik keek uit naar madame Rubinstein en zag haar staan op een van de plekken met het beste uitzicht. Ze droeg een robijnrode hoed. Het was onmogelijk om bij haar te komen, doordat de weg werd versperd door andere passagiers. Maar bij monsieur Titus wilde ik ook niet blijven. Zijn nabijheid maakte me onrustig. Gelukkig schoof er een vrouw tussen ons in, die de ontstane tussenruimte had ontdekt. Haar heup raakte de mijne en haar kleding rook naar karnemelk, maar dat had ik liever dan Titus te moeten aanraken.

Maar ik was hem meteen al vergeten, want voor ons kwam inderdaad de kustlijn in zicht. De wolkenkrabbers, die er van hieraf nog vrij klein uitzagen, glansden zacht in het licht van de opkomende zon. Het imposantst was echter een standbeeld dat zo groot was dat je het van hieraf duidelijk kon zien. Het was een vrouwenfiguur met een fakkel in de hand en hoewel die van metaal was, leek hij te branden. Misschien kwam het wel door de zonsopkomst, maar mij scheen het toe alsof ze ons welkom heette. Mijn borst zwol van een mij nog onbekend gevoel. Ik kon niet precies zeggen wat het was, maar het was alsof er een vogel op de rand van zijn kooideurtje zat. Hij wist nog niet of hij zou wegfladderen, maar wel dat hij niet nogmaals zo'n kans zou krijgen.

Op dat moment had ik graag verder vooraan gestaan om het spektakel te bewonderen. De zon rees hoger en de hemel ontvlamde. Het water vatte eveneens vlam en lichtte diep oranje op. Er ging een zacht gemurmel door de menigte. Het leek een wonder, wat zich daar voor onze ogen afspeelde, en ik probeerde elke seconde in mijn hart te sluiten.

Toen we het schip hadden verlaten lukte het me eindelijk om bij madame Rubinstein te komen. Om ons heen gonsden stemmen als een zwerm muggen. Overal liepen kruiers, er kwamen koffers en reiskisten voorbij en ik moest opletten dat ik niemand in de weg liep.

Maar toen stond ze voor me, ze zag eruit als een koningin in haar mantel en met haar hoed op. Haar handen lagen gekruist op haar handtas en ze leek ergens op te wachten. Maar toen merkte ik dat ze van het bekijks stond te genieten. Telkens weer liet iemand zijn blik op haar vallen en zij nam die aan alsof het een geschenk was.

Pas een hele poos later draaide ze zich om naar mij. Ze keek me bijna betrapt aan.

'Ah, *Fräulein* Krohn,' zei ze in het Duits, om direct daarna weer op Engels over te gaan. 'Daar bent u dus. Het lijkt me goed dat u eraan went dat ze hier zo spreken, nietwaar?'

Als oefening had ze de afgelopen dagen alleen Engels met me gesproken. Monsieur Titus, of Mr Titus, zoals ik hem voortaan moest noemen, had hierop geen uitzondering gemaakt. In tegenstelling tot het zijne was het Engels van madame Rubinstein doorspekt met woorden uit andere talen. Duits en Frans verstond ik nog wel, maar als ze begon te strooien met Poolse of Jiddische termen, kon ik slechts verbaasd mijn voorhoofd fronsen.

'Inderdaad, Mrs Rubinstein.'

'Zegt u maar madame tegen me,' stipuleerde ze met de waardigheid van een vorstin. 'Dat doet iedereen hier, zoals u binnenkort zult merken. Het geeft niet dat het Frans is. Zegt u maar madame.'

'Goed, madame,' antwoordde ik.

Ze nam me even goed op.

'Ik heb alvast vooruitgedacht en per telegram een gemeubileerde kamer voor u geregeld. Die bevindt zich in een fatsoenlijke buurt en is heel ruim, heb ik me laten vertellen. U kunt zich die makkelijk veroorloven van het salaris dat ik u betaal.'

Daarmee overrompelde ze me volledig. Ik had erop gerekend in een pension te gaan wonen, in een klein, goedkoop kamertje zoals in Parijs.

Dat ik sprakeloos was leek haar te bevallen.

'Ik heb grote verwachtingen van u,' zei ze, terwijl ze haar handtas openmaakte. 'Neem een taxi naar dit adres. De huiseigenaar, Mr Parker, woont er zelf ook, hij is een oude bekende van me.' Terwijl ze dit zei keek ze uit naar haar echtgenoot, maar hij was nergens te zien.

De taxichauffeur zette me na een rit van een half uur af voor een gebouw van twee verdiepingen in Brooklyn. Veel gebouwen in de buurt waren minstens twee verdiepingen hoger. Aan de zijkanten zaten brandtrappen, die met elkaar verbonden waren. Zoiets had ik in Duitsland nooit gezien. Het zag er niet erg fraai uit, maar de straten waren schoon en daaraan zag ik dat het niet zo'n verlopen buurt was als de Rue du Cardinal Lemoine in Parijs.

Het huis van Mr Parker viel niet uit de toon. De vensters waren voorzien van jaloezieën of gordijnen. Op een kroonlijst zag ik een kat zitten, die tegen het zonlicht knipperde.

'Veel geluk, Miss!' zei de taxichauffeur, toen hij me mijn koffer in de hand drukte. 'Misschien komen we elkaar voortaan nog wel eens tegen.' Hij knipoogde schalks.

Ik glimlachte naar hem en keek naar de voordeur. De groene verf bladderde hier en daar, maar de drempel was netjes geveegd.

Even later belde ik aan.

'*Just a second!*' klonk het uit een van de openstaande ramen van de benedenverdieping. Kort daarop verscheen er een vrouw aan het open venster. Ze was zeker twintig jaar ouder dan ik en madame zou beslist met ontsteltenis naar haar zongebruinde huid hebben gekeken. Haar donkerbruine krullen had ze bijeengebonden met een turquoise sjaaltje. Haar werkschort zat strak om haar imposante boezem.

'Wat kan ik voor je doen, *honey*?' vroeg ze nadat ze me van top tot teen had opgenomen.

'Ik zou Mr Parker graag willen spreken,' zei ik.

'Die is even weg,' zei de vrouw. 'Het gaat zeker om de woning?'

Ik knikte en stelde me voor: 'Sophia Krohn.'

'Oké, kom er maar in, de deur is open. We sluiten hem alleen 's nachts af, zodat het huis niet wordt leeggeroofd.'

Ik duwde de klink omlaag. Het trappenhuis dat ik betrad deed me enigszins denken aan dat bij mijn ouders, ook al waren de matten op de trap wat eenvoudiger.

Maar ik kreeg geen tijd om ernaar te blijven kijken. De vrouw die ik even tevoren half in de vensteropening had gezien, kwam de hal in. In de kamer achter haar zag ik een strijkplank staan naast een grote mand vol met wit wasgoed.

'Kate Wilson,' zei ze en ze gaf me een hand. 'Mag ik je Sophia noemen? Zeg jij maar Kate.'

Ik knikte onzeker.

'Je komt hier niet vandaan, hè?' stelde ze algauw vast. 'Ik bedoel: uit de Verenigde Staten.'

'Ik kom uit Duitsland,' zei ik.

'Dan heb je een lange reis achter de rug, lieverd.' Ze schonk me een glimlachje. 'Ik zou graag eens naar Europa gaan, maar dat kan hier niemand zich veroorloven. Je moet wel een verdomd rijke vriend hebben of een verdomd goede baan.'

'Goede baan,' antwoordde ik. 'Madame Rubinstein heeft deze woning voor me geregeld. Ze zei dat ze Mr Parker kende.'

'O, een van die rijke Joodse vrouwen van de Upper East Side! Mr Parker kent er nogal wat. Ben jij haar dienstmeisje?'

'Scheikundige,' antwoordde ik en ik oogstte daarmee een paar opgetrokken wenkbrauwen en bewonderend gefluit.

'Dat is wel heel bijzonder voor een meisje. Zo, dan laat ik je nu je kamer zien.' Ze verdween weer de woning in, maar kwam even later terug met een sleutelbos. We liepen de trap op naar de bovenverdieping. Het was er enigszins bedompt, hoewel het buiten nog niet eens heel warm was. De bruine deur deed me denken aan het pension van madame Roussel, maar toen Kate hem opendeed, werd ik verwelkomd door een kamer die nog groter was dan onze woonkamer thuis.

Ik werd door geluksgevoel overweldigd en de tranen schoten me in de ogen. Ik veegde ze snel weg, zodat Kate er niets van zou merken.

De huishoudster liep naar de ramen. Er kwam maar weinig licht door de kieren in de houten jaloezieën, maar toen ze ze openzette stroomde het zonlicht de kamer binnen, waardoor niet alleen het meubilair zichtbaar werd, maar ook de stofdeeltjes die in de lichtbundels dansten.

Er stond een sofa die zo uitnodigend was dat ik er direct in wilde wegzinken. Het bureautje voor de ramen was even smal als de stoel die ervoor stond. Er zaten nissen in de muren met verzonken boekenplanken, maar ik had geen idee wat ik erop moest zetten. Het tapijt leek al wat versleten door de vele voeten die eroverheen waren gelopen. Er stond een messing bed achter een kamerscherm.

'De meubels zijn deels nog van je voorganger,' legde Kate uit.

'Hij is Mr Parker nog twee maanden huur verschuldigd. Tot hij heeft betaald blijven ze hier staan.'

'En als hij ze terug wil hebben?' vroeg ik.

Kate schudde haar hoofd. 'Vast niet. Hij is met de noorderzon vertrokken. Het zou een mooie boel zijn als hij een brief zou sturen en ons opdracht zou geven hem zijn meubels na te sturen. Je kunt ze houden, lieverd, tenzij je ze te lelijk vindt. Laat dat dan weten, Mr Parker regelt de opslag.'

Ik vroeg me af hoe zo'n meubelopslagplaats eruit zou zien en hoeveel meubels hij daar in bewaring had.

'De badkamer en het toilet zijn beneden. Mr Parker heeft wel eens overwogen een gastenbadkamer te maken, maar dat bleek niet haalbaar te zijn.'

Ik knikte. Met een badkamer beneden kon ik heel goed leven.

'Oké, ga je maar zo goed mogelijk installeren,' zei Kate. 'Boodschappen kun je bij Joe doen, die heeft twee straten verderop een winkel. Er is in de buurt ook een vrij goede deli. Als je wilt, kun je natuurlijk ook bij mij in de keuken langskomen. Bij Mr Parker blijft er bijna altijd wel iets over.'

'Deli?' vroeg ik. 'Is dat een café of zo?'

'Nee, je koopt er delicatessen, de wat luxere dingen. Garnalen of salami. Als je een café zoekt, ga dan naar Manzoni's Diner. Hij is eigenlijk Italiaan, maar hij heeft de beste spareribs uit de buurt. En hij heeft ook niets tegen buitenlanders.'

Ik probeerde alle namen te onthouden.

'Alleen als je iets alcoholisch wilt drinken, moet ik je teleurstellen,' voegde Kate eraan toe. 'Dat mag hier niet, tenminste, niet legaal. In veel kroegen kun je het onder de toonbank krijgen, maar dan moet je wel uitkijken dat je er niet blind van wordt. Maar wat zeg ik, jij weet als scheikundige natuurlijk wel hoe je schnaps maakt.'

'Ja, natuurlijk.'

Kate gaf me een knipoog. 'Nou ja, als het met Mrs Rubinstein niks wordt of als je bij haar te weinig verdient, kun je daarmee makkelijk wat extra verdienen. Maar zorg ervoor dat je niet wordt gesnapt door de maffia. Anders beland je voor je het weet in de Hudson.' Ze knipoogde naar me en ik begreep dat ze het niet serieus meende.

'O ja, als je geknal hoort, ga dan snel een huis binnen of laat je op de grond vallen. Af en toe is er hier onenigheid tussen de kerels hier en dan vliegen er wel eens wat blauwe bonen rond, als je begrijpt wat ik bedoel.'

'Je bedoelt dat er hier wordt geschoten?'

Kate leek openlijk te genieten van mijn ontzetting hierover, want ze begon te grinniken. 'Wees niet bang, die lui vertonen zich vooral 's nachts. Dan hoort een fatsoenlijke lady toch niet meer buiten te zijn. Ik heb tot nu toe nog maar één keer gehoord dat er buiten werd geschoten en toen lag ik veilig en wel in bed.'

Dat stelde me geenszins gerust.

'Zo, ik ga maar weer eens aan het werk. Als je nog vragen hebt, kom dan beneden bij me aan. Mr Parker is tegen zes uur terug, dan stel ik je aan hem voor. Eet vanavond maar met ons mee, als je wilt.'

'Dank je,' antwoordde ik en Kate liep de trap weer af.

Ik liet de stilte op me inwerken. Mijn eigen kamer!

Ik zette mijn koffer weg en ging voor de spiegel staan. Bijna verwachtte ik er iemand anders in te zien, maar ik was het maar, Sophia Krohn, inmiddels weer slank en op het eerste gezicht nog steeds de studente die een jaar eerder nog in Berlijn woonde. Mijn bril hing een tikje scheef en mijn haar zat in de war, maar dat was toen ook al vaak het geval.

In mijn gezicht waren echter diepe lijnen ontstaan en mijn ogen stonden anders. Ik streek over mijn buik, me bewust van het lange litteken dat ik daar had. Ik had mijn kindje verloren en bijna was het alsof dat de prijs was die ik voor mijn nieuwe leven had moeten betalen.

Tranen welden op in mijn ogen, maar ik wendde me vlug af en zette die gedachte uit mijn hoofd. Wat ik verloren had, kon ik niet meer terugbrengen.

Mr Parker ontving me klokslag zes uur bij de voordeur van zijn appartement. Hij droeg een bruin jasje en een vlinderdasje. De bril op zijn neus gaf hem het uiterlijk van een professor op leeftijd. Ik schatte hem begin vijftig.

'U moet Sophia zijn! Komt u toch binnen, Kate heeft me al over u verteld!'

'Aangenaam kennis met u te maken.' Ik stak mijn hand uit en kwam dichterbij.

De wasmand was verdwenen en ik had de gelegenheid een beetje rond te kijken. De inrichting van het appartement leek zo sterk op die van mijn ouders dat ik even geen woord kon uitbrengen. Toen we de door de gang liepen, zag ik Kate aan het fornuis staan. Ze zwaaide even naar me en ik vroeg me af of zij hier misschien ook woonde.

'Kom, gaat u zitten, Miss Krohn. Kate zei dat u uit Duitsland komt.'

'Dat klopt,' antwoordde ik en ik ging aan de ronde eettafel zitten, die groot genoeg was om plaats te bieden aan acht personen. Was deze tafel een overblijfsel uit vroeger tijden of kreeg Mr Parker echt zo veel bezoek?

'Een interessant land!' zei hij terwijl hij de kristallen karaf van het midden van de tafel pakte en wat water voor me inschonk. 'In mijn jonge jaren ben ik daar eens geweest en heb toen het kasteel van de keizer bezichtigd. Jammer dat hij in die onzinnige oorlog de verkeerde beslissing heeft genomen. Hebt u in de oorlog ook iemand uit de familie verloren?'

Ik schudde mijn hoofd. Dat Mr Parker als eerste dit onderwerp zou aankaarten, had ik niet verwacht. 'Nee, mijn vader was afgekeurd voor militaire dienst. En ik heb geen broers.'

'Dan bent u er goed vanaf gekomen. Ik had een vriend in Berlijn, die heeft de oorlog niet overleefd.'

'Wat erg.'

Mr Parker knikte. 'Ja, heel erg. Maar het leven is nu eenmaal meedogenloos, nietwaar?'

Even later verscheen Kate met twee schalen, een met groenten en een met een roodachtige moes.

'Puree van zoete aardappelen,' legde Mr Parker uit, toen hij mijn vragende blik had gezien. 'Ik wed dat u dat van thuis niet kent.'

'Ik ken alleen gewone aardappelpuree,' antwoordde ik.

'Tja, die vind ik te saai. En als je nieuw bent in een land, moet je ook meteen iets nieuws proberen.'

Ik was er niet van overtuigd dat ik dat wilde, maar ik was aangenaam getroffen door zijn vriendelijkheid. Kate kwam nog meer gerechten brengen, gebraden rundvlees en een bruine saus. Het rook allemaal heerlijk.

Even later schoof ze aan, wat me enigszins verbaasde. Vader zou het een dienstbode nooit hebben toegestaan bij ons aan tafel te komen zitten. Zelfs zijn ijverigste werknemers had hij nooit bij ons thuis uitgenodigd.

'Tast toe, Miss Krohn! Mijn Kate is de beste kokkin uit de omgeving!'

Ik gaf gevolg aan zijn uitnodiging en moest me flink beheersen om niet al te verbaasd naar die vreemde groente te kijken. Het rook erg lekker, maar ik had geen idee wat het was.

'Ik hoop dat u van okra houdt. In Duitsland kennen ze dat zeker niet?' Hij had er zichtbaar plezier in me dingen te laten zien waarvan hij dacht dat ik ze niet kende.

'Nee, dit hebben we niet,' antwoordde ik en ik proefde voorzichtig. Aan de smaak zou ik erg moeten wennen, maar ik liet niets merken.

'Je hebt geluk, mijn kind, dat je immigratie is goedgekeurd,' zei Mr Parker nadat hij een hapje zoete-aardappelpuree had geproefd. Die was werkelijk heerlijk, zoals ik even later zelf kon vaststellen. 'Een paar jaar geleden is er een wet uitgevaardigd om immigratie te reguleren. Duitsers zijn vanwege hun vlijt en hun vaardigheid om zich zelfstandig te redden geliefder dan andere immigranten en daarom worden ze telkens weer toegelaten.'

'Waarom willen ze de andere immigranten niet hebben?'

'Er wordt wel gedacht dat ze de banen van de Amerikanen inpikken. Onzin, als je het mij vraagt! Ze zijn gewoon bang dat hun kostbare witte huidskleur verontreinigd wordt.'

'Wat zou er dan mis zijn met een andere huidskleur?' vroeg ik.

'Niets! Daarvoor hebben mijn voorouders destijds juist gestreden. In het leger van de Noordelijke staten, tegen het Zuiden, dat de slavernij niet wilde afschaffen. Maar je komt telkens weer mensen tegen die nog vasthouden aan die oude denkpatronen.' Hij zweeg en lepelde zichtbaar verstoord wat okra naar binnen.

'Wat doet u eigenlijk beroepshalve?' vroeg ik in een poging een ander onderwerp aan te snijden.

'Ik ben docent aan de plaatselijke universiteit,' antwoordde hij kauwend. 'Politieke wetenschappen. Dit huis heb ik van mijn ouders geërfd. Mijn vader had het eigenlijk gekocht als geldbelegging. Helaas zijn mijn moeder en hij om het leven gekomen bij de ramp met de Titanic. Hebt u daarover gehoord?'

Ik knikte. Ik had plaatjes van dat machtige schip in een boek zien staan dat mijn vader me had laten zien.

'Inmiddels is het reizen over de oceaan wel een stuk veiliger, nietwaar?' vroeg hij.

'Ik ben bang dat ik dat niet goed kan beoordelen,' antwoordde ik. 'Maar mijn overtocht verliep goed.'

'Ik begrijp niet hoe madame Rubinstein het weet op te brengen voortdurend op reis te zijn. Misschien moet ik het haar eens vragen.'

'U kent madame Rubinstein goed?'

'Mijn echtgenote, God hebbe haar ziel, was klant bij haar. Ze heeft haar salons jarenlang bezocht om zich mooier te laten maken. Helaas heeft God haar twee jaar geleden van me afgenomen. Sindsdien is Kate bij me.'

Hij schonk zijn huishoudster een glimlach en ik merkte dat ze zich enigszins ontspande.

In de twee uur daarna wilde Mr Parker alles over mij en over de reden van mijn komst naar Amerika weten. Gezien zijn oprechte vriendelijkheid viel het me zwaar hem de ingrijpendste gebeurtenis uit mijn leven te verzwijgen. Maar hij nam van me aan dat de ruzie met mijn ouders voor hen reden genoeg was geweest om me de deur te wijzen. Toen hij hoorde dat ik had gestudeerd, was hij enthousiast.

'Madame heeft oog voor talent,' zei hij. 'Dat ze u heeft aangenomen is al bijzonder. Meestal brengt ze kunst of sieraden uit Europa mee, zelden mensen. Doet u vooral iets met uw talenten, Miss Krohn.'

'Dat zal ik zeker doen,' verzekerde ik hem.

28

De volgende ochtend stond ik in Manhattan tussen de reusachtige gebouwen die ik vanaf het schip al had bewonderd en ik keek als betoverd omhoog naar de imposante voorgevels met hun vele ramen. Zelfs de hoogste kerken die ik in mijn leven te zien had gekregen rezen niet zo hoog op. De torens waren als naalden die het hemelweefsel wilden doorsteken. De wolken die zich in de rijen vensters weerspiegelden hadden een dramatisch effect, maar april leek het goed met de New Yorkers voor te hebben. Een blauwe hemel beloofde zonneschijn en bezorgde me een goed humeur. Ging ik daar werken? Het leek wel een droom.

Een duw tegen mijn rug haalde me uit mijn overpeinzingen.

'Hé, u staat in de weg!' snauwde een man die met zijn jas en zijn koffer in de hand langs me heen drong. Pas nu besefte ik dat ik helemaal in de aanblik was opgegaan, want er bewogen zich over het trottoir allemaal voorbijgangers om me heen. De meesten liepen zonder iets te zeggen langs, maar de hufter die me opzij had geduwd maakte me duidelijk dat ik beter het pand met de hoofdzetel van madame Rubinsteins bedrijf kon binnengaan. Naast dat van haar leken er nog andere bedrijven te zijn, zo aan het belbord te zien. De naam Helena Rubinstein prijkte sober maar effectief op het gepoetste messing.

De draaideur zwenkte rond en spuugde me ten slotte uit in de foyer. De grote hal, waarvan de marmeren vloer vast dagelijks glimmend geboend werd, stond vol met kunst: schilderijen, standbeelden en lampen zoals ik nog nooit had gezien. De hele inrichting zag er gewaagd modern uit en had niets gemeen met de welhaast barokke sieraden die Helena Rubinstein zo graag droeg. Ook was haar Parijse Maison de Beauté hierbij vergeleken een onbetekenend winkeltje.

Terwijl nog meer werknemers door de draaideur het pand binnenstroomden gunde ik mezelf nog even tijd om rond te kijken. Alleen al het stenen paard moest een vermogen hebben gekost. Waar zou ze dat vandaan hebben? Op de boot had madame Rubinstein me verteld dat ze graag de halve wereld over reisde om kunstobjecten te verzamelen. Ik vroeg me af hoe ze dan nog tijd vond voor haar onderneming.

'Kan ik u helpen, Miss?' vroeg een mannelijke stem. Ik had niet gemerkt dat de portier, die achter de receptie had gestaan, naar me toe was gekomen. Verschrikt knalde ik achteruit tegen de sponning van de draaideur.

'Ja, ik ben hier nieuw. Madame Rubinstein zei dat ik hier om acht uur moest zijn.'

'Dan moet u opschieten,' zei de man in uniform met een blik op zijn zakhorloge. 'Madame zetelt op de vijfde verdieping en heeft het niet zo op laatkomers.'

'Dank u,' zei ik en ik rende naar de lift. Die bevond zich achter een metalen traliehek dat door een andere man in uniform werd opengedaan.

'Naar welke etage wilt u?' vroeg de liftbediende.

'De vijfde. Naar madame Rubinstein.'

'Zoals u wenst,' antwoordde de man en hij drukte op de knop. Ik was eerder al eens in een paternoster geweest, maar die ging heel langzaam. Bij deze had ik het gevoel omhoog gesleurd te worden. Ik meende mijn hersenen tegen mijn schedeldak te voelen schieten. Maar dat ging na een tijdje over. Ten slotte klonk er een zacht belletje.

'Vijfde verdieping, Miss,' meldde de liftbediende. 'Een prettige dag gewenst!'

'Bedankt, u ook,' antwoordde ik en ik liep de gang in. Mijn voetstappen werden vrijwel geheel gedempt door dik tapijt. Ik klopte op de glazen deur die naar het kantoor van madame Rubinstein leidde. Ik vernam stemmen achter de deur. Blijkbaar hadden ze me niet gehoord. Ik klopte opnieuw. Even later klonken er voetstappen en verscheen er een gedaante achter het glas.

'U wenst?' vroeg een vrouw die de deur op een kiertje opendeed, alsof ze bang was dat er een misdadiger voor haar stond.

'Mijn naam is Sophia Krohn,' antwoordde ik. 'Madame Rubinstein verwacht me.'

De vrouw nam me van top tot teen op, toen zei ze: 'Komt u binnen.'

Ik liep achter haar aan naar de receptie, die zo op het eerste gezicht vrij sober was ingericht. Maar bij nadere beschouwing merkte je dat de weinige objecten en schilderijen die de ruimte sierden zorgvuldig waren uitgezocht. Het tapijt was donker en had grote patronen. Al met al zag het kantoor eruit als dat van een succesvol zakenman.

'U zult even moeten wachten, er heeft zich vanmorgen een probleem voorgedaan dat de volledige aandacht van madame opeist.'

'Dat kan ik begrijpen,' zei ik, en ze bracht me naar een klein vertrek dat met zware bruinleren meubels was ingericht. Het leek op de herenkamer waarvan mijn vader altijd droomde, alleen de biljarttafel ontbrak.

Madame Rubinstein leek in de aangrenzende kamer te zijn, ik hoorde in elk geval haar stem. Eerst slechts zacht, maar ineens bulderde ze: 'Hoe kan dat? Breng die verpakkingsman hier! Ik zal hem eens vertellen wat voor prutswerk hij heeft afgeleverd!'

Hoewel haar gescheld niet mij gold, trok ik onwillekeurig mijn hoofd in. De oude mevrouw Meyer in het huis van mijn jeugd had soms ook zo tegen haar man gebruld. Maar deze tirade klonk heel anders. Dit was niet de stem van een vrouw die wanhopig was omdat haar man dronk, dit was het gebrul van een leeuwin die wist dat ze hier de baas was.

Ik had geen idee hoe vlug de verpakkingsman gevonden had kunnen worden, maar na een paar minuten ging het gegrom alweer door, ditmaal duidelijk tegen een bepaalde persoon gericht.

'Wilt u me soms ruïneren, dat u me zulke *tinnef* voorzet? Wat moeten de mensen wel niet van me denken? Dat ik mijn verpakkingen door een *schmock* laat maken? Wat u me hebt geleverd is gewoon goedkoop!'

Ik had geen idee wat die vreemde woorden betekenden, maar het klonk niet goed voor de 'verpakkingsman', die ze niet één keer bij zijn naam noemde.

De volgende minuten spendeerde madame Rubinstein aan het opsommen van nog meer fouten die de man had begaan. Daarbij viel telkens het woord 'ruïneren'. Was het echt zo dat alleen al een slechte verpakking haar zou ruïneren? Ook al zag ik niets van de tinnef, het leek me nogal overdreven.

Uiteindelijk nam de man het woord, zo zwakjes en geïntimideerd dat ik zijn verontschuldiging nauwelijks verstond.

Toen keerde de rust weer. Hoe was het de verpakkingsman vergaan? Ik had geen voetstappen gehoord. Was hij soms ingestort?

Er verstreken een paar ogenblikken voor de deur openging en de secretaresse verscheen. 'Madame kan u nu ontvangen, Miss Krohn.'

Een gevoel van beklemming overviel me. Ik was dan wel niet de reden van haar ergernis, maar je cheffin in een slecht humeur aantreffen was geen bijzonder goed uitgangspunt voor een eerste dag.

Toen ik het kantoor binnenging, leek de lucht wonderbaarlijk opgeklaard, alsof er een zuiverend onweer had gewoed.

'Ah, daar bent u!' Madame Rubinstein zette een lichtgroene pothoed op en kwam overeind. De ergernis die ze ten aanzien van de verpakkingsman had gevoeld was blijkbaar vervlogen. 'Ik hoop dat u een goede nacht hebt gehad.'

'Ja, dank u,' antwoordde ik en ik probeerde niet al te opvallend naar de enorme ramen te staren. Het uitzicht hiervandaan was zo heel anders dan dat in Parijs. Het zag er allemaal veel moderner uit, het leek een andere wereld.

'Mooi, dan moesten we maar eens de plaats gaan bekijken die hopelijk vele jaren beroepshalve uw thuis zal zijn.' Met grote stappen liep ze naar de deur. 'Ik heb diverse toeleveranciers, maar mijn keuken is de kern van mijn onderneming,' verklaarde ze toen we haastig de gang door liepen. 'Zo je wilt is die ook mijn thuis, hoewel ik er de laatste tijd nog maar zelden toe kom er ook echt te werken.'

Het was me een raadsel wat ze met 'keuken' bedoelde. Ik kon me madame Rubinstein niet achter een gewone kookpan voorstellen.

We verlieten het kantoor, waarbij ik de indruk had dat het personeel opgelucht ademhaalde zodra ze voorbij was. Haar présence, die ik in Parijs al had opgemerkt, leek hier nog sterker te zijn.

'Hoe is het laboratorium waar ik ga werken?' vroeg ik toen we op de lift stonden te wachten.

'Om precies te zijn is het een fabriek.' Er gleed een zelfvoldaan lachje over madames gezicht. 'Ik hecht er veel waarde aan de procedures in mijn bedrijven overzichtelijk te houden Wanneer het lab een nieuw product ontwikkelt, kan de productie het meteen vervaardigen.'

De lift ging open en de man die erin stond groette ons. Madame vroeg naar zijn vrouw en kinderen, waarop hij beleefd maar gereserveerd antwoordde. Hij leek echter niet zo bangelijk als de vrouwen in madame Rubinsteins kantoor.

Voor het gebouw stond een limousine met chauffeur te wachten.

We stapten in en de bestuurder manoeuvreerde ons behendig door de wirwar van straten en voertuigen.

'Kijk, dat is Long Island,' verklaarde madame Rubinstein ten slotte toen we over een grote brug reden, en ze wees in de verte. Ik kon nog net een paar gebouwen ontwaren. 'Daar staat de fabriek waar u gaat werken. In eerste instantie. U kunt er met de *subway* komen. Daarom heb ik ook Brooklyn uitgekozen om u te huisvesten.'

Had de scheikundige die daar vóór mij had gewerkt ook in Brooklyn gewoond?

'De meeste vrouwen werken in de productie, en behalve u zijn er nog twee chemici. Vroeger importeerde ik mijn waar, maar het is veel eenvoudiger om de ingrediënten voor wat je verkoopt zelf te maken.'

Op Long Island reden we over brede schone straten langs kleine huizen. Ze hadden een heel andere stijl dan gebouwen in Berlijn of Parijs. De meeste huizen waren helemaal van hout, andere zagen eruit als miniaturen van Griekse tempels. Veel woonhuizen waren wit geschilderd, wat de straten een vriendelijke aanblik gaf. Rode baksteen was zelden te zien.

Ten slotte kwamen we aan bij madame Rubinsteins fabriek. Die was omgeven door een hoog ijzeren hek. Achter de eveneens witte gebouwen bevond zich een uitgestrekte tuin.

De ingang werd bewaakt door een man in een wachthuisje. Toen hij onze auto zag stond hij op en kwam naar buiten. Zijn uniform leek op dat van een chauffeur.

Madame draaide haar raampje omlaag. 'Goedemorgen, Mr Fuller.'

'Goedemorgen, het doet me plezier u weer te zien, madame,' zei hij. 'Ik hoop dat het goed met u gaat.'

'Uitstekend, Mr Fuller!' Helena Rubinstein knikte hem minzaam toe. 'Met u ook?'

'Jazeker, madame,' antwoordde hij. 'Komt u weer eens in de keuken werken?'

'Nee, deze keer breng ik een nieuweling mee.' Ze keek naar mij. 'Dit is Miss Krohn. Zij gaat vanaf nu voor me werken.'

De bewaker nam mij op en ik hem. Hij was eind veertig, had grijzende slapen en een zongebruinde huid. Op zijn wang had hij een groot litteken. Waaraan zou hij dat hebben overgehouden?

Mr Fuller wendde zich tot mij. 'Aangenaam kennis te maken, Miss Krohn. Ik zal uw gezicht onthouden.'

'Dat waardeer ik,' antwoordde ik.

'Het zal u hier bevallen. Het is een van de mooiste fabrieken van de stad.' Zei hij dat omdat madame het kon horen?

De man stapte opzij en opende de poort. Die zwaaide licht piepend open. De auto reed het grote plein voor het gebouw op, dat aan beide zijden getooid was met bloemperken. Het zag er allemaal streng geometrisch uit. Er groeide nog niet veel, maar dat zou in de zomer wel anders zijn.

‘We zijn er,’ zei madame Rubinstein. ‘Mijn New Yorkse keuken.’

De chauffeur opende de portieren en we stapten uit. Een doordringende laboratoriumgeur kwam ons tegemoet.

De fabriek was een langgerekt gebouw, met een belijning net zo recht en modern als een flacon in het Maison de Beauté. In de hoge ramen werden de wolken weerspiegeld. Het zicht op wat zich erachter bevond werd de toeschouwer in eerste instantie benomen.

‘Aan de achterkant heb ik een tuin aangelegd,’ verklaarde madame. ‘Uiteraard moet ik soms ingrediënten importeren, maar de thuisproductie is voldoende voor de basisvoorraad.’

Als de ‘keuken’ al zo groot was, hoe zou de ‘tuin’ er dan wel niet uitzien?

Madame liep de trap op en deed de deur open. Ik liep achter haar aan en kreeg een merkwaardig gevoel van geborgenheid. Het was net als in de laboratoria op de universiteit.

De geur die buiten al rond het gebouw had gehangen was hier nog sterker. In de donkere voorruimte bevonden zich deuren, waarachter de productiehallen, de kleedruimten en een kantine lagen.

‘Toen ik naar Amerika kwam, dacht ik wat cosmetica betreft in een woestenij te zijn beland,’ oreerde madame terwijl ze met korte vlugge passen voor me uit snelde. Ik had moeite haar bij te houden. ‘Al die vrouwen met paarse neuzen, doffe lippen en krijtwit poeder... Ik was gechoqueerd! Gelukkig ben ik erin geslaagd al een paar dingen te veranderen.’

Als het waar was wat ze zei, moesten de vrouwen er echt vreselijk hebben uitgezien.

‘Ach, zou het niet geweldig zijn als de cosmetiek als onderdeel van de medische wetenschap werd erkend?’ vervolgde ze en ze spreidde haar armen.

Ik zweeg verward. Dat cosmetiek een wetenschap zou kunnen zijn die op gelijke voet stond met de medische, was iets waar ik nog niet op was gekomen.

‘Ik droom er al lang van dat artsen in de gaten krijgen hoe belangrijk een gezonde huid is voor het welbevinden,’ ging ze verder.

‘Helaas zijn de mannen die het in de medische wetenschap voor het zeggen hebben erg eigenwijs en onwetend. Ze denken dat het volstaat om je gezicht onder een baard te verbergen. Helaas krijgen vrouwen er geen, en zo wel, dan is die niet welkom.’

Ze begon te lachen en ik vroeg me af hoe ze het zou opvatten als Mr Titus op een dag met een volle baard thuiskwam. Ik had hem tot nog toe alleen gladgeschoren gezien.

We bleven staan voor een open deur. Die leidde naar een reusachtige lichte ruimte die een beetje aan een zaal in een ziekenhuis deed denken. De zware geur die er hing benam me de adem en deed mijn ogen tranen. Vlug zette ik mijn bril af en wreef over mijn ogen. Hoe hielden de vrouwen het hier uit?

Toen ik aan de etherische oliën gewend was geraakt zette ik mijn bril weer op en keek om me heen.

Langs de wanden stonden hoge rekken met reusachtige glazen flacons waarin diverse vloeistoffen, maar ook geconserveerde planten werden bewaard. De geur van peterselie zweefde in de lucht, vermengd met een lichte noot van seringen.

Aan lange houten tafels zaten vrouwen in witte kielen en met witte kapjes op hun hoofd. Ze waren planten aan het sorteren, en de geur ervan vulde de ruimte. De meesten gingen zo in hun werk op dat ze ons niet opmerkten.

Slechts een van hen keek op, alsof ze onze aanwezigheid had gevoeld, maar ze richtte haar blik vlug weer op haar handen.

‘Dit is maar een van de hallen waarin de kruiden voor onze cosmetica worden geprepareerd,’ verklaarde madame Rubinstein. ‘Mettertijd zult u alle andere ook leren kennen.’

We liepen verder naar een hal waaruit oorverdovend lawaai van machines kwam, dat onze voetstappen en ook madames woorden vrijwel geheel overstemde. Gefascineerd keek ik naar de ontzagwekkende installaties van metalen platen, pijpen, bewegende stangen, tandraderen en hendels. Hier en daar ontdekte ik drukmeters op de leidingen. Een lopende band transporteerde lege flessen de machine in en bracht ze gevuld met een witte vloeistof naar buiten, waar ze door werknemers in blauwe overalls werden opgevangen en in dozen werden gezet. En dat was niet de enige machine die ik zag. Verder naar achteren stond een gigantisch vat met thermostaten en andere meetinstrumenten, die ik van die afstand niet duidelijk kon herkennen. Daarin leek de witte vloeistof geproduceerd te worden.

'Dit is de vulmachine!' hoorde ik madame roepen. Ze wees naar de machine bij de lopende band. 'Verder naar achteren is de eigenlijke keuken. Maar we moeten gaan, voordat u doof wordt.'

Even bleef ik nog naar die wonderen der techniek staan staren, daarna sloot ik me aan bij madame, die vooruitgesneld was. We liepen een brede trap op die geflankeerd werd door schilderijen en bronzen beelden in nissen.

Toen madame en ik het laboratorium binnenkwamen, staakten de twee heren die daar aan hun bureau zaten hun bezigheid en stonden op.

'Madame, wat een verrassing!' zei een van hen en hij maakte een galante buiging.

Ik keek om me heen. Het deed me een beetje aan het laboratorium van Georg denken, hoewel de inrichting hier bijna klinisch aandeed met alle glanzende chromen werkvlakken en witte tegels. Maar dat paste bij wat madame me had verteld over schoonheidsverzorging als niet-erkende tak van de geneeskunde. Er stroomde een weldadig gevoel door me heen bij het zien van de glazen kolven en de branders.

'Miss Krohn, mag ik u voorstellen?' begon madame. 'Harry Fellows en John Gibson, mijn beide chemici. Mr Fellows en Mr Gibson, dit is Sophia Krohn, die Gladys moet gaan vervangen.'

De mannen gaven me allebei een hand. Mr Fellows had blond, met een strakke scheiding opzij gekamd haar, terwijl van Mr Gibsons haardracht nog maar een smalle krans over was. Ik schatte beiden op midden veertig.

'U moet natuurlijk eerst maar eens thuis raken in de fabriek,' vervolgde madame. 'Maar als het zover is, zult u samen met deze twee heren verantwoordelijk zijn voor onze producten.'

Beiden glimlachten me bemoedigend toe, maar dat kon mijn

nervositeit niet verdrijven. Hoe zou het zijn om met die twee andere chemici samen te werken? Zij hadden meer ervaring en kenden het bedrijf beslist door en door.

Vervolgens gingen we naar het kantoor van de bedrijfsleiding. Daar troffen we een vrouw aan in een donkergrijs ensemble van een rok met blouse. Nadat ze ons een verraste blik had toegeworpen stond ze op en kwam naar ons toe.

'Hartelijk welkom, madame, het doet me plezier u weer te zien.'

'Insgelijks, Beatrice,' antwoordde madame, en nadat ze de handen van de vrouw kritisch had bekeken, voegde ze eraan toe: 'U moet uw nagels beter verzorgen. Ten slotte hebben we een naam te verliezen.'

Beatrice bloosde. Ook ik schrok van die nogal onaardige opmerking. Maar de bedrijfsleidster zei niets.

Madame Rubinstein vervolgde: 'Dit is Miss Sophia Krohn. Ik heb u al over haar verteld. Miss Krohn, dit is Beatrice Clayton, de bedrijfsleider. Het personeel valt onder haar gezag en ze brengt mij verslag uit over de gang van zaken in de fabriek.'

'Aangenaam kennis te maken, Miss Krohn,' zei Beatrice, nog steeds een beetje zuur vanwege madames opmerking over haar nagels.

'Het genoegen is geheel mijnerzijds,' antwoordde ik. Zo te zien merkte ze mijn accent op. Ze vroeg zich vast af waar ik vandaan kwam.

Madame richtte zich weer tot Miss Clayton. 'Het is uw taak ervoor te zorgen dat Miss Krohn hier helemaal thuis raakt,' zei ze. 'Ik wil dat ze op alle gebieden wordt ingewerkt. U doet me verslag van haar vorderingen.'

'Vanzelfsprekend, madame,' zei Beatrice, bijna slaafs als een hondje. 'Is er verder nog iets van uw dienst?'

'Nee, dat is alles, Beatrice. En verzorg uw handen. Per slot van rekening hebt u een belangrijke positie.'

Miss Claytons gezicht begon te gloeien. Dat ze zo werd terechtgewezen was ook voor mij onaangenaam.

'Ik weet zeker dat jullie uitstekend met elkaar overweg zullen kunnen,' zei madame. 'Ik moet nu helaas afscheid nemen. We zien elkaar bij de volgende inspectie.'

'Goed, madame,' zei Miss Clayton glimlachend. 'Tot de volgende keer.'

'Tot de volgende keer,' herhaalde ik.

'Ach, en Miss Krohn, gebruikt u de komende dagen om wat nieuwe kleding aan te schaffen. Mijn medewerksters vertegenwoordigen de firma in de hele stad, dus moet u altijd goed gekleed zijn.'

Ik zag Miss Clayton vol leedvermaak glimlachen. Ik bloosde. 'Vanzelfsprekend, ik zal eraan denken,' antwoordde ik vlug.

'Mooi.' Helena Rubinstein keek nog even naar ons, daarna draaide ze zich om.

Op het dichtslaan van de deur volgde een stilte. Miss Clayton nam me een tijdje op, zonder iets te zeggen. Wilde ze wachten tot madame Rubinstein buiten gehoorsafstand was?

'Het gebeurt niet vaak dat madame een nieuwe medewerkster persoonlijk komt afleveren,' begon ze toen op snijdende toon. Haar onderdanigheid was op slag verdwenen. 'Dat u haar madame moet noemen, weet u hopelijk.'

'Ja, uiteraard,' zei ik.

'Mooi. Zelf ben ik voor u Miss Clayton.' Haar bijna vijandige toon irriteerde me een beetje. Was dat nog vanwege madames opmerking of mocht ze me niet? 'Ook al geniet u bij madame een zeker aanzien, u volgt mijn instructies op, is dat duidelijk?'

Ik knikte.

Miss Clayton ging weer zitten en overhandigde me even later een formulier. 'U bent dus scheikundige?' vroeg ze koeltjes terwijl ik het invulde. Ik ging ervan uit dat madame haar had geïnformeerd wie en wat ik was, maar ik knikte.

'Een bedrijf leer je het best kennen als je van onderaf begint. Voordat u het laboratorium in gaat, zult u met de anderen meewerken. Dat heeft madame Rubinstein u vast al verteld.'

'Ze zei dat ik me eerst moest inwerken.'

'Ik zal u voorlopig bij de productie indelen. Als er in het lab iets voor u te doen is, laat ik het u weten. U gaat om te beginnen leren hoe onze producten tot stand komen.' Ze keek op mijn formulier. Ik had het zo goed mogelijk ingevuld, maar sommige gegevens had ik nog niet tot mijn beschikking.

'Laat maar leeg wat u nog niet weet. Tenslotte bent u hier nog maar pas, als ik het goed begrepen heb.'

Ik knikte en legde de kroontjespen neer. Er zat een zwarte inktvlek op mijn middelvinger.

'Komt u mee.' Miss Clayton stond op en liep naar de deur.

Ik liep met haar mee naar beneden naar de productiehallen. Onderweg hoorde ik de stemmen van de vrouwen tussen het lawaai van de machines en ik vroeg me af in welke hal ze me zou indelen.

Ten slotte bleven we staan voor de deur waar ik al met madame Rubinstein naar binnen had gekeken. De vrouwen waren nog steeds ijverig bezig met het sorteren van de planten, die over de hele tafelbreedte verspreid lagen. De geur was nu minder sterk, iemand moest intussen het raam hebben opengezet.

'Hier worden de grondstoffen geprepareerd,' verklaarde Beatrice Clayton onnodig, want madame had dat al gezegd. Maar dat kon ze niet weten. Energiek duwde ze de deur helemaal open. 'We maken aftreksels van diverse planten: peterselie, rozemarijn, sering, roos, al naargelang wat het seizoen te bieden heeft of we vanuit de haven krijgen aangeleverd.'

De vrouwen deden nog een tijdje alsof ze ons niet opmerkten, maar ik zag hun verstolen blikken.

'Dames!' riep Miss Clayton terwijl ze in haar handen klapte. Het zachte geritsel verstomde en de volledig in het wit geklede arbeidsters keken op. 'Dit is Sophia Krohn, ze komt in de plaats van Miss Hobbs, die ons, zoals jullie allemaal wel weten, een paar weken geleden heeft verlaten.'

De meeste vrouwen keken me onaangedaan aan. Interesseerde het hen niet dat er een nieuwe medewerkster was? Sommige blikken leken zelfs een beetje vijandig. Ik onderdrukte de neiging mijn jas dichter om me heen te trekken.

'Miss Krohn zal voorlopig bij jullie werken en jullie helpen extracten uit peterselie en druiven te winnen. Grondstoffen zijn belangrijk, zoals we allemaal weten.'

Het beviel me niet dat ze mij daarbij niet persoonlijk aansprak, maar misschien was dat hier gebruikelijk.

'Komt u mee, dan laat ik u zien waar u zich kunt omkleden.' Met die woorden draaide Beatrice Clayton zich om. Ik keek nog een beetje onwennig rond. De blikken van de andere vrouwen prikten als pijlpunten in mijn gezicht. Met een onaangenaam gevoel volgde ik Miss Clayton.

Ze bracht me naar een kleedruimte en liet me zien waar ik mijn werkkleding kon vinden. Toen liet ze me alleen.

Even later liep ik, net als de andere vrouwen gekleed in een witte kiel en met een wit kapje op, de hal in. Een koel briesje blies door de ramen naar binnen en zorgde ervoor dat de geuren verdraaglijk bleven. Buiten zag ik een grote vrachtwagen voorrijden. Zou hij grondstoffen uit de haven komen brengen?

Uit mijn ooghoeken zag ik dat er een vrouw naar me toe kwam. 'Ik ben Carla,' zo stelde ze zichzelf voor. 'Kom, dan leg ik je uit wat we hier doen.' Ze nam me mee naar de tafel waar de peterselie gesorteerd werd en liet me de kunstgrepen zien, waarbij ze er blijkbaar op vertrouwde dat ik meteen zou weten hoe het moest. 'Let erop dat je de slechte en verdroogde stukken ertussenuit haalt,' maande ze me. 'Die mogen in geen geval in de olie terechtkomen, dat bederft de geur.'

Ik knikte ijverig en ging aan het werk. Daarbij wierp ik verstolen blikken op de handen van de anderen, die zo vlug bewogen dat ik ze nauwelijks met mijn ogen kon volgen.

'Je moet wel een beetje vlugger werken,' vermaande Carla me na een tijdje. 'We moeten een dagquotum halen, dus daar moet je je aan houden.'

Ik probeerde vlugger te werken, maar dat lukte niet echt. Wel begonnen mijn rug en mijn voeten zeer te doen. Maar algauw begon ik de droge stukken meteen te herkennen, en eerder dan gedacht klonk de bel voor de middagpauze.

Er was een kantine waar alle medewerkers konden eten, maar toen ik in de pauze bij mijn collega's wilde gaan zitten beweerden ze dat het gereserveerde plaatsen waren. Er bleef me niets anders over dan in mijn eentje een tafeltje achterin te zoeken. Daarbij had ik het gevoel dat ze onafgebroken naar me keken en over me zaten te smiespelen.

Ik deed mijn best om alleen op mijn bord te letten, waarop aardappels en een ondefinieerbare saus lagen te dampen. Uiteindelijk won de honger het en daardoor had ik geen oog meer voor de anderen.

Na het eten ging het werk aan de tafel met peterselie verder. Ik wenste vurig dat iemand met me zou praten, want het was een eentonige bezigheid, en omdat de anderen met elkaar kletsten was het vast niet verboden. Maar de vrouwen zwegen en blokkeerden al mijn pogingen om in gesprek te raken. Na een poosje voelde ik me een vreemde eend in de bijt. Maar wat had ik dan verwacht? Dat ze me meteen met open armen zouden ontvangen? Dat was ook op de universiteit niet het geval geweest. Het enige wat ik kon doen was geduld oefenen.

Toen mijn werktijd erop zat, liet ik de anderen voorgaan en keek ik rond in het vertrek. De tafels waren groen van het peterseliesap en mijn neus nam het etherische aroma van het kruid al niet meer waar. Miss Claytons woorden galmden nog bij me na: *een bedrijf leer je het best kennen als je van onderaf begint.* Hoelang zou het gaan duren voor ik boven in het laboratorium werd toegelaten?

Op de terugweg naar mijn appartement viel ik in de subway in slaap en werd pas drie haltes na de mijne weer wakker. Voor ik voor de deur van mijn huis stond was het alweer een uur verder, en mijn hoofd voelde aan alsof het in een wolk zat. Ik haalde de sleutel uit mijn tas en stak hem in het sleutelgat.

Tijdens de overtocht op het schip was er zo veel te zien geweest dat ik geen tijd voor heimwee had gehad. Maar nu, ten overstaan van de stemmen die gedempt tot de gang doordrongen, bekroop het me sterker dan ooit tevoren. Misschien kwam het door de matten op de traptreden, die me weer aan thuis deden denken. Misschien ook door de etensgeuren die de gang in zweefden.

In mijn kamer maakte ik de inhoud van het zakje soldaat dat ik onderweg had gekocht. Toen ik klaar was met eten vroeg ik me af of ik Henny van mijn eerste dag verslag moest uitbrengen. Ik had haar de vorige dag al een brief geschreven, die klaarlag om naar het postkantoor te worden gebracht.

Maar ik kwam er niet aan toe een postscriptum te schrijven. Met de bedoeling even te gaan liggen strekte ik me uit op de bank. Het duurde niet lang voor ik in een diepe slaap verzonk en van peterselie droomde.

29

Lief Sophietje,

Wat fijn dat je goed in Amerika bent aangekomen. Ik heb het de meisjes in het theater verteld en hoewel ze je niet kennen, waren ze allemaal ontzettend jaloers op je. Zoals ik toen in Berlijn van Parijs droomde, dromen veel meisjes hier van Amerika. Wat zou ik die wolkenkrabbers graag met eigen ogen willen zien! En wat zou ik daar graag door de straten slenteren.
Toen ik het Maurice vertelde, zei hij dat hij me er ooit mee naartoe zou nemen. Hij denkt er steeds vaker over na een eigen bedrijf te beginnen. Niet dat hij het slecht heeft bij Derval, de Folies draait beter dan ooit. Vooral de garçonnes trekken publiek, vrouwen van wie je niet weet of het echt vrouwen zijn of toch mannen. Josephine Baker mag dan weer zijn vertrokken, wij voeren haar dans in het bananenrokje nog steeds op.
Gisela heeft me pas nog geschreven. Kun je je haar nog herinneren? Ze is een van de meisjes bij Nelson. Ze zei dat ook zij nu bananenrokjes dragen. Soms moeten ze zich insmeren met een bruin goedje, zodat het lijkt of ze rechtstreeks uit de Afrikaanse jungle komen. Nelson overweegt vast of hij de muzikanten er ook toe zal overhalen.
Wij hebben dat hier niet nodig. Kortgeleden zijn in de Folies vier nieuwe muzikanten aangenomen, ze komen van Martinique, een of ander eiland in de Cariben. Ze zijn pikzwart, overal, zeggen sommige meisjes. Ik heb nog nooit een naakte zwarte man gezien,

maar ik zou het best willen. Helaas wil niemand naakte mannen zien dansen.
Maar wat klets ik toch. Je weet er alles van. We redden ons hier. Je krijgt de groeten van Geneviève, ik moest haar je brief twee keer voorlezen. Ze zei dat ze de inhoud de eerste keer niet had begrepen vanwege mijn accent. Maar volgens mij wilde ze alles gewoon nog een keer horen. Maurice vindt niet meer dat ik slecht Frans spreek. En ook madame Roussel kan me verstaan. Iedereen is zo blij dat je gezond bent en ze willen beslist het een en ander horen over je nieuwe baan.
En voordat ik het vergeet: ik trek over een maand bij Maurice in! Hij heeft speciaal voor ons een nieuw appartement gehuurd. Dat is toch ongelooflijk? Ik ben in de zevende hemel en hoop dat jij ook gauw geluk mag vinden. Er moeten in New York toch wel wat aantrekkelijke mannen rondlopen?

Veel liefs,
Henny

In juli trok de zomer alle registers open. Stralende zon en drukkende hitte wisselden elkaar af, zo nu en dan werd het tussen de huizen verstikkend heet. Kate liet het raam van Mr Parkers appartement de hele dag openstaan en bracht me 's zondags af en toe een glas limonade.

Ik was blij met mijn nieuwe, luchtige zomergarderobe, die ik me dankzij het voorschot van madame kon veroorloven. Ik was naar een van de warenhuizen gegaan om me in het nieuw te steken en had daar verbluft rondgelopen. De prijzen waren voor mij net zo ongebruikelijk als de vriendelijke benadering van de verkoopsters. Toen ik zei dat ik voor madame Rubinstein werkte, lieten ze me blouses, rokken en mantelpakjes in diverse kleuren zien en ik wist zeker dat ik de firma daarin gepast zou kunnen vertegenwoordigen. Ik bekeek mezelf in die kleding van alle kanten in de spiegel en herkende mezelf nauwelijks terug. En zo liep ik met veel meer zelfvertrouwen weer naar buiten. Af en toe voelde ik me weer de oude Sophia uit Berlijn, hoewel ik wist dat dat niet kon.

De routes die ik nam waren telkens hetzelfde. Van mijn woning liep ik naar het station van de subway, ik reed naar Long Island, stapte uit, liep naar de fabriek. 's Avonds legde ik dezelfde weg in tegenovergestelde richting af. De mensen die me tegemoetliepen keurden me meestal geen blik waardig, maar dat vond ik wel best.

Langzamerhand ging ik me thuis voelen. Zoals Kate me had aangeraden deed ik mijn boodschappen in de winkel van Joe Bannister, die me na enige tijd herkende en zelfs wel eens een praatje met me aanknoopte. Dan ging het over zijn grootmoeder, die vele jaren geleden ook uit Duitsland was gekomen, en zo kwam ik te weten dat er hier in de stad eigen wijken bestonden voor bijna elke nationaliteit.

'De Duitsers hadden er ook een paar, maar die zijn inmiddels in alle windrichtingen verstrooid. Of liever gezegd: ze zijn getrouwd met autochtonen en naar andere stadsdelen verhuisd. Met een beetje geluk kom je er in de stad een paar tegen, mocht je zin hebben om weer eens Duits te spreken.'

Daar had ik inderdaad soms ineens zin in, vooral omdat ik dolgraag weer eens gezellig met Henny zou willen babbelen. Ik wist me inmiddels in het Engels al veel beter te redden en mijn woordenschat had zich voor mijn gevoel verdubbeld, wat kwam doordat ik in de fabriek dagelijks mensen om me heen had. Ook al praatten de anderen niet veel met me, ik ving toch van alles op en dan bedacht ik wat mijn antwoord zou zijn als mij de vraag gesteld zou worden.

Soms betrapte ik mezelf erop dat ik Engelse woorden door mijn tekst strooide als ik Henny schreef. Langzamerhand begreep ik waarom madame Rubinstein soms zulk koeterwaals sprak. Dat moest wel komen doordat ze veel over de wereld reisde en niet de tijd had goed aan een taal te wennen.

In de fabriek zelf veranderde er maar weinig aan mijn situatie, behalve dat veel routine werd.

Op het terrein voor het gebouw stonden de borders in volle

bloei en af en toe overtroefde de geur van de rozen die van de etherische oliën die we fabriceerden. Er heerste een iets meer ontspannen sfeer en ik begreep de gang van zaken veel beter. Ook kende ik inmiddels de namen van de meeste collega's. Dan had je nog de chauffeurs die de grondstoffen ophaalden en onze producten wegbrachten, de arbeiders en arbeidsters aan de vulmachines en de productieketels, evenals de sjouwers, die de kratten in de loods opstapelden of op de vrachtwagens laadden. De meesten van hen waren vriendelijk, sommigen arrogant of onbehouwen, maar buiten de middagpauzes kwamen we hen nauwelijks tegen.

Elke dag wachtte ik erop eindelijk eens naar het laboratorium te worden gehaald, maar ik bleef maar beneden bij de productieafdeling ingedeeld en sorteerde nu seringen uit Zuid-Frankrijk en salie uit Italië, maar vooral druiven en nog altijd veel peterselie, tot mijn handen groen zagen. Ik had nog steeds pijnlijke benen en een zere rug, en af en toe speelde ook het litteken op mijn buik op, vooral als er een weersverandering op til was, maar ik probeerde niets te laten merken. Ik wilde niet dat de anderen me als een zwakkeling beschouwden.

Overwerk was aan de orde van de dag, vooral nu de productie langzamerhand werd verhoogd vanwege de kerst, maar ik klaagde niet.

Miss Clayton hield me in het oog en ik kon de indruk niet van me afzetten dat ze zat te wachten tot ik een fout maakte die het zou rechtvaardigen me voorgoed beneden in de fabriekshal te houden. Ze zei niets, maar ik zag het aan haar blikken en merkte het ook aan het gedrag van de anderen. Ik was een storende factor. De immigrante, de *German girl*, die de baan van een van hen had ingepikt, zoals ik opving uit het gefluister van de anderen. Maar ik was niet van plan te zwichten.

Af en toe verscheen madame Rubinstein in de fabriek en liet zich informeren over de productie. Op die dagen mocht ik naar boven, naar het laboratorium, en ik voelde heel goed aan dat madame niet wist wat Miss Clayton me op de andere dagen liet doen. Als madame aanwezig was wierp ze me waarschuwende blikken toe die me een verblijf in de hel beloofden als ik ook maar één keer zou laten vallen dat ik het grootste deel van mijn tijd beneden doorbracht.

Zodra ze was vertrokken moest ik weer naar beneden, naar de druiven en de peterselie. Ik vroeg me af of dat de reden was dat mijn voorgangster de fabriek had verlaten en op zoek was gegaan naar een echtgenoot.

Begin augustus, kort voor mijn tweeëntwintigste verjaardag, droomde ik op een nacht dat ik weer terug was in Parijs. Ik liep door de lange gang van een gebouw dat er op het eerste gezicht als een kerk uitzag. Maar het bleek om het ziekenhuis te gaan waarin ik een jaar eerder had gelegen. Ik zocht iets, maar begreep aanvankelijk niet wat.

Toen zag ik een deur. Daar wilde ik heen, besefte ik opeens. Ik duwde de klink omlaag en opende de deur.

In de zaal voor me stonden allemaal wiegjes, minstens tien. Het licht was gedempt. Het was er doodstil. De baby's leken te slapen. Zo stil mogelijk sloop ik naar binnen en liep doelbewust op een bepaalde wieg af. Toen ik naderbij kwam, zag ik er een jongetje in liggen. Hij kon hoogstens een paar maanden oud zijn. Hij had bruin haar en zoog op zijn duimpje. Iets zei me dat dit mijn zoontje was. Er was geen twijfel aan. Een nooit eerder ervaren geluk vlamde door mijn borst. Eindelijk zou ik hem kunnen meenemen!

Voorzichtig tilde ik hem uit zijn wiegje en drukte hem aan mijn borst. Hij voelde zo zacht aan, zo warm, zo levendig. 'Hallo, Louis,' hoorde ik mezelf fluisteren. Dat dit de naam was die ze hem in het ziekenhuis hadden gegeven stoorde me niet. Het belangrijkste was dat ik hem eindelijk bij me had.

Opeens vloog de deur open en kwam er een politieagent binnen. 'Dit is uw kind niet!' riep hij. 'Leg het terug of ik arresteer u!'

Ik wilde hem duidelijk maken dat dit wel degelijk mijn kind was, maar ik kon geen woord uitbrengen. Hij trok het kind uit mijn armen en nam het mee. Ik hoorde mijn zoontje huilen, maar werd tegengehouden door handen die me van achteren vastgrepen.

Het volgende moment schrok ik wakker.

Ik keek om me heen, snakkend naar adem. Er viel maanlicht door de jaloezieën en het duurde lang voordat ik het beeld van de slapende kinderen kon loslaten. Ik kon de baby in mijn armen zelfs bijna nog voelen.

Ik kwam overeind, ademde diep door en zwaaide mijn benen over de rand van het bed. Ik had een brandend gevoel in mijn borst en mijn nachthemd plakte aan mijn lichaam. Mijn hart ging als een razende tekeer en ik kreeg een koude rilling. Ik zou toch niet ziek worden?

Maar toen begreep ik dat ik een paniekaanval had. Het was dezelfde paniek die ik kort na mijn bevalling had gevoeld. En plotseling kwam het besef: deze nacht precies een jaar geleden was mijn zoontje geboren. Mijn zoon, die ik nooit in mijn armen had kunnen houden. Ik werd door wanhoop overvallen. Waarom had mijn droom me teruggevoerd naar die duistere plek? Ik dacht het te hebben onderdrukt, en nu...

Na een poosje stond ik op. Mijn knieën voelden slap aan, maar ik had behoefte aan frisse lucht. Ik liep naar het raam en maakte het open, sloot mijn ogen en liet de warme nachtelijke bries over mijn gezicht gaan. Langzamerhand verdween de paniek en mijn hartslag werd kalmer. Een droom, hield ik mezelf voor. Het was maar een droom. Louis heeft rust en jij hoeft je niet schuldig te voelen. Je hebt gedaan wat je kon om hem in leven te houden, maar tegen de dood stonden zelfs artsen machteloos.

'Alle goeds voor je verjaardag, schatje,' fluisterde ik zachtjes. Toen liep ik naar de sofa, want ik wist dat de droom zou terugkomen als ik weer in bed kroop.

De volgende ochtend was het meteen al drukkend heet. In de wagon van de subway, waarin veel te veel mensen zaten en stonden, legde ik mijn hoofd tegen het raam. Mijn slapen klopten pijnlijk, mijn hersens leken driemaal zo zwaar als anders. Mijn droom had me belet weer in te slapen en ik was navenant vermoeid.

Op mijn bestemming aangekomen stapte ik uit en verliet het

station. Ik keek omhoog naar de hemel. Achter de schoorsteen van de fabriek betrok de lucht. Aan de horizon waren de wolken iets donkerder, waardoor ik durfde te hopen dat het binnenkort zou gaan regenen.

Ik liep door de poort, waar wat mensen in een groepje stonden te praten en roken.

In de kleedkamer hing een vochtige lucht. Iemand moest goedkoop seringenparfum hebben opgespoten, het prikte in mijn neus.

'Goeiemorgen, Linda,' zei ik tegen een van de vrouwen die voor een kast stonden. Ook zij leek last van de hitte te hebben. Misschien had het geholpen als we iets eerder naar huis hadden mogen gaan, maar madame Rubinstein was onverbiddelijk. Het bedrijf ging bij haar altijd voor. Dat wakkerde de onvrede bij de arbeidsters aan, en er deden onder hen toch al allerlei spannende verhalen de ronde. Zo zou het huwelijk van madame en Mr Titus op z'n eind lopen. Hij was al wekenlang in Parijs, waar hij zich bezighield met een aantal schrijvers. Madame zou hierop reageren met overdreven werkijver, ter afleiding.

Een doffe dreun haalde me uit mijn overpeinzingen. Ik draaide me vlug om en zag Linda naast de tafel liggen. Haar kiel zat maar half dicht, haar gezicht was lijkbleek.

Ik liep naar haar toe en tikte haar zachtjes op de wangen. Ze gloeide. Was het koorts of was ze door de hitte bevangen?

'Linda?' zei ik, maar er kwam geen antwoord.

'Help!' riep ik toen. 'Er moet een dokter komen!'

Ik wist niet of iemand me had gehoord, maar ik wilde Linda ook niet alleen laten.

Ik bleef zachtjes tegen haar wangen tikken en schudde haar voorzichtig heen en weer, maar ze kwam niet bij. Uiteindelijk gaf ik haar in mijn paniek een oorvijg. Toen sloeg ze haar ogen op. 'Waar ben ik?' vroeg ze.

'In de fabriek,' antwoordde ik. 'Je bent waarschijnlijk flauwgevallen.'

Ze keek me niet-begrijpend aan.

Even later verscheen Carla met Miss Clayton. 'Wat is er aan de hand?' vroeg ze.

'Linda viel zomaar om,' zei ik. 'Ik... Ik heb haar weer wakker gekregen, maar misschien is het beter om er een dokter bij te halen.'

'Het gaat wel weer,' zei Linda terwijl ze probeerde te gaan zitten. Maar meteen verslapte ze weer en zakte in mijn armen.

Dat gaf voor Miss Clayton de doorslag. Ze draaide zich om en haastte zich naar het kantoor, waar ook de bedrijfstelefoon stond.

'Wakker blijven, hoor je?' praatte ik op Linda in. 'De dokter komt eraan.'

Ze knikte, maar ik zag aan haar hoeveel moeite het haar kostte om haar ogen open te houden.

De minuten kropen voorbij en ik vroeg me af hoelang het nog zou duren voordat de dokter er zou zijn. In de tussentijd kwamen er een paar vrouwen langs om te zien hoe het met haar ging, maar ik stuurde ze weg. Aan kijkers hadden we niets.

Eindelijk klonken er voetstappen. Even later verscheen Miss Clayton met een man in een hooggesloten witte jas. Hij had een leren tas bij zich waar hij een stethoscoop uit haalde.

'Dit is dokter Chandler,' zei Miss Clayton om hem voor te stellen.

De arts boog zich over Linda, liet een lampje in haar ogen schijnen, voelde haar pols en beluisterde haar longen. Ik keek naar Miss Clayton, die de gang van zaken met een misnoegd gezicht bekeek.

'Ze lijkt door de hitte te zijn bevangen,' stelde dokter Chandler ten slotte vast. 'We kunnen haar het best naar het ziekenhuis brengen, daar kan ze verder worden onderzocht.'

'Zou u haar kunnen meenemen?' vroeg Miss Clayton.

'Natuurlijk,' antwoordde dokter Chandler. 'Maar we hebben wel wat hulp nodig. Ik betwijfel of de jongedame lang op haar benen kan staan.'

Miss Clayton stuurde een van de meisjes die in de gang voorbijliepen naar de inpakkers. Algauw kwam ze terug met een lange, forsgebouwde man. De andere mannen noemden hem Jim de Reus. Hij tilde Linda probleemloos op en droeg haar in zijn armen naar buiten.

Toen de arts met Linda de fabriekspoort uit was gereden, ging ik naar Miss Clayton. De deur van het kantoor stond open, de ramen waren wijd open, maar zelfs de tocht temperde de verstikkende hitte niet.

Ik klopte op de deurpost en wachtte tot ze me aankeek. 'We moeten even praten,' zei ik toen.

'Waarover?' vroeg ze, terwijl ze zich weer over het document boog dat voor haar lag.

'Over de omstandigheden hier. Het overwerk. De hitte. De toestand van de vrouwen. Linda.'

Weer keek ze op. 'Komt u klagen?'

Ik wist maar al te goed dat het niet aan mij was om te klagen. Maar er moest iets gebeuren. 'Ik zou graag samen met u willen uitzoeken hoe we de werkomstandigheden hier kunnen verbeteren.'

Haar trekken verhardden. 'Dat is uw taak niet.'

'Dat weet ik,' antwoordde ik. 'Daarom ben ik juist hier, Miss Clayton. Alleen u kunt iets bewerkstelligen.'

Ze haalde diep adem. 'Ik zou niet weten wat ik kan doen. Linda is ziek, dat heeft niets met het werk hier te maken.'

'En als dat toch zo zou zijn?' hield ik vol. 'Stel dat ze overwerkt is? Of dat het de anderen net zo vergaat en ze er alleen niets over zeggen? En dat ze dan straks bij bosjes neervallen? Ik zie dat de vrouwen lijden onder deze temperaturen. Hoelang zal het nog duren voordat de volgende ziek wordt? En nog erger: voordat ze rondvertellen hoe slecht ze hier worden behandeld?'

Ik wist dat ik me op zeer glad ijs begaf. Madame zou beslist niet blij zijn als ze hoorde wat zich hier had afgespeeld. Maar het was ook niet in haar belang als iemand haar bedrijf een slechte naam bezorgde.

'En wat zouden we volgens u dan moeten doen?' vroeg Miss Clayton. 'Linda is flauwgevallen, zoiets kan gebeuren. Wie weet is ze zwanger. En het is hier in de hallen heet genoeg om door de hitte te worden bevangen. Maar we kunnen madame toch niet vragen of ze iets aan het weer wil doen?'

'Miss Clayton, alstublieft!' zei ik. 'U ziet toch zelf hoe die vrouwen eraan toe zijn? Zelfs de inpakkers klagen. We hebben meer personeel nodig! En meer pauzes.'

Miss Clayton zat me met verkrampte kaken op te nemen. Het leek of ze op een harde noot zat te kauwen. 'Goed,' zei ze uiteindelijk. 'Ik zal kijken wat ik kan doen.'

'Echt?' vroeg ik ongelovig. Ik had nog niet eerder meegemaakt dat Miss Clayton iets had aangenomen wat ik had geopperd.

'Ja. En gaat u nu maar, u hebt vast werk te doen.' Haar woorden klonken nors en misschien deed ze alleen maar alsof ze de problemen hier wilde oplossen, om van me af te zijn. Maar diep in mijn hart hoopte ik dat ze echt over mijn voorstel zou nadenken.

'Dank u wel, Miss Clayton,' zei ik en ik keerde terug naar de fabriekshal.

30

De volgende dag zat ik tijdens de koffiepauze met andere vrouwen in de kantine. Dat ik Linda had geholpen bezorgde me een nieuwe, positieve vorm van belangstelling. Een paar vrouwen, die zich hadden voorgesteld als Rita, Jackie en Helen, vroegen of ze aan mijn tafel mochten komen zitten en begonnen een levendig gesprek.

'Werd het maar eens wat minder heet!' kreunde Helen. 'Een flinke onweersbui zou fijn zijn. Dat zou de lucht zuiveren.'

'Hebben jullie eigenlijk al iets over Linda gehoord?' vroeg Rita. 'Er wordt gefluisterd dat ze zwanger is.'

'De dokter zei dat ze door de warmte bevangen was,' antwoordde ik.

'Zie je wel, het komt door de hitte,' zei Helen nog eens nadrukkelijk.

'Kijk nou eens!' Jackie stootte me aan.

Miss Clayton verscheen in de kantine. Ze keek zoekend rond, tot ze mij zag. 'Miss Krohn, hebt u even?' riep ze. Meteen verstomden de gesprekken. Wat zou ze willen? Was er nieuws over Linda? Ik stond op en liep naar haar toe.

'Madame wil u spreken,' zei Miss Clayton. 'Op haar kantoor, onmiddellijk.'

Ik schudde verwonderd mijn hoofd. 'Waarom?'

'Dat weet ik niet. Ze heeft me alleen gestuurd.'

Ik keek achterom naar de anderen. 'Hebt u haar van Linda verteld?'

'Ja, en ik heb ook de situatie hier ter sprake gebracht. Daarop wilde ze dat u naar haar toe kwam.'

Zou ze vermoeden dat het voorstel om meer arbeidsters in dienst te nemen van mij kwam? Wilde madame me berispen?

'Goed, ik ga al.'

Met een kil gevoel liep ik naar de kleedruimte. Daar deed ik mijn kiel uit, ik pakte mijn tas en liep naar de subway.

Toen ik een uur later in de lift naar de etage met madames kantoor stapte, trilde ik over mijn hele lichaam. Mijn handen waren klam van het zweet. Ik dacht weer aan Parijs, de eindeloze uren wachten, de uitzichtloosheid. Ik wilde niet worden ontslagen en dat allemaal nog eens meemaken.

Voor de deur van madames kantoor streek ik de bruine jurk die ik bij het werk droeg glad en haalde diep adem. Ik klopte aan. Even later verscheen de secretaresse. Ze keek me vragend aan, alsof ze zich me niet kon herinneren.

'Sophia Krohn,' zei ik om haar op weg te helpen. 'Madame wilde me spreken.'

In elk geval leek mijn naam haar iets te zeggen. 'Wacht even, ik zal madame laten weten dat u er bent.'

Ik liep naar de stoelen die langs de muur stonden, maar ik was niet in de stemming om te gaan zitten. In plaats daarvan richtte ik mijn blik op een schilderij van een vijver met waterlelies, die je echter alleen kon waarnemen als je er van een afstandje naar keek. Van dichtbij gezien was het niet meer dan een verzameling verfvlekken.

'Miss Krohn?' zei de secretaresse.

Ik draaide me vlug om.

'Madame kan u nu ontvangen.'

Ze keerde zich om en bracht me naar de deur. Zou dit de laatste keer zijn dat ik door die vertrekken liep? Zou ik aan het eind van het gesprek weer werkloos zijn, zoals eerder in Parijs?

'Kom binnen!' klonk onmiskenbaar madames stem.

De secretaresse trok zich terug. Ik slikte en liep langzaam door.

Daarbij stond de herinnering aan mijn eerste dag hier me helder voor de geest, maar ik werd opnieuw overweldigd door de schilderijen en beelden die de enorme ruimte sierden. Een paar kunstwerken waren voor andere verwisseld. Nieuw was ook een bruin zakje op het bureau. Wat zou daarin zitten?

Het volgende ogenblik realiseerde ik me dat ik afgezien van madame niet de enige aanwezige was. In een van de crèmekleurige leren stoelen op enige afstand van het bureau had een man het zich gemakkelijk gemaakt die ongeveer tien jaar ouder moest zijn dan ik. Hij droeg een donkerblauw kostuum en had zijn rossige haar met pommade glad naar achteren gekamd. Op het tafeltje naast hem lag een dikke bruine map die met een lint bij elkaar werd gehouden.

Toen hij mij zag stond hij op en knoopte zijn jasje dicht.

'Goedemorgen, liefje, mag ik u Mr Darren O'Connor voorstellen? Darren, dit is de dame over wie ik u geschreven heb. Sophia Krohn.'

'Aangenaam kennis te maken,' zei O'Connor. Hij pakte mijn hand en gaf er met een lichte buiging een vluchtige kus op. Overrompeld door het gebaar wist ik in eerste instantie niet wat ik moest zeggen.

'Dat... Dat is wederzijds,' antwoordde ik en daarna keek ik naar madame Rubinstein, alsof zij mijn reddende engel was. Gelukkig ging de man weer op zijn plaats zitten. Ik voelde zijn blik en glimlach op me gericht.

'Gaat u toch zitten, Miss Krohn,' zei madame.

Licht nerveus nam ik plaats terwijl ik me afvroeg wat de aanwezigheid van die man te betekenen had. Mijn blik dwaalde naar de map, die opengeklapt was, maar met zwart zijdevloeipapier was bedekt, alsof de inhoud net als een gevoelige huid tegen direct zonlicht moest worden beschermd.

Toen Mr O'Connor mijn blik opmerkte keek ik vlug naar mijn handen en zag dat er onder mijn nagels nog wat groen sap zat. Het schoot me weer te binnen wat madame destijds tegen Miss Clayton had gezegd. Zou ze me er in aanwezigheid van Mr O'Connor op aanspreken?

'Miss Krohn?' Madames stem liet me opschrikken uit mijn overpeinzingen.

'Ik... Pardon, ik was even afgeleid.' Ik balde mijn handen tot vuisten, zodat de man in het chique pak mijn nagels niet kon zien. Zodat madame Rubinstein ze niet kon zien.

'Ik wil graag dat jullie gaan samenwerken,' verklaarde madame Rubinstein. 'Mister O'Connor is een van de meest veelbelovende designers van de stad. Ik dacht, ik huur hem in voordat hij door dat mens voor mijn neus wordt weggekaapt.' Er gleed een zelfgenoegzaam lachje over haar gezicht.

Ik wist van de gesprekken tussen de vrouwen in de fabriek dat ze Elizabeth Arden alleen 'dat mens' noemde wanneer ze zich bijzonder over haar ergerde. De concurrentie tussen beiden was nu al legendarisch.

De rode deur van Miss Arden bevond zich maar een paar blokken van dit gebouw af. Haar advertenties probeerden die van ons steeds in grootte te overtreffen. De tijdschriften waarin ze verschenen lagen ook in de gemeenschappelijke ruimten van de fabriek.

'En wat u betreft, Miss Krohn, op u heb ik mijn hoop gevestigd,' vervolgde madame. 'Miss Clayton is erg tevreden over u, en daarom acht ik de tijd gekomen om u voor een nieuwe uitdaging te stellen.'

Beatrice Clayton tevreden over mij? Dat verbaasde me. Maar een nieuwe uitdaging, dat klonk geweldig. Het was wat anders dan peterselie fijnhakken.

'Goed, laten we klare taal spreken.' Met die woorden maakte madame een einde aan haar lofzang. Ze boog zich een beetje voorover en vouwde haar handen op het bureaublad. 'Wat betekent het begrip *glory* voor u?'

Ik keek hulpeloos naar Mr O'Connor, die zijn voorhoofd licht gefronst en zijn ogen wijd opengesperd had, alsof hij alle indrukken in zich wilde opzuigen.

'Roem,' zei ik toen, als een brave leerling Engels.

'Maar ook pracht en grandeur,' voegde Mr O'Connor eraan toe.

'Precies!' Madames ogen begonnen te schitteren. 'Ik heb al een tijd iets in mijn hoofd, een serie verzorgingsproducten voor rijpere dames. Crèmes, lotions, gezichtstonic, poeder, steeds passend bij het huidtype.'

Ik moest terugdenken aan het college over huidtypes en werkzame stoffen dat madame me min of meer als wetenschapper had gegeven. Bij al het peterselie fijnsnijden en druiven uitpersen was ik dat bijna vergeten.

'Ik wil dat u die producten naar mijn maatstaven ontwikkelt en ervoor zorgt dat u die naam eer aandoet. Glory staat voor de overwinning van schoonheid op de tijd!'

Het klonk allemaal heel pretentieus, want kon je de tijd met een crème te slim af zijn?

'Dan komen we bij u, Mr O'Connor,' vervolgde madame en ze wendde zich nu tot de man naast me. Die zette weer een innemende glimlach op en toonde in tegenstelling tot mij geen spoor van onzekerheid. 'Wat ik van uw verpakkingen heb gezien is veelbelovend. Ik heb wel iets over voor nieuw talent, en als het erom gaat nummer één te blijven sta ik altijd open voor verrassingen.'

'Ik zal u niet teleurstellen, madame,' zei O'Connor.

'Nee, beslist niet. Maakt u gewoon maar een verpakking voor me waar de mensen het de komende maanden over hebben. Die ook voldoet aan het begrip "glory". Ik wil indruk maken op de eigenaren van de grote winkels. En natuurlijk ook op de journalisten van de grote modebladen, zonder hun cadeautjes te hoeven geven.'

Ik had de vrouwen in de fabriek horen fluisteren dat madame af en toe sieraden die voor haar geen waarde meer hadden aan journalisten cadeau deed om zich van hun loyaliteit te verzekeren.

'U houdt elkaar op de hoogte van de vorderingen.' Ze pakte twee velletjes papier uit een van de mappen op haar bureau en gaf ieder van ons een exemplaar. Voor zover ik het kon zien ging het om haar instructies en wensen.

'Daarmee is, denk ik, voorlopig alles gezegd.' Madame klapte in haar handen, alsof ze een butler of een dienstmeisje wilde roepen. Maar er verscheen niemand. 'U weet dat mijn tijd kostbaar is. Mijn kapper zit op me te wachten.'

Mr O'Connor knikte en stond op. 'Het was me een genoegen, madame.' Hij deed alsof hij haar galant een handkus gaf.

Ik voelde me geremd en wilde dat ik net zo zelfverzekerd kon reageren als hij. Maar ik kon madame moeilijk een handkus geven, dus stak ik haar mijn hand toe. 'Bedankt voor deze kans, madame.'

Helena Rubinstein keek even naar me, en toen zei ze: 'Voordat u gaat, zou ik u graag nog onder vier ogen spreken.'

Ik trok verward mijn wenkbrauwen op en keek naar Mr O'Connor, maar die zou me ook niet meer kunnen vertellen. Hij maakte een lichte buiging en verdween.

Toen de deur dichtviel wapende ik me tegen de preek van madame. Die zou vast over mijn nagels gaan. Of was er nog iets anders wat ze op mijn verschijning aan te merken had?

'Ik weet dat Beatrice u alleen in de productie laat werken,' begon ze, waarop ik haar verschrikt aankeek. Hoe was ze daarachter gekomen? Alsof ze gedachten kon lezen wees ze naar mijn vingers. 'Het sap ruïneert uw vingers en nagels. Hoe goed het ook is voor de huid, de kleur gaat er maar moeilijk uit.'

Beschaamd sloot ik mijn handen om haar mijn nagels niet langer te laten zien. Ik kreeg het warm en koud tegelijk.

'Vrouwen zijn soms elkaars grootste vijand,' vervolgde ze een beetje raadselachtig. 'Ze zien overal concurrentie en die willen ze uitschakelen, terwijl het opklimmen van iedere vrouw de weg voor ze effent. Ook ik kan mezelf niet vrijpleiten van zo'n houding, maar...' Ze dacht even na, toen ging ze verder: 'Jaloezie mag de ontplooiing van uw potentieel niet in de weg staan.'

Ik schudde sprakeloos mijn hoofd. Betekende dat dat Miss Clayton jaloers op me was? Maar waarom? Zij leidde de fabriek, ze was geliefd bij de andere vrouwen. Ik daarentegen was maar een eenvoudige beginneling.

Toen werd het me duidelijk: door me bij de productie te houden zorgde ze ervoor dat ik niet verder kwam en een beginneling bleef.

'U zult de plaats gaan bezetten die ik u heb toebedacht,' vervolgde madame nadat ze me een poosje had aangekeken. 'Miss Clayton is op de hoogte. Ik heb haar geïnstrueerd u niet meer in de productie te laten werken. Inmiddels zijn peterselie en druiven u wel genoegzaam bekend.'

Ik knikte, maar opgelucht was ik niet. Een wee gevoel overviel me. Het gesprek met madame was vers één, maar hoe zou het in de fabriek gaan? Wat zou Miss Clayton doen?

'Ik ben ervan overtuigd dat u een verrijking voor mijn bedrijf zult zijn. Stelt u me niet teleur, Miss Krohn.' Met die woorden gaf madame Rubinstein te kennen dat ik kon gaan. Een beetje wankel stond ik op.

'Dank u wel, madame, ik...'

'Geen dank,' onderbrak madame mijn dankbetuiging. 'Laat u dat vreselijke mens maar eens zien wat we in onze mars hebben.'

Ik wist dat ze Miss Arden bedoelde, maar wat mij betreft kon het net zo goed Miss Clayton zijn.

'Tot ziens, Miss Krohn.' Daarop maakte ze het papieren zakje open en haalde er een kippenpootje uit. Toen ik verbaasd talmde, voegde ze eraan toe: 'Je moet toch iets eten, hè? Ik hou op een dag niet veel tijd over, mijn kapper laat ik ook zijn werk doen terwijl ik papieren doorneem.'

Tot nog toe had ik het idee gehad dat ze haar kunstige chignon altijd zelf maakte. Als ze zelfs daarvoor geen tijd had, moesten we bij de productie niet verbaasd zijn dat ze het nut van meer pauzes niet inzag.

Toen ik de kamer uit kwam, stond Mr O'Connor op de gang. Had hij iets vergeten? Nee, het zag er eerder naar uit dat hij op me had staan wachten. Hij glimlachte breed. 'Indrukwekkende vrouw, nietwaar?'

Ik knikte en ontweek zijn blik. Ik wilde niet over madame praten. 'Moet u ook naar beneden?' vroeg ik daarom maar.

'Ja,' antwoordde hij. 'Mijn auto staat een paar straten verderop op me te wachten. Als hij tenminste niet gestolen is.' Nog steeds hoorde ik de glimlach in zijn stem. 'Wat zou u ervan vinden als ik u naar uw werk breng?' voegde hij eraan toe. 'Ik neem tenminste aan dat u nu naar het laboratorium van madame Rubinstein gaat.'

'Ja,' antwoordde ik. 'Maar ik geef er de voorkeur aan alleen te reizen.'

'Zoals u wilt,' antwoordde hij, maar het klonk teleurgesteld.

Onder de nieuwsgierige blikken van de liftbediende stapten we in de lift. Mr O'Connor leek hem niet op te merken. 'Waarom hebt u uw naam niet veranderd?' vroeg hij terwijl de lift in beweging kwam. 'Sophia Krohn lijkt me een beetje lastig, vreemd. U bent Duitse, nietwaar?'

'Is dat dan belangrijk?' vroeg ik. 'Ik heet zoals ik heet. Hoe zou ik me volgens u dan moeten noemen?'

'Wat denkt u van Sophie Crown?' stelde hij voor. 'Dat klinkt geweldig.'

'Ik ben geen filmster,' merkte ik op.

'Dat kan wel kloppen, maar ik geloof dat u bij producenten wel kans zou maken.' De spot in zijn woorden ontging me niet, en ik werd er een beetje boos om.

'U moet me niet in de maling nemen,' zei ik. 'Ik ben scheikundige, ik wilde van kindsbeen af niets anders worden.'

'Een vreemd verlangen, als u het mij vraagt.'

Nu keek ik hem aan en ik zag een schittering in zijn blauwe ogen die ik nog nooit bij een man had gezien.

'Sommige mensen hechten meer waarde aan andere dingen dan het uiterlijk.' Ik keek op de wijzer die aangaf op welke verdieping we waren. Waarom ging de lift niet vlugger?

'En dat zegt een vrouw die leeft van het verkopen van schoonheid aan andere vrouwen.' Weer glimlachte hij, en hij veroorzaakte een irritant gekriebel mijn buik.

'We verkopen niet alleen schoonheid, maar ook gezondheid,' antwoordde ik koeltjes. 'Madame Rubinstein heeft u toch vast wel duidelijk gemaakt dat het hier niet uitsluitend om uiterlijkheden gaat.'

'Ik ben verpakkingsdesigner!' zei hij en hij stak verontschuldigend zijn handen op. 'Uiterlijkheden zijn mijn metier.'

Moest het nu elke keer zo gaan? Op de een of ander manier had ik plezier in de woordenwisseling, maar het maakte me ook een beetje bang. Hij was heel aantrekkelijk en leek dat ook te weten. Zijn ogen trokken me op magische wijze aan, en zijn glimlach, daar was ik zeker van, bezorgde vrouwen een weldadige rilling over de rug. Zo verging het mij in elk geval. Hij was precies de soort man die me beviel.

Maar de herinnering aan hoe het was afgelopen toen ik onder de indruk was geraakt van een man met wie ik samenwerkte, stond me nog al te duidelijk voor ogen. Ik nam me voor hem niet meer dan nodig toe te laten, want ik wilde mijn leven niet opnieuw ingewikkeld maken.

Beneden aangekomen bedankte ik de liftbediende en zette koers naar de draaideur. Ik wilde alleen maar weg, terug naar de beschutting van de fabriek, waar geen mannen waren die me interesseerden.

Maar van Mr O'Connor was ik niet zo gauw af. Hij volgde me op de voet. 'Wat denkt u, wanneer zult u de eerste ideeën voor uw producten hebben?' vroeg hij terwijl hij zich tegelijk met mij de draaideur binnen wrong. Dat ik zo dicht bij hem was ontnam me bijna de adem.

'Dat hangt ervan af hoe de formules worden en voor welke hulpstoffen we kiezen,' antwoordde ik en ik glipte zo vlug mogelijk de draaideur uit. 'Wat zou u dan moeten weten?'

'Voor mij zou het in eerste instantie belangrijk zijn te horen welke geurnuances madame voor ogen heeft. Ik veronderstel dat dat allemaal een groot geheim is.'

Ik haalde mijn blaadje tevoorschijn. Daarop stond een lijst met aanbevolen ingrediënten, gebaseerd op de kennis van madame. 'Rozen,' antwoordde ik. 'Maar ook sering en bergamot.' Ik besefte dat dit mijn vuurproef was. Doorstond ik die, dan zou ik een vast onderdeel van het bedrijf gaan vormen. Zo niet, dan zou ik weer in de productie terechtkomen, of erger nog: dan zou madame er spijt van hebben dat ze me had meegenomen.

Mr O'Connor knikte. 'Oké, het gaat misschien wat ver om dit op straat te bespreken, waar ik zo gauw geen notities kan maken. Maar wat vindt u ervan dat u eens gaat bekijken welke ingrediënten u zult gebruiken en dat ik eens ga nadenken over de verpakking? Over twee weken zouden we dan bij een kopje koffie van gedachten kunnen wisselen.'

Ik verkeerde in tweestrijd. Enerzijds was er niets verkeerds aan om met hem koffie te gaan drinken. Anderzijds waarschuwde iets in me voor de vertrouwelijkheid die daarbij zou kunnen ontstaan. Maar we moesten van gedachten wisselen, en ik wilde hem onder geen beding bij mij thuis uitnodigen.

'Dat klinkt goed,' zei ik. 'Laat u me de exacte tijd en plaats van de afspraak weten?'

'Als u geen andere verplichtingen hebt.'

'Overdag ben ik in de fabriek, maar als u me bericht stuurt dat u me wilt spreken, zal Miss Clayton me wel laten gaan.'

'Uitstekend,' zei Mr O'Connor en hij stak me zijn hand toe. 'Het doet me plezier kennis met u te hebben gemaakt, Miss Krohn.'

Bij zijn aanraking schoot er een warme golf door me heen.

'Insgelijks,' zei ik, waarna ik hem met ware doodsverachting tussen twee auto's door de straat over zag rennen.

31

Tegen enen was ik bij de fabriek. Ik had iets langer nodig gehad om op Long Island te komen, want de ontmoeting met Mr O'Connor en de opdracht van madame hadden me dusdanig in de war gebracht dat ik een station te vroeg was uitgestapt en op de volgende trein moest wachten.

Ik haastte me naar de kleedkamer. Miss Clayton wachtte me op bij de deur naar de fabriekshal. Ze leek ongeduldig.

'Ik dacht al dat u niet meer terug zou komen,' zei ze en nog voordat ik verantwoording kon afleggen voegde ze eraan toe: 'Komt u maar mee. Het wordt tijd dat u kennismaakt met uw nieuwe werkplek.'

Ik kreeg niet de kans haar verbaasd aan te kijken. Vlug knoopte ik mijn kiel dicht en haalde haar in.

We namen de trap naar de tweede verdieping. Miss Clayton nam me echter niet mee naar het laboratorium, maar naar een kamertje in een gang waar we anders zelden kwamen.

De ruimten hier waren grotendeels opslagplaatsen, tenminste, dat zei Carla. Tijdens mijn eerste late diensten had ik wel eens stiekem door het glas van de deuren gekeken, maar toen had ik alleen kartonnen dozen zien staan. Ik had me wel afgevraagd wat erin zat, maar de deur zat op slot en dus had ik nooit meer aan die dozen gedacht.

Later ontstond het vermoeden onder de vrouwen dat daar alles in zat wat madame niet op haar eigen afdeling wilde neerzetten. Miskopen, dingen die ze alleen had aangeschaft omdat ze boos op haar man was geweest, en waar ze achteraf spijt van had.

Wat er ook in die dozen had gezeten, het was allemaal verdwenen en vervangen door een provisorisch aandoende laboratoriumopstelling. De meubels waren niet nieuw en wekten de indruk bijeengeraapt te zijn als het meubilair van een goedkope woning. Maar er waren felle lampen en kasten en er stond een grote laboratoriumtafel waaraan ik kon werken. Wanneer was dit hier allemaal naartoe gebracht?

'Dit is van nu af aan uw laboratorium. Madame wil dat u uw werk ongehinderd kunt verrichten.' De zure ondertoon was overduidelijk. Mijn nieuwe taak beviel haar kennelijk niet.

'Dank u,' zei ik, maar ze leek nog niet klaar te zijn.

Nadat ze me enige tijd onderzoekend had aangekeken zei ze: 'Denk er wel aan: als datgene wat u hier gaat maken niet goed wordt, zullen we er allemaal onder moeten lijden. Ik weet dat u niet bent afgestudeerd en het is me een raadsel hoe madame Harry en John ten gunste van u heeft kunnen passeren. Maar het is nu eenmaal zo en ik waarschuw u voor onbezonnenheid. Madame zal slordig werk onverbiddelijk afstraffen, en ik ook!'

Met die woorden draaide ze zich om en verliet met opgestreken zeil de kamer. Ik keek haar na en was een ogenblik niet in staat me te bewegen. Ik begreep wel dat de andere twee scheikundigen hier al langer waren. Maar waarom wond ze zich zo op? Haar zorgen over mijn eventuele falen konden toch niet zo groot zijn dat ze bang was om het voortbestaan van het hele bedrijf?

De volgende dag leek het of ik droomde. Niet alleen hoefde ik me na het omkleden niet meer in de productiehal te melden, ook werd ik boven door Harry en John verwacht. Ik was wel bang dat ze het me kwalijk zouden nemen dat ik de opdracht voor een nieuwe productlijn had gekregen en niet zij. Wat Miss Clayton gisteren had gezegd had daar wel naar geklonken.

Des te verrassender was het dat ze me glimlachend de hand reikten en me feliciteerden.

'Het werd ook wel tijd dat je erbij kwam!' zei John.

'We dachten al dat ze je daarbeneden nooit meer zouden laten gaan,' voegde Harry eraan toe.

'Dank je wel,' antwoordde ik een beetje timide.

'We hebben gehoord dat je nieuwe producten moet gaan creëren,' ging John verder. 'Veel succes ermee! Daar zijn wij allemaal mee begonnen. Madame heeft je zeker een ingrediëntenlijst gegeven?'

Ik knikte.

'Zorg ervoor dat je er niet te veel van afwijkt. Ze weet wat ze doet, hoewel ze niet veel verstand heeft van scheikunde. Het is onze taak haar idee te laten stralen.'

Haar idee te laten stralen. Wat hield dat in?

'Als je hulp nodig hebt, kom dan even bij ons langs,' besloot Harry. 'Ik ben ervan overtuigd dat je heel goed in Miss Hobbs' voetstappen kunt treden.'

Ik wenste dat ik net zo optimistisch was als hij. Tegelijkertijd voelde ik me ongelooflijk trots. Voor het eerst kreeg ik de kans om te laten zien wat ik kon. Ik mocht geen blijk geven van onzekerheid!

De hele ochtend bestudeerde ik ingrediëntenlijsten van eerdere producten van Rubinstein en vergeleek ze met de wensen van madame. Eigenlijk had ik moeten worden ingewerkt in het laboratorium in plaats van te helpen op de productieafdeling, dat werd me nu wel duidelijk. Maar wat gebeurd was, was gebeurd. Ik moest proberen mijn achterstand in te halen.

In de middagpauze ging ik even buiten wandelen om mijn hoofd leeg te maken. Ik ging op het stenen muurtje voor de tuin zitten, sloot mijn ogen en hief mijn gezicht naar de zon. De warmte deed me goed en de stilte om me heen bood me de gelegenheid mijn gedachten enigszins te ordenen.

Ik had precies gekregen wat ik al die tijd had gewenst. En toch werd ik door een lichte vrees overvallen. Stel dat madame niet tevreden zou zijn? Dat ik haar idee niet kon laten 'stralen'?

Er viel een schaduw over mijn gezicht. Meteen voelde ik de aanwezigheid van iemand anders en ik deed mijn ogen weer open.

'Hallo,' zei een meisje dat ik eerder alleen vanuit mijn ooghoeken had waargenomen. Ze had donkerblond haar en reebruine ogen. Zoals iedereen hier droeg ze een werkkiel waaraan sporen van diverse plantensappen kleefden. Ze was een van de stille meisjes uit de productiehal, sprak weinig en trad ook verder nooit op de voorgrond. Ze deed ijverig haar werk zonder op te vallen. Ze werd ook nooit rechtstreeks aangesproken. Ik kon me haar naam niet herinneren, als ze zich al aan me had voorgesteld.

'Hallo,' antwoordde ik verrast.

'Heb je misschien zin in een wandelingetje?' vroeg ze.

'Ja hoor,' zei ik en ik vroeg me af wat erachter zat.

We liepen de tuin in, eigenlijk een uitgestrekt veld, dat dagelijks werd gesproeid en waarvoor speciale arbeiders in dienst waren, die op de kwaliteit van de planten moesten letten. De behoefte van het bedrijf werd door de oogst niet volledig gedekt, maar het gaf madame een uitstraling van verbondenheid met de natuur.

'Je moet weten dat Miss Clayton na het vertrek van Miss Hobbs hoopte dat ze weer zou worden overgeplaatst naar het laboratorium,' legde ze uit, terwijl we langs de plantenbedden slenterden. Binnen een paar weken waren de planten in de kassen hoog opgeschoten in hun bladerpracht.

'Maar Miss Clayton draagt toch de verantwoordelijkheid voor de hele fabriek?' antwoordde ik.

'Ja, dat klopt. Omdat madame haar ongeschikt vindt voor het laboratoriumwerk. Ze is een tijdlang de assistente van Miss Hobbs geweest, maar is later overgeplaatst.'

'Waarom?'

'Kort nadat ik hier was begonnen was er opeens brand in het lab. Die kon wel geblust worden, maar het veroorzaakte enorme consternatie. Delen van het lab zijn toen beschadigd geraakt. Het vermoeden bestond dat Miss Clayton ingrediënten door elkaar had gehaald en zo de brand had veroorzaakt. We dachten allemaal dat ze erom ontslagen zou worden, maar Miss Hobbs heeft zich er erg voor ingezet dat ze kon blijven. Langzamerhand heeft ze zich weer opgewerkt, van assistente van de vroegere bedrijfsleider tot bedrijfsleidster van de fabriek. Haar leidinggevende kwaliteiten zijn stukken beter dan haar scheikundige vaardigheden.'

Dat was interessant om te weten, maar nog geen verklaring voor haar gedrag. 'En waarom is ze dan tegenover mij zo... afwijzend?'

'Madame heeft jou in dienst genomen voor het lab. En dat terwijl je volgens Miss Clayton niet eens afgestudeerd bent. Klopt dat?'

Ik voelde mijn gezicht dieprood worden. 'Ik zat in mijn laatste jaar, maar toen... wilde mijn vader mijn studie niet langer betalen.'

'Wilde hij dat je zou trouwen?'

Voor het gemak knikte ik.

'Ondanks alles heb je iets op Miss Clayton voor. Zij is altijd alleen maar assistente geweest. Ze mag dan wat scheikundige kennis hebben, maar die is volledig afkomstig van Miss Hobbs. Ook al droomde ze ervan scheikundige te zijn, ze is het niet. Jij wel. Wat geeft het dat je niet afgestudeerd bent! Je hebt het vak vanaf de basis bestudeerd.'

Nu werd me het een en ander duidelijk, maar ik vond het ook wel verontrustend. Ik zou voortaan nog meer op mijn hoede moeten zijn voor Miss Clayton.

'Waarom vertel je me dit allemaal?' vroeg ik.

'Ik wil graag naar het lab,' zei ze terwijl ze me strak aankeek. 'Ik droom er al een tijdje van om daar te werken. Ik denk dat je wel een assistente kunt gebruiken. Ik wil eindelijk eens van die verdomde peterselie af zijn.'

Ik keek het meisje aan. Ze was een jaar of drie, vier jonger dan ik. Haar ogen glansden van ambitie en vastberadenheid.

'Hoe heet je?' vroeg ik.

'Ray,' antwoordde ze. 'Ray Bellows.'

'Ray?' Dat was eigenlijk een jongensnaam, tenminste, ik had bij mij in de straat een man zo genoemd horen worden.

'Mijn vader wilde een zoon,' antwoordde ze met een besmuikt glimlachje, alsof ze mijn gedachten had geraden. 'Mijn moeder wilde zijn wens zo ontzettend graag vervullen dat ze niet eens heeft nagedacht over een meisjesnaam. Tja, toen kwam ik en zo werd ik Ray.'

'Goed,' zei ik en ik gaf haar een hand. 'Ik zal met Miss Clayton gaan praten.'

De volgende ochtend liep ik naar Miss Claytons kantoor. Wat Ray me had verteld, had me de hele avond niet losgelaten. Mijn handen waren dan ook ijskoud van de zenuwen. Stel dat ze mijn voorstel afwees? Ik kon me voorstellen dat haar teleurstelling voor haar reden kon zijn me een assistente te ontzeggen.

Ik klopte aan en even later klonk haar stem. Heel even betrapte ik haar op een glimlach, alsof ze aan iets moois dacht, maar die verdween zodra ze me zag. 'Wat is er, Miss Krohn?' vroeg ze koeltjes.

'Ik wil u vragen of u me een van uw medewerksters wilt geven als assistente,' legde ik haar voor en ik probeerde daarbij mijn stem zo vast mogelijk te laten klinken.

Beatrice Clayton keek me aan alsof ik haar om een briefje van honderd dollar had gevraagd. 'Krijgt u het werk alleen niet voor elkaar?' vroeg ze bits.

'Jawel, maar ik heb er hulp bij nodig. John en Harry kunnen hun assistenten niet missen, ik wil geen beroep op hen hoeven te doen.'

Miss Clayton keek me geringschattend aan. Ik had haar maar al te graag voorgehouden dat ze toch zou moeten weten hoe een scheikundige haar werk deed. En dat ze zelf ook assistente was geweest. Maar ik wilde Ray niet verraden en Miss Clayton niet onnodig op de kast jagen.

'En om welke medewerkster gaat het?' vroeg ze even later.

'Ray Bellows. Ze is een van de hulparbeidsters en ik denk dat ze niet onmisbaar is voor de productie. Ze zou me goed kunnen helpen, gezien haar ervaring binnen het bedrijf.'

'Miss Bellows heeft geen enkele kwalificatie voor zo'n functie,' wierp ze tegen.

Had u die dan wel? Het ontglipte me bijna. Maar ik klemde net op tijd mijn lippen op elkaar.

'Ik kan haar opleiden. Ook al heb ik mijn studie niet afgerond, ik weet wel wat er van een assistente wordt verwacht. Tenslotte heb ik laboratoriumervaring.'

Nu was Miss Clayton degene die haar lippen op elkaar perste alsof ze haar woorden moest verbijten.

'Ik vind het heel vervelend,' waagde ik een voorzetje. Ik wilde geen onenigheid met haar. Ik wilde niet dat ze boos op me werd. Ik had haar niets gedaan.

'Wat vindt u vervelend?' vroeg Miss Clayton.

'Dat met Miss Hobbs. Dat ze is vertrokken.'

In haar blik verscheen ongeloof en ik merkte dat ik moest oppassen dat ik niet prijsgaf wat ik wist. 'U mocht Miss Hobbs vast graag,' ging ik verder. 'En nu heb ik haar plaats ingenomen. Toen madame me vroeg...'

Het gezicht van Miss Clayton betrok. 'Madame zal haar redenen hebben gehad. Ze kiest haar mensen altijd uit op hun vaardigheden.' De laatste woorden klonken bijna spottend.

'Ik ben haar erg dankbaar dat ze me deze kans heeft gegeven,' zei ik. 'Nu vraag ik u vriendelijk hetzelfde te doen. Geeft u me een kans en gunt u me Miss Bellows als assistente. Alstublieft.'

Miss Clayton leek in tweestrijd te verkeren. Ik keek haar eens goed aan en voelde dat Ray gelijk had gehad. Ze was teleurgesteld. 'Goed dan,' zei ze. 'Ik zal Miss Bellows aan u toewijzen.'

Ik ademde uit en merkte nu pas dat ik mijn adem even had ingehouden. 'Dank u.'

'Maar voor Miss Bellows geldt hetzelfde als voor u. Als u faalt...'

'We zullen niet falen,' onderbrak ik haar. Zover zou het niet komen.

Met een triomfantelijk glimlachje paradeerde Ray langs de anderen toen ik haar mee naar boven nam. De blikken als gifpijlen die ons volgden leken haar niet te deren.

We installeerden ons zo goed mogelijk in het lab en ik begon mijn eerste ideeën te schetsen. Hoewel ik Ray direct al had gemogen, lette ik goed op wat ik haar vertelde. Wel maakte ik haar deelgenoot van de informatie die madame me had verstrekt en liet ik haar zien hoe ze me bij mijn experimenten kon helpen. Dat deed ze zo goed dat ik haar vroeg: 'Zou je je kunnen voorstellen ooit te gaan studeren?'

Ze aarzelde en schudde toen haar hoofd. 'Nee.'

'Nee?' vroeg ik verbaasd.

'Daar heb ik geen geld voor. Die studie kost een smak geld en ik heb niemand die voor mij kan betalen.'

'Je ouders?'

'Die zijn zo arm als kerkratten. En een rijke weldoener heb ik ook niet, dus...' Ze glimlachte triest. 'Er zit voor mij niets anders op dan vroeg of laat een man te vinden. Of de assistente van de beste scheikundige van Long Island te worden.'

'Ik zal madame over je vertellen als ik haar zie,' antwoordde ik. Ik wilde niet ingaan op haar complimentjes. Toch was ik er stiekem blij mee.

In de middagpauze zat ik met Ray aan de stamtafel van de scheikundigen, waar Harry en John samen met hun assistenten de lunch gebruikten.

Alsof ik er altijd al bij had gehoord, hing ik met hen de vakidioot uit over chemische verbindingen en laboratoriumapparatuur, en meer dan eens wonden ze zich op over de verouderde bunsenbranders op hun oude universiteit.

Op die momenten, tijdens zo'n gesprek met hen, herkende ik mezelf niet terug. Net als bij een toevallige blik in een spiegel vroeg ik me dan af of degene die daar zat werkelijk die voormalige studente, garderobejuffrouw en zwangere jonge vrouw was. Het voelde allemaal zo ongelooflijk nieuw en fijn aan! Ik was nu zelf net een van die vrouwen die ik aan de universiteit zo had bewonderd! Een professor of docent misschien. Daardoor vergat ik zelfs dat Miss Clayton me voortdurend in de gaten hield en telkens weer in de buurt van mijn lab verscheen, hoewel ze daar eigenlijk niets te zoeken had.

32

Twee weken later verscheen Miss Clayton in het laboratorium toen ik net een eerste probeersel van mijn crème onder de microscoop bekeek. De manier waarop olie en emulgator op elkaar reageerden beviel me niet. We stonden echter nog maar pas aan het begin en hadden nog veel tijd.

'Mister O'Connor heeft gebeld, hij wil u vanmiddag graag ontmoeten. U kunt maar beter opschieten.' Met een zuur gezicht gaf ze me een briefje met het adres van de ontmoetingsplaats, een café in de buurt van de Rubinstein-vestiging, waarna ze weer verdween.

'Je hebt dus een rendez-vous,' grapte Ray toen Beatrice Clayton buiten gehoorsafstand was. 'Ik wist niet dat zoiets onder werktijd mocht.'

'Het is een werkbespreking,' verbeterde ik haar. 'Hij wil me laten zien hoever hij is met de verpakkingen. Madame wil dat we samenwerken, dat heb ik je toch al verteld?'

'Ziet hij er een beetje goed uit?'

'Dat doet er toch niet toe,' zei ik terwijl ik mijn kiel over mijn stoel hing.

'Met een mooie man is het vast beter werken. En als hij dan ook nog vrijgezel is...'

'Ik heb geen idee of hij getrouwd is of niet,' antwoordde ik. 'Ook dat doet er niet toe. Hij maakt alleen de verpakkingen voor onze crèmes. Ik moet hem op de hoogte stellen van de stand van zaken.'

Ray trok een gezicht. Ze was dol op romannetjes. Soms haalde ze in de pauze een boek tevoorschijn en dan ging ze daarin op tot ik aan haar schouder schudde en zei dat ze weer naar het lab moest.

'Dan is hij dus je type niet?'

'Inderdaad,' antwoordde ik. 'Let maar op dat er niets in de fik vliegt als ik weg ben.'

'Maak je geen zorgen, ik zal proberen Miss Clayton uit de buurt van het lab te houden,' antwoordde ze ondeugend en ze lachte.

Op weg naar beneden kwam ik Linda tegen. Blijkbaar kwam ze net uit het kantoor van Miss Clayton. Ik wist helemaal niet dat ze terug was. 'Linda,' zei ik, 'je bent er weer!'

Ze zette een geforceerd glimlachje op. 'Ja, sinds vanmorgen. De dokter zei dat ik weer aan het werk kon.'

Ik knikte, maar ik merkte dat er iets niet klopte. Linda was nooit op de voorgrond getreden, we hadden elkaar ook maar zelden gesproken, maar er was iets vreemds aan haar. Het leek of iemand het kaarsje in haar had gedoofd.

'Gaat het heus goed met je?' Twee weken ziekenhuis waren niet bepaald een teken dat ze alleen maar door de hitte bevangen was geweest.

'Ja, het gaat wel. De dokters hebben me weer opgelapt. Nu moet ik aan het werk.' Met die woorden liep ze weg en haastte ze zich naar beneden. Ik bleef haar nog even op de trap staan nakijken.

Waarschijnlijk zou ik nooit te weten komen wat ze echt had gehad. Maar zou ik dat zelf hebben gewild? Over mijn zwangerschap en dode zoontje had ik hier ook nog niemand iets verteld. En als het aan mij lag zou dat ook zo blijven.

Mr O'Connor stond voor de deur van het café op me te wachten. Het deed me een beetje aan Parijs denken. Het had rode markiezen en op het terras stonden rieten stoelen. Binnen zag het er rustiek uit. Het interieur bestond voornamelijk uit donkerrood hout, de gordijnen waren van groen velours.

Net als de laatste keer had Mr O'Connor een map onder zijn arm. Met zijn licht schuin staande hoed oogde hij een beetje nonchalant, maar zijn bruine pak was ook deze keer onberispelijk.

'U ziet er betoverend uit!' zei hij terwijl hij mij zijn hand toestak en deed alsof hij me een handkus wilde geven.

'Wilt u dat laten?' gaf ik hem te kennen. 'We hebben een zakelijke afspraak.'

'En mag men een collega, als ik u zo mag noemen, niet een complimentje maken?'

Zijn woorden brachten me weer van mijn stuk. Ik begreep niet wat er zo aan mij te prijzen viel. Ik droeg dezelfde jurk als bij onze laatste ontmoeting, en had een tas bij me waar mijn notitieboek in zat. Op mijn bril zaten spetters plantenolie. Pas in de subway had ik gemerkt dat ik mijn zakdoek in het lab had laten liggen.

Het enige waardoor ik er anders uitzag dan op een gewone werkdag in het laboratorium was lippenstift. Ik had een beetje opgedaan, omdat madame Rubinstein altijd benadrukte dat de lippen van de vrouw de indruk van het hele gezicht konden bepalen. Als er iets was waarvan ik de aandacht wilde afleiden, dan was dat mijn bril.

'Ik denk dat we aan onze opdracht moeten beginnen,' zei ik alleen maar en ik liep naar de deur. Dat ik zijn complimentje had afgewimpeld weerhield hem er echter niet van die voor me open te houden.

We zochten een plaatsje bij het raam, waarvandaan je goed zicht had op de straat. Zonlicht viel zacht op de tafel en op de map die Mr O'Connor erop legde.

Ik haalde mijn notitieboek tevoorschijn. Inmiddels wist ik dat we voor de nieuwe cosmeticalijn vier kernproducten moesten hebben: een crème natuurlijk, een handlotion, gezichtstonic en poeder. Allemaal voorzien van de speciale geur van verschillende bloemenoliën die madame wenste, met als hoofdnoten roos en sering.

Bij de kelner die even later verscheen bestelden we koffie, daarna gingen we aan het werk. Met mijn scheikundige toelichting kon Mr O'Connor als designer blijkbaar weinig beginnen, maar hij noteerde braaf een paar steekwoorden. Daarna maakte hij zijn map open en presenteerde me eerst schetsen van een paar flacons. Ze zagen eruit als grote edelstenen, precies waar madame, die overduidelijk een voorliefde had voor enorme sieraden, van hield.

Ik was gefascineerd en dat zag Mr O'Connor vast aan me, want toen de kelner de koffie had gebracht zei hij enthousiast: 'En nu de kleuren!'

Hij legde een paar blaadjes opzij en er explodeerde een zee van roze tinten voor mijn ogen, variërend van lichtroze en fuchsia tot roodachtig paars.

'Nou?' vroeg Mr O'Connor. 'Wat zegt u ervan?'

Ik liet de kleuren een poosje op me inwerken. Ik moest aan Henny denken. Die zou enthousiast in haar handen hebben geklapt. En ook ik vond de kleuren heel aantrekkelijk. 'Dit kan niet,' zei ik desondanks. Zijn ontwerpen waren schitterend, maar ik wist precies wat madame van de kleuren zou zeggen. Zoveel had ik inmiddels wel geleerd.

'Waarom niet?' vroeg hij. 'Zulke decoraties zijn momenteel erg in de mode. Bent u onlangs nog bij Macy's geweest? Daar zijn de etalages voor het zomerseizoen onthuld, een attractie, dat zeg ik u!'

Ik had geen tijd om naar Macy's te gaan, maar ik hoorde de vrouwen in de fabriek er voortdurend vol enthousiasme over praten. 'We kunnen het er toch niet laten uitzien als de decoratie van een etalage! Dat zou goedkoop zijn!'

'Goedkoop?' riep O'Connor uit, waardoor hij de aandacht van andere cafébezoekers trok. Toen hij dat merkte, dempte hij zijn stem meteen. Toch klonk hij strijdlustig. 'Oké, weet u wat?' zei hij en hij gooide zijn potlood op de tafel. 'U gaat nu met mij naar Herald Square, of u dat wilt of niet.'

'Waarom?' vroeg ik.

'Omdat ik het u wil laten zien. De moderne wereld. Blijkbaar komt u zo weinig uw laboratorium uit dat het echte leven aan u voorbijgaat.'

'Ik ken het echte leven heus wel!' protesteerde ik.

'Ja, maar zo te zien gunt u zich dat maar weinig.' O'Connor keek me met fonkelende ogen aan. Onder zijn ergernis en onbegrip school een lichte geamuseerdheid. Ik had gekwetst kunnen zijn door het verwijt, maar ik wist dat hij gelijk had. Afgezien van het uitje vlak na aankomst om kleding te kopen had ik nog niets leuks ondernomen.

'Goed,' zei ik ten slotte.

'Heus?' Mr O'Connor trok quasi-ongelovig zijn wenkbrauwen op. 'Wilt u echt met mij de stad in? Hoe moet dat dan met uw lab? Lopen daar dan niet een stel borrelende vaten over?'

'U overdrijft,' zei ik. 'Blijkbaar weet u niet waarvoor u verpakkingen aan het ontwerpen bent. U moet eens bij me in het laboratorium langskomen.'

O'Connor glimlachte breed. De ergernis op zijn gezicht verdween.

Toen ik besefte hoe het moest hebben geklonken werd ik rood.

'Dat zal ik met alle genoegen doen,' zei hij. Hij pakte zijn potlood weer op en stak het in de borstzak van zijn colbertje. Toen wenkte hij de kelner om te betalen.

Even later manoeuvreerden we in zijn automobiel door het middagverkeer. Veel taxi's, bestelwagens en bussen reden naar believen van de bestuurder, met wilde claxonnades als gevolg.

Hoe zou het zijn om zelf achter het stuur te zitten? Zou ik me in die chaos weten te redden?

Mijn vader had van een eigen automobiel afgezien omdat hij het nut er niet van inzag. De trein, de bus en de ondergrondse brachten je waar je wilde wezen. En waar waren taxi's dan voor?

Maar mij leken die voertuigen magisch. Ondanks de chaos waar we ons doorheen bewogen vroeg ik me af hoe het zou zijn om een auto te besturen. Ik had gelezen over vrouwen die zelf reden. Daar stond men inmiddels niet meer afwijzend tegenover.

'Met de subway zouden we er sneller zijn,' merkte ik op toen we weer eens stil kwamen te staan.

'Dat kan wel zijn, maar het is lang zo leuk niet.'

'Dus u vindt het leuk om in slakkengang vooruit te komen?'

'Soms wel. Dan zie je nog eens iets.'

En inderdaad kregen we veel te zien: mensen die haastig over de trottoirs langsliepen, meestal gekleed in een licht zomerpak of een crèmekleurige jurk, kleurige markiezen boven etalages, een portier van een hotel in een rood uniform, schoenpoetsers die op een schaduwrijk hoekje hun diensten aanboden. Het water liep me in de mond toen ik het kraampje van een limonadeverkoper ontdekte. Het liefst had ik Mr O'Connor gevraagd te stoppen, maar dat was onmogelijk. De lucht trilde van het gebrom van motoren en van het getoeter dat af en toe van de muren van de hoge gebouwen weerkaatste. Met de uitlaatgassen vermengden zich geuren van gerechten uit eetgelegenheden waarvoor talrijke gasten op bankjes of in rieten stoelen zaten.

Mr O'Connor reed ten slotte een zijstraat in. Boven Herald Square bevond zich een spoorbrug die me sterk aan Berlijn deed denken. Ik hoefde maar mijn ogen dicht te doen en naar het geratel van de subway te luisteren en ik was weer terug in mijn oude vaderland. Toen drongen er Engelse gespreksflarden tot me door en keerde ik in de werkelijkheid terug.

Voor een gebouw van acht verdiepingen waaraan een vlag met een rode ster wapperde hielden we uiteindelijk halt en stapten uit. Uit de architectuur viel op te maken dat het oorspronkelijk niet zo hoog was geweest. In de loop van de tijd leken er meer etages in andere bouwstijlen bij gekomen te zijn.

Maar dat was niet wat Mr O'Connor me wilde laten zien. Voor een bijzonder grote etalageruit bleven we staan. In Berlijn had ik ook etaleringen van warenhuizen gezien, maar zoiets als deze was daar niet geweest. De etalage was vormgegeven als een landschap waarin een paar dames flaneerden. In plaats van bloemen waren er echter eilandjes met producten die qua kleur harmonieerden met de jurken van de etalagepoppen.

'Deze etalage is gewijd aan een van de bekendste modehuizen van het moment,' verklaarde Mr O'Connor. 'Hier zijn ook de geuren van de beste parfumeurs te vinden. En ziet u die handtassen daar? Daar zou je toch bijna een moord voor doen?'

Net als indertijd bij de warenhuizen aan de Kurfürstendamm in

Berlijn voelde ik me niet bij de tijd. De bruine jurk die ik bij een dagje winkelen in een kleinere zaak had gekocht was weliswaar netjes, maar ook gedateerd. De mode achter de ruiten barstte van kleur en energie.

'Ik weet niet of je daarvoor een moord zou doen,' antwoordde ik, maar hij had gelijk. Die tassen waren prachtig, echte kunstwerkjes. Ze waren een vrouw waardig die voor een van de grootste ondernemingen van de stad werkte. Aan de andere kant wist ik ook dat ik zoiets in het laboratorium niet nodig had. En ik wilde niet de afgunst van mijn collega's wekken.

'O, ik ken vrouwen die dat zouden doen.' Hij keek me onderzoekend aan, toen vervolgde hij: 'Zoals u ziet is alles in een bepaald thema gehouden. De kleuren zijn net als de vormen in harmonie met elkaar. Een gewone voorbijganger zou zeggen dat het er mooi uitziet, maar ik herken het concept erachter.'

'Bedoelt u dat het warenhuis zich een designer voor de etalages permitteert?' Voor zover ik wist werden etalages in Berlijn gedecoreerd naar de wensen van de winkeleigenaar. Zelfs de zaak van mijn vader had twee grote etalages, maar een concept voor de inrichting was er niet geweest.

'Vanzelfsprekend!' antwoordde O'Connor. 'In mijn branche smacht iedereen naar zo'n opdracht!'

'Hebt u hier gesolliciteerd?' vroeg ik zonder mijn ogen van de etalage te kunnen afhouden. Telkens weer ontdekte ik iets nieuws. Aan de ene kant stonden flacons, aan de andere, wit als smeltende sneeuw, potjes crème. Allemaal gedecoreerd met bloemen, bladeren, fleurige zijden linten en kleine afbeeldingen in glanzende lijstjes. Hier en daar flitste onverwacht iets op wat de toeschouwer ertoe dwong beter te kijken. Ik had uren bij die etalages kunnen doorbrengen en begreep nu waarom de vrouwen in de fabriek er zo door gefascineerd waren.

'Nee,' beantwoordde Mr O'Connor mijn vraag. 'Verpakkingen zijn mijn specialiteit. Iets anders vertrouwt men me niet toe. Misschien verandert dat door het werk voor madame Rubinstein.'

Er sprak frustratie uit die woorden. Ik kon het wel begrijpen.

'Verpakkingen zijn ook belangrijk,' zei ik zonder mijn blik van de ruit af te wenden. 'Tegenwoordig is het niet meer voldoende om te beweren dat de inhoud van een flesje goed is. De verpakking en ook de reclame moeten dat eveneens uitstralen.'

'U lijkt echt veel te leren bij madame Rubinstein.'

'Dat zei mijn vader altijd. Hij heeft ook cosmetica in zijn assortiment.'

'Heeft uw vader een zaak?'

'Een drogisterij.' Ik schudde de gedachte aan hem van me af. 'Ik weet in elk geval hoe belangrijk verpakkingen zijn. En ik heb genoeg over madame Rubinstein gehoord om te weten dat ze deze ontwerpen van u niet zal accepteren.'

Ik keek naar zijn spiegelbeeld in de ruit. Hij kreeg een koppige blik. Ik onderdrukte een glimlach. Misschien moest ik ophouden hem te ergeren. Zijn ontwerpen zagen er modern uit, en als je de vormgeving van de etalage zag, pasten ze daar perfect bij. Vrouwen zouden de verpakkingen prachtig vinden. Maar er was dat ene punt, waardoor madame categorisch zou weigeren.

'Ze zijn roze,' zei ik.

O'Connor keek me verbaasd aan. 'Roze?'

'Uw ontwerpen. Roze met goud.'

'Wat is er op roze aan te merken?' vroeg hij, en hij wees naar de fuchsiaroze jurk met het zijdeachtige hoedje.

'Alles,' antwoordde ik. 'Ik mag dan pas een half jaar voor madame werken, maar ik weet dat ze roze niet als kleur voor haar producten wil hebben, omdat die kleur voor Elizabeth Arden staat. U moest eens weten wat een lange preken ze daarover tegen ons en Miss Clayton heeft gehouden.'

O'Connor schudde verward zijn hoofd. Het verhaal van de oorlog tussen beide vrouwen en hun firma's was bij ons vaak onderwerp van gesprek. En het was strikt verboden om producten van Arden te gebruiken of er zelfs maar naar te kijken.

'Madame Rubinstein zal uw heldere lijnen en het goud appreciëren. Maar hoe zou het zijn als u in plaats van roze wit als hoofdkleur zou nemen?'

‘Wit?’ zei O’Connor boos. ‘Wit is geen kleur. Het is… niets!’

‘Goed dan, als u van kleur houdt, neem dan groen, zwart of blauw, maar in geen geval roze.’

‘Maar vrouwen zijn daar dol op! Misschien is dat bij u niet het geval, maar…’

‘Ik hou van roze,’ antwoordde ik, ‘maar ik weet ook hoe verpakkingen eruitzien waaraan madame Rubinstein de voorkeur geeft. Wit staat in haar ogen voor rijkdom. Blauw is de kleur van koningen. Madame zou willen dat de klanten beseffen dat ze een luxeartikel in handen hebben. En het laatste wat madame wil is dat haar producten voor die van Elizabeth Arden worden aangezien.’

O’Connor leek nog iets te willen zeggen, maar hij deed zijn mond weer dicht en knikte berustend.

Ik had het gevoel dat ik hem diep gekwetst had. ‘Uw ontwerpen zijn echt goed,’ zei ik welwillend. ‘Maar met die kleuren zou madame de opdracht beslist intrekken. Als u eens witte rozen en seringen in gedachten houdt? Die geurnuances moeten de producten krijgen.’

‘U vindt dus dat ik roze voor Miss Arden moet bewaren?’ Zijn ogen begonnen schelms te fonkelen.

‘Ik ben alleen verantwoordelijk voor de inhoud,’ merkte ik op. ‘En u kunt het in aanwezigheid van madame beter niet over Miss Arden hebben.’

We keken elkaar een tijdje aan. Het leek even of hij me wilde tegenspreken, maar toen knikte hij. ‘Bedankt voor de tip.’

‘Graag gedaan,’ zei ik, waarop hij glimlachte.

Ik liet me door hem naar de fabriek brengen, want ik was ervan overtuigd dat het veel langer zou duren als ik met de subway ging.

Mr O’Connor was de meeste tijd stilletjes, alsof hij moest nadenken over wat we besproken hadden. Toen we over de imposante Brooklyn Bridge reden vroeg hij: ‘Mist u uw vroegere vaderland wel eens?’

Dat verraste me zo dat ik eerst geen antwoord kon geven. De afgelopen maanden had ik voor heimwee niet veel tijd gehad. Nu en dan kwamen er herinneringen boven en treurde ik om mijn verloren zoontje. Maar ik verdrong ze meteen weer, en ook de teleurstelling over mijn ouders liet ik niet toe. 'Soms,' antwoordde ik. 'Ik mis de Wannsee en Berlijn op zich. Het was er fijn in de zomer, warm, maar niet zo benauwd als hier.'

'Zwemmen kunt u hier ook. Er zijn langs de kust veel mooie eilanden. Op Martha's Vineyard is het prachtig.'

'Daar ben ik nog nooit geweest,'

'Waarom niet?'

'Ik ken hier niemand. Ik weet niet met wie ik erheen zou moeten gaan. In je eentje is er niet veel aan.'

'Hebt u geen vriendinnen?'

'Natuurlijk wel.' Ik dacht aan Ray, maar dat was een collega met wie ik het goed kon vinden. Zo'n relatie als met Henny had ik niet met haar. 'Maar mijn beste vriendin woont in Parijs. Daar danst ze in de Folies Bergère.'

'Dat zou ik heel graag eens zien,' zei Mr O'Connor, toen werd hij rood. Blijkbaar reikte de faam van het theater zelfs tot hier.

'Mijn vriendin treedt daar op als naaktdanseres.'

Bij die opmerking werden zijn wangen nog dieper rood. Inwendig glimlachte ik. Mr O'Connor leek zo werelds, maar met een naakte vrouw kon je hem blijkbaar van zijn stuk brengen.

'Waarom zoekt u haar niet een keer in Parijs op? Waarom gaat u niet gewoon naar haar toe?' vroeg hij na een poosje. 'De overtocht zou u zich toch moeten kunnen permitteren, madame Rubinstein moet heel genereus zijn.'

'Zoals u weet heb ik veel te doen,' zei ik om het af te wimpelen. 'Vooral nu we bezig zijn een nieuw product te ontwikkelen.' Ik keek naar mijn handen, die inmiddels geen peterseliesporen meer vertoonden. 'Maar misschien volgend jaar.'

Inderdaad wilde ik Henny heel graag zien. Dat ik veel moest werken was me echter niet onwelkom. Bovendien vreesde ik voor wat een verblijf in Parijs weer bij me zou oproepen. Die schaduwen in bedwang houden zou me daar veel zwaarder vallen.

Na Long Island werd het verkeer minder druk, zodat we vlug vooruitkwamen.

'We zijn er,' zei Mr O'Connor ten slotte en hij wees vooruit. 'Dat is een nogal grote kast, als u het mij vraagt.'

'Madame Rubinstein houdt niet van half werk,' antwoordde ik lachend. 'Bent u hier nog nooit geweest?'

O'Connor schudde zijn hoofd. 'Daar was tot nog toe geen aanleiding voor.'

'Misschien moet u madame om een rondleiding vragen. Het is heel interessant.'

O'Connor keek een tijdje glimlachend naar me. 'Ik zal erover denken. Als madame me de opdracht nog geeft. Haar gebrek aan enthousiasme voor roze stemt me niet bepaald optimistisch.'

'Dan vindt u wel iets anders,' zei ik en ik stak hem mijn hand toe. 'Denk aan seringen en rozen. Witte rozen.'

We glimlachten naar elkaar. Ik was daar graag langer blijven staan, maar de bewaker keek naar ons en Miss Clayton misschien ook vanuit haar kantoor.

'Bedankt voor het uitstapje naar de etalage.'

'Graag gedaan.'

Ik knikte, zei gedag en stapte uit.

De bewaker bij de poort knipoogde veelbetekenend naar me toen Mr O'Connor wegreed. Ik groette Mr Fuller vriendelijk en liep haastig de fabriek in voordat hij me vragen kon stellen.

Toen ik in het laboratorium kwam grijnsde Ray naar me. 'Wie was die vent?'

Ik trok verrast mijn wenkbrauwen op. 'Hoe weet je dat?' De ramen van het lab keken uit op de tuin.

'Ik kom net van een zekere plaats en toen ik nietsvermoedend uit het raam keek, zag ik je uit een chique auto stappen.'

Ik had kunnen beweren dat het de chauffeur van madame Rubinstein was, maar ik besloot me aan de waarheid te houden. 'Dat was Mr O'Connor, de verpakkingsdesigner die door madame is ingehuurd.'

'Ah, je date. Wat heb je zo lang gedaan?'

'We hebben in de stad etalages bekeken,' verklaarde ik. 'Je zou eens bij Macy's langs moeten gaan.'

'Tja, zo'n leven zou ik ook graag hebben,' gaf ze te kennen. 'Maar bedankt voor de tip, dat ga ik doen. De nieuwe etalages zullen nu wel klaar zijn.'

Ik knikte en voelde een warm gevoel in me opkomen. Het uitstapje was me echt bevallen. Hopelijk hadden Mr O'Connor en ik gauw weer de gelegenheid om samen iets te ondernemen.

33

De volgende weken bracht ik bijna uitsluitend door in het lab. Ik ging alleen naar huis om te slapen. Mijn werk nam me helemaal in beslag en de uren vlogen voorbij.

Ray werkte stil en geconcentreerd, wat heel prettig was. Ook in andere opzichten bleek ze een fijne collega te zijn. In onze pauzes had ze altijd wel iets interessants te vertellen en ze hielp me vlijtig en vakkundig.

Soms stelde ik me voor dat ze mijn assistente was in Berlijn, in een alternatief universum waarin ik Georg niet had ontmoet, ik niet zwanger was geworden en mijn studie niet had afgebroken. Daar zou ik misschien docent zijn geworden en had ik samen met mijn assistente nieuwe theorieën geformuleerd.

Die wereld bestond alleen in mijn hoofd en toch betrapte ik mezelf erop dat ik vlinders in mijn buik kreeg bij de gedachte hoeveel geluk ik nu had, na alle narigheid.

Af en toe kwam ik Linda tegen. In de middagpauze keek ik soms zelfs naar haar uit. Was ze vroeger ook al zo zwijgzaam geweest? Ze zei bijna nooit iets, maar dat stoorde niemand. Ze leek net als alle anderen weer prima de handen uit de mouwen te kunnen steken. En meer werd er niet van haar verlangd. Toch vond ik het vreemd.

'Hoe goed ken jij Linda eigenlijk?' vroeg ik Ray in de middagpauze, nadat ik Linda weer eens als een geest door de kantine had zien schuifelen.

'Ze was hier al een tijd toen ik begon. Ze komt uit New Jersey, maar veel meer weet ik niet. Vorig jaar vertelde ze Carla dat ze een man had leren kennen, maar hij is blijkbaar niet van plan met haar te trouwen, want anders was ze allang vertrokken.'

'Was ze altijd al zo... stil?' vroeg ik.

'Ik kan me niet herinneren hoe ze was toen ik hier begon. We hadden weinig met elkaar te maken. Maar misschien zit haar die ziekenhuisopname nog dwars. Wie weet wat ze daar met haar hebben uitgespookt.'

'Denk je dan dat ze vanwege iets anders dan de hitte in elkaar is gezakt?'

Ray haalde haar schouders op. 'Wie zal het zeggen? Zolang ze er niemand iets over vertelt, zullen we het niet weten. Maak je er niet druk om, je hebt haar toen geholpen en je bent niet langer voor haar verantwoordelijk.'

Daar had ze gelijk in. Misschien deed ik er beter aan haar met rust te laten en me weer op mijn werk te concentreren.

De maand oktober liet zich nog eenmaal van zijn beste kant zien, zodat we de meeste pauzes buiten in plaats van in de kantine konden doorbrengen. Af en toe keek ik nog uit naar Linda, maar ze leek inmiddels weer de oude te zijn. Soms hoorde ik haar in de middagpauze lachen en dat deed me goed. Wat ze ook had meegemaakt, het was fijn om te merken dat ze er blijkbaar overheen was gekomen.

Mr O'Connor stuurde me geregeld een kopie van zijn ontwerpen met het verzoek mijn mening te geven. Inmiddels had hij besloten de verpakkingen in blauw en wit met gouden accenten uit te voeren. Ik was ervan overtuigd dat ze bij madame in goede aarde zouden vallen. Of hij bij haar langsging om de ontwerpen te bespreken wist ik niet, want als ik bij haar geroepen werd om verslag te doen van mijn vorderingen, was ik daar alleen.

Mr O'Connor en ik correspondeerden met elkaar, hoewel dat beperkt bleef tot kleine notities. Zijn berichten bevatten nooit iets persoonlijks, dus schreef ik hem ook niets over mezelf. Ik had hem maar al te graag weer eens ontmoet, maar in dat opzicht gebeurde er niets.

Ik vond dat wel jammer, maar ik probeerde mezelf wijs te maken dat het zo het beste was. Tenslotte had ik toegezegd tien jaar lang niet te zullen trouwen. Waarom zou ik dan achter een droom aanlopen die toch niet vervuld zou worden? En wie zei eigenlijk dat Mr O'Connor er behoefte aan had om me beter te leren kennen? Hij gaf taal noch teken in die richting en wat ik zou willen, was voor hem niet van belang.

En toch hoopte ik hem toevallig tegen te komen als ik 's zondags naar Herald Square ging om de etalages te bekijken. Ik verzon kleine scenario's waarin we elkaar tegen het lijf liepen, elkaar herkenden en dan een leuk cafeetje opzochten.

Al werd niets van dat alles bewaarheid, ik nam toch alle denkbare indrukken in me op: de etalages, het keurige uiterlijk van de meisjes achter de toonbanken, de architectuur. Dat veel winkels ook op zondag open waren vond ik aanvankelijk heel vreemd, maar ik raakte eraan gewend. Zo had ik de kans de grote warenhuizen binnen te lopen en alles nauwkeurig te bekijken. Veel van de warenhuizen waren verfraaid met kunst en aantrekkelijke decoraties. Terwijl sommige heel strak en eenvoudig waren ingericht, zag je in andere ware kleurenexplosies. Madame Rubinstein was blijkbaar niet de enige zakenvrouw die om exotische luxe gaf. Ook onze concurrenten pakten uit met weelderige flesjes en potjes en klinkende namen, nog afgezien van de fraaie manier waarop hun verkooppunten waren gedecoreerd. Als ik dan weer thuiskwam, vertelde ik Kate wat ik allemaal had gezien en we namen ons voor eens samen de stad in te gaan om een nieuwe jurk of parfum te kopen.

Aan Henny schreef ik in mijn brieven wat ik zag, ook al wist ik dat mijn verhalen in Parijs weinig verbazing zouden wekken, want daar hadden ze zelf fantastische modehuizen en schoonheidssalons.

De herfst ging langzaam voorbij en de winter brak aan. Nu werd het echt onaangenaam in New York. De wolkenkrabbers verdwenen vaak in dichte mistvlagen. Een felle wind dreef ijskristallen door de straten. De parken waren kaal en deden bij het vallen van de avond onguur aan.

De vochtige koude kroop snel onder mijn kleding, zodat ik er niet onderuit kon een nieuwe jas te kopen. Hoewel ik mijn salaris stipt aan het eind van de week uitbetaald kreeg, was ik er zuinig mee, want ik was niet vergeten hoe krap ik had gezeten, destijds in Berlijn en vooral in Parijs.

Omdat ik wist dat de post er lang over zou doen, schreef ik al voor de eerste advent kerstkaarten: aan Henny natuurlijk, maar ook aan madame Roussel en Geneviève. Ik wist niet zeker of ik ook een kerstkaart van hen zou krijgen, maar ik vond het fijn om aan hen te denken.

Ray en ik maakten heel goede vorderingen. De eerste crème en de handlotion waren al zover dat ze konden worden getest. We hadden er nog geen flacons voor, dus we bewaarden alles in bruine apothekerspotten, zodat het licht geen schadelijke invloed had. Nu moesten we alleen nog werken aan de formule voor het poeder en de gezichtslotion. Madame had bepaalde verwachtingen, maar tijdens het werk eraan viel ons op dat niet alles zo makkelijk te verwezenlijken was als zij zich voorstelde.

Met Thanksgiving in aantocht, een feestdag die volkomen nieuw voor me was en niet echt vergelijkbaar met ons oogstfeest, werd de productie versneld. Naar ik hoorde bezochten de mensen rond deze tijd massaal de winkels om alvast kerstcadeaus te kopen, want het was gebruikelijk dat er grote kortingen werden gegeven. Bovendien had madame een nieuwe warenhuisketen voor haar producten weten te interesseren. De crèmes en flacons werden in beeldschone verpakkingen aangeboden, zodat ik al in de verleiding was gekomen zelf een van die doosjes te kopen.

Het mooiste van de naderende feestdag was een uitnodiging van Mr Parker om bij hem kalkoen te komen eten. 'Met Thanksgiving zeggen wij dank voor alles wat we het afgelopen jaar hebben ontvangen,' legde hij uit. 'Je nodigt dan je buren en vrienden uit. Daarom zou ik het heel fijn vinden als u ook wilt komen. De kalkoen zoals Kate hem op tafel weet te toveren is grandioos! En u leert meteen wat mensen uit de buurt kennen.'

'Dank u, Mr Parker, ik kom graag,' antwoordde ik en ik verheugde me erop zijn vrienden te ontmoeten. Ik zou in elk geval die dag niet alleen zijn.

Iedereen in het bedrijf werkte op de grens van uitputting door, maar vlak voor de vrije dagen werd het wat rustiger en zelfs Miss Clayton wenste me op de dag voor Thanksgiving een fijne feestdag. Het voelde bijna als kerst in het klein.

Ik had er aanvankelijk niet bij nagedacht, maar nu ik vanaf de subway naar huis liep besefte ik dat er dit jaar niemand zou zijn met wie ik kerst kon vieren. Bij de kerstkaart aan Henny had ik een lange brief gedaan en ik hoopte vurig op z'n minst een kort berichtje van haar te krijgen. Maar de laatste tijd kwamen haar brieven steeds onregelmatiger. Misschien had zij het ook wel druk, met het theater en met Jouelle.

Ik voelde me terneergeslagen. Anders was ik ook alleen, maar nu pas merkte ik hoe eenzaam ik eigenlijk was, ook al had ik dagelijks contact met anderen.

Toen ik de hoek naar mijn straat om sloeg, bleef ik stokstijf staan. Naast het trottoir stond een auto geparkeerd die me bekend voorkwam. Langzaam liep ik door. In mijn achterhoofd speelden Rays verhalen over gangsters die in zulke auto's stonden te wachten tot ze onschuldige slachtoffers konden neerknallen of ontvoeren.

Maar het was geen gangster die uitstapte, hoewel hij in zijn zwarte pak en zijn jas wel overeenkwam met de beschrijving die Ray van haar romanhelden gaf.

'Mr O'Connor,' flapte ik eruit. 'Wat doet u hier? En hoe komt u aan mijn adres?'

'Ik wilde eens kijken hoe het met u gaat. Ik heb immers al een tijdje niets van u gehoord,' antwoordde hij met een glimlach. 'En wat uw adres betreft: ik heb er madames secretaresse om gevraagd. Het is toch niet zo vreemd te willen weten waar je de vrouw met wie je samenwerkt kunt vinden?'

Terwijl ik hem aankeek, begon mijn hart wild te bonzen. Ik had de gedachte hem terug te zullen zien al opgegeven. Hij had me proefontwerpen gestuurd en ik had er steeds braaf op gereageerd. Maar we hadden elkaar niet meer gezien of gesproken sinds het uitstapje naar Macy's. Des te blijer was ik dat hij voor me stond. Hoewel het feit dat ik er zo blij om was me ook wel van mijn stuk bracht. Weer bleef ik hem in de ogen kijken. Dat had ik urenlang kunnen volhouden.

'En, hebt u al plannen voor vanavond?'

'Ik kom net van mijn werk, dus...' Ik zweeg even. 'Ik denk dat ik even wat ga eten en dan mijn bed opzoek.'

'Dat zou u kunnen doen,' zei hij. 'Maar u zou ook bij mij in de auto kunnen stappen en mee de stad in gaan.'

'Waarheen dan?'

'Zomaar ergens heen. Ik ken een tent waar je in een achterkamertje zelfs iets kunt krijgen wat de levensgeesten wekt of waarmee je je verdriet kunt verdrinken. Het hangt er maar van af waar u behoefte aan hebt.'

Ik had wel een idee wat hij op het oog had. Het algemene alcoholverbod kwam steeds weer aan de orde. De vrouwen beklaagden zich er geregeld over dat het hun niet eens gegund was wijn te drinken, als ze het niet illegaal wilden doen.

'U wilt dus dat ik vandaag ook nog word gearresteerd?' vroeg ik.

'Als we worden gearresteerd, dan samen. Wat vindt u ervan?'

'Ik weet het niet,' zei ik. 'Het zou vast immoreel zijn.' Ik keek naar Mr Parkers raam, dat felverlicht was. Wat zouden Kate en hij ervan denken als ze ons hier zagen?

'En of dat immoreel zou zijn,' antwoordde Mr O'Connor. 'Maar het zou toch leuk zijn? Hebt u zich sinds ons laatste uitstapje nog iets leuks gegund?'

Ik had kunnen liegen door te zeggen: 'Jazeker.' Maar hij zou mijn leugentje vast hebben doorzien. Het enige 'leuke' was mijn zondagse uitje naar de etalages van de warenhuizen, waarbij ik in gedachten aan het werk was. 'Ik heb het erg druk.'

'Dat mag u er niet van weerhouden af en toe wat ontspanning te zoeken. Zullen we dan maar?' Hij keek me onderzoekend aan. 'Als u wilt, kunnen we het ook over het werk hebben.'

‘Ik denk dat we wel betere onderwerpen kunnen verzinnen,’ wierp ik glimlachend tegen. Het gekriebel in mijn maagstreek nam toe. Ik was bijna bang zo meteen uit een droom te ontwaken en te moeten vaststellen dat ik in de subway in slaap was gevallen. ‘Ik wil me wel eerst even opfrissen.’

‘Goed, ik blijf hier wachten,’ zei hij. ‘Maar verander niet van gedachten!’

‘Maakt u zich geen zorgen.’

Ik draaide me om naar de voordeur. Daarbij voelde ik zijn ogen in mijn rug, zelfs nog toen ik al binnen was.

In mijn kamer sloeg de paniek toe. Mr O’Connor wilde met me uit! Zomaar ineens! Ik wenste dat hij had gebeld of me bericht had gestuurd. Nu voelde ik me overrompeld. Geen enkel van mijn scenario’s uit de afgelopen maanden kwam overeen met deze plotselinge ontmoeting, alleen al omdat ik in mijn fantasie altijd heel waardig reageerde.

Nu trilde ik als een espenblad en was ik zo zenuwachtig als een schoolmeisje.

Ik haalde diep adem en probeerde rustig te worden. We hadden elkaar al drie maanden niet gezien. Het had niets te betekenen. Waarschijnlijk had madame hem geprezen om zijn ontwerpen en wilde hij me daarover vertellen.

Ik liep naar het raam en gluurde door de jaloezieën. Daar stond hij, ontspannen tegen zijn auto geleund. Af en toe gloeide het puntje van zijn sigaret.

Wat moest ik doen? Hem laten staan? Dat ging niet. Maar hoe kon ik verhinderen dat ik mezelf tegenover hem voor schut zette?

Ik liep van het raam weg naar de kledingkast. Een echte avondgarderobe had ik niet, want mijn leven speelde zich voornamelijk af in de Rubinstein-fabriek en daarom had ik alleen mantelpakjes waarin ik me ook op het hoofdkantoor van de firma kon vertonen. Die waren dan wel mooi, maar niet geschikt voor een afspraakje.

Het enige kledingstuk dat in aanmerking kwam was de groene jurk die ik op mijn achttiende verjaardag had gedragen. Hij was weliswaar wat luchtig voor de tijd van het jaar, maar met een jas eroverheen zou het wel gaan. Ik had in elk geval nieuwe schoenen met hoge hakken, die ik ook had aangeschaft tijdens het winkelen. Even overwoog ik het gouden kettinkje te dragen dat ik van mijn moeder had gekregen. Mijn hand lag al op de knop van het ladekastje waarin ik hem had opgeborgen. Maar ik bedacht me. Ik wilde die avond mijn verleden niet met me meedragen.

Ik kleedde me om en kwam even later weer naar buiten.

'Ach, daar bent u!' zei Mr O'Connor toen ik naar buiten kwam. Hij leek het koud te hebben. 'Ik dacht al dat u van mening was veranderd.'

'Dan was ik nu niet hier.' Ik wees naar de auto. 'U had toch binnen kunnen gaan zitten, dan had u het niet zo koud gekregen.'

'Ik heb het niet koud,' antwoordde hij. 'Maar mijn sigaretten zijn op en ik ben bang dat ik dringend nieuwe moet hebben.'

'Dan moesten we hier maar niet langer blijven staan.'

Mr O'Connor knikte en liep naar het portier aan de passagierskant. Hij maakte het met een galante zwaai open en toen ik was ingestapt, nam hij plaats aan de bestuurderskant.

Mijn lichaam zonk weg in de zachte stoel. Toen ik destijds voor het eerst met hem was meegereden had ik er niet op gelet, maar nu voelde ik hoe de machine brommend onder ons tot leven kwam en de auto me meevoerde, de avond in.

34

Toen we stilhielden klonk muziek ons tegemoet. Het ritme leek op dat wat ik in het Nelson Theater had gehoord, maar het klonk rauwer en authentieker. Hoewel het geluid van ver kwam, drong het in de vochtige koude avondlucht duidelijk tot ons door.

Het licht van de lampen die het gebouw omgaven viel tot ver op de straat, die nog glom van de laatste regenbui. Ook in Berlijn waren er 's avonds altijd veel mensen op stap maar het nachtleven leek hier veel levendiger. Ik besefte dat ik de stad waar ik woonde nog niet echt kende. Ik had mezelf nooit pleziertjes gegund. Blijkbaar stond de geest van mijn vader me nog altijd bij: plichtsbesef voor alles.

'Nou, wat zegt u ervan?' vroeg Mr O'Connor. 'Dat ziet er toch geweldig uit, nietwaar?'

'Inderdaad,' zei ik terwijl ik mijn best deed niet te gaan klappertanden. Mijn kleding stelde bij deze kou weinig voor. Maar ik wilde niet klagen. Wat ik te zien kreeg maakte het gekleum meer dan goed.

Er stopten meer auto's, waar mensen uit stapten. Ik hoorde de heldere lach van de vrouwen, en even waande ik me terug in de nachtelijke uitgaanswereld van het Nelson Theater. Maar nu was ik degene die haar jas bij de garderobe afgaf. Ik zou in de zaal zitten, naar de muziek luisteren en dansen. De gedachte daaraan fascineerde me.

Ineens voelde ik me alsof ik te veel prikwater had gedronken, alsof er belletjes omhoogkwamen die in mijn maag kriebelden.

Toen werd me duidelijk dat het van plezier was. Ik had altijd alleen maar plicht gekend en werk, en natuurlijk ook vreugde, maar pleziertjes had ik mezelf nooit echt gegund.

'Is dat de gelegenheid waar je gearresteerd wordt?' vroeg ik, en er verscheen onwillekeurig een brede glimlach op mijn gezicht.

'Met een beetje geluk niet. De eigenaar heeft de nodige contacten met de maffia, waardoor de politie met een grote boog om de zaak heen loopt.'

'Bedreigt die agenten?'

'Ze vullen hun loon een beetje aan, om het zo maar eens te zeggen.'

'Kopen ze ze om?'

Mr O'Connor legde zijn wijsvinger op zijn mond. 'Zeg dat maar niet te hard. Iedereen weet het, maar wie niet in de loop van een Tommygun wil kijken houdt zijn mond.'

'U overdrijft.'

'Absoluut niet.' Hij stak afwerend zijn handen op.

'En u gaat naar zo'n zaak?'

'Dat doet iedereen. De maffia heeft niets tegen gasten. Hier overkomt ze niets. Het gaat ze om de sensatie. De mensen hebben een geweldige avond en gaan daarna blij naar huis.'

O'Connor bood me galant zijn arm. 'We moeten naar binnen gaan. Hierbuiten is het lang zo leuk niet.'

Ik knikte en haakte bij hem in. Tot mijn grote verrassing bracht hij me niet naar de lichttempel.

'Waar gaan we heen?' vroeg ik, maar hij gaf geen antwoord. Hij leidde me de lichtcirkel uit en dook een zijstraat met me in.

'U zult zo meteen de obscure kant van New York leren kennen,' zei hij op fluistertoon. 'Misschien zien we een paar echte zware jongens.'

Ik had er geen behoefte aan 'zware jongens' te zien. Het was al genoeg om de vrouwen in de kleedruimte van de fabriek horrorverhalen over bendeoorlogen te horen vertellen. O'Connors aankondiging, als die tenminste niet grappig bedoeld was, maakte me bang.

We bleven staan voor een pand dat vanbuiten niet als bar te herkennen was. Een trap leidde naar het souterrain, dat een aparte ingang had. Op het eerste gezicht had je het gebouw kunnen aanzien voor het huis van een rijke man die een zich een aparte dienstbode-etage kon permitteren.

De portier, een minstens twee meter lange kleerkast, knikte naar O'Connor alsof hij hem kende. Naar mij glimlachte hij knipogend.

'Dat is Neil,' verklaarde O'Connor toen we hem voorbij waren. 'Geweldige vent, maar wie het te bont maak gooit hij met een grote boog de straat op.'

'Echt waar?' Ik dacht aan de mannen die in het theater van meneer Nelson de orde hadden bewaakt. Die waren ook heel potig geweest, maar niet zo reusachtig als Neil.

'Ik heb het met eigen ogen gezien.'

We liepen door een lange donkere gang naar de garderobe, waar een vrouw in een zwart uniform stond te wachten. Ze had pikzwart haar en haar huid had een gouden glans. Het accent waarmee ze ons aansprak was me onbekend. Maar de verlangende blik bij het aannemen van de jassen van de gasten kende ik.

'Goeienavond Consuela, hoe gaat het?'

'Goed, Mr O'Connor,' antwoordde ze. 'En met u?'

'Uitstekend!' Hij stak haar wat dollarbiljetten toe. 'Niets tegen Pete zeggen, hè?'

De garderobejuffrouw keek hem verbaasd aan. 'Dank u,' zei ze en ze stak de biljetten in haar zak. 'Maar dat is toch niet nodig.'

'Het is altijd nodig,' zei hij, waarna hij me meetrok.

'Dat was heel gul,' zei ik toen we de garderobe uit waren.

'U hebt geluk dat u wit bent,' antwoordde O'Connor.

'Waarom?' vroeg ik.

'Omdat u het daardoor makkelijker hebt dan andere immigranten.' Hij keek even oplettend rond, toen gebaarde hij dat ik mee moest komen.

In het getemperde licht in het restaurant waren details nauwelijks te onderscheiden. Aan de zijkanten stonden kleine tafels. De mensen die eraan zaten vielen in het kaarslicht slechts vaag te ontwaren. Hun gezichten waren niet goed te zien, wat misschien ook kwam door de sigarettenrook die in de ruimte hing. Hier en daar glansde een dasspeld of een sieraad.

We liepen op een bouwsel af dat er op het eerste gezicht uitzag als een fontein maar een piramide van champagneglazen bleek te zijn. Die werd van onderaf belicht, zodat ze in het schemerdonker op een van madames edelstenen leek. Op één plek waren al een paar glazen weg.

'Ga uw gang. Van het huis,' zei O'Connor en hij pakte een glas. Aarzelend pakte ik er ook een.

We begaven ons naar een tafeltje. De flakkerende kaars in het windlicht wierp een zwak schijnsel op Mr O'Connors gezicht. Ik had geen idee waarom, maar zijn aanvankelijke vrolijkheid was verdwenen.

'Is alles in orde?' vroeg ik.

'Ja, ja, natuurlijk. Sorry, maar dat meisje in de garderobe zet me altijd aan het denken.'

'Waarom?' vroeg ik. 'Staat ze u op de een of andere manier na?'

O'Connor boog zijn hoofd. 'Consuela is echt een lieve meid. Ik ken haar al een tijdje omdat ik hier minstens één keer per week kom. Ze is afkomstig uit Puerto Rico. Dat ze werk heeft gevonden als garderobejuffrouw is al heel wat, maar het is niet genoeg om haar familie te onderhouden. Haar ouders, broertjes en zusjes, die nog in haar vaderland zijn.'

'Waarom, zijn ze niet meegekomen?"

'Omdat het voor één persoon al moeilijk en vooral duur genoeg is. Consuela wilde hen ondersteunen. Ze heeft een reis door het hele land achter de rug en is nu hier terechtgekomen. Maar veel kansen zijn er niet voor een vrouw zonder specifieke opleiding. Dan hebt u het beter getroffen. Er zijn hier Duitsers die iets bereikt hebben, gewoon omdat ze wit zijn.'

Ik herinnerde me weer wat madame Rubinstein over de immigratiewet had gezegd.

'Maar u hoeft het zich niet aan te trekken. Ik vertel het u alleen maar opdat u weet wat voor groot privilege u geniet.'

'Daar ben ik me wel degelijk van bewust,' zei ik enigszins ongemakkelijk en ik wenste dat ik hem kon vertellen dat armoede me niet onbekend was.

O'Connor schudde zijn hoofd, toen glimlachte hij weer.

'Sorry, ik... Het overvalt me soms. Ik kom zelf uit een arme familie en kan niet geloven dat ook ik ooit geluk heb gehad.'

De muziek zwol aan en eindigde met een trompetstoot. Even bleef het stil. Er verscheen een serveerster, die vroeg wat we wilden drinken.

'Een Manhattan,' antwoordde O'Connor en hij keek me aan. Ik haalde besluiteloos mijn schouders op, want ik had de champagne nog niet eens aangeraakt, maar toen zei ik: 'Voor mij hetzelfde.'

De serveerster knikte en verdween. Ik had niet gemerkt dat er intussen een man op het podium was verschenen om een zangeres aan te kondigen.

'Goede keuze,' zei O'Connor met een licht geamuseerd glimlachje. Maar u weet toch wel dat u daarmee een misdrijf begaat?'

'Hoezo?'

'Officieel worden hier alleen alcoholvrije drankjes geschonken, zogenaamde *mocktails* of *virgins*. Maar wat u zo krijgt, is geen maagd.'

'Is champagne dan niet ook alcohol?' Ik trok mijn wenkbrauwen op.

Mr O'Connor begon te lachen. 'Daar hebt u gelijk in.'

'Waarom is alcohol eigenlijk verboden?' vroeg ik en ik nipte van de champagne.

'Dat kan geen weldenkend mens verklaren. De regering denkt dat ze daarmee de criminaliteit en onzedelijkheid kunnen bestrijden. Maar geloof me, dat werkt niet. Ook nuchtere boeven plegen misdrijven. En er zijn meer illegale distilleerderijen in het land dan politiebureaus.'

Er viel een stilte. Ik keek naar de zangeres, die een barkruk had bijgetrokken en erop was gaan zitten. Wat zou ze gaan zingen? Haar figuurtje in het tere zwarte kanten jurkje zag er zo elegant uit dat ik me in mijn kledij een schoolmeisje voelde. Haar helblonde haar was in een korte boblijn geknipt, haar ogen waren zwaar opgemaakt, waardoor ze er verlopen uitzag.

'Vertel me eens iets over uw familie,' zei ik terwijl de zangeres een fijngevoelig, melancholisch lied inzette.

'Wilt u dat echt?' vroeg hij.

'Ja, dat interesseert me.'

Even bleef zijn blik op mijn ogen rusten, toen begon hij: 'We hadden een *farm* in Montana. Eigenlijk een goede basis om van te leven. Maar het land dat we bezaten was niet veel waard. Mijn grootvader, die de hongersnood in Ierland was ontvlucht, wilde gouddelver worden. Zoals zo velen vertrok hij naar Virginia City. Inderdaad vond hij daar goud, maar hij viel in handen van een onbetrouwbare landverkoper. Toen de goudopbrengst minder werd, kwam mijn grootvader op het idee een farm te beginnen. Het eind van het liedje was dat hij het grootste deel van zijn spaargeld in land investeerde dat nauwelijks iets opbracht. Toen begon voor de familie O'Connor de ellende.'

'Was het echt zo erg?'

'Erger nog,' antwoordde hij. 'De opbrengst was dikwijls niet genoeg om de familie van eten te voorzien. Mijn grootmoeder ging als naaister werken. In plaats van te proberen nog iets van het dorre akkerland te maken zocht mijn grootvader zijn heil in de alcohol. In die tijd was die nog legaal. Hij sloeg zijn vrouw en zijn zoon en dacht daarmee Gods werk te doen. Maar God leek het daar niet mee eens te zijn, want het werd er niet beter op. Je zou denken dat mijn vader het anders zou proberen te doen, maar hij werd net zo. Ik was blij dat ik er weg kon. Ik had graag mijn moeder naar de stad gehaald, maar daar is het niet meer van gekomen. Ze is twee jaar geleden gestorven.'

'En uw vader?'

'Die zit vast nog steeds op de farm te sappelen, ik heb geen idee. We hebben geen contact. Maar ik zou het wel te horen krijgen wanneer hij het tijdelijke voor het eeuwige verwisselt.'

Hij zweeg een poosje, met zijn blik gericht op de zangeres, die de laatste akkoorden met het hoofd achterover naar de hemel zong. Vanaf de tafels barstte applaus los, ze boog en ging af.

'En u?' vroeg hij. 'Dat u kon studeren wijst erop dat u niet uit een heel armlastige familie afkomstig bent. Of Duitsland moet een magisch land vol mogelijkheden zijn.'

'Dan zou ik hier niet zijn,' zei ik. 'Ik moest mijn vader opvolgen en omdat het mijn ouders niet vergund was meer kinderen te krijgen mocht ik studeren.' Hoewel ik inmiddels het gevoel had dat ik de levensgeschiedenis van een andere vrouw vertelde, deed de herinnering me pijn. 'Scheikunde is mijn leven. Cosmetica. Ik ben daar al vroeg mee begonnen. Ik had niet kunnen dromen dat ik ooit hierheen zou gaan. Alles in mijn leven leek zo duidelijk... En toen...' Ik aarzelde. Zou ik hem van mijn affaire met Georg vertellen? Van het kind dat ik had verloren? In wat voor licht zou ik dan komen te staan?

'Toen kreeg ik ruzie met mijn ouders.'

'Waarover?' vroeg hij.

Ik schudde mijn hoofd. 'Een meningsverschil... Over hoe ik mijn leven wilde leiden.' Dat was nog zachtjes uitgedrukt, maar meer wilde ik niet prijsgeven. 'Ze hebben me eruit gegooid, en ik vond onderdak bij mijn vriendin.'

'De danseres?'

Blijkbaar had hij onthouden wat ik hem indertijd in de auto had verteld.

'Ze nam me onder haar hoede, en toen ze het aanbod kreeg om naar Parijs te gaan ging ik met haar mee. Maar ik kon geen werk vinden. We verbleven in een pension waar 's nachts een latrinekar langskwam.' Ik lachte bitter. 'Mijn ouders hebben sinds mijn vertrek niet meer met me willen praten en ze reageerden ook niet op mijn brieven.' Ik stokte. Verder wilde ik met mijn verhaal niet gaan.

Mr O'Connor keek naar me, en even verkeerde ik in de verleiding naar het toilet te vluchten, maar ik bleef zitten en staarde naar het tafelblad. De herinnering aan mijn zwangerschap en het moment dat ik de dood van mijn zoontje vernam kwelden me zo dat ik hem niet in de ogen kon kijken.

'Niet echt plezierige onderwerpen, hè?' zei hij ten slotte.

Ik schudde mijn hoofd.

'Bedankt,' zei Mr O'Connor na een moment stilte.

'Waarvoor?' vroeg ik. De beelden verdwenen nauwelijks, maar ik had nu wel het gevoel dat ik ze in de hand had.

'Dat ik u hierdoor wat beter mag leren kennen.'

Voor ik daar iets op kon zeggen verscheen de serveerster met onze drankjes. De vloeistof glansde oranjerood in de kelkvormige glazen.

'*Cheers!*' Hij proostte me toe. 'Ik hoop dat u er niet meteen spijt van krijgt dat u mijn voorbeeld hebt gevolgd.'

'Hoezo?' vroeg ik en ik nipte van het drankje. Het explodeerde op mijn tong als vuurwerk en brandde ook als zodanig na. Ik verbeet me.

'Is het te sterk? Jake, de barkeeper heeft de neiging wat al te gul te zijn.'

'Nee, nee,' zei ik vlug en ik onderdrukte een hoestkriebel. 'Het is heerlijk. Ik ben alleen niet aan alcohol gewend.'

'En u gaat er nog wel bijna dagelijks mee om.'

'Die alcohol is niet om te drinken,' wierp ik tegen en ik nam nog een slokje. Afgezien van het branden smaakte het zoet, een beetje fruitachtig, zonder dat ik kon zeggen wat voor smaak het was. Meteen begonnen mijn wangen te kriebelen.

Mr O'Connor keek een tijdje naar me, toen vroeg hij: 'Hoe voelt het om een wetteloze te zijn?'

'Heel goed. Tot nog toe tenminste.'

'Dat kan alleen maar beter worden,' zei hij en nadat hij even in zijn glas had zitten turen, voegde hij eraan toe: 'Ik ben blij dat madame Rubinstein ons bij elkaar heeft gebracht.'

'Dan loopt het dus goed voor u?' vroeg ik zonder dat het bij me opkwam dat zijn woorden nog een andere betekenis konden hebben. 'Hebt u nog iets op uw ontwerpen gehoord?'

'Ja, inderdaad. Madame is ermee ingenomen. Ze wil natuurlijk nog wel veranderingen, maar het vooruitzicht is goed. Ze zei dat ik een verfrissend gevoel voor kunst had.'

'Dat klinkt als lof.'

'En ze zei met name dat het goed was dat ik niet het roze van "dat mens" had gekozen.'

'Ze bedoelde Miss Arden?'

O'Connor knikte. 'U hebt me voor een grote blunder behoed, al wilde ik dat eerst niet weten.'

Ik glimlachte. 'Dat doet me plezier.' Ineens schoot er een brok in mijn keel. Zijn blik trof me in mijn hart en zo dicht bij hem zijn was wat ik stiekem had gewild. Ik kon niet geloven dat mijn wens in vervulling was gegaan.

'Mag ik u een voorstel doen?'

'Wat voor voorstel?'

'Dat u me Darren noemt.'

'Darren?'

Hij knikte. 'Zo heet ik, Darren.'

Ik had zijn naam bij de bespreking met madame Rubinstein gehoord. Dat hij wilde dat ik hem zo zou noemen verraste me en deed mijn hart sneller kloppen.

'En ik vind,' vervolgde hij, 'dat het, omdat we goede collega's zijn, gepast is u aan te bieden me bij mijn voornaam te noemen. U noemt de meisjes in de fabriek toch vast ook bij hun voornaam?'

'Jazeker.'

'En de andere chemici?'

'Die ook, ja.' Maar ik zou nooit met Harry en John naar een geheime eettent gaan.

'Dan kunt u mij ook wel Darren noemen. Vooropgesteld dat u dat zou willen.'

Ik aarzelde. Met hem was de situatie anders dan die met de fabrieksmeisjes en de twee chemici. Anders dan die met Ray en Kate. Toch hoorde ik mezelf ja zeggen. 'Dat wil ik wel. En noem mij alsjeblieft Sophia.'

De avond vloog om. Uiteindelijk werd aangekondigd dat het sluitingstijd was, en toen merkte ik pas dat er bijna niemand meer was. Lichte paniek overviel me toen ik zag dat het al drie uur was geweest, maar toen schoot me te binnen dat ik de volgende dag niet hoefde te werken. Henny bleef hoogstens zo lang op als ze na een optreden nog ergens was uitgenodigd.

Darren haalde onze jassen en even later waren we op weg naar zijn auto. Galant hield hij het portier voor me open. Daarbij kwam hij zo dicht bij me dat onze gezichten elkaar bijna aanraakten. Zijn blik zocht mijn ogen en ik herkende daarin duidelijk wat hij wilde.

'Dat kan niet,' zei ik zachtjes. Ik voelde dat hij me wilde kussen, en dat was precies waar ik bang voor was.

'Wat kan niet?' vroeg hij. Ik hoorde de opwinding in zijn stem. Dat had me bij Georg helemaal gek gemaakt, maar ik wilde in geen geval dat mijn leven daardoor weer zou ontsporen.

'Dit. Ik... Ik ben daar nog niet aan toe. Het spijt me.'

Darren zette een stapje achteruit. 'Oké,' zei hij enigszins teleurgesteld. 'Ik bedoel, ik had geen onzedelijke bedoelingen, zoals je misschien denkt.'

'Je wilde me kussen, nietwaar?'

'Ja,' antwoordde hij. 'Maar als je niet wilt...'

Ik wist niet of ik het wilde. De laatste keer dat ik me met een man had ingelaten was ik zwaar in de problemen geraakt. Dom genoeg moest ik daar juist nu weer aan denken, terwijl hij me allesbehalve koud liet.

'Darren, ik... Het is gecompliceerd,' begon ik. 'Ik kan je niet zeggen waarom, maar...'

'Heb je iemand anders?'

Ik schudde mijn hoofd. 'Nee, ik heb niemand. En ik weet ook niet zeker of ik...' Ik beet op mijn lip.

De teleurstelling in zijn ogen was nog groter geworden. Maar hij knikte. 'Het is al goed. Ik... We kennen elkaar nog maar nauwelijks.'

'Dat is zo.' Bedrukt plukte ik aan mijn jas.

'Nou, dan moesten we maar eens gaan,' zei hij ten slotte.

We stapten in en hij loodste ons zwijgend door de nacht. Ik keek telkens naar hem, maar zijn profiel zag er eigenaardig onbewogen uit. Was hij alleen maar verschenen om met me te flirten? Waarom? De laatste keer hadden we elkaar bij een etalage-uitstapje gezien. Hoewel ik erover had gefantaseerd, had hij eerder geen toespelingen gemaakt.

Toen we bij mijn huis kwamen, draaide ik me naar hem toe. 'Heel erg bedankt voor de fijne avond, ik heb ervan genoten met je uit te gaan.'

'Heus?' vroeg hij een beetje twijfelend.

'Ja,' bevestigde ik. 'Het was fijn, en het zou me plezier doen je nog eens te zien.'

Daar zei hij niets op, en ik vroeg me af of een kus zo erg zou zijn geweest. Het zou alleen maar een kus zijn geweest, zonder enige verplichting. Maar er was die muur binnen in me die ik niet kon slechten.

'Goedenacht, Sophia,' zei Darren ten slotte met een gekweld glimlachje.

'Goedenacht,' antwoordde ik terwijl ik uitstapte. Darren reed weg en ik keek hem na met het gevoel dat ik alles fout had gedaan.

35

Het jaar 1928 begon met vuurwerk en een cocktail die Mr Parker had gemixt. Er was een klein flesje illegaal gestookte drank aan te pas gekomen dat hij van een familielid had gekregen. Terwijl ik naar de hemel keek wenste ik in stilte dat ik het komend jaar niet langer alleen zou zijn. En dat Darren me misschien zou vergeven.

Kort daarna moest ik weer aan het werk en ik was blij aan mijn vier muren en daarmee ook aan mijn gepieker te kunnen ontkomen.

Zodra ik de kleedruimte binnenkwam, gonsde het om me heen van de stemmen van de arbeidsters. Ze vertelden over hun kerstvakantie, over de verwachtingen van hun ouders en de ruzies onder familieleden. Ik had het gevoel er niet bij te horen, want ik kon niets bijdragen, maar ik putte er troost uit te horen dat er in andere families ook niet altijd pais en vree heerste.

Ray vertelde dat haar broer een nieuwe vriendin mee naar huis had genomen. 'Een blonde *flapper*,' was haar commentaar. 'In elk geval noemde mijn moeder haar zo. Ik weet echt niet waar ze dat woord vandaan heeft.'

'Flapper?' vroeg ik.

'Zo eentje met kort haar die alleen maar aan danspaleizen denkt en korte rokjes draagt.' Ze grijnsde naar me. 'Niet zo'n keurig type als jij. Je had moeten zien hoe mijn ouders stonden te kijken! Maar gelukkig was het een goede afleiding, zodat ze mij er niet mee lastigvielen dat het hoog tijd is een man te zoeken, omdat het niet hoort dat een meisje uit werken gaat.'

'En, ben je van plan een man te zoeken?' vroeg ik.

Ze schoot in de lach. 'Natuurlijk wel! Maar daarvoor moet ik eerst eens uit de fabriek weg zien te komen, toch?'

'Je hebt 's zondags toch tijd om rond te kijken?' antwoordde ik. 'Ik dacht dat je dan de hele tijd op zoek was naar een miljonair.'

'Op zondag moet ik naar de kerk. En mijn moeder helpen. Veel tijd blijft er dan niet over. Maar ik ben ook pas negentien.'

'Praktisch een oude vrijster,' zei ik plagend.

'Dat moet jij nodig zeggen!'

Ik verborg met een glimlach hoezeer haar opmerking me raakte. Maar zij kon niet weten wat er was gebeurd.

Begin februari had ik me erbij neergelegd dat ik niets meer van Darren zou horen. Er kwamen geen ontwerpen of berichten meer. Misschien had hij zijn werkzaamheden voor madame beëindigd.

Een brief van Henny bracht wat vrolijkheid. Ze verontschuldigde zich voor de uitgebleven kerstpost en schreef me dat ze nu een vast contract voor onbepaalde tijd had bij het ensemble van de Folies Bergère. Daar kwam bij dat ze in een nieuwe revue zou gaan optreden. Dat was een groot succes en Henny maakte er geen geheim van dat monsieur Jouelle er de hand in had gehad. Ik was blij voor haar. Ze had haar doel bereikt.

Toen de sneeuw, die New York een tijdlang stevig in zijn greep had, was gesmolten, kondigde madame Rubinstein aan dat ze ons kwam bezoeken. De maand maart van het jaar 1928 bracht de eerste warme zonnestralen, maar toch had ik bij de aankondiging van dit bezoek het gevoel dat er een onweer op til was.

Madame verscheen in gezelschap van haar nichtje Mala, dat sinds kort bij haar werkte en eruitzag als een jongere versie van haarzelf. Wat had dat te betekenen?

Even later werden de medewerkers bijeengeroepen in de recreatieruimte: de vrouwen in hun witte kiel met kapje, daarnaast wij scheikundigen met onze laboratoriumjas over onze dagelijkse kleding. Helemaal achterin stonden de sjouwers en vrachtwagenchauffeurs.

Er hing een eigenaardige energie in de lucht. Ik keek naar Ray, die ongerust op haar onderlip kauwde. Ook Miss Clayton wekte een gespannen indruk.

Ray had opgevangen dat er bij madame Rubinstein en Mr Titus thuis weer eens onenigheid heerste. Er werd zelfs gemompeld dat hij wilde scheiden omdat hij verliefd op een ander was geworden. Was ze gekomen om haar frustraties op ons af te reageren?

'Ik wil dat u er allemaal nog een schepje bovenop doet!' begon madame na een korte begroeting. Haar oorbellen met parels schommelden wild heen en weer. 'Onze concurrentie slaapt niet en dreigt ons voorbij te streven. Arden brengt over een paar dagen een nieuwe lijn verzorgingsproducten uit. Een regelrechte aanval op ons!' Haar blik zocht mij. Ik trok intuïtief mijn hoofd in. Het beviel haar dus niet dat ik zoveel tijd nodig had. Ook de anderen staarden mij aan.

'Miss Krohn, hoever bent u met uw werk?'

Het was eigenlijk geen manier om mij in aanwezigheid van alle anderen zo'n vraag te stellen.

'We boeken gestaag vooruitgang,' antwoordde ik toch zo kalm mogelijk. 'Aan de gezichtslotion en het poeder moet ik nog wat doen, maar we zijn klaar met de crème en de handlotion. Wel moeten we nog een extra test doen om uit te sluiten dat de producten in combinatie met elkaar de huid irriteren.'

Madame Rubinstein wuifde met haar hand. 'Het maakt niet uit wat het gaat kosten, maar begin zo vlug mogelijk met die tests! Ik wil onze nieuwe lijn op z'n laatst eind april op de markt brengen.'

Eind april! Ik keek naar Ray. Madames wens hield in dat we ook de komende tijd nog tot diep in de nacht moesten werken.

Tegenspraak werd echter niet geduld. Ik voelde de blik van Miss Clayton. Toen ik haar kant op keek, draaide ze haar hoofd weg.

Maar ook de arbeidsters kregen een uitdaging voor de kiezen.

'Ik heb een extra machine besteld, die u zal helpen de crèmes nog sneller af te vullen,' legde madame Rubinstein uit. 'Het werk dat nu door tien personen wordt gedaan, kan dan door vijf mensen worden uitgevoerd.'

Er ontstond geroezemoes onder de aanwezigen. Ik voelde dat ze deze machine niet zagen als een handreiking, maar als concurrentie. Wie zou madame, die in de productiehal bekendstond om haar zuinigheid, ervan afhouden de overtollige vijf te ontslaan?

Madame hield nog een verhaal dat erop neerkwam dat alleen hard werken haar zover had gebracht, dat kunstenaars en politici om haar gunst dongen. En dat ze zich dat alles natuurlijk niet door ene Miss Arden zou laten afnemen.

Toen ze uiteindelijk weer vertrok, was het alsof er door het hele fabrieksgebouw donderslagen weergalmden.

Miss Clayton wekte voor het eerst een echt opgejaagde indruk. Ze was schatplichtig aan madame Rubinstein, maar wist ook dat de arbeidsters van haar verwachtten dat ze voor hen opkwam. Sinds Linda was ingestort was er helemaal niets veranderd. Kennelijk werd dat niet nodig geacht, omdat er sindsdien geen arts geroepen had hoeven te worden.

'Jullie hebben het gehoord!' zei ze met trillende stem. 'Aan de slag!' Ze klapte in haar handen en keek toen Ray en mij aan. 'Dat geldt voor u beiden in het bijzonder.'

Ik knikte en draaide me om. Terug in het lab leunde ik tegen de muur en ademde diep in.

'Nou, dat was me de voorstelling wel,' zei Ray en ze zag eruit alsof ze dolgraag een sigaret zou willen opsteken.

'Zo heb ik madame nog nooit meegemaakt,' antwoordde ik. 'Je zou haast zeggen dat ze in paniek was.'

'Je bent hier nog niet zo lang,' zei Ray, terwijl ze het raam openzette, alsof ze een boze geest wilde laten ontsnappen. 'In het verleden heeft ze wel vaker zo'n toespraak gehouden. Altijd als Miss Arden weer eens een voorsprong had genomen.' Ze zweeg even. 'Niemand snapt iets van die concurrentiestrijd. Ik bedoel, deze vrouw is een van de rijkste van heel New York. Ik zou al blij zijn als ik maar een klein deel van haar vermogen had. En toch lijkt dat geld haar niet gelukkig te maken.'

'Dat lijkt zo,' antwoordde ik behoedzaam. Ik wilde niets negatiefs over madame Rubinstein zeggen en toch had ik het gevoel dat haar toespraak bij mij iets had veranderd. De vrouwen hier, ongeacht of ik met ze overweg kon of niet, werkten allemaal hard. Het leek me ongehoord om ze tot nog grotere prestaties aan te sporen, alleen omdat madame Rubinstein last had van een vage angst. Tegelijkertijd wist ik dat er niets anders opzat dan gevolg te geven aan haar eis. 'Dan zullen we ons maar voorbereiden op nachtdiensten, denk je niet?'

Ray zuchtte diep. 'Ja, daar ziet het naar uit. Misschien moeten we de gezichtslotion maar zo laten. Het zou te veel tijd kosten om daar nog iets aan te veranderen.'

Ik schudde mijn hoofd. 'We moeten kwaliteit leveren. Madame zou niets anders accepteren, ondanks alle hectiek.'

Ray snoof gelaten, en toen trok ze haar wenkbrauwen op. 'Hier in de buurt is een leuk winkeltje waar je sandwiches kunt krijgen. Als we langer dan normaal hebben gewerkt, haal ik er een paar, oké?'

36

Begin april maakte ik er een gewoonte van altijd voor de anderen in het lab te zijn. Dat verbaasde Ray, maar zij wist net zo goed als ik dat we ons aan de gestelde datum moesten houden.

Die maandag werd ik op weg naar de fabriek begeleid door vogelgekwetter. In de stad zelf waren geen vogels te horen, maar hier konden ze zich de longen uit hun lijfjes zingen. De klanken waren als een mantel die me weldadig omhulde.

In gedachten was ik al in het laboratorium. We waren een beetje bang geweest dat madame weer zou verschijnen, maar dat was niet gebeurd. Tijdens een middagpauze in de kantine had Carla hardop haar vermoeden uitgesproken dat ze weer op reis was.

'Dat is ze wel vaak de afgelopen tijd,' merkte Ray op toen ik het haar vertelde.

'Daar zal ze zo haar redenen voor hebben,' antwoordde ik. 'Misschien zijn er problemen in Parijs.' Ik had in een tijdschrift gelezen dat Miss Arden van plan was haar filialen in Parijs uit te breiden. Wellicht wilde ze te weten komen waar de concurrentie mee bezig was.

'Goedemorgen Mr Fuller, hoe gaat het met u?' zei ik ter begroeting tegen de bewaker, die een beetje vermoeid in zijn wachthuisje zat.

'Miss Krohn, al zo vroeg hier?' vroeg hij, hoewel hij me sinds een paar dagen telkens rond dezelfde tijd voorbij had zien komen.

'Madame wil dat we eind april klaar zijn, dus moeten we haast maken.'

'En madames wil is wet, nietwaar?'

'Zo is het!' antwoordde ik en ik liep door naar de fabriek. Op dat uur waren de machines nog allemaal uit. Het zou niet lang meer duren of het lawaai ervan zou ons weer voortdurend vergezellen.

Ik was gesteld op die momenten voordat het werk officieel begon. Soms kon ik mijn geluk niet vatten. Zeker, het werk was uitputtend, maar het leverde me ook iets op. Het gevoel dat ik van Georg gewonnen had. Wat zou hij op de universiteit aan het doen zijn? Zou het meisje met wie hij destijds in het Nelson Theater was geweest nog steeds zijn geliefde zijn?

Ik trok vlug mijn laboratoriumjas aan, toen liep ik de trap naar het lab op. Onderweg kreeg ik ineens een eigenaardig voorgevoel.

Toen ik de deur opendeed, gaf ik een gil van schrik. Het zag eruit alsof er iemand had ingebroken en alles kort en klein had geslagen. De bruine apothekersflessen waarin we de monsters van de crèmes en lotions bewaarden lagen in scherven op de grond, de vloeistoffen en emulsies lagen overal verspreid. Het ergste was dat mijn notitieboek met aantekeningen op de werktafel onder een laag scherven, crème en vloeistof begraven lag.

Even was ik niet in staat me te verroeren. Wat was hier gebeurd? Het zag eruit alsof er een wild dier had huisgehouden.

Uiteindelijk draaide ik me spoorslags om. Het zou nog ruim een uur duren voor de eerste arbeiders kwamen. Behalve de bewaker was er nog niemand. Ik moest het hem laten weten, anders zou iedereen denken dat ik die schade had veroorzaakt.

Ik rende terug naar Mr Fuller. 'U moet de politie bellen! Er is ingebroken in de fabriek! Mijn laboratorium is vernield!'

De bewaker staarde me geschrokken aan, toen verdween hij in het wachthuisje.

Ik trilde over mijn hele lijf. Wie kon dat gedaan hebben? Iemand die jaloers op me was? Miss Clayton misschien? Maar waarom nu?

Het antwoord lag voor de hand. Het was nog maar twee weken tot de door madame gestelde datum.

'Is met u alles in orde, Miss?' vroeg Mr Fuller toen hij terugkwam.

Ik knikte en sloeg mijn armen om mijn schouders. Ineens voelde ik de lentekou extra sterk.

'Ik zal eens gaan kijken. Misschien vind ik iets.'

'Ja, alstublieft,' zei ik. 'Ik neem aan dat de inbreker er niet meer is, maar...'

'Als er iemand is binnengekomen, dan was dat niet tijdens mijn dienst!' zei hij. Hij trok zijn uniformjasje glad en liep voor me uit.

Ik volgde hem en met elke stap die ik zette werd mijn verdenking sterker dat Beatrice Clayton er de hand in had gehad.

We liepen door de lege fabriek en even hoopte ik dat ik het me allemaal verbeeld had. Maar toen Mr Fuller de deur naar het laboratorium door liep was het er allemaal nog: de kapotte glazen flessen, de uitgelopen vloeistof, het geruïneerde notitieboek.

Ik barstte in tranen uit.

'Ach kindje, het zijn toch maar een paar flessen,' zei Mr Fuller in een poging me te kalmeren. 'De politie zal er vast achter komen wie dit heeft aangericht.'

Ik wilde hem graag geloven, maar ik wist dat ze niets zouden kunnen doen. Zelfs als ze de schuldige vonden, was er maanden werk tenietgedaan.

Een half uur later verscheen de politie. De agent, een gezette man in een enigszins scheef zittend uniform, liet zich de weg door de fabriek wijzen.

'Dit is dus de Rubinstein-fabriek,' zei hij. 'Mijn vrouw zeurt me voortdurend aan mijn hoofd over jullie crèmes. Ik heb haar afgelopen jaar met Kerstmis een potje gegeven.'

'Dan weet u hopelijk wat er op het spel staat.'

Bij het lab aangekomen wierp hij een blik in de ruimte, toen keek hij naar de deur. 'Worden de laboratoria afgesloten?' vroeg hij.

'Nee, daar is geen aanleiding toe.' Maar misschien was het wel beter geweest.

'En is er in een andere ruimte ook zoiets gebeurd?' vroeg hij. 'Ontbreekt er iets?'

Ik keek hulpeloos naar Mr Fuller. 'In de andere ruimten ben ik niet geweest.'

'Dan moeten we daar eerst maar eens gaan kijken.'

De agent ging op weg, vergezeld door de bewaker. Ik bleef voor het lab staan. Eigenlijk had ik die dag de gezichtstonic willen testen. De geur van komkommer vermengde zich met het tere rozenaroma van de crème. Maar nu stond ik met lege handen. We hadden alleen nog een proefversie gemaakt, voor het geval dat madame nog veranderingen wenste. Wat stond me nu te doen?

De mannen kwamen na een tijdje weer terug. 'Niets te zien,' meldde de politieman. 'Alle andere ruimtes lijken in orde. 'Een kassa is er niet?'

'Nee,' antwoordde Mr Fuller. 'Er is hier geen geld. Alleen producten, maar daarvan lijkt niets gestolen te zijn.'

Dat verbaasde me niet, maar ik schrok er wel van. Wie had het op mijn laboratorium voorzien? Wie had er belang bij dat ik faalde? Dat lijstje was niet bijzonder lang, want de meeste vrouwen hier waren niet in mij geïnteresseerd.

De agent begon de ruimte te doorzoeken. Ik leunde tegen de muur en hoopte dat Ray vlug kwam.

Maar het was Miss Clayton die even later verscheen. 'Wat is hier aan de hand?' vroeg ze. Blijkbaar had ze gemerkt dat de bewaker zich niet op zijn plaats bevond en dat er een politiewagen voor de deur stond.

Ze keek verbaasd toen we haar vertelden wat ik had aangetroffen. Maar ze straalde ook een zekere kilte uit, wat twijfel bij me opriep of het gebeurde haar wel echt verraste.

'Het lijkt erop dat u een betere klusjesman had moeten nemen,' zei de politieman uiteindelijk en hij wees naar een plank die scheef aan de muur hing. 'Ik denk dat dat uw "inbreker" is geweest.' Ik schudde verbijsterd mijn hoofd. Die plank had stevig aan de muur vastgezeten.

'Het rek was niet overbelast,' wierp ik tegen. 'Dat zal Miss Bellows kunnen bevestigen. Iemand moet sabotage hebben gepleegd.'

Ik merkte dat het de agent niet interesseerde of de plank door iemand van de muur was getrokken of niet.

'En wie zou dat volgens u gedaan moeten hebben?'

'Dat weet ik niet,' antwoordde ik. 'U bent de politieagent!'

De man perste zijn lippen op elkaar.

Miss Clayton klapte in haar handen. 'We lossen het wel intern op. Hartelijk dank voor uw komst, agent. Als we nog iets ontdekken, nemen we contact met u op.'

'Doet u dat vooral. Mijn collega's op het bureau zullen een aangifte altijd in behandeling nemen.' Zichtbaar opgelucht verliet de politieman het lab.

'Miss Krohn, komt u even mee?' vroeg Miss Clayton.

Ik knikte en liep achter haar aan naar haar kantoor.

'Doet u de deur dicht!'

Terwijl ik gehoor gaf aan haar bevel, vroeg ik me af wat er nu zou volgen.

'U bent er dus van overtuigd dat er is ingebroken,' zei ze terwijl ze naar haar bureau liep. 'Wanneer bent u zaterdag uit het laboratorium weggegaan?'

'Tegen acht uur 's avonds,' antwoordde ik. 'Zoals steeds de afgelopen dagen.'

'En u hebt niets gemerkt?'

'Het rek was stevig. Daar stonden de proefmonsters op en bepaalde ingrediënten die we bij de hand wilden hebben. Ik weet zeker dat er zondag iemand in de fabriek is geweest die het rek heeft losgetrokken.'

'U sluit dus uit dat het een ongeluk was?'

Ik aarzelde, want ik merkte dat er iets bij haar broeide. 'Een rek valt niet zomaar naar beneden, zeker als het aan de muur vastzit.' Ik zweeg even. 'Stel dat dit het werk is van iemand die madame niet welgezind is?'

'Waarom zou hij het dan tot uw laboratorium beperken?'

Ik had ineens het gevoel dat alles wat ik nu zou zeggen me in problemen kon brengen. 'Ik heb geen idee. Misschien is het iemand die niet wil dat de nieuwe producten uitkomen.'

Miss Clayton bleef me aandachtig opnemen. 'Nou, het komt

ook wel eens voor dat mensen hun mislukkingen willen verdoezelen,' vervolgde ze. 'Bijvoorbeeld als ze hun werk niet op tijd af kunnen krijgen of merken dat ze iets fout hebben gedaan.'

Mijn mond viel open. Zo'n aantijging, ook al was die niet direct tegen mij gericht, was ongehoord!

'U denkt toch niet dat ik aan dat rek heb gezeten?'

Miss Clayton nam me met half dichtgeknepen ogen op. 'U hebt steeds beweerd dat u met de nieuwe verzorgingslijn goed opschoot. Maar stel dat dat niet zo is?'

Ik kreeg een drukkend gevoel op mijn middenrif, alsof er iemand op mijn borstkas was gaan zitten. 'Dat is gewoon niet waar!' wist ik uit te brengen. 'Waarom zou ik mijn eigen product saboteren?'

Het lag voor op mijn tong dat zij degene was die hier ooit schade had aangericht, maar ik hield me in.

'Goed, laten we aannemen dat u het niet was. Wie kan het dan zijn geweest? Of gaat u er toch maar liever van uit dat het rek vanzelf in elkaar is gestort?'

'Ik heb geen idee wie het geweest kan zijn,' antwoordde ik, ofschoon ik wel degelijk iemand wist. Maar het ontbrak me aan bewijs. Miss Clayton kon echter net zomin bewijzen dat ik iets met de zaak te maken had.

'Ik zal madame op de hoogte moeten stellen,' zei ze ten slotte.

Ik besefte wat dat betekende. Het zou net zo gaan als toen zijzelf brand in het lab had veroorzaakt. Als madame het te weten kwam was ik er geweest, want zij zou misschien ook denken dat ik verantwoordelijk was voor de aangerichte schade.

Ik verkeerde in tweestrijd. Als we het verzwegen en madame merkte dat we meer materiaal hadden verbruikt, zou dat gedonder geven.

Ik deed mijn ogen dicht, en toen hoorde ik mezelf zeggen: 'Ik zal proberen de achterstand zo vlug mogelijk in te lopen.'

'U hebt nog maar twee weken.'

'Dat is genoeg, al moet ik dan dag en nacht doorwerken.'

Miss Clayton zweeg even, alsof ze mijn woorden moest laten bezinken. 'Goed. Ik reken op u.' Ze zweeg weer. 'Het was een ongeluk, nietwaar? Niet iets wat we aan de grote klok moeten hangen zolang alles gaat zoals madame het wenst.'

Ik haalde opgelucht adem. 'Dank u, Miss Clayton.'

'Bedank me maar wanneer het u gelukt is!' gaf ze te kennen. 'Madame stelt het niet op prijs als iets niet loopt zoals zij het zich voorstelt. U kunt nu maar beter uw best gaan doen, anders zullen we haar moeten uitleggen hoe het komt dat u hebt gefaald.'

Ik wankelde het kantoor uit en moest steun zoeken tegen een muur, want mijn benen weigerden dienst. Ik had het gevoel dat mijn lichaam in brand stond en ik werd verteerd door angst. Nog maar twee weken. Hoe moesten we het allemaal voor elkaar krijgen?

Een poosje was ik niet in staat in beweging te komen, maar uiteindelijk wist ik me te vermannen en ging ik terug naar het lab. Ray was intussen gearriveerd, en ze had al een bezem geregeld.

'Wat een troep,' mopperde ze. 'Stomme klusjesman! Waarom kan zo iemand niet gewoon een plank goed ophangen!'

'Ik denk niet dat het de klusjesman was,' zei ik terneergeslagen. 'Die plank kan niet vanzelf van de muur zijn gekomen.'

Ray keek op. 'Bedoel je dat iemand een handje heeft geholpen?'

Ik keek naar de plank. De haken waarmee die bevestigd was geweest waren uit de muur getrokken. Kon dat zomaar gebeuren? 'In dat geval kunnen we het moeilijk bewijzen.'

Ray dacht even na. 'Je moet Miss Clayton om een sleutel vragen zodat we de deur kunnen afsluiten,' zei ze.

'Ik ben bang dat het daar al te laat voor is,' antwoordde ik, maar Ray schudde haar hoofd.

'Nee, juist nu moeten we afsluiten. Wie dit ook mag hebben aangericht, we laten niet toe dat hij ons ruïneert.'

Ik wou dat ik daarin kon geloven. Maar wat zat er anders op dan weer van voren af aan te beginnen? Ik liep naar de werktafel en viste mijn notitieboek onder de rotzooi vandaan. De vloeistoffen hadden een groot deel van de aantekeningen uitgewist en veel bladzijden zaten aan elkaar geplakt. Ik kon het laten drogen, maar ik betwijfelde of er nog veel leesbaar zou zijn. Natuurlijk had ik het merendeel van de receptuur in mijn hoofd zitten, maar ik had toch ineens het gevoel voor een onoverkomelijke hindernis te staan.

'We krijgen het voor elkaar,' zei Ray terwijl ze me op mijn schouder klopte. 'Zorg voor die sleutel, daarna zien we wel verder.'

37

De volgende dagen kwamen Ray en ik het lab vrijwel niet uit. Af en toe brachten we er zelfs de nacht door, enerzijds om herhaling van sabotage uit te sluiten, anderzijds om reistijd uit te sparen. Het resultaat waren een verkrampte nek en pijnlijke botten, wat ons uiteindelijk meer tijd kostte dan het pendelen vanuit New York, reden om er snel weer van af te stappen.

Na enige discussie regelde Miss Clayton een sleutel voor ons, zodat we het lab konden afsluiten. Dat stelde ons enigszins gerust, maar de werkdruk werd er niet minder door.

Uiteindelijk was ik de uitputting nabij. Het langdurige overwerk en de talloze experimenten om de receptuur te reconstrueren sloopten mijn krachten. Ik had bijna voortdurend last van mijn maag en ik kon het nauwelijks opbrengen iets te eten. Het slaapgebrek hielp ook niet om het brandende maagzuur te verzachten.

Hoewel we vrij veel hadden onthouden, mislukten er toch een paar experimenten en moest de receptuur worden aangepast. Er waren momenten dat ik dacht dat mijn wanhoop nooit zou overgaan.

In het bedrijf werden Ray en ik bekeken alsof alleen wij schuld hadden. Onder de oppervlakte lag het verwijt dat wij de boel hadden gesaboteerd omdat we onze deadline niet zouden halen. Ik was ervan overtuigd dat Miss Clayton achter die geruchten zat.

Toen het gefluister in de kantine ons te veel werd, namen we voortaan onze maaltijden van huis mee en aten ze buiten op. Ik was blij dat ik Ray bij me had. Zo eenzaam had ik me hier sinds mijn allereerste dagen niet meer gevoeld.

Na een bijzonder afmattende dag ging ik aan mijn bureau zitten en schreef ik, vechtend tegen mijn tranen, alle narigheid van me af in een brief aan Henny.

Lieve Henny,

Al lange tijd heb ik niet meer het gevoel gehad dat het lot zich tegen me had gekeerd. Maar de laatste dagen bekruipt het me opnieuw en ik begin me zo langzamerhand af te vragen wanneer ik eindelijk weer rust in mijn leven krijg.
Na het ongeluk in mijn laboratorium, waarbij vrijwel al mijn werk is vernietigd, lijkt de tijd sneller te gaan dan anders. Hij glipt als zand door mijn vingers. Mijn hoofd is een woestenij en alles wat ik doe voelt verkeerd. Toch verzekert Ray me telkens weer dat het ons zal lukken. Ik wilde dat ik haar optimisme deelde! Maar ik zie niets anders dan chaos.
Denk jij ook dat het me zal lukken? Wat had ik je graag hier gehad!

Maar uiteindelijk heb ik de brief niet verstuurd. Ik wilde Henny niet onnodig ongerust maken en dus liet ik hem half af in mijn bureau liggen en maakte er de volgende dag het vuur in de kachel mee aan.

Ons geploeter loonde in elk geval de moeite. Een week voor de vereiste datum hadden we de lotion en de crème gereconstrueerd. De gezichtslotion was bijna nog beter gelukt dan de vorige versie. En het bleek goed te zijn geweest dat we opnieuw waren begonnen met het poeder. De huidige opzet zou een fantastisch product opleveren.

Op een middag waarop ik me afgemat voelde, niet meer helder kon denken en op het punt stond iets tegen de muur te gooien, zei Ray: 'We moesten onszelf eens een vrije avond gunnen. Wat denk je ervan om samen uit te gaan?'

‘Uitgaan?’ vroeg ik. ‘Naar zo’n verboden club?’

‘Bijvoorbeeld. Of we gaan in een chique tent naar de mensen kijken. Naar de Rockefellers en de Astors of Broadway-sterren.’

Ik kreeg een glimlach op mijn gezicht. Na de inspanningen van de afgelopen week zou het goed zijn de zinnen te verzetten. Alleen waagde ik me niet in de stad, maar samen met Ray zou het vast gezellig worden.

‘We kunnen ook naar een nieuwe film gaan,’ stelde ik voor. Bij het flaneren door de straten had ik een paar affiches zien hangen en ik was benieuwd naar de bioscopen in de stad. In Berlijn was ik met Henny vaak naar de film gegaan.

Ray straalde. ‘Goed idee! Dan gaan we naar de Roxy. Ben je daar al eens geweest?’

Ik schudde mijn hoofd, waarop Ray een vastberaden gezicht trok. ‘Mooi! Je weet niet wat je ziet, dat garandeer ik!’

Een paar uur later waren we in de binnenstad. Ik keek verbaasd naar de vele neonreclames, maar Ray, die hier geboren was, navigeerde ons doelgericht naar de bioscoop met een reclamebord waarop in grote letters de titel *The Passion of Joan of Arc* stond. Ik kende Jeanne d’Arc van de geschiedenisles en ik kreeg kriebels van opwinding. Ik zou met Henny ook naar die film zijn gegaan als hij in onze bios had gedraaid.

We gingen in de rij voor de kassa staan. Terwijl mijn blik langs de kleurrijke filmaffiches ging, waarop de hoofdrolspeelster ‘Mlle Falconetti’ als ‘*The World’s Most Outstanding Screen Artist*’ werd geroemd, dacht ik weer aan Henny en ik wenste opeens dat ik haar in haar theater kon bezoeken. Haar naam zou inmiddels wel in grote letters op de affiches van de Folies Bergère staan. Wie weet zou ze ooit in een film optreden.

Toen waren we aan de beurt en mochten we na betaling de zaal betreden. De foyer deed me denken aan een paleis. Trappen die werden gedragen door statige zuilen leidden omhoog naar de logeplaatsen. Om alleen al alle ornamenten waarmee de ingang van het filmpaleis was getooid in me op te nemen, zou ik uren nodig hebben gehad. Maar Ray trok me aan mijn mouw mee naar de garderobe.

De jonge vrouwen daar waren netjes en vriendelijk en ik dacht enigszins weemoedig terug aan mijn tijd in het theater. Maar Ray bood me weinig gelegenheid om na te denken. 'Je zult het geweldig vinden!' sprak ze. 'Misschien wordt de muziek wel op het grote orgel gespeeld. Zoiets heb je in dat Berlijn van jou vast niet.'

We liepen met de menigte mee door de hoge glazen deuren, dicht tegen de andere bezoekers aan. Meneer Nelsons ogen waren gaan glanzen als hij had gezien hoe massaal de mensen op de film afkwamen. Zijn in verhouding kleine theater zou uit zijn voegen zijn gebarsten.

De zaal voor ons leek op het interieur van een kathedraal. Boven de hoofden van de bezoekers zweefden kroonluchters als grote, zware kristallen druiventrossen.

De placeurs in hun vlotte uniform wezen ons uitgesproken beleefd onze stoelen.

'Zijn het geen leuke knullen?' fluisterde Ray me toe. 'Ik zou heel graag eens met een van hen uit willen. Jammer genoeg krijg je geen contact met ze. Ze zijn heel beleefd, maar ook erg gereserveerd, alsof ze in het leger zitten.'

We zaten vrij ver achterin, maar het scherm was enorm. Ik vroeg me af hoe groot het toneel eronder zou zijn. Het zag eruit alsof je er minstens honderd musici op kwijt kon.

We gingen zitten op de met velours beklede stoelen, die je neer kon klappen. Ik keek verbaasd om me heen. Hoeveel zitplaatsen zouden er zijn? Overal glansde goud en de mensen die in de rijen voor en achter ons gingen zitten leken wel meeren.

'En, is het hier net als in Berlijn?' vroeg Ray me en pas nu merkte ik dat ze me zat op te nemen.

'Nee,' antwoordde ik. 'Dit is... overweldigend.'

'Het mooiste filmpaleis ter wereld. Alleen jammer dat de kaartjes voor premières zo vreselijk duur zijn. Er komen soms filmsterren naar zo'n première. Ik zou een moord doen voor een handtekening van Cullen Landis. Hij zou de ideale man voor me zijn.'

Die naam zei me niets, maar Rays dweperige glimlach was aanstekelijk en ik hoopte voor haar dat ze ooit een man zou vinden die haar idool kon evenaren.

Toen het geluid van de stemmen in de zaal was aangezwollen tot dat van een zwerm wilde bijen klonk er een signaal. Meteen werd het stiller. Degenen die nu pas naar hun zitplaats gingen zetten er de pas in. Na de tweede gong doofden de kroonluchters en werd de muziek in de orkestbak ingezet.

Bij het verlaten van de bioscoop voelde ik me merkwaardig opgewonden. De filmbeelden stonden me nog scherp voor ogen, niet alleen vanwege de handeling en het tragische lot van Jeanne d'Arc. De mimiek was dramatisch geweest, mede door de make-up. De donker omrande ogen van de heldin leken wel te gloeien. Het was jammer dat het allemaal niet in kleur te zien was. Tegelijkertijd werd mijn ambitie erdoor geprikkeld. Stel dat het poeder dat wij maakten ooit door een filmster zou worden gebruikt?

Ray lachte alleen maar toen ik haar deelgenoot maakte van mijn gedachte. 'Madame zou zich er nooit toe verlagen filmsterren te schminken,' zei ze onderweg naar de subway.

'Hoezo?' vroeg ik. 'Er is toch niets vernederends aan?'

'Nee, maar madame richt zich meer op een chique clientèle. Natuurlijk verkoopt ze haar make-up wel aan filmsterren, maar niet voor films. Op dat gebied doen andere firma's veel betere zaken.'

Ik keek haar aan. 'Hoe komt het eigenlijk dat je in de productie werkt, als je zo goed op de hoogte bent?'

Ze haalde haar schouders op. 'Ik loop niet te koop met mijn kennis, die hou ik meestal voor mezelf. Jij weet ook dat ik niet bepaald geliefd ben.'

'Ik heb nooit gehoord dat iemand iets op je tegen had.'

'Dat kan wel zijn, maar ze weten niet goed wat ze met zo'n stille aan moeten.'

'Ik vind je helemaal niet stil!'

'Je hebt geen idee wat ik heb moeten overwinnen om je aan te spreken. Dat is eigenlijk niets voor mij.'

'Ik ben blij dat je het hebt gedaan,' zei ik en ik kneep haar zachtjes in de arm. 'Maar nu moeten we de komende dagen maar eens zien te overleven.'

'Dat lukt wel,' zei ze optimistisch en gezamenlijk liepen we de trap naar de subway af.

38

Op de dag van madames aangekondigde bezoek aan het laboratorium regende het en sliep ik door de wekker heen. Verschrikt schoot ik even na zeven uur overeind en trok haastig mijn kleren aan. De afgelopen lange werkdagen speelden me nog steeds parten.

Hoewel we de gewenste producten konden presenteren, hield faalangst me in de greep. Bovendien vreesde ik dat madame te weten zou komen wat er was gebeurd. Blijkbaar had Miss Clayton haar niets verteld over het voorval met het rek, maar misschien zou er toch een donderpreek komen.

Ook vroeg ik me af of Darren bij de bijeenkomst zou zijn. Ik wist niet of ik daartegen op moest zien of ernaar moest uitkijken. Het zou me veel plezier doen als hij er was.

Als een verzopen katje kwam ik aan bij de fabriek. Mijn paraplu had me maar in beperkte mate tegen de waterdruppels kunnen beschermen. Druipnat liep ik langs de productiehallen naar de kleedruimte. De meeste medewerksters waren al aanwezig en bezig hun kiel aan te trekken. Het rook naar vochtig haar en magnoliazeep.

De vrouwen kletsten vrolijk over hun vrienden en mannen en letten nauwelijks op mij. Ik had de gelegenheid de komende dag in gedachten door te nemen. Alles moest die dag volgens plan verlopen, anders zou madame me misschien weer productiewerk laten doen. Terwijl ik mijn witte jas onder het lopen dichtknoopte liep ik de trap op.

Toen ik de sleutel uit mijn zak haalde merkte ik dat de deur van het lab een beetje openstond. Was Ray er soms al? Behalve ik had alleen zij een sleutel. Meestal kwam ze later dan ik, maar omdat ik die ochtend laat was, kon het heel goed zijn dat ze al binnen was.

'Goedemorgen, Ray,' zei ik terwijl ik de hoek om liep.

Maar het was niet haar gezicht dat ik te zien kreeg.

'Linda!' riep ik verrast. 'Wat doe jij hier?'

De vrouw verstijfde. Ze keek betrapt.

Even weigerde mijn verstand te begrijpen wat er aan de hand was. Toen zag ik het flesje in haar hand.

'Wat heeft dit te betekenen?'

'N... Niets,' stamelde ze, maar ik wist dat het iets betekende. Iets ergs.

Ik liep op haar af, in het besef dat ze me zou kunnen aanvallen. Maar Linda bleef als versteend staan.

Ik pakte het flesje uit haar hand, trok de kurk eruit en wapperde de geur voorzichtig naar me toe. Het werd me direct duidelijk dat het beter was niet langer te blijven ruiken. 'Zwavelzuur?' vroeg ik verbaasd. 'Wat wilde je daarmee?'

Linda gaf geen antwoord.

Er ging een schok door haar heen, toen rende ze weg, waarbij ze mij opzijduwde. Ik verloor mijn evenwicht en knalde met mijn gezicht tegen het rek naast me. Daarbij drukte mijn bril pijnlijk tegen mijn ooghoeken. Ik voelde een felle steek bij mijn wenkbrauw.

Ik zette me af tegen het rek, vond weer houvast en constateerde opgelucht dat het flesje niet uit mijn hand was gegleden.

Op dat moment klonk er gegil. Ik zette het flesje met zwavelzuur neer en liep het lab uit. Daar trof ik Miss Clayton, die Linda aan haar arm vasthield. Voor het eerst was ik blij om Miss Clayton te zien.

'Miss Clayton, ze probeerde de crèmes met zuur te vermengen,' riep ik, nog steeds een beetje versuft. Miss Clayton leek niet verrast.

'Ze liegt! Ik...'

Linda stokte bij mijn aanblik. Toen ik mijn gezicht betastte, voelde ik iets plakkerigs. Even later zag ik bloed op mijn vingers.

Miss Clayton leek dat te hebben gemerkt, want ze vroeg: 'Wat is er gebeurd? Heeft ze u aangevallen?'

'Ze duwde me opzij.'

Linda schreeuwde en kronkelde, maar aan de ijzeren greep van Miss Clayton kon ze niet ontkomen. 'Wat wilde je in het laboratorium?' vroeg Miss Clayton streng. 'Jullie hebben hierboven niets te zoeken.'

Ik glipte het lab weer in en pakte het flesje. Mijn hoofd suisde nog van de botsing, maar Miss Clayton moest zien dat mijn verdenking geen inbeelding was. 'Dit had ze bij zich,' zei ik en ik hield haar het flesje voor. 'Zwavelzuur. Als daar iets van in de crème terecht was gekomen...'

Miss Clayton werd bleek. 'Ben je wel goed bij je hoofd?' blafte ze Linda toe. 'Hoe verzin je het!'

Intussen verschenen ook John en Harry met hun assistenten. 'Wat is er aan de hand?' vroeg John, waarna hij me aankeek. 'Ben je gewond, Sophia?'

'Niet noemenswaard,' antwoordde ik, terwijl ik aan mijn wenkbrauw voelde.

'Linda heeft geprobeerd iets in de crème te doen,' verklaarde Miss Clayton. 'Wilt u de politie bellen, Mr Gibson?'

John draaide zich om en liep naar het kantoor van Miss Clayton. De andere mannen namen Linda van de bedrijfsleidster over en brachten haar daar ook naartoe.

Miss Clayton liet, vermoeid van het vasthouden van Linda, haar armen zakken en keek me aan. 'We moeten die wond schoonmaken en er een pleister op doen.'

'Het is niet ernstig. En gelukkig is mijn bril niet beschadigd.'

'Komt u toch maar mee.'

Op de trap kwamen we Ray tegen. 'Wat is er gebeurd?' vroeg ze verbijsterd.

Ik bracht kort verslag uit.

'Ik kan de wond wel verzorgen, Miss Clayton,' zei Ray.

Beatrice Clayton knikte. 'U weet waar de jodium staat?'

'Ja.'

'Uitstekend. Later wil ik u nog een keer spreken, Miss Krohn.'

'Goed,' zei ik en ik liep met Ray naar de kantine.

De andere medewerksters leken niets van het tumult te hebben gemerkt. Hun stemmen stokten meteen toen ze het bloed op mijn witte jas zagen.

'Sta niet zo dom te staren,' viel Ray tegen ze uit. De vrouwen verdwenen.

Ik trilde nog steeds en mijn hart bonsde. Tegelijkertijd voelde ik me enorm opgelucht, ook al begreep ik niet wat Linda tot haar daad had gebracht.

'Zie je wel dat ik het me niet verbeeldde,' zei ik tegen Ray terwijl ze de kurk van het jodiumflesje haalde. 'Dat rek is echt niet vanzelf losgeraakt. Zij moet binnen zijn geweest.'

Ik probeerde me voor te stellen hoelang ze nodig had gehad om de schroeven los te draaien.

'Waar had ze dat zuur nou vandaan?'

Ik haalde mijn schouders op.

Later, nadat Ray de wond bij mijn wenkbrauw had verzorgd, ging ik naar Miss Claytons kantoor. Daar werd Linda vastgehouden. Mr Fuller bewaakte de deur om ervoor te zorgen dat ze er niet vandoor ging.

Het meisje zat met haar armen over elkaar op een stoel. Ze leek net een koppig kind. Toen ik binnenkwam knikte Miss Clayton me van bij het raam toe. Ik ging voor Linda staan en boog me naar haar toe. 'Waarom wilde je dat doen?' vroeg ik.

Die vraag had Miss Clayton haar vast ook al gesteld. Blijkbaar had ze haar net zomin antwoord gegeven als mij. Ze tuurde naar de neuzen van haar schoenen en perste haar lippen op elkaar.

'Heb je zo'n hekel aan me dat je mijn werk wilde saboteren?' Mijn wenkbrauw was inmiddels opgezwollen en klopte. 'Heb ik je ooit iets aangedaan? Ik was degene die zich om je bekommerde toen je instortte, weet je nog?'

Haar wangen werden rood en ze keek beschaamd.

'Het... Het is niet... vanwege jou,' zei ze hortend en stotend, waarbij ze de nadruk legde op jou, 'maar vanwege háár.'

'Wie bedoel je?'

Linda verstomde weer. Ik keek naar Miss Clayton.

'Ze bedoelt madame,' antwoordde deze in Linda's plaats.

'Wilde ze niet dat je zou trouwen?'

Linda hief haar hoofd en keek me verward aan. 'Dat is het niet, dat interesseert die ouwe taart niet. Maar indertijd...' Ze stokte en brak in tranen uit.

Ik keek verbijsterd naar Miss Clayton. Haar gezichtsuitdrukking was koud en hard als marmer.

'Ik was zwanger!' barstte Linda uit. 'Drie maanden. Ik heb mijn kindje verloren, alleen maar omdat madame nooit genoeg heeft. Omdat ze hebzuchtig alles naar zich toe haalt zonder de mensen om haar heen ademruimte te laten.'

Ze begon weer te huilen. Ik wist niet wat ik moest doen. Ze had me verwond, ze had bijna mijn werk geruïneerd. Dat zwavelzuur... Waarschijnlijk was dat bedoeld om de huid van madame te beschadigen. Helena Rubinstein probeerde haar producten beslist op zichzelf uit.

Dat besef was als een stomp in mijn maag.

Ik herinnerde me dat Linda de eerste dagen na haar verblijf in het ziekenhuis net een geestverschijning had geleken. Ik kon maar al te goed begrijpen hoeveel verdriet het haar deed dat ze haar kindje, waarschijnlijk door al het overwerken, had verloren. Maar iemand opzettelijk beschadigen zou nooit bij me zijn opgekomen.

'Dat nieuwe spul... Het zou een nog grotere belasting betekenen!' fulmineerde Linda. 'Ik wilde gewoon dat het ophield. Dat we niet nog meer te doen zouden krijgen, want geld heeft ze heus wel genoeg!'

Ik richtte me weer op. Wat ik moest voelen wist ik niet.

'Misschien is het beter als u weer aan het werk gaat,' zei Miss Clayton, en haar stem klonk van heel ver. 'De politie zal de kwestie regelen.'

Ik knikte. Graag had ik tegen Linda gezegd dat ik het erg vond voor haar dat ze haar kindje had verloren. En dat er andere manieren waren om rouw te verwerken. Maar mijn keel zat dicht. Als ze haar plannetje had kunnen uitvoeren was al het werk van mij en Ray voor niets geweest. En mogelijk had onze gezondheid eronder geleden.

Terug in het lab zag ik Ray op haar krukje zitten. Dit keer was er niets aan scherven gegaan, maar toch zag ze er droevig uit. 'Hallo,' zei ze toen ze me zag.

'Hallo.' Ik forceerde een glimlachje.

'Heb je iets uit haar gekregen? Je lijkt nogal ontdaan.'

Mijn maag verkrampte. 'Linda heeft haar kindje verloren, op de dag dat ze instortte.'

Rays mond viel open, maar ze kon geen woord uitbrengen.

'Daarom was ze daarna zo stilletjes,' vervolgde ik. 'Ze moest het verlies verwerken.'

'Maar waarom heeft ze niemand iets verteld?' Ray schudde haar hoofd.

'Misschien omdat ze hier geen vriendin heeft. Zoiets vertrouw je alleen toe aan iemand die je na staat.' Zelf had ik Ray ook niet over mijn verlies verteld, terwijl we toch goede collega's waren. 'En wie had haar dan moeten helpen? Niets of niemand kan de dood van een kind goedmaken.'

'Maar het helpt ook niet om vernielingen aan te richten!'

Ik schudde mijn hoofd. 'Nee, dat helpt niet. En je krijgt er al helemaal niet mee terug wat je verloren hebt.' Ik draaide me om, zodat Ray niet zou zien dat de tranen me in de ogen schoten.

Even later kwam de politie. Ik werd naar het kantoor van Miss Clayton geroepen voor een getuigenverklaring. Toen ze werd weggevoerd, huilde Linda haar ogen uit haar hoofd en bezwoer ze dat het haar speet. Maar dat had nu geen enkel nut meer.

'Gaan we het madame vertellen?' vroeg ik aan Miss Clayton toen de agenten weg waren.

'Uiteraard,' antwoordde ze nors. 'Linda heeft geprobeerd het bedrijf te saboteren. Juist u moet er toch belang bij hebben dat ze gestraft wordt.'

Vond ik dat belangrijk? Op dat moment was ik alleen maar blij dat al ons werk niet was vernield. En het lot van Linda's kindje... Kon Miss Clayton daarvoor dan geen spoortje medelijden opbrengen?

'U hebt toch ooit zelf in een vergelijkbare situatie verkeerd?' vroeg ik.

'Hebt u dat verhaal gehoord?' Haar stem kreeg een eigenaardige klank. Ze klonk niet kwaad, niet betrapt, maar slechts bedroefd.

'Ja. Maar ik... Ik geloof niet...'

'... dat het opzettelijk was?' vulde ze aan. Ik kreeg kippenvel en ik wenste dat ik mijn woorden kon terugnemen. 'Nee, het was niet opzettelijk. Ik heb gewoon een paar fouten gemaakt.' Miss Clayton viel stil.

'Neem me niet kwalijk,' zei ik, 'ik wilde u niet krenken.'

'Ik werkte met Miss Hobbs,' zei ze zonder in te gaan op wat ik zei. Ze verstrengelde haar vingers voor haar borst. 'Dat deed ik zelfs heel graag. Ik was van plan zelf scheikundige te worden. Maar door dat ongeluk is alles te gronde gericht. Miss Hobbs nam het voor me op. Zij heeft madame overgehaald om me te laten blijven. En het is me gelukt madames vertrouwen terug te winnen. Maar niet voor haar keuken... Wie de keuken schade toebrengt, schaadt haar in eigen persoon. Dat vergeeft ze niet.'

'Maar u hebt toch een goede positie gekregen. U leidt de fabriek! Betekent dat dan niets?'

Miss Clayton boog haar hoofd. 'Ik droomde ervan als scheikundige te werken.'

Nu begreep ik waarom ze me niet bij de productie weg had willen halen. Ook al was ze inmiddels bedrijfsleidster, ze was afgunstig op een nieuweling die de functie zou krijgen die ze zelf vroeger had willen hebben. Dat was nogal gestoord.

'Miss Clayton,' zei ik zachtjes. 'U zou zich toch echt niet weer laten degraderen? Ik daarentegen had die baan nodig. In Parijs maakte ik geen kans. Als buitenlandse mag je daar niet zomaar werken. Ik stond aan de rand van de afgrond en was ten einde raad. Daarom heb ik een crème gemaakt en bij madame gesolliciteerd.' Ik zweeg even, zocht naar een teken van begrip, maar zoals altijd hield Beatrice Clayton haar gevoelens verborgen. 'Als scheikundige werken is het enige wat ik kan. Oké, ik heb ook als garderobejuffrouw gewerkt, zoiets lukt ook nog wel. Maar dit... Wat ik van mijn studie heb gemist, was niet heel veel. Ik heb als studentassistent gewerkt. Ik maakte als schoolmeisje al cosmetica. Dit is wat ik kan. Maar u staat hoger op de ladder. U hoeft mijn concurrentie niet te vrezen...'

Miss Clayton haalde diep adem. Haar masker brokkelde een beetje af. Ik zag teleurstelling op haar gezicht, maar ook het besef dat ik gelijk had.

Ik herinnerde me dat madame had beweerd dat Miss Clayton me geprezen had. 'Miss Clayton, ik...'

Ze schudde haar hoofd en het leek of ze tranen probeerde te onderdrukken. Zo had ik haar nog nooit gezien.

'Het is al goed. Ga maar aan het werk, Miss Krohn. Madame komt over een paar uur.'

Ik knikte en liep naar de deur.

39

Het nieuws van Linda's mislukte aanslag ging als een lopend vuurtje door het bedrijf. Bijna het voltallige personeel stond achter de ramen of in groepjes op het voorplein om te zien hoe ze in de politieauto werd gezet.

Ik ging terug naar het lab. Ray was er niet, dus nam ik de gelegenheid te baat de proefmonsters nog eens onder de microscoop te bekijken. Het zag ernaar uit dat ik Linda net op tijd had betrapt. Als ik iets later was gekomen, had ze haar plan waarschijnlijk kunnen uitvoeren.

De wijzers van de klok schoven meedogenloos verder en toch leek de tijd niet echt voorbij te gaan. De spanning sloeg op mijn maag. In de middagpauze kreeg ik nauwelijks iets naar binnen.

Ray ijsbeerde nerveus door het lab. 'Madame is vast tevreden,' hield ze zichzelf voor. 'Vast en zeker.'

'Vast en zeker,' echode ik. 'Waarom ga je niet even zitten? We kunnen niets meer aan het resultaat veranderen.'

Maar het ontbrak Ray aan rust om te gaan zitten en na een tijdje ijsbeerde ik met haar mee, met mijn blik steeds op de klok gericht.

Madame kwam stipt om drie uur 's middags aan. In haar kielzog liepen enkele mannen in donker pak die er belangrijk uitzagen. Helaas zag ik Darren nergens. Zou hij later komen? Dat kon ik me niet voorstellen.

Ik kon me pas losmaken van het raam boven de ingang toen ik voetstappen op de trap hoorde. Miss Clayton had madame beneden ontvangen en ons was gezegd te wachten tot we naar de vergaderkamer werden geroepen. Ik had daar wel eens naar binnen gekeken en was onder de indruk van de grote ronde tafel die er stond. Ook deze ruimte was voorzien van kunst en het was jammer dat ik tot nu toe geen tijd had gehad om er rond te kijken.

Ik vroeg me af hoe madame zou reageren op het voorval van die ochtend. Of zou Miss Clayton haar pas achteraf op de hoogte brengen?

De stem van madame klonk in de gang. Ray en ik verstijfden. Zou ze ons hier komen opzoeken? Misschien hadden we moeten opruimen... Maar ze verdween met haar gezelschap in de vergaderkamer.

Even later kwam Miss Clayton het lab binnen. 'Miss Krohn en Miss Bellows, madame is nu klaar voor u.'

Ik had haar graag gevraagd of ze het met madame al over Linda had gehad, maar ik was nu te opgewonden.

Met de proefmonsters netjes gerangschikt op plateaus kwamen Ray en ik de vergaderkamer binnen. Madame zat met haar rug naar de ramen, zodat ze alle aanwezigen in het oog had. 'Ah, daar is mijn grote hoop voor de toekomst!' zei ze uitbundig, wat de aanwezigen ertoe bracht hun blik op mij te richten. Dat vond ik niet zo prettig, maar ik probeerde niets te laten merken terwijl ik met Ray naar de ons aangewezen plaats liep.

'En wie is die charmante vrouw die u hebt meegebracht?' vroeg madame.

'Miss Bellows,' antwoordde ik. 'Mijn assistente.'

'Aangenaam!' zei madame, alsof ze Ray nog nooit had gezien, terwijl die hier al veel langer werkte dan ik. Maar waarschijnlijk nam ze haar werknemers pas waar wanneer ze rechtstreeks met hen te maken had.

Ik dacht aan Linda, en het besef dat madame ook niet zou weten wie zij was kwam hard aan. Aan madame Rubinsteins gezicht was in elk geval niet af te lezen dat ze van de aanslag wist.

'Vertelt u maar eens wat u voor ons hebt meegebracht!'

Ik haalde diep adem en begon de producten een voor een te presenteren. Het eerst liet ik de crème zien, waarvan we verwachtten dat hij de huid zou verstevigen, met name het gebied rond de kaaklijn van de dames, waar madame speciale aandacht voor had. 'De werkzame stoffen zijn erop afgestemd dat de huid steviger wordt en het verlies aan vet en vocht door weersinvloeden wordt gecompenseerd.'

Ten slotte ging ik door met de handlotion, de gezichtslotion en als laatste volgde het poeder. 'Dit poeder moet de huid beschermen tegen uitdroging door zon en wind, zoals ook de crème Valaze dat doet.'

Madame volgde mijn betoog met een welwillende glimlach. Ze leek het prettig te vinden dat ik haar allereerste crème noemde, die nog steeds in de schappen van de schoonheidssalons en warenhuizen stond. Dat gaf me zelfvertrouwen.

'Geweldig!' zei ze ten slotte, toen ik klaar was met mijn presentatie. 'Laat eens zien, ik wil ze testen.'

Ik bracht haar de potjes en gaf haar een spatel. Daarmee bracht ze wat van de crème aan en verdeelde die over haar hand. Op de andere bracht ze wat lotion aan.

Het was haast onvoorstelbaar wat er zou zijn gebeurd als Linda haar plan had kunnen uitvoeren. Ik werd misselijk bij de gedachte dat ik de schuld zou hebben gekregen.

Ze streek over haar huid, rook eerst aan haar ene, toen aan haar andere hand. Het viel me op dat de mannen die ze had meegenomen keken alsof ze getuige waren van een wonder. Na enige tijd verscheen er een lichte rimpel tussen haar wenkbrauwen. Was ze niet tevreden? Ze bekeek haar handen wat langer, wreef toen nog wat crème tussen haar vingers alsof daar zintuigcellen zaten die voor anderen verborgen bleven.

'De consistentie van beide producten is goed,' zei ze ten slotte, maar haar toon was wat vlak. 'Bij de lotion zou de rozengeur iets prominenter kunnen zijn, die lijkt me wat zwak. De sering overheerst.' Ze keek me aan en ik kreeg het meteen heel warm. Ik was geen parfumeur en had me uitsluitend op mijn neus verlaten. Die was tevreden geweest met de fijne noot van rozen. 'Bovendien zou de crème nog een tintje kunnen krijgen. Zachtroze misschien, dat bij het rozenthema past en de cliënte verrast als ze het potje openmaakt.'

Ik zocht met mijn blik steun bij Ray. Hadden we gefaald? Madame was lovend over sommige aspecten, maar ik had er niet op gerekend dat ze nog zulke ernstige aanmerkingen zou hebben. Ik dwong mezelf tot kalmte en balde mijn klamme handen tot vuisten.

'Laten we eens kijken naar het poeder.' Ze maakte het doosje open, rook eraan en inspecteerde het toen nauwkeurig.

'Ja!' zei ze even later en ze hield het glazen potje zo dat ik het kon zien. 'De crème moet precies deze tint hebben en de lotion misschien ook. Wel afgezwakt natuurlijk, we willen onze cliënten niet beschilderen. Maar ze moeten wel het gevoel hebben dat de producten bij elkaar passen, niet alleen wat de geur betreft, maar ook optisch. Hetzelfde geldt voor de gezichtslotion. Denkt u zich eens in wat het effect is als de cliënte een zachtroze vloeistof in de glazen flacon ziet. Ze zal het gevoel hebben dat ze een roze diamant aanschaft.'

Als het om edelstenen ging had madame een zekere naam. Ik had er weliswaar nog geen gezien, maar het zou me niet verbazen als ze ook een roze diamant bezat.

Madame ontkurkte nu de fles met de gezichtslotion en rook eraan. 'Geweldig! Dit is precies de geur die ik me had voorgesteld. Als de serie eenmaal is aangeslagen, moeten we ook een parfum in deze lijn creëren.' De laatste woorden richtte ze tot de heren in pak, die instemmend knikten.

Mijn hart klopte in mijn keel. Het zou geen probleem zijn de producten een kleurtje te geven. En ook de rozengeur konden we versterken. Ik zag Ray even glimlachen.

'Alles bij elkaar goed werk, dames. Ik ben ervan overtuigd dat u mijn kleine suggesties zult oppakken en prima kunt verwerken.'

Ik slaakte een zucht van verlichting en zou het liefst op mijn stoel zijn neergezegen. Mijn knieën beefden van spanning. Maar ik bleef staan.

'Dank u zeer, madame Rubinstein.'

Ook de aanwezige heren leken opgelucht te zijn.

Ik keek naar Ray en we glimlachten breeduit.

'Laten we nu overgaan tot de presentatie van de verpakking!' Madame liet zich door iemand uit haar gezelschap een kistje brengen. Ze klapte het open en pakte er een aantal dozen uit. Ik zag romig wit met gouden ornamenten. Als de potjes en de flacons ook zo zouden uitvallen, zou het roze van de crème en de lotion inderdaad een verrassend effect hebben.

'Mr O'Connor kan vandaag helaas niet aanwezig zijn, maar hij heeft me dit gestuurd.'

Ik kreeg een prettige schok bij het horen van zijn naam. Ik zag voor me hoe hij me had aangekeken, hoe hij had geglimlacht. Ik meende weer te voelen hoe hij me onwillekeurig even aanraakte toen hij me mijn champagneglas aanreikte. Er trok een weldadige rilling door me heen, maar tegelijkertijd voelde ik diepe spijt dat ik hem had afgewezen. Dat hij niet was gekomen, stelde me teleur. Nu wist ik zeker dat de vreugde hem in elk geval terug te zien sterker zou zijn geweest dan mijn angst voor een nieuwe ontmoeting. Vooral nu madame zo lovend had gesproken over onze producten. Ik wenste dat hij het had gehoord.

Het was in elk geval overweldigend om de verpakkingen voor me te zien. Het goud glansde in het licht van de vergaderkamer. Ze waren eenvoudig, maar ook heel elegant. En geenszins goedkoop, iets wat ze bij mijn aankomst in haar kantoor de onbekende verpakkingsman had verweten.

'We zetten het over een maand in de markt,' zei Helena Rubinstein. 'Jullie als reclame- en verkoopdeskundigen moeten ervoor zorgen dat het nieuwe merk bij alle gebruikelijke handelaren en het publiek onder de aandacht wordt gebracht. Ik stel me daarbij paginagrote advertenties in de relevante damestijdschriften voor.'

De mannen stemden hiermee in en probeerden elkaar te overtroeven met hun voorstellen. Het begon me algauw te duizelen. Ik kon dan wel scheikundige formules lezen en begrijpen, maar die reclametaal leek uit een heel andere wereld te komen.

Toen was de vergadering dan toch afgelopen. Madame stond

erom bekend dat ze geen tijd verspilde. Toch gebaarde ze mij te wachten tot alle anderen de kamer hadden verlaten.

'U hebt nog het een en ander te leren, mijn beste,' zei ze terwijl ze me klopjes op mijn hand gaf. 'U bent een goede scheikundige, maar in de reclame zou u het niet ver schoppen.'

Wat moest ik daarop zeggen?

'De volgende keer moet u de producten wat bloemrijker presenteren. Uw werk dient tenslotte de schoonheid!'

'Ja, natuurlijk, madame,' antwoordde ik.

'Mooi zo. Bedenk altijd: we maken schoonheid voor koninginnen en zijn de koninginnen van de schoonheid!'

Ik voelde me allesbehalve koninklijk, maar wat madame Rubinstein betrof was het waar. Ze was een koningin. Een koningin van New York.

'Ik zal het ter harte nemen,' antwoordde ik. Ik keek haar na toen ze de kamer verliet en naar Miss Clayton liep. De grote donderbui zou nu wel gauw losbarsten.

Wij kregen niet te horen wat madame met Miss Clayton besprak. We zagen alleen dat Helena Rubinstein naderhand woedend en met opgestreken zeil het gebouw uit beende en naar haar auto liep. Ik had met haar te doen. Eigenlijk had dit een dag van triomf moeten zijn. Maar het bericht van Linda's aanslag leek haar stemming grondig te hebben bedorven.

'Wat zou Linda te wachten staan?' vroeg Ray nadenkend. Ze had geen woord hoeven zeggen, maar het leek alsof ze door de mangel was gehaald.

'Ik weet het niet,' antwoordde ik. 'Madame is in een goede bui vanwege de nieuwe producten, misschien ziet ze af van aangifte doen. Tenslotte heeft Linda geen echte schade veroorzaakt.'

'Afgezien van het glaswerk dat ze heeft stukgegooid. En de kast. En ons materiaal en de grondstoffen die we hadden gebruikt.'

'We kunnen niet bewijzen dat zij dat heeft gedaan. En als ik eerlijk ben, heb ik ook geen zin om voor de rechtbank te getuigen. Ze heeft door al het geploeter haar kindje verloren.'

'Maar dat rechtvaardigt in geen geval zo'n daad. Ik zou zoiets nooit doen en jij vast ook niet!'

Ik perste mijn lippen op elkaar. Uit wanhoop over het verlies van mijn kind was ik tot veel in staat geweest. Maar in mijn geval had er niemand schuld aan. De enige wie ik iets had kunnen aandoen was ikzelf en daar had Genevièves arts me van afgehouden.

40

Het invoeren van de nieuwe cosmeticalijn betekende een dubbele belasting voor de productiemedewerksters, want madame drong erop aan de producten zo vlug mogelijk in de winkels en schoonheidssalons te brengen. Ze moesten zelfs naar Europa worden verstuurd.

Ray en ik hielden ons samen met de andere chemici bezig met de kwaliteitsbewaking. Van elke pallet die naar de handel ging namen we monsters om er zeker van te zijn dat elke flacon en elk potje dezelfde inhoud had. Bovendien moesten de geleverde grondstoffen gecontroleerd worden. Maar dat was niet heel veel werk, dus boden we aan af en toe bij de productie mee te helpen. Op die manier kon ik meteen van dichtbij controleren welke kwaliteit de grondstoffen voor ons product hadden.

Miss Clayton was blij met onze hulp, en we voelden ons eindelijk weer meer verbonden met de productiemedewerksters.

Nog wekenlang was Linda onderwerp van gesprek bij de vrouwen. Niemand wist er het fijne van. Volgens sommige geruchten was ze voor het gerecht gebracht, andere luidden dat madame heel genereus van aangifte had afgezien nadat was gebleken dat Linda geen spion van Miss Arden was. De waarheid zouden we waarschijnlijk nooit te weten komen.

In mijn privéleven veranderde er niet veel. Samen met Kate verheugde ik me op de naderende zomer.

Mr Parker was voor langere tijd op reis en Kate liet vaak de ramen openstaan terwijl ze muziek op zijn grammofoon afspeelde.

Het was andere muziek dan die waarnaar Mr Parker luisterde. Ze zei dat het jazz was, van zwarte muzikanten. Een vrouw met de naam Ethel Waters zong zo mooi dat ik in tranen uitbarstte. Kate gaf me limonade en troostte me. Ik had zo graag gewild dat Henny er ook bij was, ik had al een paar maanden niets van haar gehoord. Ik bleef haar schrijven, maar ik maakte me ook zorgen. Stel dat ze in de problemen zat? Dat Jouelle haar niet goed behandelde?

Uiteindelijk speelde ik met de gedachte haar in Parijs te bellen. Maar afgezien van het feit dat zo'n gesprek heel duur was, zou ze me vast voor gek verklaren. Ik besloot haar tijd te gunnen en te hopen dat ze gauw weer van zich zou laten horen.

Die middag liet madame me weer bij zich roepen. Ik vroeg me af wat de reden was.

'Misschien wil ze ons een nieuwe opdracht geven,' giste Ray. 'Nu Glory haar zo goed is bevallen, is dat denkbaar.'

Het idee weer nieuwe producten samen te stellen bezorgde me plezierige kriebels in mijn buik. Misschien zou ik dan Darren weer zien. Madame was zo tevreden over zijn verpakkingen dat ze hem mogelijk opnieuw zou inhuren.

'We zullen wel zien,' zei ik terwijl ik mijn tas pakte.

Voor ik het kantoorgebouw in hartje New York binnenging, haalde ik diep adem. In de lift was ik deze keer niet alleen en ik moest een paar tussenstops voor lief nemen. Ten slotte klopte ik op de deur van het kantoor.

De secretaresse, die opendeed, leek erg gespannen. 'Wees maar voorzichtig,' fluisterde ze samenzweerderig tegen me. 'Madame heeft geen al te best humeur.'

Dat zorgde ervoor dat ik meteen rechtsomkeert wilde maken. Maar welke indruk zou het hebben gewekt als ik niet op een afspraak verscheen?

Zenuwachtig en met klamme handen ging ik op de bezoekersbank zitten. Daarbij viel me op dat er een nieuwe plastiek stond en dat er twee nieuwe schilderijen hingen. Blijkbaar had madame zich ook in Wiesbaden, waar ze een paar weken geleden in een kuuroord was geweest, een paar souvenirs gepermitteerd, want op een van de schilderijen stond een Duitse signatuur.

De stem van de secretaresse haalde me uit mijn gedachten. 'Miss Krohn? Madame kan u nu ontvangen.'

Ik stond op en streek mijn rok glad.

Madame zat achter haar bureau op me te wachten. Ze leek een beetje verstrooid. 'Gaat u zitten,' zei ze en ze wees op de stoel voor het bureau terwijl ze met haar ogen het tafelblad afzocht. Daarna boog ze zich onder het bureau om verder te zoeken.

'Kan ik u ergens mee helpen, madame?' vroeg ik, waarop ze weer tevoorschijn kwam en iets onverstaanbaars prevelde. Nu pas merkte ik dat ze een oorbel miste.

'Nee, nee, dat hoeft niet,' zei ze. 'Ik zoek hem later wel.' Ze streek over haar kleren, en toen ging ze rechtop zitten. 'Ik heb u laten halen om u te vertellen dat de eerste beoordelingen van Glory binnen zijn.'

'En?' vroeg ik hoopvol.

'De cliënten van onze salons zijn lovend. Heel erg zelfs. Maar wat me een beetje zorgen baart is dat de handel het product niet zo oppakt als je zou verwachten. Alsof dat mens praatjes heeft rondgestrooid.'

Dacht ze echt dat Elizabeth Arden onze producten in een slecht daglicht stelde? Dat schokte me. We hadden zo veel moeite gedaan, en nu zouden de handelaren dwarsliggen? Dat kon niet waar zijn!

'En wat kunnen we daaraan doen?' vroeg ik terwijl ik mijn onrust probeerde te verbergen.

'U zult me aanstaande vrijdag vergezellen naar een party van de Vanderbilts,' ging ze verder. 'Het wordt tijd dat ik de vrouw die deze producten heeft gecreëerd aan de wereld voorstel.'

Dat de handelaren de producten niet in hun winkels wilden hebben ergerde me zo dat in eerste instantie niet tot me doordrong dat ze me in de high society wilde introduceren.

Madame leek mijn sprakeloosheid voor verrassing aan te zien en vervolgde: 'Ik laat u tegen acht uur bij uw woning afhalen. Schaf een passende japon aan en laat uw haar doen.'

Ik vroeg me af wanneer ik dat naast al het werk voor elkaar zou moeten krijgen. Maar het overviel me te veel om daar iets over te zeggen. 'Wat moet ik daar doen?' vroeg ik.

'Wat doet men op een party?' vroeg madame verbaasd. 'Je gezicht laten zien! Naar mensen kijken! Contacten leggen. En ook een beetje plezier maken. Wat denkt u anders?'

'Ik ben nog nooit op een party geweest,' bekende ik.

'Dan wordt het tijd om daarmee te beginnen.' Daarmee leek de kwestie voor madame afgedaan. 'U kunt gaan. Tref voorbereidingen. We zien elkaar vrijdag.'

'Goed... Dank u wel.' Ik stond op en wankelde met slappe knieën het kantoor uit.

Ik merkte nauwelijks dat ik naar de subway liep, mijn benen brachten me er automatisch heen. Toen ik bij de fabriek aankwam, was mijn verwarring een beetje gezakt.

Ray keek me verwachtingsvol aan toen ik het lab binnenstapte. 'En?' vroeg ze. 'Wat zei ze?'

'Ze heeft me uitgenodigd om mee te gaan naar de Vanderbilts.'

'Hè?' Ray zette grote ogen op van verbazing.

'Je hebt het goed gehoord. Ze nodigde me uit om mee te gaan naar een party van de Vanderbilts, aanstaande vrijdag.'

Ray zette nog grotere ogen op. 'De Vanderbilts! Dat is nogal wat! En dat terwijl ik hoopte dat je met een nieuwe opdracht terug zou komen.'

Ik schudde mijn hoofd. 'Ze zei dat ze me aan de society wilde voorstellen. En dat in één adem met de mededeling dat onze crèmes de cliënten van haar instituten weliswaar heel goed bevielen, maar dat de handelsverkopen slecht liepen.'

'Waarschijnlijk zijn daar ook veel grote handelaren aanwezig. Wellicht eigenaren van warenhuizen. De Vanderbilts zijn heel invloedrijk. In iemand die daar komt hebben ze vertrouwen. En als handelaren daar kennis met je maken...'

'Maar dat kan ik helemaal niet,' zei ik, ineens nog angstiger dan eerst. 'Ik kan toch niet met die mensen gaan praten en zeggen dat ze onze crèmes moeten kopen?'

'Dat is ook niet nodig,' antwoordde Ray. 'Je hoeft alleen maar aardig te zijn en te glimlachen. Naar verluidt blijft madame bij zulke gelegenheden niet lang, want ze wil niet genoodzaakt zijn met Miss Arden te praten.'

'Ik dacht dat ze elkaar nog nooit hadden gezien,' zei ik, want dat had Harry verteld.

'Geloof je dat?' vroeg Ray. 'Natuurlijk hebben ze elkaar gezien. Ze hebben alleen niet met elkaar gepraat. Maar misschien is er een andere reden waarom ze u daar wil hebben. Geniet er maar gewoon van. Wij normale mensen komen nooit op een party van de Vanderbilts. En als je een miljonair weet te strikken, breng er dan ook meteen een voor mij mee!'

Vrijdagavond stond ik doodnerveus voor de spiegel te draaien. De enige jurk die voor zo'n gelegenheid geschikt was stamde nog uit mijn Berlijnse tijd en oogde een beetje ouderwets. Bovendien was het de jurk die ik had gedragen toen ik met Darren uitging. Tijd om een nieuwe te kopen had ik niet gehad. En indertijd bij het aanschaffen van mijn nieuwe garderobe had ik het nut van een avondjurk niet ingezien. Dat betreurde ik nu een beetje. Daar was nu echter niets meer aan te doen. Maar ik vond mezelf toch mooi, en het was wel goed als ik bescheiden overkwam.

Volgens madame had ik mijn haar moeten laten doen, maar wanneer had dat gemoeten? Ik was niet in de gelegenheid geweest naar de kapper te gaan. Dus had ik mijn haar, dat inmiddels weer behoorlijk lang was, in mijn nek in een wrong gedraaid. Daar kon niemand iets op aan te merken hebben, want madame droeg haar haar ook zo. En ik was ervan overtuigd dat ook de bescheiden make-up gepast was. Ik maakte me meer zorgen over de gang van zaken op de party dan over mijn uiterlijk. Ik was een beetje bang voor al die welgestelde figuren.

Ik wenste dat Ray ook uitgenodigd was. Dan had ik iemand gehad om mee te praten. Met wie zou ik bij de Vanderbilts moeten converseren? Had ik madame moeten vragen of ik iemand mee mocht nemen? Omdat ze me een huwelijksclausule had opgelegd, kon ze moeilijk verwachten dat ik een cavalier meebracht...

Zoals ze had aangekondigd verscheen de chauffeur precies om acht uur. Ik schoot mijn jas aan en rende naar beneden. Daarbij kwam ik Kate tegen.

'Ach, je hebt je mooi gemaakt,' zei ze glimlachend. 'Wie is die vent daarbuiten?'

'De chauffeur van mijn bazin,' antwoordde ik waarheidsgetrouw.

'Ben je iets met hem begonnen?'

'Nee,' zei ik vlug en ik werd rood. 'Hij komt me alleen afhalen. Ik ga naar een party.'

'O, zoiets deftigs had ik niet van jou verwacht!'

'Ik vrees dat het eerder om werk gaat dan om plezier,' gaf ik te kennen, waarop Kate zei: 'Nou, als je dan toch naar een party gaat, probeer je dan in elk geval te amuseren. Veel plezier!'

Ik bedankte haar en glipte de deur uit.

Toen de chauffeur me zag stapte hij uit, begroette me en opende het portier. Ik ging achterin zitten.

Het was een vreemd gevoel zo 's avonds rondgereden te worden. Ik was ook met Mr O'Connor meegegaan, maar dit was toch anders. Wie zou ik allemaal op de party ontmoeten?

Tot mijn grote verrassing reden we daar niet rechtstreeks heen, maar gingen we eerst naar madames bedrijfspand. Ik stapte uit en liep door de draaideur. Madame zat in de foyer op me te wachten. Verder leek er niemand te zijn. Er stond niemand achter de balie.

'Goedenavond, madame, ik...'

'Dat dacht ik al,' zei ze zonder mijn groet te beantwoorden.

De rest van mijn begroeting bleef me in de keel steken. Ik was zo in de war dat ik niet eens merkte dat Mr Titus een stukje van ons af in een leunstoel zat. Pas een paar tellen later besefte ik dat hij er ook was en ik knikte naar hem. Meer tijd had ik niet, want madame gebaarde me met haar mee te gaan. Met ferme pas stapte ze naar de liften. Ik had moeite haar bij te houden.

Een liftbediende was er niet, maar die had madame ook niet nodig. Ze wist welke knoppen ze moest indrukken. Onderweg naar boven wisselden we geen woord. Ik durfde niet te vragen wat ze van plan was. Ik voelde dat ze ontevreden was en wilde niet nog meer ergernis veroorzaken. Toen we bij haar kantoor waren aangekomen haalde ze de sleutel uit haar tas. Daarbij viel haar mantel een beetje open, en ik zag dat ze daaronder een groene, met zilverpailletten bedekte japon droeg.

'Trek u uw jas eens uit,' beval ze toen we binnen waren.

'Wat zegt u?'

'Uw jas. Trek hem uit, zodat ik uw jurk kan zien.'

Ik voldeed aan haar verzoek. Ze bekeek me kritisch, toen wenkte ze me haar te volgen.

Even later drong het tot me door dat ze me meenam naar haar privévertrekken. Sliep ze daar wanneer ze lang doorwerkte?

Aarzelend volgde ik haar. In een vertrek dat door een breed bed in beslag werd genomen bleef ze staan. Het meubel was antiek, en op de sprei waren rozen geborduurd. Het leek wel de slaapkamer van een koningin.

'We moeten u behoorlijk kleden. Als u zo bij de Vanderbilts verschijnt zal men denken dat u een serveerster bent.'

Met die woorden zakte ze voor het bed door de knieën en haalde er een langwerpige doos onder vandaan. Toen ze het deksel opendeed, hapte ik naar adem. Er lagen twee japonnen in, met rondom verschillende sieraden. Wat had dit te betekenen?

'Kleed u om!' sommeerde ze. 'Een van die japonnen zal u wel passen. De sieraden kiezen we bij de kleur.'

'Maar ik...'

'U ziet eruit als een secretaresse!' fulmineerde ze. 'Ik wil de wereld laten zien dat de vrouwen met wie ik samenwerk klasse hebben!'

Met die woorden liep ze weg. Ik staarde naar de japonnen. De ene was zijdeachtig en donkergroen, de andere hemelsblauw. Ze konden onmogelijk van madame zelf zijn. Waren ze misschien van haar nichtje, dat wat slanker was dan zij en ongeveer mijn postuur had? Omdat ze nog in zijdepapier gewikkeld waren vermoedde ik dat madame ze pas nog voor Mala had gekocht. Of dat ze japonnen als deze als reserve hield voor het geval dat een familielid niet de juiste kleding bij zich had voor een bepaalde gelegenheid.

Welke zou ik kiezen? Madame was in het donkergroen, lichtblauw was niet mijn kleur. Hoewel ik veel aan haar te danken had, wilde ik er niet als haar eigendom uitzien.

Met tegenzin pakte ik de lichtblauwe japon. Het liefst was ik weggelopen. Maar wat was er tegen het dragen van een chique japon? Ook al lag hij daar zo nonchalant in die doos, hij was nog altijd veel mooier dan mijn oude jurk uit Berlijn. En ik wilde er bij de Vanderbilts niet uitzien als een serveerster of secretaresse.

Ik glipte uit mijn jurk en trok de hemelsblauwe japon aan. Hij viel wat losjes om mijn heupen, en toen ik mezelf in de spiegel bekeek, zag ik dat hij inderdaad iets te groot voor me was. Maar als madame dat liever had...

Ik liep de slaapkamer uit. Madame zat op de bank in de kleine woonkamer die tegelijk als werkkamer diende. Ze leek ongeduldig.

'Ik heb een hekel aan te laat komen,' liet ze me weten toen ze me zag. 'Waarom hebt u niet de groene genomen?' vroeg ze. 'Die zou u veel beter staan.'

'Omdat u al groen draagt, madame,' antwoordde ik.

'Pffft!' deed ze. 'Dat moet u er niet van weerhouden iets te kiezen waarin u er goed uitziet. Er zijn bij zo'n gelegenheid zo véél vrouwen die dezelfde kleur dragen!' Trek de groene aan en kom dan weer terug.'

Ik keek naar de staande klok in de hoek. De wijzers stonden op kwart voor negen. 'Komen we dan niet te laat?' vroeg ik.

'Als u zo blijft treuzelen, zeker!' antwoordde ze. 'Dus hup, hup, kleed u weer om!' Ze maakte een gebaar alsof ze een stel kippen wilde wegjagen.

Ik rende terug naar de slaapkamer. Daar glipte ik uit de ene japon en trok vlug de andere aan, die inderdaad veel beter zat.

'Breng de doos mee als u klaar bent,' klonk het van achter de deur. Ik keek naar de sieraden. Een paar kettingen waren met elkaar verstrikt, de oorbellen leken glazen vruchten. Maar ik vermoedde dat wat Helena Rubinstein onder haar bed bewaarde geen glas was.

Toen ik klaar was pakte ik de doos op en nam hem mee.

'Veel beter,' constateerde madame. 'Laat me eens kijken.' Ze grabbelde in de doos en haalde er een paar grote oorbellen uit. Die hield ze voor me, maar ze liet ze met een uiting van ongenoegen weer in de doos glijden.

'Daar is uw gezicht te smal voor,' zei ze. 'Ze zouden te sterk overheersen. Misschien dit.' Ze haalde een collier met glinsterende witte steentjes tevoorschijn. Het was heel fijntjes, maar schitterde als een sterrenhemel. 'Diamanten,' was haar commentaar. 'Misschien wat veel voor een scheikundige. Maar laten we het eens proberen.'

Voordat ik kon protesteren deed ze me het collier om. De diamantjes in hun zetting voelden koud aan op mijn huid en hoewel het niet zwaar was, had ik het idee dat ik een complete schatkist om mijn hals droeg.

'Waarom bewaart u al die waardevolle sieraden in zo'n simpele doos?' vroeg ik terwijl madame verder zocht.

'Ach, het zijn maar sieraden,' zei ze. 'Ik heb er zoveel. Hé, dat is beter!' Nu pakte ze een parelketting en bekeek die kritisch. Toen deed ze het collier weer bij me af en verruilde het voor haar laatste vondst. 'Parels doen het altijd goed!' zei ze en ze gaf me twee bijpassende oorbellen aan, die eruitzagen als paarlemoeren tranen. 'Het zijn allemaal sieraden waar ik op uitgekeken ben,' verklaarde ze alsof ze gedachten kon lezen. 'Impulsaankopen. Ik was ergens kwaad over en probeerde dat met edelstenen en parels te compenseren. Eerlijk gezegd doe ik dat nog steeds. Maar wie houdt me tegen?'

Niemand, zoveel was zeker.

'En nu moet u opschieten. Een beetje laat komen is goed voor het imago, veel te laat komen wekt een onbetrouwbare indruk. En dat is slecht voor de zaken!'

41

Even later namen we de lift naar beneden. Mr Titus zat nog steeds in zijn stoel, verdiept in een dun boekje. Ik kon niet zien wat het was, want toen hij ons hoorde aankomen stopte hij het boekje in de zak van zijn jasje.

De chauffeur stond op ons te wachten en opende de portieren van de limousine. Mr Titus nam plaats op de passagiersstoel, wij gingen achterin zitten. Het was die avond vrij rustig op de weg. Ik keek uit het raam en dacht weer aan Darren toen we langs de schitterend aangeklede verlichte etalages reden. Hoe zou het met hem zijn? Ik merkte dat ik naar hem verlangde, een gevoel met een bittere nasmaak. Hoezo kwamen mijn gedachten telkens weer bij hem uit?

Bij Hotel Astor aangekomen werden we begroet door een portier in livrei. Hij leek madame te kennen, want hij sprak haar met haar naam aan.

We liepen meteen door naar de garderobe, waar Mr Titus onze mantels afgaf. Sinds onze korte begroeting had hij geen woord gezegd. En nu ging hij er snel vandoor. De spanning tussen hem en zijn vrouw was bijna om te snijden. Waarom zou hij ermee ingestemd hebben mee te gaan, als hij zich er zichtbaar onbehaaglijk bij voelde?

Madame keek hem na. In haar ogen waren teleurstelling en onderdrukte woede te lezen, die ze echter meteen met een hoofdbeweging van zich afschudde. 'Laten we naar de zaal gaan, liefje, daarbinnen is het veel interessanter.'

We begaven ons onder de gasten en hoewel madame fysiek veel kleiner was dan de meeste, vulde ze meteen de hele ruimte door haar uitstraling. De aanwezigen onderbroken hun gesprek als we hun tafels passeerden en volgden ons met hun ogen. Geen wonder, want madames juwelen en haar avondjapon schitterden bijna net zo helder als de kroonluchters boven ons hoofd.

De blikken, die ook mij troffen, brachten me enigszins van mijn stuk. Ter afleiding keek ik omhoog naar het rijk gedecoreerde plafond en pas nu besefte ik dat deze zaal bijna even reusachtige afmetingen had als het filmpaleis dat ik met Ray had bezocht. Hoeveel gasten zouden er zijn? Hoeveel paar ogen konden we nog verwachten?

Na enige tijd kwam madame haar eerste kennissen tegen. Ze begroette hen en stelde me aan hen voor. Van opwinding kon ik hun namen nauwelijks onthouden. Gelukkig verwachtte niemand meer van me dan een glimlach en een paar vriendelijke woorden. Daarna concentreerden ze zich weer helemaal op madame.

Toen we haar gesprekspartners achter ons hadden gelaten begon ze hen al fluisterend te beschimpen. 'Mister Graves zou onze producten echt eens moeten proberen. Hebt u die schilfers op zijn huid gezien? Als een vrouw zich zo liet gaan, zou ze in deze kringen dagenlang het mikpunt van spot zijn.'

En: 'Miss Mancini zou niet met die afschuwelijke kleur op haar lippen moeten rondlopen. Haar tanden worden er geel van en zo ziet ze eruit als een afgeschreven merrie op een paardenmarkt.'

Ik keek gegeneerd om me heen. Stel dat iemand ons zou horen! Maar dat leek madame niets uit te maken. Na een tijdje zag ik een man voor ons staan, op wie op het eerste gezicht absoluut niets was aan te merken. Zijn smokingjasje met de satijnen revers zat perfect en zijn gesteven overhemd was spierwit. De schoenen die hij bij zijn eveneens zwarte pantalon droeg, waren zo glanzend gepoetst dat je je er bijna in kon spiegelen. Ook zijn gezicht en zijn kapsel waren heel aantrekkelijk. Hij was het type man dat madame alleen al om zijn knappe verschijning zou aanspreken.

'Mister Vanderbilt!' zei ze terwijl ze haar hand naar hem uitstak. 'Wat fijn om u te zien.'

'Hartelijk welkom, madame,' zei hij en hij boog galant om haar een handkus te geven. 'Het doet me plezier dat u tijd kon vrijmaken. Is uw echtgenoot ook aanwezig?'

'Edward doet even de ronde,' antwoordde ze, zonder te laten merken hoeveel spanning de afwezigheid van haar man haar bezorgde. 'Hoe gaat het met Emily?'

Vanderbilt vertrok zijn gezicht, heel licht en heel even maar. 'Fantastisch,' antwoordde hij toen. 'Ze is een grote vreugde voor me. Ze oefent al wat letters met haar nanny.'

'Intelligent, net als haar vader,' stelde madame vast. 'Ik hoop dat ze uw affiniteit met treinen heeft geërfd.'

'Dat zal moeten blijken,' antwoordde Vanderbilt. Hij wendde zich tot mij, alsof hij van onderwerp wilde veranderen. 'Wie is uw charmante gezelschap?'

'Sophia Krohn,' zei madame om mij voor te stellen. Ik reikte hem de hand.

'Aangenaam,' zei Mr Vanderbilt en gaf ook mij een handkus. 'Is ze familie van u, Helena?'

'Ze is een van de grootste talenten binnen mijn bedrijf,' legde ze met een brede glimlach uit. 'Ik heb haar in Parijs ontdekt.' Ze rechtte haar rug, waardoor ze iets langer leek, en zette trots haar borst op. 'En ik ben ervan overtuigd dat ze uitstekende resultaten zal behalen.'

'En u vergist zich nooit, zoals u telkens weer bewijst.' Hij knikte naar haar en wendde zich weer tot mij. 'Maar zou u niet veel meer hebben aan een... Laten we zeggen: een Amerikaanse naam? Ik weet dat mijn vader uw werkgeefster hetzelfde advies heeft gegeven.'

'En ik heb zijn advies niet opgevolgd,' reageerde madame spitsvondig. 'En kijkt u eens wat het me heeft opgeleverd.'

Vanderbilt leek niet naar haar te luisteren. 'U zou zich Sophia Crown moeten noemen. Dan zou u zelfs de onbarmhartigste bankiers in de stad zover kunnen krijgen u krediet te verstrekken, voor het geval dat u zelf een bedrijf wilt beginnen.'

Ik voelde wel aan dat dit voorstel bij madame niet in goede aarde viel. 'Ik denk dat ik bij madame Rubinstein in goede handen ben,' zei ik om hem af te wimpelen, want het was meer dan onbehoorlijk om in aanwezigheid van madame met een werkneemster over een eventuele eigen firma te praten. 'Bovendien bevalt mijn naam me prima.'

Mr Vanderbilt liet zijn hoofd zakken en zijn glimlach deed spottend aan. 'Dan wens ik u veel succes.' Hij wendde zich tot madame en voegde eraan toe: 'We spreken elkaar straks vast nog wel.'

'Zeker, Mr Vanderbilt,' antwoordde madame glimlachend, maar haar glimlach stierf weg zodra hij ons zijn rug had toegekeerd.

Toen Mr Vanderbilt buiten gehoorsafstand was boog madame zich naar me over. Ik proefde enige ergernis achter haar glimlachende façade. 'Een leeuwenkuil,' fluisterde ze. 'Je moet uitkijken dat ze je niet verslinden. Terwijl juist William Vanderbilt III geen reden heeft om zich hooghartig te gedragen. Zag u hem ineenkrimpen toen ik de naam van zijn dochter noemde?'

De verandering in zijn gezichtsuitdrukking was me niet ontgaan.

'Zijn vrouw heette ook Emily,' legde madame uit. 'Ze heeft twee keer geprobeerd te scheiden. Twee maanden geleden is het haar eindelijk gelukt aan hem te ontkomen. Ze heeft haar dochter moeten opgeven, maar wat maakt dat uit?'

'Hij lijkt eigenlijk heel aardig,' antwoordde ik verbaasd.

'Ja, dat is hij ook, maar blijkbaar niet tegen zijn vrouw.'

Madame verviel in stilzwijgen en ik had graag geweten wat er door haar heen ging. Ook zij stond vlak voor een echtscheiding, als de geruchten klopten. Ze kon zich eigenlijk geen hatelijke opmerkingen over een mislukt huwelijk veroorloven. Hield ze zichzelf misschien voor de gek?

'Hoe het ook zij,' zei ze uiteindelijk, 'een nieuwe Mrs Vanderbilt zal vast niet lang op zich laten wachten.'

Ik dacht weer aan Ray en haar wens een miljonair te trouwen. Zou ze de moed hebben gehad Mr Vanderbilt aan te spreken?

'Kom, ik wil u graag voorstellen aan een paar zakenlieden. Ik zie net een paar mensen die horen te weten dat u Glory de wereld in hebt geholpen.'

Ze trok me mee naar een groepje heren in zwarte smoking. Mijn maag knorde en ik voelde me een beetje onrustig. Wat zou de reactie van de zakenlieden zijn?

'Ah, Mr Mason en Mr Smith!' zei madame ook nu weer liefjes. 'Wat plezierig u beiden weer eens te zien!'

De mannen keken even bijna verschrikt, maar toen probeerden ze hun verbazing met een plichtmatige glimlach te verdoezelen.

'Madame Rubinstein!' riep Mason als eerste uit. 'Het doet me plezier u te zien. Het is al een poosje geleden dat we het genoegen hadden.'

'U was bij onze laatste soiree helaas verhinderd,' antwoordde ze met een glimlach die even gekunsteld overkwam als de zijne. 'We hebben u echt gemist, ik had u graag mijn nieuwe beelden laten zien.'

'Dat zullen we goedmaken,' verzekerde Mason haar. Toen nam Mr Smith het woord.

'U ziet er fantastisch uit, madame! Er bestaat nauwelijks een betere reclame voor uw producten dan uw jeugdige teint!'

Madame giechelde gevleid. 'Ik word er verlegen van, Mr Smith. Wanneer begint de verbouwing bij Macy's eigenlijk? Ik heb gehoord dat u Robert Kohn weer als architect hebt weten aan te trekken.'

'Ja, en daar zijn mijn compagnons en ik ook erg blij om. Met een beetje geluk gaan ze komende week al van start.'

Ik was met stomheid geslagen. Twee weken geleden had ik nog op zondag langs de etalages van Macy's geflaneerd en nu stond ik tegenover een van de directeuren!

'Dit is trouwens de jongedame aan wie we onze fantastische nieuwe lijn te danken hebben. Sophia Krohn is een van mijn recentste ontdekkingen en Glory is een enorm succes onder mijn clientèle.'

Smith bekeek me van top tot teen en reikte me toen glimlachend de hand. 'Aangenaam, Miss Krohn. Het is altijd prettig het gezicht achter het product te zien.'

Het liefst had ik hem meteen op het hart gedrukt Glory in zijn assortiment op te nemen, maar ik achtte het verstandiger het praten aan madame over te laten.

'Ja, jong talent moet vooruit worden geholpen,' voegde madame eraan toe met een subtiele bijgedachte. 'U ziet dat toch ook zo, Mr Smith? En u, Mr Mason?"

Ze knikten beiden instemmend.

'Ik ben ervan overtuigd dat we nog veel van deze dame zullen horen.'

Ze schonk me een glimlach en wendde zich toen weer tot de heren. 'U moet beslist op mijn volgende party komen. De kunstwerken die ik uit Europa heb binnengekregen zijn werkelijk adembenemend en ik ben bereid er een paar van weg te geven. Ze zijn namelijk zo indrukwekkend dat ik ze onder de mensen wil brengen.'

In de ogen van Mason verscheen een glimpje hebberigheid. Smith leek onaangedaan. Maar toen madame het gesprek wilde beëindigen, zei hij: 'Ik bel u zo gauw mogelijk op over uw nieuwe product. Ik ben bang dat ik de laatste tijd wat nieuwe ontwikkelingen over het hoofd heb gezien.'

'Ik sta altijd voor u klaar,' verzekerde madame hem en ze wenste beiden nog een plezierige avond.

Toen we buiten gehoorsafstand waren, verdween madames glimlach weer als sneeuw voor de zon. 'Dat ging uitstekend!' fluisterde ze. 'Smith zal Glory zeker inkopen. Ze lijken hem de informatie erover niet te hebben doorgegeven. Waarschijnlijk heeft dat vreselijke mens een van zijn inkopers omgekocht. Maar dat is nu afgelopen!'

Was Miss Arden werkelijk zo laaghartig dat ze mensen zou ontraden een van onze producten in te kopen? Of beeldde madame zich dat maar in?

Nadat we nog een aantal winkeleigenaren de hand hadden gedrukt gingen we naar onze tafel, die voor vijf personen was gedekt. Ik vroeg me af wie onze tafelgenoten zouden zijn. Mr Titus natuurlijk, maar voor wie waren de twee andere stoelen?

Wie de twee ook waren die bij ons zouden aanschuiven, ze verschenen ook niet toen Mr Vanderbilt het podium betrad en het woord nam.

De toespraak die hij hield ging er vooral over dat hij blij was al zijn vrienden een mooie avond te kunnen bieden. 'De avond zou nog mooier zijn als ik u een champagnetoren kon presenteren zoals sommigen die wellicht kennen uit de *speakeasy*'s, maar u weet wat de politiek daarvan vindt.' Er klonk gelach, gevolgd door applaus. Vanderbilt ging verder: 'Maar ik vermoed dat we deze donkere tijden binnenkort achter de rug hebben. Toch heb ik het voor elkaar gekregen dat we de avond niet helemaal zonder geestrijk vocht hoeven door te brengen. Ik hef dus het glas en wens u een heerlijke avond.'

Opnieuw klonk er applaus.

Ik moest terugdenken aan wat Darren had gezegd, dat ook nuchtere boeven overtredingen begingen.

Madame stemde in met mijn gedachten. 'De drooglegging moet echt worden afgeschaft. Ik weet zeker dat dat zal gebeuren. Er komen steeds meer illegale stokerijen bij en zoals u ziet houdt niet iedereen zich aan het verbod. Het is een publiek geheim dat er illegale clubs bestaan. Je kunt de mens niet afhouden van wat hij wil doen. Dat zal de overheid ooit wel inzien.'

Het buffet werd geopend en Mr Titus en onze andere tafelgasten kwamen geen van drieën opdagen. Madame leek wat onrustig. Ze bleef reikhalzend rondkijken en stond uiteindelijk op. Ik dacht dat ze naar het buffet zou gaan, maar ze zei: 'Ik mag u er niet van afhouden zich een beetje te amuseren, liefje. Loop rustig wat rond terwijl ik een paar zakelijke gesprekken voer. Kijk maar even wat u voor verhalen kunt opvangen. Ik ben van plan het feest over twee uur te verlaten, langer blijven is tijdverspilling. Laat het me weten als u wel wilt blijven, mijn chauffeur brengt u dan thuis.'

'Dank u, maar... dat is niet nodig. Ik zie u over twee uur.'

'Prima!' Madame keek me stralend aan en draaide zich om. 'Dan storten we ons maar in het gewoel!'

Ik wist niet hoe dit 'in het gewoel storten' er bij madame uitzag, maar toen ik me even had omgedraaid was ze al in de menigte verdwenen. Ik voelde me opeens verloren. Moest ik blijven zitten of gaan rondlopen? De meeste gasten liepen nu naar het buffet en dus sloot ik me bij hen aan. Een klein hapje zou niet verkeerd zijn.

Bij het buffet wist ik niet wat ik zag: zilveren schalen met hoog opgetaste kreeften, vissen groter dan ik ooit had gezien staarden me met een schijfje citroen in hun bek met zilverige ogen aan. Daarnaast stonden rosé gebraden vlees, diverse salades en kunstig gedecoreerde desserts. De zwaan in het midden, omlijst door rozen, bleek een reusachtige, kunstig gesneden meloen te zijn.

Aan het buffet stonden vrijwel alleen mannen, die me enigszins verbaasd opnamen toen ik wat kleinigheden op een bord legde. Het was kennelijk niet gebruikelijk dat de dames zelf iets te eten haalden. De dames kwamen weliswaar met hun tafelheren mee, maar lieten de keuze aan hen over.

Blozend liep ik met mijn bordje terug. Inmiddels was er iemand aan onze tafel gaan zitten.

Het bleek een man in een fraai smokingjasje te zijn wiens roodblonde haar me vaag bekend voorkwam.

Toen hij zich omdraaide verstijfde ik. Darren! Was hij ons tafelgezelschap? Waarom had madame Rubinstein me dat niet verteld?

Bijna was mijn bord uit mijn handen gegleden. Ik wist het nog net op te vangen en bracht het snel naar de tafel. 'Mister... Ik bedoel, Darren!' zei ik verbaasd. 'Jij... hier?'

'Op bevel van madame,' antwoordde hij glimlachend. Hij stond op en gaf me een hand. 'Net als jij vermoedelijk. Of behoor je inmiddels tot de vriendenkring van de Vanderbilts?'

Ik had opeens het gevoel dat de bodem onder mijn voeten wegzonk. Op weg hiernaartoe had ik nog aan hem gedacht. En nu stond hij voor me. 'Nee, ik ben hier ook vanwege madame... De zakenlieden moesten kennis met me maken.'

'Nou, die zakenlieden mogen zich heel gelukkig prijzen. Ik neem aan dat madame ons als entourage wilde gebruiken.'

'Ze zei dat deze avond geschikt zou zijn om contact te leggen met belangrijke mensen.'

'Dat klopt. Maar als je het mij vraagt, staan de meeste mensen hier niet te popelen om een verpakkingsontwerper te leren kennen. Afgezien van Miss Arden.'

'Echt waar?' vroeg ik.

Hij schoot in de lach. 'Nee, ze heeft haar echtgenoot, die zorgt er wel voor dat haar verpakkingen er schitterend uitzien. Thomas Jenkins is een bijzonder man.'

Terwijl hij sprak verloor ik me even in zijn ogen, toen zag ik dat er een vrouw naar ons toe kwam. Ze droeg haar blonde haar kort tot aan haar oren en haar slanke lichaam werd geaccentueerd door een strakke, vrij korte witte jurk. Een vrouw als Daisy uit een roman waarover Ray me had verteld. *De grote Gatsby* of zoiets. Rays moeder zou haar waarschijnlijk ook een flapper hebben genoemd.

Dit alles schoot in een fractie van een seconde door mijn hoofd terwijl ik naar haar keek. Zij had echter alleen oog voor Darren. 'Hier ben je dus, *honey*,' fleemde ze, terwijl ze zich tegen zijn schouder aan vlijde. Ineens viel het kwartje. En dit inzicht was als een klap in mijn gezicht.

Na mijn afwijzing was Darren niet in een zwart gat gevallen. Hij was gewoon op zoek gegaan naar een andere vriendin. Eigenlijk had me dat niets moeten uitmaken en toch stak het me.

'Is dit een vriendin van je?' vroeg de onbekende terwijl ze me van top tot teen opnam.

'Een collega,' antwoordde hij een beetje onzeker. 'Miss Sophia Krohn. Ik heb met haar voor madame Rubinstein gewerkt.'

'Prettig kennis met u te maken,' zei ze liefjes en ze reikte me haar hand met een beweging die aan een slang deed denken. 'Ik ben Janice Foster. Eigenlijk hoort Darren me voor te stellen, maar ach, wij vrouwen kunnen dat zelf ook wel, nietwaar?'

Ze wierp Darren een giftige blik toe. Hij deed alsof hij het niet zag.

Ik forceerde een glimlach. Onoprechtheid herkende ik maar al te goed. Ik was er in mijn schooltijd en ook gedurende mijn studie vaak mee geconfronteerd. En deze Janice leek allesbehalve oprecht blij te zijn me te zien.

'Het genoegen is geheel wederzijds,' antwoordde ik, waarbij ik haar toon imiteerde.

'Wat is dit toch allemaal opwindend, vindt u niet?' zei ze. 'Al die geweldige rijke mensen. Ik ben Darren heel dankbaar dat hij me heeft meegenomen.'

Ik vroeg me af of hij met haar ook in de verboden club was geweest die hij met mij had bezocht. Opeens kreeg ik het benauwd. Mijn slapen bonsden en ik wilde alleen maar naar buiten. 'Ik geloof dat ik me moet verontschuldigen,' zei ik. Ik had geen idee wat er met me aan de hand was, maar ik moest hier gewoon vandaan.

'En je eten dan?' vroeg Darren verbaasd.

Ik schudde mijn hoofd. 'Ik heb geen trek.' Met die woorden draaide ik me om en ik slalomde tussen de rijen tafels door. Mijn hart ging flink tekeer. Heel even speelde ik met de gedachte mijn jas te halen en direct naar huis te gaan. Maar sinds madame onze tafel had verlaten was er nog geen half uur verstreken. Ik moest ergens naartoe waar ik alleen kon zijn. Waar ik me kon verstoppen en kon wachten tot de party voorbij was. Als ik had geweten...

'U moet de vrouw zijn over wie de halve zaal het inmiddels heeft,' zei een vrouwenstem achter me.

Ik draaide me om. Verrast keek ik in het smalle gezicht van een rijzige dame. Ze droeg een lichtgrijze jurk en haar vlammend rode haar was in zachte golven gekapt.

'Pardon?' vroeg ik verbaasd.

'U bent met Mrs Titus meegekomen,' hielp ze me op weg. 'Of niet soms?'

Het duurde even voordat ik begreep wie ze bedoelde. Madame werd anders nooit Mrs Titus genoemd.

'En u bent?' vroeg ik koeltjes.

'O, dat weet u niet? Elizabeth Arden.' Ze stak haar hand naar me uit. 'Aangenaam kennis te maken.'

Ik staarde haar als door de bliksem getroffen aan. Madames aartsvijandin. De vrouw van wie Helena Rubinstein vermoedde dat ze in staat was haar verkoop te saboteren.

Toen nam ik haar hand aan, want ik wilde niet onbeleefd lijken.

‘U bent Duitse,’ stelde ze vast. ‘Is het daar geen gewoonte je voor te stellen?’

‘Sophia Krohn,’ zei ik. Ik onderdrukte mijn ergernis. Blijkbaar klopte alles wat madame over haar zei.

‘Een klinkende naam, maar als u iets wilt bereiken in onze branche kunt u hem beter veranderen. Ik neem aan dat u niet altijd voor Mrs Titus zult blijven werken.’

Nu begon zij ook al. Wat had iedereen toch tegen mijn naam? Kate, Ray en ook de andere vrouwen op de fabriek konden hem moeiteloos uitspreken. ‘Waarom zou ik mezelf een naam geven die niet bij me past?’ vroeg ik. ‘Ik wil me tegenover de wereld niet anders voordoen dan ik ben.’

‘Dat is heel lovenswaardig van u, maar ook een beetje naïef,’ antwoordde ze. ‘In onze branche speelt iedereen toneel. Als je de top wilt bereiken kun je soms niet om bepaalde... correcties heen.’ Ze keek me onderzoekend aan, als een valk die zich afvraagt of het de moeite waard is op zijn prooi te duiken.

‘En in welk opzicht hebt u zelf correcties aangebracht, Miss Arden?’ vroeg ik terwijl ik mijn verbolgenheid probeerde te onderdrukken. Wie weet had ze de warenhuiseigenaren er inderdaad toe overgehaald Glory bij de inkoop te passeren.

‘Dat blijft mijn geheimpje,’ antwoordde ze onbewogen. ‘En u moet het ook voor u houden, voor het geval dat u het nest waarin u momenteel nog zit wilt verlaten.’

Wat bedoelde ze daarmee? Ik wist niet of ik moest doorvragen of beter weg kon gaan.

‘Uw nieuwe product is erg goed,’ ging ze verder. ‘Alleen jammer dat ik al jaren zoiets in mijn assortiment heb. Maar hoe zou Mrs Titus dat ook kunnen weten?’

Ik wist niet goed hoe ik daarop moest reageren. Betichtte ze me ervan haar product te hebben gekopieerd?

‘Maar dat gaat al vanaf het begin zo. Wist u dat ik nog vóór Mrs Titus een filiaal in New York had?’

Ik schudde mijn hoofd en liet mijn blik door de zaal gaan. Kon er niet iemand komen om Miss Arden bij me vandaan te halen? Als madame me met haar zag...

'Toch is het zo. Ze vertelt graag dat ik degene ben die haar overal volgt, maar het is een feit dat het eigenlijk andersom is. Ik reageer alleen maar op haar acties, en wie kan het me kwalijk nemen dat ik daar wil zijn waar goede zaken kunnen worden gedaan?'

Ook hier had ik niets tegen in te brengen.

'Ik denk dat ik uw tijd niet langer in beslag mag nemen,' zei ik en ik deed mijn best niet te laten merken dat ik kookte van woede.

'Ach, wat is nu tijd, mijn beste?' zei ze lachend. 'In onze branche wordt er veel over gesproken en toch gaan we hem waar mogelijk uit de weg. We gooien er wat verf overheen en hopen dat het niemand opvalt.' Ze nam me indringend op. Gelukkig kwam er even later een man bij ons staan. Hij deed me een beetje denken aan Mr Titus, hoewel hij er veel meer als een Amerikaan uitzag.

'Wie heb je nu ontmoet, liefste?' vroeg hij terwijl hij me onderzoekend aankeek.

'Mrs Titus' nieuwste ontdekking,' antwoordde ze. Ze draaide zich om naar mij en ging verder: 'Mag ik u voorstellen? Mijn echtgenoot, Thomas Jenkins.'

'Aangenaam,' zei hij en hij schudde me de hand.

Ik zei niets terug, want ik kookte nog steeds van woede jegens zijn vrouw. Ze had me niet rechtstreeks beledigd, maar wat ze had gezegd had me gestoord omdat haar woorden dropen van hatelijkheid tegen madame.

'Een fijne avond nog, Miss Krohn,' zei ze ten slotte. 'Ik zal me u zeker herinneren als we elkaar nog eens zien.'

Met deze woorden gaf ze haar man een arm en ging ervandoor.

Ik haalde diep adem. Hoeveel van dit soort ontmoetingen stonden me nog te wachten? Blijkbaar had Ray een heel verkeerd beeld van evenementen als dit. Bijna paniekerig zocht ik naar een hoekje waar ik niet kon worden aangesproken. Even buiten de balzaal ontdekte ik een kleine chambre séparée waar ik me misschien kon verstoppen.

Ik baande me een weg door de dansende menigte. Er schoten allerlei gedachten door mijn hoofd en ik verlangde naar de stilte van mijn laboratorium. Ik wist wel waarom gelegenheden als deze niets voor mij waren.

Achter de groene velours gordijnen met gouden franje vond ik uiteindelijk wat rust. In het kleine zijkamertje stond een bruin leren bankstel. Ik ging zitten. Er hing een tabaksgeur, maar de zware asbak op de salontafel was leeg. De avond was nog jong, de heren moesten eerst hun formele gesprekken voeren voordat ze zich in kleine groepjes zouden afzonderen en de echt belangrijke dingen konden bespreken.

Ik koelde mijn wangen met mijn ijskoude handen. Madame had niet te veel beloofd. Het was hier zien en gezien worden. Maar ik had voortdurend een vreemd angstig gevoel in mijn maagstreek. Mijn vader zou het maar wat mooi hebben gevonden als hij wist dat ik me in het gezelschap van al die rijkelui bevond, maar ik voelde dat ik hier niet thuishoorde. Het gelach van de vrouwen deed net als de schouderklopjes van de mannen onderling kunstmatig aan, onecht en gemaakt. Ik zou er iets onder verwedden dat de meesten net als madame en Miss Arden een grondige hekel aan elkaar hadden. Zouden die twee elkaar vanavond tegen het lijf zijn gelopen? Ik betwijfelde het, en zo ja, dan hadden ze misschien niet met elkaar gesproken.

Hoelang ik daar had zitten piekeren weet ik niet, maar uiteindelijk werd het gordijn opzijgeschoven en viel er een schaduw over me heen.

'Sophia!' zei een mannenstem. 'Verstop je je soms?'

Darren! Ik sprong op van de bank alsof ik betrapt was.

Hij leek verbaasd, maar ook opgelucht. Maar mijn hart begon wild tekeer te gaan. Hij was wel de laatste met wie ik op dit moment wilde praten.

'Zit je vriendin niet op je te wachten?' vroeg ik, waarop hij zijn hoofd schudde.

'Ze is mijn vriendin niet,' was zijn reactie. 'Dat denkt ze, omdat ik twee keer met haar uit ben geweest. Maar je hebt vast gemerkt dat ze niet zo makkelijk is.'

'Waarom heb je haar dan meegenomen?'

Hij haalde zijn schouders op. 'Je gaat niet alleen naar zo'n feest. Jij hebt lef dat je hier zonder begeleider naartoe bent gekomen.'

'Ik ben met madame meegekomen, dat is voldoende.'

'En waarschijnlijk denkt iedereen dat je haar nichtje bent. Maar dat hoeft zeker geen nadeel te zijn.' Hij schonk me een glimlach. Minutenlang zeiden we niets en keken elkaar alleen maar aan.

'Ik... Ik wilde je nog zeggen...' Mijn stem stokte. Hoe moest ik dit afhandelen? Ik vond het belangrijk om het nog eens te hebben over die avond van de afgelopen winter. 'Het spijt me van toen. Ik... Ik had me niet zo moeten aanstellen.'

'Je wilde me niet kussen,' zei hij. 'Dat geeft niets. Ik had het niet moeten proberen.'

'Je had me iets meer tijd moeten geven,' zei ik. 'Ik was er... nog niet aan toe. Er zijn in Duitsland dingen gebeurd...' Weer stokte mijn stem. Wat zou hij ervan denken als ik hem over Georg vertelde? Als ik toegaf een affaire met een getrouwde man te hebben gehad? Inmiddels schaamde ik me daarvoor. En als ik Georg noemde, moest ik het ook over Louis hebben. Nee, dat wilde ik niet.

Darren raadde mijn gedachten. 'Had je een andere relatie, voordat je hiernaartoe kwam?'

'Ja. En die is niet goed afgelopen.'

Stilte. Ik had het gevoel dat ik elk moment van schaamte door de grond kon zakken.

'Je hoeft me niets te vertellen. Tenzij je dat wilt.'

'Nee,' barstte ik uit. 'Nu niet. Dat kan ik niet, het is... te pijnlijk.'

Darren knikte begripvol. 'Kan ik iets voor je doen?'

'Nee, het is allemaal voorbij. Ik wil er ook niet meer aan denken. Ik ben tenslotte naar Amerika gekomen om een nieuw leven te beginnen.'

'Een leven waarin misschien ook plaats is voor een man?' Hij keek me indringend aan.

'Jawel,' antwoordde ik. 'Vooropgesteld dat die man vrij is. Ik wil niet het ongeluk van een andere vrouw zijn.' Niet meer. Nooit meer. Het liefst had ik dat erachteraan gezegd, maar dan had ik te veel prijsgegeven.

'Je bent een fantastische vrouw, Sophia, weet je dat wel?' Nu glimlachte Darren weer.

'Je kent me toch helemaal niet?' antwoordde ik en ik voelde dat mijn wangen begonnen te gloeien. Ik voelde mijn geweten wel een beetje opspelen, maar het deed me goed dat een man iets aardigs tegen me zei. Het deed me goed even iemand anders te kunnen zijn dan de vrouw die haar litteken in de spiegel bekeek en wist dat dit het verdiende loon voor haar misstap was.

'Maar ik wil je ontzettend graag léren kennen,' zei hij en hij kwam dichterbij, zo dichtbij dat hij alleen nog maar zijn armen naar me hoefde uit te strekken. En ik kwam hem tegemoet, wat me zelf een beetje verbaasde. Ik voelde me tot hem aangetrokken, al wachtte die vrouw op hem van wie ik niet wist wat ze werkelijk voor hem betekende.

'Ik jou ook,' antwoordde ik, waarop hij zijn hoofd naar me toe boog. Even zocht hij in mijn ogen naar een teken van afwijzing, maar dat was er nu niet. Ik wilde hem kussen, wilde hem voelen. Ik wilde dat hij me in zijn armen nam.

En dat deed hij meteen daarop. Onze lippen raakten elkaar warm en zacht, eerst aftastend, toen steviger. Er leken in mijn lichaam vonken te exploderen die zich verenigden tot een gloeiende stroom. Wat had ik dit gevoel al lang niet meer gehad. Pas nu zag ik in hoe ontzettend ik het had gemist!

Het volgende moment dook er een gestalte naast ons op. Madame! Ik schrok en maakte me uit Darrens armen los.

Ze keek ons vragend aan. Er was niets verkeerds aan geweest om Darren te kussen. Maar in mijn contract stond nu eenmaal die huwelijksclausule en ik had opeens het gevoel een verraadster te zijn.

'Miss Krohn, ik kom vragen of u wilt meerijden,' zei madame. 'Ik voel me niet lekker en wil graag vertrekken.'

'Ja, natuurlijk,' zei ik en ik schraapte mijn keel. Vanuit mijn ooghoek zag ik Darrens rood aangelopen gezicht. Waarschijnlijk verwenste hij haar net als ik om haar komst. 'Ik ben zo bij u, madame.'

Helena Rubinstein knikte en trok zich terug.

Ik keek Darren aan. 'Ik ben bang dat ik weg moet.'

Hij stopte zijn handen diep in zijn broekzakken en knikte.

'Spreken we nog eens af?' vroeg ik, en toen hij niet meteen antwoord gaf, voegde ik eraan toe: 'Over minder dan drie maanden?'

'Als jij dat wilt.'

Ik glimlachte. 'Ik wil wel.'

Nu glimlachte hij ook. 'Oké, dan spreken we af. Heb je thuis telefoon?'

'Bij Mr Parker. Kate komt me wel halen als je belt. Alleen weet ik het nummer niet.'

'Daar kom ik wel achter,' beloofde hij. Hij trok me nogmaals in zijn armen en kuste me opnieuw.

42

Ik verwachtte madame bij de garderobe aan te treffen, maar daar was ze niet. Ik liet me door de garderobejuffrouw mijn jas overhandigen en verliet het hotel. Op de oprit stond haar auto te wachten. De portier, die zag wat ik van plan was, kwam dichterbij en maakte het portier open. Binnen werd ik madame gewaar. Mr Titus zat niet in de auto. Toen het portier achter me dicht was gevallen, gaf madame de chauffeur korte instructies, daarna reden we weg.

Ik voelde me ongemakkelijk. De vreugde die ik zojuist nog had ervaren was verdwenen en maakte steeds meer plaats voor schuldgevoel. Het was alsof ik iets verkeerds had gedaan. Maar was het verkeerd om een man te kussen?

Terwijl de auto over de straten zoefde, keek madame in gedachten verzonken door het raampje. Ik zat onrustig aan de zoom van mijn jas te friemelen.

Er hing spanning in de lucht. Had madame voordat ze verscheen ruzie gehad met haar echtgenoot? Was dat de ware reden dat ze zo vlug bij de party weg wilde? Of was ze Miss Arden tegen het lijf gelopen?

'Jack, wil je hier rechts aanhouden?' zei ze ineens tegen haar chauffeur. Hij gehoorzaamde en parkeerde de auto naast een groot warenhuis.

'Loop maar even een blokje om. Ik wil iets met Miss Krohn bespreken.'

Die woorden troffen me als een stomp in mijn maag. Mijn toch al koude handen werden bijna gevoelloos en mijn oren suisden.

'Hoe staat u tegenover Mr O'Connor?' vroeg ze.

Ik aarzelde. Eigenlijk ging het haar niet aan. 'Hij... Hij is een vriend. We hebben elkaar alleen gekust, meer niet.'

Madame zei daar niets op, ze kneep alleen haar mond samen tot een smalle streep. 'Mannen,' zei ze toen. 'Ik kan u niet dicteren met wie u zich inlaat, maar denkt u aan onze overeenkomst.'

'Ja, madame, ik ben niet van plan de firma voor een man te verlaten.'

Ik kon aan haar zien dat ze me niet geloofde. Maar het was waar. Het moest toch mogelijk zijn een relatie te hebben én te werken. Dat lukte mannen toch ook!

De overeenkomst die ik met haar had gesloten, hield in dat ik niet binnen tien jaar mocht trouwen. Maar er stond niet in dat ik niet verliefd mocht worden! Dat ze zich ermee wilde bemoeien ergerde me.

'U moet bedenken dat mannen de grootste afleiding zijn die een vrouw kan ervaren,' vervolgde ze. 'Ze kunnen u van uw carrière afhouden, van alles wat u van plan bent.'

Ik wilde antwoorden dat ze zelf toch ook getrouwd was, maar er kwam geen geluid uit mijn keel. Mijn plotseling opkomende woede was gewoon te groot. Tegelijkertijd klonk er een stemmetje in mijn hoofd dat me vertelde dat dat precies was wat ik had meegemaakt. Georg had me van mijn toekomst beroofd door me zwanger te maken. Maar ik wilde het niet horen. Niet nu ik eindelijk weer nader tot Darren was gekomen, na al die tijd dat ik hem gewoonweg niet uit mijn hoofd had kunnen zetten.

Pas na een hele tijd verklaarde ze: 'Ik ga voor langere tijd naar Parijs, om mijn huwelijk te redden.'

Ik staarde haar aan. Parijs? Wat had dat met de kus van Darren te maken?

Madame keek weer een ogenblik lang het donker in. In het licht van de straatlantarens dat in de auto viel en harde schaduwen op haar gezicht schilderde, leek ze ineens twintig jaar ouder.

'Mijn man is verliefd geworden,' zei ze onverwacht open. 'Dat zegt hij tenminste. Hij is altijd al een rokkenjager geweest, maar zo bont heeft hij het nog nooit gemaakt.'

Ik was onaangenaam getroffen door madames woorden. Wat er tussen haar en haar echtgenoot gebeurde ging me niet aan. Toch leek ze er behoefte aan te hebben het me te vertellen. Verward zweeg ik. Maar ze verwachtte ook niet dat ik iets zei.

'Al kort na onze bruiloft maakte hij iemand anders avances,' vervolgde ze. 'Zo ging het voortdurend. Alleen in de tijd dat onze zonen geboren werden was hij anders. Eigenlijk wilde ik nooit kinderen, maar toen ik merkte hoe liefdevol hij ineens werd, zwichtte ik weer. Helaas duurde het niet lang.'

Voor het eerst leek ze kwetsbaar. Verdriet glansde in haar ogen, waarin tranen glinsterden. 'Ik hou echt van hem, maar het is nu eenmaal zo dat de tijd altijd nieuwe verleidingen brengt. Misschien is het mijn schuld. Ik heb geen aandacht aan hem geschonken. Ik heb mijn bedrijf voor laten gaan en hem verwaarloosd.'

Ik wist dat ik niet het recht had te oordelen, maar waarom wilde ze een notoir ontrouwe man terug? Ik zweeg echter, want ik was me ervan bewust dat ik op een dun koord balanceerde. Madame stelde haar hart eigenlijk nooit voor iemand open. Als ze in de gaten kreeg aan wie ze iets vertelde, zou haar vriendschappelijkheid misschien in woede kunnen omslaan.

'Beloof me één ding,' zei ze terwijl ze mijn hand vastpakte.

Ik knikte. Mijn ergernis over haar bemoeizucht was nog niet verdwenen, maar ik had ook begrip voor haar visie. En ik schaamde me dat ik net zo'n vrouw was geweest als degene op wie Mr Titus verliefd was geworden. Een vrouw die dacht dat haar geliefde zou gaan scheiden om met haar een nieuw leven te beginnen. In tegenstelling tot Georg leek Mr Titus zich aan zijn belofte te willen houden.

'Houdt u alles wat ik u verteld heb voor u. Dat is belangrijk. Als de tijd daar is zal ik publiekelijk bekendmaken wat er gebeurd is, maar nu nog niet. Nu moet ik het gevecht aangaan.'

'Waarom moet u het eigenlijk bekendmaken?' vroeg ik. 'Dat is toch een privékwestie?'

‘Een vrouw als ik kent geen privacy. Wanneer ik ’s ochtends wakker word, ben ik al door een heleboel medewerksters omringd.’ Ze stootte een gepijnigd lachje uit. ‘Dat is de prijs die je als koningin betaalt. Dat is altijd al zo geweest. Je bent zelden alleen. En iedereen weet alles van je. Dan moet je oppassen met wat je zegt. En je moet vooral bij je verhaal blijven, want wat heeft het voor zin als de schone schijn wordt doorgeprikt?’

‘Ik zal het voor me houden, dat beloof ik,’ zei ik en ik vroeg me tegelijkertijd af hoe het ware verhaal van madame eruitzag. Voor iedereen was ze de succesvolle zakenvrouw, de rijke kunstliefhebster. Hoe zag het er bij haar vanbinnen uit? Was ze misschien ook alleen maar een mens dat naar liefde snakte? Dat offers had gebracht om haar doel te bereiken?

‘Mooi,’ zei ze tevreden en ze tikte op mijn hand. ‘Dan kunnen we maar beter verdergaan. Ik moet mijn koffers voor Parijs nog inpakken.’ Met die woorden opende ze het portier van de auto en wenkte de chauffeur, die tegen de hoek van een huis geleund stond. ‘De japon kunt u overigens houden, en de sieraden ook,’ zei ze nonchalant toen de wagen begon te rijden. ‘Misschien kunt u hem ooit nog gebruiken.’

Ik wist niet bij welke gelegenheid ik een jurk als deze zou moeten dragen, maar omdat ik haar niet wilde ergeren bedankte ik haar braaf.

43

De ontboezeming van madame hield me nog lang wakker, maar de volgende ochtend gold mijn eerste gedachte Darren. En weer verkeerde ik in tweestrijd. Enerzijds verlangde ik naar liefde, anderzijds deinsde ik ervoor terug hem mijn geheim te openbaren. Ik was bang voor zijn reactie, bang dat hij me direct weer in de steek zou laten. Anderzijds stonden we nog helemaal aan het begin. Onze kus betekende vandaag al niets meer voor hem.

In de fabriek voelde ik overduidelijk hoe nieuwsgierig Ray was, maar pas toen we in de middagpauze buiten op het muurtje zaten vroeg ze: 'En? Hoe was het? Heb je de Rothschilds gezien? De Astors gesproken? Mr Vanderbilt misschien? Ze zeggen dat hij weer vrijgezel is.'

De namen vlogen om mijn hoofd als hongerige mussen. In de fabriek wist niemand behalve zij dat ik voor de party was uitgenodigd. Ik was blij met Rays discretie, want zij voorkwam daarmee dat ook alle anderen me het hemd van het lijf vroegen.

'Ik heb Mr Vanderbilt inderdaad gesproken,' antwoordde ik. 'En ja, madame zei dat zijn vrouw hem had verlaten. Hij raadde me aan mijn naam te veranderen als ik in deze branche iets wil bereiken.'

'Hij heeft je dus niet uitgenodigd voor een rendez-vous?'

'Nee, hij zag me enkel aan voor een familielid van madame.'

'Wat jij natuurlijk hebt ontkend?'

'Dat deed madame. Daarna leek hij geen rendez-vous met mij meer te willen overwegen.'

'Dat klinkt nogal teleurstellend. Is er dan niets opwindends gebeurd? Of is dat weer zoiets typisch Duits, dat je alles kleiner maakt dan het is?'

Ze had al een paar keer opgemerkt dat ik nogal terughoudend was, ze noemde het mijn 'typisch Duitse manier van doen', die elke opwindende gebeurtenis van haar luister ontdeed. Maar het enige wat ik als opwindend had ervaren was Darrens kus geweest. En die wilde ik evenals de ontmoeting met Miss Arden voor me houden.

Ik deed dus mijn best mijn verslag wat levendiger te laten klinken. 'Er was heel veel te zien, ik keek mijn ogen uit,' ging ik verder. 'Al die glitterjurken en die chique smokings...' Bijna was me ontglipt dat madame me een jurk en parels cadeau had gedaan, maar hoewel ik Ray vertrouwde was ik voorzichtig, want ik wist hoe gemakkelijk afgunst kon worden gewekt. Zelfs bij mensen die je graag mochten. 'Er was een kostelijk buffet en Mr Vanderbilt hield een toespraak waarin hij zei dat de drooglegging moest worden opgeheven. En ik heb ook nog kennisgemaakt met een paar zakenlieden. Zelfs een van de directieleden van Macy's.'

'Wat opwindend!' Rays ogen schitterden. 'Wat had ik daar graag bij willen zijn. Met mij naast je had je vast en zeker een miljonair leren kennen.'

'Ik wil geen miljonair leren kennen,' wierp ik tegen en ik moest glimlachen bij de gedachte aan Darren. Het kon mij niet schelen hoeveel geld hij had. Ik mocht hem vanwege zijn esprit en zijn warme karakter. Eigenschappen die ik bij de zakenlieden niet had weten te bespeuren. 'Als we er ooit een tegenkomen, mag jij hem hebben.'

'Dat lieg je!' antwoordde ze lachend.

De dag kroop voorbij en dat kwam doordat ik me voortdurend afvroeg of Darren me zou bellen. Hij had beloofd het nummer van Mr Parker op te zoeken. Maar had hij dat gemeend? Of zou hij er weken overheen laten gaan voordat hij contact opnam?

Mijn hoopvolle verwachting bereikte een hoogtepunt toen ik vlak bij huis was. Ik had Darren niet verteld tot hoe laat ik werkte. Stel dat hij al had gebeld?

'Hallo, Kate!' riep ik bij Mr Parkers voordeur en ik hield bij de trap even in.

'Dag lieverd!' antwoordde ze, maar ze kwam niet tevoorschijn. Er was kennelijk nog niet gebeld. Ik liep naar het postkastje om te zien of er iets was gekomen. Maar zoals zo vaak was het kastje leeg. Ik had dus niets om mijn gedachten te verzetten.

De volgende uren zat ik op hete kolen, maar er gebeurde niets. Ik probeerde mijn onrust te verdrijven door me voor te houden dat Darren vast ook een drukke dag had gehad, dat hij misschien ook 's avonds door een opdrachtgever in beslag werd genomen.

Uiteindelijk vielen mijn ogen dicht en toen ik ver na middernacht op de sofa wakker werd, wist ik dat hij niet meer zou bellen. Misschien had hij zich toch bedacht.

Zoals altijd had ik die zondag mijn wekker niet gezet, want ik wilde in elk geval eens per week uitslapen. Het geluid van een toeter voor de deur gooide echter roet in het eten. Het schalde door de straat en werd gevolgd door een woedende scheldpartij van de overbuurman, Mr Miller. Die ergerde zich al als er kinderen uit de buurt voor zijn huis speelden.

Ik keek op de klok. Het was pas vijf uur. Wat was er aan de hand?

Omdat het getoeter niet ophield, stapte ik mijn bed uit om te gaan kijken. Mr Miller was inmiddels luidkeels aan het schelden, maar dat leek de eigenaar van de auto niet te deren.

Bij het raam gekomen verstijfde ik. Het was Darrens auto! Hij stond naast het portier aan de chauffeurskant. Wat had hij hier verdorie te zoeken?

Ik ontgrendelde het raam en schoof het omhoog.

'Bent u helemaal gek geworden?' brulde Mr Miller. 'Ik haal de politie erbij!'

Toen Darren mij zag, ebde het getoeter weg. 'Wat denk je, heb je zin in een tripje de stad uit?'

'De stad uit?' vroeg ik. 'Waarheen dan?'

'Als ik dat zou zeggen was het geen verrassing meer. Schiet op, ga je aankleden! Ik heb al het nodige bij me.'

Ik had kunnen opmerken dat hij had gezegd me te zullen bellen, maar op dat moment was ik alleen maar blij hem te zien. En ik moest iets doen om te voorkomen dat Mr Miller naar buiten kwam om Darren een paar klappen te verkopen.

'Ik kom eraan!' riep ik, waarop Mr Miller me toeschreeuwde: 'Schiet op, zodat die vlegel eindelijk verdwijnt!'

Ik schoof het raam dicht en haastte me naar de kledingkast. Tien minuten later liep ik tot in de puntjes verzorgd de trap af. Kate en Mr Parker moesten wel wakker zijn geworden van het getoeter en de tirade van Mr Miller, maar het bleef stil. Ik streek de jurk glad die ik een paar weken eerder had gekocht, fatsoeneerde mijn kapsel nog een keer en liep naar buiten.

Darren stond bij het hek met zijn handen diep in zijn zakken en een glimlach om zijn lippen. 'Als dat niet het knapste meisje van heel Brooklyn is,' zei hij.

'Je zou toch opbellen?' zei ik met gedempte stem, hoewel dat waarschijnlijk niet nodig was. Het getoeter en het geschreeuw van Mr Miller moesten de halve buurt hebben gewekt.

'Dit leek me beter. Anders was ik er misschien niet achter gekomen welke nieuwe jurk je vandaag droeg.'

'Je mag van geluk spreken dat Mr Miller geen bloempotten heeft,' was mijn reactie.

Hij nam me in zijn armen.

'Vind je het een goed idee om elkaar voor ieders ogen te kussen?' vroeg ik.

'Er is toch niemand op straat.'

'Nee, omdat ze allemaal achter hun raam staan te kijken wat er gebeurt.'

'Dan moeten we ze maar iets te zien geven.'

'En als Mr Miller de zedenpolitie erbij haalt?'

'Dat moeten we maar riskeren, vind je niet?' Hij gaf me een korte kus en hield toen zijn hoofd schuin, alsof hij ergens naar luisterde. Mijn wangen begonnen te gloeien. Alle ergernis die ik om hem had gevoeld was als sneeuw voor de zon verdwenen.

'Nou, ga je mee?' vroeg hij. 'Het is zondag en ik dacht dat je misschien nog geen plannen had.'

'Denk je dat ik zo saai ben?'

'Nee, saai ben je absoluut niet. Dus?'

Ik glimlachte naar hem. 'Goed dan. Moet ik nog iets meenemen?'

'Nee, hoor. Trek in elk geval niets anders aan, dit is perfect.'

Ik maakte me los uit zijn omhelzing en liep het huis weer in.

Kate had zoals altijd de keukendeur openstaan. Inmiddels was ook zij wakker. Ze vroeg: 'Je hebt dus een aanbidder?'

Ik keek om de hoek. 'Daar ziet het wel naar uit!' zei ik.

Kate lachte. 'Mr Parker is daarnet vast van schrik uit bed gevallen. Ik moest maar eens gaan kijken.'

Ik knikte.

'Veel plezier samen!' riep ze me na toen ik de trap op liep.

Even later stapte ik bij Darren in de auto. Ik had maar een klein tasje meegenomen, want ik nam aan dat hij alleen even de stad uit wilde. Des te groter was mijn verrassing toen ik op de achterbank van zijn auto een flink formaat rotan koffer zag liggen.

'Waar gaan we naartoe?' vroeg ik. 'Heb ik meer nodig dan een handtas?'

'Nee, het is prima zo.'

'Ik kan niet van het ritje genieten als ik niet weet waar we heen gaan. Dat was vroeger al zo, als mijn vader ons meenam op een uitstapje.'

'Gardiners Island,' antwoordde hij. 'Ik wil je het eiland laten zien waar Captain Kidd een schat zou hebben verstopt.'

'Een pirateneiland?' vroeg ik. 'Maar dan moeten we met de veerpont!'

'Dat is precies de bedoeling. En als we er toch zijn, kun je ook het geboortehuis van een First Lady bekijken en er is veel prachtige natuur. Iets beters kan ik voor ons niet bedenken.'

Ik keek hem aan. 'Sinds wanneer heb je zo'n belangstelling voor geschiedenis?'

'Al sinds mijn schooltijd,' zei hij. 'Ik had evengoed geschiedenisleraar kunnen worden. Maar ik kon me geen studie veroorloven.

En dus heb ik besloten geld te gaan verdienen en daarnaast in geschiedenis geïnteresseerd te blijven.'

'Wat betekent dat je je vriendinnen ontvoert naar pirateneilanden?'

'Onder andere.' Hij schoot in de lach en gaf gas.

Het eiland verwelkomde ons met witte stranden, groene heuvels en een spierwitte windmolen, die tot ver op zee te zien was. Ik zag verder bijna geen gebouwen.

Toen ik de visser die ons meenam erover aansprak, legde hij uit: 'Dit eiland is feitelijk van de familie Gardiner. Zij zouden geen buren dulden.'

'Behoort het eiland toe aan een enkele familie?'

'Inderdaad. Ze waren er vlug bij en hebben de kans gegrepen. Destijds waren er nog niet zoveel gegadigden.'

Ik keek naar Darren. Zou ik met hem op zo'n eenzaam eiland kunnen leven?

Hij zag mijn blik en lachte naar me. 'Heb je iets op het hart?'

'Nee,' zei ik. 'Ik kijk alleen maar naar je.'

'En, wat zie je?'

Was het de toekomst? Nee, zover wilde ik niet gaan. Maar het was fijn met iemand op stap te zijn. Weer eens lippen op de mijne te voelen. Weer eens een schouder te hebben om op te leunen als het te moeilijk werd. Misschien werd dit wel een relatie met een man die echt vrij was en die ik niet hoefde te delen.

'Jou,' antwoordde ik. 'Ik heb het gevoel dat ik tot nu toe niet genoeg naar je heb gekeken.'

'Nou, als je wilt bied ik je voortaan ruim de gelegenheid.' Hij keek me liefdevol aan en kuste me op mijn voorhoofd.

Toen het bootje eenmaal aan een lange steiger lag aangemeerd, gingen we van boord. De stilte van de plek was overweldigend. Alleen de wind streek door de bomen. Hier en daar klonk het geluid van een vogel. Zelfs het knarsen van de molen was van hieraf niet te horen.

'En dit moet dus een woest pirateneiland zijn?' vroeg ik.

'En of het dat was!' antwoordde hij terwijl we een stoffige weg bereikten. In de verte verhief zich een statig huis. Zouden er hier buiten ons eigenlijk nog meer mensen zijn? 'Captain Kidd ging hier persoonlijk voor anker om een enorme schat van goud, zilver en edelstenen te verstoppen. De Spanjaarden zaten hem op de hielen nadat hij een aantal van hun schepen had geplunderd. Lady Gardiner gaf hem toestemming haar land te betreden, naar men fluistert voor een aandeel in de buit. Maar de Captain kon zijn schat niet meer zelf opgraven. Hij werd bij terugkomst gearresteerd en in Engeland veroordeeld tot de dood met de strop.'

'Zijn dat de verhalen die je als kind hebt gehoord?'

'Nee, ik heb er pas over gehoord toen ik naar New York kwam. Ik heb toen een tijdje in de haven gewerkt en daar was een oude zeebonk die er lol in had piratenverhalen te vertellen. William Kidd zou naar New York zijn getrokken, zoals wij allemaal, en daar enige rijkdom hebben vergaard. Hij was koopman, maar kreeg toen een kaperbrief aangeboden, waarmee hij Franse schepen mocht kapen en op piraten mocht jagen. Hij kocht een groot schip en ging aan de slag, maar hij was niet bijzonder succesvol. Op een dag begon hij ook bevriende schepen aan te vallen. En dat luidde zijn einde in.'

'Een gruwelijk verhaal. Mijn collega zou het geweldig vinden.'

'Vertel het haar rustig. En zeg erbij dat men denkt dat de schat van Captain Kidd nog niet volledig is opgegraven. Misschien gaat ze dan met een schep en een pikhouweel op pad.'

Ik keek naar hem. 'Dat zullen anderen al wel hebben gedaan, nietwaar?'

'Ja, maar er wordt gefluisterd dat er nog altijd iets van over is. Het meeste hebben de Engelsen natuurlijk opgehaald.'

Ik voelde een glimlach opkomen die zo breed werd dat ik hem zelfs bij mijn oren kon voelen. 'Het ziet ernaar uit dat jij een beetje van je grootvader, de gouddelver, in je hebt.'

'Dat denk ik niet,' antwoordde hij met een grijns. 'Want dan had ik wel wat anders meegenomen dan dit.'

'Je bedoelt dat er in die koffer geen spade en pikhouweel zitten?'

‘Nee, hoor, iets veel beters!’

We liepen een heuvel op, waar Darren een plaid uit de mandkoffer haalde, die hij uitspreidde. De picknick, die ook in de koffer zat, was rustiek maar smaakte voortreffelijk en de warmte op mijn huid gaf me een intens gevoel van rust.

‘Kun jij je voorstellen dat je op zo’n eiland zou wonen?’ vroeg ik aan Darren. ‘Weg van de drukte van New York?’

‘Ik hou van de drukte van de stad,’ antwoordde hij. ‘En jij?’

‘Ik kom uit Berlijn,’ zei ik. ‘Het is daar net zo als in New York, alleen zijn de gebouwen minder hoog. Ik weet niet beter.’

‘Dus een huisje in het groen zou je niet aanspreken?’

‘Jazeker. Maar ik zou daar een eigen laboratorium moeten hebben. Want het leven in de grote stad zou ik wel kunnen opgeven, maar de scheikunde nooit.’

‘En wat zou je dan doen? Crèmes en parfums vervaardigen?’

‘Ja. Maar misschien...’ Er kwam opeens een gedachte bij me op. Stel dat ik mijn studie zou afmaken. Ik verdiende goed en wie weet zou ik ooit genoeg hebben om mijn bul te halen.

‘Misschien?’ herhaalde hij.

‘Misschien kan ik ooit een eigen zaak openen.’

‘Je wilt madame ontrouw worden?’

‘Nee, eigenlijk niet. Maar stel dat ik... Stel dat mijn leven een andere wending neemt? Stel dat ik op eigen benen wil staan?’

‘Dan zorg ik ervoor dat je je laboratorium krijgt. Op welke plek het huis ook staat.’ Met die woorden legde hij zijn arm om me heen en streelde hij mijn haar. Ik sloot mijn ogen en gaf even toe aan mijn dromen.

‘Hé, wat is er met jou aan de hand?’ vroeg Ray, toen ik die maandag weer op de fabriek kwam. ‘Je straalt helemaal! Heeft Mr Vanderbilt je gebeld?’

‘Ik heb een uitstapje gemaakt. Naar een echt pirateneiland.’

‘Een pirateneiland?’

‘Gardiners Island,’ legde ik uit.

Ray hield haar hoofd een beetje schuin. ‘Je bent in je eentje op Gardiners Island geweest?’

'Nee, niet in mijn eentje,' antwoordde ik en ik kon een glimlach niet onderdrukken.

Ray snoof verrast. 'Je hebt een man leren kennen?'

Ik knikte.

'Wanneer? Waar? Je bent toch niet met een wildvreemde in de auto gestapt?' Haar ogen glansden vol verwachting.

'Nee, met Mr O'Connor.' Het was eruit. En ik voelde me op een eigenaardige manier bevrijd.

'De man van de verpakkingen?' vroeg ze. 'Die met die fantastische auto?'

Ik pakte haar handen. 'Vertel het alsjeblieft aan niemand.'

'Natuurlijk niet! Goeie genade, dat is een mooie vangst!'

'Ik weet nog niet of het een vangst wordt,' wierp ik tegen. 'We kunnen goed met elkaar overweg en hij heeft me het een en ander over piraten op het eiland verteld. Het was een heerlijke dag!'

'Ik wou dat ik zo'n man had die me verhalen over piraten vertelde!' Ray vouwde haar handen voor haar borst en keek in extase naar de hemel, alsof ze een smeekbede deed. 'En wat zijn de verdere plannen?' vroeg ze.

'Hij gaat me bellen,' zei ik en ik voelde mijn geluk in mijn maag borrelen als mineraalwater. 'En dan zien we elkaar weer. Heel vaak, hoop ik.'

44

De herfst kwam met onbehaaglijk weer, maar dat kon me niet schelen. Ik had Darren in mijn hart, en er verstreek bijna geen vrije minuut waarin ik niet aan hem dacht. Elke zondag ondernamen we uitstapjes, waarvoor we op vrijdag telefonisch afspraken. Meestal gingen we de stad uit, en als het onaangenaam weer werd bleven we in de City, bezochten galeries of gingen naar de bioscoop.

Omdat Darren altijd op dezelfde tijd belde, stond ik vrijdags al op de trap in afwachting van het rinkelen van de telefoon. Kate maakte de deur van Mr Parkers appartement dan met een schelms lachje open. We wachtten zijn wandelingetje na het eten af, zodat ik hem niet tot last was. Soms had ik daarover een slecht geweten, maar Kate stelde me gerust.

'Er zijn zelden telefoontjes. Mr Parker hoopt dat zijn kinderen hem bellen, maar dat doen ze nooit. Zo heeft de telefoon tenminste nut. En het valt ook niet op, want als je cavalier jou belt, kost het niets.'

Op een vrijdag eind november kwam ik moe en hongerig thuis. Er heerste weer grote spanning in het bedrijf. De kerstverkoop was in volle gang en er gingen geruchten over madame rond. Sommigen fluisterden dat ze voor lange tijd in Parijs zou blijven en de zaak hier aan haar nicht zou overdragen.

Ik dacht aan madames zussen in Parijs en benijdde haar een beetje om haar uitgebreide familie. Als ik een zus had gehad was alles misschien anders gelopen... Of zou ik dan door mijn misstap nog een familielid hebben verloren?

Darren zou bellen, dus haastte ik me om de buitendeur open te maken. Bijna had ik daarbij de brievenbus over het hoofd gezien, maar omdat ik nog altijd op post van Henny hoopte, liep ik terug en controleerde hem.

Er zat inderdaad een envelop in. Mijn hart maakte een sprongetje: post van Henny! Daar had ik al zo lang op gewacht! Toen ik hem eruit haalde, merkte ik dat er iets ontbrak. Ik vond noch het label met *Par Avion*, noch het stempel voor *Poste Aérienne* op de postzegel. Om precies te zijn zat er helemaal geen postzegel op. De brief moest door een koerier zijn afgegeven.

Ik draaide de envelop om en hapte naar adem toen ik als afzender *Elizabeth Arden* zag staan. Onze korte ontmoeting op de party schoot me weer te binnen. Hoe was ze aan mijn adres gekomen? En wat had die brief te betekenen?

Ik nam hem mee naar binnen, en op slag was het plezierige vooruitzicht van Darrens telefoontje verdwenen. Ik haalde een mes uit de keuken en maakte de envelop open. Het papier was lavendelblauw, en de woorden, geschreven in een fijn, zwierig handschrift, boorden zich in mijn brein.

Geachte Miss Krohn,

Het was me een genoegen u bij de Vanderbilts te spreken. Uw manier van doen was zo verfrissend en uw verdienste, dat u – al geef ik dat niet graag toe – binnen enkele weken het huis Rubinstein weer concurrerend hebt weten te maken, is simpelweg indrukwekkend. Maar zo gaat dat bij ons, nietwaar? De een neemt een voorsprong, de ander volgt. Mrs Titus mag dan wel staan te juichen, maar ik kan u verzekeren dat haar zet niet onbeantwoord zal blijven.

Laten we het daar maar niet over hebben. Ik wil u liever een aanbod doen. U vraagt zich misschien af wat voor aanbod, maar ik wil me niet schuldig maken aan het afpikken van personeel. Ik kan me voorstellen dat Mrs Titus u restricties heeft opgelegd. Ie-

mand met talent zou ik ook niet zomaar laten gaan. Maar mogelijk zijn ze minder bindend dan we denken.
Mocht u met betrekking tot uw huidige baan van mening veranderen, dan bent u van harte uitgenodigd om de rode deur door te stappen.

Hartelijke groet,
uw E.A.

Ik wankelde naar de sofa. Miss Arden nodigde me uit bij haar te komen werken. Dacht ze echt dat ik Helena Rubinstein in de steek zou laten?

Een klop op de deur haalde me uit mijn gedachten. 'Sophia?' zei Kate. 'Je aanbidder is aan de telefoon.'

Ik sprong op en rende naar beneden.

Mr Parker was al aan zijn wandeling begonnen, dus veel tijd hadden we niet meer. Daarom begon ik meteen: 'Darren, je gelooft niet wat me net is overkomen!'

'Wat dan?' vroeg Darren. 'Je bent toch hopelijk niet overvallen?'

'Nee, dat niet. Of eigenlijk wel, om precies te zijn.'

'Vertel op!'

'Miss Arden heeft me geschreven. Ze zegt dat we een aangenaam gesprek hebben gehad en probeert onderhuids me te werven.'

'Dat is niet bepaald de fijne Engelse manier van doen,' reageerde hij geaffecteerd.

'Madame zou uit haar vel springen als ze het hoorde.'

'Je bent toch niet van plan op het aanbod in te gaan?'

'Nee,' antwoordde ik. 'Ik heb zo veel aan madame te danken.'

'Dat kan wel zo zijn, maar misschien...'

'Wat bedoel je?' vroeg ik.

'Soms is het goed een bondgenoot in het andere kamp te hebben.'

'Andere kamp?' Ik had tot dusver niet geweten dat er twee kampen bestonden. Ik wist alleen dat madame met Miss Arden concurreerde. Maar er waren nog andere tegenpartijen, zo had ik ontdekt. Bijvoorbeeld Max Factor, die schmink voor filmsterren produceerde. Ik had er een gewoonte van gemaakt de tijdschriften die Mr Parker uit had en die Kate aan mij gaf 's avonds zorgvuldig te bestuderen.

'Weet je hoe ze inmiddels de rivaliteit tussen Miss Arden en madame Rubinstein noemen? De poederoorlog. Jij mag er in het lab dan niet veel over te horen krijgen, maar zo is het. Iedereen zit te wachten tot het conflict op een schandaal uitloopt.'

'Van wie hoor je zulke dingen?'

'Van opdrachtgevers,' antwoordde hij. 'Sinds ik voor madame heb gewerkt, krijg ik veel nieuwe opdrachten.'

'En Miss Arden?'

'Zoals ik je op de party al zei, heeft ze geen verpakkingsman nodig. Maar de andere cosmeticabedrijven houden jullie – en vooral madame – goed in de gaten. Haar vermeende huwelijksproblemen zijn bij hen onderwerp van gesprek, net als de vraag hoe het met Rubinstein verder zal gaan als madame besluit in Parijs te blijven. In elke branche zijn er roofdieren en aasgieren. Wij zijn misschien een klein radertje in het geheel, maar we hebben de mogelijkheid iets te veranderen. Voor onszelf. Als ik jou was, zou ik die brief goed bewaren. Je weet nooit uit welke hoek de wind nog eens gaat waaien.'

Ik wist niet wat ik ervan moest denken. Naar Miss Arden gaan leek me op dat moment ondenkbaar. Maar Darren had meer werkervaring en ik voelde dat zijn raad misschien niet verkeerd was.

We zwegen even, in gedachten verzonken.

'Wat denk je ervan om de kerstdagen met mij door te brengen?' vroeg hij toen.

'Heb je dan geen andere verplichtingen?' vroeg ik voorzichtig.

'Nee,' antwoordde hij beslist. 'En zelfs als dat zo was, dan zou ik ze voor jou afzeggen. Ik wil met de kerst bij jou zijn – vooropgesteld dat je nog geen plannen hebt.'

Zijn woorden waren hartverwarmend en ik werd zo door mijn gevoelens overweldigd dat ik eerst niets kon zeggen.

'Sophia?'

'Ja,' antwoordde ik, en ik merkte dat de tranen me in de ogen sprongen.

'Wat bedoel je?' Hij klonk bezorgd.

'Dat zou heel fijn zijn,' antwoordde ik terwijl ik de tranen van mijn gezicht veegde.

'Maar je klinkt op een of andere manier ongelukkig.'

'Nee, nee, het is alleen...' Ik onderdrukte een snik en probeerde mezelf weer onder controle te krijgen. 'Ik... Ik huil van geluk, niet van verdriet.'

Hij slaakte een zucht van verlichting. 'Liefste, ik ben zo blij dat je de feestdagen met mij wilt vieren.'

Kate verscheen in de deuropening. Wanneer Darren en ik in gesprek waren, stond ze op de uitkijk en liet het me weten als ze Mr Parker in de buurt van het huis zag verschijnen.

'Ik moet ophangen,' zei ik.

'Volgende week vrijdag hebben we weer contact, toch?' zei hij. 'Ik ga op zoek naar een accommodatie. Misschien kan ik je dan meer vertellen.'

'Daar verheug ik me op. Tot dan.'

Ik ging terug naar mijn kamer, nog steeds geroerd door Darrens vriendelijkheid en zijn aanbod. Ik zou die kerst niet alleen zijn! Ik kon mijn geluk niet op, en het liefst was ik weggerend om het aan Ray of aan een wildvreemde op straat te vertellen.

Maar ik bleef in mijn kamer en haalde de brief van Miss Arden nog eens tevoorschijn.

Wat Darren had gezegd verontrustte me een beetje. 'Poederoorlog' klonk niet goed. Het klonk alsof het een kwestie van tijd was tot de een de ander schade toebracht. Madame had momenteel haar handen vol aan Mr Titus. Ik maakte me zorgen dat Miss Arden de circulerende geruchten op de een of andere ongunstige manier zou uitbuiten. Aan de andere kant had het op de party geklonken alsof madame haar domein was binnengedrongen, en niet andersom.

Nog een hele poos draaide ik de brief rond in mijn handen,

waarbij Darrens woorden in mijn oren weerklonken.

Als ik jou was, zou ik die brief goed bewaren. Je weet nooit uit welke hoek de wind nog eens gaat waaien.

45

De 22ste december begon met ijsbloemen op mijn raam. De kristallen leken net witte irissen, en ik wenste dat ik zo'n modern draagbaar fototoestel had om dit natuurschoon vast te leggen.

Hoewel de kachel zijn best deed, slaagde hij er niet in mijn woning voldoende te verwarmen. Wanneer ik van mijn werk thuiskwam, legde ik er met klamme vingers laagjes hout en kolen in, alleen maar om de warmte die zich in de loop van de avond moeizaam ontwikkelde 's ochtends weer achter te moeten laten.

Maar die dag kon het me niet schelen. Overmorgen zou ik met Darren op weg zijn naar Martha's Vineyard!

Bij zijn op een na laatste telefoontje had hij me verteld dat het hem gelukt was een huis te huren. Het was van een welgestelde cliënt van een vriend, die in deze tijd van het jaar liever in de stad verbleef dan op het eiland.

Ik keek er enorm naar uit en kon bijna niet wachten tot het zover was.

Een paar dagen eerder had ik een brief van Henny gekregen. Mijn bezorgdheid om haar verdween op slag. Ze maakte haar verontschuldigingen, legde uit dat ze het erg druk had gehad en meldde dat ze met de kerst met Jouelle naar Nice zou gaan. Ik popelde om haar over mijn reisje met Darren te vertellen.

Het enige wat me een beetje verontrustte was het feit dat het tussen ons tot meer dan een kus zou kunnen komen. Het litteken op mijn buik was inmiddels wel wat vervaagd, maar het zou vragen oproepen. Ik wist niet zeker of ik daar al aan toe was. En ik wist ook niet hoe Darren erop zou reageren.

Ik zette de gedachte daaraan opzij en ging net als andere ochtenden op weg. In deze tijd van het jaar leek de stad veranderd. Zelfs kleine winkeltjes decoreerden hun uitstallingen. De etalages van de grote warenhuizen wedijverden met elkaar wat pracht en praal betreft. Wanneer je erlangs liep waande je je in een andere wereld.

'En, ben je zenuwachtig?' vroeg Ray in de kleedruimte.

'Ja, een beetje wel,' erkende ik glimlachend. 'Het is ten slotte de eerste keer dat ik met hem ergens overnacht.'

'Je moet me beslist vertellen hoe het is op Martha's Vineyard. Het is mijn droom daar ooit een huis te hebben.'

'Een huis?' vroeg ik. 'Terwijl je nog niet eens weet hoe het daar is?'

'Veel rijkelui hebben daar een weekendhuis, en er moet goede kreeft zitten. Ik zou dolgraag weten hoe het is om daar te wonen. Misschien zit daar ook wel een grote Gatsby.'

'Wat heb je toch met die roman,' zei ik hoofdschuddend. 'Maar als je wilt, breng ik verslag uit. Al was het maar om je van het kopen van een huis af te houden.'

'Alsof ik daar het geld voor heb!' wierp ze tegen. 'Daarvoor moet ik eerst een rijke man hebben.'

'Dan moet je daarvoor zorgen, dat huis komt dan vanzelf wel.'

Ik glimlachte naar haar, deed een hoofddoekje om en liep naar de productiehal. Ook daar zat een laagje ijs op de ramen. De tafels waren blank geschuurd, en de manden met kruiden, die als elke dag uit de haven waren opgehaald, stonden te wachten om verwerkt te worden.

Alles leek hetzelfde als altijd, de vrouwen vertelden over hun plannen voor de kerstdagen en de cadeaus die ze aan hun man of kinderen wilden geven.

Toen verscheen ineens een van de secretaresses. 'Miss Clayton wil jullie allemaal graag in de kantine zien,' zei ze, waarop ze vlug weer verdween, zonder nadere verklaring.

Ik keek vragend naar de anderen. Die leken net zo verrast als ik.

'Madame zal wel terug zijn uit Parijs,' zei Carla, en ze voegde er schertsend aan toe: 'Misschien krijgen we wel loonsverhoging.'

We verlieten de hal en liepen naar de kantine, waar de bezorgers al stonden te wachten. De lucht gonsde van opgewonden geroezemoes. Miss Clayton was nog nergens te bekennen.

'Weet jij wat dit te betekenen heeft?' vroeg ik aan Ray.

Ze schudde haar hoofd. 'Waarschijnlijk komt er een kennisgeving. Of vertoont madame zich in eigen persoon.'

Ik herinnerde me de laatste keer dat madame hier was verschenen. Toen had ze ons willen aansporen om nog meer te presteren.

'Misschien wil ze ons voor onze betrokkenheid bedanken,' vervolgde Ray.

'Is ze dan weer terug uit Europa?' De afgelopen tijd had ik niet veel meer over haar gehoord. In de middagpauze voorzag Ray me nog altijd van nieuwtjes, maar die draaiden zelden om madame en Mr Titus.

Het gefluister ebde meteen weg toen Miss Clayton verscheen. Haar gezichtsuitdrukking was als versteend, maar wanneer was dat niet het geval? Ze ging op een stoel staan, zodat ze boven de aanwezigen uittorende. 'De reden waarom we hier bij elkaar zijn gekomen,' begon ze, 'is een brief van madame Rubinstein die ik vanmorgen heb ontvangen.'

Ze stak de envelop omhoog. Ik merkte dat haar stem trilde.

Miss Clayton haalde de brief uit de envelop en las voor:

Geachte medewerksters en medewerkers,

Ik richt me tot u om u iets mede te delen. U zult de geruchten wel hebben vernomen dat er problemen zijn tussen mij en mijn echtgenoot. Ik kan niet ontkennen dat ik de afgelopen maanden mijn gezin heb verwaarloosd. Om die reden heb ik besloten twee derde van mijn aandelen in Rubinstein Inc. te verkopen. Dat biedt me de gelegenheid me van nu af aan op mijn huwelijk te concentreren.

Het geroezemoes in de hal zwol weer aan. Er klonken luide uitingen van ongenoegen, waarin de stem van Miss Clayton volledig verloren ging.

'Wie... Wie is de koper?' vroeg iemand ergens achterin, en een andere medewerker sloot zich daarbij aan: 'En wat gaat er met ons gebeuren?'

'Kalmte!' riep Miss Clayton een beetje onbeholpen. 'Volgens mijn informatie zijn de banen hier niet in gevaar. Madame heeft zich er door de nieuwe kopers van laten verzekeren dat alle arbeidsplaatsen behouden blijven.'

'O ja? En wie zijn die nieuwe heren dan?' vroeg Carla.

'De Lehman Brothers,' antwoordde Miss Clayton. Inmiddels zag ze wit om haar neus.

'De bank?' maakte een van de vrouwen zich kwaad. 'Die figuren hebben geen enkel benul van ons bedrijf!'

'Het is madames beslissing,' antwoordde Miss Clayton. 'Het is niet aan ons om die te betwisten.'

Opnieuw klonken er stemmen op. Het gemor ging over in luide discussies en vervolgens in woedend gescheld.

Ik was als verdoofd. Dat madame Rubinstein ons allemaal zomaar in de steek zou laten had ik nooit gedacht.

'Waarom is ze dat niet zelf komen vertellen?' schreeuwde iemand naast me. 'Eerst laat ze ons de benen uit het lijf lopen en dan maakt ze zich uit de voeten!'

Ik begreep de woede van de werknemers wel. Maar ik kon me de laatste keer dat ik madame persoonlijk had gesproken nog goed herinneren. Was dit de prijs die ze moest betalen om ervoor te zorgen dat Mr Titus haar niet verliet? Had hij van haar geëist dat ze het bedrijf in New York opgaf, zodat ze bij hem in Parijs kon blijven?

Pas in de middagpauze kwam het ervan het gesprek met Ray voort te zetten. We troffen elkaar bij het stenen muurtje waar ze me voor het eerst had aangesproken. Er hing vorst in de lucht. De bomen waren met rijp bedekt. Ik had Ray de afgelopen tijd vrijwel niet zien roken, maar nu had ze een sigaret opgestoken en inhaleerde ze de rook gulzig.

'Wat denk je dat er gaat gebeuren?' vroeg ik. Ik wist niet wat de verkoop voor ons betekende. Nog nooit was ik in zo'n situatie geweest. Mijn vader zou zijn zaak voor geen goud hebben opgegeven.

Ray blies nerveus de rook uit. 'We worden natuurlijk ontslagen, wat anders?'

'Daar was geen sprake van. Miss Clayton heeft toch gezegd...'

'Nee, daar is nooit sprake van. En dan doen ze het toch.' Ray schudde haar hoofd. 'Zo ging het bij de broer van een vriendin van me. Hij werkte voor een bouwbedrijf dat door een bank werd opgekocht. Eerst heette het dat alle arbeidsplaatsen veilig waren, maar toen werd een van de projecten ineens geannuleerd. De volgende dag werden de arbeiders ontslagen.'

'Maar dit is iets anders. Wij produceren cosmetica.'

Ray schudde haar hoofd. 'Dat is hetzelfde, geloof me. Het gaat om geld, veel geld. Ik ben benieuwd hoeveel de Lehman Brothers haar hebben betaald.'

Ik was benieuwd naar iets heel anders. 'Denk je dat ze de zaak voor Mr Titus heeft opgegeven?'

Ray haalde haar schouders op. 'Madame Rubinstein is aan haar zaak verknocht. Haar man was de meeste tijd niet bij haar, die woont voornamelijk in Parijs.'

'Maar hij is nooit eerder van plan geweest bij haar weg te gaan.'

Ray trok haar wenkbrauwen op. 'Hoe weet je dat?'

Ik schudde mijn hoofd. 'Dat heb ik ergens opgevangen.' Ik kon Ray moeilijk vertellen dat madame me dat na afloop van de party had toevertrouwd.

'Dat is nogal wat!' zei Ray. 'Er waren wel vermoedens, maar als hij nu echt...' Ze schudde haar hoofd. 'Wie had gedacht dat madame uiteindelijk ook maar gewoon een vrouw is.'

'Ze schijnt van haar echtgenoot te houden,' zei ik. 'Tijdens de overtocht heb ik gezien hoe ze naar hem keek.'

'Daar hebben wij nooit iets van gemerkt, maar ze is hier ook slechts één keer met hem geweest. Hij geeft niets om haar bedrijf en gaat liever met die schrijvers van hem om. Het is eigenlijk vreemd dat ze nog steeds bij elkaar zijn.'

'Daar moeten we ons maar niet mee bezighouden,' zei ik, want ik vond het onaangenaam om zo over madame te praten. Haar privéleven ging ons niets aan, ook al beheerste ze dat van ons met haar overeenkomsten. 'Het voornaamste is toch dat we onze baan niet verliezen. Voor wie we werken maakt toch eigenlijk niet uit?'

46

Op 24 december stond Darren zoals afgesproken 's morgens voor het huis op me te wachten – zonder claxonnade, wat Mr Miller vast erg waardeerde. Inmiddels nam die niet eens meer de moeite om uit het raam te kijken als de auto voor het huis stopte. Waarschijnlijk begon hij zo langzamerhand aan Darren te wennen.

Op het bagagerek van de wagen had Darren een grote koffer vastgesnoerd. Hij had laten weten dat hij een cadeau voor me had, wat voor mij aanleiding was geweest om de afgelopen week vlak voor sluitingstijd een omweg langs een herenmodezaak te nemen om een dasspeld voor hem te kopen. Bij de gedachte dat dit de eerste keer na Parijs was dat ik een kerstcadeau kocht, met zelf verdiend geld bovendien, kreeg ik tranen in mijn ogen. Maar daarna overviel me een onbeschrijfelijk geluksgevoel, en stond ik mezelf toe van een toekomst met Darren te dromen.

Die dag voelde ik me echter ongerust. De verkoop van de bedrijfsaandelen was de vorige dag nog lang het gespreksonderwerp van de vrouwen geweest. Hoewel er op het eerste gezicht niets was veranderd, verkeerden velen nu in onzekerheid. Ik was daarop geen uitzondering.

'Wat is er?' vroeg Darren toen hij mijn koffer van me overnam. 'Je ziet er zo triest uit.'

'Maar dat ben ik niet,' antwoordde ik. 'Het is alleen... Dat kan ik je het best onderweg vertellen.'

'Hopelijk is het niet iets waardoor ik van schrik het stuur loslaat.'

'Nee, dat is het absoluut niet. En eigenlijk heeft het ook niet veel te betekenen. Laten we gaan, dan hoef ik je nieuwsgierigheid niet langer op de proef te stellen.'

We stapten in en Darren startte de motor. Toen we het huis achter ons hadden gelaten, bracht ik verslag uit over de brief en de daaropvolgende discussies.

Darren zweeg even nadenkend, toen zei hij: 'Je moet je daar niet druk om maken. Bedrijven worden nu eenmaal verkocht. Dat is altijd zo geweest. Ik durf te wedden dat madame Rubinstein wel vaker een aanbod heeft gekregen.'

'Maar tot nog toe heeft ze er geen aangenomen.' Ik slaakte een diepe zucht. Ik zou Darren maar wat graag vertellen wat madame me na afloop van de party had geopenbaard. Ik herinnerde me echter dat ik haar beloofd had het stilzwijgen te bewaren.

'De Lehman Brothers zullen het bedrijf niet ten onder laten gaan,' zei Darren.

'Het zijn bankiers, geen cosmeticamensen,' merkte ik op.

'Daar hebben ze jullie toch voor? Ik kan me voorstellen dat ze een paar medewerkers in de directie opnemen om de nieuwe bazen te adviseren. Dat betekent ook dat je misschien binnenkort nieuwe producten mag creëren.'

Op de een of andere manier wilde ik dat niet geloven. 'De meeste vrouwen houden er rekening mee dat er ontslagen zullen vallen. Er zijn nog twee andere chemici. Die zullen ze niet ontslaan, want zij moeten een gezin onderhouden.'

'Het is toch niet gezegd dat er ook maar iemand wordt ontslagen?' weerlegde Darren. 'Misschien krijgt de onderneming door de verkoop nieuw elan en worden er juist meer mensen in dienst genomen.'

'Dat is te hopen,' zei ik en ik besloot er niet meer aan te denken. Na de feestdagen was er nog tijd genoeg om me druk te maken.

Na een tussenstop in New Haven, waar Darren me de Yale University liet zien en schertsend opmerkte dat ik daar toch ook nog kon afstuderen als ik dat wilde, kwamen we 's middags aan in Boston, waar de veerboot naar Martha's Vineyard op ons lag te wachten.

Darren had me onderweg verteld dat de zogenaamde Tea Party in de haven van Boston de aanleiding was geweest voor de Onafhankelijkheidsoorlog, waarin de Verenigde Staten zich van het Britse koninkrijk bevrijdden. Ik was benieuwd wat hij over het eiland waar we naartoe gingen te vertellen had.

Het was ijskoud en ik was blij dat ik onder mijn mantel nog de oude jas droeg die ik uit Berlijn had meegenomen. In een mum van tijd kroop de waterkoude lucht tussen de lagen stof en bezorgde mijn huid pijnlijke rillingen.

De veerboot de Nantucket, een indrukwekkend wit stoomschip met een hoge schoorsteen, lag al aan de kade. Er waren nog een paar andere reizigers aan boord. Een dame in een enorme bontmantel nam ons nieuwsgierig op, maar keerde zich weer naar haar echtgenoot, die in zijn zwarte gewaad net een priester leek.

De auto konden we niet meenemen, daarvoor was de veerboot te klein. Maar Darren had hem op een veilige plek geparkeerd.

'U hebt geluk,' zei de matroos die onze kaartjes controleerde, een getaande gedrongen man in een dikke blauwe wollen jopper. 'In deze tijd van het jaar komt hier bijna niemand. Alleen een paar mensen die het in de stad niet uithouden. In de zomer ziet het er heel anders uit. Dan komen er massa's dagjesmensen.'

'Daarom hebben we voor de winter gekozen,' antwoordde Darren, terwijl hij zijn arm beschermend om me heen sloeg. Ik voelde zijn warmte en vlijde me tegen hem aan. De veerman glimlachte fijntjes. 'Nou, het ziet ernaar uit dat jullie tweeën het in elk geval niet koud zullen hebben.'

'Nee, dat zullen we zeker niet,' antwoordde Darren en hij wierp me een liefdevolle blik toe.

We gingen in de buurt van de reddingsboten staan. Daarvandaan hadden we een prachtig uitzicht over de zee, ook al hield die zich deels schuil achter dikke mistslierten.

De veerboot kwam met een langgerekt geluidssignaal in beweging. Langzaam verdween de haven achter ons in de mist. Onwillekeurig moest ik weer denken aan de dag dat ik vanuit Calais naar de Nieuwe Wereld was vertrokken. Dat was bijna twee jaar geleden. Louis zou nu tweeënhalf zijn geweest. Soms stelde ik me voor hoe het zou zijn geweest als ik hem had kunnen meenemen. Af en toe droomde ik daar zelfs over – alleen om bij het ontwaken te constateren dat mijn zoontje er niet meer was.

Ik probeerde de gedachte van me af te zetten voordat ik er helemaal zwaarmoedig van zou worden. Louis was dood, niets zou hem tot leven kunnen wekken. Hij zou altijd bij me zijn, waar ik ook ging. Misschien zou het litteken dat zijn verlies had achtergelaten ooit vervagen, verdwijnen zou het nooit. Maar eigenlijk wilde ik dat ook niet, want het was het enige teken dat het kindje er was geweest.

'Is alles in orde met jou?' vroeg Darren. Zijn stem verdreef de beelden die bij me waren opgekomen. Ik keek hem aan. Zijn ogen straalden als een zomerhemel, en dat terwijl het om ons heen grauw en ijzig koud was. Zijn wangen waren net zo rood als zijn neus. Zijn haardos werd door de wind verfomfaaid. Bij die aanblik stroomde er een golf van geluk door me heen. Deze man zou mijn toekomst zijn. Met hem kon ik opnieuw beginnen en het verleden achter me laten.

'Meer dan dat,' antwoordde ik. 'Ik geloof niet dat ik me de laatste tijd gelukkiger heb gevoeld dan op dit moment.'

'En dan zijn we er nog niet eens,' merkte hij glimlachend op.

'Dat jij er bent is voor mij al genoeg,' zei ik en ik vlijde me tegen hem aan.

Vroeg in de middag kwamen we op het eiland aan. Net als op Gardiners Island kreeg je eerst strand en kliffen in het oog, en even later zag je de huizen, die wat hoger lagen. De vuurtoren zond zijn licht ondanks de klaarlichte dag de verte in. Waarschijnlijk was het verder op zee nog mistiger dan hier.

Toen de veerboot in Edgarton was aangemeerd, gingen we van boord. In de haven stonden een paar auto's te wachten om de passagiers naar hun onderkomen te brengen. De jongeman die ons naar het huis van Darrens kennis bracht, vertelde ons over de brand op een veerboot en dat in de Grote Oorlog een Duitse onderzeeër voor de kust een passagiersschip had aangevallen en tot zinken gebracht. Geen prettige verhalen, en ook een beetje pijnlijk voor mij als Duitse, maar Darren leek het niet te deren.

Ten slotte stopten we aan de rand van het dorp. Het huis stond verscholen achter hoge fruitbomen en dichte gaspeldoornstruiken. De muren waren wit geverfd en aan een kant klom een roos langs de gevel. Die had al lang geen bladeren meer, maar hier en daar hingen nog rozenbottels en verdroogde bloemen tussen de doornen. Boven de ingang bevond zich een groot balkon.

Darren betaalde de jongen, die hem nog hielp met het uitladen van de bagage. Daarna liepen we het huis in, dat over een grote hal en meer kamers beschikte dan we nodig hadden.

'Dit is dus het vakantiehuis van een cliënt van je vriend?' vroeg ik terwijl ik in de hal rondkeek. Een uitnodigende witte trap leidde naar de bovenetage, bewaakt door het portret van een melancholisch kijkende vrouw in een lavendelblauwe japon. Ze droeg haar haar in een wrong in de nek en haar albasten gezicht rustte op haar hand.

'De grootmoeder van de eigenaar,' verklaarde Darren. 'Naar verluidt was haar echtgenoot na haar dood zo wanhopig dat hij niet bij haar portret weg was te slaan. Zelfs toen het hiernaartoe was gebracht ging hij er nog voor zitten. Iedereen die de deur binnenkwam schrok zich te pletter van de oude man die zijn blik strak op het schilderij gericht hield.'

'Ze was beeldschoon,' zei ik en ik hield mijn hoofd scheef. Ze deed me een beetje aan madame denken. Misschien had die er in haar jonge jaren net zo uitgezien.

'Ja, dat was ze. Maar niet zo mooi als jij.'

Ik trok een gezicht. 'Je overdrijft. Bij haar vergeleken ben ik een brilslang.'

'Het is niet gezegd dat ze niet ook bijziend was. Iedereen wil een bijzonder goede indruk achterlaten wanneer zijn beeltenis voor het nageslacht moet worden vastgelegd. Dat geldt voor foto's net zo goed als voor geschilderde portretten. Of zou jij je met bril laten vereeuwigen?'

Ik dacht aan het portret dat ter gelegenheid van mijn achttiende verjaardag was gemaakt. Ik had mijn bril afgezet en de hele ochtend in een wazige wereld verkeerd. Maar dat meisje was in Berlijn gebleven.

'Ja,' zei ik. 'Nu wel. Die bril is een deel van mij. Zonder bril zou ik het er op straat waarschijnlijk niet levend afbrengen. Waarom zou ik een deel van mij moeten weglaten dat zo belangrijk voor me is?'

Darren grijnsde ongelovig. 'Ik ken geen enkel meisje dat zoiets zou doen.'

'Dan ben ik de eerste,' zei ik. 'Bovendien hoef ik mijn bril niet meer weg te laten om aan de man te komen, of wel soms?'

Darren kwam naar me toe en nam me in zijn armen. 'Nee, dat hoeft niet. Ik vind je bril juist wel schattig.'

'Schattig?' vroeg ik. 'Ik dacht dat ik er pienter uitzag met dat ding.'

'Nee, pienter ben je al van jezelf. Ik vind hem schattig.'

Hij kuste me, en even schoot door me heen dat ook Georg zich absoluut niet aan mijn bril gestoord had. En hoewel het niet in me op zou komen om Darren met hem te vergelijken, stelde het me gerust te weten dat zijn kijk op mij niet ophield bij mijn brilmontuur.

Toen dacht ik alleen nog aan zijn lippen en zonk ik weg in de warmte van zijn lichaam.

Nadat we ons geïnstalleerd hadden, wandelden we een eind door het landschap. Het weer klaarde op en hoewel het daardoor nog kouder werd, was het uitzicht over het eiland en vooral de zee prachtig. De golven leken bijna turquoise en waren gekroond met schuimkopjes. Op het strand hoopte aangespoeld hout zich op tot bizarre sculpturen. Dor gras stond langs het pad te wiegen in de wind. In de verte ontdekten we een kleine vuurtoren en we namen ons voor die de komende dagen te bezichtigen.

's Avonds daalden we af naar het dorp en liepen een chic restaurant in. Er bleken toch nog aardig wat mensen op het eiland te zijn.

In warm licht gedompeld zaten ze aan de tafels met hun colliers en gouden dasspelden te pronken. Het rook er heerlijk naar kruiden en gebraden vlees. Mijn brillenglazen besloegen en lieten alles even achter een witte sluier verdwijnen, maar toen werd mijn zicht weer helder.

Nadat Darren de kelner had gesproken werden we naar een tafel bij een raam gebracht. Van het landschap buiten kon je niets ontwaren, want het was pikdonker. Maar ik vond het mooi om te zien hoe de lichtjes – en ook wij – werden weerspiegeld in de ruit.

We gingen zitten, en ik wist niet waar ik moest kijken. De stemmen van de gasten klonken als het gezoem van duizenden hommels. Daartussen klonk het gelach van een vrouw op. Ik zag dat een van de dames in onze buurt haar poederdoos tevoorschijn haalde en haar make-up bijwerkte. Haar metgezel keek gefascineerd toe. Zou Darren dat ook doen wanneer ik in het openbaar mijn neus poederde?

'Hier, voor jou,' zei hij opeens en hij overhandigde me een klein doosje.

'Maar het is toch nog geen tijd voor de cadeautjes,' merkte ik op. Ik had intussen geleerd dat in Amerika de cadeaus pas 's ochtends op eerste kerstdag werden uitgedeeld.

'Hier niet, maar bij jou wel. Ik weet dat jullie in Duitsland kerstavond vieren.'

Voor mijn geestesoog flitste een beeld op. Van de kerstboom thuis in onze woonkamer. Mijn vader was eigenlijk een pragmatische man, maar zelfs hem werd het week om het hart als de kaarsjes in de kerstboom brandden en de geur van appels uit de oven door de kamers waarde.

Vlug schudde ik het beeld weer van me af. Ik was niet meer thuis. Ik was op Martha's Vineyard, met Darren.

'Dank je wel,' zei ik terwijl ik met moeite mijn tranen wist te bedwingen. Ik voelde me onuitsprekelijk gelukkig. En tegelijkertijd speelde mijn geweten op. 'Jouw cadeau ligt nog in het huis.'

'Dat geeft niet. Dat kan wel tot morgenochtend wachten.' Hij boog zich naar me toe en gaf me een kus. 'Nou vooruit, kijk eens wat het is.'

‘Echt?’

‘Waarom zou ik het anders hebben meegenomen?’

Ik maakte het smalle gouden lint los. Ik had al zo lang geen cadeau meer gekregen. Ik kreeg kriebels in mijn buik van opwinding.

Ik maakte het doosje open en zag iets zilverachtigs glinsteren. Koud metaal nestelde zich tegen mijn vingers. Toen ik het tevoorschijn haalde, zag ik dat het een zilveren hanger was aan een dunne schakelketting. De hanger had de vorm van een muntstuk.

‘Het is een oude Spaanse munt,’ verklaarde Darren. ‘Toen ik je laatst over de piraten vertelde, kwam ik op het idee er een voor je te kopen.’

Ik streek met mijn vinger over het metaal met de beeltenis van een vrouw. Een vrouw met een kroon. De rand eromheen was afgesleten, het getal op de achterkant nauwelijks leesbaar. Maar het was het mooiste wat ik ooit had gekregen.

‘Hij is van puur zilver. Naar verluidt afkomstig van een van de schepen die de piraten hebben buitgemaakt. Het moet een koningin zijn, maar vraag me niet wie het is. Ze beviel me omdat ze me ergens aan jou doet denken.’

‘Ze draagt geen bril,’ wierp ik tegen.

‘Ik weet niet of er in die tijd al brillen bestonden. Maar zo ja, dan zouden veel meer koninginnen er een hebben gedragen.’

Ik begon te lachen. ‘Dank je wel,’ zei ik en ik keek hem stralend aan. Op dat moment verscheen de kelner om onze bestelling op te nemen.

Opgewarmd door heerlijk eten liepen we na afloop terug naar het huisje. In maar weinig huizen brandde nog licht, maar waar dat wel het geval was zag het er net zo knus uit als in het restaurant. Ik stelde me voor hoe de gezinnen bij de kerstboom zaten, hoewel ik wist dat het hier een beetje anders ging dan bij ons.

‘Ik kan me nog goed herinneren dat ik als kind ’s nachts wakker lag,’ vertelde Darren. ‘Mijn vader was dan wel een moeilijke man, maar met Kerstmis hield hij zich in. Toen ik nog niet besefte hoe ons gezin er feitelijk bij stond, dacht ik dat er ’s avonds een engel kwam om me cadeautjes te brengen. En op de een of andere manier zorgde mijn moeder er altijd voor dat de engel kwam en iets voor me achterliet. Ondanks mijn vader.'

'Ik geloofde dat het kerstkind bij ons langskwam. Mijn vader liet me in de waan tot ik tien was. Toen vertelde hij me dat het kerstkind niet bestond. Dat was een hele schok.'

'Dat klinkt nogal wreed.'

'Nee, het was realistisch. Mijn vader had voor mij een toekomst als wetenschapper voor ogen. Bijgeloof was iets voor vrouwen die niet de kansen kregen die mij geboden werden.' Ik schudde mijn hoofd en probeerde de gedachte te verdrijven.

'Je vader bedoelde het vast goed,' zei Darren. 'Net als de mijne, de keren dat hij nuchter was.'

'Ja,' antwoordde ik. 'Hij bedoelde het goed.' En ik was ondankbaar geweest, had hem teleurgesteld. En nu was ik hier.

'Laten we het niet meer over het verleden hebben,' zei ik, want ik merkte dat er uit de krochten van mijn geheugen dingen naar boven kwamen waardoor ik deze heerlijke dag niet wilde laten bederven. 'We moeten vooruitkijken. Naar de toekomst.'

Darren legde zijn arm om mijn schouders. 'Akkoord. Laten we naar de toekomst kijken.'

47

Op eerste kerstdag werd ik al vroeg wakker. Darren was nog diep in slaap, met de deken om zich heen geslagen. Ik keek naar hem. De hele tijd had hij niets geprobeerd wat ik niet wilde. Hij was door en door fatsoenlijk. En het was fijn hem naast me te hebben, naast hem wakker te worden. Ik kon me voorstellen dat elke ochtend te doen.

Ik stond behoedzaam op, kleedde me aan en liep naar beneden. Het vuur was uit, de as verpulverd. Ik schoof die opzij en legde nieuwe stammetjes in de haard. Daarna stak ik een paar strohalmen aan.

Toen het vuur brandde dekte ik de tafel en legde zijn cadeautje naast zijn bord. Ik vroeg me af wat mijn ouders daarvan zouden zeggen. Ik had een nieuwe man gevonden. Een man die geen misbruik van me zou maken. Een man die misschien met me zou trouwen. Misschien.

Maar zou ik met hem willen trouwen? Een leven leiden als dit, dat van een huisvrouw in de keuken?

Nee, dat was niet wat ik wilde. Ik wilde in het lab zijn. Ik wilde werken, vooruitkomen.

Het kraken van de trap haalde me uit mijn gedachten. Even later verscheen Darren in de deuropening. 'Hier ben je,' zei hij met een brede glimlach. Zijn haar zat een beetje in de war, hij had nog rode konen van de slaap. Ik had uren naar hem kunnen kijken.

'Ziedaar,' zei ik. 'De kerstengel is gekomen!'

'Inderdaad,' antwoordde hij, 'kijk eens aan.'

'Maak het open,' gebood ik. 'Ik zet intussen koffie.'

Terwijl ik me naar het fornuis omdraaide hoorde ik dat Darren zijn cadeau uitpakte en het doosje openmaakte. 'Hij is prachtig.'

Ik keek om. Darren streek glimlachend met zijn vinger over de dasspeld.

'Vind je hem mooi?' vroeg ik.

Hij stond op en kwam naar me toe. Teder sloeg hij zijn armen om mijn schouders en ik voelde zijn lippen in mijn hals. 'Heel mooi zelfs. Ik zal hem elke dag met trots dragen. Maar het mooiste cadeau ben jij.'

'En jij bent dat voor mij.' Ik vlijde me tegen hem aan. Mijn lichaam verlangde naar hem, maar ik voelde me nog steeds geremd. Hoe zou hij reageren als hij mijn litteken zag? Ineens werd ik door angst bevangen. 'Laat ik eerst wat te eten maken,' zei ik, ik kuste hem en maakte me voorzichtig uit zijn omhelzing los.

Darren keek me aan, toen knikte hij en glimlachte. 'We moesten maar naar een café gaan. We hebben bijna niets in huis.'

'Ik heb meel gezien en gist. En jam. Wat vind je ervan als ik brood bak en we daar jam op doen?'

'Je bedoelt dat we de voorraad van Ricks cliënt aanspreken?'

'Waarom niet?' zei ik terug.

'Kun je dan brood bakken?'

'Ik ben scheikundige,' zei ik lachend. 'Als ik een mengsel voor cosmetische crèmes kan maken, moet brooddeeg ook wel lukken. Bovendien heeft mijn moeder het me vroeger geleerd.'

'Oké, misschien merkt onze weldoener het niet eens.'

Ik sloeg mijn armen om zijn nek en kuste hem.

De ochtend brachten we door met kijken naar het rijzen van het brood in de oven. Het was verbazingwekkend dat zoiets simpels, iets waarvan je je nauwelijks bewust was, zo spannend kon zijn. Tegen de middag konden we dan eindelijk eten. Ik vroeg me af waarom ik tot nog toe geen brood voor mezelf had gebakken. Omdat het niet de moeite was? Het was alsof ik toen ik mijn ouderlijk huis verliet verstard was geraakt en vergeten was te leven. Met de smaak van het brood keerde het leven in me terug. Ik herinnerde me weer wat ik kon. Dat mijn leven niet alleen verplichtingen kende, maar ook genoegens.

Of kwam dat alleen maar door Darren? Had hij me mijn leven teruggegeven?

Na een lange wandeling langs een wijngaard en een kleine omweg naar de vuurtoren die we op de eerste dag hadden gezien, maakten we het ons gezellig voor de haard. Het vuur knapperde en om ons heen was het zo donker dat je zou kunnen denken dat de wereld was verdwenen. Alsof alleen wij tweeën bestonden.

'Dit is het fijnste kerstfeest dat ik ooit heb meegemaakt,' zei Darren.

'Heus waar?' vroeg ik.

'Ja, want deze keer heb ik twee engelen gekregen. De mooiste ligt hier in mijn armen.'

'Maar ik ben van vlees en bloed. Heb geen vleugels. Geen stralenkrans.'

'Dat bevalt me juist goed.' Hij boog zich naar me toe en kuste me. Onze lippen versmolten. Lust ontwaakte in mijn buik en verspreidde zich van mijn borst naar mijn benen. Toen zijn mond langs mijn hals streek, begon ik te kreunen.

Hij trok me overeind en kuste me weer. Ik voelde me als was in zijn handen. Al kussend liepen we naar boven en begonnen elkaar uit te kleden. Ik voelde mijn hele lichaam vibreren. Mijn brein was als beneveld en kende slechts één doel. Ik wilde hem voelen, wilde dicht bij hem zijn.

Toen hij mijn blouse open knoopte en zijn lippen over mijn buik gleden, werd mijn brein op slag weer helder. Het besef dat hij meer wilde dan dat, trof me als een zweepslag. Het besef dat hij het zou zien.

'Darren, nee!' riep ik en ik wilde me lostrekken, maar het was al te laat. Hij had mijn onderbroek ver genoeg omlaag getrokken om mijn litteken te zien, dat nog altijd blauwachtig op mijn huid prijkte, als een spottend vertrokken mond.

Meteen verstijfde hij. 'Wat... Wat is dat?' vroeg hij, maar ik was ervan overtuigd dat hij wist wat het betekende.

Een koude rilling trok over mijn lichaam. Vlug trok ik mijn onderbroek op en mijn knieën naar mijn buik, alsof ik op die manier mijn geheim kon bewaren. Maar het was te laat. Ik had het gevoel dat ik in een donker gat viel toen ik zijn vraag beantwoordde. 'Het litteken van een keizersnede.'

'Heb jij... Heb je dan een kind? Waar is het? Heb je het weggegeven?'

Ik schudde mijn hoofd. 'Nee. Het is in het ziekenhuis gestorven, na een paar dagen. Ik... Ik zou het nooit hebben weggegeven. Als het nog had geleefd, zou het bij me zijn.'

Darren schudde zijn hoofd. Ik zag aan hem dat er allerlei vermoedens bij hem opkwamen. Ik wist zelf wat men over het algemeen van vrouwen zoals ik dacht. Er zat niets anders op: ik moest hem de waarheid vertellen. Iets anders zou Darren misschien een verkeerd beeld geven.

'Ik heb je toch over mijn vorige relatie verteld?' Ik had het in elk geval aangestipt. 'Ik... Ik heb een relatie met mijn docent gehad,' begon ik en daarna vertelde ik dat ik geconstateerd had dat ik zwanger was, dat Georg me het adres van een engeltjesmaker had gegeven. Ik vertelde hem dat mijn vader me het huis uit had gegooid, dat ik naar Henny was gegaan en dat we samen naar Parijs waren vertrokken.

Het viel me zwaar het verhaal voort te zetten toen ik hem over Louis moest vertellen, mijn zoontje, dat zijn naam had gekregen van iemand in het ziekenhuis.

Toen ik aan het eind van mijn verhaal was gekomen, keek ik naar Darren. Op de een of andere manier voelde ik me opgelucht. Nu stond er niets meer tussen ons in, geen geheim dat mijn gemoed bezwaarde. Nu wist hij alles. Misschien had ik het veel eerder moeten doen.

Darren reageerde niet. Hij zat daar maar, met een strak gezicht, terwijl achter zijn voorhoofd allerlei gedachten rondspookten. 'Je had het me moeten vertellen,' zei hij uiteindelijk met ijzige stem.

'Maar dat heb ik toch...'

Zijn blik legde me het zwijgen op. 'Eerder,' zei hij. 'Je had het me meteen moeten vertellen.'

Mijn keel werd dichtgesnoerd. Wanneer had ik dat dan moeten doen? Geen enkele vrouw met een verhaal als het mijne vertelde bij de eerste ontmoeting alles over zichzelf!

'Dat... Dat kon ik niet. En ik wist niet... hoe je erop zou reageren.'

Darren schudde zijn hoofd en stootte een gekweld lachje uit. 'Dat wist je niet? Ik dacht dat je van me hield.'

'Dat is ook zo!' antwoordde ik.

'Waarom vertrouw je me dan niet?'

'Ik vertrouw je wel!'

'Ach, heus?' Hij schoof een eind bij me vandaan en ik kon duidelijk merken dat hij steeds bozer werd. Zijn ogen leken ineens veel donkerder dan anders, bijna zwart. Zijn gezicht werd zo rood dat zijn wenkbrauwen erbij verbleekten. 'Je hebt het allemaal voor me verzwegen!' viel hij ineens tegen me uit. Ik deinsde terug. 'Als ik het geweten had...' Hij stokte.

'Wat had je dan gedaan?' vroeg ik. 'Had je dan meteen geweten dat je je niet met me moest inlaten?'

'Nee!' antwoordde hij op scherpe toon. 'Maar dan had ik geweten dat je me vertrouwde. Hoelang had je het willen verzwijgen? Tot we trouwden? Of daarna ook nog? Zou ik het misschien nooit te weten zijn gekomen omdat je er altijd op zou hebben gestaan dat we het licht uitdeden?'

Zijn woorden troffen me als pijlen. Ik schudde mijn hoofd. Van trouwen was tussen ons nog geen sprake geweest. En vanavond... Ik was het niet van plan geweest, maar mijn gevoelens hadden me ertoe gebracht mijn afwerende houding te laten varen.

Ja, ik had er misschien op moeten staan het licht uit te doen. Maar het was niet mijn bedoeling geweest het achter te houden. Ik had alleen op het juiste moment gewacht. 'Ik zou het je hebben verteld,' voerde ik klaaglijk aan. 'Maar ik... Je moet het begrijpen, ik kon het niet. Je weet hoe de mensen denken over vrouwen zoals ik. Ik...'

'Als je oprecht van iemand houdt, kun je het hem vertellen!' foeterde hij. 'Vooral als het om zoiets belangrijks gaat!' Hij sprong op en zoals hij naar me keek, leek het of hij op het bed iets weerzinwekkends zag liggen.

'Ik was bang!' bekende ik. 'Ik dacht dat je van me zou walgen. Ik wilde alles niet kapot laten maken door die kwestie.'

'Het was je kindje! Het is geen kwestie, het is een beslissing die je genomen hebt. Die heeft ook gevolgen voor alles wat erna komt. Zelfs voor mij!'

'Je bedoelt dat ik het gewoon maar overal moet rondbazuinen? Het aan iedereen vertellen, zodat ze me voor hoer kunnen uitmaken?'

De stem van mijn vader echode door mijn hoofd: *een lichtzinnige hoer...*

Darren reageerde niet. Hij stak zijn handen in zijn zakken en leek in tweestrijd te verkeren. 'Welke geheimen heb je nog meer voor me?' vroeg hij vervolgens en hij streek met een jachtig gebaar door zijn haar. 'Wie ben je nog meer om de hals gevallen?'

'Niemand,' antwoordde ik. Ik kwam overeind en wilde hem vastpakken, maar hij ontweek me. Ik keek hem aan. Bij mijn wanhoop kwam nu ook verbijstering. Het was gewoon een misstap geweest. Een misstap die ik had begaan toen ik jonger was. Ook al lag er slechts drie jaar tussen, de vrouw die ik nu was, was een andere dan de studente in Berlijn.

Of misschien ook niet.

'Ik... Ik kan dit niet,' zei hij. 'We gaan morgen terug. En ik ga beneden slapen. Ik wil niet langer met jou in één kamer zijn!' Met die woorden draaide hij zich om en liep de slaapkamer uit. Ik staarde nog een poosje naar de deur, toen kwamen de tranen.

Ik huilde tot de pijn in mijn borst en buik me dwongen op te houden. Snikkend lag ik daar, met mijn blik op het plafond gericht.

Het had het fijnste kerstfeest sinds tijden moeten zijn, maar het was het verschrikkelijkste geworden! Telkens weer liep ik de scène met Darren door en overwoog ik of ik naar beneden moest gaan om met hem te praten.

Voordat ik daartoe kon besluiten deed mijn verstand zich gelden. Het zou verkeerd zijn het hem uit te willen leggen nu hij zo teleurgesteld en gekwetst was.

Op een gegeven moment viel ik in slaap, nagejaagd door verwarde dromen. Ik rende door een labyrint, zonder te weten waar ik heen moest. Telkens weer kwam ik bij een doodlopend stuk, stond ik voor een muur die me de weg versperde. En welk pad ik ook nam, ik kwam altijd op hetzelfde punt uit.

Ten slotte droogden de tranen op en lieten me in duisternis achter. Toen ik wakker werd dacht ik even dat het voorval van de vorige dag slechts een droom was geweest. Maar toen ik mijn ogen opendeed merkte ik meteen dat ik alleen was. Het huis voelde koud aan. Het bed naast me was leeg. Maar dat was het de vorige avond al geweest.

Ik sprong uit bed, overvallen door paniek. Vlug schoot ik mijn kleren aan, toen rende ik de trap af. Van Darren geen spoor. Ik had hem moeten roepen, maar ik kon me er niet toe zetten zijn naam uit te spreken.

Bang dat Darren me gewoon kon hebben verlaten stormde ik naar buiten. Daar zag ik hem bij het hek staan, alsof hij op de uitkijk stond. Tussendoor nam hij een trekje van een sigaret. Zijn koffer stond ingepakt naast hem.

Toen hij merkte dat ik er was, keek hij op.

'Goedemorgen,' zei ik.

'Morgen,' zei hij terug. 'Ik heb de jongen die ons hier gebracht heeft op de hoogte gesteld. Hij brengt ons over een half uur naar de haven. Is dat wat jou betreft in orde?'

'Ja,' antwoordde ik bedrukt.

'Mooi.'

'Darren?' vroeg ik. 'Kunnen we praten?'

'Waarover?' vroeg hij terug en hij richtte zijn blik weer op de weg. 'Gisteren hebben we toch alles gezegd wat er te zeggen viel, of niet soms? Heb je nog iets toe te voegen?'

'Het spijt me.'

'Goed, het spijt je. Nog iets?'

Mijn hart verkrampte. Zo bot had ik hem nog nooit meegemaakt. Kon hij dan helemaal geen begrip voor me opbrengen?

'Als het kon, zou ik het terugdraaien, maar dat is onmogelijk. Ik ben dom geweest, een dom meisje dat zich met de verkeerde man heeft ingelaten. Ik kan het niet ongedaan maken. En mijn zoontje... Ik heb niet eens de kans gekregen hem te zien. Dat zijn dingen die je niet zomaar vertelt.'

'Je zou het me niet hebben verteld als ik dat litteken niet had ontdekt.' Dat klonk niet als een vraag, maar als een constatering.

'Natuurlijk wel. Ooit. Wanneer we langer samen waren.'

'Drie maanden zijn dus niet genoeg?' Hij schudde misprijzend zijn hoofd. 'Als je iemand vertrouwt kun je zulke dingen zeggen.' In zijn stem klonk teleurstelling door. 'Maar je hebt geen vertrouwen in me. En zonder vertrouwen is een relatie voor mij onmogelijk.' Hij tikte zijn sigaret over het hek op de straat. Ik merkte dat niets wat ik zei hem ertoe kon bewegen te begrijpen hoe de schande die ik met me meedroeg aanvoelde. Dat maakte me kwaad. Hoe kwam hij erbij over mij te oordelen? Hij had nooit in een situatie als de mijne verkeerd en dat zou hem ook nooit gebeuren. Het liefst was ik weggelopen. Maar ik bleef als aan de grond genageld staan, niet bij machte me te bewegen.

Was er misschien nog een andere manier om naar New York terug te gaan? Ik wist niet hoe ik het de komende uren moest uithouden zonder volledig in te storten. 'Vanuit Boston kun je toch vast ook met de trein naar New York?' vroeg ik. 'Ik... Ik wil je niet langer tot last zijn.'

Darren zweeg. Zou hij niet blij moeten zijn met mijn aanbod? Hij voelde zich door me verraden. Er was niets wat ik kon doen om die indruk te ontzenuwen. Het litteken zat nog steeds op mijn buik, en wat ik hem verteld had was nog steeds waar.

'Ja, natuurlijk,' antwoordde hij ten slotte.

'Dan neem ik die.'

'Je kunt ook met mij meerijden,' merkte hij op.

Ik schudde mijn hoofd. 'Ik wil je geen last bezorgen. Het is beter als we niet meer tijd dan noodzakelijk met elkaar doorbrengen. Na gisteravond...' Ik brak mijn zin af en wachtte op een reactie, maar die kwam niet. 'Zoals ik al zei, ik vind de weg wel alleen. Dat heb ik altijd al gedaan.'

Het leek of hij iets wilde zeggen, maar uiteindelijk knikte hij en keerde zich weer naar de weg. Ik draaide me om en liep terug naar het huis. Ik kon een snik niet onderdrukken toen ik mijn koffer pakte. Het hadden zulke fijne dagen moeten worden. Ik had een toekomst gezien!

En het waren maar een paar woorden geweest die alles hadden verstoord. De waarheid had me van mijn droom van een leven met Darren beroofd. Maar hoe had ik die waarheid moeten verbergen, die me immers getekend had?

Ik raapte mijn spullen bij elkaar terwijl de tranen onstuitbaar over mijn wangen stroomden. Ik huilde zachtjes, voelde dat het verdriet binnen in me bloot werd gespoeld zoals een regenbui het stof van het dak van een huis waste. Alles voelde rauw aan, als huid met een verse schaafwond.

Mijn blik viel op de hanger die Darren me had gegeven. Zou hij hem terug willen hebben? Misschien was het beter als ik hem dat aanbood voordat we definitief uit elkaar gingen.

De auto verscheen even later. Ik zag door het raam dat de jongeman Darren vriendelijk groette en toen zijn koffer inlaadde.

Even later bracht ik mijn koffer naar buiten. Darren nam hem van me over om hem aan de knaap te overhandigen, maar zorgde ervoor dat hij mij niet aanraakte. Alsof ik ineens onrein was geworden. Het was net als de vorige avond, hij keek naar me op dezelfde manier als toen ik op het bed zat.

'Hebt u het hier fijn gehad, Miss?' vroeg de jongen.

Ik vermande me. Voor zijn ogen wilde ik niet huilen. Ik wilde mezelf niet nog meer vernederen dan ik de vorige dag al had gedaan. 'Ja, heerlijk,' loog ik en ik nam plaats op de achterbank. Darren ging naast de chauffeur zitten en begon een gesprek met hem, alsof er niets aan de hand was. Ik keek uit het raampje, en toen we wegreden kwamen de tranen weer, maar ik wist zeker dat noch Darren, noch de chauffeur het zag.

Tijdens de overtocht bleven we ieder aan een andere kant van de boot. Gelukkig was er ditmaal een andere veerman. Die had niet gezien hoe gelukkig we op de heenweg waren geweest.

Ten slotte kwamen we in de haven aan.

'Zal ik je naar het station brengen?' vroeg Darren toen we van de boot af waren.

Ik schudde mijn hoofd en wees naar de taxistandplaats. Als hij me niet wilde begrijpen, hoefde hij me ook niet te brengen. 'Ik neem wel een taxi.'

Een beetje had ik gehoopt dat hij tegen me zou zeggen dat het hem speet. Dat hij het begreep. Dat we het weer moesten goedmaken. Maar als dat het geval was geweest, waren we beslist niet vertrokken.

'Bedankt voor het uitje,' zei ik, terwijl ik in mijn tas grabbelde.

Darren kromp in elkaar toen hij het doosje zag. 'Wat moet dat?' vroeg hij.

'Misschien wil je het terug hebben,' zei ik. 'Na alles wat er gebeurd is...'

Darren staarde me aan alsof ik hem een klap had gegeven. 'Hou het maar!' snauwde hij, en hij draaide zich om. 'Het beste.' Daarop stapte hij weg naar zijn auto.

Ik keek naar het doosje in mijn hand en wist niet wat ik moest doen. Houden? Het laten liggen voor iemand die er meer aan zou hebben? Waarom iets meenemen wat aan een vreselijke avond herinnerde?

Toen stopte ik het toch maar terug.

'Het beste,' fluisterde ik terwijl ik hem in de mensenmassa zag verdwijnen. Ten slotte, toen ik er zeker van was dat hij niet meer zou omkijken, kromp ik in elkaar van verdriet en begon met mijn hand voor mijn mond geslagen hartverscheurend te huilen.

48

Lieve Henny,

Kan je hart breken als je iemand, een man verliest die je eigenlijk nog maar een paar maanden kende?

Maak je niet ongerust, er is niemand gestorven. Het is alleen... Darren, over wie ik je heb verteld... We hadden eigenlijk rond de kerst een paar heerlijke dagen met elkaar willen doorbrengen. Maar het is allemaal vreselijk misgegaan.

Darren ontdekte dat ik een kind had gekregen. Op de stomste manier die je je kunt voorstellen. Hij was daar ontzettend kwaad over. Hij verweet me dat ik het voor hem had verzwegen. Dat ik geen vertrouwen in hem had. Wat zou jij in mijn situatie hebben gedaan? Zou jij hem wel over zo'n misstap hebben verteld?

Hoewel hij het niet heeft uitgesproken, zal hij er ook wel kwaad om zijn geweest dat ik een kind van een ander heb gekregen. Dat heeft me diep gekwetst. Wat fijne dagen hadden moeten worden, werd de verschrikkelijkste kerst die ik ooit heb meegemaakt. Ik zou me nu zo graag in jouw armen willen storten. Maar ik huil dus in mijn eentje, terwijl mijn hoofd vol vragen zit.

Zou het bij iedere man zo gaan als hij mijn litteken ziet? Of moet ik het risico nemen dat ik lichtzinnig word gevonden als ik het meteen aan het begin vertel? Als ik ervoor uitkom dat ik een verhouding met een getrouwde man heb gehad die me heeft laten zitten?

Als de bevalling niet zo verschrikkelijk was verlopen, had ik het

kunnen verzwijgen. De keizersnede heeft me voor de rest van mijn leven getekend. Misschien moet ik accepteren dat ik alleen zal blijven. Misschien moet ik dat zien als boetedoening voor wat ik gedaan heb.
Verder is het lot me ook niet welgezind. Het bedrijf waar ik voor werk is verkocht.
Ik mis je zo erg! Ik had je nu heel graag hier bij me gehad. Maar tegelijkertijd wil ik dat je van je geluk geniet, dat je geen zorgen hebt. Geef me alsjeblieft raad, schrijf me iets om me op te monteren. Vertel me hoe het was in Nice, dat zou een verlossend zonnestraaltje voor me zijn, want op het moment lijkt hier alles zo donker en koud.

In liefde,
je Sophia

Blij dat ik weer aan het werk kon stapte ik de ochtend van 2 januari in de metro. Intussen had ik mezelf zover onder controle dat ik niet voortdurend aan Darren moest denken en dan in tranen uitbarstte. De brief aan Henny was onderweg, maar op een antwoord rekende ik niet zo vlug.

Darrens afwijzing vervulde me nog steeds met woede en ook al zei ik tegen mezelf dat het zo misschien het beste was, ik wenste toch dat het anders was gelopen. Ik voelde dat ik er na aan toe was geweest hopeloos verliefd op hem te worden. Hoe had ik kunnen weten dat hij zo zou reageren?

In de fabriek viel de bedrukte stemming me meteen op. Het jaar tevoren had iedereen vrolijk over de belevenissen met de kerst verteld, maar ditmaal werd er gedempt over gesproken. Vanwege de verkoop van het bedrijf leek niemand echt blij te kunnen zijn.

Wat moesten we zonder madame? Hoelang zou het duren voor de nieuwe bazen werknemers begonnen te ontslaan?

'Hier, dit heb ik van een van de chauffeurs,' zei Carla in de middagpauze en ze legde de krant voor ons op de tafel. Het ging om het economiekatern van *The New York Times*. Daarin werd uitgebreid over de verkoop van de Amerikaanse aandelen in Rubinstein Inc. bericht.

'Zeven miljoen!' voer Carla uit. 'Ze heeft ons voor zeven miljoen versjacherd.'

'Voor zo'n bedrag zou ik ook zwichten,' zei Ray.

'Wat zou je met zo veel geld willen doen?' vroeg ik.

Ray haalde haar schouders op. Dat weet ik niet. Misschien een wereldreis maken. Of de duurste parels kopen die er zijn. En jij?'

'Ik zou mijn eigen bedrijf beginnen.'

'En een tweede Helena worden?'

'Waarom niet?' zei ik. 'Ik zou mijn bedrijf in elk geval niet zo makkelijk verkopen als zij.'

'Dat zeg je nu, maar als je eenmaal in die wereld zit...'

Ik schudde mijn hoofd. Het was zinloos om daarover na te denken. Ik zou nooit over zo'n bedrag beschikken.

Twee dagen later verschenen er twee mannen in pak in de fabriek. Op het eerste gezicht leken ze net gangsters uit Rays *pulp novels*, maar ze bleken de vertegenwoordigers van de nieuwe eigenaren te zijn: twee advocaten met dikke aktetassen onder de arm.

'Kijk nou eens, Laurel en Hardy,' fluisterde Ray terwijl ze me in mijn zij porde.

Inderdaad hadden de mannen wel iets weg van de twee komieken, die ik op een filmaffiche had gezien. De een was klein en mager, de ander dik en gedrongen. Maar aan hun ernstige gezichten konden we zien dat het geen vermaak was wat ons te wachten stond.

'Goedemorgen, dames en heren. Onze namen luiden Koontz en Brooks. Wij zijn hier in de hoedanigheid van advocaat van de Lehman Brothers om kennis te geven van wie ons helaas moet verlaten.'

Er klonk luid gemor. Rays mond viel open en ik had het gevoel dat ik een draai om mijn oren had gekregen. De nieuwe eigenaren hadden zich nog niet eens vertoond en stuurden nu hun advocaten om ontslagen aan te kondigen?

'Maar er is toch gezegd dat niemand ontslagen zou worden!' werd er gemopperd.

'Typisch bankiers!' riep een vrouw naast me en ze spuugde op de vloer.

Een golf van verontwaardiging en angst ging door de gelederen, maar op de twee advocaten maakte dat geen indruk. Na een korte toelichting dat er bezuinigingsmaatregelen moesten worden getroffen, haalden ze een lijst tevoorschijn.

'Bezuinigingsmaatregelen,' gromde Ray. 'Alsof wij er met ons gezwoeg niet voor hebben gezorgd dat de kas wordt gespekt.'

'Ja, maar waarschijnlijk was de prijs die die ouwe heks voor ons heeft gekregen te hoog,' wierp Thelma tegen, die verrassend genoeg naast ons was verschenen. Wat zou er nu komen?

'Dit zijn de namen van de vrouwen die helaas moeten vertrekken,' zei de vent die Koontz moest zijn, en hij begon op te lezen: 'Bradshaw, Miller, Hendricks, Murphy, O'Brien, Jackson, Krohn.'

Ik hoorde mijn naam wel, maar ik kon niet geloven dat die gevallen was. 'Wat zegt u daar?' riep ik uit terwijl om me heen een paar vrouwen in tranen waren uitgebarsten.

De man die de namen had opgelezen, keek me aan. 'Wie bent u?'

'Sophia Krohn,' zei ik. 'Staat mijn naam inderdaad op de lijst?'

De man keek op zijn klembord, toen knikte hij. 'Ja. Ik neem aan dat hier geen tweede Krohn is, klopt dat?'

Dat was de tweede draai om mijn oren. Een paar tellen kon ik me niet verroeren. Toen zei ik: 'Maar weet u wel dat ik verantwoordelijk was voor de laatste productlijn? Bij mijn weten verkoopt die goed!'

De trekken van de mannen verhardden. 'Het is niet aan ons dat te beslissen. Het is het besluit van de eigenaren.'

'Kennen de eigenaren me dan?' vervolgde ik. 'Kennen ze iemand van ons? Weten ze dat we ons allemaal de benen uit het lijf hebben gelopen zodat de nieuwe productlijn in de handel kon komen?'

'Wij zijn slechts de advocaten, we...'

Er laaide een enorme woede in me op. 'Die mooie opdrachtgevers van u hebben nog geen stap in onze fabriek gezet! Ze hebben geen idee onder welke omstandigheden we de afgelopen maanden hebben gewerkt! En nu komt u hier zomaar ineens om ons weg te sturen?'

Ik voelde Rays hand op mijn arm. Ik wist ook wel dat het niet hielp, maar mijn woede was te groot: woede op die mannen die daar voor ons stonden. Woede op hun opdrachtgevers en ook op madame Rubinstein, die ons zo had opgejaagd.

Kwaad op mezelf was ik ook, dat ik met haar naar die party was gegaan. Waarschijnlijk was dit zoiets als Helena Rubinsteins uitgestelde wraakneming voor de kus...

'We kennen de ontslagen werknemers nog een volledig weekloon toe, dat ze bij personeelszaken kunnen ophalen,' verklaarde de advocaat, en daarmee leek de zaak voor hem afgedaan. Onder beschimpingen van de aanwezigen verlieten de advocaten uiteindelijk de productiehal en liepen naar boven.

Op de verontwaardiging volgde de schok. Ik realiseerde me wat het ontslag voor mij betekende. Ik was terug bij af. Een poosje zou ik het met mijn spaargeld wel kunnen redden, maar wat moest ik doen zonder baan?

Ray legde haar hand op mijn arm. 'Gaat het?'

Ik schudde mijn hoofd. Wanhoop benam me de adem. 'Ik... Ik heb behoefte aan frisse lucht.'

Ze knikte en liep met me mee naar buiten. Daar stond ik als verdoofd. Ik staarde naar het fabrieksgebouw. Ik dacht dat ik het had gemaakt. En nu?

Ik hoorde naast me een vrouw snikken. 'Wat moet ik nou?' vroeg ze. 'Mijn kinderen... Ik weet niet hoe ik de huur moet betalen...'

Ik was te geschokt om in tranen uit te barsten. Koortsachtig zocht ik naar een oplossing, maar ik vond er geen.

Toen wist ik wat me te doen stond. Met gebalde vuisten stapte ik naar het kantoor van Miss Clayton.

Toen ik binnenkwam, keek ze me verbaasd aan. De twee advocaten zaten voor haar bureau, blijkbaar hadden ze zich onze gegevens laten overhandigen.

'Wat is er?' vroeg Miss Clayton.

'Ik wil weten waarom ik ontslagen ben!' zei ik en ik strekte mijn rug. Ik voelde me zo gespannen als een veer.

De ene advocaat nam me op. De man leek mijn naam al weer te zijn vergeten.

'Sophia Krohn,' hielp ik hem op weg, en mijn ergernis zwol verder aan. Hij wist niet eens wie we waren. Het ging hem en zijn collega er blijkbaar alleen maar om namen op de loonlijst door te strepen!

'Ah, Miss Krohn,' zei de advocaat, maar ik zag wel dat hij geen idee had, ook al had hij mijn naam nog maar kort tevoren uitgesproken. 'U begrijpt vast dat het bij een verkoop gebruikelijk is te reorganiseren.'

'Nee, dat begrijp ik niet!' antwoordde ik, me met moeite beheersend. 'Ik werk hier bijna twee jaar, ik heb een van de productlijnen van madame gecreëerd. Denkt u nu echt dat ik gemist kan worden?'

De man perste zijn lippen op elkaar, haalde diep adem en zei: 'Goed, als u wilt... We hebben gekeken naar de verkopen van de afzonderlijke producten. Helaas doet Glory het daarvan het slechtst.'

'Dat is pas een paar maanden op de markt.'

'Dat kan wel zijn, maar we kunnen ons in deze tijden geen mislukkingen permitteren. De concurrentie is groot en als Rubinstein wil blijven bestaan moeten we onkruid bestrijden. Dat wil zeggen het aanbod ontdoen van alle producten die niet goed verkopen.'

Zijn woorden waren alweer een draai om mijn oren. Dat Glory niet goed liep schokte me minder dan de ondertoon in zijn stem.

'En tot dat onkruid behoor ik dus ook?' vroeg ik terwijl ik moeite had mezelf in toom te houden. Ik trilde over mijn hele lichaam.

'U was voor het project verantwoordelijk, nietwaar?'

'Madame gaf me richtlijnen...'

'Dat kan wel zijn, maar nu is Mrs Rubinstein er niet meer. De nieuwe directeuren vinden dat u geen goed werk hebt geleverd, dus kunnen we u niet langer gebruiken. Meer valt er niet over te zeggen.'

Terwijl ik de man aanstaarde voelde ik de woede als een golf tegen mijn borst slaan. In mijn oren klonk weer wat de vrouwen hadden gezegd: dat die mannen geen idee hadden wat ons bedrijf deed. Dat ze Rubinstein schade zouden toebrengen.

'Is dat alles, Miss Krohn?' vroeg de advocaat op snijdende toon.

Ik keek naar Beatrice Clayton. Ik had verwacht een vleugje triomf in haar ogen te ontdekken, maar het was echt medeleven wat ik zag.

Het liefst had ik de man gezegd wat ik van hem dacht, maar ik wist dat het niets aan mijn situatie zou veranderen. 'Ja, dat was alles,' antwoordde ik. Ik draaide me om en verliet het kantoor zonder te groeten.

Ik liep een stukje door de gang en leunde toen tegen de muur. Ongeloof verdoofde me. Het mislukken van het product op de markt werd mij aangerekend, terwijl ik geen invloed had op de reclame en de verkoop. Zouden ze de leiding van de afdeling marketing ook ontslaan? Waren wij slechts het topje van de ijsberg?

Na een tijdje hoorde ik de deur opengaan. Ik schrok op, maar het waren niet de mannen die ik zag. Het was Miss Clayton die naar buiten kwam. Toen ik zag dat zij het was, draaide ik me om. Het volgende ogenblik hoorde ik haar roepen: 'Miss Krohn?'

Ik bleef staan. Hadden de advocaten zich bedacht?

Miss Clayton kwam met grote stappen naar me toe. 'Ik wilde alleen zeggen... dat het niet mijn schuld is. Ik wilde het hun uit het hoofd praten, maar ze luisteren niet. Er... Er zullen nog meer ontslagen vallen...'

Ik keek haar verward aan. Waarom zei ze dat tegen mij?

'Bedankt,' wist ik uiteindelijk uit te brengen, zonder te weten of dat het juiste antwoord was.

'Ik schrijf natuurlijk een positief getuigschrift. Dat zullen ze ondertekenen, ongeacht wat ze daarnet hebben gezegd.'

'Dat is heel aardig van u.'

Nog steeds voelde ik woede, maar die maakte langzaamaan

plaats voor doffe berusting. Het was goed een getuigschrift te hebben. Daarmee kon ik ergens anders solliciteren.

Maar eigenlijk was dit de plaats waar ik wilde werken. Voor altijd. Ook al waren de omstandigheden soms hard.

Miss Clayton bleef me aankijken. Wat wilde ze? Absolutie? Ik kon haar het besluit van de nieuwe eigenaren niet verwijten.

'Het beste, Miss Clayton,' zei ik uiteindelijk. 'Ik weet dat u geen blaam treft.' Met die woorden draaide ik me om en liep voor de laatste keer de trap af naar de kleedruimte. Ik had afscheid van de anderen moeten nemen, maar dat kon ik niet. Ik wilde geen minuut langer in het bedrijf blijven.

Terneergeslagen keerde ik terug naar Brooklyn. Ik had mijn vriend verloren, en nu ook nog mijn werk. Wat zou er nog meer komen?

'Hallo, honey, wat is er?' vroeg Kate toen ik haar op de trap tegenkwam. In een oogopslag leek ze te zien hoe ik eraan toe was. Moest ik haar bekennen dat ik ontslagen was? Dan zou het vast niet lang duren voor Mr Parker me op straat zette.

'Zware dag gehad,' antwoordde ik. 'Ons bedrijf is verkocht.'

'Dat heb ik gelezen,' zei ze. 'Maar de nieuwe bazen hebben toch een bank, en dus geld.'

'Blijkbaar niet genoeg voor ons allemaal,' antwoordde ik triest. 'Er zijn een aantal ontslagen gevallen.' Ik wilde niet tegen haar liegen, maar ik kon ook niet toegeven dat ik er ook door getroffen was.

'Dat spijt me,' zei Kate. 'Als dat je een beetje opmontert, kom dan later naar beneden voor een kopje koffie. Dan kunnen we praten.'

'Dank je, dat is lief van je,' antwoordde ik.

Daarop verliet ze het huis. Ik wankelde naar de brievenbus. Eigenlijk rekende ik niet op een brief, maar ik deed een schietgebedje dat ik iets zou aantreffen. Bericht van Henny, iets wat mijn dag zou opvrolijken of me houvast zou geven.

Toen ik het kastje opende zag ik inderdaad een envelop. Ditmaal zat er een luchtpostetiket op. Mijn hart juichte. Henny had me geschreven! Ik haalde de brief eruit, en daarbij viel me op dat de afzender madame Roussel was. Waarom schreef zij me? Was er iets met Henny gebeurd?

Ik begon te gloeien van schrik. Trillend scheurde ik de envelop open. Tot mijn grote verrassing zaten er nog een klein, opgevouwen envelopje en een kleine notitie in:

Dit is een paar dagen geleden voor jou gekomen. Ik hoop dat het goed met je gaat en dat je je weg hebt gevonden in Amerika. Laat eens iets van je horen.

Groet,
Martine Roussel

Mijn hart sloeg over van angst. Ik trok het envelopje eruit, vouwde het uit en bekeek het. Het adres was getypt. In eerste instantie dacht ik aan mijn ouders. Zochten ze na zo lange tijd contact? Hadden ze me vergeven? Of was een van beiden misschien iets overkomen?

Maar waarom hielden ze hun adres dan geheim? Dat leek me niets voor mijn zo ordelijk ingestelde vader, en voor mijn moeder al helemaal niet.

Toen merkte ik dat noch de postzegel, noch het stempel Duits was. De brief was in Parijs op de bus gedaan. Wat had dat te betekenen? Wie zou mij nou schrijven?

Terwijl onrust me bekroop, maakte ik de envelop open. Het briefje dat erin zat was heel klein en ook met de typemachine geschreven. Er stonden maar een paar zinnen in het Frans in. Geen aanhef, geen groet.

U kent mij niet, en waarschijnlijk zullen we elkaar nooit ontmoeten. Ik wil u slechts één ding zeggen: uw zoontje leeft. Ik weet niet waar ze hem naartoe hebben gebracht, maar hij leefde en ademde toen ik hem de laatste keer zag. Meer kan ik niet zeggen.
Het spijt me, en ik hoop dat u en God me kunnen vergeven.

Ik wankelde achteruit en sloeg mijn hand voor mijn mond. Ongeloof en verwarring bevingen me en sleurden me als een wervelstorm mee. Het was net als indertijd toen mijn vader te weten was gekomen dat ik zwanger was. De tijd stond stil. Mijn gedachten draaiden in kringetjes rond zonder ergens op uit te komen.

Was het mogelijk? Of haalde iemand een wrede grap met me uit? Waarom zou iemand me zoiets schrijven? Misschien was er sprake van een verwisseling...

Mijn borst verkrampte.

Hoeveel vrouwen zouden er in Amerika zijn met hetzelfde lot als ik? Die in Parijs hadden gewoond?

Ik keek naar het briefje in mijn hand.

Mijn zoontje leefde! Het klonk als een bericht uit een van mijn wensdromen. Maar ik was klaarwakker! Toch weigerde mijn verstand de absurditeit van het bericht in zich op te nemen. Vanbinnen trilde ik. Mijn maag deed pijn en het brandde in mijn borst. Ik hapte naar lucht, maar ik had het gevoel dat de adem niet tot mijn longen doordrong.

Hoelang ik daar in de hoek bij de brievenbus op het papier had staan turen wist ik niet. De tijd kwam weer in beweging toen de deur openging en Kate binnenkwam.

'Liefje, je ziet zo wit als een doek! Wat is er aan de hand?' vroeg ze.

Ik stak zwakjes mijn hand omhoog en liet haar het briefje zien.

'Wat is dat? Helaas ken ik die taal niet...'

Ik kon er op dat moment niet aan denken wat ze van me zou vinden en vertaalde het voor haar. Toen ik klaar was, keek Kate verward op. 'Wat heeft dat te betekenen?'

Ik kon haar geen antwoord geven.

'Kom eerst maar eens mee, je moet gaan zitten. Je ziet eruit alsof je elk moment kunt omvallen.'

Zo voelde ik me ook. Al het verdrongen verdriet kwam weer naar boven. Alle herinneringen aan duistere nachten, tranen en dagenlang gepieker verlieten de donkere kamer in mijn ziel.

Kate bracht me naar de keuken in Mr Parkers woning. Daar zette ze me op een keukenstoel en schonk koffie voor me in. 'Je hebt dus een kind gekregen,' zei ze toen zij ook was gaan zitten.

'Ja,' zei ik. 'Indertijd, in Parijs. Er waren complicaties bij de bevalling. Ik was een paar dagen buiten bewustzijn. Toen ik bijkwam zeiden ze dat mijn zoontje dood was.'

Mijn stem klonk alsof ik niet zelf degene was die sprak, maar een onbekende vrouw. Nog steeds verwachtte ik dat ik uit mijn droom zou ontwaken. Ik hield er rekening mee dat Kate me zou veroordelen om wat ik had meegemaakt.

Maar ze vroeg alleen: 'Weet je zeker dat dit briefje echt is?' In haar stem viel geen enkel teken van afwijzing te bespeuren. 'Dat niemand een streek met je uithaalt?'

De enige die van mijn zoontje wist was Darren. Afgezien van de vrouwen in Parijs... Maar Geneviève zou dat nooit doen, en Henny... Nee, ook dat was onmogelijk.

Van Jouelle was ik niet zeker. Hoewel Henny hem adoreerde, kon ik me mijn confrontatie met hem nog goed herinneren. Maar welk motief zou hij kunnen hebben? Het zou hem immers goed uitkomen als ik bij Henny uit de buurt bleef.

Terwijl ik in mijn koffiekopje tuurde, werd me duidelijk dat er geen twijfel mogelijk was. Iemand in Parijs moest me dat briefje hebben gestuurd. Iemand uit het ziekenhuis die op de hoogte was van wat er was gebeurd. Iemand die tegen beter weten in had gezwegen. Waarom nu ineens dit berouw? En waarom bleef hij of zij anoniem?

'Het is echt,' zei ik toonloos. 'Het moet wel echt zijn. Er is niemand die me zoiets zou kunnen schrijven. Behalve iemand die weet wat er gebeurd is.'

Kate keek me met grote ogen aan. 'Maar er staat geen naam bij. En ook geen afzender.'

Als een zonnestraal die op een open plek in het bos viel, kwam er een gedachte bij me op. 'Het ziekenhuis. Misschien is het een verpleegster die weet wat er gebeurd is. Misschien is mijn zoontje te vroeg weggehaald en werd pas bij de begrafenisonderneming ontdekt dat hij nog leefde...'

'Dan kan hij ook dood zijn. Denk je niet dat ze hem je anders wel hadden teruggegeven?'

'Maar stel dat dat niet zo is? Als ik hem kan vinden?'

Kate dacht even na. Er verscheen een rimpel tussen haar wenkbrauwen.

'Wat zou jij doen in mijn plaats?' vroeg ik.

Kate keek me aan, er glinsterden tranen in haar ogen. 'Je moet weten dat ik zelf een zoon heb gehad. Voordat ik naar New York kwam. Hij is samen met zijn vader bij een brand omgekomen. Ik heb hen allebei gezien en weet dat ze dood zijn. Als ik zo'n brief zou krijgen, zou ik weten dat het een macabere grap was. Maar jij...'

'Ik heb mijn zoontje niet gezien. Nooit,' antwoordde ik, aangedaan door haar onverwachte vreselijke ontboezeming.

'Dan moet je op zoek gaan. Dat zou ik doen, al was het maar om zekerheid te hebben.'

49

’s Nachts wierp ik me van de ene zij op de andere. Enerzijds verlangde ik naar slaap, waarbij alle gedachten werden uitgewist, anderzijds was ik er bang voor, want ik wist dat dromen soms erger konden zijn dan alles wat je kon bedenken.

Tegen de ochtend begon ik rusteloos in mijn kamer heen en weer te lopen. Mijn verdriet was heviger geworden, maar het was anders dan indertijd toen ik had gehoord dat ik Louis had verloren. Daar kwamen ook nog onrust en bezorgdheid bij. Hoe zou het hem zijn vergaan? Inmiddels was hij ruim twee, hij zou al kunnen lopen en praten en beginnen de wereld te ontdekken. Ik had hem verhaaltjes kunnen voorlezen en hem de stad kunnen laten zien. Kate zou zeker op hem hebben willen passen, ze zou verrukt van de kleine zijn geweest...

Bij die gedachte werd mijn keel dichtgesnoerd en de tranen liepen me over de wangen. Overmand door verdriet en schaamte verborg ik mijn gezicht in mijn handen.

Waar was hij? Was het eigenlijk wel mogelijk om erachter te komen waar hij was? Ik dacht aan de politie. Als mijn kindje me ontstolen was, was er sprake van een misdrijf. Dan was het een zaak voor de politie. Ik klampte me vast aan de strohalm dat hij door iemand in huis was genomen. Dan was hij misschien op te sporen.

Een paar uur later ging ik op weg naar de lommerd op de hoek. Ene Mr Burns was daar de baas. Kate had het wel eens over hem gehad en gezegd dat hij zo in de wereld van het belenen opging dat je hem zelden buiten zag. In mijn tas had ik de parels die ik van madame had gekregen.

Onder het piekeren had ik bedacht hoe ik een reis naar Europa kon realiseren. Ik had behoorlijk goed verdiend, maar dat was niet voldoende. Ik had meer geld nodig, en toen waren de oorbellen, de ketting en de japon me te binnen geschoten. Die laatste zou wel niet al te veel opleveren. Maar parels hadden waarde. Misschien kon ik me door ze te belenen de overtocht permitteren.

Mr Burns had ik tot nog toe slechts in het voorbijgaan gezien wanneer ik naar mijn werk ging. Hij had steeds achter zijn toonbank gezeten en er waren maar zelden mensen binnen geweest. De winkel stond vol met beleende spullen, zo constateerde ik bij binnenkomst.

Boven mijn hoofd klingelde een winkelbel, die de man achter het gordijn vandaan lokte dat de verkoopruimte van de achterkamer scheidde. Hij droeg een ietwat ouderwets pak met een stijve kraag en een kettinghorloge. Hij had nog een dikke bos haar, maar het was grijs als wolken aan een regenachtige hemel.

'Wat kan ik voor u doen, jongedame?' vroeg hij en hij keek me met een schuin hoofd aan.

'Ik... Eh... Ik wilde deze sieraden verpanden. Kunt u me zeggen hoeveel ze opbrengen?'

Voorzichtig haalde ik de in een zakdoek gewikkelde sieraden tevoorschijn en legde ze op de toonbank. De parels glansden mat in het ochtendlicht.

De man bekeek ze een poosje. 'Zijn ze echt?' vroeg hij.

'Ik denk van wel.'

'Waar hebt u ze vandaan?' Hij nam me van top tot teen op.

'Ik heb ze van een kennis gekregen.'

'En dan wilt u ze verpanden?'

'Ik heb geld nodig,' zei ik. 'Het is een... familiekwestie.'

De man knikte, nam eerst de oorbellen voorzichtig in zijn hand en bekeek ze. 'Spijtig,' zei hij toen.

Ik sperde verschrikt mijn ogen open. 'Hoezo? Klopt er iets niet?'

‘Nee, met de oorbellen is alles in orde. Met de ketting ook. Maar ik heb er niet genoeg geld voor.’

‘Maar...’

‘Ik zou ook kunnen zeggen, hier hebt u honderd dollar, ga nu maar, en het spul dan voor het tienvoudige verkopen. Maar zo ben ik niet.’ Hij zweeg even en keek me aan. Ik had opeens het gevoel dat hij alles zag: de onrust van de afgelopen nacht, de slapeloosheid, de zorgen van de voorbije uren. Het verdriet om het verlies van Darren. Het was meer dan een mens kon verdragen.

Maar er was ook hoop. De hoop mijn kindje te vinden.

‘U moet naar een juwelier gaan, meisje,’ vervolgde Mr Burns. ‘Daar zult u er de juiste prijs voor krijgen.’

‘Maar... Het zijn toch maar een paar parels!’

De man keek me argwanend aan. ‘“Maar” een paar parels? Voor zover ik het kan beoordelen zijn ze een vermogen waard.’

Een vermogen. Ik wist wel dat madame niet zomaar wat sieraden kocht. Maar dat ze iets wat een klein vermogen waard was zou weggeven, zomaar, alsof het niets te betekenen had, beroofde me even van mijn adem.

‘Is alles met u in orde, jongedame?’ vroeg de oude man.

Ik knikte, toen pakte ik de sieraden weer terug en wikkelde ze weer in de zakdoek.

‘Als ik u was zou ik er goed over nadenken voor ik ze wegdeed. U zou er spijt van kunnen krijgen.’

Ik zag madame weer voor me. Die nacht dat ze me over haar problemen met Mr Titus had verteld. Ze was aardig tegen me geweest, maar wat stelde dat voor vergeleken bij het vooruitzicht mijn zoontje terug te vinden? Hem eindelijk te zien! ‘Heel veel dank voor uw eerlijkheid,’ zei ik.

‘En ik wens u veel geluk. Wat uw familiekwestie ook moge zijn.’

De juwelier in Manhattan zette grote ogen op toen ik even later de sieraden bij hem op de toonbank legde. Het had veel tijd gekost om een zaak te vinden die me gedistingeerd genoeg leek om de parels van madame te kopen. Tijdens de rit in de subway had ik moeite gehad mijn angst te verbergen. Stel dat ik nu overvallen werd? Het was wel vreemd dat je pas bang werd als je iets te verliezen had. Anders had ik mijn medereizigers nauwelijks waargenomen.

'Wilt u deze set echt verkopen?' vroeg hij, net als eerder de pandjesbaas. Maar ik merkte dat hij andere beweegredenen had. 'Het zou een waardevaste belegging zijn. In deze tijden.'

'Ik heb het geld nodig voor de overtocht naar Europa.'

De man nam me op. Ik zag er niet armoedig uit, maar ook niet als een vrouw aan wie zulke waardevolle stukken toebehoorden.

'Weet u zeker dat deze sieraden... Nou ja, rechtmatig zijn verkregen?' vroeg hij behoedzaam.

'Wilt u soms insinueren dat ik ze gestolen heb?' Ik hield mijn hoofd scheef en keek de man onderzoekend aan.

'Nee, verre van dat, maar...'

'Als u het precies wilt weten, deze parels behoorden ooit toe aan madame Rubinstein. Zij heeft ze me geschonken. Zomaar. Dat doet ze soms, want ze heeft een groot hart.' Ik onderdrukte de gedachte dat haar vertrek uit New York mij mijn baan had gekost.

De man achter de toonbank verbleekte. 'Madame Rubinstein, zegt u?'

'Ja, madame Rubinstein. Zij heeft me deze sieraden geschonken. En daar mag ik toch zeker mee doen wat ik wil, nietwaar?'

'Natuurlijk mag u dat,' zei hij enigszins aarzelend. 'Laat u me ze nog eens taxeren.'

Daarop verdween hij in de achterkamer. Ik was er niet zeker van of hij de politie belde of bij madame Rubinstein informeerde of ze waardevolle spullen miste. Onrustig wipte ik van mijn ene voet op mijn andere, tot de man eindelijk weer verscheen. 'Ik geef u er vijfduizend dollar voor,' zei hij.

'Vijfduizend?' Dat was inderdaad een klein vermogen. Daarvan zou ik een jaar zonder baan kunnen leven. En voor de overtocht was het zeker genoeg.

'U moet bedenken dat ik een winstmarge moet incalculeren. Gezien het feit dat de stukken van madame Rubinstein zijn geweest, zal ik geen moeite hebben om ze door te verkopen, maar ik kan u niet meer bieden.'

Ik durfde nauwelijks nog adem te halen. Vijfduizend dollar. Zo te horen zou de man ze vast voor een veel hoger bedrag doorverkopen, maar dat kon me op dat moment niet schelen.

'Akkoord,' zei ik.

Toen ik de juwelierszaak verliet, keek ik naar de hemel. De bewolking was dicht en grijs, de lucht vochtig en ijzig. Sneeuwvlokken dwarrelden op me neer. De winter was tot dan toe zacht geweest, maar nu leek hij zijn intrede in New York te willen doen.

Terwijl ik naar de vlokken keek bedacht ik dat ik Henny en Geneviève een telegram moest sturen. En madame Roussel. De kamers in haar pension waren niet groot, en de latrinekar kwam vast nog steeds langs, maar ik kende de buurt. En ik was bij mensen die belangrijk voor me waren. En die me misschien konden helpen

Ik dacht aan Darren. Moest ik voor hem bericht achterlaten? Sinds Kerstmis hadden we elkaar niet gesproken. Af en toe had ik overwogen hem op te bellen. Maar ik had ervan afgezien, want ik was bang voor zijn reactie bij het horen van mijn stem. Misschien moest ik hem gewoon helemaal vergeten. Maar zou ik dat kunnen?

Misschien zou ik daar tijdens de lange overtocht helderheid over krijgen. Maar nu moest ik aan de slag. Ik moest een ticket voor het stoomschip hebben. Er moesten voorbereidingen worden getroffen. Er bestond voor mij geen twijfel meer, ik moest weer op reis.

Wat me op mijn bestemming ook te wachten stond, ik zou het niet uit de weg gaan. En als mijn zoontje inderdaad nog leefde, zou ik hem vinden.

50

Op 21 januari zat ik op de vensterbank naar de ochtend te kijken die langzaam boven de daken van New York ontwaakte. Eerst was het nog donker, maar langzaam werd het licht. De eerste schoorstenen begonnen te roken, de pluimen stegen loodrecht omhoog. Mijn moeder zei altijd dat dat goed weer inluidde. Meestal had ze gelijk. Kon er een beter voorteken zijn?

Eigenlijk had ik moeten slapen, maar mijn innerlijke onrust maakte dat onmogelijk. Telkens weer had ik de tas, die ik al twee dagen eerder had ingepakt gecontroleerd.

Het was niet veel wat ik mee moest nemen. Wat kleding, cosmetica, een beetje geld. Ik had bankbiljetten in de zoom van twee rokken genaaid, zoals Kate me had aangeraden.

'Op reizen als deze moet je voorzichtig zijn,' had ze gezegd. 'Je kunt je geld het best verstoppen en gelijkmatig verdelen, dan kom je niet met lege handen te staan als je bestolen zou worden.'

Ik had tegengeworpen dat ik ook op de heenreis niet bestolen was, maar toen realiseerde ik me dat dit mijn eerste reis zonder gezelschap was. Indertijd had madame me onder haar hoede genomen, nu was ik op mezelf aangewezen.

Waardoor ik het meest opgewonden was wist ik niet: de mogelijkheid om mijn zoontje te vinden? Uitzoeken wat er met hem gebeurd was? Of de reis op zich? Het was moeilijk te zeggen.

Sinds bekend was wanneer mijn schip zou vertrekken, was mijn onrust steeds groter geworden, tot ik uiteindelijk het gevoel had te barsten. Ik had geprobeerd mezelf af te leiden, wat me zonder werk uiteraard moeite kostte. De animo om bij een ander bedrijf te solliciteren had ik echter ook niet gehad. Ik had mijn vrijheid nodig, anders was mijn plan ondenkbaar. Hoewel ik vreselijk aangedaan was door het ontslag, had ik daardoor nu de kans een van de ergste hoofdstukken in mijn leven een andere wending te geven.

Ik had Henny en madame Roussel een week eerder bericht gestuurd. Ik verheugde me op het weerzien met mijn vriendin en was benieuwd naar haar reactie op het nieuws.

Het gerinkel van mijn wekker haalde me uit mijn gedachten. Ik stond op, liep naar het nachtkastje en zette hem uit. Ik had de wekker gezet om er zeker van te zijn dat ik me niet versliep, maar dat was niet nodig geweest. Ik voelde me niet eens moe, hoewel ik het eigenlijk zou moeten zijn. Omdat ik mijn reiskostuum al had aangetrokken fatsoeneerde ik alleen nog even mijn haar, pakte toen mijn tas en liep naar beneden.

De huur voor deze en de komende maand had ik al betaald. Ik was eigenlijk van plan om niet langer dan twee weken in Parijs te blijven. De overtocht zou heen en terug nog twee weken in beslag nemen. Wat daarna kwam, zou ik wel zien. Mr Parker had me aangeboden bij hem te blijven wonen.

'Een betere en rustigere huurder voor de kamer kan ik niet krijgen. Ik ben ervan overtuigd dat iemand die zo ijverig is als u weer vlug werk vindt.'

Daar was ik blij om. Het was me zwaar gevallen hem en Kate over het ontslag te vertellen, maar ze hadden begripvoller gereageerd dan ik had verwacht. Ik had nog spaargeld, en Mr Parkers vertrouwen deed me goed. Wat er ook gebeurde, wat ik ook ontdekte, ik zou een plek hebben om naar terug te keren. En dan zou ik opnieuw beginnen – voor de zoveelste keer.

Toen ik beneden kwam liep ik bij de keuken Kate tegen het lijf. Ik had tegen haar gezegd dat ik zelf wel een ontbijt zou klaarmaken, maar dat had ze blijkbaar genegeerd.

'Het is dus zover,' zei ze en ze gebaarde me met haar mee te komen, de keuken in. Op de tafel waaraan ik zo vaak ijsthee had zitten drinken had ze een ontbijt neergezet. In het pannetje op het fornuis pruttelden eieren.

Eerder had ik nog het gevoel gehad niets door mijn keel te kunnen krijgen, maar daar kwam nu verandering in, en mijn maag begon te knorren.

'Ga zitten en eet. Het is een lange reis en je hebt kracht nodig.'

'Dat had toch niet gehoeven,' antwoordde ik, maar ik ging gedwee zitten.

Ze diende me roereieren met spek en tomaten op, met geroosterd brood erbij. Aan dit soort ontbijt had ik eerst moeten wennen, maar het smaakte voortreffelijk en ik merkte dat het eten mijn lichaam wat tot rust bracht. Ik werd er bijna slaperig van, maar dat kon ik nu niet gebruiken. Vlug dronk ik de koffie op die Kate me eveneens had voorgezet, zwart en zonder suiker.

'Ik zou dolgraag meegaan,' zei Kate. 'Ik heb er altijd van gedroomd ooit naar Parijs te gaan. Het is daar vast prachtig.'

'Dat is het zeker,' antwoordde ik en ik voelde het kriebelen in mijn buik als ik aan de gebouwen, de parken en zelfs de bibliotheek dacht. 'Misschien komt het er ooit van.'

Kate wuifde dat weg. 'Ik word zo langzamerhand een oude vrouw. Ik vrees dat ik nooit uit dit stukje van de wereld wegkom. Maar het is goed zo. New York is ook een geweldige stad.'

'Dat is waar.'

Een poosje zweeg ze. 'Kom je terug als je je kindje vindt?' vroeg ze toen.

'Natuurlijk!' antwoordde ik verbaasd. Wat dacht ze dan?

'Je zou best een huisje in de provincie kunnen gaan zoeken en daar gaan wonen.'

'Ik vrees dat ik daar de middelen niet voor heb,' zei ik. 'Bovendien hou ik van mijn vak. Ik kan me haast niets beters voorstellen dan schoonheid in de wereld te brengen.'

Kate knikte en glimlachte toen. 'Mooi, dan kijk ik uit naar je terugkomst.'

Na het ontbijt nam ik met een innige omhelzing afscheid van haar. Ook Mr Parker verscheen. Hij zag er nog wat verfomfaaid uit, maar zijn handdruk was stevig. 'Alle goeds gewenst, Miss Krohn. *Godspeed*.'

Ik wist dat hij me met dat woord geluk wenste bij mijn onderneming.

'Hartelijk dank. Het beste, en pas goed op uzelf.'

'Dat raad ik u eerder aan, want ik hou vaste grond onder mijn voeten.'

Op straat keek ik nog eenmaal naar hen beiden om, toen zette ik er de pas in.

Ik stapte in de subway, samen met de eerste arbeiders, die op weg waren naar hun ochtendploeg. Dat ik nu een grote reis ging maken kwam me onwerkelijk voor. Het voelde eerder aan alsof ik naar mijn werk ging. Maar daarvoor had ik geen grote tas hoeven mee te nemen.

Ik miste de fabriek, ook al was het daar niet altijd gemakkelijk geweest. Ik miste Ray. Ik had haar nog eenmaal opgezocht, bij de fabriekspoort, en haar verteld wat mijn plannen waren. Over mijn kindje had ik gezwegen. Zou ik haar bij mijn terugkeer weerzien? Ik wist maar al te goed dat contacten verwaterden als je niet meer dagelijks met elkaar te maken had.

Ze was enthousiast geweest, maar had ook meteen over nog meer ontslagen verteld. Een paar vrouwen uit de productie hadden weg gemoeten, evenals een paar inpakkers. Ze vermoedde dat nog meer werknemers hun baan zouden verliezen. Dat speet me, maar het was nu mijn zorg niet meer. Ik moest vooruitkijken.

Om me heen zoemden stemmen, maar ik schonk er geen aandacht aan. Ook niet aan de blikken die ik op me voelde rusten.

Ergens wenste ik dat ik Darren nog op de hoogte kon stellen. De afgelopen dagen had ik steeds met de gedachte gespeeld hem op te bellen, maar als ik dan bij de telefoon stond, met de hoorn in mijn hand, durfde ik me niet met zijn woning te laten doorverbinden. Het kind was het twistpunt tussen ons geweest. Het zou hem vast niet bevallen als ik hem nu vertelde dat ik het wilde gaan zoeken. Toch speet het me een beetje dat ik niet de mogelijkheid had mijn misstap recht te zetten. En ditmaal te doen wat juist was.

De rest van de weg naar de haven legde ik met de bus af. Hoe dichter ik bij het schip kwam, hoe helderder mijn gedachten werden. Alle namen van de mensen met wie ik in Parijs te maken had gehad stonden in het notitieboekje dat ik bij me had: zuster Sybille en dokter Marais, de vroedvrouwen Aline Dubois en Marie Guérin. Met allemaal wilde ik contact opnemen om te proberen iets te ontdekken. Tussen de bladzijden zat het briefje. Ik had er vaak over zitten peinzen of daar wel de waarheid in stond, maar ik wist dat alleen Parijs daar uitsluitsel over kon geven.

Op de kade stonden veel reizigers in lange rijen voor de landingsbrug. Even meende ik Helena Rubinstein te zien, de kleine vrouw met de elegante grote hoed leek sterk op haar. Een hete rilling liep me over de rug. Was het een teken van het lot?

Ze had vast geen idee dat ik was ontslagen. Natuurlijk koesterde ik nog wel enige wrok over de verkoop van het bedrijf, maar op dat moment zou het, als zij het was geweest, net zijn alsof ik een oude vriendin terugzag.

De vrouw keek opzij. Ik hield mijn adem in. Hoe moest ik reageren als ze het echt was? Maar het volgende ogenblik zag ik dat het niet Helena Rubinstein was. De dame had, terwijl haar figuur een zekere overeenkomst vertoonde, licht haar en geenszins de gedistingeerde gelaatstrekken van madame.

Licht teleurgesteld ademde ik uit. Jammer, maar misschien kwam het toch nog tot een weerzien met de vrouw die me hoop en een kans had gegeven.

De rij schoof op. Toen ik de controleur mijn ticket liet zien, klopte het hart me in de keel. Nu ik aan boord ging, was er geen weg terug meer. Even wierp ik een blik op de menigte passagiers die achter me stonden te wachten. Toen keek ik naar voren. Misschien moest ik Helena Rubinstein vergeten. Darren misschien ook. Voor me lag het ongewisse, maar ook hoop. Dat was meer dan ik indertijd had toen ik bijna drie jaar eerder mijn ouderlijk huis had moeten verlaten.

De hut was sober ingericht en klein. Ik had me van het bedrag dat madames sieraden hadden opgebracht een betere kunnen permitteren, maar ik wilde zuinig zijn. Ik borg mijn spullen op en ging toen weer aan dek. Ik had de stem van Mr Titus in mijn oren. Het was grandioos geweest om bij aankomst het vrijheidsbeeld te zien. Nu wilde ik de aanblik mee terug nemen naar de Oude Wereld tot ik het zou weerzien.

Even later voer de Lady of the Sea af. De zon wist zich maar net te handhaven tegenover een paar wolken en er blies een gure wind over mijn gezicht, maar ik dacht er niet over weer benedendeks te gaan. Daar zou ik nog lang genoeg verblijven.

Een langgerekt oorverdovend getoeter van de scheepshoorn weerklonk. Ik stond midden tussen de zwaaiende mensen en had graag gehad dat er ook iemand was om afscheid van mij te nemen. Dat was niet het geval, Kate had onmogelijk mee kunnen komen, en Ray bevond zich vast weer in het lab of was bezig peterselie te snijden.

Maar misschien ontmoette ik in Parijs wel iemand die, zonder het te weten, op me wachtte. Iemand die van me hield zoals ik van hem. Mijn zoontje was mijn hoop, en die nam me mee over zee.

Mathilda's geheim

Mathilda is zestien als haar moeder in 1931 plotseling sterft en ze alleen achterblijft. Dan komt de indrukwekkende Agneta Lejongård in haar leven. Agneta blijkt Mathilda's voogd te zijn en ze neemt Mathilda mee naar het prachtige landgoed de Leeuwenhof in het zuiden van Zweden. Mathilda weet niet dat Agneta haar tante is, maar voordat Agneta haar over haar afkomst kan vertellen, wordt Europa verscheurd door de Tweede Wereldoorlog. Het leven zoals iedereen het kende verandert voorgoed. In de chaos zal Mathilda haar lot in eigen handen moeten nemen en nieuwe wegen moeten bewandelen op zoek naar geluk.

Solveigs belofte

De jonge Solveig - verliefd en verloofd - lijkt een stralende toekomst tegemoet te gaan, maar een tragisch ongeval maakt een einde aan haar geluk. Ze besluit zich terug te trekken op de Leeuwenhof, bij haar moeder en grootmoeder. Daar is ze hard nodig, want het eerbiedwaardige landgoed verkeert in slechte staat. Solveig heeft allerlei ideeën om het huis en het omringende landgoed te redden, maar welke zijn goed en haalbaar? Als er een Amerikaan en een aantrekkelijke zakenman uit Stockholm op de Leeuwenhof arriveren, opent hun inbreng en kennis voor Solveig de deur naar de wijde wereld. Ze wil niets liever dan een nieuwe start maken, voor de Leeuwenhof en voor de liefde. Maar kan ze haar verdriet om haar verloren geluk achter zich laten?